KARL MAY

KLASSISCHE MEISTERWERKE

Diese Sammlung umfaßt alle Bücher, die Karl Mays Weltruhm begründeten: die Reiseerzählungen und die eigens für die Jugend verfaßten Bände.

KARL MAY

MENSCHENJÄGER

REISEERZÄHLUNG

KARL-MAY-VERLAG · BAMBERG
in Zusammenarbeit mit dem
VERLAG CARL UEBERREUTER · WIEN

INHALT

1. Murad Nassyr 5
2. Der Vorsteher der heiligen Kadirine 24
3. Im ‚Gespensterhaus‘ 44
4. ‚Der Gaukler‘ 58
5. Der ‚Kapitän des Vizekönigs‘ 75
6. In Siut 92
7. Ein Vollblut, ein Vielfraß und eine Mondesfinsternis 104
8. Ein Abenteuer in der Wüste 119
9. In den Mumienhöhlen 131
10. Auf der Verfolgung des ‚Gauklers‘ 145
11. Im Wüstenschacht 163
12. Der ‚Sohn des Nil‘ 177
13. Vor neuen Aufgaben 192
14. Der geheime Brunnen 214
15. Der erste Kampf mit den Sklavenjägern 227
16. Am Bir Murat 244
17. In Erwartung der Sklavenkarawane 259
18. Im feindlichen Lager 278
19. Ein Sieg ohne Schwertstreich 292
20. ‚Wehe dem, der wehe tut!‘ 306

Herausgegeben von Dr. E. A. Schmid

Diese Ausgabe erscheint in enger Zusammenarbeit
mit dem Verlag Carl Ueberreuter, Wien.
Der Inhalt dieses Buches entspricht dem Band 16
der grünen Originalausgabe „Karl Mays Gesammelte Werke“.

ISBN 3-7802 0516-5
Gesamtherstellung: Ebner Ulm

1. *Murad Nassyr*

Die Siegreiche, ‚El Kahira' und ‚Bauwâbe el bilad esch schark', das Tor des Orients, so nennt der Ägypter die Hauptstadt seines Landes. Wenn auch die erste Bezeichnung längst nicht mehr am Platz ist, so besteht die zweite doch zu Recht. Kairo ist wirklich die Pforte des Orients. Als solche ist es dem Andrang westlicher Einflüsse am meisten ausgesetzt, und die einst ‚Siegreiche' ist so altersschwach geworden, daß sie ihnen kaum mehr zu widerstehen vermag. Sie wird von Jahr zu Jahr fränkischer und da, wo ein hochgestellter Europäer einfach niedergestochen wurde, nur weil er behauptete, daß der Sultan die Aja Sofia in Stiefeln betrete, kann heutzutage jeder Giaur die fünfhundertdreiundzwanzig Moscheen Kairos besuchen, ohne gezwungen zu sein, seine Füße zu entblößen.

Shepheards Hotel, das ‚Neue Hotel', das Hotel d'Orient, das Hotel du Nil, das Hotel des Ambassadeurs und zahlreiche öffentliche Kosthäuser, Kaffees und Einkehrstätten bieten dem Fremden völlige Befriedigung aller Bedürfnisse, die ihm die Heimat anerzogen hat. Aber sehr viel muß er dafür bezahlen, und wer wie ich nicht über die Einkünfte eines englischen Lords verfügt, dem ist anzuraten, sich von diesen Versammlungsorten europäischer Krösusse möglichst fernzuhalten.

Freilich ist dieser Rat leichter gegeben als befolgt, denn wer als Fremder die erwähnten Häuser meiden und doch in Kairo leben will, ist gezwungen, sich bei Eingeborenen einzumieten und muß, wenn er sich nicht täglich und stündlich betrügen lassen will, die Verhältnisse des Landes kennen und wenigsten leidlich gut arabisch sprechen. Auf die Ehrlichkeit der Dolmetscher und Diener darf sich niemand verlassen. Ja, man kann einem Diener ein Vermögen anvertrauen und wohl darauf rechnen, daß er nichts entwendet; dafür aber wird er bei jedem kleinen Einkauf, den er besorgen muß, seinen Herrn um einige Para oder gar Piaster betrügen und solche Verluste, so unbedeutend sie auch im einzelnen sind, ergeben mit der Zeit eine ansehnliche Summe.

Mit den Dolmetschern ist es noch schlimmer. Geht ein Sprachunkundiger mit einem solchen Dragoman auf den Basar, so kann er annehmen, daß der Führer mit jedem Verkäufer gemeinschaftliche Sache macht und sich später seinen Gewinnanteil holt. Um das zu erproben, nahm ein Franzose, der gut arabisch sprach, seine Kenntnisse aber verheimlichte, einen Dragoman mit in einen Waffenladen.

Er war kaum eingetreten und hatte die übliche Tasse Kaffee noch nicht erhalten, so hörte er den Händler zum Dolmetscher sagen: „Bruder, wie wollen wir dieses christliche Schwein betrügen! Er soll schlechte Sheffielder Ware bekommen und dennoch die Preise von Damaskus zahlen. Den Gewinn teilen wir." Wie aber erstaunten beide, als der Franzose ihnen nun im schönsten Arabisch erklärte, daß er weder ein Schwein sei, noch überhaupt die Absicht gehabt habe, hier etwas zu kaufen!

Zwar schreibt ein berühmter Reisender: „Früher mußte man selber für alle Bedürfnisse sorgen und wie eine Köchin Reis und Erbsen, Rauchfleisch, Hühner und tausenderlei andre Lebensmittel, die in den Reisehandbüchern aufgezählt werden, einkaufen. Seit Jahren übernimmt der Dragoman alles das und noch weit mehr. Man macht mit ihm einen Vertrag, wonach er sich verpflichtet, so und so viel Gänge für Frühstück und Mittagsmahl und außerdem Licht und Wäsche, Bedienung und Beförderungsmittel zu liefern. Die Verträge werden auf dem Konsulat des Volks, dem man angehört, geschlossen, und das ist nicht nur für die Sicherheit beider Teile von Bedeutung, sondern auch deswegen vortrefflich, weil der gewinnsüchtige Führer sehr wohl weiß: er kann infolge schlechter Erfüllung seiner Obliegenheiten durch den Konsul, bei dem sich jeder Fremde, bevor er sich dem Berufsführer anvertraut, nach dessen Ruf erkundigt, in seiner ferneren Tätigkeit gefährdet, ja sogar zugrunde gerichtet werden. Offener Betrug kommt fast niemals vor, während die verschmitzten Araber beim Vertragsabschluß Vorteile zu erringen und Verpflichtungen von ihren eignen Schultern auf die der Reisenden mit einer Klugheit zu übertragen verstehen, die eben nur ihrer Rasse eigen ist."

Auch da also, wo man das Vorhandensein berufsmäßiger Fremdenführer als ersprießliche Einrichtung kennzeichnet, wird die Pfiffigkeit dieser Leute zugegeben, und es ist meines Erachtens gleichgültig, ob ich gleich beim Abschluß des Vertrags oder später über das Ohr gehauen werde. Übrigens ist jeder, der es sich so bequem machen kann, zu beneiden, denn es müssen ihm Mittel zur Verfügung stehen, die nicht jeder Reisende besitzt. So und so viele Gänge für Frühstück und Mittagsmahl, Hühner und tausenderlei andre Lebensmittel, Wäsche und Licht! Wohl dem, der in dieser Weise reisen kann! —

Ich war bei meiner Ankunft im Hotel d'Orient abgestiegen und hatte mir das billigste Zimmer geben lassen; es sollte mir nur für heut als Wohnung dienen. Dann ging ich aus, um mich wegen einer Privatunterkunft umzusehen. Der Gasthof liegt an der Esbekijeh, dem schönsten freien Platz der Stadt. Dieser bildete früher zur Zeit der Nilüberschwemmung eine weite Wasserfläche. Mehemed Ali ließ ihn, um das Wasser von der Mitte fernzuhalten, mit einem Kanal umfassen, an dessen Ufern man Bäume pflanzte. Ismail Pascha befahl, den ganzen Raum mit Erde zu bedecken, so daß er nun ebenso hoch liegt wie die übrige Stadt. Ein Teil wurde mit Gebäuden besetzt und der andre in einen Garten mit Kaffeehäusern, Theatern und Grotten umgewandelt. Nachmittags finden hier oft Konzerte statt. An der Ostseite liegen die Ministerien des Äußeren, des Innern und der Finanzen; auf der Südseite erblickt man das Theater und das Opernhaus. Dieser Garten hat eine Fläche von 32 000 Geviertmetern, und wer auf diesem weiten Raum die Unzahl der Gaststätten, Bierhallen, Eisbuden, Musikhäuser, Wasserfälle und Gaslichtsäulen beobachtet, der würde nicht glauben, sich an der ‚Pforte des Orients' zu befinden, wenn er nicht durch die überall grünenden und blühenden Pflanzen der südlichen Zone daran erinnert würde.

Ich wendete mich südöstlich zur Muski. Dies ist das alte Frankenviertel, wo unter Saladin die Christen zuerst die Erlaubnis zum Wohnen erhielten. Hier sind die meisten und größten europäischen Läden; hier ist der Verkehr am regsten und infolgedessen das Gedränge am dichtesten. Die Straße ist freilich recht eng und dumpfig, aber ehe die drei ‚fashionablen' Stadtteile, die nordwestliche Esbekijeh, das westliche Ismailia und das südliche Abdin entstanden, war sie die einzige erträglich breite Straße in Kairo. Hier hat noch alles einen europäischen Anstrich. Nur einige alte, arabische, flache Dächer, der echt ägyptische Schmutz und der überall wahrnehmbare Trümmer- und Wüstengeruch erinnern daran, wo man sich befindet.

Will man den unverfälschten Orient sehen, so muß man sich in eins der arabischen Viertel begeben, und dazu bedarf es keines weiten Wegs. Ich erinnerte mich meines früheren Aufenthalts in Kairo und bog in eine enge Seitengasse ein. Sie mündete in eine andre Gasse, und als ich diese erreichte, winkten mir von der alten Lehmmauer eines niedrigen Hauses die vier Inschriften entgegen:

„*Beer-house*
Cabaret à bière
Birreria
Bira, inglisije we nimsawije",

also englisch, französisch, italienisch und arabisch. Die vierte Zeile war in arabischer Schrift geschrieben. Ich blieb stehen und betrachtete das Haus. Sein Aussehen stieß mich ab, aber das Wort Bier zog mich an. Das Haus hatte weder Tür noch Fenster. Die vordere Seite bestand aus zehn hölzernen, vielfach zersprungenen Säulen, die den oberen Teil der Wand trugen. Hinter diesen Säulen lag die zur Straße offene Bierwirtschaft. Man sah die wenigen Gäste rauchend auf Stroh- und Bastmatten sitzen oder auf hölzernen Marterfallen hocken, die höchst wahrscheinlich Stühle sein sollten. Ein unendlich dicker Kerl, der auf einem solchen Sitz schwitzte, sah, daß ich mich bedachte. Er winkte mit beiden Händen, grinste mir freundlich zu und rief:

„Gel, tschelebi, gel, tschelebi! Arpa ßuju pek eji, pek eji — kommt her, mein Herr, kommt her! Das Bier ist sehr gut, sehr gut!" — Das war türkisch; der Mann also ein Osmanli. Als ich seiner Aufforderung nicht sogleich folgte, hielt er mir mit der linken Hand die Flasche entgegen und winkte mit der rechten so angelegentlich, daß sein schwerer, faßförmiger Leib in schütternde Bewegung kam. Das konnte der Stuhl, der ohne Lehne war und wie ein Schusterschemel nur aus drei dünnen Beinen und einem dünnen Sitz bestand, nicht aushalten; er knackte zusammen, und der Dicke fuhr mit einem lauten Krach zur Erde nieder. — ,,Wach, wach, ja atalarim, ja wudschudum, ja asalarim, ja bukalim — o weh, o mein Himmel, o meine Väter, o mein Leib, o meine Glieder, o meine Flasche!" zeterte er, indem er die Linke hoch empor hielt, aber keinen Versuch zum Aufstehen machte.

Ich sprang hin und konnte mich zunächst nur davon überzeugen, daß sein letzter Ausruf ,,o meine Flasche!" wohlbegründet war. Er hatte sie an einer der erwähnten Säulen zerschlagen und hielt nur noch den leeren Hals in der Hand. Der Inhalt hatte sich über sein Gesicht und seine Augen ergossen. Die andern Gäste blickten lächelnd herüber, aber keiner von ihnen machte Miene, dem Verunglückten beim Aufstehen behilflich zu sein.

,,Jaraly mißinis — bist du verletzt?" fragte ich den Dicken, indem ich ihm den Flaschenrest aus der Hand nahm und ihm Anzug und Gesicht mit einem Taschentuch abtrocknete. — ,,Asalarym hep kyrylmysch — alle meine Glieder sind zerbrochen!" antwortete der Türke, wobei er mir, auf dem Rücken liegend, Arme und Beine entgegenstreckte. — ,,Das glaube ich nicht", tröstete ich; ,,wärst du an den Gliedern verletzt, so könntest du nicht diese schwierige Stellung einnehmen. Versuch doch aufzustehen!" Ich nahm ihn bei den Händen und zog — — zog mir fast die Arme aus, vergeblich! Da kam ein junger Neger herbei, jedenfalls der Sufragi[1]). Er hatte ein Kohlenbecken in der Hand, mit dessen glühendem Inhalt er die Tschibuks der Gäste in Brand setzte. Der Junge sah aus wie einer, der zu jedem tollen Streich bereit ist. Er faßte mit der Zange eine glühende Kohle und hielt sie dem Dicken so nah unter die Nase, daß der Schnurrbart hörbar zu sengen begann. Im Nu war der Türke auf und langte dem Knaben ein solches Bakschisch hinter die Ohren, daß der Bedankte das Becken fallen ließ und schreiend im Hintergrund verschwand.

,,Ssakalym, güsel byjyghym — mein Bart, mein schöner Schnurrbart!" schrie der Türke ingrimmig, indem er die mißhandelte Zierde mit beiden Händen liebkoste. ,,Wie kann dieser Neger sich am Schmuck meiner Männlichkeit vergreifen! Allah brate ihn dafür im tiefsten Winkel der Hölle!"

Jetzt, da der Mann aufgerichtet vor mir stand, konnte ich ihn genau betrachten. Er war nicht sonderlich groß, aber von desto größerem Körperumfang. Sein Gesicht zeigte eine tiefe Röte, die nicht nur von blühender Gesundheit stammte; es hatte den Ausdruck der Ehrlichkeit, und wenn seine Augen jetzt auch zornig funkelten, so schienen sie doch geeignet, bei andrer Stimmung freundlicher zu

[1]) Kellner

blicken. Sein Alter schätzte ich auf höchsten fünfunddreißig Jahre. Sein Anzug glich dem meinigen: weite türkische Schalwar[1]), eine Weste und kurze Kubaran[2]) mit niedrigem Stehkragen, Fes, ein Halstuch unter dem Hemdkragen und ein Gürteltuch, an den Füßen leichte Stiefel, nur daß meine Kleidung von mittelgrauer Farbe, die seinige aber dunkelblau und mit vielen goldenen Tressen und Schnüren verziert war. Er hatte das Aussehen eines Mannes, der mit dem Inhalt seines Beutels nicht zu geizen braucht.

Jetzt betastete er seinen Körper hinten und vorn, von oben bis unten, und als er erkannte, daß er mit heiler Haut und einigen versengten Schnurrbarthaaren davongekommen war, erheiterte sich sein Gesicht. Er streckte mir die Hand entgegen und schüttelte mir herzlich die Rechte.

„Allah schükür, ßagh im! Bu wakytta naßl idinis — Gott sei Dank, ich bin gesund! Wie ging es dir in dieser Zeit?" — „In dieser Zeit?" fragte ich erstaunt. „Du kennst mich, wie es scheint?" — „Und du mich nicht?" — „Ich kann mich wirklich nicht erinnern."

„Ich glaube es, denn du hast damals nicht mit mir gesprochen. Setzen wir uns! Du bist ein Deutscher und wirst gewiß gern ein Glas Bier trinken. Ich habe dich gerufen, und du mußt die Güte haben, mein Gast zu sein."

Er wählte sich einen festern Stuhl, und ich nahm ihm gegenüber Platz. Dabei übersann ich das freundliche Geschick, dem ich diese Begegnung verdankte. Kaum hatte ich in Kairo den Staub des Dschebel Abu Tartur von mir geschüttelt, so traf ich einen Türken, der mich kannte und gar nicht übel von mir zu denken schien. Ich war neugierig, zu erfahren, wer er war und wo er mich gesehen hatte.

„Ja, walad, gîb schîschaten — he, Junge, bring zwei Wasserpfeifen!" rief er nach hinten. Der Negerknabe kam zaudernd herbei und stellte die Pfeifen mit möglichst langen Armen auf den Tisch; er hatte Angst vor einer Wiederholung der Ohrfeige. Als er sah, daß der Türke nicht mehr zornig war, faßte er den Mut, uns Kohlen zu reichen. Die Köpfe waren mit Tumbâk gefüllt, einem schweren persischen Tabak, der nur aus dem Nargileh geraucht wird.

„Idinu kisasatên bîra nimsawije — gib uns zwei Flaschen österreichisches Bier!" lautete der weitere Befehl. Das war eine Höflichkeit gegen mich: ich als Deutscher sollte österreichisches und kein englisches Bier trinken. Desto unhöflicher verhielt der Türke sich gegen den Knaben, denn kaum hatte der Unvorsichtige die Flaschen und die beiden Gläser vor uns hingestellt, so bekam er eine so kräftig verbesserte Auflage der ersten Kaff[3]), daß er wie eine Forelle blitzschnell quer durch den Raum und hinten zur Tür hinausschoß.

„Mustehakkyny, buldu o — der hat seinen Teil!" lachte der Türke, indem er die Flaschen öffnete, um uns einzugießen. Der Mann

[1]) Hose [2]) Jacke [3]) Arabisch: Ohrfeige

trank jedenfalls nicht zum erstenmal mit einem Abendländer, denn er stieß regelrecht mit mir an. Es war Pilsner Bier, wirklich echtes Pilsner! Liebster Orient, es wird mir langsam Angst um dich! Aber trinke nur weiter, trink immerhin Bier! Das ist besser als der scharfe Raki, der dir das Blut vergiftet und die Nerven tötet, obgleich Mohammed ihn nicht ebenso wie den Wein verboten hat.

Als wir getrunken und die Pfeifen guten Zug hatten, musterte mich der Türke mit einem Blick, der von freundlicher Hochachtung zeugte.

,,Du kennst mich nicht; darum muß ich dir meinen Namen nennen. Ich heiße Murad Nassyr und wohne in Nif bei Ismir[1]). Ich bin Basirgijan[2]) und habe mehrere Schiffe in See. Mein Kalem[3]) befindet sich in Ismir; meine Niederlagen aber sind in Nif. Oh, Effendi, ich habe da schöne und wertvolle Sachen, an denen sich mancher Pascha erfreut." Bei diesen Worten legte er die Spitzen des Daumens und des Zeigefingers an den Mund, küßte sie, schloß die Augen und schnalzte mit der Zunge, als dächte er an etwas sehr Schönes. ,,Aber ich bin nicht nur Basirgijan, sondern auch Krieger", fuhr er fort. ,,Ich muß auf meinen Reisen oft die Waffen führen, und es gibt keinen Menschen, der sich rühmen könnte, mich jemals besiegt zu haben. Mein Name wird dir das schon sagen."

Er hatte mit großem Stolz gesprochen und sah mich nun erwartungsvoll an.

,,Dein Name?" fragte ich. ,,Meinst du Murad oder Nassyr?"

,,Nassyr." — ,,Dieses Wort hat doch nichts mit Tapferkeit zu tun, denn es bedeutet eine Verhornung der Zehenhaut, die oft so schmerzhaft ist, daß man ihretwegen Gesichter schneidet, die gar nicht heldenhaft sind." — Das türkische Wort bezeichnet nämlich das Hühnerauge.

,,Allah, Allah!" rief er aus. ,,In was für einem Irrtum befindest du dich! Das Wort bedeutet ja Sieger!" — ,,Das arabische Nassyr ist Sieger, nicht aber das türkische Nassyr. Du müßtest Ghalib, Fatih oder Musaffer heißen." — ,,Effendi, willst du mich beleidigen und meine Wangen schamrot machen? Wie kannst du als Deutscher den Namen eines Mannes, dessen Ahnen unter den berühmtesten Sultanen ruhmvoll gekämpft haben, besser beurteilen wollen als er selber." — ,,Nun gut, so irre ich mich", lenkte ich höflich ein. ,,Verzeih meine Unwissenheit." — ,,Ich verzeihe", meinte der Türke befriedigt. ,,Und nun will ich dir auch sagen, wo ich dich schon gesehen habe. Es war in Dschesaïr[4]), wo mein Schiff vor Anker lag. Kennst du dort einen französischen Kaufmann namens Latréaumont?"

,,Allerdings." — ,,Du saßest in einem Kaffeehaus der Straße Bab-Azoun. Auch ich kam hin und bemerkte, daß du von den Anwesenden unausgesetzt betrachtet wurdest. Man sprach leise von dir, und als du fort warst, erkundigte ich mich. Ich erfuhr, daß du der Deutsche

[1]) Smyrna [2]) Kauf- und Handelsmann [3]) Kontor [4]) Algier

seist, der den Sohn Latréaumonts, der überfallen und tief in die Sahara geschleppt worden war, mitten aus der Schar der Henker herausgeholt hattest[1]). Ich habe mir dein Gesicht gemerkt und dich sofort wieder erkannt." — ,,Ich kann nicht leugnen, daß ich dieser Deutsche bin; doch hat man meine Tat durch das Churdebin[2]) betrachtet." — ,,Nein, denn ich weiß, daß du die ganze große Gum[3]) vernichtet hast. Es ist dir kein einziger der Imoscharh oder Tuareg entkommen." — ,,Ich war ja nicht allein!" — ,,Ein Engländer und zwei Diener waren mit dir, das ist alles. Ich mußte später in Geschäften zu Latréaumont, und er hat mir die Geschichte ausführlich erzählt. Effendi, wo kommst du jetzt her?" — ,,Vom Bir Haldeh im Gebiet der Uled Ali." — ,,Und wohin willst du?" — ,,Heim", erwiderte ich kurz. — ,,Nach Deutschland? Wirst du dort erwartet, oder hast du dort notwendige Geschäfte? Ein Effendi wie du kann aber doch keine Geschäfte haben."

Murad erwartete meine Antwort mit dem Ausdruck großer, offen gezeigter Spannung im Gesicht.

,,Nun, Geschäfte habe ich freilich nicht, und mit Ungeduld erwartet mich auch niemand." — ,,So bleib hier, bleib und reise mit mir!" — ,,Wohin?" — ,,In den Sudan, nach Khartum."

Welches Anerbieten! Eine Reise nach Süden wäre die Erfüllung meines sehnlichsten Wunsches gewesen, leider aber konnte ich keinen zustimmenden Bescheid geben.

,,Ich kann nicht. Es ist mir unmöglich zu bleiben; ich muß heim."

,,Warum, wenn da weder ein Geschäft noch ein Mensch dich ruft?"

,,Dieser hier treibt mich fort", lächelte ich, indem ich den Lederbeutel zog, um ihn dem Türken vor der Nase zu schütteln. ,,Soll ich dir die Krankheit, an der diese Börse leidet, türkisch oder arabisch nennen? Es ist die Ssill, die Sajflanma[4]), ein Übel, das nur in der Heimat geheilt werden kann. Das heißt mit anderen Worten, daß mein Geld nur noch zu einem kurzen Kamelritt nach Sues und dann zur schleunigen Heimkehr reicht."

Ich erwartete, daß der Dicke nun die Angelegenheit auf sich beruhen lassen würde, hatte mich aber geirrt, denn er wehrte ab.

,,Oh, dir kann es nicht am Geld fehlen. Wenn du zur Bank von Ägypten in der Muski, zu Oppenheim & Co. in der Esbekijeh oder zu Tod, Rathbone & Cy. am Rosette-Garten gehst, so bekommst du sofort, was du verlangst. Ich kenne diese Leute." — ,,Aber sie kennen mich nicht." — ,,So gebe ich dir ein Kâjit[5]) mit." — ,,Ich danke! Ich borge nicht. Ich bin nicht so reich wie du und kann nicht weiter reisen, als meine Kasse reicht."

,,Du willst also wirklich nicht?" — ,,Nein." — ,,Schade!" meinte Murad, indem sein Gesicht den Ausdruck aufrichtigen Bedauerns zeigte. ,,Du wärst der Mann gewesen, den ich brauchen könnte. Ich

[1]) Karl May, Ges. Werke, Band 10, ,,Sand des Verderbens", Erzählung ,,Die Gum"
[2]) Vergrößerungsglas [3]) Raubkarawane [4]) Schwindsucht [5]) Zettel, Anweisung

freute mich schon, als ich dich sah, und nahm mir sofort vor, wenn du nichts andres vorhättest, um deine Begleitung zu bitten."

„Du hättest mich brauchen können? Wozu? — „Allah! Das fragst du noch? Ich will nach Khartum, um meine Schwester ihrem Nischanly[1]) zuzuführen. Sie hat einige Dienerinnen bei sich, und ich muß mir Leute mieten, auf die ich mich verlassen kann. Denke, die lange und gefährliche Fahrt auf dem Nil und die halbwilden Araberstämme, durch deren Gebiet wir kommen! Ein Mann wie du, der es mit der Gum, mit einer ganzen Schar blutgieriger Tuareg aufgenommen hat, der fürchtet sich nicht. Hast du die Gewehre mit, die du damals bei dir hattest?" — „Ja." — „Nun, so überlege dir's! Die Reise soll dich keinen Para kosten; ich werde für alles sorgen. Bezahlung, wie einem Diener, darf ich dir freilich nicht anbieten; aber ich werde da oben Geschäfte machen, gute Geschäfte, die viel Geld einbringen, und wir wollen beraten, welchen Gewinnanteil du erhalten sollst."

Das war ein Wort! Ich gestehe, daß ich am liebsten gleich ja gesagt hätte. Aber ich erkundigte mich doch erst genauer.

„Welche Geschäfte hast du im Sinn?" — Murad zwinkerte mit den Augen, und sein Gesicht nahm einen listigen Ausdruck an.

„Kannst du dir das nicht denken?" — „Nein." — „Etwa Reqiq[2]) machen?" Er blickte mir mit gespannter Erwartung ins Gesicht. Reqiq heißt Sklaven. Ich wies den bloßen Gedanken kurz zurück.

„Dazu würde ich meine Hand niemals bieten; ich bin ein Christ. Übrigens sind die Sklavenjagden jetzt vom Khediven verboten."

Der listige Zug verschwand aus seinem Gesicht.

„Ein Sklavenjäger von Beruf fragt nicht nach dem Verbot des Khediven, aber ich bin kein Menschenjäger und kann auch gar nicht die Absicht haben, Neger zu fangen. Ich habe vielmehr mein Augenmerk auf Straußfedern, Gummi, Weihrauch, Sennesblätter, Büffelhorn und Elfenbein gerichtet. Von dem allen gibt es in Khartum große Vorräte, und ich habe die Absicht, bedeutende Einkäufe zu machen. Hältst du das für eine Sünde gegen deine Religion?"

„Gewiß nicht." Er hielt mir seine Hand entgegen. „So reise mit! Schlag ein!" — „Die Zeit ist zu kurz, und wir kennen uns nicht", bemerkte ich. „Ich kenne dich und wiederhole: du bist der Mann, den ich brauche. Ich gebe dir mein Wort, daß du keinen Schaden davon haben wirst. Du wirst, ganz im Gegenteil, bei deiner Rückkehr in die Heimat einen wohlgefüllten Beutel mitbringen."

Dieser Beweggrund war immerhin aufmunternd. Wenn nur nicht der pfiffige Blick gewesen wäre, mit dem er vorhin meiner Antwort entgegengesehen hatte! Das hatte mich trotz des ehrlichen Gesichts des Türken mißtrauisch gegen ihn gemacht. Es schien mir, als wäre es ihm sehr recht gewesen, wenn ich mich nicht als Gegner des

[1]) Bräutigam [2]) Sprich: Rekik

Sklavenhandels bekannt hätte. Darum verzögerte ich noch die Entschließung.

„Die Sache eilt doch wohl nicht so sehr. Gib mir Bedenkzeit!"

„Recht gern, Effendi. Aber ich denke, du willst nach Sues, falls wir nicht einig werden. Wann würdest du dahin reisen?" — „Übermorgen oder den Tag darauf." — „Nun, so haben wir allerdings Zeit. Darf ich fragen, wo du wohnst?" — „Eigentlich wohne ich noch gar nicht. Ich habe meine wenigen Habseligkeiten im Gasthof liegen und ging jetzt aus, mir eine Privatunterkunft zu suchen."

„Und du hast noch keine gefunden?" — „Weder gefunden noch überhaupt gesehen, da du gleich bei Beginn meiner Entdeckungsreise die Güte hattest, mich hierherzuwinken." — „Das ist gut; das ist vortrefflich, denn ich habe eine Wohnung für dich. Es fragt sich nur, welche Ansprüche du machst." — „Wenig oder gar keine. Ich brauche eine einfache Stube, mit einem Teppich oder auch nur mit gewöhnlichen Decken belegt. Nur reinlich muß sie sein. Und wenn es dabei einen kleinen Hofraum gibt, in dem man einen Mund voll frischer Luft nehmen kann, so bin ich mehr als zufriedengestellt."

„Das sind freilich geringe Ansprüche." — „Wer gewöhnt ist, auf seinen Reisen unter freiem Himmel zu schlafen, der kann hier in der Stadt seine Bedürfnisse leicht mäßigen." — „Das ist nicht notwendig. Du kannst wie ein Pascha hausen. Die Wohnung, die ich dir empfehlen will, ist sehr fein. Du kannst drei Zimmer haben, mit denen ein Minister zufrieden sein würde." — „Danke sehr! Ich bin kein Minister und lebe auch nicht auf so großem Fuß. Weil die Wohnung, die du mir empfiehlst, so fein ist, paßt sie nicht für mich und für meinen Beutel." — „Oh, sie paßt ganz gut, denn du hast nicht einen Piaster dafür zu bezahlen." — „Pah! Wer vermietet drei Zimmer, ohne Bezahlung zu verlangen?" — „Wer? Ich, Effendi, ich!"

„Du selber? Besitzt du denn ein Haus in Kairo?" — „Nein, aber ich habe eins gemietet. Aus Geschäftsrücksichten und wegen der Vorbereitungen zur Reise war ich gezwungen, wenigsten drei Wochen in Kairo zu bleiben. Und weil ich den Harem meiner Schwester bei mir habe, konnte ich in keinem Gasthof und in keinem Privathaus sein, das noch von andern Leuten bewohnt wird. Ich mußte mir also ein ganzes Haus mieten, was eine schwierige Sache war. Endlich fand ich ein passendes Gebäude, zwei Straßen von hier. Der Besitzer ist ein reicher Mann gewesen und hat seine ganze, prächtige Einrichtung zurückgelassen." — „Und da hast du drei Zimmer übrig?"

„Noch mehr, wenn du willst. Das Haus ist groß und weit, und ich bewohne es allein. Es gibt Stuben, die wir nie betreten. Es ist ein eigentümliches Gefühl, ein so weitläufiges Gebäude allein zu bewohnen. Darum würdest du mir einen wahren Gefallen erweisen, wenn du zu mir ziehen und auch an meinen einsamen Mahlzeiten teilnehmen wolltest." — „Hm! Dieser Vorschlag kommt mir nicht unannehmbar vor. Darf ich mir die betreffenden Zimmer ansehen?"

„Basch üstüne — ganz gern! Wenn es dir recht ist, brechen wir sofort auf. Junge, ich will bezahlen!"

Er rief diese Worte nach hinten, wo es eine Tür gab. Der Negerknabe steckte den Kopf durch den Spalt und zog ihn wieder zurück. Er befürchtete eine nochmalige Wiederholung der Züchtigung und kam nicht, sondern schickte den Wirt. Der Dicke mußte für die Flasche Bier sieben Piaster bezahlen; er murrte aber nicht über diesen Preis, sondern ließ dem Knaben noch einen Piaster Bakschisch aushändigen. Murad schien ein Liebhaber des Gerstensaftes zu sein und meinte, wenn ich die Wohnung angesehen hätte, könnten wir hierher zurückkehren.

Unterwegs erfuhr ich, daß er seine freie Zeit in diesem Bierhaus zubrachte, weil das Getränk ausgezeichnet und der Verkehr vor dem Haus unterhaltend sei. Die Straße verbreiterte sich nämlich dort auf eine kurze Strecke, was zur Folge hatte, daß der echt orientalisch laute Handel und Wandel sich besser entwickeln konnte. Man hatte vom Bierhaus aus einen bequemen Rundblick über das Treiben der bunten Masse; das mochte Murad Nassyr angezogen haben.

Wir kamen in die Gasse, in der er wohnte. Es war eine Sackgasse, wie es viele in Kairo gibt. Die Häuser sahen nicht einladend aus, was aber keineswegs auf das Innere schließen ließ. Es gibt da Gebäude, die auf der Straßenseite fast Ruinen gleichen und im Innern wahre Paläste sind. Der Morgenländer verheimlicht im Gegensatz zum Abendländer alles, was sich auf seine Häuslichkeit und sein Familienleben bezieht. Das mag seine guten Seiten haben, läßt aber keine soziale Entwicklung, keinen bürgerlichen Zusammenhalt, kein gesellschaftliches Vorwärtsstreben aufkommen. Viele Häuser waren fensterlos. Wo es aber Fenster gab, da waren sie unregelmäßig und scheinbar planlos angebracht und dazu mit engmaschigen Holzgittern versehen. Lange Fensterreihen mit blinkenden Glasscheiben, die dem Außenlicht freien Zutritt gewähren, darf man im Morgenland nicht suchen. Eine solche Lichtfülle würde da nur störend wirken. Das Gebäude, das die Gasse abschloß, also querüber stand, war das, in dem der Türke sich eingemietet hatte. Die Tür war hoch, aber schmal. Ein Reiter konnte hindurch, mußte aber die Füße eng an den Leib des Pferdes legen, um nicht rechts und links anzustreifen. Sie war verschlossen; daneben hing an einer Schnur ein hölzerner Hammer, mit dem Murad pochte. Erst nach längerer Zeit wurde von einem Menschen geöffnet, über dessen Gestalt ich beinahe erschrocken wäre. Wie er so vor mir unter der Tür stand und mich mit neugierigen Augen musterte, war er um mehr als einen Kopf länger als ich; aber um so schmaler war sein Körper. Seine Brust war nur anderthalb Spannen breit; aber aus jedem Arm hätte ich, die Länge gerechnet, zwei für mich machen können. Im gleichen Verhältnis war sein Leib, war jedes Glied und auch das Gesicht gestaltet, alles lang, ewig lang, aber erschreckend schmal. Seine Nase war wenigstens zehn Zentimeter lang und der Nasenrücken so scharf, daß man sie als Schnitzmesser hätte gebrauchen können. Das Gesicht war glatt rasiert. Auf dem Kopf saß ein Turban von einer Breite, wie ich sie selbst bei den Kurden, die doch bekanntlich die breitesten Turbane tragen, nicht gefunden hatte. Vom Hals hing, so daß man die Füße nicht sehen konnte, ein hemdartiges Gewand von weißer Farbe herab; aber was für ein Weiß!

„Dieser Mann ist Selim, mein Haushofmeister", erklärte der Türke, indem er den langen, gespensterähnlichen Kerl zurück- und mich nachschob. Wir traten ein, und der geisterhafte Selim verriegelte die Tür hinter uns. Wir befanden uns in einem engen Hausgang, aber nicht in der Mitte, sondern auf der rechten Seite des Erdgeschosses, da die Tür dort angebracht war. Sämtliche Räume lagen also links von uns. Zunächst führte Murad mich hinaus in den Hof, dessen Einrichtung einst wirklich kostbar gewesen, jetzt aber arg verfallen war. Wir gingen auf Marmor. In der Mitte des Hofs befand sich ein Becken aus dem gleichen Stein, doch ohne Wasser. Die vier Seiten wurden von Gebäude gebildet, das den Hof rundum einschloß. Da standen ringsum Säulen, die das obere Geschoß trugen und hinter denen ich die Türen sah, die in die Gemächer führten. Der Türke machte eine kreisförmige Bewegung mit der ausgestreckten Hand. „Da liegt die frühere Herrlichkeit. Hier hat es einen köstlichen Springbrunnen gegeben, der Kühle spendete, sich aber längst nicht mehr in Tätigkeit befindet. Denk dir, wie viele Zimmer es hier gibt, oben und unten! Wer soll sie alle in Gebrauch nehmen!"

Er hatte türkisch gesprochen. Der Haushofmeister, der seitwärts von uns stand, verbeugte sich zustimmend und bestätigte arabisch: „Richtig, sehr richtig!" Aber was für eine Verbeugung war das! Ich hatte noch nie eine solche gesehen und werde dergleichen niemals wieder zu sehen bekommen, denn ein Haushofmeister Selim lebt nur einmal auf dieser Erde. Als er den Oberleib senkte, geschah das so plötzlich und mit solcher Gewalt, daß es schien, als sollte er vom Gestell der langen Beine weg- und zu Boden geschleudert werden. Dabei wackelte jedes Glied an dem Menschen. Er glich einer Espe oder Zitterpappel, durch deren Zweige und Blätter plötzlich ein starker Windstoß fährt. Dabei wurde der lange Kaftan in einer unbeschreiblichen Weise bewegt, ungefähr wie im Theater das Tuch, mit dessen Hilfe die Wellenbewegung des Meeres dargestellt wird. Es war, als hätte sich jede Rippe dieses Mannes aus dem Körperverband gelöst und schösse nun auf eigene Rechnung allerlei Sprünge und Purzelbäume, denen die betreffenden Stellen des Kaftans folgen mußten.

„Jetzt werde ich dir auch den Garten zeigen", fuhr Murad Nassyr fort. „Komm!" Wir schritten über den Hof hinüber. Hinter mir hörte ich abermals ein „Richtig, sehr richtig!", und als ich mich umblickte, sah ich Selim in einer zweiten Verbeugung begriffen, die so tief war, daß sein Leib mit den Beinen einen spitzen Winkel bildete.

Auf der andern Seite des Hofs führte eine Maueröffnung ohne Tür in den Garten, der in Anbetracht des Umstandes, daß er mitten in der Stadt lag, sehr groß war. Die drei andern Seiten waren von einer doppelt mannshohen Mauer umgeben, die an einigen Stellen altersschwache Breschen zeigte. Aber Grasplätze oder Blumen gab es hier nicht, sondern nur eine einzige Wildnis von allerlei Unkraut und Giftpflanzen, ein Bild des Morgenlandes, wie es treffender nicht sein konnte.

„Das zeige ich dir, damit du dich zurechtfindest", meinte der Türke. „Nun sollst du deine Zimmer sehen." Wir kehrten in den Hof zurück. Dort stand Selim, auf uns wartend, und führte, als wir an ihm vorüberschritten, eine so waghalsige Verbeugung aus, daß mich ernstlich die Besorgnis überlief, seine überschlanke Hüfte werde sich ausdrehen. Dann folgte er uns mit würdevollen Schritten, um uns die erste Tür des Erdgeschosses zu öffnen, wobei er sich wieder tief verneigte. Wir betraten ein Vorzimmer, das mit einem großen Palmenfaserteppich belegt war. Die Wände waren, wie auch die Decke, weiß getüncht. Von hier aus kamen wir in einen zweiten, größeren Raum, der jedenfalls als Empfangszimmer benutzt worden war. Rundum waren rotsamtene Kissen gelegt, ein Smyrnateppich bedeckte den Boden, und an den Wänden sah ich Koransprüche, in Gold, auf blauem Grund gemalt. Das nächste Zimmer war zum Schlafen bestimmt. Von der Mitte der Decke hing eine farbige Glasampel herab. In der einen Ecke lag ein kostbarer Gebetsteppich; in der andern stand die Waschvorrichtung, die, wie ich später sah, aus echt chinesischen Porzellangefäßen bestand, und gegenüber befand sich das Lager, ein niedriges Gestell, mit mehreren hohen, weichen Kissen belegt, worüber einige mit Seide überzogene Decken gebreitet waren. Dann gelangten wir in ein kleines Gemach, das als Herrenzimmer eingerichtet war. An der einen Wand hing eine Pfeifensammlung; in einer Nische standen Nargilehs und kupferne Tabaksgefäße, und eine zweite Nische war als Bücherschrank eingerichtet. Die Bücher lagen noch auf den Brettern. Ich sah zwei geschriebene Korane und noch eine Anzahl andrer frommer Werke. Der Besitzer mußte ein geistig hochstehender und zugleich gläubiger Muslim gewesen sein.

Eine Tür führte weiter; wir öffneten sie aber nicht, sondern Murad Nassyr erklärte: „Nun kommen die Räume, die ich bewohne; die Zimmer, die du bis jetzt gesehen hast, sind für dich bestimmt. Willst du hier wohnen?" — „Ich bin bereit dazu, doch nur unter einer Bedingung." — „Und das wäre?" — „Mein Einzug in diese Räume darf mich nicht etwa dazu verpflichten, dein Reisebegleiter zu werden." — „Zugestanden, Effendi! Zieh hier ein, und sei in jeder Beziehung mein Gast; im übrigen kannst du nach deinem Gutdünken handeln. Doch hoffe ich, daß du mir die Freude machen wirst, teil an meiner Fahrt nach Khartum zu nehmen. Aber ehe du dich endgültig dazu entschließt, hier zu wohnen, will ich dir eine Mitteilung machen, die ich für notwendig halte. Selim, bring Pfeifen!"

Der Haushofmeister stand noch unter der letzten Tür, die er uns geöffnet hatte. Er verbeugte sich in der bereits beschriebenen Weise, wobei alle seine Glieder schlotterten und die Arme bis zum Fußboden niederhingen.

„Richtig, sehr richtig! Aber das ist nicht meine, sondern Sache des Negers. Ich werde ihn herschicken."

Der sonderbare Schlingelschlangel hielt sich nach Landesbrauch für zu hochgestellt, als daß er sich zu dem geforderten Dienst hätte herbeilassen mögen. Er verschwand, und bald darauf erschien ein alter Neger, der zwei Pfeifen von der Wand nahm und sie stopfte, indem er sich des Tabaks aus einem der Kupfergefäße bediente. Hierauf steckte er sie in Brand und reichte sie uns kniend dar. Dann entfernte er sich, um draußen vor der Tür auf weitere Befehle zu warten. Indessen hatten Murad Nassyr und ich uns nebeneinander auf das Polster gesetzt und uns unterhalten. Ihn nach seiner Schwester zu fragen, verbot mir der Gebrauch des Morgenlandes, obgleich ich, da ich aufgefordert worden war, mit ihr zu reisen, eine lebhafte Teilnahme für sie hegen mußte. Eine Dame, die von Smyrna nach Khartum gebracht wird, um dort vermählt zu werden, das war gewiß ein so seltener Fall, daß er seine besonderen Gründe haben mußte. Ich erfuhr nur so nebenbei, daß sie vier Dienerinnen bei sich habe, zwei weiße und zwei schwarze.

Auf die Mitteilung, die Murad Nassyr mir machen wollte, war ich gespannt. Wie ich aus seinen Reden hatte entnehmen können, mußte sie sich auf die Wohnung beziehen, und es hatte geklungen, als müsse er sie mir aus ehrlicher Gesinnung machen. Handelte es sich etwa um einen Grund, der mich veranlassen konnte, auf das Angebot zu verzichten, trotzdem ich weder für die Wohnung noch für das Essen zu zahlen brauchte? Ich sollte über diese Dinge nicht lange im Zweifel sein, obgleich der Türke seine Mitteilung durch eine Reihe von Vorfragen einleitete.

„Du bist ein Christ", begann er, „und ich kenne deine Religion zu wenig, um zu wissen, was sie lehrt. Glaubst du an die Seligkeit und an die Verdammnis? Glaubst du, daß die Seele nach dem Tod fortbesteht?" — „Gewiß." — „Weißt du, wohin die Seele sofort nach dem Tod gelangt?" — „Nein. Nur Gott allein kann das wissen."

„Kann eine abgeschiedene Seele auf Erden als Gespenst erscheinen? Antworte nach deinem Gewissen!" — „Als Geist wohl, aber als das, was *ich* unter dem Wort Gespenst verstehe, gewiß nicht."

„So irrst du dich. Es gibt Gespenster." — „Wenn du das glaubst, so will ich nicht mit dir streiten, obgleich ich deine Ansicht nicht teile." — „Du wirst bald meine Ansicht anerkennen. Du wirst schon morgen glauben, daß es Gespenster gibt, denn wir haben einen Chajâl im Haus." Murad blickte mich dabei scharf an, wohl in der Erwartung, daß ich erschrecken würde. Aber ich blieb ruhig und lächelte. „Da es überhaupt das nicht gibt, was das Volk Gespenster nennt, so kann sich auch hier keins befinden." — „Ich versichere dir aber, daß ich die Wahrheit sage." — „So beruht das auf einem Irrtum. Du hast etwas Natürliches, vielleicht einen Schatten, für ein Gespenst gehalten." — „O nein. Ein Schatten ist dunkel. Das Gespenst aber ist hell." — „Wie ist es gestaltet?" — „Es nimmt alle möglichen Gestalten an, bald die eines Menschen, dann die eines Hundes, eines Kamels, eines Esels —" — „Dann trifft es", fiel ich ein, „seine Auswahl auf keine geistreiche Weise. Ich möchte nicht für ein Kamel oder einen Esel gehalten werden." — „Scherze nicht, Effendi! Ich spreche in vollstem Ernst. Eigentlich ist es mir nicht leicht geworden, dir diese Mitteilung zu machen, denn ich mußte befürchten, daß du dann auf diese Wohnung verzichten würdest."

„Das hast du nicht zu befürchten; im Gegenteil wird grad diese Mitteilung mich bestimmen, die Wohnung von dir anzunehmen. Ich habe so oft von Gespenstern gehört, aber leider noch kein einziges zu sehen bekommen. Da sich mir jetzt die Gelegenheit dazu bietet, werde ich sie mit Freuden benützen. Ich bleibe also nun erst recht hier in diesem Haus." — „Effendi, du lästerst die Geisterwelt."

„Fällt mir nicht ein. Ich bin nur wißbegierig und hoffe, von dem Gespenst eine gute Auskunft über die Geisterwelt zu erhalten, glaube aber leider nicht, daß es ihr angehört." — „Es gehört ihr an, denn es kommt und verschwindet ganz nach Belieben." — „Treibt es etwa Unfug? Oder verhält es sich wie ein vernünftiger Mensch gesetzten Alters?" — „Du spottest immer wieder, wirst aber anders denken lernen. Das Gespenst geht durch alle Türen." — „Sind sie verschlossen?" — „Nein." — „Dann kann ich das auch, ohne ein Gespenst zu sein." — „Es klirrt wie mit Ketten; es heult, saust und braust wie der Sturm; es bellt wie ein Hund, wie ein Schakal; es schreit wie ein Esel, wie ein Kamel." — „Das alles kann ich auch nachmachen." — „Auch das plötzliche Verschwinden?" — „Ganz gewiß, sobald ich erst beobachtet habe, wie das Gespenst es anstellt. Also du hast es gesehen und gehört?" — „Ja." — „Wer noch?"

„Alle: meine Schwester, ihre Dienerinnen, der Haushofmeister, meine beiden Neger. Es ist in ihre Stube gekommen und an ihrem Lager gestanden, auch an dem meinigen." — „Auch an dem deiner Schwester?" — „Nein, denn sie hat durch ihre Dienerinnen die Türen des Harems verrammeln lassen." — „So haben wir es also mit einem Gespenst zu tun, das nicht durch verrammelte, sondern nur durch offene Türen gehen kann. Das kann ich auch." — „O bitte, unsere Türen sind zwar nicht verschlossen, aber doch verriegelt. Es gibt in diesem Haus keine Schlösser, sondern nur Riegel." — „Hm! Hat das Gespenst eine gewisse Stunde, in der es erscheint?" — „Allerdings. Du weißt vielleicht, daß die Geisterstunde um Mitternacht beginnt." — „Kommt es täglich?" — „Ja, und es bleibt eine volle Stunde hier." — „Das will ich ihm nicht verdenken, denn wenn den Gespenstern eine volle Stunde gegeben ist, so läßt es sich denken, daß die Erscheinung ihr Recht ausnützt. Hat jemand mit dem Gespenst gesprochen, und was hat es geantwortet?" — „Nichts."

„Dieses Gespenst ist also kein gesprächiges, sondern ein stillvergnügtes Wesen. Das erwirbt ihm meine Achtung, da ich Schwatzhaftigkeit nicht liebe. Seit wann hat es sich denn an dieses Haus gewöhnt?" — „Seit langer Zeit. Es ist schon vor uns jedem Bewohner dieses Gebäudes erschienen." — „Auch dem Besitzer?" — „Nein, denn das Gespenst ist eben der Geist des letzten Besitzers."

„Ah! Hat es das durch irgendeine gültige Beglaubigung erwiesen?"

„Bitte, Effendi, laß den Scherz! Es ist genau so, wie ich sage. Seit dem Tod des Besitzers, der Major im Heer des Vizekönigs gewesen ist, hat es kein Bewohner dieses Hauses länger als eine Woche ausgehalten. Das Gespenst hat alle vertrieben." — „Und wie lange wohnst du schon hier?" — „Eine Woche. Und ich will dir aufrichtig gestehen, daß ich in einigen Tagen ausgezogen wäre, wenn ich dich nicht gefunden hätte, denn ich denke, daß du das Gespenst vertreiben wirst." — „Das ist ein offenherziges Geständnis, und ich bin dir sehr dankbar dafür. Meine Dankbarkeit werde ich dadurch beweisen, daß ich deinen Erwartungen entspreche. Ich hoffe, ein so eindringliches Wort mit diesem Geist sprechen zu können, daß er nicht wiederkommt." — „Allah, Wallah, Tallah!" rief Murad erschrocken. „Nimm dir das nicht vor! Er wird fortbleiben, ohne daß du mit ihm sprichst." — „Meinst du?" — „Ja. Deine einfache Anwesenheit wird ihn bestimmen, nicht wiederzukommen." — „Du meinst, daß er sich vor mir fürchtet?" — „Das nicht, aber — Effendi, wirst du es mir übelnehmen, wenn ich aufrichtig spreche?" — „Rede getrost!"

„Du hast dort aus den Büchern ersehen, daß der Major in der letzten Zeit seines Lebens ein frommer Mann gewesen ist, und daraus ist mit Sicherheit zu schließen, daß auch sein Geist fromm ist. Ein rechtgläubiges Gespenst aber, das Allah und den Propheten fürchtet, wird sicher ein Haus meiden, in dem ein Christ, ein Ungläubiger, wohnt." — „Ah", lachte ich, „was bist du für ein Schlaukopf! Also deshalb hast du mir die Freiwohnung angeboten?" — „Nicht deshalb allein. Erinnere dich, bitte, daran, daß ich viel von dir gehört habe und darum wünsche, daß du mich begleitest! Denk dich in meine Lage! Dieses Haus ist die einzig passende Wohnung für mich und meine Schwester. Muß ich es wegen des Gespenstes verlassen, so finde ich keine zweite, die unsern Ansprüchen in dieser Weise entspricht. Darum bist du mir so willkommen, denn ich weiß, daß der tote Major sein Haus nicht betreten wird, wenn du dich darin befindest. Meine Schwester fürchtet sich fast zu Tod, sie will fort. Meine Diener haben mir gesagt, daß sie mich verlassen werden, wenn ich hier bleibe. Sie alle werden sich beruhigt fühlen, wenn ich ihnen erkläre, daß du unser Hausgenosse geworden bist." — „So mache ihnen diese Mitteilung schleunigst! Es freut mich herzlich, zu erfahren, daß die mohammedanischen Gespenster solche Angst vor uns Christen haben, und wenn der tote Major ein kluges Gespenst ist, so unterläßt er gleich von heute an seine Besuche. Wieviel zahlst du denn für das verrufene Haus?" — „Wöchentlich fünfzig Piaster. Denke, wie billig!" — „Doch wegen des Gespenstes!" — „Ja. Ganz Kairo weiß, daß es hier umgeht, und niemand zieht herein. Es kann nur noch an Fremde vermietet werden, und auch diese bleiben nur einige Tage, höchstens eine Woche da." — „Und wer ist der jetzige Besitzer?" — „Die Witwe des Verstorbenen; aber auch sie hat es hier nicht aushalten können und ist zu ihrem Bruder gezogen, einem Teppichhändler in der Muski." — „Hm! Mir scheint es sehr unrecht von dem Geist, so schlecht an seinem Weib zu handeln. Wenn der Mann ihr das hinterlassen hat, so ist es seinem Geist nicht zu verzeihen, daß er die Witwe nun in dieser Weise aus dem Erbe treibt."

„Oh, er hat es ihr ja nicht vermacht, sondern der Kadirine, der frommen Bruderschaft des Seyid Abd el Kader el Djelani. Die Witwe hat nur das Recht, es bis zu ihrem Tod zu bewohnen; dann fällt es der Bruderschaft anheim." — „Ah so! Diese fromme Kadirine darf das Haus bis zum Tod der Witwe nicht benutzen, und da geht der tote Major als Gespenst um! Nun begreife ich. Eile zu deiner Schwester, und sage ihr, daß der Geist sie höchstens noch einmal belästigen wird!" — „Bist du also meiner Meinung geworden? Du gibst mir recht? Das freut mich. Ja, ich werde sogleich zu ihr gehen, um ihr die frohe Botschaft zu verkünden. Aber nicht das allein wird sie entzücken. Ich habe ihr damals von dir erzählt, und wenn ich ihr sage, daß ich dich hier wiedergesehen habe und daß du vielleicht mit uns nach Khartum fahren wirst, so wird ihre Besorgnis wegen der gefährlichen Reise sofort verschwinden. Überhaupt muß ich ihr auf alle Fälle deine Anwesenheit melden, weil du bei uns essen wirst."

Murad stand auf und ging. So war ich denn gleich in den ersten Stunden meiner Anwesenheit in Kairo mitten in das schönste Abenteuer geplatzt. Hatte Hoffnung auf freie Reise nach Khartum und außerdem die beste Aussicht, den Geist eines ägyptischen Majors beim Schopf nehmen zu können. Herz, was willst du mehr!

Was das Gespenst betrifft, so war mir, als ich die nähern Umstände vernahm, ein ähnlicher Gespensterfall in den Sinn gekommen, ein Fall, der sich in einem Dorf nahe meiner Heimat und zuletzt gar vor dem Strafrichter abgespielt hatte. Ein reicher Bauer war gestorben und hatte im Testament bestimmt, daß eine alte Verwandte das kleine Hinterhaus bis zu ihrem Tod zur Verfügung haben solle. An diese Bedingung war der eigentliche Erbe, der Sohn des Verstorbenen, gebunden. Bald nach dem Begräbnis begann der Tote zu spuken, und zwar sonderbarerweise ausgerechnet im Hinterhaus. Die alte Frau glaubte aber nicht an Gespenster, sie war klüger als die Majorswitwe in Kairo und ließ heimlich einige handfeste Männer kommen, die sich versteckten und den Geist erwarteten. Er wurde ergriffen und des Bettuchs, das er umhängen hatte, beraubt: es war der Erbe, der Sohn; er hatte der alten Frau das Hinterhaus nicht gegönnt.

Sollte nicht ein ähnlicher Fall in Ägypten vorkommen können? Ich war jetzt allein und trat zur Tür, um sie zu untersuchen. Alles war leicht zu erklären, nur das eine nicht, daß der Geist verriegelte Türen hatte durchdringen können. Meine Stube hatte drei Zugänge; durch den einen waren wir gekommen; der zweite führte zu den Gemächern des Türken und der dritte hinaus auf die Säulenhalle, die den Hof umschloß. Die erste Tür wollte ich nicht öffnen, weil der Neger draußen wartete; der Riegel befand sich an der Innenseite. Bei der zweiten gab es bei mir keinen Riegel, er war jedenfalls an der andern Seite der Tür angebracht. Aber ich bemerkte in entsprechender Höhe drei nebeneinander gebohrte Löcher. Die dritte, zur Säulenhalle führende Tür hatte den Riegel innen auf der Stubenseite. Als ich sie öffnete und draußen untersuchte, sah ich ähnliche drei Löcher, und zwar an der Stelle, wo innen der Riegel befestigt war. Diese Riegel waren von Holz. Zu bemerken ist noch, daß alle rund um den Hof gehenden Stuben durch Türen miteinander verbunden waren, so daß man aus einer in die andre gelangen konnte; jede aber hatte auch noch eine zur Halle führende Tür. Es war klar, daß das Gespenst mit Hilfe eines dünnen, spitzen Nagels oder Drahtes von außen jede Tür öffnen konnte. Der Nagel brauchte nur in eins der Löcher gesteckt zu werden; dann griff er in den weichen Holzriegel und schob ihn zur Seite. Diese Entdeckung wollte ich Murad Nassyr nicht mitteilen, sondern einstweilen lieber für mich behalten. Nach einiger Zeit kehrte er zurück, um mir zu sagen, daß ich der Dame willkommen sei. Sie hege großes Verlangen, mich zu sehen; weil es sich aber nicht schicke, daß sie mich besuche und ein Mann auch nicht den Harem betreten dürfe, so müsse sie sich leider gedulden, bis uns die Reise Gelegenheit zur Begegnung bieten würde. Da ich erst heute hier angekommen sei und mich im Gasthof nur kurze Zeit aufgehalten habe, so wäre ich jedenfalls hungrig und solle erlauben, daß man dem Ungemach abhelfe.

Dem Dicken war es nicht beigekommen, daran zu denken, daß ich Hunger haben könne. In diesen Dingen sind die Frauen der ganzen Welt, auch die des Morgenlandes, umsichtiger als die Männer. Murad schien noch etwas auf dem Herzen zu haben; ich sah es ihm an und forderte ihn auf, es mir mitzuteilen.

„Oh“, meinte er, „ich mag dich nicht belästigen; es betrifft nur die eine Negerin.“ — „Was ist es?“ — „Sie hat wütende Zahnschmerzen, und du bist Arzt, wie ich sicher annehme.“

Wenn ein Deutscher im Morgenland reiste, so hielt man ihn damals entweder für einen Arzt oder für einen Gärtner.

„Darf ich sie denn sehen?“ fragte ich. „Eine schwarze Dienerin? Gewiß!“ — „So schick um sie!“ Murad klatschte in die Hände, worauf der Neger eintrat. Dieser erhielt den Befehl, die Dienerin zu holen. Sie war noch jung und hatte nicht die eingedrückte Nase und die wulstigen Lippen der schwarzen Rasse im allgemeinen. Ihre rechte Wange war dick angeschwollen. Das Mädchen öffnete den Mund und zeigte mir mit dem Finger nacheinander vier Zähne, von denen jeder der schmerzende sein sollte. Es war klar, daß es sich um einen nervösen Zahnschmerz handelte, denn die Zähne waren alle kerngesund. Ich versprach der Schwarzen, sofort zu helfen, nahm eine geheimnisvolle Miene an, strich ihr, indem ich die Lippen murmelnd bewegte, mit zwei Fingern einigemal über die Wange und schickte sie dann mit der Weisung fort, heut die Stube nicht zu verlassen. Das war keine Gaukelei. Der Zahnschmerz war eine nervöse Begleiterscheinung; mit der eigentlichen Krankheit hatte das nichts zu tun, und ich kannte den Einfluß, den der bloße Glaube, das Vertrauen ausübt. Die Berührung eines weißen Arztes war bei dieser Negerin jedenfalls von größerer Wirkung als irgendein Heilmittel. Daß ich oder vielmehr, daß Vertrauen dieser Schwarzen sie von ihren Schmerzen befreite, rettete mir später das Leben. Bald darauf kam der alte Neger herein und brachte auf einer Platte ein kaltes Huhn, das von Rinderbratenstücken umringt war. Dazu gab es dünne Fladenschnitten, das landesübliche Brot. Gabeln waren nicht dabei. Ich zog mein Messer, der Dicke das seinige auch. Als ich ein Stück Braten gegessen hatte, waren hinter den glänzenden Zähnen Murad Nassyrs die andern acht Stücke verschwunden. Ich nahm mir ein Bein vom Huhn; aber mein Mund vergaß die Arbeit, als ich sah, mit welcher Gewandtheit mein Gastfreund die knusperige Henne von ihrem Knochengerüst löste und sich das Fleich in großen Stücken zwischen die Kinnladen schob. Dieser Türke schien gar nicht zu kauen. Er schlang und schluckte und schluckte und schlang, bis es nichts mehr zu schlingen gab. Eben als er die Platte von sich schob, war ich auch mit meinem Hühnerbein fertig, dessen Knochen ich zu dem übrigen Gerippe legte. Der Neger brachte ein Waschbecken, und wir wuschen uns die Hände.

„So, das wäre getan“, meine der starke Esser befriedigt, und zum Trost für mich fügte er hinzu: „Heut abend gibt es mehr. Jetzt aber wollen wir wieder zum Bierhaus gehen! Wir haben da eine bessere Unterhaltung als hier in dem einsamen Haus.“

Ich wäre lieber dageblieben, um einen Blick in die Bücher des verstorbenen Majors zu tun. Als ich eins davon in die Hand nahm, meinte Murad Nassyr: „Laß doch! Was können dir, da du Christ bist, diese Bücher nützen; sie haben nicht einmal der Seele des Majors über die Brücke des Todes geholfen. Er soll auf dem Zug nach Sennar große Grausamkeiten begangen haben, die später sein Gewissen beschwerten. Darum ist er in seinen letzten Jahren fromm geworden und hat sein Vermögen der Bruderschaft vermacht. Laß die unnützen Schriften hier, und komm mit mir! Eine Flasche Bîra nimsâwije ist besser als alle Geistesschätze der Gelehrten."

Ich war gezwungen, mich vor dieser Lebensweisheit zu beugen, und tat dies, der Pilsner Brauerei zuliebe, nicht ungern. Draußen stand Selim, der Haushofmeister. Er eilte uns voran, um die Tür zu öffnen.

„Kara Ben Nemsi Effendi ist mein Gast", erklärte ihm sein Herr. „Er wird bei uns wohnen und den Geist vertreiben." Selim öffnete den Mund, schob den Riesenturban in den Nacken und starrte mich wie abwesend an. Dann schien er sich seiner Pflicht zu erinnern, riß die Tür auf und warf den Oberkörper in tiefer Winkelbeuge nieder.

„Richtig, sehr richtig! Aber wie will er das fertigbringen?"

Der Lange behielt seine Körperlage bei, während er die Antwort erwartete.

„Dadurch, daß er es klüger anfängt als du", fuhr ihn Murad Nassyr an. Da richtete Selim sich so rasch auf, als wäre sein Leib durch Federkraft emporgeschnellt worden, und sagte beleidigt:

„Habe ich nicht abends und auch während der ganzen Nacht alle meine Waffen bei mir getragen?" — „Ja, das hast du." — „Habe ich nicht unaufhörlich die heilige Fatîha und auch die Sure des Kampfes gebetet?" — „Ich will es glauben." — „So habe ich alles getan, was ein frommer Muslim gegen diesen bösen Geist tun kann, und es darf mich kein Vorwurf treffen. Ich bin klug und tapfer. Man zählt mich zu den Helden meines Stammes, und ich habe schon so viel Blut vergossen, wie sich Wasser im Nil befindet. Ich bin bereit, es mit allen Feinden des Weltalls aufzunehmen, aber soll ich etwa mit einem Geist kämpfen, durch dessen Leib die Kugeln gehen, ohne ihn zu verletzten, und dessen Gestalt weder mein Säbel noch mein Messer treffen kann, während es von ihm nur des bloßen Willens bedarf, um mir das Gesicht in den Nacken zu drehen?" — „Nein, das sollst du nicht, denn ein Gespenst kann man weder erschießen noch erstechen. Ich bin zufrieden mit dir." — „Richtig, sehr richtig!" rief der Held seines Stammes, indem er zu seiner tiefsten Verbeugung zusammenknickte, um dann die Tür zu schließen.

„Ein seltsamer Mensch, dieser Selim!" meinte ich, indem wir weiterschritten. „Ist er schon lange bei dir?" — „Nein. Ich habe ihn erst hier gemietet." — „Was und wo war er vorher?" — „Selim war längere Zeit Führer zu den Pyramiden, ist aber dabei mit einem Engländer in Streit geraten und hat sich darüber so geärgert, daß er beschloß, sich sein Brot auf andre Weise zu verdienen. Er versieht sein Amt bei mir mit großem Fleiß, und ich kann nicht über ihn klagen." — „Soll er dich nach Khartum begleiten?" — „Ja. Ich habe ihn zu dieser Reise gemietet, da er behauptet, die Gegend bis da hinauf genau zu kennen." — „So beglückwünsche ich dich. Wenn er wirklich ein so großer Held ist, wie er sagt, so wird er dich gegen alle Fährlichkeiten beschirmen, und es ist ganz unnötig, daß du mich mitnimmst." — „Ja", erklärte der Türke, „Selim hat seine Tapferkeit und Unüberwindlichkeit während des ganzen Tags auf den Lippen. Du wirst ihn noch kennenlernen. Sein Mund läuft von Ehrerbietung über, und die Verbeugungen, die er mir tagsüber macht, sind nicht zu zählen. Aber an seinem Mut darf man nicht zweifeln, sonst kann er sogar grob werden. Ich bin auch überzeugt, daß er im Ernstfall seinen Mann stellt." — „Hm! Leute, die so gern von ihrer Tapferkeit sprechen, sind gewöhnlich feig; ich habe diese Erfahrung schon oft gemacht." — „Bei Selim ist es gewiß anders. Er hat mir einige seiner Erlebnisse erzählt, aus denen hervorgeht, daß er eine große Übung im Gebrauch der Waffen besitzt. Den Engländer, den ich soeben erwähnte, hat er so geohrfeigt, daß der Mann für tot liegenblieb." — „Hast du das gesehen?" — „Nein; ich weiß es nur aus Selims Bericht." — „So nehme ich das Gegenteil an. Der Engländer wird ihn geohrfeigt haben, so daß ihm die Lust, länger Fremdenführer zu sein, vergangen ist. Wäre es wirklich so, wie Selim sagt, so hätte es nur eines Wortes des englischen Konsuls bedurft, ihn in schwere Strafe zu bringen."

Wir hatten jetzt das Bierhaus erreicht und nahmen wieder an einem Tisch Platz. Um nicht wieder durchzubrechen, hielt Murad Nassyr es für angezeigt, seinen Sitz, ehe er sich niederließ, eingehend auf seine Festigkeit zu prüfen. Nachdem diese Prüfung befriedigend ausgefallen war, bestellte er zwei Flaschen Bier. Der Negerknabe brachte sie und dazu zwei Wasserpfeifen. Dabei blinzelte er, ohne wie vorher Furcht zu zeigen, den Dicken von der Seite so vertraulich an, daß es mir heimlich Spaß machte. Der Neger war ein aufgewecktes Kerlchen. Er trug das Haar glatt geschoren und war trotz seiner Jugend schon tätowiert. Er hatte einen tiefen Einschnitt zwischen den Augenbrauen, von denen aus sich kreisförmige, getüpfelte Linien zu dem Scheitel und den beiden Seiten der Stirn hinzogen, eine Art Tätowierung, die bei allen Stämmen der Dinkaneger, und zwar bei den Männern wie bei den Frauen, gebräuchlich ist. Wie ich bald erfuhr, befand der kleine Kellner sich in einem immerwährenden Krieg mit dem Dicken. Der letzte Angriff von seiner Seite war gegen den Schnurrbart des Feindes erfolgt und hatte ihm die erwähnten ‚Katzenköpfe', aber auch einen Piaster Bakschisch eingetragen.

2. *Der Vorsteher der heiligen Kadirine*

Es war ein wunderbar eigenartiges Treiben, das sich da vor dem Haus auf der breiten Gasse entwickelte. Von unserm Sitz aus konnten wir es in aller Bequemlichkeit betrachten, zumal es uns möglich war, die Straße eine weite Strecke auf- und abwärts zu überblicken.

An der Ecke der Seitengasse, durch die ich vorher gekommen war, hielten einige Hammârs, Eseljungen, die den Beruf in sich zu fühlen scheinen, hier die oft undankbare Rolle der Berliner Schusterjungen zu spielen. Der Esel ist im Süden ein ganz andres Tier als im Norden, wo es als struppiges, verdrossenes Sinnbild der Beschränktheit betrachtet wird. Ein ägyptischer Esel ist ein unermüdlicher, stets munterer Diener seines Herrn, der ihn mit wenig Futter und vielen Schlägen oder gar Fußtritten belohnt. Selbst mit dem schwersten Reiter auf dem Rücken trabt er stundenweit, ohne zu ermüden, und verfällt trotz dieser Last von Zeit zu Zeit in die mutwilligsten Luftsprünge. Hinterher rennt schwitzend und pustend der Hammâr, schlägt ihn, stößt ihn, vesetzt ihm Fußtritte oder bewirft ihn mit Steinen, um seinen Lauf noch mehr zu beschleunigen. Diese Hammârs sind Menschenkenner; sie wissen auf den ersten Blick, ob sie einen Engländer, Franzosen, Italiener oder Deutschen vor sich haben. Von den Sprachen aller dieser Völker verstehen sie einige Worte und Redensarten; sie scheinen sogar einige Kenntnisse von der Erdkunde und Geschichte der betreffenden Länder zu besitzen, wie die Art und Weise zeigt, in der sie zum Gebrauch ihrer Langohren auffordern. ,,Hier is ain schener Bismarck!" schreit der eine, sobald er einen Fremden kommen sieht, den er für einen Deutschen hält. Mit dem Bismarck ist sein Esel gemeint. ,,*Here is a fine general Grant!*" ruft ein zweiter einem Yankee zu, und ein Engländer hört sich angeschrien: ,,*Here is a good beefsteak, a celebrated Palmerston*", während ein gut republikanisch gesinnter Franzose hören muß: ,,*Monsieur, voila le plus grand Napoléon; j' ail l'animal le plus préférable de la France!*"

Soeben hockten sich grade vor uns zwei arabische Gaukler mitten auf der Straße nieder, um ihre Kunststücke zu zeigen. Einige Schritte von ihnen entfernt, hatte ein Muhaddit[1]) einen Kreis Neugieriger um sich versammelt, um für zwei oder drei kleine Münzen einige schon tausendmal gehörte Märchen vorzutragen. In der Nähe tanzte ein Negerknabe auf Stelzen und blies dazu auf einer Art Flöte. Zwischendurch drängte sich ein langer Zug tiefverhüllter Frauen, die auf Eseln ritten. Dann kamen hohe, schwerbeladene Kamele die Straße herauf, jedes mit einem Strohseil an den Sattel des voranschreitenden gebunden. Dahinter keuchen Hammale, Lastträger, mit schweren Säcken und Kisten auf den Köpfen; sie singen dabei, um nicht aus dem Takt zu kommen, einige endlos wiederkehrende Worte. Jetzt naht ein Pfeifenreiniger mit einigen Bündeln langer, mit Werg umwickelter Drähte in den schmutzigen, nach Tabaksaft duftenden Händen; dann ein Sakka, ein Wasserhändler, der ein großes, irdenes Gefäß mitschleppt, um für eine geringe Entschädigung die Durstigen zu erquicken. Auf der andern Seite der Straße wird der Beweis geliefert, daß hier selbst die geheimsten Geschäfte öffentlich und mit möglichst großem Lärm abgemacht werden. Die Vorderseiten der Häuser sind offen, so daß man in jeden Laden, in jede Wohnung blikken kann. Da sitzt ein ehrwürdiger Bürger auf der Matte, hält einen

[1]) Erzähler

zappelnden Buben zwischen den Beinen und befreit dessen Haarwald eifrig von jenem Wild, an dem Ägypten schon zur Zeit der Pharaonen reich gewesen sein soll. Von einer daneben wohnenden Alten wird etwas auf die Straße geworfen: es ist eine Katze, die soeben die Augen für immer geschlossen hat. Der Leichnam wird auf der Straße verwesen, ohne daß ein Mensch sich um den dadurch entstehenden Gestank kümmert; reitet doch der Pascha, der soeben dort erscheint, über den Katzenbalg weg, ohne daran etwas Ordnungswidriges zu finden. Auch sein Gefolge würdigt das tote Tier keiner Aufmerksamkeit, und der voranschreitende Läufer hält es nicht der Mühe wert, es durch eine Bewegung des Fußes wegzuräumen. Gerade da, wo der erwähnte Alte den Kopf seines Enkels ‚entvölkert', sitzt ein weißbärtiger, ehrwürdiger Greis, mit dem Rücken an die hölzerne Tragsäule gelehnt. Still, wie in Verzückung und mit geschlossenen Augen, läßt er die Perlen seiner Gebetskette durch die dürren, zitternden Finger gleiten. Seine Lippen bewegen sich lautlos. Er sieht und hört nicht, was um ihn geschieht; er ist der Erde entrückt und wandelt im Geist in den Gefilden des Paradieses, das Mohammed den Gläubigen verheißen hat.

Da ertönt der laute Ruf: „Unser Morgen sei weiß!" Es ist ein Milchverkäufer, der in dieser Weise auf seine Ware aufmerksam macht. „Tröster der Schmachtenden, fließend vor Saft!" ruft ein andrer, der Melonen feilbietet. „Sie entsproß aus dem Schweiß des Propheten, o Duft aller Düfte!" ertönte die Stimme eines Rosenhändlers, und der Scharbatli oder Rosinenwasserverkäufer verkündet: „Länge des Lebens, fliehender Tod; es reinigt das Blut!" Dem Bierhaus gegenüber steht ein kleines, vielleicht achtjähriges Negermädchen, das ein Körbchen an einer Schnur um den Hals hängen hat und zuweilen verzagt ruft: „Feigen, Feigen, süßer als meine Augen!"

Wer hat dieses arme Kind dort hingestellt und ihm diesen Ruf vorgeschrieben? Gewiß ein berechnender Geschäftsmann, denn die dunklen Augen der Kleinen mit dem traumverlorenen Blick sind wirklich süß. Es ist ein schönes Kind, trotz der schwarzen Hautfarbe. Die ängstlich bittende Stimme und die flehend ausgestreckten Händchen müßten eigentlich jeden Vorübergehenden veranlassen, einige Para für die Feigen zu opfern. Ich konnte den Blick kaum von der Kleinen wenden. Ihre feine Stimme hatte einen so ängstlichen Ton, und das „Feigen, Feigen" klang wie ein Hilferuf an mein Ohr. Ich nahm mir vor, ihr beim Fortgehen ein gutes Bakschisch zu geben. Ich hatte bemerkt, daß ich nicht der einzige war, der sich von dem Kind angezogen fühlte. Der Kellnerjunge war im Verlauf einer Stunde dreimal zu ihr hinübergegangen, um sich eine Feige zu kaufen. War er ein Leckermaul, oder tat er es aus kindlicher Zuneigung? Wenn er sich ihr näherte, so leuchteten ihre Augen auf, und ihr Gesichtchen nahm den Ausdruck hervorbrechender Liebe an. Das geschah auch regelmäßig, wenn sie herüberblickte und ihr Auge dem seinigen begegnete. Jetzt eben hatte der Knabe nichts zu tun; er hockte, halb abgewendet von uns, in einer Ecke und — ja wahrhaftig, er weinte! Ich sah, daß er mit dem Handrücken immer wieder die hervorquellenden Tränen trocknete. Konnte der naseweise Junge auch traurig sein? Dann war es kein gewöhnliches, kindisches Herzeleid, das ihn bewegte und ihm hier in dieser Umgebung, in aller Öffentlichkeit das Wasser in die Augen trieb.

Der Blick der Kleinen entdeckte ihn in seinem Winkel; sie sah ihn weinen und sofort fuhr auch sie mit beiden Händen zu den Augen. Es mußte irgendein näheres Verhältnis zwischen den beiden schönen Kindern bestehen. Wie es eigentlich kam und warum ich es tat, vermag ich nicht zu sagen, ich war aufgestanden und ging in die Ecke. Als der Junge mich vor sich sah, stand er auf und wollte sich entfernen, ein leises Schluchzen unterdrückend. Ich hielt ihn am Arm fest und fragte freundlich: „Warum weinst du? Magst du mir das sagen?“ Er sah mir ins Gesicht und wischte sich die Tränen aus den Augen. „Weil niemand von Dschangeh kauft.“ — „Meinst du die kleine Feigenverkäuferin da drüben?“ — „Ja.“ — „Nun, du kaufst ihr doch ab; ich sah es schon einigemal.“

Er schien zu meinen, ich wollte ihn damit der Leckerhaftigkeit anklagen, denn er wehrte lebhaft und wie entrüstet ab. „Ich habe die Feigen nicht gegessen; ich gebe sie Dschangeh wieder, wenn der Gebieter vorüber ist. Ich habe nur gekauft, damit sie Geld bekommt, denn wenn sie am Abend nicht fünf Piaster bringt, so bekommt sie Schläge und nichts zu essen und wird mit den Händen und Füßen krumm an den Pfahl gebunden. Ich muß acht Piaster bringen. Heut habe ich schon vier als Bakschisch bekommen; der Herr des Bierhauses gibt mir täglich drei, so brauche ich nur noch einen. Den wird mir schon noch jemand schenken, und so habe ich Dschangeh zwanzig Para für Feigen gegeben.“ — „An wen mußt du denn die acht Piaster entrichten?“ — „An unsern Gebieter.“ — „Der auch Dschangehs Herr ist?“ — „Ja. Sie ist doch meine Schwester.“ — „Und wer ist euer Gebieter?“ — „Er ist ein böser Mann und heißt Abd el Barak.“

„Hat er euch von eurem Vater gemietet?“ — „Nein. Unser Vater und unsre Mutter wohnen weit von hier. Er hat uns von dem Mann gekauft, der unser Dorf überfiel, unsre Hütten niederbrannte und uns dann mit vielen andern gefangennahm, um uns zu verhandeln.“

„So seid ihr Sklaven, ihr Armen! Wie heißt das Land, wo ihr gewohnt habt?“ — „Das weiß ich nicht, es hat keinen Namen. Der Fluß heißt Bahr el Abiad[1]).“ — „Aber wie dein Volk heißt, das kannst du mir sagen?“ — „Ja. Unsere Männer nennen sich Dongiol.“

„Und wie nennt man dich?“ — „Pulo.“ — „Weine nicht wegen heute! Es soll euch nichts geschehen. Hier hast du zehn Piaster, die du mit Dschangeh teilen magst; sie soll zu essen haben und nicht krumm angebunden werden.“

[1]) Weißer Nil

Als ich Pulo das Geld in die Hand legte, schossen ihm die Freudentränen in die Augen; er wollte sprechen, sich bedanken; seine Lippen bebten, doch er brachte die Worte nicht heraus. Eine Bewegung, die er gegen die Straße machte, verriet mir, daß er gleich zu seiner Schwester hinübereilen wollte, um ihr das Geld zu geben. Aber er besann sich und murmelte: „Nein, nicht jetzt, sondern erst dann, wenn der Gebieter vorüber ist." — „Warum?" — „Weil er sehen würde, daß sie nicht für so viel verkauft, sondern das Geld als Bakschisch bekommen hat. Geschenke aber müssen wir abgeben, ohne daß er sie uns anrechnet." — „So kommt Abd el Barak wohl oft hierher, um zu sehen, welche Geschäfte Dschangeh macht?"

„Ja. Er kommt einmal am Vor- und einmal am Nachmittag, um das Geld zu holen. Ich verstecke es vor ihm und gebe ihm nur die acht Piaster. Auch gebe ich zuweilen Dschangeh etwas ab, wenn sie zu wenig hat. Das übrige vergrabe ich. Wenn ich genug habe, so kaufe ich mich und Dschangeh frei und gehe dann mit ihr zum Bahr el Abiad zu den Dongiol." Das war eine sehr vertrauliche Mitteilung. Pulo hielt mich für einen Menschen, dem er dieses Geheimnis anvertrauen konnte, ohne Verrat fürchten zu müssen. „Wieviel hast du denn schon gespart?" erkundigte ich mich. „Schon fast vierzig Piaster." — „Und wie lang bist du bei Abd el Barak?" — „Viele, viele Wochen und noch viel mehr Tage." — „Ist's ein Jahr?" — „Das weiß ich nicht." Pulo verstand es nicht, die Zeit zu bestimmen; darum fragte ich anders weiter. „Wie oft hast du schon den Aufbruch der Pilgerkarawane von hier nach Mekka gesehen?" — „Zweimal."

„So bist du schon zwei Jahre bei Abd el Barak; merke dir das! Du siehst mich nicht zum letztenmal! Ich werde noch oft hier Bier trinken und vielleicht kann ich dir einen guten Rat geben oder euern Gebieter bitten, euch freizulassen."

Ich kehrte, gefolgt von seinem dankbaren Blick, an meinen Platz zurück. Hätte ich dem Knaben die Wahrheit sagen sollen, daß er eigentlich frei sei, weil der Vizekönig den Sklavenfang verboten habe? Nein, denn er hätte diese Kenntnis doch nicht ausnützen können. Also Geschwister waren sie! Ich war gerührt. Welche Liebe und Anhänglichkeit! Pulo unterstützte Dschangeh, um sie nicht leiden sehen zu müssen! Er hatte sein Land, sein Volk und seine Eltern nicht vergessen. Er wollte zu ihnen zurück; nur darum sparte er. Und wie schildert man gewöhnlich diese Schwarzen? Auf welche Stufe stellt man sie? Hätte ein weißer Knabe im Alter dieses Negerjungen tiefer fühlen, richtiger denken und handeln können? Gewiß nicht!! Wer den Neger nicht für erziehungsfähig hält, wer ihm die bessern Regungen des Herzens abspricht, der begeht eine Sünde nicht nur gegen die schwarze Rasse, sondern gegen das ganze Menschengeschlecht.

Und dieser Abd el Barak, zu deutsch Diener des Segens! Wie wenig paßte sein Name zu seinen Taten! Ich hatte mich eigentlich näher nach ihm erkundigen wollen, aber das wäre hier aufgefallen. Wenn ich ihm seine Unbefangenheit ließ, war es wohl eher möglich, etwas für die Kinder zu tun. Denn daß ich mich der Geschwister in irgendeiner Weise annehmen würde, stand bei mir fest. Ich, der Fremde, der kaum das nötige Reisegeld besaß, um in seine Heimat zu gelangen? Warum nicht! Abd el Barak hatte kein Recht, die Kinder als sein Eigentum zu behandeln und für seinen Beutel arbeiten zu lassen. Das war sicher. Er mußte sie hergeben und wenn ich deswegen bis ins Ministerium gehen sollte. Welchem Volk die Kinder angehörten, darüber konnte es keinen Zweifel geben; sie waren Dongiol, und dieser Stamm gehört zum Dinkastamm, der sich auch Dschangeh nennt. Diese Bezeichnung war hier in Kairo der Name des Mädchens geworden. Die Dinka sind unbedingt der schönste Menschenschlag am Weißen Nil; sie sind schlank und von hohem Wuchs; ihr Gesichtsausdruck zeigt mehr Milde und Verstandesbildung als der andrer Völker des Sudan. Da war es kein Wunder, daß der Knabe nicht das stumpfsinnige, teilnahmslose Wesen der meisten Negerkinder besaß. Hätte Pulo in einer deutschen Volksschule sitzen können, er wäre gewiß gegen keinen seiner Mitschüler zurückgeblieben. Solchen stillen Betrachtungen gab ich mich hin, bis dem Türken mein Nachsinnen unbequem wurde. Er erkundigte sich nach der Ursache meines Schweigens, und ich erzählte ihm, was ich von dem kleinen Gegner seines großen Schnurrbartes gehört hatte. Murad blickte lange wortlos vor sich nieder, so daß ich ihn endlich fragte: „Nun, was sagst du dazu?“ — „Daß ich dir rate, dich nicht in diese Angelegenheit zu mischen. Du würdest Mühe und Ärger und vielleicht noch Schlimmeres davon haben.“ — „Pah! Die Sklaverei ist abgeschafft.“ — „In den Büchern und Verträgen. In der Wirklichkeit besteht sie aber in der Türkei und in Ägypten noch. Es fragt hier keine Behörde danach, ob mein Neger mein Diener oder mein Sklave ist.“ — „Aber wenn ich einen bestimmten Fall anzeige und dazu die Beweise bringe, so ist die Behörde gezwungen einzuschreiten.“ — „Ja, aber wie wird sie einschreiten! Nehmen wir den Haushalt des höchsten Mannes in Ägypten als Beispiel an! Hat der Khedive nur Diener und Dienerinnen und keine Sklaven und Sklavinnen mehr? Antworte mir nicht mit Umschreibungen, sondern kurz mit Ja oder Nein!“

Ich schwieg. Was hätte ich sagen können?

„Ich höre keine Antwort, und das ist deutlich genug. Glaubst du, der Sudan liefere seit dem Verbot keine Sklaven mehr? Oder denkst du, es sei nicht allgemein bekannt, daß jährlich noch Tausende von Schwarzen auf dem Nil bis herunter ins Delta gebracht werden? Man drückt die Augen zu, weil man selber Neger braucht. Man hat Diener, Haremswächter und Dienerinnen für die Frauen nötig, und weil man sie auf andre Weise nicht bekommen kann, so kauft man sie. Ich rate dir, die Hand davon zu lassen.“

Leider konnte ich Murad Nassyr nicht unrecht geben, dennoch fühlte ich mich gegen ihn verstimmt. Freilich war er kein Christ, sondern ein Mohammedaner und als solcher gewiß kein Gegner der Sklaverei. Er hatte sie von Jugend auf als eine zu Recht bestehende und notwendige Einrichtung gekannt, verdiente also Entschuldigung.

Fast wäre ich wieder in mein vorheriges Grübeln verfallen, wenn nicht eine neue Erscheinung mein Auge auf sich gelenkt hätte. Es zeigte sich nämlich am Ausgang der Seitengasse ein Mann, der unmöglich unbeachtet bleiben konnte. Er war von hoher, breiter Gestalt und stand im kräftigsten Mannesalter. Man sah auf den ersten Blick, daß er große Körperkraft besitzen müsse. Das bezeugte auch die Bildung seines Gesichts, die stark entwickelten Kiefer, die wulstigen Lippen, die hervortretenden Backenknochen und die breite, scharfkantige Stirn. Das Gesicht hatte einen dunkelbronzenen Glanz, ein sicheres Zeichen, daß er Negerblut in den Adern hatte. Trotz dieses Beweises sudanischer Abstammung trug er grüne Pantoffel und einen Turban gleicher Farbe. Das wollte sagen, daß er ein Abkömmling des Propheten sei. Seine Gestalt war in einen feinen, glänzend weißen Kaftan gehüllt; in der rechten Hand hielt er eine Gebetskette und an einer um den Hals laufenden goldnen Schnur hing ein Futteral mit dem Hamaïl; das ist ein Koran, der in Mekka geschrieben und dort während der Pilgerfahrt gekauft worden ist. Hoch aufgerichtet, trat er mit stolzen, langsamen Schritten aus der Nebengasse und kam auf das Bierhaus zu. Seine Haltung, seine Miene, sein ganzes Wesen sagte mit größter Deutlichkeit: Hier bin ich; wer kommt mir gleich? In den Staub mit euch vor mir!

Dieser Mensch war mir sofort im höchsten Grad widerwärtig. Er hatte, was man ein Ohrfeigengesicht nennt. Ich ahnte in diesem Augenblick nicht, wie gerechtfertigt mein rein gefühlsmäßiger Widerwille war, und konnte noch viel weniger wissen, daß es ihm und mir beschieden war, wiederholt ernstlich aneinander zu geraten.

Als er herangekommen war, erhoben sich, mit nur wenigen Ausnahmen, die Anwesenden von ihren Sitzen, um sich tief zu verneigen und dabei die Hände auf Herz, Mund und Stirn zu legen. Er antwortete mit einem kaum wahrnehmbaren Neigen seines Kopfes, ging zwischen den Grüßenden hindurch und verschwand durch die mehrfach erwähnte hintere Tür, nachdem er dem kleinen schwarzen Kellner einen Wink gegeben hatte. Ich sah, daß das Gesicht des Knaben einen angstvollen Ausdruck angenommen hatte. Pulo blickte hinüber zu seiner Schwester, die darauf zögernd zu ihm kam. Ich sah Tränen in ihren Augen; ich bemerkte sogar, daß sie zitterte. Er nahm Dschangeh bei der Hand und ging mit ihr zur Hintertür hinaus.

Sollte dieser Mann vielleicht Abd el Barak sein? Gewiß! Er kam, um die Einnahmen der Kinder nachzuprüfen. Ich horchte gespannt nach hinten; es war, als sagte mir eine Ahnung, daß ich jetzt gebraucht würde. Ich fragte mich nicht, ob ich ein Recht oder gar die

Pflicht besäße, mich gegebenenfalls einzumischen; es war wie ein Zwang in mir, dem ich mich überlassen mußte.

Da drang ein leises, ängstliches Wimmern an mein Ohr. Ich sprang auf und stand im nächsten Augenblick unter der Tür. Hinter ihr lag ein winzig kleiner Hof. Da erblickte ich den Mann mit dem grünen Turban. Er hatte Dschangeh mit beiden Händen bei den Haaren gepackt und hielt sie in die Höhe. Sie wagte kaum, ihren Schmerz durch ein halb unterdrücktes Wimmern zu äußern. Vor ihm kniete der Knabe und rief flehend: „Laß meine Schwester los; laß sie los; ich will für sie bezahlen!"

Der Kerl schwang dennoch das Mädchen an den Haaren hin und her. Dabei zeigte Abd el Barak ihrem Bruder ein höhnisches Grinsen. „So hast du also doch mehr Geld, als du sagtest? Ich dachte es mir. Her damit! Und wenn du —" Er hielt inne, denn er sah mich, weil ich schnell herbeigetreten war. Ohne das arme Kind freizulassen, fuhr er mich an: „Wer bist du? Was willst du hier?" — „Gib das Kind sofort los!" gebot ich.

Der Ägypter fletschte die Zähne wie ein Raubtier, doch ich beachtete das nicht, sondern versetzte ihm, da er meiner Forderung nicht schnell nachkam, einen Fausthieb gegen die Brust, daß seine Finger sich öffneten und das Mädchen zu Boden fiel, wo es liegenblieb, weil es sich vor Angst nicht zu bewegen wagte. Er trat zwei Schritte zurück, duckte sich, ballte die Fäuste und wollte sich auf mich werfen.

„Halt!" warnte ich. „Darf sich ein Nachkomme des Propheten bei einer Balgerei betreten lassen?"

Das wirkte im Augenblick. Er fuhr aus seiner geduckten Stellung empor; aber was für ein Gesicht sah ich da vor mir! Es spottete jeder Beschreibung. Das Blut war daraus gewichen und darum hatte sich seine ursprüngliche Färbung in ein schmutziges Grau verwandelt. Seine Lippen waren geöffnet und ließen zwei Reihen langer, gelber Zähne sehen; seine Augen funkelten, und sein Atem kam fast röchelnd aus der Kehle. „Hundesohn!" zischte er mich an. „Du hast dich an einem Scherif[1]) vergriffen. Kennst du mich?" — „Nein", entgegnete ich ruhig, das Auge nicht von ihm lassend.

„Ich bin Scherif Hadschi Abd el Barak, Mokkadem der heiligen Kadirine des Seyid Abd el Kader el Djelani!"

Ah! Er war also das Oberhaupt der hiesigen Mitglieder jener frommen Verbrüderung, die Erbin des nächtlich spukenden Majors geworden war. Wenn ein solches Oberhaupt von dem Gründer der Verbrüderung abstammt, wird es in Ägypten Schech, sonst aber Mokkadem[2]) genannt. Dieser Mokkadem hier hatte erwartet, daß die Nennung seines Namens mich niederschmettern würde; aber das war keineswegs der Fall. Als Christ war ich gefühllos gegen die höchsten islamitischen Würden, und überdies war dieser Abd el

[1]) Arabisch: der Erhabene, Titel der Nachkommen Mohammeds [2]) Wächter

Barak auch in sittlicher Beziehung nicht der richtige Mann, Eindruck auf mich zu machen. Darum blieb ich gelassen.

„Ich glaube es; aber warum handelst du nicht wie ein Nachkomme des Propheten und wie das würdige Oberhaupt einer so frommen und berühmten Bruderschaft?" — „Was weißt du von meinem Wandel und von meinen Handlungen! Hast du nicht gesehen, daß sich da draußen alle grüßend vor mir erniedrigten? Nieder also auch mit dir! Du hast mich geschlagen, und ich werde dir sagen, durch welche Bußen du Vergebung erlangen kannst." — „Ich knie vor keinem Menschen, denn ich bin kein Muslim, sondern ein Christ."

Da war es, als wollte er noch einmal so hoch und breit werden.

„Ein Christ, ein Giaur, ein räudiger Hund!" brüllte er mich an. „Und doch hast du dich unterstanden, den Scherif Abd el Barak zu berühren! Dir wäre besser, deine Mutter hätte dich bei der Geburt erstickt, denn ich werde dich in Ketten schlagen und —"

„Still, prahle nicht!" unterbrach ich ihn. „Jede Drohung aus deinem Mund ist mir lächerlich. Bilde dir nichts ein! Du bist nicht mehr, als ich auch bin, und hast keine Macht über mich. Mein Konsul ist's, der mich zu richten hat, wenn ich mich eines Vergehens schuldig gemacht habe, was aber gar nicht der Fall ist. Mein Konsul fragt nicht danach, ob du ein Scherif, ein Hadschi oder Mokkadem bist. Vor seinem Gesetz stehst du nicht höher als jeder Lastträger oder Pfeifenputzer!" — „Hund! Sohn eines Hundes und Enkel eines Hundesohnes! Das wagst du mir zu sagen?"

Da trat ich hart an den Ägypter heran, so daß nur eine Handbreite Raum zwischen uns verblieb, und warnte: „Laß diese Beleidigungen! Wiederholst du noch einmal ein solches Wort, so schlage ich dich nieder und mache es dann vor Gericht anhängig, daß du Sklaven kaufst, um sie als Kellner zu verleihen oder als Verkäuferinnen an die Straßenecken zu stellen. Dann wird man erfahren, ob der Wandel eines Mannes, der arme Kinder hungern läßt und krumm bindet, wenn sie ihm nicht genug Geld bringen, Allah wohlgefällig sein kann."

Er fuhr betroffen zurück: „Wer hat dir das gesagt, wer hat es verraten? Dieser Knabe war's; kein andrer kann es getan haben. Weh ihm, wenn er heut abend nach Haus kommt!" — „Du wirst ihm nichts tun; dafür werde ich sorgen." — „Du willst dafür sorgen? Willst du mir Gesetze vorschreiben, du, ein Christenhund, den Allah verderben wird in —"

Abd el Barak kam nicht weiter. Er hatte das beleidigende Wort wiederholt, und ich war es mir und dem Ruf aller Christen schuldig, ihm zu geben, was ich ihm für diesen Fall angedroht hatte. Ich holte aus und schlug ihm die Faust an die Schläfe, daß er hintenüber zu Boden stürzte und da liegenblieb. Der Wirt hatte unter der Tür gestanden und den letzten Teil unseres Streites mit angehört. Er kam voll Schreck herbei und schlug die Hände zusammen.

„Oh Allah, Allah! Du hast den Mokkadem ermordet!" — „Nein. Er ist nur betäubt und wird bald erwachen. Schaff ihn an einen Ort, wo es keine Zeugen seiner Demütigung gibt!" — „Ich werde es tun; du aber flieh augenblicklich, sonst wirst du unter den Füßen der erzürnten Gläubigen zertreten!" — „Ich fürchte mich nicht; aber wenn bekannt wird, was hier geschehen ist, wird der gute Ruf deines Hauses leiden. Darum will ich mich aus Rücksicht auf dich entfernen." — „Ja, tu es, schnell! Geh nicht zurück, wo die Gäste dich sehen, sondern hier über den Hof und durch die kleine Pforte. Da kommst du in den Garten eines eingefallenen Hauses und über die Trümmer in eine andre Gasse. Aber beeile dich!"

Er faßte den Besinnungslosen unter den Armen und schleppte ihn fort, ohne weiter auf mich zu achten. Ich nahm den Knaben an die rechte, das Mädchen an die linke Hand. „Kommt, geht mit mir! Euer Gebieter soll euch nicht mehr peinigen." Da riß Pulo sich los, eilte in die Ecke zu einem Erd- und Scherbenhaufen, wühlte darin, nahm sein dort verstecktes Geld an sich und war nun bereit, mir zu folgen. Ich schlug den vom Wirt gezeigten Weg ein. Lieber wäre ich zu meinem türkischen Gastfreund zurückgekehrt, aber es war auf jeden Fall besser, es zu unterlassen. Was wäre aus mir geworden, wenn dieses Ereignis vor zwanzig, ja noch vor zehn Jahren stattgefunden hätte! Der Wirt hätte alle Gäste herbeigerufen, und ich wäre an Ort und Stelle gelyncht worden. Jetzt aber war er schon so einsichtsvoll zu erkennen, daß es auch in seinem eignen Vorteil lag, einen solchen Auftritt zu vermeiden. Was weiter geschehen sollte, fragte ich mich nicht. Ich hatte gehandelt, wie der Augenblick es erforderte, und mußte die Folgen auf mich nehmen.

Ich kam in den bezeichneten Garten und sah die Schutthaufen und Mauerreste des eingestürzten Hauses vor mir. Nachdem wir darüber hinweggeklettert waren, lag eine schmale, wenig belebte Gasse vor uns. Sie lief in der gleichen Richtung mit jener, zu der das Bierhaus gehörte, und es war nicht schwer, die Wohnung meines Türken zu finden. An der Tür angelangt, klopfte ich. Der Haushofmeister öffnete. Ich sah es ihm an, daß er erstaunt war, mich nicht mit seinem Herrn, sondern in Begleitung der Negerkinder zurückkehren zu sehen. Ich machte indes seiner Neugier ein schnelles Ende, indem ich fragte: „Kennst du das Bierhaus, wo Murad Nassyr sein Bier trinkt?"

„Sehr genau, Effendi", bejahte Selim. — „Dein Herr sitzt wahrscheinlich noch dort und weiß nicht, wo ich mich befinde. Suche ihn auf, und sag ihm, daß ich hier bin! Aber tu das so, daß niemand es bemerkt! Am besten ist's, du winkst ihn heimlich fort." — „Richtig, sehr richtig!" entgegnete der lange Haushofmeister, indem er mir eine so halsbrecherische Verbeugung machte, wie man sie eigentlich nur einem Kautschukmann zumuten durfte. Dann begab ich mich mit Dschangeh und ihrem Bruder in die mir angewiesenen Zimmer.

Die Kinder waren mir schweigend gefolgt; jetzt aber wurden sie redselig und legten mir zahllose Fragen vor. So verging etwa eine halbe Stunde, da ging die Tür auf und Murad Nassyr trat herein. Als er den unerwarteten Zuwachs bemerkte, fragte er verwundert: „Was hat das zu bedeuten? Diese Neger befinden sich hier? Sie sind mit dir gekommen? Weshalb bist du ohne mich heimgegangen? Du liefst so plötzlich davon, zur Tür hinaus, und bist nicht wieder zurückgekehrt. Warum das?" — „Du weißt nicht, was hinter jener Tür geschehen ist?" — „Nichts weiß ich. Man hörte draußen Stimmen sprechen, wohl lauter als gewöhnlich. Ich wollte dir nach; aber da der Wirt unter der Tür stand, so glaubte ich, er würde dafür sorgen, daß dir nichts geschehe. Ich wartete also, bis Selim kam und mich von weitem zu sich winkte. Nun aber werde ich wohl erfahren, was sich zugetragen hat?" — „Das wirst du. Setz dich zu mir, und höre mir ruhig zu!"

Ich erzählte Murad Nassyr den Vorgang so ausführlich, wie ich es für nötig hielt. Er war so entsetzt darüber, daß er meinen Bericht zu Ende hörte, ohne ein Wort zu sagen. Aber als ich fertig war, brach er in wortreiche Klagen aus. Ich ließ seinen angstvollen Wortschwall über mich ergehen und fragte ihn am Schluß: „Fürchtest du dich denn gar so sehr vor diesem Abd el Barak? Nach meiner Ansicht vermag er dir nicht den mindesten Schaden zu tun." – „Nicht?" staunte der Türke. „Der Vorsteher einer solchen Verbrüderung, eines so mächtigen Bundes?" — „Was geht dieser Bund dich an? Bist du Mitglied?" — „Nein. Aber hast du denn nicht bemerkt, mit welcher Hochachtung der Mokkadem behandelt wurde? Er besitzt einen Einfluß, der uns sehr gefährlich werden kann." — „Die Ehrenbezeugungen, die dem Scherif von andern erwiesen werden, gehen mich nichts an. Mir ist die Hauptsache die Behandlung, die er von mir erfahren hat, und davon wird niemand sagen können, sie sei sehr hochachtungsvoll gewesen. Du hast ihm nichts getan, und brauchst ihn also auch nicht zu fürchten. Nur ich bin es, der Veranlassung hätte, ihn zu scheuen." — „Aber du bist mein Gast. Du wohnst bei mir, und darum bin ich für alles, was du tust, verantwortlich!"

„Dem ist leicht abzuhelfen, indem ich mir eine andre Wohnung suche, und das werde ich sofort tun." Ich stand auf und gab mir den Anschein, als wollte ich mich entfernen. Das war gegen seine Pläne. Er ergriff mich beim Arm und bat: „Du willst doch nicht etwa fort? Bleib, bleib!" — „Das kann ich nicht, weil du behauptest, daß ich dir Unannehmlichkeiten bereiten werde." — „Nein, nein, du kannst mir im Gegenteil von großem Nutzen sein. Vielleicht können wir wegen dieser Negerkinder ein Abkommen treffen, so daß ich keinen Schaden habe." — „Das können wir. Ich verspreche dir hiermit, alles auf mich zu nehmen. Solltest du durch den Vorfall mit der Behörde in Berührung kommen, so wirst du dich auf meine Erklärung berufen und damit jede Verantwortung auf mich wälzen." — „Aber sofern man entdeckt, daß du die Kinder mit zu mir genommen hast, wird man sich dennoch zunächst an mich halten. Es ist möglich, daß meine Abreise dadurch verschoben wird, und das macht mir Schaden, da ich an einem bestimmten Tag in Khartum erwartet werde." — „Wenn du die Kinder hier behältst, verspreche ich dir, mit nach Khartum zu gehen. Eine Liebe ist der andern wert."

Da verklärte sich sein Gesicht, und er griff rasch zu: „Ist dieses Versprechen im Ernst gemeint?" — „Im vollsten Ernst." — „Dann gehe ich darauf ein. Hier ist meine Hand! Schlag ein! Die Kinder bleiben da; aber du übernimmst die Verantwortung für alles, was daraus entstehen kann, und begleitest mich dann auf meiner Reise."

„Gut, abgemacht; hier meine Hand! Und nun mag Selim zu meinem Gasthof gehen, um mein Gepäck zu holen!" — „Ich will ihm den Befehl dazu erteilen und dann für das Abendessen sorgen; es ist nun Zeit dazu geworden."

Die nur kurze Dämmerung dieser Breiten war indessen eigebrochen. Murad Nassyr, der wegen des Abendessens im Harem gewesen war, hatte dort den Auftrag erhalten, mir folgende Botschaft mitzuteilen: „Effendi, du bist ein großer Arzt. Dein Mittel hat geholfen; die Zahnschmerzen sind ganz verschwunden. Kannst du auch andre Krankheiten heilen?" — „Ja", erklärte ich. „Hast du denn noch einen Kranken im Haus?" — „Leider! Meine Schwester ist es."

„Woran leidet sie?" — „An einer Krankheit, von der eine Frau oder ein Mädchen nicht gern spricht. Aber du hast ihr Vertrauen errungen, und so hat sie mich beauftragt, aufrichtig mit dir zu sein. Sie verliert nämlich seit einiger Zeit die Zierde ihres Hauptes."

„Das Haar? Dann mußt du mir, wenn ich helfen soll, freilich einige Fragen beantworten, zu denen nur der Arzt berechtigt ist."

„Frage getrost! Ich werde dir Auskunft erteilen." — „Wie alt ist deine Schwester?"

Murad zögerte doch, mir Bescheid zu geben, da diese Frage nach morgenländischen Begriffen eigentlich die größte Rücksichtslosigkeit enthält. Vielmehr erkundigte er sich: „Ist es denn unumgänglich notwendig, das zu wissen?" — „Allerdings." — „Nun, so will ich dir sagen, daß Kumru im zwanzigsten Jahr steht."

Im Morgenland ist ein Mädchen mit zwanzig Jahren schon alt. Ich forschte sachlich weiter.

„Ist's wirklich Kahlköpfigkeit, woran sie leidet?" — Der Türke schlug die Hände zusammen und machte ein Gesicht, als hätte er eine Ohrfeige erhalten. „O Allah, Allah, welche Frage! Wie unglücklich müssen die Frauen der Franken sich fühlen, da sie von ihren Ärzten gezwungen werden, solche Auskünfte zu erteilen." — „Wer Heilung sucht, muß aufrichtig sein." — „So will ich dir gestehen, daß sich mitten auf ihrem Haut eine runde, haarlose Stelle befindet, die fast die Größe eines Mariatheresientalers hat." — „Ist deine Schwester einmal von einer schweren, langwierigen Krankheit befallen gewesen?" — „Nie." — „Dann kann ich vielleicht helfen, aber ich muß die kahle Stelle des Kopfes sehen." — „Bist du toll!" rief der Türke entsetzt aus. „Kein Anhänger des Propheten darf ein Mädchen sehen, und du bist gar ein Christ!" — „Ich will nicht das Mädchen, nicht das Gesicht sehen, sondern nur die kleine Stelle des Kopfes." — „Das ist noch schlimmer. Ein Weib wird einem Mann lieber ihr ganzes Gesicht, als eine kahle Stelle ihres Kopfes zeigen."

„Hier bin ich nicht Mann, sondern Arzt. Wer Hilfe finden will, darf sich vor meinen Augen nicht scheuen. Entweder geht deine Schwester auf mein Verlangen ein oder sie behält den kahlen Fleck, der sich immer mehr vergrößern wird, bis der ganze Kopf haarlos ist." — „O Unglück, o Herzeleid! Was ist da zu tun? Wenn der Bräutigam diesen Mangel erblickt, wird er mir die Schwester zurückschicken. Das darf nicht sein; sie wird sich vielleicht fügen. Ich werde zu ihr hinaufgehen und sie fragen."

Murad wendete sich zur Tür und ging. Ich war schon überzeugt, daß es sich um eine sogenannte kreisförmige Kahlheit handle; aber ich wollte mein Verlangen dennoch erfüllt haben. Der Dicke sollte erfahren, daß es schwer sei, von meinen Bedingungen etwas abzuhandeln. Nach einiger Zeit kam er zurück und meldete: „Effendi, es ist mir gelungen. Kumru geht auf deinen Wunsch ein. Zwar darf sie dich nicht oben bei sich empfangen, und es ist ihr auch verboten, einen Raum zu betreten, der von einem Mann bewohnt wird. Aber ihr werdet euch in einem Zimmer treffen, das niemand bewohnt. Wenn Kumru ihre Vorbereitungen getroffen hat, wird sie es uns wissen lassen.

Jetzt kehrte Selim mit meinen Sachen aus dem Hotel du Nil zurück. Er trat mit großer Hast herein, vergaß ganz, seine Verbeugung zu machen, und meldete mir: „Effendi, es ist ein großes Unglück in der Nähe! Zwei Polizeisoldaten suchen dich." — „Mich? Suchen sie mich denn hier?" — „Ja. Sie kamen zu gleicher Zeit mit mir draußen vor dem Haus an." — „Wie könnte die Polizei mich kennen! Haben sie dir einen Namen genannt?" — „Nein. Sie fragten nach dem Mann, der mit zwei schwarzen Kindern hier eingetreten ist."

„Damit bin freilich ich gemeint. Hast du ihnen gesagt, daß ich hier bin?" — „Ja." — „Dummkopf!" schrie sein Herr ihn an. „Das solltest du nicht sagen. Das ist im höchsten Grad albern von dir."

Selim bog den Rücken, so daß er mit den Beinen einen rechten Winkel bildete, und antwortete in tiefer Zerknirschung: „Richtig, sehr richtig!" — „Zanke nicht!" beschwichtigte ich den Türken. „Man hat mich jedenfalls gesehen. Die Polizisten wissen, daß ich hier bin, das Leugnen hätte also nur die Folge, daß die Angelegenheit sich für mich verschlimmerte. Die beiden Beamten wollen also mit mir sprechen?" — „Ja, sogleich!" entgegnete der Haushofmeister. „Dann bring sie herein!" Selim ging und Murad Nassyr meinte ängstlich: „Ich entferne mich! Man muß denken, daß ich von dieser Sache nichts weiß, daß ich mit ihr nichts zu schaffen habe."

„Nein. Es ist besser, du bleibst hier." — „Weshalb?" — „Damit du hörst, wie ich mich und dich aus der Schlinge ziehe. Man soll weder mir noch dir nachsagen, daß wir uns vor der Polizei fürchten. Ich habe nach Recht und Gesetz gehandelt, und du mußt durch deine Anwesenheit erklären, daß du mit mir einverstanden bist.'"

„Meinst du? Nun gut; es ist möglich, daß du recht hast, und ich will also bleiben." — „Recht so! Setz dich ruhig zu mir! Ich bin begierig, in welcher Weise diese Polizisten die Angelegenheit vorbringen."

Im Lauf des Gesprächs waren uns die Pfeifen ausgegangen. Da der Neger nicht sofort bei der Hand war, steckten wir sie uns selber wieder an und sahen nun in möglichst würdevoller Haltung dem Eintritt der Beamten entgegen. Es waren Arnauten, bis an die Zähne bewaffnet. Sie sagten kein Wort des Grußes und ließen ihre Blicke forschend durchs Zimmer schweifen. Dann fragte der eine, indem er den Schurrbart zwirbelte und einige Schritte auf mich zutrat:

„Sind das die Neger?" Ich tat so, als hätte ich ihn gar nicht gesehen und gehört.

„Ob das die Neger sind!" fuhr er mich an, indem er auf die Kinder deutete. Ich verharrte auch jetzt noch in meinem Schweigen; da trat er nahe zu mir heran, stieß mich mit dem Fuß an und fragte zornig: „Bist du taub und blind?"

Da fuhr ich auf und herrschte ihn an: „Zurück, Unverschämter! Wie darfst du es wagen, einen fränkischen Effendi mit deinem schmutzigen Fuß zu berühren?"

Mein Gesicht war jedenfalls nicht allzu freundlich, denn der Mann wich schnell bis zu seinem an der Tür stehenden Gefährten zurück, hielt es aber seiner Würde für angemessen, mich zu warnen: „Hüte deine Zunge! Du hast mich unverschämt genannt! Weißt du, was ich bin?" — „Ein Schawisch, das heißt, ein niedriger Beamter der Polizei, mit dem ich als Fremder nichts zu tun habe. Wünscht man etwas von mir, so mag man sich an meinen Konsul wenden, der mir einen seiner Khawassen senden wird."

„Das wird man tun. Vorher aber müssen wir die Sache untersuchen." — „Dagegen habe ich nichts, wenn es in der richtigen Weise geschieht. Ihr seid hier eingetreten, wie man in einen Stall tritt. Wißt ihr nicht, was ein Gruß ist?" — „So meinst du, daß wir einen Verbrecher auch noch höflich grüßen müssen?" fragte der Schawisch höhnisch. — „Verbrecher! Wen meinst du mit diesem Wort?" — „Dich!" — „Mich? Bin ich eines Verbrechens überführt? Ich werde mich durch meinen Konsul bei euerm Vorsteher über euch beschweren. Kein Kadi[1]) darf, bevor das Urteil gefällt ist, einen Menschen einen Verbrecher nennen, und ihr seid nur niedrige Polizisten, während ich ein hochbeschützter Effendi bin. Sogar den einfachen Gruß habt ihr uns verweigert. Bis ihr ehrerbietiger geworden seid, haben wir nichts mit euch zu schaffen. Verlaßt diese Woh-

[1]) Richter

nung und kommt erst dann wieder, wenn ihr eingesehen habt, was es zu bedeuten hat, einen Europäer mit Füßen zu treten!" — Ich öffnete die Tür. Sie sahen einander an, ohne meiner Weisung Folge zu leisten. — „Hinaus!" — Dieses Wort rief ich ihnen in einer Weise zu, daß Murad Nassyr erschrocken von seinem Sitz auffuhr. Die Polizisten erschraken nicht weniger, sie schoben sich zur Tür hinaus, die ich hinter ihnen schloß.

„Um Allahs willen, was ist dir eingefallen!" meinte der Türke. „Es wird dir schlecht ergehen!" — „Mein Verhalten wird im Gegenteil die besten Folgen haben", lächelte ich. — „Irre dich nicht! So etwas darf nicht einmal ich wagen, der ich doch Untertan des Großherrn bin!" — „Da hast du recht. Aber was kein Untertan des Großherrn wagen darf, daß kann sich ein Franke erlauben, für den nicht eure Gesetze, sondern nur die seines Landes gelten. Wer zu mir kommt, muß grüßen, sonst jage ich ihn hinaus, und wer mich mit dem Fuß stößt, dem schlage ich eigentlich die Hand ins Gesicht; hier habe ich es nur aus Rücksicht auf dich unterlassen. Setzen wir uns ruhig nieder!" — „Ruhig!" klagte er. „Ich meine, daß es bald sehr unruhig bei uns werden wird. Du bist zu kühn gewesen und wirst es bereuen." — „Ich bin im Gegenteil überzeugt, daß —"

Da wurde ich unterbrochen. Die Tür öffnete sich langsam; die Polizisten kamen wieder herein, verneigten sich und grüßten mit einem Sallam. Meine Drohung, mich beschweren zu wollen, hatte die erwartete Wirkung hervorgebracht.

„Sallam!" antwortete ich, und Murad Nassyr erwiderte den Gruß ebenso.

„Effendi", begann der eine, der bisher den Sprecher gemacht hatte, „wir sind beauftragt, uns zu erkundigen, wo die beiden jungen Neger sich befinden, die du aus dem Bierhaus mitgenommen hast." — „Wie ihr seht, befinden sie sich hier bei mir." — „Das sind sie also?" fragte der Schawisch, indem er auf Dschangeh und ihren Bruder deutete. „Ja, sie sind es." — „So werden wir sie mit uns nehmen zu ihrem Herrn, Scherif Hadschi Abd el Barak, dem berühmten Vorsteher der Verbrüderung des heiligen Abd el Kader el Djelani."

„Hat er euch geboten, sie ihm zu bringen? Ist er euer Vorgesetzter?" — „Nein." — „So habt ihr keine Befehle von ihm anzunehmen." — „Wir warnen dich, Effendi! Du bist fremd und kennst die Gesetze des Landes nicht." — „Ich scheine sie besser zu kennen als ihr." — „Du hast dich an dem Scherif vergriffen!" — „Gerade so, wie du dich an mir, nur mit dem Unterschied, daß du mich mit dem Fuß tratest, obgleich ich dir nichts getan hatte, während ich den Vorsteher niederschlug, weil er mich trotz meiner Warnung wiederholt beleidigte." — „Aber welches Recht hat du an diesen beiden Negerkindern?" — „Das gleiche Recht, das Abd el Barak an ihnen hat: ich habe sie gedungen, um mir zu dienen." — „Sie sind doch aber seine Diener." — „Nein, nicht mehr, da sie entschlossen sind, von jetzt an bei mir zu bleiben." — „Das ist nicht möglich, weil Abd el Barak sie nicht entlassen hat. Er bedarf dazu einer Aufsagefrist."

„Ah, so klug fängt er es an! Das kann ihm keinen Nutzen bringen. Haben diese Kinder sich ihm vermietet?" — „Wir wissen es nicht."

„Oder sind sie ihm von ihrem Vater übergeben worden?"

„Auch das können wir nicht sagen." — „So mag der Scherif beweisen, daß er ein Recht hat, sie von mir zurückzuverlangen. Als Dienstherr muß er beweisen können, daß er sie gemietet hat. Vielleicht besitzt er einen Vertrag oder er hat Zeugen, die ihm den Beweis ermöglichen." — „Dessen bedarf es nicht; sie haben bei ihm gewohnt und ihm gedient; darum gehören sie ihm." — „Und jetzt wohnen und dienen sie bei mir; darum gehören sie zu mir." — „Wir haben aber den Befehl, sie nötigenfalls mit Gewalt von hier zu ihrem Herrn zurückzuschaffen." — „Habt ihr diesen Befehl von euerm Vorsteher erhalten?" — „Nein. Wir handeln im Auftrag des Scherifs." — „Es ist keine Anzeige über mich gemacht worden?"

„Noch nicht. Abd el Barak will sie aber erheben, falls du ihm die Kinder nicht auslieferst." — „Schön! Warten wir also, bis er das tut. Dann mag der Richter entscheiden, wem die Kinder gehören. Woher wißt ihr denn, daß ich mich hier befinde?" — „Ich sah dich mit den Kindern in diese Gasse einbiegen und in dieses Haus treten. Du führtest sie an den Händen, was meine Aufmerksamkeit auf sich zog. Dann kam ich an dem Bierhaus vorüber, grad als Abd el Barak heraustrat. Er nahm mich mit zu sich, um mir den Auftrag zu erteilen, zu dessen Ausführung ich noch einen Kameraden mitgebracht habe." — „Jetzt ist mir alles klar, und nun will ich dir eine wichtige Frage vorlegen. Kennst du die Gesetze dieses Landes?" — „Gewiß kenne ich sie." — „Ist die Sklaverei erlaubt?" — „Nein." — „Weißt du, aus welcher Gegend diese Kinder stammen?" — „Scherif Abd el Barak teilte mir mit, daß sie Abkömmlinge der Dongiol seien." — „Das ist richtig. Aber sie sind nicht etwa hier in Ägypten, sondern in der Heimat ihres Stammes geboren. Sie wurden vor ungefähr zwei Jahren, als die Sklavenjagd schon vom Padischah verboten war, geraubt, und Abd el Barak hat sie gekauft. Sie sind nicht seine Diener, sondern er hat sie zu Sklaven gemacht und den Knaben sogar an andre Leute vermietet. Den Lohn steckte er in seine Tasche; sie aber bekamen statt des Essens Schläge, wenn sie nicht genug Geld heimbrachten. So steht die Sache. Will Abd el Barak die Kinder haben, gut, so mag er sich an die Behörde wenden. Ich werde beweisen, daß er sie gekauft hat, und ihn bestrafen lassen. Es wird kein besonderer Ruhm für den Vorsteher einer so frommen Verbrüderung sein, wenn ihm nachgewiesen wird, daß er Sklaven hält und sie des Nachts krumm schließt, falls sie ihm nicht genug verdienen. Ihr aber seid Wächter des Gesetzes und solltet euch hüten, eure Hände dadurch zu besudeln, daß ihr sie einem Sklavenhalter zur Verfügung stellt. Ich will vergessen, wie grob ihr gegen mich gewesen seid, darum lasse ich meine frühere Absicht, mich über euch zu beschweren, fallen und will euch sogar ein Bakschisch geben, damit eure Mühe nicht umsonst gewesen ist." Ich holte einige Silberstücke hervor, die sie sofort in ihren Gürteltaschen verschwinden ließen.

„Effendi", meinte dabei der eine, „du hast Worte des Verstandes und der Weisheit gesprochen, und ich werde Abd el Barak mitteilen, daß er klug handelt, wenn er es aufgibt, dir die Kinder zu nehmen. Allah gebe dir fröhliche Tage und ein langes Leben!" Er kreuzte die Arme über die Brust und verbeugte sich höflich. Sein Gefährte folgte diesem Beispiel, dann verschwanden sie.

Mein dicker Türke hatte vor Erstaunen über diese Wendung der Angelegenheit seine Pfeife ausgehen lassen. Er blickte mich mit großen Augen an und wiegte nachdrücklich den Kopf. „Ist das möglich? Du scheinst trotz deiner Grobheit gewonnen zu haben, Kara Ben Nemsi Effendi!" — „Nicht trotz, sondern wegen meiner Grobheit. Man muß diese Leute zu behandeln wissen. Das Bakschisch hat dann dem Ganzen die Krone aufgesetzt. Ich sage dir, die hiesigen Beamten haben vor einem europäischen Konsul viel mehr Angst als vor dem Großsultan. Unsre Herrscher verstehen, ihre Untertanen zu schützen, während der Wille des Padischah hier fast gar keine Geltung hat."

„Aber ob die Sache wirklich zu Ende ist, das fragt sich noch."

„Nein, sie ist noch nicht zu Ende. Abd el Barak wird es nicht wagen, sich vor Gericht über mich zu beschweren. Er wird heimlich Rache nehmen. Ich muß von jetzt an vorsichtig sein." — „So weiß ich nicht, ob ich dir hier in dieser Wohnung Schutz bieten kann."

„Du vermagst es nicht. Ich muß mir ein andres Unterkommen suchen." — „Aber wo? Im Gasthof oder vielleicht bei deinem Konsul?"

„Im Gasthof bin ich nicht sicher, und den Konsul will ich nicht bemühen. Ich werde morgen die Stadt verlassen." — „Die Stadt verlassen? Das kann ich nicht zugeben. Wir würden uns nicht wiedertreffen." — „O doch. Ich benutze ein Nilboot oder ein kleines Segelfahrzeug, um mit den Kindern eine Strecke stromaufwärts zu fahren und erwarte dich dort, um, wenn du kommst, zu dir an Bord zu steigen. Selim mag sich noch heut zum Hafen begeben, um sich zu erkundigen, wann ein Boot abgeht. Ich selber will mich nicht sehen lassen." — „Und die Kinder willst du mitnehmen?" — „Ja, denn ich hoffe, in Khartum Gelegenheit zu finden, sie zu den Dongiol zu schicken. Ich habe mich ihrer einmal angenommen und will nicht auf halbem Weg stehenbleiben. Einen Schaden werden wir davon nicht haben; ich bin vielmehr überzeugt, daß wir an ihnen während der Fahrt treue und aufmerksame Diener besitzen werden." — „Das gebe ich zu und werde dafür sorgen, daß es ihnen unterwegs an nichts gebricht", schloß der Dicke diese Unterredung.

Bald darauf kam der Neger, um uns zu melden, daß die Herrin uns erwarte. Draußen stand die schwarze Dienerin, die ich vom

Zahnschmerz befreit hatte. Sie leuchtete uns die schmale Treppe empor und führte uns in ein leeres Zimmer. Nur in der Mitte war ein kleiner Teppich ausgebreitet. Nachdem die Dienerin dem Dicken die Lampe übergeben und sich entfernt hatte, trat eine tief verhüllte, weibliche Gestalt ein: Kumru, die Schwester des Türken. Das heißt, ich sah nur einen weißen Kleiderballen, aus dem unten zwei kleine Pantoffel hervorschauten. Der Knäuel bewegte sich langsam zur Mitte des Zimmers und ließ sich dort, ohne einen Laut von sich zu geben, auf dem Teppich nieder. Dann fuhr unter der dichten Hülle eine Hand empor, und da, wo ich den Kopf vermutete, wurde der Zipfel des Tuchs ein klein wenig zurückgezogen.

„Jetzt!" winkte Murad Nassyr mir zu. „Willst du es dir ansehen?"

Er näherte sich der Gestalt, um zu leuchten, wendete aber das Gesicht seitwärts, damit sein Auge nicht auf dem Schandfleck des Hauptes seiner Schwester ruhen könne. Ich aber sah mir den heiklen Punkt genau an. Ja, es gab da mitten im starken Haar eine ganz kahle Stelle, wie sie durch winzige Pilze entstehen kann. „Wirst du das heilen können?" frage Murad Nassyr. „Ich hoffe es. Wahrscheinlich wird die Zierde dieses Hauptes schon in einigen Wochen wieder erscheinen." — „Allah gebe es! Und ich werde es dir danken. Wie heißt das Mittel, das man anwendet?" — „Du findest es hier in Kairo in jeder Apotheke. Man nennt es da El Milh el hâmid, und für einen halben Piaster erhältst du so viel, daß es für die ganze Kur ausreichen wird. Man löst es in einer Flasche voll Wasser auf und betupft damit täglich einmal die kahle Stelle. Das Mittel hat schon vielen geholfen, ist aber bei einem vollständigen Kahlkopf freilich ohne Wirkung." Diese Worte erregten die Freude der Dame in der Weise, daß sie jetzt ihre Stimme vernehmen ließ.

„Ich danke dir!" hörte ich sie hauchen. Dann erhob sie sich und verließ das Zimmer.

Der verbeugungssüchtige Haushofmeister erhielt, als wir wieder herunterkamen, den Befehl, beim Gang zum Hafen das Mittel gleich mitzubringen. Einige Zeit später wurde uns das Abendessen aufgetragen. Es bestand aus einer großen Platte mit einem hohen Berg von fettem Reis mit gehacktem Hühnerfleisch und aus einer zweiten Platte mit Kebab, an Hölzern gebratenen Rindfleischstückchen. Ich schätzte diese Bratenstücke auf gewiß drei Kilogramm und dachte dabei an die morgenländische Sitte, daß die Diener bekommen, was die Herren übriglassen. Das Ganze sah prächtig aus und war jedenfalls von den weißen Händen Kumrus zubereitet worden. Ich hatte wirklich Hunger, da mir vorher nur ein Hühnerbein zuteil geworden war. Man kann sich also denken, daß ich mich nicht nötigen ließ. Gabel und Löffel gab es nicht. Wir aßen nach Landessitte: das heißt, wir langten mit den Händen in den Haufen, ballten den Reis zu Kugeln und steckten sie in den Mund. „Steckten", das kann ich allerdings nur auf mich beziehen, denn der Dicke steckte nicht, sondern er warf. Sooft er eine Kugel geformt hatte, öffnete er den Mund, warf sie hinein, klappte die Öffnung zu, ein Druck, ein Schluck, und sie war hinunter. Ich war neugierung, ob er das Ziel einmal verfehlen würde, mußte aber einsehen, daß seine Geschicklichkeit dazu viel zu groß war. Murad traf die Öffnung stets genau. Zum öfteren Reinigen der Hände waren halb auseinandergeschnittene Zitronen vorhanden. Ich beeilte mich so sehr wie möglich, konnte es aber meinem Tischgenossen nicht gleichtun. Wenn ich eine Reiskugel bewältigt hatte, waren bei ihm inzwischen vier oder fünf verschwunden. Glücklicherweise bin ich kein starker Esser und hatte also bei der Größe des Reisberges die Hoffnung, satt zu werden. Eben nahm ich wieder eine Handvoll davon, fühlte aber, daß ich Widerstand fand. Ich zog und zog — ein, zwei, drei, vier dunkle Frauenhaare aus dem Reis. Dabei mochte mein Gesicht sich auch etwas in die Länge ziehen; denn Murad Nassyr wurde aufmerksam und fragte: „Was ist's? Hast du dir die Lippen verbrannt?" — „Nein. Ich habe eine wichtige Entdekkung gemacht." Ich zeigte ihm die Haare. Er nahm sie mir aus der Hand und betrachtete sie freundlich. „Was weiter? Allah läßt beides wachsen, den Reis und auch die Haare. Aus seiner Hand kommt alles." — „Allah läßt aber den Reis zum Essen und das Haar zum Schmuck wachsen. Gedenke der kahlen Stellen vieler Köpfe! Bedeutet das ein Wunder, wenn man das, was auf den Kopf gehört, im Reis findet? Soll ich die Haare essen, gegen deren Verschwinden ich El Milh el hâmid verordnet habe?" — „Wallah, Tallah! Ich hoffe nicht, daß du die Absicht hast, das Haupt meiner Schwester zu beleidigen. Diese Haare stammen nicht von ihr, sondern von Fatma, der vorzüglichsten Köchin des ganzen Sultanreiches." — „Wer ist diese Fatma?" — „Die Lieblingsdienerin meiner Schwester. Sie ist Meisterin in der Bereitung aller feinen Speisen, und der Wohlgeschmack ihrer Limonaden kommt dem der Paradiesquelle gleich. Du wirst während der Reise täglich von ihren Gerichten essen und reichlich Gelegenheit finden, ihre Kunst zu preisen."

O weh! Von dieser Fatma essen, deren erste Kostprobe mich so völlig um meinen schönen Hunger gebracht hatte! Das war eine Aussicht, für die ich mich nicht zu begeistern vermochte. Nun brachte ich meine Zunge nicht wieder mit diesem Reis in Berührung; ich hielt mich an den Kebab, mußte da aber sehr behend sein, da der Dicke es für seine Ehrenpflicht zu halten schien, mich nicht an Magenüberfüllung ersticken zu lassen. War er in andrer Beziehung ebenso auf seinen Vorteil bedacht, so mußte ich es später sicher bereuen, ihm meine Zusage zur Mitreise gegeben zu haben. Damit es meinen kleinen Negern nicht ebenso wie mir ergehen sollte, warf ich ihnen einige Fleischstücke zu und formte fleißig Reisklöße für sie, die sie mit größter Geschicklichkeit auffingen und sich einverleibten. Wahrhaftig, die Platten wurden leer! Was der Dicke nicht zu bewältigen vermochte, das verzehrten die Kinder, die sich seit langer Zeit nicht ordentlich satt gegessen hatten und deren Augen mir aus Dankbarkeit für meine Fürsorge freudig entgegenstrahlten. Ich sah es ihnen an, daß ich ihre ganze Liebe gewonnen hatte. Sie waren des Arabischen zwar noch nicht sehr mächtig, hatten aber von meinem Gespräch mit dem Polizisten genug verstanden, um zu wissen, wie hartnäckig ich mich geweigert hatte, sie ihrem grausamen Herrn zurückbringen zu lassen.

Nach dem Essen hob Murad den Zeigefinger, machte zu dieser Gebärde ein sehr geheimnisvolles Gesicht und sagte: „Jetzt kommt das Allerbeste. Solang ich mich noch in Kahira befinde, werde ich mir diesen Genuß so oft wie möglich gönnen, da ich später darauf verzichten muß."

Er klatschte in die Hände, und der Schwarze brachte vier Flaschen Bier, die der Dicke ohne mein Wissen hatte holen lassen. Nun, wenigstens dieser heimatliche Trank sollte mir nicht zu Wasser werden. Ich goß mir also fleißig in das Glas und war darum ebenso schnell mit zwei Flaschen fertig wie der Türke.

Dieser begann jetzt, an das heutige Erscheinen des Gespenstes zu denken, oder vielmehr an dessen Nichterscheinen; denn er war wirklich überzeugt, daß es sich durch die Anwesenheit eines Ungläubigen abschrecken lassen würde. Von ihm um meine Ansicht befragt, tröstete ich ihn: „Auch ich glaube nicht, daß der Geist kommen wird, denn er fürchtet sich vor mir." — „Fürchten? O nein! Ein Geist kennt keine Furcht. Er wird nicht kommen, weil du als Christ ihm für unrein giltst." — „Dann rate ich ihm freilich, sich nicht an mir zu besudeln, denn ich würde ihn und sein Andenken so verunreinigen, daß sein Name für alle Muslimin zum Gelächter würde." — „Du scheinst wirklich keine Angst zu haben?" — „Nein. Ich habe mich schon, als ich den Geist zum erstenmal sah, nicht vor ihm gefürchtet."

„Wie? Du hast ihn bereits gesehen?" — „Ja. Wenigstens vermute ich es. Entweder er oder sein Obergespenst ist mir schon einmal hier in Kahira erschienen." — „Allah! Wann denn?" — „Davon später. Du würdest es mir doch nicht glauben." — „Ich glaube es sofort. Er ist ja mir auch erschienen. Warum sollten ihn andre nicht ebenso gesehen haben?" — „Reden wir lieber von notwendigen Dingen! Schläfst du des Nachts im Finstern?" — „Nein, sondern des Gespenstes wegen brennen wir in allen Zimmern Licht." — „Und es kommt dennoch?" — „Es kommt dennoch! Es kommt durch die verriegelten Türen und wandelt durch die erleuchteten Zimmer an uns vorüber. Es ist grauenhaft! Daß ich vor dem Spuk noch nicht das Feld geräumt habe, mag dir beweisen, daß ich meinen Namen Nassyr, der Sieger bedeutet, mit vollem Recht trage." — „Auch die Haustür ist verriegelt?" — „Gewiß, und zwar mit zwei großen schweren Riegeln, die man nicht so leicht bewegen kann." — „Und wo schläft Selim, der tapfere Haushofmeister, der es mit allen Helden des Weltalls aufnimmt?" — „Hinter der Haustür, wo er sich täglich ein

Lager bereitet." – „Und auch er hat den Geist erblickt?" — „Täglich, alle Abende. Du magst daraus erkennen, daß Selim wirklich kein furchtsamer Mensch ist. Heut werden wir zum erstenmal der Ruhe pflegen können, die uns bisher versagt blieb. Ich bin müde und freue mich auf einen ungestörten Schlaf. Gute Nacht." Murad gab mir die Hand und ging in seine Wohnung. Ich hörte, daß er die Tür hinter sich verriegelte. Ich glaubte es ihm gern, daß er sich nach Ruhe sehnte. Starke Esser sind nach der Mahlzeit ermüdet. Aber darüber, daß das Gespenst ihn heute nicht stören würde, war ich andrer Meinung. Grad heut würde der Geist kommen, und zwar meinetwegen.

3. *Im ‚Gespensterhaus'*

Es mochte nach unsrer Zeitrechnung gegen elf Uhr sein, und ich hielt es für geraten, meine Vorbereitungen zu treffen, die recht einfach waren. Zunächst brachte ich die Kinder zur Ruhe. Sie mußten sich in einer Ecke auf das Polster legen, und ich deckte sie mit meinem Mantel so zu, daß ihre Gesichter darunter steckten: sie sollten das Gespenst nicht sehen. Dann trat ich leise hinaus in den Säulengang, um nach der nächtlichen Beleuchtung auszuschauen. Es gab keinen Mondschein; aber die Sterne schimmerten so hell, daß man wenigstens zehn Schritt weit zu sehen vermochte. Zur Haustür kam das Gespenst nicht herein. Das war gewiß, weil sie mit Riegeln verschlossen war und weil Selim dort lag. Ich war überzeugt, daß der Schlingel sich grad den Ort, wo die Erscheinung sich nicht blicken ließ, zur Ruhestätte erwählt hatte. Der Geist stieg unbedingt über die Gartenmauer, in der es die schon erwähnten Breschen gab. Dort konnte man ihn kommen sehen. Trotzdem zog ich es vor, mich nicht im Garten zu verstecken. Vielleicht befand sich der Geist schon draußen. In diesem Fall hätte er mich bemerkt und auf seinen heutigen Rundgang verzichtet. Nun ging ich zum Hausflur, um nach Selim zu schauen. Er war noch nicht da, kam aber soeben die Treppe herab, mit einer kleinen Lampe in der Hand, die ihn und die Umgebung matt beleuchtete. Alle Wetter, hatte sich dieser Held für die Geistererscheinung gerüstet! Von jeder Schulter hing ihm eine Flinte herab. An der linken Seite schleppte er einen mächtigen Sarras neben sich her. Sein langes, weißes Gewand war mit einem Tuch umgürtet, aus dem die Griffe von einigen Messern und Pistolen blickten. In der Linken trug er die Lampe und in der Rechten ein starkes Holz, das jedenfalls als Keule dienen sollte. Als Selim mich erblickte, fuhr er vor Schreck so zusammen, daß die Lampe ihm entfallen wäre, wenn ich sie nicht ergriffen und festgehalten hätte.

„Laß mich in Ruh, du böser Geist, du Teufel!" rief er, wobei die Keule seiner Hand entglitt. — „Schrei nicht so, Selim!" mahnte ich. „Ich glaube gar, du hältst mich für den Geist!" Dabei hob ich die Lampe zu meinem Gesicht empor. Als er mich erkannte, meinte er, erleichtert aufatmend: ,,Preis sei Allah, daß du es bist, o Effendi! Wenn es der Geist gewesen wäre, so hätte ich ihn auf der Stelle erschlagen!" — ,,Wohl mit der Keule, die du soeben weggeworfen hast?" — ,,Ja, mit ihr. Sie entfiel mir, als ich eben ausholen wollte. Ist der Herr schon schlafen gegangen?" — ,,Ja." — ,,Die andern auch, und ich wollte hier mein Lager aufsuchen."

Selim nahm mir die Lampe aus der Hand und leuchtete zur Tür. Dort hatte er eine alte Strohmatte ausgebreitet und darauf eine große Decke gelegt, in die er sich so einhüllen konnte, daß gewiß weder er den Geist noch dieser ihn zu entdecken vermochte.

,,Und wo befindet sich der Neger?" fragte ich. — ,,Oben im Vorzimmer der Frauen, wo er sich mit ihnen verrammelt hat. Warum wandelst du hier herum, wo doch jeden Augenblick der Geist erscheinen kann?" — ,,Ich suchte dich. Ich wollte dich fragen, ob du nicht einige starke Schnüre oder Stricke hast." — ,,Ich habe welche und werde sie gleich holen."

Der lange Haushofmeister brachte mir das Verlangte und riet mir dann, mich schlafen zu legen. Ich kehrte in meine Wohnung zurück, zunächst in das hintere Zimmer, das erleuchtet war, um nach den Kindern zu sehen. Sie schliefen fest. Dann ging ich in die nebenanliegende, dunkle Stube und öffnete die Tür, die auf die Säulenhalle des Hofs führte. Da setzte ich mich auf den Boden nieder und wartete gespannt, ob es dem Gespenst belieben würde, heute zu erscheinen. Ich wünschte aufrichtig, daß es kommen möchte, denn ich wollte gern wissen, ob ich mit meiner Ahnung, daß es ein Mitglied, vielleicht gar der Vorsteher der Verbrüderung sei, das Richtige traf. War es Abd el Barak, den ich, wie schon gesagt, für einen starken Menschen hielt, so galt es, vorsichtig und dabei flink zu sein. Er mußte überrascht werden. Ich wollte den Mokkadem im erleuchteten Zimmer erwarten, um zu erfahren, was er machen werde, wenn er mich erkannte. So saß ich lange Zeit; die Minuten wurden mir zu Viertelstunden. Ich hielt die Augen auf den in den Garten führenden Durchgang gerichtet. Da hörte ich ein leises Geräusch aus jener Richtung, und vom Dunkel der mir gegenüberliegenden Säulenhalle hob sich eine schmale, lichtere Stelle ab, die sich bewegte. Es war eine im Halbschatten grau erscheinende, also wohl weiß gekleidete Gestalt. Sie trat aus der Halle hervor und auf den offenen Hof. Aber sie war nicht allein; eine zweite und eine dritte Gestalt folgten ihr. Gab es etwa drei Gespenster? Dann war mein Vorhaben nicht ganz ungefährlich.

Die erste Gestalt wendete sich links zu den Zimmern des Türken. Sie hob einen Arm, ein Zeichen für die beiden andern, die sofort einen Lärm begannen, der dem Heulen und Pfeifen eines starken Sturms glich. Dazu reichte der Mund nicht aus; sie mußten Instrumente haben. Ihr Treiben war für mich jetzt Nebensache. Ich mußte mein Augenmerk auf den ersten richten. Er befand sich hinten bei der letzten Tür. Jedenfalls schob er nun in der erwähnten Weise den Riegel zurück, um in das Zimmer zu treten. Von da aus wollte er vermutlich die andern Räume des Türken durchschreiten und mußte dann auch in meine Wohnung kommen. Er sollte mich dort auf dem Lager finden. Darum stand ich auf und huschte, die Türen hinter mir verriegelnd, in mein erleuchtetes Zimmer zurück, wo ich mich auf das Kissen legte und die Decke so über mich breitete, daß mein Gesicht frei blieb. Die Negerkinder schliefen fest. Die Stricke hatte ich mit unter die Decke genommen. Ich brauchte nicht lange zu warten: der entscheidende Augenblick war da. Ich hörte ein Geräusch an der zu Murad Nassyr führenden Tür. Sie wurde geöffnet, und der Geist trat ein. Er wandte sich zunächst zurück, und beim hellen Schein des Lichts sah ich in seiner Hand einen dünnen, spitzen Gegenstand, den er in die schon erwähnten Löcher steckte, um den jenseitigen Riegel zurückzuschieben. Der Kerl mußte seiner Sache sehr sicher sein, daß er es nicht einmal für nötig hielt, sich erst bei mir umzusehen. Ich hielt die Lider so, daß die Augen geschlossen zu sein schienen, ich aber dennoch alles deutlich überschauen konnte. Dabei atmete ich ruhig wie ein Schlafender.

Ich hätte mich in die Seele Murad Nassyrs hinein ärgern oder schämen mögen! Dieser Geist hatte keineswegs das landläufige Aussehen eines Gespenstes. Er war in einen langen, bis auf den Boden reichenden Burnus von weißer Farbe gehüllt, hatte die Kapuze über den Kopf gezogen, und außerdem hing ihm über das Gesicht ein helles Tuch herab, in das für die Augen zwei Löcher geschnitten waren. Das war doch kein Geist, kein Gespenst, sondern ein Mensch, der die Gestalt Abd el Baraks hatte.

Draußen hatte sich das Geräusch des Sturmes in das Nachäffen von allerlei Tierstimmen verwandelt, eine wirklich kindische Art, Gespensterfurcht zu erwecken. Doch das konnte ich jetzt nicht beachten, denn mein Gespenst hatte sich von der Tür weg ins Zimmer gewendet, sah sich um und kam langsam auf mich zu. Es blieb eine kleine Weile vor mir stehen, wahrscheinlich, um mich zu betrachten. Ich hätte sein Gesicht sehen mögen! Aber das war nicht möglich, weil er es verhüllt hatte und weil ich die Augenlider nicht so weit öffnen durfte. Ich konnte durch die Wimpern nur bis dahin schauen, wo sich seine Hände unter dem Burnus befanden. Jetzt ging er leise zu den Kindern hinüber. Er bückte sich nieder und hob den Zipfel meines Haïk empor. Er sah die beiden Schwarzen, und ich bemerkte eine Bewegung der Überraschung, die er nicht zu unterdrücken vermochte. Das gab mir die Überzeugung, daß ich Abd el Barak vor mir hatte. Der „Geist" ließ den Zipfel sinken und kehrte geräuschlos zu mir zurück. Er beugte sich über mich, so daß sein Gesichtstuch senkrecht niederhing und ich nun sein Kinn und auch seinen Mund sehen konnte. Seine rechte Hand kam aus dem Burnus hervor. Die

Klinge eines Messers blitzte darin. Das war gefährlich und es galt, keinen Augenblick zu zögern. Sorge brauchte ich nicht zu haben, denn selbst wenn der Ägypter stärker war als ich, mußte mir sein Schreck zustatten kommen. Ich sprang nicht etwa auf, denn das wäre ein Fehler gewesen und hätte mich grad an sein Messer gebracht; vielmehr wälzte ich mich blitzschnell vom Polster herab vor seine Füße und hob sie aus, so daß er vorwärts stürzte. Das Messer flog aus seiner Hand; er kam mit Kopf und Brust quer auf das Polster zu liegen. Im nächsten Augenblick war ich über Abd el Barak, legte ihm die linke Hand an die Kehle, drückte sie fest zusammen und gab ihm mit der rechten Hand einen derben Hieb auf den Hinterkopf. Er machte eine schwache, krampfhafte Bewegung, die ihn nicht befreien konnte, und blieb dann einige Sekunden still liegen. Diese Pause benutzte ich, ihm den einen Strick um den Oberkörper und die Arme zu winden. Nun schlug er mit den Beinen aus. Ich band sie mit dem andern Strick zusammen, so daß er nun völlig gefesselt und in meine Hand gegeben war. Danach riß ich das Tuch weg und blickte, wie ich erwartet hatte, in das Gesicht Abd el Baraks. Seine Augen glühten mir entgegen, doch er sagte kein Wort, was mir lieb war, da die Kinder jetzt noch weiter schlafen sollten. Ich mußte hinaus, und er sollte sie nicht etwa durch Drohungen bewegen können, ihn von den Stricken zu befreien. Aus dem gleichen Grund mußte ich ihm einen Knebel geben. Darum preßte ich ihm mit der einen Hand abermals die Kehle zusammen. Abd el Barak sperrte, um Luft zu bekommen, den Mund weit auf, und ich schob ihm den zusammengeballten Zipfel des Tuches hinein.

Nachdem ich den Ägypter noch weiter von den Kindern weggezogen hatte, damit er sich nicht leicht zu ihnen hinrollen könne, begab ich mich in den Säulengang hinaus, aber nicht durch die Tür des erleuchteten Zimmers, weil ich da von den andern Gespenstern entdeckt worden wäre, sondern durch die dunkle Nebenstube. Ich nahm meine schwere Büchse mit, um zuschlagen zu können.

Die beiden „Geister" vollführten noch den gleichen Lärm wie vorher. Ich sah, daß sie, um für Tiere gehalten zu werden, sich auf Hände und Füße gestellt hatten. Indem ich mich so tief wie möglich niederduckte, schlich ich näher. Mein Anzug war dunkel genug, um nicht aufzufallen. Als ich dem Nächsten auf sechs oder sieben Schritte nahe gekommen war, sprang ich auf ihn zu und schlug ihn mit einem Kolbenhieb nieder. Er stieß einen Schrei aus, blieb aber liegen. Der andre wurde durch diesen Schrei gewarnt und richtete sich auf. Er sah mich und wendete sich zur Flucht. Ich eilte ihm nach, an dem leeren Wasserbecken vorüber. Aus seiner Umfassung war ein Stein gefallen; ich sah ihn nicht und stolperte darüber hinweg, wobei mir mein Bärentöter so zwischen die Beine kam, daß er mir aus der Hand geprellt wurde. Ich ließ die Büchse liegen und rannte weiter, hinter dem flüchtigen Chajâl her. Er war mit der

Örtlichkeit vertrauter als ich und hatte, als ich den Garten erreichte, einen Vorsprung gewonnen, der mich zur verdoppelten Eile antrieb. Es ging quer durch den Garten, über Schutthaufen und durch Unkrautgestrüpp der Mauer zu. Der Mann wollte hinauf; ich kam grad noch zur rechten Zeit, erwischte ihn am Bein und riß ihn herab. Das geschah mit solcher Gewalt, daß ich das Gleichgewicht verlor, niederstürzte und unter ihn zu liegen kam. Das Gespenst Nummer drei hatte sein Messer gezogen und holte zum Stoß aus. Durch eine rasche Wendung erreichte ich es, daß der Stoß fehlging; die Klinge fuhr mir zwischen Brust und Oberarm hindurch. Ich stieß dem Mann die Faust von unten gegen die Nase und versuchte, seine bewaffnete Hand festzuhalten. Der Schmerz, den ihm der Nasenstüber verursachte, verdoppelte seine Kräfte; er riß sich los. Ich schnellte mich, um einem abermaligen Stich zu entgehen, einige Schritte fort und sprang dann auf. Der Geistermann aber hatte auf einen weiteren Gebrauch seines Messers verzichtet; das Entkommen schien ihm wichtiger zu sein, als ein Sieg über mich. Er spang, ehe ich seinen Vorsprung wieder einzuholen vermochte, auf die Mauer und verschwand drüben. Ich hörte ihn im Galopp davonrennen. Mochte er enkommen! Ich war froh, seinem Messer entgangen zu sein, und kehrte in den Hof zurück. Dort lag das Gespenst Nummer zwei noch so, wie mein Kolbenhieb es niedergestreckt hatte. Ich untersuchte den Gürtel des Betäubten; es steckte ein Messer darin, das ich zu mir nahm. Dann begab ich mich in den Hausgang, wo der tapfere Selim lag. Als er mich kommen hörte, brach er vor Entsetzen in das bekannte Gebet der Mekkapilger aus: ,,O Allah, behüte mich vor dem neunmal gesteinigten Teufel; bewahre mich vor allen bösen Geistern, und verschließe die Tiefen der Hölle vor meinen Augen!"

,,Wimmere nicht, sondern steh auf!" gebot ich ihm. ,,Ich bin es ja!" — ,,Du bist es? Wer denn?" klang es unter der Decke hervor, in die er sich gewickelt hatte. ,,Ich weiß, wer du bist. Geh an mir vorüber, denn ich bin ein Liebling des Propheten, und du hast keine Gewalt über mich." — ,,Unsinn! Erkennst du mich nicht an der Stimme? Ich bin Kara Ben Nemsi Effendi, der als Gast bei euch wohnt." — ,,Nein, der bist du nicht. Du hast nur seine Stimme angenommen, um mich zu täuschen. Aber die Hände der heiligen Kalifen sind ausgebreitet zu meinem Schutz, und im Paradies bewegen sich Millionen von Lippen zum Gebet für meine Rettung. O Allah, Allah, Allah, laß meine Sünden so klein werden, daß du sie nicht sehen kannst, und hilf mir, den bösen Geist überwinden, der seine Krallen um meinen Nacken schlägt!"

Der Mann, der sich vermessen hatte, es mit allen Helden des Weltalls aufzunehmen, war eine Memme allerershter Sorte. Zureden half da nichts. Ohne Sorge, daß Selim Gebrauch von seinem Waffenvorrat machen werde, wickelte ich ihn auf und zerrte ihn hinaus in den Hof, wohin er mir wimmernd folgte. Aber als er beim Sternenschein mich erkannte, richtete er sich stolz auf. ,,Effendi, was hast du gewagt! Preise Allah, daß du noch am Leben bist! Ich habe dich sofort an der Stimme erkannt. Hätte ich dich jedoch für den Geist gehalten, so wäre deine Seele wie Rauch aus deinem Leib gefahren, denn ich bin fürchterlich in meinem Zorn und entsetzlich in meinem Grimm!" — ,,So fürchtest du dich also nicht vor einem Gespenst?"

,,Ich mich fürchten? Ich nehme es mit allen Geistern und Drachen der Hölle auf." — ,,Das ist mir lieb, denn du sollst mir den Geist in meine Stube tragen helfen." — ,,Den Geist?" fragte der lange Schlingel besorgt, indem er plötzlich um einen halben Meter kleiner wurde. ,,Du redest im Scherz. Wer kann einen Geist tragen?"

,,Ich kann es und du kannst es auch. Dort liegt er; schau hin! Wir wollen ihn ins Zimmer bringen." Selim folgte mit seinem Blick meiner ausgestreckten Hand und sah die hell gekleidete Gestalt liegen.

,,Hilf uns, o Allah, begnadige uns mit deinem Segen!" rief er, indem er beide Hände abwehrend von sich streckte. ,,Kein Befehl des Padischah, kein Gebot und kein Gesetz kann mich zu der Stelle bringen, wo dieser oberste der bösen Geister liegt."

,,Es ist ja gar kein Geist, sondern ein Mensch!" — ,,Aber du nanntest ihn ein Gespenst!" — ,,Er hat Gespenst gespielt, um euch in Furcht zu jagen." — ,,So sag mir vorher, wie er heißt, wo sein Stamm wohnt und welchen Namen sein Vater und der Vater seines Vatersvaters trägt! Eher kann ich ihn nicht für einen Menschen halten."

,,Das ist reiner Unsinn! Er ist ein Mensch. Ich habe ihn besiegt und mit dem Gewehr niedergeschlagen. Und drin in meiner Stube liegt ein zweiter, dem es ähnlich ergangen ist." — ,,So bist du verloren. Sie haben sich nur zum Schein besiegen lassen und werden über dich und deine Seele herfallen, um sie in Stücke zu zerreißen und in alle Winde zu zerstreuen." — ,,So geh wieder zu deinem Lager, und steck dich unter die Decke! Sag mir aber niemals wieder, daß du der berühmteste Held deines Stammes seist!"

Ich ließ den Feigling stehen, ging zu dem Geist Nummer zwei, nahm ihn auf die Schulter und trug ihn in mein Zimmer, wo ich ihn niederlegte. Meine letzten Worte waren doch nicht ohne Wirkung auf Selim geblieben. Er kam mir, wenn auch zögernd, nach und blickte vorsichtig durch die halb offene Tür. In ihrer Nähe lag Abd el Barak. Selim erkannte ihn am Gesicht. Sehr bedächtig, einstweilen nur den einen Fuß in die Stube setzend, fragte er erstaunt:

,,Ist das nicht Abd el Barak, der Vorsteher der heiligen Kadirine? Wie kommt er hierher und wer hat ihn in Banden geschlagen?"

,,Ich, weil er der Geist ist, der in diesem Haus spukt. Er kam zu mir herein und wollte mich erstechen. Da habe ich ihn unschädlich gemacht. Er hatte noch zwei Geister mit, diesen hier, den ich niedergeschlagen habe, und einen andern, der mir über die Gartenmauer entkommen ist." — Jetzt schien dem ,größten Helden seines Stammes' ein Licht aufzugehen. Er kam vollends herein und stellte sich vor mich hin.

„Effendi, du bist zwar kein Rechtgläubiger, aber Allah scheint dich doch in seinen ganz besondern Schutz genommen zu haben, sonst wärst du jetzt eine Leiche und lägst draußen, starr wie ein Klotz, niedergestreckt von meiner tapferen Hand, die unüberwindlich ist."

„Um ein Held wie du zu werden, braucht man keinen andern Glauben anzunehmen. Geh jetzt, um deinen Herrn herbeizuholen! Ich will ihm zeigen, welcher Art die Gespenster sind, die ihn aus diesem Haus vertreiben wollten." — „Ich werde ihn rufen. Vorher aber muß ich selber mit diesem Mann sprechen, der uns weismachen wollte, daß er in das Reich der abgeschiedenen Seelen gehöre." — Selim dachte jetzt nicht daran, daß Abd el Barak als Vorsteher der Kadirine eine bedeutende Macht besaß, das Prahlen war ihm zur zweiten Natur geworden, und da sich ihm hier eine Gelegenheit dazu bot, ließ er sie nicht ungenützt vorübergehen. Er streckte die geballte Hand gegen Abd el Barak aus. — „In diese Hand warst du schon längst gegeben. Aber du warst nicht würdig, von meiner Hand berührt zu werden. Darum hob ich dich für diesen Effendi auf, der dich überwunden hat, wenn auch nicht so leicht und schnell, wie ich mit dir fertig geworden wäre. Du bist für mich wie ein abgestandener Fisch, den man nicht riechen mag. Du wirst keine Nachkommen haben und deiner Vorfahren wird kein Mensch gedenken. Wenn du gestorben bist, wird deine Seele als Geist spuken müssen in alle Ewigkeit. Das wird der Lohn deiner Taten sein, während man die meinigen verzeichnen wird im Buch der Helden und in den Gedichten der Sieger und Eroberer!"

Kein Theaterheld hätte großartiger hinter den Kulissen verschwinden können, als Selim jetzt durch die Tür schritt, um Murad Nassyr zu rufen. Abd el Barak sah ihm mit einem Blick nach, der nichts Gutes weissagte. Ich konnte mich jetzt nicht mit ihm, sondern ich mußte mich mit seinem Nebengespenst beschäftigen, denn der Mann regte sich noch immer nicht. Hatte ich ihn vielleicht erschlagen? Es wurde mir doch ein wenig angst. Ich untersuchte seinen Schädel; er war geschwollen, aber nicht gebrochen. Das Herz schlug fühlbar und regelmäßig. Ah! Sollte der Mann sich nur verstellen, um, wenigstens einstweilen, der Demütigung zu entgehen? Ich nahm ihn beim Hals und drückte. Sofort riß er voll Angst die Augen auf und gurgelte: „Zu Hilfe, Zu Hilfe, o Gott, Zu Hilfe! Ich ersticke! Ich sterbe!" — Ich zog die Hand von seinem Hals und drohte:

„Wer sich tot stellt, der mag sterben! Behalte die Augen offen, wenn du nicht willst, daß ich sie dir für immer schließe! Gespenster finden bei mir keine Gnade."

Die schwarzen Geschwister waren jetzt aufgewacht. Sie saßen in ihrer Ecke und betrachteten mit ängstlich aufgerissenen Augen den für sie seltsamen Auftritt. Einige Worte von mir genügten, sie zu beruhigen.

Nun konnte ich Abd el Barak den Knebel aus dem Mund nehmen.

War ich bisher noch besorgt, daß er mir wegen des Vorfalls im Bierhaus gefährlich werden könne, so war nun jedes derartige Bedenken verschwunden. Ich hatte den Mann in meiner Hand und durfte annehmen, daß er sich hüten würde, offen etwas gegen mich zu unternehmen. Mit seiner heimlichen Gegnerschaft mußte ich nun erst recht rechnen. Selim war in die Säulenhalle gegangen, um Einlaß bei Murad Nassyr zu begehren. Jetzt erschien der Haushofmeister unter meiner Verbindungstür, um mir zu sagen, daß sein Herr mich erst zu sprechen wünsche, bevor er die gefangenen Gespenster sehen wolle.

„So mußt du einstweilen hierbleiben", beschied ich den Langen.

„Richtig, sehr richtig!" antwortete er, indem er mir seit dem vorigen Tag die erste Verbeugung machte. Er hatte in der Aufregung der letzten Stunde die gewohnte Höflichkeit außer acht gelassen.

„Ich hoffe, daß ich dir diese Gefangenen anvertrauen darf?"

„Mit vollstem Recht, Effendi. Ich werde sie erwürgen, sobald sie nur ein Wort sagen oder eine falsche Bewegung machen. Ein einziger Blick aus meinem Adlerauge genügt, sie in größte Angst und Bangigkeit zu versetzen. Erlaube mir aber, vorher meine Waffen zu holen!" — „Das ist nicht nötig; sie sind doch gefesselt!" — Der andre Geist war nämlich auch gebunden worden. — „Das weiß ich sehr wohl, Effendi; aber die Waffen verdoppeln die Würde des Mannes und geben seinen Geboten den erforderlichen Nachdruck."

Es war klar, Selim fürchtete sich, mit den beiden hilflosen Männern allein zu sein. Er brachte also seinen ganzen Waffenvorrat geschleppt, und dann ging ich zu Murad Nassyr, dessen Wohnung ich jetzt zum erstenmal betrat. Sie war ebenso fein und bequem eingerichtet wie die meinige. Er stand erwartungsvoll in seiner Schlafstube und begann mit den Worten:

„Was ist geschehen, Effendi? Ich kann nicht glauben, was ich gehört habe. Selim hat mir von seinen Heldentaten berichtet, aber in einer Weise, daß ich über das meiste im unklaren geblieben bin."

„Nun, was hat er denn erzählt?" — „Acht Gespenster sind dagewesen: zwei hast du gefangen, eins ist dir entkommen, und mit den fünf übrigen hat er gekämpft." — „Das ist ein Märchen, das er sich ausgesonnen hat. Seine fünf Gespenster leben nur in seiner Erfindung; es hat nur drei Gespenster gegeben und mit denen habe ich es allein zu tun gehabt." — „Und Abd el Barak befindet sich wirklich darunter?" — „Ja." — „Unglaublich! Wer hätte so etwas denken können?" — „Ich habe es gedacht, wie du dich erinnern wirst."

„Mir ist nichts dergleichen erinnerlich." — „Habe ich dir nicht gesagt, daß der Geist sich vor mir fürchten würde und daß ich ihn schon gesehen hätte? Ich meinte damit Abd el Barak. Ich vermutete, daß er es sei, der dieses Haus unsicher macht, um die Wirtin und dann auch die Mieter zu vertreiben, damit der Besitz desto eher der Bruderschaft anheimfalle." — „Es ist unglaublich, es ist schrecklich! Aber nun erzähle mir, wie alles zugegangen ist!"

Ich berichtete Murad Nassyr das Geschene so kurz wie möglich. Ich hatte Mühe, ihn zu überzeugen. Daß ein Mann wie Abd el Barak sich zu einer solchen Rolle verstehen könne, war dem Türken fast undenkbar. Ich forderte ihn auf, mit zu den Gefangenen zu gehen. Er aber zögerte.

„Ehe ich mich zu diesem Mann begebe, muß ich erst wissen, was wir mit ihm und seinem Gehilfen anfangen werden. Meinst du, daß wir sie laufen lassen?" — „Hm! Eigentlich müßten wir die Sache anzeigen." — „Davor möge Allah uns behüten! Die Behörde von diesem Gespensterspiel zu benachrichtigen, würde nichts andres heißen, als uns die ganze Kadirine zum Feind zu machen, und das muß ich auf alle Fälle vermeiden, weil ich den größten Schaden davon hätte. Meine Geschäftsverbindungen mit Ägypten wären in kurzer Zeit so gut wie abgebrochen, aber nicht nur mit Ägypten, da sich die Kadirine über ganz Nordafrika und sogar bis tief in den Sudan verzweigt. Und auch du darfst dir eine so mächtige Verbindung nicht zur Feindin machen. Ich bin überzeugt, daß du sonst dein Vaterland nicht wieder siehst." — „Ich muß dir leider beistimmen. Also bestrafen dürfen wir die Täter nicht lassen. Aber die Halunken einfach freigeben, das geht doch auch nicht, denn sie würden sich auch in diesem Fall an uns zu rächen suchen. Wir müssen uns irgendwie vor ihrer Rache sichern." — „Das könnte doch nur durch eine Unterschrift geschehen?" — „Allerdings durch ein schriftliches Bekenntnis, von Abd el Barak unterzeichnet. Wir würden davon Gebrauch machen, falls er sich feindlich gegen uns verhält oder uns die Kadirine auf den Hals hetzt." — „Richtig! Ich überlasse es dir, dieses Schriftstück zu entwerfen. Papier und Schreibzeug ist da."

Nachdem noch einige weitere Bemerkungen über diesen Gegenstand ausgetauscht worden waren, begaben wir uns in meine Schlafstube, wo Selim mit geschultertem Gewehr und drohendem Gesicht vor den Gefangenen stand. Als wir eintraten, hörte ich ihn sagen:

„Also dürft ihr ja nicht denken, daß ihr euch hier an ihm rächen könnt. Er ist viel zu klug, indem er den guten Rat befolgt, den ich ihm gegeben habe." — „Von wem redest du?" fragte ich ihn, da mir seine großsprecherischen Worte auffielen. Sie schienen sich auf mich zu beziehen, auf irgendeinen Beschluß von mir, den mir angeraten zu haben, er sich fälschlicherweise rühmte. Selim machte ein verlegenes Gesicht und zögerte mit der Antwort. — „Heraus damit!" gebot ich dem Schwätzer. „Hast du etwa von mir gesprochen?" Ich fühlte mich zu dieser Frage besonders dadurch veranlaßt, daß ich die Augen Abd el Baraks mit höhnischem Blick auf mich gerichtet sah. — „Nein, nicht von dir", erwiderte er endlich. „Von Murad Nassyr, meinem Herrn. Er geht in meinem Schutz nach Khartum und braucht darum die Rache dieser Leute nicht zu fürchten."

„Du bist ein Faselhans und solltest dich im Schweigen üben, anstatt jedermann Dinge zu erzählen, die doch ganz anders verlaufen, als du meinst. Geh hinauf an die Tür des Harems und melde dem Neger was geschehen ist, damit die Bewohner wissen, woran sie sind."

Ich schickte ihn fort, damit er nicht Zeuge unsrer Verhandlung mit dem Mokkadem der Kadirine sein sollte. Wenn sich dieser Prahler von seiner Plauderhaftigkeit hatte hinreißen lassen zu erzählen, daß ich am Morgen mit den Negern Kairo verlassen wollte, konnte ich mich auf alle möglichen Hindernisse oder gar Fährlichkeiten gefaßt machen. Er war am Hafen gewesen, um ein Schiff für mich zu suchen. Ich hatte aber keine Gelegenheit gehabt, ihn nach dem Ergebnis seiner Erkundigungen zu fragen. Als er fort war, band ich Abd el Barak los, so daß er seine Glieder wieder bewegen und sich aufsetzen konnte. Dann zeigte ich ihm den Revolver und drohte:

„Zunächst bist du noch ein Gespenst, auf das ich schießen werde, wenn es eine unerlaubte Bewegung macht. Ich erwarte, daß du genau in deiner jetzigen Stellung verharrst." — Der Ägypter sah mich mit einem Blick an, in dem nichts als tierische Wut zu finden war; dann zuckte ein überlegenes Grinsen um seinen aufgeworfenen Mund.

„Wenn du für den mächtigen Mokkadem der heiligen Kadirine irgendwelche Befehle hast, so sprich!" — „Ich habe dir ebensowenig zu befehlen, wie du mir, aber ich möchte dir einige Vorschläge machen." — „Ich höre!" Er schlug die Arme stolz übereinander und nahm die Haltung und Miene eines Herrschers an, der einem Untertan in Gnaden Gehör schenkt. Sein Verhalten ließ mich den Einfluß des Islams mit dem des Christentums auf den Menschen vergleichen. Welche Liebe, Sanftmut, Demut und milde Freundlichkeit beobachtet man bei den Mitgliedern christlicher Bruderschaften, und wie hochmütig, verstockt und frech trat dieser Leiter einer muslimischen Verbrüderung auf! Und so sind sie alle, diese unwissenden Muslimin, deren Frömmigkeit sich meist nur im gedankenlosen Herleiern einiger Gebete betätigt: verbissene und verständnislose Menschen, die mit Verachtung selbst auf ihre Glaubensgenossen herabsehen, falls diese nicht Mitglied ihrer Verbrüderung sind.

Es kostete mich nicht geringe Überwindung, ihm ruhig zu antworten: „ Kennst du die Kutub[1]) el Kadirine, die in vielen geschriebenen Heften durch alle Länder gehen, in denen es Anhänger eurer Verbrüderung gibt?" — „Ich kenne sie", bestätigte der Mokkadem.

„Wer schreibt sie?" — „Jeder Schriftsteller kann ein solches Heft verfassen." — „Nun wohl, ich bin ein Muallif und möchte ein solches Heft schreiben." — „Du?" lachte der Ägypter. „Du bist ja ein Giaur!" — „Sprich dieses Wort nicht wieder aus! Du hast erfahren, wie ich solch eine Beleidigung bestrafe. Wenn ich ein Heft schreibe, wird es gelesen werden, dafür laß mich sorgen! Der Titel wird lauten: Abd el Barak, el Dschinni — Abd el Barak, das Gespenst, und jeder Leser wird erfahren, welch jämmerliche Rolle der Mokkadem der frommen Kadirine heut abend hier gespielt hat."

[1]) Bücher

„Wage es!" fuhr er mich zornig an.

Ich erkannte daraus, daß meine Berechnung richtig war. Aus einer Drohung mit der Obrigkeit machte er sich voraussichtlich weniger, als aus einer solchen Beschämung vor den Mitgliedern seiner Verbrüderung. Nur auf diesem Weg ließen sich Zugeständnisse von ihm erlangen.

„Ich wage dabei gar nichts", erklärte ich kaltblütig. „Ich mache dich vor allen deinen Gefährten zum Gespött, und du hast keine Macht, dich an mir zu rächen. Aber auf Rücksicht auf die gutgesinnten Mitglieder deiner Verbrüderung möchte ich es unterlassen, die Kadirine durch dich zu beschimpfen. Ich bin vielleicht bereit, auf mein Vorhaben zu verzichten, wenn du mir zeigst, daß du das Geschehene bereust und auf Rache gegen uns verzichtest."

Bei der Erwähnung der Reue zuckte es grimmig über sein Gesicht. Er überwand aber seinen Zorn und fragte verhältnismäßig ruhig:

„Worin soll dieser Beweis bestehen?" — „Erstens darin, daß du allen Rechten auf diese Negerkinder entsagst." – „Ich entsage", erwiderte der Ägypter mit einer wegwerfenden Handbewegung.

„Damit ich sicher gehe, wirst du mir eine schriftliche Bestätigung darüber geben, daß ich dir das Geschwisterpaar abgekauft habe!"

„Du sollst sie haben." — „Ferner fertigst du mir einen Empfehlungsbrief aus, des Inhalts, daß alle Mitglieder der Kadirine mir Schutz und Unterstützung erweisen müssen." — Ich werde ihn schreiben." Das sagte der Mokkadem ebenso schnell wie seine vorherigen Antworten. Ich glaubte viel verlangt zu haben. Durfte ich seiner raschen Zusage Vertrauen schenken? Er sah mich in einer Weise an, die mich bedenklich machte. Dieser versteckte Blick von der Seite schien einen Hinterhalt zu bedeuten.

„Und endlich setzten wir eine kurze Schrift auf, die die Schilderung dessen enthält, was heute hier geschehen ist. Diese Schrift wirst du unterzeichnen." Da fuhr der Mann ergrimmt auf: „Wen-näbi — beim Leben des Propheten, das tu ich nicht!" — „Schwöre nicht bei Mohammed, denn du kannst diesen Schwur nicht halten!" — „Ich halte ihn. Weshalb soll ich unterschreiben? Was willst du mit dieser Schrift beginnen?" — „Wenn du dich nicht feindlich zu uns verhältst, wird kein Mensch sie zu sehen bekommen. Aber wenn du uns zu schaden trachtest, werden wir von dieser Urkunde Gebrauch machen." — „Was werdet ihr unternehmen, wenn ich nicht unterschreibe?" — „Es gibt hier in Kahira noch andre Verbrüderungen, deren Mokkadems ich sofort holen lassen werde. Diese Männer sollen dich hier sehen und von uns erfahren, auf welche Weise du zu uns gekommen bist. Dann wird man überall erfahren, daß deine Frömmigkeit im Nachahmen der Gespenster besteht." Das war der letzte, aber auch der höchste Trumpf, den ich auszuspielen hatte, und die erwartete Wirkung blieb nicht aus. Er starrte eine Weile vor sich nieder, dann fuhr er auf: „Ich muß mich erheben; ich kann nicht sitzen bleiben!" Abd el Barak schritt in großer Erregung im Zimmer hin und her. Dann blieb er vor mir stehen.

„Und wenn ich das alles tue, was ihr von mir fordert, werdet ihr uns beide dann ungehindert ziehen lassen?" — „Ja." — „Bei meiner Seele und bei der Seele meiner Ahnen, du bist ein Mensch, vor dem man sich hüten muß!" — „So hüte dich!" — „Der Tag deiner Geburt ist ein Unglückstag für mich. Ich werde mich fügen und deinen Wünschen nachkommen. Schreibe also, was du zu schreiben hast! Ich werde meinen Namen daruntersetzen."

Mit diesem Entschluß ging seine Aufregung zu Ende und er setzte sich wieder nieder. Ich tat dies ebenfalls, nachdem Murad Nassyr mir Papier, Tinte und eine Rohrfeder gebracht hatte. Es dauerte einige Zeit, bis ich Abd el Barak die drei Schriftstücke vorlegen konnte. Er unterschrieb, ohne sie durchzulesen, gab sie mir zurück, atmetete tief auf und erhob sich von seinem Sitz.

„So, jetzt sind wir fertig. Nun bindet diesen Mann los und laßt uns fort!" Wir befreiten das Gespenst Nummer zwei von den Stricken und begleiteten die beiden bis hinaus an die Haustür, deren Riegel Selim zurückschob. Als Abd el Barak den Fuß auf die Gasse gesetzt hatte, drehte er sich zu uns um, machte mir eine Verbeugung und sagte spottend: „Allah jißallimak, Allah jihfasak! Inschallah baschûfak 'an karîb — Gott behüte dich, Gott bewahre dich! Hoffentlich sehe ich dich in kurzer Zeit wieder!"

Dann schritt er mit dem andern ‚Gespenst' davon. Ich kehrte in mein Zimmer zurück, und Murad Nassyr begab sich hinauf zu seiner Schwester, die jedenfalls höchst gespannt auf seinen Bericht war. Die Papiere steckte ich zu mir, denn aus dem Verhalten Abd el Baraks, besonders aber aus der Art seines spöttischen Abschieds, war zu schließen, daß er allerlei Hintergedanken hegte, die uns zur Vorsicht mahnten. Dann kam Selim, um sich zu erkundigen, ob ich ihn noch brauche oder ob er sich wieder niederlegen dürfe.

„Einige Fragen sollst du mir beantworten", entgegnete ich. „Hast du ein Schiff für mich gefunden, das heut von Bulak nilaufwärts geht?" — „Ja. Ich habe das beste und schnellste ausgesucht, Effendi, und für dich und die Neger Plätze bestellt." — „Das hast du nicht klug gemacht. Man braucht nicht schon jetzt zu wissen, ob ich allein komme oder nicht. Hast du gesagt, wer ich bin?" — „Ich mußte es sagen, da der Kapitän mich danach fragte. „Was für ein Schiff ist's?"

„Eine Dahabijeh, die sehr schnell zu segeln scheint, da man ihr den Namen ‚Samak'[1]) gegeben hat." — „Und nun noch die Hauptsache! Während du die Gefangenen bewachtest, hast du mit Abd el Barak gesprochen. Du hast ihm erzählt, daß ich heute mit diesem ‚Samak' die Stadt verlassen werde?" — „Nein, ich habe kein Wort gesagt." — „Sei aufrichtig! Es hängt sehr viel davon ab, daß du mir die Wahrheit sagst. Ich werde dir nicht zürnen, falls du

[1]) Fisch

geplaudert hast." Selim legte beide Hände aufs Herz und versicherte im Ton der größten Aufrichtigkeit: „Effendi, beleidige nicht meine Seele, indem du glaubst, daß ich dich belüge! Du bist der Freund meines Herrn und darum diene ich dir ebenso treu wie ihm. Warum hätte ich plaudern sollen? Ich bin als Sohn der Verschwiegenheit geboren und aus meinem Mund gehen nur solche Reden, die Allah und den heiligen Klaifen wohlgefällig sind. Ich schwöre dir zu, daß ich kein Wort gesagt habe!" — „Gut!" meinte ich, obgleich ich seine Wahrheitsliebe sehr bezweifelte. „Wann wird die Dahabijeh den Ankerplatz verlassen?" — „Um drei Uhr nach fränkischer Zeitrechnung. Du weißt wohl, daß um neun Uhr nach arabischer Zeit der Aufbruch jedes gläubigen Muslim erfolgt." — „Und wo liegt die Dahabijeh? Gibt es ein Kaffeehaus in der Nähe, von dem aus man sie sehen kann?" — „Nicht weit von der Stelle, wo sie angelegt hat, befindet sich ein Kaffeehaus vor dem man sitzen und ihr Deck leicht überblicken kann. Willst du vielleicht dorthin gehen? Ich werde es dir zeigen." — „Nein, ich habe diese Absicht nicht. Ich bedarf deiner nicht mehr. Ich hoffe, daß du die Wahrheit gesagt hast, und gebe dir zu bedenken, daß man einem Lügner nur schwer wieder Vertrauen schenkt." — „Richtig, sehr richtig!" stimmte Selim bei, indem er den Kopf so tief neigte, daß der Außenrand seines Riesenturbans fast den Boden berührte; dann ließ er mich allein.

Nach einiger Zeit suchte Murad Nassyr mich auf. Er hatte das Bedürfnis, das Geschehene von neuem durchzusprechen, und dabei zeigte es sich, daß er geneigt war, Abd el Barak jetzt für unschädlich zu halten.

„Der Mokkadem hat gesehen, wie ernst es uns ist", sagte der Türke. „Er hat unterschrieben und wird sich hüten, uns zu zwingen, von den Waffen, die wir gegen ihn in den Händen haben, Gebrauch zu machen." — „Das denke ich nicht. Zunächst wird er sich Mühe geben, sie uns wieder zu entwinden. Er ist zu allem fähig. Hast du nicht den Ton beachtet, in dem er von uns Abschied nahm?"

„Das war Ärger." — „Nein, sondern Hohn. Auch fällt mir die Schnelligkeit auf, mit der er sich zur Unterschrift des Empfehlungsbriefes bereit erklärte. Jedenfalls hat er sich dabei einen Hinterhalt geschaffen den wir vielleicht noch kennenlernen werden. Zudem bin ich überzeugt, daß Selim ihm mitgeteilt hat, daß ich Kahira heut verlassen werde. Es gilt die Dahabijeh zu beobachten, ob Abd el Barak sie besucht." — „Wer soll das übernehmen?" — „Ich nicht, da es sich um mich handelt. Selim ist nicht zuverlässig und deinen Neger können wir auch nicht damit betrauen." — „So muß ich selber gehen; das wird das beste sein." — „Allerdings. Das Schiff heißt ‚Samak' und kann von einem naheliegenden Kaffeehaus leicht überblickt werden. Die Aufgabe erfordert Wachsamkeit, und darum möchte ich dir raten, jetzt wieder zur Ruhe zu gehen. Es gibt keine Gespenster mehr, und unser Schlaf wird nun wohl nicht unterbrochen werden."

Murad Nassyr verabschiedete sich und ich legte mich wieder nieder, nachdem ich meine beiden Pflegebefohlenen zur Ruhe gebettet hatte. Das Licht wurde diesmal ausgelöscht. Als ich erwachte, war der Vormittag schon fast vorüber. Selim brachte uns das Frühstück und benachrichtigte mich, daß sein Herr schon zeitig ausgegangen sei und verschiedne Gegenstände für mich nach Hause geschickt habe. Er brachte mir diese Dinge und ich erkannte, daß der dicke Türke doch nicht ganz so selbstsüchtig war, wie ich vorher geglaubt hatte. Er hatte nicht nur Mundvorrat, sondern auch andres für mich eingekauft, um mir die Nilfahrt zu erleichtern. Nun handelt es es sich vor allen Dingen um das Fahrgeld. Mußte ich es entrichten, so entstand ein bedenkliches Loch in meiner Kasse. Murad Nassyr kam zur Mittagszeit nicht heim; er war pflichtgetreu und blieb so lange wie möglich auf seinem Posten. Erst um zwei Uhr ließ er sich sehen, und nun war es für mich Zeit zum Aufbruch. Durch die Einkäufe des Türken hatten sich meine Habseligkeiten so vermehrt, daß ich einen Packträger holen lassen mußte. Sogar einen hübschen Tschibuk und einen gestickten Tabaksbeutel fügte mein Gastfreund hinzu. Kurz bevor wir gingen, wurde Siut als Haltepunkt für mich bestimmt. Ich durfte mich nicht zu weit entfernen, aber wegen Abd el Barak auch nicht zu nahe bei Kairo bleiben. Murad Nassyr konnte schon bestimmen, daß er genau nach einer Woche mit dem Sandal ‚Têr'[1]) die Stadt verlassen würde. Danach war leicht zu berechnen, zu welcher Zeit ich ihn in Siut erwarten konnte. Bei der Beobachtung der Dahabijeh hatte Murad Nassyr nichts Verdächtiges wahrgenommen. Er war sogar selber an Bord gewesen, um das Reisegeld für mich zu entrichten, und hatte auch nichts bemerkt, was ihm hätte auffallen können. Er behielt seine Ansicht bei, daß meine Besorgnis überflüssig sei. Ich aber hatte schon oft erfahren, daß ein Südländer selten eine Beleidigung verzeiht, und bei Abd el Barak hatte es sich um weit mehr als um eine persönliche Kränkung gehandelt.

Die Sitte des Ostens verbot es mir, Kumru Lebewohl sagen zu lassen; die haarspendende Fatma ließ ich gern zurück. An der Haustür verabschiedete ich mich von Selim mit dem guten Rat: „Sollte während meiner Abwesenheit der Geist wiederkommen, so wimmere nicht und schlage lieber tüchtig zu! Und halte nicht wieder drei Gespenster für acht! Zu einem ‚größten Helden seines Stammes' gehört unbedingt, daß er nicht mehr Feinde erblickt, als wirklich vorhanden sind." — „Richtig, sehr richtig!" antwortete der Haushofmeister, indem er mir seine lebensgefährlichste Verbeugung machte und dabei meine Hand an seine Lippen zog. Ein arabischer Muslim, der die Hand eines Ungläubigen küßt, wie oft mag das wohl vorkommen. Der Mann schien mich trotz der kurzen Zeit unsrer Bekannt-

[1]) Vogel

schaft doch schon ein wenig in sein Herz geschlossen zu haben, und ich nahm mir vor, in Zukunft bei seinen Eigentümlichkeiten ein Auge zuzudrücken.

4. *,Der Gaukler'*

Murad Nassyr begleitete mich und die Kinder. Der Packträger ging voran. Als wir das Schiff erreichten, war die Bemannung grad mit dem Nachmittagsgebet zu Ende und machte sich nun daran, das große Segel zu hissen. Ich drückte dem Türken die Hand, sagte ihm Dank und sprang, gefolgt von den Schwarzen, an Bord. Der Packträger stand, nachdem er meine Sachen da niedergelegt hatte, schon wieder am Ufer. Nach kurzer Zeit legte sich der Wind ins Segel, und die Dahabijeh wendete ihren Bug der Mitte des Stromes zu. Einige Abschiedswinke von seiten des dicken Türken, die ich erwiderte, dann schritt ich über das Deck, um den Reïs zu begrüßen. Er kam mir entgegen, verbeugte sich höflich, hieß mich willkommen und reichte mir nach Landessitte mehrmals die Hand. Dann führte er selber mich, während der Steuermann dem Schiff Richtung gab, in die für mich bestimmte Kabine. Sie lag im Hinterteil des Schiffs unter einem Bretterverschlag und wurde, anstatt durch eine Tür, durch eine herabhängende Strohmatte von dem offnen Deck getrennt. Ich sah eine Art Matratze daliegen; Decken hatte Nasir mir mitgegeben, also konnte ich es mir mit meinen kleinen, schwarzen Begleitern bequem machen. Zu meiner Verwunderung waren längs der Bordwand zwei Dutzend Flaschen aufgestellt. Der Reïs sagte mir, daß sie von dem Türken geschickt worden seien. Es war Bîra nimsawije, österreichisches Bier. Meine Zuneigung zu dem Dicken wuchs mehr und mehr. Eben hatte mich der Reïs verlassen, und ich war an die winzige Kajütenluke getreten, um einen Blick hinaus auf den segelbelebten Strom zu werfen, da hörte ich hinter mir eine Stimme:

„Effendi, erlaubst du mir deine Sachen zu bringen, die noch vorn liegen, wo der Hammâl sie hingelegt hat?"

Ich drehte mich zum Sprecher um. Er stand unter dem Eingang meines Schlafraums in so höflicher, ja demütiger Haltung, daß man ihm wohl eine freundliche Antwort hätte gönnen mögen; aber ich brachte es nicht dazu. Sein Auge blickte scharf und stechend unter den buschigen Brauen hervor; seine schmalen Lippen waren an den Mundwinkeln breit niedergezogen, als stände er im Begriff ein Hohngelächter aufzuschlagen und seine Nase — ja diese Nase!

Sie war dick angeschwollen und gelb, rot, grün und blau gefärbt. Ich mußte unwillkürlich an den Geist Nummer drei denken, dessen Nase mit meiner Faust heute nacht in so kräftige Berührung gekommen war. Es stieg ein Verdacht in meiner mißtrauischen Seele auf. Als man vorhin das Segel löste, war das unter dem singenden

[1]) Kapitän

Ruf der Matrosen „Ah ia ssidi Abd el Kader“ geschehen. Das ist der übliche Ausruf aller zur Kadirine gehörigen Muslimin. Sollte der Reïs dieses Schiffes und mit ihm die Bemannung Mitglieder dieser Verbrüderung sein? Sollte Abd el Barak, der wohl von Selim den Namen der Dahabijeh erfahren hatte, dem Reïs den Befehl erteilt haben, meinen Geist Nummer drei an Bord zu nehmen? Das war bedenklich! Es galt vorsichtig zu sein. Ich verriet meine Gedanken durch keine Miene und überraschte den Mann durch die schnelle Frage: „Wie ist dein Name?“

Er hatte auf seine Erkundigung von meiner Seite gewiß nichts andres als ein zustimmendes Ja erwartet und zögerte nun mit der Antwort. Warum? Hatte er Veranlassung, seinen Namen zu verschweigen?

„Nun, antworte!“ drängte ich. „Ich heiße Ben Schorak“, meinte, er jetzt. Er hatte das in einer Weise gesagt, als wähle er den ersten besten Namen, der ihm einfiel. Und Ben Schorak, also Schoraks Sohn. Das genügte nicht. Dieser Mann war gegen fünfzig Jahre und mußte also einen eigenen Namen haben, hinter den dann allerdings Ben Schorak zu setzen war. Ich hielt mich aber nicht lange mit diesen Bedenken auf und erkundigte mich weiter: „Warum meldest du dich zu dieser Arbeit?“ — „Weil ich die Kajütenfahrgäste bedienen soll.“ — „Ah so! Bist du ein Araber?“ — „Ja, vom Stamm der Maaseh.“ — „Wie lange dienst du schon auf diesem Schiff?“

„Seit über einem Jahr.“ — „Gut. Hole die Sachen! Bin ich mit dir zufrieden, so wird dich mein Bakschisch erfreuen.“

Jetzt galt es diesem Mann keine Zeit zu lassen, die mir gegebenen Antworten draußen mitzuteilen. Ich ging also hinaus. Der Reïs stand hinter dem Steuermann. Ich trat zu ihnen und zog einige unverfängliche Erkundigungen ein, die sich auf meine Rechte und Pflichten als Fahrgast bezogen. Dann fragte ich, ob mir nicht ein Mann zu kleinen Dienstleistungen angewiesen werden könne. Der Reïs gab seine Antwort ahnungslos. „Dieser Mann ist bereits bestimmt. Er hat schon deine Sachen in die Kajüte getragen und befindet sich noch darin.“ — „Wie heißt er?“ — „Barik.“ — „Ein Beduine?“ — „Nein. Er stammt aus Minieh.“ — „Ist er treu und zuverlässig? Wie lang dient er auf dieser Dahabijeh?“ — „Schon seit vier Monaten.

Ich wußte genug; ich war von diesem Gespenst Nummer drei belogen worden. Es hatte versäumt, mit der Bemannung des Schiffs die notwendigen Angaben über seine Person zu verabreden. Er befand sich nur meinetwegen hier. Mir fiel auf, daß er sich noch immer in meiner Kajüte aufhielt. Was hatte er dort zu suchen? Ich näherte mich dem Bretterverschlag in einer Weise, daß Barik mich nicht bemerken konnte und trat schnell ein. Da saßen die Kinder und knabberten an einigen Datteln, mit denen er ihre Aufmerksamkeit gefesselt hatte. Der würdige Gehilfe Abd el Baraks aber hatte seine Hand in der Innentasche meines Haïk, um den Inhalt zu untersuchen. Ich tat, als bemerkte ich das nicht, und erteilte ihm irgendeinen kleinen Auftrag, um ihn zu entfernen.

Wie wohlbegründet waren meine Befürchtungen gewesen! Nun fragte es sich, welchen Auftrag dieser Mann vom Mokkadem empfangen hatte. Mich zu ermorden? Wohl möglich, aber ganz so Schlimmes wollte ich doch nicht vermuten. Wahrscheinlicher war es, daß seine Aufgabe darin bestand, mir die Unterschriften zu entwenden. Vielleicht hatte er diese gerade in der Haïktasche gesucht. Jedenfalls befand ich mich in keiner angenehmen Lage und hätte die Dahabijeh am liebsten verlassen. Das konnte leicht geschehen, denn diese Schiffe legen des Abends fast regelmäßig am Ufer an und bis dahin hatte ich kaum zu befürchten, daß es mir schon jetzt an den Kragen gehen sollte. Ich gab zunächst das Grübeln auf und machte mich an die Einrichtung meiner kleinen, schwimmenden Häuslichkeit. Da galt es vor allen Dingen mein Eigentum, besonders die Lebensmittel vor den Ratten zu schützen, die eine wahre Plage auf diesen Nilbooten sind. Dabei kam mir auch ein Paket Rauchtabk in die Hände. Ich öffnete es und fand darauf ein zusammengelegtes Papier liegen, auf dem geschrieben stand: ‚Dein Reisegeld bis Siut.' Das Papier war schwer; als ich es auseinanderschlug, blinkten mir zwanzig Sovereigns[1]) entgegen. Das waren nach türkischer Ausdrucksweise zwanzig *Inglis lira,* über vierhundert Mark nach deutschem Geld. Der dicke Murad Nassyr war gar kein so übler Mann. Nur fragte es sich, zu welcher Art von Dienster er mich dadurch verpflichten wollte. Es bestand noch immer eine Ahnung in mir, daß seine Geschäfte doch nicht von der Gattung seien, zu der ich mich bedenkenlos verstehen durfte. Über sein sonst ehrliches Gesicht war zuweilen ein Zug gegangen, wie man ihn bei Personen bemerkt, denen jeder Weg recht ist, wenn er nur zum Ziel führt. Sein Verhalten zu mir war gewiß auch mit die Folge eines gewissen Wohlwollens; das gab ich gern zu. Der eigentliche Grund lag aber sicher in einer selbstsüchtigen Berechnung, die ich ihm freilich nicht übelnehmen konnte, da wir Menschen ja alle mehr oder weniger auf unsern Vorteil bedacht sind, wie jeder Aufrichtige gestehen wird.

Ich baute, um die Ratten abzuhalten, mit den Flaschen eine Unterlage, auf die sämtliche Habseligkeiten zu liegen kamen. Dabei halfen mir die beiden Neger und es stellte sich heraus, daß sie recht geschickt waren und ein gutes Auffassungsvermögen besaßen. Freilich hätte ich mir diese Arbeit ersparen können, da nämlich mein Aufenthalt auf der Dahabijeh nicht einmal einen Tag währen sollte.

Wie in dieser Jahreszeit fast immer, herrschte Nordwind, und das Segelboot machte eine ziemlich schnelle Fahrt, bis die Sonne im Westen verschwand und das Moghreb[2]) gebetet wurde. Dann aber ließ der Reïs ein Segel reffen. Die Dahabijeh ging langsamer und

[1]) Englische Goldmünze, die das Pfund Sterling darstellte [2]) Abendgebet

ich sah, daß das Steuer zum linken Ufer gelegt wurde. Ich ging zum Reïs und fragte ihn nach der Ursache dieser Anordnung.

„Wir legen in Giseh an", antwortete er mir. — „Aber warum das? Unsre Fahrt hat doch erst begonnen. Aus welchem Grund soll sie schon unterbrochen werden? Es ist ja noch nicht finster und bald werden die Sterne erscheinen, bei deren Licht wir recht gut noch bis Dêr et-Tin oder gar bis Menîl Schîhâ und Turra segeln können!"

„Woher kennst du diese Orte?" fragte der Reïs verwundert. „Wer hat dir von ihnen erzählt?"

Es lag in meinem Vorteil, ihn wissen zu lassen, daß ich nicht so unerfahren sei, wie er vielleicht denken mochte; darum lächelte ich. „Hast du mich für einen Neuling gehalten? Ich bin nicht zum erstenmal hier und habe schon die Stromschnellen befahren."

„Dann wirst du wissen, daß jedes Schiff bei hereinbrechender Dunkelheit ans Ufer gelegt wird." — „Bei wirklicher Dunkelheit, ja. Aber es ist noch nicht Nacht und wird heute überhaupt nicht dunkel werden, da wir den schönsten Sternenschein zu erwarten haben. Auch das Wasser leuchtet. Wir könnten recht wohl die ganze Nacht durchsegeln." — „Das tut kein erfahrener und vorsichtiger Reïs." — „O doch! Ich habe es selber erlebt. Wir sind oft im Mondschein, oder wenn die Sterne am Himmelstanden, während der Nacht unter Segel gewesen. Wenn du schon in Giseh anlegen willst, war es ganz überflüssig, die Fahrt heute überhaupt zu beginnen. Ich möchte nicht, daß du anlegst, und du weißt, daß jeder verständige Reïs sich nach den Wünschen der Fahrgäste richtet." — „Es gibt darüber keine Vorschrift. Ich bin der Gebieter dieser Dahabijeh und handle nach meinem Wohlgefallen." — „So mußt du gewärtig sein, daß ich deine Ungefälligkeit bekanntmache und dann von den Franken, die die besten Fahrgäste und Zahler sind, kein einziger wieder mit dir fährt." — „Sie mögen es bleiben lassen. Ich brauche sie nicht!"

Er drehte sich um und ging fort. Damit war die Sache abgemacht. Das zeitige Anlegen in Giseh mußte einen besonderen Grund haben, der jedenfalls mit der Anwesenheit meines Gespenstes Nummer drei zusammenhing. Es sollte etwas vor sich gehen, was man nicht aufschieben, sondern noch in der Nähe von Kairo abtun wollte. Was aber konnte das sein? Rache an mir nehmen? Die beiden Neger entführen? Mir die Unterschriften Abd el Baraks entreißen? Wahrscheinlich waren diese drei Vermutungen sämtlich richtig, da diese Punkte in innigem Zusammenhang miteinander standen. Giseh war damals der Landungsplatz aller Reisenden, die von Kairo aus zu Schiff die Pyramiden besuchen, deren Entfernung acht Kilometer beträgt. Zur Zeit der Überschwemmung, während der man auf den aus dem Wasser ragenden Dämme einen bedeutenden Umweg machen muß, steigt die Entfernung fast auf das Doppelte. Der Ort ist wegen seiner künstlichen Brutöfen bekannt, und es führt da eine eiserne Drehbrücke über den Nil. Gegenüber der Insel Rôda liegt der Haremsgarten und der Park des Selamlik. Sonst gibt es dort nur verfallene Basare und Reste alter Landhäuser der Mamelucken, auch einige Kaffees, die aber der Europäer nur ungern betritt. Giseh konnte mir also nichts bieten, und darum nahm ich mir vor, nicht an Land zu übernachten, sondern an Bord zu bleiben. Aber ich hatte Grund, mich zu verstellen und so zu tun, als wollte ich das Segelboot verlassen. Darum warf ich, als die Dahabijeh am Ufer befestigt worden war, meinen Haïk über, nahm die beiden Negerkinder bei den Händen und gab mir den Anschein, als beabsichtigte ich aufzubrechen. Da kam der Reïs schnell herbei und fragte: „Was hast du vor? Willst du etwa aussteigen, Effendi, um während der Nacht in Giseh zu schlafen?"

„Ja." — „Du wirst dort kein Nachtlager finden!" — „Warum nicht? Man wird mich, wenn ich gut bezahle, gern in jedem Haus aufnehmen." — „Aber wir werden sehr zeitig absegeln, und wenn du es verschläfst, so bleibst du hier sitzen!" — „Das ist unmöglich, denn ich werde dir mitteilen, wo ich mich befinde, so daß du mich holen lassen kannst." — „Holen lassen kann ich dich nicht. Ich muß mich nach dem Morgenwind richten und sofort absegeln, wenn er zu wehen beginnt." — „Mir vorher einen Boten zu senden, das würde doch nur eine Versäumnis von wenigen Minuten bedeuten!"

„Selbst diese wenigen darf ich nicht versäumen." — „Warum bist du plötzlich so eilig, während du hier angelegt hast, obgleich du weitersegeln konntest?" — „Ich bin Reïs und brauche dir meine Gründe nicht anzuführen. Wenn du gehen willst, so geh; aber ich werde dich nicht rufen lassen. Wenn ich erkenne, daß sie Sterne hell genug scheinen, werde ich sogar noch vor Mitternacht abfahren. Dann magst du zusehen, ob du uns einholen kannst." — „So muß ich mich deinem Willen fügen und hier bleiben. Allah vergelte dir die Freundlichkeit, mit der du deine Fahrgäste behandelst!"

Ich sagte das unwillig und zeigte dabei absichtlich ein mißvergnügtes Gesicht. Über seine Züge glitt eine sichtbare Genugtuung, die ich jedoch scheinbar übersah. Ich hatte meinen Zweck erreicht und wußte nun, woran ich war. Ich sollte nicht von Bord gehen; man beabsichtigte also das, was man gegen mich vorhatte, in dieser Nacht auszuführen. Das war mir lieb. Wenn gleich hier der Handel zu Ende ging, brauchte ich nicht längere Zeit in Ungewißheit zu schweben.

Die Matrosen bekamen die Freiheit gewährt, die mir versagt wurde; sie durften an Land gehen. Nur drei Personen blieben zurück, nämlich der Reïs, der Steuermann und der Kajütendiener mit der Karfunkelnase. Ich konnte mir wohl denken, weshalb es den Leuten erlaubt worden war, von Bord zu gehen. Man wollte sich aller unnötigen Zeugen entledigen. Bald kam der Diener in die Kajüte, um zu fragen, ob ich irgendeinen Wunsch hätte. Ich verlangte Wasser und eine Lampe, um immer Feuer für die Pfeife zu haben. Er brachte mir beides, und bei dieser Gelegenheit bemerkte ich ihm so nebenbei, daß ich mich unwohl fühle und infogedessen die Kajüte nicht verlassen würde. Dabei zog ich meine Brieftasche aus der Jacke, öffnete sie so beiläufig und ließ sehen, daß sie Papiere enthielt. Das tat ich, um die Sache abzukürzen und die guten Leute damit auf den Leim zu locken. Daß ich damit das Richtige getroffen hatte, erfuhr ich sofort, den der Mann antwortete mir freundlich besorgt: „Das machst du recht, Effendi. Bleib in der Kajüte! Die Nachtluft ist für den Fremden schädlich, und schon mancher hat sich eine unheilbare Augenentzündung geholt, weil er abends im Freien geblieben ist. Schone also das Licht deiner Augen! Wirst du meiner heute noch einmal bedürfen?" — „Nein. Ich esse jetzt einige Datteln, rauche noch zwei Pfeifen und lege mich dann zur Ruhe." — „So will ich gehen, um dich nicht zu stören. Lêltak ßa'îda — deine Nacht sei glücklich!"

Er machte mir eine Verbeugung und entfernte sich, wobei er die Strohmatte herabließ, um meinen Schlafraum gegen das Deck hin zu verschließen. Kaum hatte er das getan, so blies ich die Tonlampe aus, um den Raum zu verdunkeln, damit ich nicht gesehen werden konnte, hob die Matte ein wenig empor und blickte ihm nach. Ich ahnte nämlich, daß er die andern Biedermänner sofort von dem, was ich gesagt hatte, benachrichtigen würde.

Es brannte auf Deck kein Licht. Das Heer der Sterne war noch nicht erschienen; nur einzelne Vorboten standen am Himmel, vermochten jedoch nicht das Dunkel zu lichten. Meine geübten Augen waren wohl schärfer als die der Araber. Ich sah den Diener zur Mitte des Schiffs gehen, kroch unter der Matte heraus und folgte ihm. Zwar konnte ich nicht so weit sehen, aber ich hatte bemerkt, daß dort mehrere große, in Bastmatten gehüllte Tabakballen standen, die nach Süden bestimmt waren. Dorthin kroch ich so rasch wie möglich auf den Händen und Knien. Meine Vorberechnung stimmte, denn als ich in die Nähe kam, hörte ich sprechen. Rechts an die Ballen gelehnt saß ein Mann; ein andrer stand neben ihm. Ich schob mich also links hinüber und legte mich eng an die andre Seite der Tabakballen. Dabei hörte ich, wie der eine zu dem andern sagte: „Warte noch! Man soll eine Sache nicht zweimal erörtern, wenn man sie nur einmal zu sagen braucht. Der Reïs wird gleich zurückkommen." — „Wo ist er?" — „Am Ufer, um dort die Laterne zu befestigen, damit der Muza'bir[1]) sich zurechtfinden kann, wenn er kommt."

Diese beiden Männer waren der Steuermann und mein Kajütendiener. Also es wurde an Land eine Laterne als Zeichen angesteckt, und zwar für einen Gaukler. Wozu dieser Mensch? War er aus Giseh oder aus Kairo? Kam er meinetwegen, oder um die Fahrt mitzumachen und das Schiffsvolk zu belustigen? Solchen Leuten schenkt man als Bezahlung ihrer Kunststücke oft das Fahrgeld.

Da ich ausgestreckt lag und der Rand des Decks beinahe Brusthöhe hatte, konnte ich das Ufer und auch die Laterne nicht sehen;

[1]) Gaukler

dafür aber meinte der Diener, der aufrecht stand: „Jetzt brennt sie. Er hat eine Stange in die Erde gesteckt und sie daran befestigt. Nun wird er zurückkommen."

Ich lag dem Fluß zu, und der Reïs mußte von der Landseite das Schiff betreten; darum durfte ich hoffen, von ihm nicht bemerkt zu werden und obendrein etwas Wichtiges zu erfahren. Jetzt kam der Reïs an Bord und quer über Deck gegangen. Er wurde mit einem „Pst!" herbeigerufen, sah die beiden und fragte, indem er bei ihnen stehenblieb: „Nun, was tut dieser Giaur, den Allah ewig brennen lassen wird?" Das war freilich etwas ganz andres als die Höflichkeit, mit der er mich bei meiner Ankunft empfangen hatte!

„Er sitzt in seiner Kammer und raucht", antwortete der Geist Nummer drei. „Wird er nicht herauskommen?" — „Nein. Der Fremde fühlt sich unwohl, will zwei Pfeifen rauchen und dann schlafen. Außerdem habe ich ihm gesagt, daß er die Augenentzündung bekommen würde, wenn er herausgeht." — „Das war sehr klug von dir. Möge dieser Hundesohn an seinem Tabak ersticken. Wie kann so ein stinkendes Aas es wagen, sich an unserm frommen Mokkadem zu vergreifen und ihm seine Sklaven zu stehlen! Die Hand, mit der er das getan hat, soll verdorren und nie wieder gesund werden! Warum hat der Mokkadem, den Allah beschirmen möge, dir die Beseitigung dieses Ungläubigen nicht anbefohlen?" — „Nur um dich nicht in Gefahr zu bringen, denn man weiß, daß er auf deine Dahabijeh gestiegen ist, und würde, wenn er verschwände, dich zur Rechenschaft ziehen." — „Das ist wahr. Aber ich könnte sagen, er sei unterwegs ausgestiegen, und alle meine Leute würden es mir hoffentlich bezeugen." — „Du hast einige Matrosen, denen nicht zu trauen ist, weil sie noch nicht lang bei dir sind. Darum habe ich dir geraten, sie jetzt vom Schiff zu entfernen. Sie brauchen nicht zu wissen, daß der Muza'bir an Bord kommt." — „Es war gar nicht nötig, mir ihn zu schicken. Ich habe seinetwegen hier anlegen müssen, was dem Christen aufgefallen ist. Glücklicherweise scheint er nicht das Richtige zu ahnen. Ein gläubiger Verehrer des Propheten hätte sofort bemerkt, daß er sich in Gefahr befindet. Müßten wir nicht auf den Muza'bir warten, so hätten wir weiterfahren können, und du hättest an seiner Stelle die Papiere stehlen können, um sie dem Mokkadem zu bringen." — „Allah! Wallah! Was traust du mir zu! Der Giaur ist ein kräftiger Mann; ich habe es fühlen müssen. Er hat den Mokkadem, der doch die Stärke eines Löwen besitzt, besiegt, seinen Diener niedergeschlagen und hätte bald auch noch mich ergriffen. Ich werde die Spuren seiner Faust noch einen Monat lang im Gesicht tragen. Dafür, daß er mir den Glanz meines Daseins in dieser Weise geschändet hat, mag der Teufel seinen Leib in tausend Stücke zerreißen und seine Seele durch das stärkste Feuer verzehren lassen! Ich fürchte mich nicht, aber des Nachts Papiere unbemerkt aus der Tasche eines solchen Wüterichs zu holen, das habe ich nicht geübt;

das kann nur der Muza'bir Nubar, der tausend Kunststücke kennt und zugleich der berühmteste Taschendieb ist. Darum ist er uns ja vom Mokkadem nachgeschickt worden. Er wird kommen, die Papiere nehmen und damit verschwinden. Der Giaur mag, wenn er sie vermißt, tun, was ihm beliebt; auf der Dahabijeh sind sie nicht zu finden." — „Weißt du denn, ob er sie auch wirklich bei sich hat?"

„Der Fremde hat die Papiere ganz gewiß." — „Du kannnst dich irren. Ebenso gut kann Murad Nassyr, der Türke, sie in Aufbewahrung haben." — „Nein. Ich bin ganz der Ansicht, die unser Mokkadem ausgesprochen hat. Der Giaur ist klüger, vorsichtiger und stärker als der Türke und wird ihm nicht so wichtige Papiere anvertrauen, sondern sie auf alle Fälle selber behalten. Außerdem sah ich, als ich jetzt bei ihm war, eine Brieftasche in seiner Hand, in der sich viele Papiere befinden. Die drei Unterschriften werden gewiß dabei sein." — „Ich hoffe es! Aber es ist keine leichte Sache, sie ihm abzunehmen. Wenn er dabei erwacht, wird es mißlingen." — „Nubar hat eine leichte Hand und hat noch weit Schwereres geleistet. Du kannst dir doch denken, daß der Mokkadem nicht einen ungeschickten Mann sendet, sondern einen, der den Streich gewiß vollbringt." — „Mag sein; aber dennoch wäre es besser gewesen, den Ungläubigen zu töten! Dann hätte es auch nicht den leisesten Zweifel über das Gelingen gegeben." — Ein Zweifel ist auch jetzt nicht nötig. Abd el Barak muß seine Papiere auf alle Fälle haben und hat dem Muza'bir jedenfalls die genaueste Anweisung gegeben. Nubar ist mit einem Messer versehen. Erwacht der Christ nicht, nun gut, so bleibt er einstweilen noch am Leben, damit dir nichts geschehen kann; wacht er aber auf, so stößt der Muza'bir ihm das Messer ins Herz." — „Einstweilen? Also sterben soll er später doch?" — „Ja, zur Strafe für das, was er gegen den Mokkadem gesündigt hat."

„Wann und wo?" — „Heute behält er sein Leben, aber es hängt an einem dünnen Haar, das bei der nächsten Gelegenheit zerreißen wird." — „Wohl in Siut, wo er aussteigen und auf den Türken warten will?" — „Das kann ich nicht sagen, denn man muß sich nach den Umständen richten, und wir wissen nicht, ob sie dort günstig für uns sein werden." — „Dann entgeht er euch, da er euch dort aus den Augen kommt." — „O nein. Du weißt doch, daß es noch unbestimmt ist, wie weit du mich mitnehmen sollst. Ich will dir sagen, daß ich den Befehl habe, bei dem Giaur zu bleiben." — „Du sollst ihn beobachten?" — „Ja. Ich darf ihn nicht aus den Augen lassen. Ich muß so höflich und aufmerksam gegen ihn sein, daß ich sein Vertrauen erwerbe; dann wird es mir nicht schwerfallen, ihn so weit zu bringen, daß er mich als Diener bei ihm behält." — „Der Plan ist gut, und ich werde dich ihm sehr empfehlen. Aber sollst auch du es sein, der ihn dann tötet?" — „Nein. Der Mokkadem hat den Wunsch, ihn sterben zu sehen, um ihm in seinem letzten Augenblick den Fluch eines gläubigen Muslim nachschleudern zu können."

„Aber der Mokkadem befindet sich noch in Kahira!" — „Heute, ja; aber er wird auch nach Süden gehen, nach Khartum und noch weiter." — „Wohl in Geschäften der heiligen Kadirine?"

„Ja. Er hat einen Brief erhalten, der diese Reise notwendig macht. Es gibt im Süden einen außerordentlich frommen und gelehrten Fakîh[1]) , der in die Kadirine eingetreten ist und einen großen Plan ausgedacht hat, den heiligen Islam über die die ganze Erde zu verbreiten. Er heißt Schech Mohammed Achmed oder Achmed Suleîman[2]), ich weiß es nicht mehr genau, und sein Plan soll von so großer Bedeutung sein und, wenn er zur Ausführung gelangt, unsre Kadirine zu solchem Glanz bringen, daß der Mokkadem sich entschlossen hat, dem Ruf des Mannes zu folgen und ihn zu besuchen, um alles Weitere mit ihm zu besprechen. Du siehst also, daß Abd el Barak auch nach Khartum gehen und dort diesen Christenhund treffen wird. Vielleicht begegnet er ihm schon früher. Ich werde dafür sorgen, daß es geschieht, denn ich weiß, mit welchem Schiff der Mokkadem fahren wird."

„Was ich da höre, ist äußerst wichtig. Ja, nun begreife ich, daß es nicht nötig ist, diesen Giaur hier auf meiner Dahabijeh umzubringen. Da oben im Süden haben die fremden Konsuln nicht die Macht wie hier, und es bekümmert sich kein Mensch um das Verschwinden eines ungläubigen Hundesohnes. Der Mokkadem wird sicherlich in Siut anlegen und aussteigen. Wenn du den Giaur so lange dort festhalten kannst, so wird es dir leicht sein, ihn in die Hände Abd el Baraks zu liefern, und ich hoffe, daß es dem Fremden nicht gelingen wird, seiner Rache zu entkommen. Aber darfst du davon sprechen? Die drei Schriften, die ihm abgenommen werden sollen, müssen von großer Wichtigkeit sein. Kennst du ihren Inhalt?"

„Nein. Der Muza'bir wird ihn kennen, da er die Papiere lesen und prüfen muß, ob es die richtigen sind. Mir aber hat der Mokkadem nichts anvertraut, denn —"

Er wurde unterbrochen. Es kam ein Mann, der eine Laterne in der Hand hielt, an Bord, jedenfalls der eben erwähnte Muza'bir Nubar, der erwartete Gaukler und Taschendieb. Er hatte die Laterne unten weggenommen und mitgebracht. Er erblickte die drei, kam auf sie zu und grüßte:

„Mißa 'l-chêr — guten Abend!" — „Ahla wa sahlan wa marhaba[3])!" antwortete der Reïs. — „Marhaba!" fielen die beiden anderen ein.

Man sagt gewöhnlich nur das Wort Marhaba, das dann ‚Willkommen' bedeutet. Daß der Kapitän sich der ausführlichen Formel bediente, ließ erraten, welche Achtung er vor diesem ‚größten Taschendieb' Ägyptens hatte. Ich mußte den Gaukler und Gauner betrachten und schob den Kopf ein wenig vor. Er setzte die Laterne auf den

[1]) Mohammedanischer Lehrer, Prediger [2]) Der spätere Mahdi
[3]) „Viel Familie, Weite und Leichtigkeit wünsche ich dir"

nächsten Tabakballen, und ihr Licht fiel hell auf sein Gesicht und seine Gestalt. Er stand im Alter des Mokkadem, hatte die gleiche Farbe und das negerartige Gepräge des Gesichts, und war nicht ganz so hoch, aber weit breitschultriger als jener. Dieser Mensch war wenigstens ebenso stark, gewiß aber viel gewandter als Abd el Barak, sein ehrenwerter Auftraggeber. Gekleidet war er in ein langes, dunkles Hemd, um das ein Strick geschlungen war; darin steckte ein Messer. An den Füßen trug Nubar Strohsandalen. Das war der Anzug eines armen Mannes; aber in seinen Ohren hingen schwere Goldringe, und an den dunklen Fingern glänzten wenigstens zehn wertvolle Reife mit funkelnden Steinen. Seine Stimme klang stolz und selbstbewußt, als er sich erkundigte:

„Meine Ankunft ist euch gemeldet?" — „Ja, Herr, wir erwarteten dich", bestätigte der Reïs. — „Befindet der Hundesohn sich hier oder ist er ausgestiegen?" — „Er liegt in der Kajüte." — „Mit Licht?"

„Ja; aber er löscht es vor dem Einschlafen aus. Die Negerkinder sind bei ihm." — „Mag er es auslöschen oder brennen lassen, mir ist es gleich. Mein Werk wird vollbracht, selbst wenn er sich in die Finsternis des Grabes hüllen oder hundert Flammen brennen sollte. Ich habe nicht Lust, lang zu warten, und werde bald beginnen. Da ich aber die Örtlichkeit nicht kenne, werdet ihr sie mir beschreiben und mir auch die Lage jedes Gegenstandes in der Kabine schildern."

Da der Geist Nummer drei bei mir gewesen war, übernahm er die geforderte Beschreibung. Ich hielt es für geboten, mich zu entfernen. Der Taschendieb hatte es eilig, und auch mir lag daran, die Spannung, in der ich mich befand, möglichst abzukürzen. Darum kroch ich fort, der Kajüte zu.

Der erste Teil dieses Weges war nicht leicht zurückzulegen, da die Laterne brannte. Glücklicherweise standen der Reïs und der Muza'bir so, daß ihre Schatten zusammenfielen und einen langen, dunklen Strich auf das Deck warfen. Es gelang mir, ihn zu erreichen, und indem ich mich in diesem Dunkel hielt und ständig rückwärts kroch, um die vier Männer im Auge zu behalten, gelangte ich glücklich an die Strohmatte und unter ihr hindurch in meinen Schlafraum.

Mit dem letzten Blick sah ich, daß der Gaukler die Laterne auslöschte. Wäre er so vorsichtig gewesen, das eher zu tun, so hätte ich mir sein Äußeres nicht einprägen können, und das hätte, wie ich später erfuhr, die schlimmsten Folgen für mich gehabt.

Zunächst brannte ich meine Lampe wieder an, und zwar mit meinen Schwefelhölzern, von denen ich einen guten Vorrat bei mir hatte, weil sie im Süden selten und teuer sind. Ich wollte mich nämlich nicht im Dunkeln, sondern bei Licht bestehlen lassen, um die Gefahr für mich zu verringern.

Sodann nahm ich die drei Unterschriften und einige andre wichtige Papiere aus der Brieftasche und versteckte sie, während ich die Brieftasche wieder in meine Jacke steckte. Der Diener Barik hatte vorhin gesehen, daß ich sie dort aufhob, und es war als sicher anzunehmen, daß er es dem Gauner sagen würde.

Warum sollte ich die Spitzbüberei überhaupt zur Tat werden lassen? Nur des Beweises halber? Wenn ich aufrichtig sein soll, so geschah es auch ein wenig in der Absicht, diesen Menschen zu beweisen, daß sich im Kopf eines ‚Christenhundes' auch Gehirn befindet, und daß ich weder blind noch taub war. Mein Vorhaben war nicht ungefährlich. Es konnte dem Muza'bir aus irgendeinem Grund belieben, mir doch das Messer zu geben; aber ich glaubte, mich auf meine Augen und auf meine Schnelligkeit verlassen zu können.

Die Kinder hatten schon vorher zu essen bekommen. Sie lagen beieinander, schliefen aber noch nicht. Ich teilte ihnen mit, daß ein Mann kommen und mir heimlich in die Taschen greifen würde, bat sie aber, keine Angst zu haben und sich schlafend zu stellen. Sie versprachen es, und ich war überzeugt, daß sie Wort halten würden. Dann bettete ich beide so, daß sie dem Eingang den Rücken zukehrten.

Ich selber legte mich auf die rechte Seite, so daß die Lampe mein Gesicht beschien. Eigentlich hätte ich es im Dunkel lassen sollen; aber der Spitzbube sollte sogleich überzeugt sein, daß ich schlief. Die Jacke öffnete ich, so daß er, da ich mit der linken Seite nach oben lag, leicht in meine Brusttasche greifen konnte. Je weniger ich ihm die Sache erschwerte, desto mehr verringerte sich die Gefahr für mich. Um aber auf alles vorbereitet zu sein, schob ich mir einen meiner beiden Revolver so unter den Nacken, daß ich ihn mit der rechten Hand, auf der ich den Kopf liegen hatte, schnell ergreifen und spannen konnte. Nun war ich bereit und wünschte nur, daß ich nicht allzu lange zu warten brauchte.

Dieser Wunsch ging in Erfüllung. Ich hielt die Augen so weit geschlossen, daß ich durch die Wimpern die Strohmatte sehen konnte. Sie wurde bewegt, ganz unten in der einen Ecke, leise, ganz leise, einen Zoll hoch, zwei, drei, vier, sechs Zoll hoch. Der Gaukler sah herein. Nach einiger Zeit räusperte er sich. Ich atmete ruhig fort wie ein tief Schlafender. Nun hustete er, nicht laut, aber doch so, daß ich es hören und davon erwachen mußte, falls mein Schlaf nur leicht war. Ich regte mich auch jetzt nicht. Es wurde mir doch angst, und zwar um die Kinder, denn wenn eins von ihnen im entscheidenden Augenblick meine Mahnung vergaß, so konnte es um mich und dann auch um sie, wenigstens um ihre Freiheit, geschehen sein. Ich begann einzusehen, daß ich die Sache denn doch ein wenig zu leicht genommen hatte.

Wie ich später erfuhr, hatten die Kinder das Räuspern und Husten zwar gehört, hatten aber geglaubt, es käme von mir. Sehen konnten sie den Muza'bir nicht, und was er tat, geschah völlig geräuschlos, so daß sie es nicht hörten und hinterher gar nicht wußten, daß der betreffende Mann schon dagewesen war.

Nubar hatte jetzt die Überzeugung gewonnen, daß ich in festem

Schlaf läge, und kam herein, indem er erst den Kopf, die Schulter, dann den Leib unter der Matte vorschob und endlich die Beine nachzog. In der Rechten hielt der Muza'bir das Messer. Seine Augen wichen nicht von meinem Gesicht; sie glichen den Lichtern eines wilden Tieres vor dem tödlichen Sprung auf die Beute. Als er den ganzen Körper diesseits der Matte hatte, richtete er sich knieend auf und räusperte sich noch einmal. Ich rührte mich nicht. Der Gauner ging sehr sicher. Wie vorsichtig er war, ersah ich daraus, daß er sein Gewand vollständig abgelegt und den dunklen Körper mit Öl eingerieben hatte. Die Hände des stärksten und gewandtesten Gegners hätten ihn nicht zu greifen vermocht, sie wären von ihm abgeglitten.

Jetzt rutschte Nubar zu mir heran, setzte mir die Spitze des Messers auf die Brust und legte zugleich die Finger seiner linken Hand auf die Stelle, an der er die Brieftasche vermutete. Er fühlte sie, hob die Jacke und zog den begehrten Gegenstand hervor, nicht schnell, sondern langsam, so langsam, daß es mir schien, er brauche Viertelstunden dazu. Endlich befand er sich im Besitz der Brieftasche. Er nahm das Messer von meiner Brust und befühlte mit beiden Händen seine Beute. Es war noch genug Papier darin; über sein Gesicht zuckte es wie Befriedigung.

Nun sah sich der Taschendieb im Raum um, jedenfalls, um noch etwas mitgehen zu heißen. Er schien aber doch zu glauben, dies würde nicht ohne Geräusch abgehen, und begnügte sich mit der bisherigen Beute. Sein Rückzug ging ebenso langsam und vorsichtig vonstatten wie seine Annäherung; ja, als er sich schon draußen befand, hob er die Matte nochmals auf, um hereinzublicken und sich zu überzeugen, daß ich wirklich geschlafen hatte.

Ich wartete eine Minute, dann blies ich die Lampe aus, nahm den Revolver in die Linke und sprang auf. Die Matte ein wenig zurückschlagend, sah ich drei von den vier Halunken bei den Tabakballen stehen, nämlich den Reïs, das Gespenst Nummer drei und den Muza'bir. Der Gaukler hatte sein langes Hemd schon wieder angelegt, drehte mir den Rücken zu, so daß ich sein Gesicht nicht sehen konnte, und schien mit der Untersuchung meiner Brieftasche eben fertig zu sein, denn er schwenkte sie vor den Gesichtern der beiden andern hin und her. Wie ich aus diesen ärgerlichen Bewegungen erriet, teilte er ihnen mit, daß sie die gesuchten Papiere nicht enthielt.

Wo war der vierte, der Steuermann? Irrtümlicherweise meinte ich, das könnte mir gleichgültig sein, denn ich hätte es einzig mit dem Muza'bir zu tun. Ich schob also die Matte vollends zurück und trat an Deck, um mich den drei Männern zu nähern. Da ertönte neben mir ein lauter Warnungsruf.

„Der Effendi, der Effendi!"

Es war der Steuermann, der diese Worte rief. Er war oben am Steuer gewesen, kam eben die schmalen Stufen herab, die neben meiner Kajüte mündeten, und hatte mich gesehen. Jetzt hatte ich Gelegenheit, die bewundernswerte Geistesgegenwart des Taschendiebs zu beobachten. Der Ruf des Steuermanns sagte ihm, daß ich auf Deck sei. Ich mußte also erwacht sein und vielleicht gar meinen Verlust schon bemerkt haben. Da gab es für Nubar nur zweierlei, entweder mich zu ermorden und die Papiere dann doch noch zu finden, oder zu fliehen. Es schien ihm geraten, auf den Gewaltstreich zu verzichten. Jedenfalls hatte er vom Mokkadem genug über mich gehört, um anzunehmen, daß ein Angriff auf mich nicht ungefährlich sei. Also blieb ihm nur die Flucht; aber er wollte vermeiden, mir dabei sein Gesicht zu zeigen, damit ich ihn gegebenenfalls später nicht wiedererkennen könnte. Das mußten die Gedanken sein, die in einem einzigen Augenblick durch seinen Kopf gingen. Jeder andre an seiner Stelle hätte sich infolge des Warnungsrufes umgesehen; auch der Reïs und der Diener blickten erschrocken nach hinten. Der Gaukler aber drehte sich nicht um; ich hörte seine schnelle, halb unterdrückte Frage: „Ist's der Hundesohn wirklich?" — „Jedenfalls", stammelte der Reïs. — So war's diesmal umsonst!"

Nubar warf meine Brieftasche weg, so daß die Papiere zerstreut umherflogen, schnellte sich zum Landungsbrett und verschwand im Dunkel.

Da der Taschendieb meine Brieftasche zurückgelassen hatte, war mir sein Entkommen gar nicht unlieb. Was hätte ich sonst mit ihm tun sollen? Ihn der hiesigen Polizei ausliefern? Welche Scherereien wären mir dadurch entstanden! Oder ihn laufen lassen, nachdem ich ihm meine Meinung gesagt hatte? Nun, er war selber gegangen, und so war ich der Mühe enthoben, ihm meine Absicht über sein Verhalten mitzuteilen. Ich fragte also den Steuermann:

„Warum schreist du so? Soll man es in Kahira hören, daß ich hier bin?" — „Verzeih, Effendi", entschuldigte er sich, „ich war so erschrocken über dich." — „Habe ich ein so entsetzliches Aussehen?"

„Nein, nein; aber — aber — ich glaubte, ich dachte —", stotterte er. — „Nun, was denn? Was dachtest du?" — „Ich glaubte dich schlafend, und da — erschrak ich so!" — „Grad als sei ich ein Gespenst, das unerwartet erscheint?" — „Ja, grad so!" meinte der Steuermann, froh eine Ausrede vorgesagt zu erhalten.

„Das tut mir leid", tröstete ich ihn. „Ich hoffe, daß der Schreck dir nicht schadet. Komm mit zum Reïs!"

Während dieses kurzen Gesprächs hatte ich die beiden andern nicht aus dem Auge gelassen. Sie hatten sich gebückt, schnell meine Papiere zusammengelesen, sie in die Brieftasche gelegt, und dann war diese unter dem Gewand des Reïs verschwunden. Auch ich hatte etwas eingesteckt, nämlich den Revolver, der mir nun nicht mehr nötig zu sein schien, wenigstens augenblicklich nicht. Was weiter geschah, ließ sich noch nicht absehen. Es war recht gut möglich, daß dem Taschendieb der Gedanke kam, unbemerkt zurückzukehren, was gar nicht schwer war, und dann doch noch über mich herzufallen. Er hatte vielleicht nur in der ersten Überraschung das Spiel für heute aufgegeben. Nubar sollte die Papiere bringen; ich mußte sie bei mir haben, wenn nicht in der Brieftasche, dann anderswo. Hatte er mich erstechen wollen, falls ich mich während des Diebstahls bewegte, so schreckte er jedenfalls auch nicht davor zurück, mich, um zu seinem Ziel zu gelangen, nachträglich noch kaltzumachen. Es galt also aufzupassen, ob er wiederkäme. Das war aber nur bei guter Beleuchtung möglich, und dafür mußte sofort gesorgt werden, ohne langes Gerede, ohne Zeitversäumnis. Darum fragte ich den Reïs freundlich:

„Hast du Fackeln an Bord?" — „Nein. Wozu diese Frage?" staunte er. — „Weil ich meine, daß du so etwas haben mußt, für den Fall, daß es nötig ist, des Nachts das Schiff und das Wasser hell zu beleuchten." — „Dann stellen wir vorn und hinten eine Pechpfanne auf." — „Wo befinden sich diese Schüsseln?" — „Da vorn in dem Verschlag."

Er deutete zum Bug, an dessen Innenseite ein schrankartiges Behältnis aus Brettern angebracht war. Ich nahm die Laterne, ging hin, öffnete und sah zwei eiserne Gefäße und einen Vorrat an Pech. Ich füllte die eine Pfanne und hatte mit Hilfe der Laterne schnell ein Pechstück angebrannt, das seine Flamme den übrigen Stücken mitteilte. — „Was ist das? Was fällt dir ein?" fragte der Reïs, der mir mit den beiden andern gefolgt war. — „Frage lieber, was dem dort einfällt!" antwortete ich, indem ich zum Landebrett zeigte, auf dem soeben eine Gestalt zum Ufer huschte. Der Gaukler hatte sich also doch besonnen und zurückkehren wollen. Er stand schon auf dem Brett, das den Schiffsbord mit dem Ufer verband, und floh nun vor dem Licht der Pechflamme.

„Wer ist es? Wen meinst du? Ich sehe nichts!" meinte der Reïs, obgleich er die Gestalt ebenso wie ich bemerkt haben mußte.

„Wenn du es wirklich nicht weißt, werde ich es dir sagen", versprach ich ihm, indem ich auch die zweite Schüssel anbrannte und dann hinauf an das Steuer trug. Auf diese Weise hatte ich innerhalb zwei Minuten die gewünschte Beleuchtung hergestellt, während es, wenn ich mit dem Reïs hätte darüber vehandeln wollen, kaum binnen einer Viertelstunde oder auch wohl gar nicht zu erreichen gewesen wäre. Dann stieg ich die schmalen Stufen hinab und zog das Landungsbrett ein, wozu eigentlich zwei Männer gehörten.

„Effendi, welcher Geist ist in dich gefahren!" rief der Reïs. „Allah schütze uns! Wir wissen nicht, was wir aus dir machen und von dir denken sollen!" Er stand mit den beiden andern am Mast. Ich ging zu ihnen, um Klarheit zwischen uns zu schaffen.

„Welcher Geist in mich gefahren ist? Ja, es scheint hier freilich Geister zu geben. Soeben wollte einer auf das Schiff, aber das Pechfeuer hat ihn vertrieben. Glaubte doch vorhin dieser gute Steuermann, ich selber sei ein Gespenst! Eine unbegreifliche Verwechslung, da das eigentliche Gespenst hier steht." Dabei deutete ich auf den angeblichen Kajütendiener.

„Ich?" fragte der Bezeichnete. — „Ja, du! Ich hoffe, daß du das nicht bestreiten wirst." — „O Allah! Ich ein Gespenst! Effendi, deine Seele ist abwesend, komm zu dir!"

Ich hatte mich an den Mast gelehnt. Die beiden Feuer beleuchteten das Ufer und die Umgebung des Fahrzeugs, auch die Gesichter der drei Biedermänner, die nicht wußten, ob sie höflich oder grob zu mir sein sollten.

„Ja, ein Gespenst bist du!" lachte ich den Halunken gemütlich an. „Ich bin bei mir, aber du scheinst vergessen zu haben, wer und was du bist, nämlich das Gespenst Nummer drei." Es war ergötzlich, sein Gesicht zu sehen, als er zwei Schritt zurücktrat und mich betroffen anstarrte. — „Gespenst — Nummer — drei? Ich verstehe dich nicht." — „So will ich dir den Gefallen tun, deinem Gedächtnis zu Hilfe zu kommen. Den Geist Nummer eins band ich in meinem Zimmer fest. Nummer zwei schlug ich ihm Hof mit der Büchse nieder und Nummer drei verfolgte ich bis in den Garten, wo der Geist mir entkam, weil er mit dem Messer nach mir stach. Begreifst du mich nun?"

„Noch immer nicht!" stotterte er. — „Nicht? Und doch hast du vorhin den beiden Männern, die da neben dir stehen, gesagt, ich hätte dir den Glanz deines Daseins geschändet, und du würdest die Spuren meiner Faust noch einen Monat lang im Gesicht tragen!"

Er antwortete nicht und sah die beiden andern an, die abwechselnd auf ihn und auf mich blickten und schwiegen.

„Dafür", fuhr ich fort, „hast du gewünscht, solle der Scheïtan meinen Leib in tausend Stücke zerreissen und meine Seele durch das stärkste Feuer verzehren lassen."

Barik starrte mich geistesabwesend an und brachte kein Wort hervor. Der alte Reïs war aber ein noch härter gesottener Sünder und frech genug, den Mund aufzutun. — „Effendi, ich weiß nicht, was dich veranlassen kann, diesem frommen und treuen Mann so harte Worte zu sagen. Ich will —"

„— ihn mir empfehlen, nicht wahr?" fiel ich ihm in die Rede. „Das wolltest du doch. Du hast es ihm versprochen. Er soll mein Diener werden und mich dem Mokkadem in die Hände liefern."

Der Steuermann war aus anderm Holz geschnitzt, und ihm wurde himmelangst. Als er aus meinem Mund die Worte hörte, die vorhin gesprochen worden waren, schlug er die Hände über dem Kopf zusammen: „Ja Allah, ia fasa, ja hajarân — o Gott, o Schreck, o Entsetzen! Er ist allwissend; er weiß jedes Wort! Ich gehe, ich laufe, ich verschwinde!" Der Alte wollte fort; ich hielt ihn am Arm zurück. — „Bleib! Hast du gehört, was diese beiden vorhin miteinander gesprochen haben, so magst du auch vernehmen, was ich ihnen sagen werde." Der Steuermann ergab sich in sein Schicksal und blieb stehen. Der Reïs hielt es für geraten, nichts zu wissen, denn er fuhr mich nun zornig an: „Effendi, du bist mein Fahrgast, und ich bin gewöhnt, höflich mit diesen Leuten zu sein; aber wenn du —"

,,Höflich?" schnitt ich ihm die Rede ab. ,,Ist es höflich, wenn du mich einen Christenhund nennst, wenn du sagst, ich hätte einen Kopf, aber keinen Verstand, ich besäße wohl Augen und Ohren, sei aber trotzdem blind und taub? Ist es höflich, daß du es für geraten hieltst, mich lieber hier zu ermorden —"

,,Ermorden?" unterbrach er mich im Ton beleidigter Unschuld.

,,— als mir nur die Brieftasche abnehmen zu lassen?" fuhr ich unbeirrt fort. — ,,Brieftasche?" wiederholte der Kapitän erstaunt. ,,Was geht mich deine Brieftasche an!" — ,,Gar nichts; das ist wahr. Und dennoch hast du sie bei dir! Gib sie heraus!"

Da richtete sich seine Gestalt möglichst hoch auf, und er fuhr mich an: ,,Effendi, ich bin ein Muslim, und du bist ein Christ. Weißt du, was das hier in diesem Land zu bedeuten hat? Ferner, ich bin der Reïs, und du bist der Fahrgast. Weißt du, was das zu bedeuten hat, hier an Bord!" — ,,Und endlich", ergänzte ich seine Rede, ,,bin ich ein ehrlicher Mann; du aber bist ein Schurke. Weißt du, was daraus folgt? Wir befinden uns nicht im Sudan, sondern hier in Giseh, wo nach deinen eigenen Worten unsre Konsuln eine Macht besitzen, die du fürchten mußt. Der Muza'bir ist entkommen und —"

,,Der Muza'bir!" schrie der Steuermann auf. ,,Er weiß alles, sogar das!" — ,,Ja, ich weiß freilich alles. Dieser Reïs hat sich über mich lustig gemacht, indem er meinte, ich sei zu dumm, etwas zu merken. Er sagte, ein wahrer Gläubiger hätte sofort geahnt, daß eine Gefahr für ihn im Anzug sei. Nun, ihr wahren Muslimin, wer ist denn klüger gewesen, ihr oder ich? Hundert Kerle von eurer Sorte bringen zwar genug Verschlagenheit und Bosheit, aber nicht so viel Weisheit und Klugheit auf wie ein einziger Christ. Ihr frommen Anhänger der heiligen Kadirine wollt mich bestehlen, verderben, töten. Ich aber verlache euch. Ich habe gewußt, daß Nubar kommen würde; ich habe mir die Brieftasche nehmen lassen, aber die drei Unterschriften vorher versteckt. Hier sind sie!" Ich zog die Papiere hervor, hielt sie ihnen hin, steckte sie wieder ein und fuhr dann fort:

,,Dort bei den Tabakballen stand der Dieb. Er fand die Papiere nicht und warf die Brieftasche fort, um zu entfliehen, als ich kam. Du, Reïs, hast sie eingesteckt; ich habe es gesehen. Gib sie heraus!"

,,Ich habe sie nicht!" knirschte der Mann. — ,,Nicht? Sieh dir die Nase des Gespenstes Nummer drei an! Willst du auch eine solche Gesichtszierde haben? Willlst du meine Hand kennenlernen? Heraus mit der Tasche, oder ich nehme sie dir!" Ich trat drohend auf ihn zu. Er wich zurück, griff unter sein Gewand und lachte höhnisch: ,,Ich habe eine Brieftasche, ja; aber sie gehört nicht dir, sondern dem Nil. Da, schau!" Der Kapitän zog die Brieftasche hervor und wollte sie ins Wasser schleudern. Ich war darauf gefaßt gewesen. Ein rascher Sprung, ein Griff, und ich hatte mein Eigentum in der Hand. Er stand einen Augenblick wie starr; dann ballte er die Fäuste und fuhr auf mich los. Ich hob den Fuß und stieß ihn dem

Angreifer gegen das linke Knie, so daß er seitwärts taumelte und hinstürzte.

„O Allah, o Reïs, o Jammer, o Unglückseligkeit, o Niederlage!" wehklagte der Steuermann, indem er zu seinem Vorgesetzten eilte, um ihm beim Aufstehen behilflich zu sein, während der liebenswürdige Kajütendiener wie ein Schulknabe dastand und sich nicht rührte.

„Wie konntest du es wagen, die Hand gegen mich zu erheben!" zürnte ich dem Kapitän. „Du hast es nur deinem Alter zu verdanken, daß ich dich nicht anders strafte. Führt ihn hin zu den Tabakballen! Er mag sich dort hinsetzen und vernehmen, was ich von ihm fordere."

Dieses Gebot war an die beiden andern gerichtet; sie gehorchten. Den Reïs hatte mein Fußtritt zur Erkenntnis seiner Schwäche gebracht. Rechts und links geführt, hinkte er ächzend zum nächsten Ballen, auf den er sich erschöpft niederließ. Ich ging ihm nach. Der Greis dauerte mich doch. Man soll den Menschen nicht danach beurteilen, wie er ist, sondern wie er es geworden ist, dann wird manche Härte sich in Milde verwandeln. Der Kapitän war wie gebrochen. Der Mann saß jetzt in sich zusammengesunken da und wagte nicht, mich anzusehen. Darum klang es unwillkürlich fast teilnehmend, was ich ihm nun sagte: „Du wirst einsehen, daß ich jetzt nichts mehr mit dir zu tun haben mag. Ich fahre nicht weiter mit dir." — „Fahr mit dem Teufel zur Hölle!" fauchte er mich an. „Wieviel hat Murad Nassyr Fahrgeld für mich bezahlt?" — „Nur hundert Piaster", erklärte er, das Folgende ahnend. „Lüge nicht! Zweihundert für mich und hundert für die beiden Schwarzen. Er hat es mir gesagt, bevor ich an Bord ging, und ihm glaube ich mehr als dir!" — „Hundert!" beharrte der Kapitän. „Dreihundert! Die wirst du mir wiedergeben, denn ich verlasse deine Dahabijeh." — „Murad Nassyr hat nur hundert gegeben. Im übrigen soll es mir eine Wonne sein, dich nicht mehr zu sehen. Mach dich also fort! Aber du bist mit mir von Bulak nach Giseh gefahren; das macht fünfzig Piaster; also werde ich dir die übrigen fünfzig zurückzahlen." — „Für diese kurze Strecke fünfzig Piaster? Nun, meinetwegen; rechne wie du willst; ich habe nichts dagegen. Ich werde also nicht gehen, sondern bleiben, bis die hiesige Polizei über den Fall entschieden hat." — „Das kann mehrere Wochen dauern!" — „Ich weiß es; ich habe Zeit." — „Ich auch!" — „Und dabei wird auch zur Sprache kommen, warum ich nicht weiter mit dir fahre. Ich werde den Bescheid in der Freiheit erwarten, während ihr im Gefängnis darüber nachdenken könnt, ob es geraten ist, einen Christen für einen Dummkopf zu halten." Damit trat ich von der unglückseligen Gruppe weg.

Während ich an dem nach dem Ufer zu gelegenen Deckbord auf und ab schritt, blickte ich zum Land hinüber und sah da drei Männer stehen, deren Gestalten vom Schein unsrer Pechfeuer hell beleuchtet wurden. Der Muza'bir war nicht bei ihnen. Um uns her lag die Stillle des Abends und wir hatten laut gesprochen; ja, es war sogar geschrien worden. Man hatte uns also vom nahen Ufer hören können. Die Stelle, an der wir lagen, schien freilich einsam zu sein.

Als ich stehenblieb, um die drei Personen zu betrachten, trat die eine näher heran und fragte: „Ist das nicht die Dahabijeh ‚es Samak‘?“ — „Ja“, antwortete ich. — „Und du bist Fahrgast?“ — „So ist es.“ — „Woher?“ — „Ich bin ein Franke aus Almanja[1]).“

„Aus Almanja?“ rief der Mann in einem Ton, dem man es anhörte, daß es ihn freute, einen Deutschen vor sich zu haben. „Nimm es mir nicht übel, wenn ich dich frage, wohin du willst!“ — „Nach Siut.“ — „Mit diesem Schiff? Nimm dich in acht!“ — „Vor wem?“

„Vor allen, mit denen du an Bord bist. Als wir hier vorüber wollten, sahen wir einen Menschen schleichen, den ich genau kenne. Er schien hören zu wollen, was bei euch gesprochen wurde. Es war der Muza'bir Nubar.“ — „Der war an Bord, um mich zu bestehlen; es ist ihm aber nicht gelungen.“ — „Danke Allah, daß es so gekommen ist! Es hätte leicht schlimmer werden können.“ — „Habt ihr Zeit?“

„Ja.“ — „So bitte ich dich, einen Augenblick an Bord zu kommen!“ Ich gab dem Landungsbrett einen Schwung, daß es drüben aufzuliegen kam, fühlte mich aber sogleich von hinten gepackt und zurückgezogen. Der Reïs war es. „Was fällt dir ein!“ raunte er mir zu, als wollte er am Ufer nicht gehört werden. „Wer hat hier Leute einzuladen, du oder ich?“ — „Wir beide.“ — „Nein, nur ich. Und grad diesen Menschen, den ich an der Stimme erkenne —“

Er hielt inne und wagte nicht, weiter zu sprechen, denn das Brett hatte feste Lage erhalten, und die drei kamen soeben an Bord. Als der Steuermann sie erblickte, sah ich, daß er schleunigst in einer Luke verschwand. Der ‚Kajütendiener‘ folgte ihm ebenso schnell. Dem Reïs wäre es vielleicht auch lieber gewesen, wenn er sich hätte unsichtbar machen können; jedenfalls kamen ihm diese Leute höchst ungelegen. Aber er konnte weder verschwinden, noch sie fortweisen, und so blieb er stehen, legte beide Hände auf der Brust übereinander und berührte mit der Rechten Herz, Mund und Stirn und verneigte sich fast so tief, wie ich es vom Haushofmeister meines Türken gesehen hatte. Aus dieser Begrüßung war mit Sicherheit zu schließen, daß die drei Ankömmlinge, wenigstens der Vorderste von ihnen keine gewöhnlichen Leute waren. Dieser erste war ein Mann in den besten Jahren, kräftig gebaut und, soviel ich erkennen konnte, fein gekleidet. Er trug weite, weiße Hosen mit dunklen Halbstiefeln

[1]) Deutschland

und eine goldverbrämte blaue Jacke, um die Hüften einen rotseidenen Schal, an dem ein krummer Säbel hing, während die mit Gold und Elfenbein ausgelegten Griffe zweier Pistolen vorn hervorblickten. Darüber hing ein weißseidener Mantel. Der Turban auf seinem Haupt war von gleichem Stoff und gleicher Farbe. Sein Gesicht, dessen dunkle Augen mit forschendem Wohlwollen auf mir ruhten, wurde von einem schwarzen Vollbart eingerahmt. Ohne den Reïs zu beachten, grüßte er mich. „Allah schenke dir einen glücklichen Abend!" — „Heil sei dir!" antwortete ich ebenso kurz wie höflich.

Seine Begleiter verneigten sich stumm gegen mich, was mich veranlaßte, ihnen eine gleiche Verbeugung zu machen. Jetzt wandte er sich zum Reïs und fragte streng: „Du kennst mich?" — „Das Glück, dein Angesicht zu sehen, ist mir wiederholt zuteil geworden", erwiderte der Gefragte in morgenländischer Weise. „Es ist kein Glück für dich gewesen. Waren nicht noch zwei Männer hier?" — „Mein Steuermann und der Fremdendiener." — „Weiter niemand?"

„Nein. Sa'âdetak. Meine Matrosen sind zum Kaffeehaus gegangen." — „Warum sind die beiden verschwunden? Wohin sind sie? Etwa hinunter in den Raum zu den Ratten?" Der Reïs wagte nicht zu antworten; er ließ den Kopf sinken. „Also doch! Ich weiß gar wohl, was sie wollen. Rufe sie sofort, wenn du nicht die Kamsche haben willst!" Er deutete dabei auf den einen seiner Begleiter, an dessen Gürtel eine Peitsche hing. Der Mann verstand es, gebietend aufzutreten. Der Reïs hatte ihn Sa'âdetak genannt, ein Wort, das ‚Deine Herrlichkeit' bedeutet und in dieser Form nur hochgestellten Personen gegenüber angewendet wird. Der Alte eilte zur Luke und rief hinab. Nach einiger Zeit erschienen die Verschwundenen und blieben in gedrückter Haltung und wohl ebenso gedrückter Stimmung am Mast stehen. Unterdessen hatte der Fremde mir gewinkt, ihm zu folgen. Er stieg hinauf zum Steuer, wo ein Teppich lag, und winkte mir.

„Setz dich zu mir, denn mir ahnt, daß wir eine Beratung halten müssen! Und nimm eine europäische Zigarre von mir!"

Ich mußte mich an seine rechte Seite setzen, während sein erster Begleiter an seiner Linken Platz nahm. Dieser Mann war ähnlich, nur einfacher gekleidet und trug auch einen Säbel. Der Träger der Peitsche blieb seitwärts stehen. Auf einen Wink seines Herrn zog er ein Behältnis aus dem Gürtel und reichte es ihm. Der Gebieter entnahm daraus zwei Zigarren, eine für mich und eine für sich. Der zweite Begleiter mußte uns Feuer geben. Ich kann sagen, daß es eine billige Zigarre war. Wieviel aber mochte der Ägypter dafür bezahlt haben! Da er mein Gesicht beobachtete, blies ich den Rauch mit möglichstem Behagen durch die Nase. Das schien ihn zu erfreuen, denn er fragte wie ein Knabe, der einem andern ein Stück Schokolade geschenkt hat: „Nicht wahr, sie schmeckt?" — „Ausgezeichnet!" lobte ich. „Man sagt, der Koran verbiete die Zigarren.

Was meinst du dazu?“ — „Er kann sie nicht verboten haben, weil es zur Zeit der Entstehung des Korans noch keine gegeben hat.“ Er sah mir verblüfft ins Gesicht. „Allah! Das ist ja ganz richtig! Nun soll mir wieder einmal einer kommen! Aber der Tabak ist verboten, wie einige Ausleger des Koran behaupten?“ Da er sich in dieser Weise gab, lächelte ich gemütlich. „Laß dir nichts weismachen! Als man drüben in Amerika die Menschen zum erstenmal rauchen sah, waren seit der Hedschra achthundertsiebzig Jahre vergangen.“

„Was du sagst! Du weißt das so genau aufs Jahr! Auch die Hedschra kennst du? Ich habe Deutsche gesprochen, die den Koran und alle Erklärungen viel besser kannten, als ich selber. Allah ist groß, und ihr Deutschen seid klug. Was bist du?“ — „Ich verbrauche möglichst viel Tinte und verderbe jährlich einige hundert Stahlfedern.“ — „Ich verstehe! Du bist ein Gelehrter, vielleicht gar ein Musannif, der sich hier befindet, um über uns ein Buch zu schreiben?“ — „Erraten!“ lächelte ich. „Das ist schön. Das ist gut. Das freut mich ungemein. Ich habe auch ein Buch schreiben wollen.“

„Worüber?“ — „Über die Sklaverei.“ — „Das ist ein höchst fesselnder Gegenstand. Hoffentlich wirst du diesen guten Vorsatz auch ausführen?“ — „Gewiß! Es fehlt mir nur eins: der Titel! Denn schau, der Titel ist der Kopf eines Buches, und wenn der Kopf nichts taugt, so ist der ganze Körper dumm. Aber wo nehme ich einen klugen Titel her? Du bist Fachmann. Vielleicht kannst du mir einen guten Rat erteilen.“ — „Nun, es gibt Schriftsteller, die sehr gute Bücher schreiben, ohne dazu gute Titel zu finden, und umgekehrt gibt es andre, deren Kopf voll trefflicher Titel steckt, ohne daß sie eine gescheite Seite fertigbringen.“ — „Das mag sein. Wie ist's denn bei dir?“ — „Wir haben daheim eine Redensart, die lautet: Rede, wie dir der Schnabel gewachsen ist. Verstehst du das?“

„Ja. Man soll unbefangen und natürlich sprechen.“ — „Grad so schreibe ich.“ — „Welchen Titel würdest du mir raten?“ — „Nun zum Beispiel: ‚Die Sklavenpest des Sudan‘ oder ‚Sklavenmarkt und Menschlichkeit.‘“ — „Ein andrer wäre über diese Vorschläge wohl stutzig geworden; er aber schlug sich mit der Hand aufs Knie und war entzückt. „Ich hab's, ich hab's! Gleich zwei Titel auf einmal! Und grad die beiden, die ich auch hatte, die mir nur nicht einfallen wollten. Nun fehlt mir noch die Vorrede.“ — „Sollte dir nicht auch die Einleitung fehlen?“ — „Allerdings, denn man kann doch nicht sofort nach der Vorrede beginnen. Und dann die Sklaverei selber. Was und wie soll ich darüber schreiben?“ — „Und dann der Schluß!“ bemerkte ich mit großem Ernst. — „Ja, der Schluß ist die Hauptsache, denn wenn der nicht gut ist, so sieht das Buch aus, wie ein Pferd ohne Schweif. Und endlich, wenn ich fertig bin, wer wird es drucken? Weißt du das?“ — „Jetzt noch nicht. Wenn wir öfters darüber sprechen könnten, fiele mir vielleicht das Richtige ein.“

Wie sonderbar! Vor kurzem noch schwebte ich hier in Lebensgefahr, jetzt saß ich an der gleichen Stelle in einer Unterhaltung, die gar nicht kurzweiliger sein konnte. Als dieser Mann bei seiner Ankunft an Bord den Reïs förmlich niederschmetterte, erschien er mir wie ein Pascha mit sieben Roßschweifen, und nun hörte ich, daß er ein Buch schreiben wolle, zu dem ihm nichts weniger als alles fehlte. Sein Auftreten gegen den Reïs hatte mich ein Erdbeben erwarten lassen, und jetzt plauderte er mit mir, als gäbe es gar keinen Kapitän hier. Und wie kam dieser Muslim dazu, sich mit der Sklavenfrage beschäftigen zu wollen? Ich hatte nur Scherz getrieben und meine letzten Worte auch nicht im Ernst gemeint; er aber ging sofort ernsthaft darauf ein.

„Wer sagt dir denn, daß wir nicht darüber sprechen werden? Du willst nach Siut, und ich muß auch dorthin." — „Ja, das ist etwas andres!" meinte ich. — „Wir werden zusammen fahren. Du bleibst nicht auf dieser Dahabijeh." — „Ich will auch nicht, aber der Reïs weigert sich, mir mein Fahrgeld herauszugeben. Ich habe nämlich schon bis Siut bezahlt." — „Du hast es zurückverlangt? Weshalb? Hast du einen Grund gehabt, dieses Schiff zu verlassen?" — „Hm! Die Rücksicht auf mich verbietet mir, davon zu sprechen."

„Warum?" — „Weil ich sonst gezwungen wäre, hier in Giseh lang zu bleiben, und dazu habe ich keine Zeit." — „Aber die Rücksicht auf mich, gebietet dir, es mir mitzuteilen. Ich habe dich vor dieser Dahabijeh gewarnt, ohne zu wissen, daß du schon entschlossen warst, von Bord zu gehen. Ich bin so unhöflich gewesen, dich auszufragen, ohne dir zu sagen, wer und was ich bin. Das muß ich jetzt nachholen. Oder hast du es schon erraten?"

Er sah mich von der Seite gutmütig pfiffig an. Er war kein starrer Muslim; besaß Lebhaftigkeit, Tatkraft und Wohlwollen, wie ich beobachtet hatte. Das war kein träger, stumpfsinniger Sohn des Morgenlandes, der sein Nichts für etwas hält und nicht wissen will, daß hinter den Bergen auch noch Leute wohnen. Ich wünschte wohl, die Reise mit ihm machen zu können.

„Du bist Offizier", entgegnete ich. — „Hm!" brummte er lächelnd. „Nicht eigentlich, und doch hast du nicht übel geraten. Mein Name ist Achmed Abd el Insaf."

Das heißt: Achmed Diener der Gerechtigkeit. Hatte er diesen Namen stets getragen oder ihn erst infolge seines jetzigen Berufs erhalten? Ich nannte ihm den meinigen, und darauf erklärte er mir:

„Ich bin nämlich auch Reïs, und du sollst zu mir auf mein Schiff kommen." Ich konnte nicht anders, ich mußte ihn ungläubig anblikken. Dieser Mann Kapitän einer Dahabijeh, die Sennesblätter und Gummi vom obern Nil holt? Nein! „Du bezweifelst es?" fragte er. „So will ich dir sagen, daß ich den Titel Reïs Effendina[1]) führe und der einzige bin, dem es gestattet ist, ihn zu tragen." — „Der Kapitän des Vizekönigs? Das muß eine besondere Bewandtnis haben."

[1]) Kapitän unseres Herrn

„Allerdings. Und diese Besonderheit hängt eng mit dem Buch zusammen, das ich schreiben will. Ich werde es dir erklären, denn du gefällst mir besonders. Der Sklavenhandel ist verboten, wird aber immer noch betrieben. Du hast keine Ahnung, wie viel Menschen jährlich daran zugrunde gehen." — „Ob ich es weiß, sollst du sogleich erfahren. Sprechen wir nur von Ägypten, wo doch der Sklavenhandel aufgehoben ist. Vom oberen Nil werden jährlich 40000 Sklaven über das Rote Meer geführt. Davon gehen 16000 in andre Gegenden, 24000 aber nach Ägypten. Dazu kommen 46000, die auf dem Nil und auf Landwegen nach Nubien und Ägypten geführt werden. Dieses Land erhält also über vier Hafenplätze und auf 14 Landwegen jährlich 70000 Sklaven. Nun muß man rechnen, daß auf einen verkauften Sklaven vier andre kommen, die während der Sklavenjagd getötet werden oder während der Reise umkommen. Das ergibt den fürchterlichen Schluß, daß die Sudanländer allein für Ägypten jährlich 350000 Menschen einbüßen. Soll ich weiter sprechen, nicht bloß von Ägypten allein?" Achmed sah mich mit weit geöffneten Augen an und schwieg.

„Soll ich dir sagen, daß die Harems von Konstantinopel von zehn- bis vierzehnjährigen tscherkessischen Sklavinnen wimmeln, die man mit zwanzig Talern das Stück bezahlt, während sie noch vor kurzem achtmal teuerer waren? Wie viele Neger und Negerinnen wird es da erst geben? Und dabei versichern uns die Gesandtschaften der Hohen Pforte, daß es den Sklavenhandel nicht mehr gebe!"

„Effendi, du weißt es, du weißt es sogar noch viel besser und genauer als ich!" gestand er. — „Nun, es ist noch viel zu niedrig gegriffen, wenn man annimmt, daß in den Sudanländern jährlich über eine Million Menschen an den Menschenjagden zugrunde gehen. Solche Zahlen mußt du in deinem Buch bringen." — „Ich bringe sie; bei Allah, ich bringe sie! Vergiß diese Ziffern nicht, denn du sollst sie mir bei Gelegenheit wiederholen. Aber ich habe mich vorhin unterbrochen, als ich sagte, daß der Sklavenhandel noch fortbestehe. Es kommen viele Schiffe mit Sklaven vom Nil herab. Wir haben Polizeiboote, die aufpassen sollen. Aber die Kapitäne sind nicht ehrlich: die Hundesöhne machen mit den Sklavenhändlern gemeinschaftliche Sache. Da muß es wenigstens einen gerechten und ehrlichen Mann geben, der Wache hält, und der bin ich. Abd el Insaf, Diener der Gerechtigkeit, heiße ich, verstanden! Und Reïs Effendina bin ich, der Kapitän des Khedive. Ich bin es noch nicht lang. Aber alle Schurken kennen mich schon, weil ich keinen durchlasse, keinen einzigen, und wenn er mir noch so viel Gold bietet. Mein Schiff heißt ‚Esch Schahin[1]'; es ist so schnell wie ein solcher Jagdvogel und stößt auch so zu. Es fliegt wirklich wie ein beschwingtes Wesen, und keine Dahabijeh, kein Sandal, kein Noqer kann ihm entgehen. Willst du es sehen?" — „Ich bin begierig darauf."

[1]) Der Falke

„Es liegt nicht weit von hier am Ufer. Ich mußte heute in Giseh anlegen. Als es Abend war, suchte ich das Ufer ab, weil solche Gänge oft zu einem guten Fang führen. Und ich habe diesen Fang gemacht." — „Wo?" — „Hier, diese Dahabijeh." — „Ist's möglich? Sie ist doch heut erst in Bulak ausgelaufen!" — „Ja, Sklaven hat sie nicht an Bord; aber ich bin schon seit langer Zeit hinter ihr und ihrem Reïs her. Ihr Inneres ist zur Aufnahme von Sklaven eingerichtet. Ich habe es gesehen." — „Du warst ja noch nicht unten im Raum!" — „Das nicht. Aber warum erschrak der Reïs so, als ich kam? Warum verschwand der Steuermann sofort durch die Luke? Doch nur, um unten nirgend etwas zu verändern oder zu verbergen. Du wirst bald erkennen, daß ich nicht irre. Aber sieh, das Pech geht zur Neige. Der Reïs soll die Schüsseln wieder füllen, und wenn er sich nicht beeilt, gibst du ihm die Peitsche."

Dieser Befehl war an seinen zweiten Begleiter gerichtet, der sich sofort entfernte.

Welch ein Zusammentreffen! Mein neuer Bekannter war also Marineoffizier und jagte Sklavenjäger. Das versprach etwas; ja, das versprach sogar sehr viel.

Der alte Reïs brachte Pech angeschleppt; er wagte nicht, aufzublicken. Als er wieder fort war, nahm der Reïs Effendina die unterbrochene Unterhaltung wieder auf.

„Nun weißt du, wer ich bin und welchen Beruf ich habe. Meinst du noch immer, daß es geraten ist, mir zu verschweigen, warum du diese Dahabijeh verlassen willst?" — „Nun, vielleicht erst recht. Ich würde sonst bestimmt hier festgehalten werden und muß doch nach Siut, um dort meinen Freund zu erwarten." — „So verspreche ich dir, daß deine Reise keine Verzögerung erleiden soll. Ich gehe an den oberen Nil, nach Khartum und noch weiter hinauf, und lege in Siut an. Übermorgen segle ich ab, und da kommst du als mein Gast zu mir an Bord, denn zahlende Reisende gibt es bei mir nicht. Willst du?" Als ich mit der Zusage zögerte, hielt er mir die Hand hin. „Schlag ein; ich bitte dich! Nicht ich tu dir einen Gefallen, sondern du sollst ihn mir erweisen." — „Dann gut; hier meine Hand! Ich fahre mit dir nach Siut." — „Wie gern würde ich dich auch noch weiter mitnehmen; aber wenn du jemand erwartest, so mußt du Wort halten. Und nun erzähle, was hier geschehen ist!"

„Das reicht nicht aus. Ich muß noch mehr erzählen, nämlich das, was vorher geschehen ist. Und du wirst keine Zeit haben, mich anzuhören." — „Ich habe genug Zeit, denn ich muß warten, bis die Matrosen kommen. Ich möchte wissen, warum der Kapitän alle seine Leute von Bord geschickt hat." — „Nur meinetwegen."

„So? Wirklich? Das macht mich doppelt neugierig. Also beginne! Du brauchst dir kein Blatt vor den Mund zu nehmen. Mein Nachbar hier ist mein Steuermann, und der Mann da mit der Peitsche ist Asis, mein Liebling, meine rechte Hand, die alles tut, was ich befehle. Schon mancher Sklavenhändler und Sklavenbesitzer hat auf seinem Rücken gefühlt, daß diese Hand schnell, willig und stark genug ist, meinen Wahlspruch auszuführen: Wehe dem, der wehe tut!"

Nun konnte ich nicht anders; ich mußte erzählen, und ich begann meinen Bericht mit dem Augenblick, da der Türke mich ins Kaffeehaus gewinkt hatte. Es war spannend zu beobachten, wie das Gesicht des Reïs Effendina zeigte, daß seine Aufmerksamkeit von Minute zu Minute immer lebhafter wurde. Er unterbrach mich mit keinem Wort. Als ich bis dahin gekommen war, daß ich den Reïs, den Steuermann und den Kajütendiener belauschte und nun berichtete, was sie gesprochen und beschlossen hatten, da legte er mir die Hand auf den Arm und bat:

„Entschuldige einen Augenblick!" und sich zu seiner ‚rechten Hand' wendend, gebot er: „Eile rasch zu unserm ‚Falken', und hole zehn Mann herbei, um die Dahabijeh zu besetzen! Ich werde der Bande Gelegenheit geben, an Allah und alle seine neunundneunzig erhabenen Eigenschaften zu denken. — Und nun, Effendi, fahre fort!" — „So bist du nicht auch Mitglied der frommen Kadirine?" fragte ich ihn. — „Nein. Ich bin überhaupt nicht Mitglied einer Bruderschaft. Mohammed war ein Prophet, und Johannes war ein Prophet. Allah ist die Liebe und die Gerechtigkeit, und dein Gott ist Allah. Wir Menschen sind alle Gottes Kinder; wir sollen einander lieben und gerecht gegeneinander sein. Ich preise meinen Glauben nicht und schände keinen andern; ich mag nicht bekehren und lasse mich nicht bekehren. Meine Augen können nur das Irdische sehen und werden erst, wenn ich gestorben bin, das Himmlische erblicken. Warum soll ich darüber streiten, wer Gott in der rechten Weise anbetet? Wir sind eine einzige große Familie und haben einen einzigen Vater. Jedes Kind hat seine besonderen Gaben und spricht in seiner Weise mit dem Vater. Gib mir die Hand, Effendi! Du bist ein Christ, und ich bin ein Muslim; aber wir sind Brüder und gehorchen unserm Vater, weil wir ihn lieben."

Er reichte mir seine Hand, und ich legte die meinige hinein. Hätte ich das nicht tun, hätte ich ihm sagen sollen, daß ich ihm als Christ nicht beistimmen könne? Nein; ein solches Wort sagt man nicht in solchem Augenblick. Indem ich schwieg, wurde ich nicht Mohammedaner; aber indem ich ihn reden ließ, gab ich ihm Gelegenheit, fast wie ein Christ zu sprechen. Dadurch, daß er sich von der Unduldsamkeit des Islams lossagte, hörte er auf, ein Mohammedaner zu sein. Er tat einen großen Schritt zum Christentum herüber, und durch eine Gegenrede hätte ich ihn nur veranlaßt, diesen Schritt zurückzutun. Man ist nicht Lehrer, nicht Missionar durch Worte allein; man lehrt auch durch die Tat. Ja, die Tat wirkt oft mächtiger als das Wort, und zuweilen ist auch das Schweigen eine Tat, wenn auch nur eine, die Ärgernis verhindert.

Ich erzählte weiter. Grad als ich geendet hatte, kehrte die ‚rechte Hand‘, der ‚Liebling‘, zurück. Er verteilte seine zehn bewaffneten Männer auf verschiedene Stellen des Decks, wo sie sich, um vom Ufer aus nicht bemerkt zu werden, hinter dem hohen Schiffsrand niedersetzten. Dann kam er zu uns herauf und meldete:

„Emir[1]), das Fahrzeug ist besetzt; aber als wir jetzt kamen, stand da drüben unter dem Baum ein Mann, der scharf zur Dahabijeh blickte. Das kam mir verdächtig vor; ich befahl, ihn zu ergreifen, doch er floh noch zur rechten Zeit. Wenn Allah mir gute Augen verliehen hat, so kann ich darauf schwören, daß es der Mensch war, den wir schon vorhin sahen, bevor wir das Schiff betraten.“

„Also der Taschendieb? Wie schade, daß er euch entgangen ist! Nubar weiß nun, in welcher Hand sich die Dahabijeh befindet, und wird sich aus dem Staub machen. Aber morgen bin ich in Kahira und werde ihn festnehmen lassen.“ — „Wenn du ihn findest“, warf ich ein. — „Oh, ich finde diesen Nubar. Ich bringe die ganze Polizei auf die Beine, und wo dieser Gauner sich herumtreibt, das weiß man genau. Also, Effendi, du bist nun fertig. Ich weiß, was geschehen ist; aber ich weiß auch noch etwas, nämlich, daß du ein Mann bist, den ich auf meinem ‚Falken‘ haben möchte. Willst du mein Leutnant sein?“ — „Leider ist mir das unmöglich.“ — „Ich weiß, warum. Leutnant, das ist nichts. Aber ich kann doch unmöglich sagen, daß du meinen ‚Falken‘ befehligen sollst und daß ich dein Untergebener sein will.“ — „Es ist wohl beides unnötig, denn ich denke, daß du schon einen Leutnant haben wirst.“ — „Den habe ich allerdings. Aber so will ich dich wenigstens fragen, ob du nicht Lust hast, meine jetzige Fahrt zum Obernil mitzumachen?“ — „Lust wohl, aber ich darf nicht.“ — „Wegen dieses Türken? Weil du ihm dein Wort gegeben hast? Ja, du mußt es halten, da er die Neger bei sich aufgenommen hat. Wie war doch sein Name?“ — „Murad Nassyr.“ — „Und woher ist er?“ — „Aus Nif bei Ismir.“

Achmed blickte schweigend vor sich nieder. Das Gesicht, das er mir jetzt zeigte, gefiel mir nicht.

„Kennst du ihn vielleicht?“ fragte ich ihn deshalb.— „Es ist mir, als hätte ich diesen Namen schon einmal gehört.“ — „In gutem Sinn oder nicht?“ — „Nicht in gutem! Ich kann es nicht genau sagen, aber es liegt so in mir. Wenn ich länger nachdenke, werde ich wohl auf das Richtige kommen. Wir haben Zeit dazu, da wir ja miteinander fahren. Lassen wir das jetzt, und beschäftigen wir uns mit der Gegenwart! Wenn deine Angelegenheit den vorgeschriebenen Weg gehen sollte, so müßtest du trotz deines Konsuls mehrere Wochen hierbleiben. Da ich dir aber versprochen habe, das zu vermeiden, so werde ich der Sache eine Wendung geben, die ich für die allerbeste halte. Wir brauchen dich gar nicht; wir brauchen nur das Geständnis

[1]) Arabisch: „Befehlshaber“, wird aber fast ausschließlich als Anrede für Fürsten und höchste Würdenträger gebraucht

dieser Schurken und einige Zeugen, die es hören und später wiederholen. Zeugen habe ich da, nämlich meine Leute." — „Also werden die Täter bestraft werden?" — „Gewiß! Wehe dem, der wehe tut!"

„Auch Barak, der Mokkadem?" — „Hm! Grad weil dieser Abd el Barak Mokkadem der Kadirine ist, wird ihm schwer beizukommen sein, da sich niemand, selbst der Höchste nicht, mit einer so mächtigen Brüderschaft verfeinden mag; aber ich werde dennoch Mittel und Wege finden, mit meiner ‚rechten Hand' an ihn zu kommen. Jetzt folgt mir hinab auf Deck! Ich werde die drei Sünder vernehmen."

Wir stiegen die Stufen hinab, wobei die ‚rechte Hand', der ‚Liebling', die Peitsche von seinem Gürtel löste. Dieser brave Diener seines tatkräftigen Herrn schien die richterliche Schwäche oder Stärke des Gebieters sehr gut zu kennen. Als wir uns dem Mast näherten, an dem die drei hockten, standen sie auf. Ihre Haltung war gar nicht selbstbewußt, und ihre Gesichter sahen schon jetzt erbärmlich aus. Der Reïs Effendina erhob die Hand, und augenblicklich kamen die zehn Männer herbei, um einen Kreis um uns zu bilden. Der Untersuchungsrichter wandte sich zunächst an den Kajütendiener.

„Wie heißt du?" — „Barik", erwiderte der Gefragte. — „Also fast wie dein Mokkadem! Woher bist du?" — „Aus Minieh." — „Und doch hast du diesem Effendi gesagt, du seist ein Uled Maaseh namens Ben Schorak! Wie darfst du es wagen, einen Mann zu belügen, der in jeder einzelnen Fingerspitze mehr Klugheit besitzt, als du mit all deinen Vorfahren und Nachkommen je gehabt hast und noch haben wirst! Ich rate dir, die Wahrheit zu sagen, da ich nicht so langmütig bin wie dieser Effendi. Hast du gestern den Geist gespielt?" — „Nein." — „Gut! Besinne dich! Den Takt dazu wollen wir dir angeben."

Ein Wink des ‚Dieners der Gerechtigkeit', vier Leute legten den Leugnenden auf den Boden, hielten ihn dort fest, und der ‚Liebling' schlug den Takt in einer Weise, daß der gefühlvolle Mann schon beim fünften Hieb aufschrie.

„Halt! Ich will gestehen." — „Dachte es mir. Also du warst eins der Gespenster?" — „Ja", stöhnte der Gefragte, der noch liegend festgehalten wurde. — „Wer waren die beiden andern?" — „Der Mokkadem und sein erster Diener, der zugleich sein Schreiber ist."

„Wie oft habt ihr schon gespukt?" — „Kurz nach dem Tod des Hausbesitzers begannen wir damit." — „So sind wir jetzt mit dir fertig. Steh auf, und stelle dich hier an den Mast."

Die vier ließen ihn los, und der ‚Liebling' zog ihm noch einen so kräftigen Hieb über den Rücken, daß er so schnell wie wohl noch nie in seinem Leben emporflog. Der ‚Diener der Gerechtigkeit' richtete nun den Blick auf den Reïs.

„Du kennst mich und weißt, welche Macht mir über dich gegeben ist. Du wirst mir genaue Antwort geben, sonst bekommst du auch die Peitsche."

Das war dem Alten wohl nocht nicht geboten worden; er fuhr zornig auf.

„Emir, ich bin ein gläubiger Muslim und kein Sklave, sondern der Befehlshaber dieser Dahabijeh!“

Der ‚Liebling‘ wußte schon, was er in einem solchen Fall zu tun hatte; er fragte nicht einmal durch einen Blick, sondern strich ihm im Gefühl seiner Würde, oder kürzer deutsch gesagt, seiner Peitschenoberlehensherrlichkeit den Riemen zweimal so herzhaft über den Rücken, daß der Alte gewiß nicht wieder aufzubegehren wagte.

„So!“ lächelte der Reïs Effendina befriedigt über den Amtseifer seines Untergebenen. „Ob einer Sklave, Muslim oder Heide ist, das bleibt sich vor Allah, mir und meiner Peitsche völlig gleich. Wer widerspricht oder lügt, hat es auf seinen Rücken zu nehmen. Jetzt rede, du berühmter Reïs: Seit wann dient dieser Barik aus Minieh auf deinem Schiff?“ — „Seit heute“, erklang es in unterdrücktem Grimm. — „Wer brachte ihn?“ — „Der Mokkadem.“ — „Welche Aufgabe war ihm hier geworden?“ — „Barik sollte dem fremden Effendi bedienen.“ — „Sich bei ihm einschmeicheln, um in seine Dienste zu treten und ihn später dem Mokkadem, daß heißt dem Tod, zu überliefern?“ — „Davon weiß ich nichts.“ — So hast du es vergessen, und wir werden dir den Dienst erweisen, dein Gedächtnis zu stärken.“

Der Reïs wurde niedergezogen und empfing die Peitsche, aber nur dreimal, dann gestand er.

„Sieh, wie schnell die Vergeßlichkeit beseitigt ist!“ meinte der ‚Diener der Gerechtigkeit‘. „Ja, die Haut des Nilpferdes öffnet gleich beim ersten Hieb das Fleisch des Lebens und die Verstocktheit des Herzens. Du wirst so liegenbleiben und ferner antworten. Hast du gewußt, daß die Brieftasche gestohlen werden sollte?“ — „Ja — ja“, gestand der Alte zögernd. — „Und die Hand dazu geboten?“

„Nein — ja, o ja!“ schrie er überlaut, als er sofort wieder die Peitsche fühlte. — „Hast du gewußt, daß der Effendi später getötet werden sollte?“

Dieses Eingeständnis erfolgte erst nach dem zweiten Hieb.

„Hast du den Rat gegeben, er sollte besser gleich heut ermordet werden?“

Der Reïs schwieg. Ja wollte er nicht sagen, und doch fürchtete er sich vor dem Zwangsmittel, dessen reichliche Anwendung mir überaus peinlich war. Die Tätigkeit des ‚Lieblings‘ aber brachte ihn schnell zum Geständnis.

„Ich könnte noch weiterfragen“, fuhr Achmed fort, „aber du ekelst mich an. Du bist ein feiger Hund, der wohl den Mut zur Sünde, aber nicht auch zum Bekenntnis hat. Du wirst in deinem eigenen Schlamm ersticken. Lehnt ihn an den Mast! Und nun zum Steuermann!“

Dieser hatte schon vom Zusehen allein gezittert. Als er hörte, daß die peinliche Frage jetzt an ihn gerichtet werden sollte, fiel er gleich in die Knie und zeterte: „O Allah, o Himmel, o ihr Mächte! Nicht schlagen! Ich bekenne alles!"

„Emir", bat ich den Reïs Effendina, „habe Nachsicht mit ihm! Er scheint nicht ganz so schlimm zu sein. Er mußte dem Reïs gehorchen, hat, während ich lauschte, kein einziges Wort gesagt und dann, als ich ihnen die ihre Schlechtigkeiten vorwarf, die Wahrheit meiner Anklage durch seine Angst und sein Entsetzen über meine vermeintliche Allwissenheit zugegeben. Er ist in schlechte Gesellschaft geraten; das ist sein Vergehen." — „Der Effendi hat recht. Er hat recht. Allah wird ihn für diese Worte segnen!" jammerte der Furchtsame.

„Gut, ich will es glauben", entschied der Reïs Effendina, „und dir nur eine einzige Frage vorlegen. Gibst du zu, daß alles, was der Effendi uns erzählt hat, wahr ist?" — „Ja, es ist wahr, alles!"

„So steh auf! Man wird Erbarmen mit dir haben. Aber ich setze voraus, daß du nachher auf eine andre Frage ebenso aufrichtig antwortest." — „Welche Frage? Ich sage alles." — „Du wirst es erfahren. Du sollst nicht bei diesen verstockten Bösewichtern bleiben. Setz dich hin an die Kajüte; aber rühre dich nicht!"

Ich verstand die Absicht des ‚Dieners der Gerechtigkeit'. Der Steuermann sollte fern von seinem Reïs gehalten werden, damit jener ihn nicht durch Drohungen und Versprechungen bewegen könne das von ihm noch erwartete Geständnis zu verweigern. Jetzt ließ der Reïs Effendina drei Lampen suchen, und als sie angebracht und angebrannt worden waren, stieg er mit seinem ‚Liebling' und dem Muhamel[1]) des ‚Schahin', jeder eine Lampe tragend, in die schon erwähnte Luke hinab.

Ich sah, daß der alte Reïs die Lippen zusammenpreßte, wohl nicht allein infolge des Schmerzes, den die Peitschenschwielen ihm verursachten; es war auch die Angst vor der Entdeckung, die jetzt zu erwarten stand. Ich mochte diesen Menschen nicht mehr ansehen. Ein jugendlicher Verbrecher erweckt unser Mitleid; aber er ist ein alter Mann, der aus wirklicher Lust am Bösen sündigt, obgleich er mit einem Fuß schon im Grab steht, dieser Teilnahme noch wert? Der Christ mag auch hier mild urteilen, der Bürger aber kann das nicht und der Seelenkundige wohl auch nicht. Ich ging nach hinten. zum Steuermann. Er streckte mir die Hand entgegen.

„Effendi, ich danke dir, daß du für mich gesprochen hast! Ich bin ein Verwandter des Reïs und kann nicht von ihm fort. Ich habe dir nichts Böses tun wollen und darum zu allem geschwiegen."

„Aber du mußt doch einsehen, daß dein Schweigen ein Unrecht war!" — „Ich hätte doch nichts ändern können. Sollte ich den Reïs gegen dich verraten?" — „Ja, und dann wäre es nicht so

[1]) Steuermann

schlimm geworden, denn der Reïs Achmed hätte die Dahabijeh nicht bestiegen, da wir ihn erst durch unser lautes Reden herbeigezogen haben. So würde er nun auch nicht entdecken, daß dieses Segelboot ein Sklavenschiff ist." — „Ein Skla — ven — schiff!" stammelte er entsetzt. „Wer — wer — behauptet — das?" — „Der Reïs Effendina, und er ist ein Kenner." — „O Unheil, o Verwirrung meiner Gedanken! Allah, Allah! Mein Körper wankt, meine Gebeine beben und meine Seele zittert. Ich tauche unter im Meer der Trübsal und die Wirbel des Entsetzens mahlen mich hinab in die Tiefe der Verzweiflung! Welche Seele erbarmt sich meiner und welche Hand streckt sich aus, mich zu retten?" — „Schweig! Schrei nicht so! Man soll nicht auf uns aufmerksam werden. Gibst du zu, daß diese Dahabijeh zum Sklavenraub bestimmt ist?" — „Zum Raub nicht, aber zur Beförderung der Beute." — „Du bist schon fast sechzig Jahre alt. Hast du Angehörige?" — „Einen Sohn und mehrere Enkel und Enkelinnen, südwestlich in Gubatar, wo sich auch mein Weib befindet." — „Das ist in der Nähe der freien Uled-Ali-Beduinen, die ich kenne. Fliehe zu ihnen und bleibe dort, bis diese Sache hier vergessen ist. Hast du Geld?" — „Nur wenige Piaster, und die hat der Reïs."

Ich suchte zusammen, was ich entbehren konnte und gab es ihm. „Ich habe bemerkt, daß das kleine Boot hinten am Steuer befestigt ist. Laß dich an dem Tau, an dem es hängt, hinab, und mach dich schnell davon!" — „Recht gern, o wie gern! In einem Jahr wird alles vergessen sein, und dann darf ich mich wieder sehen lassen. Aber wie komme ich hinauf zum Steuer? Man wird mich bemerken!"

„Nein, denn ich gehe jetzt vor und werde die Leute so beschäftigen, daß sie ihre Aufmerksamkeit nur auf mich richten. Also paß auf! Sobald du merkst, daß niemand hinblickt, springst du die Stufen hinauf." — „Ja, ja, Effendi! O welchen Dank bin ich —"

„Rede nicht, handle lieber! Allah beschirme deine Flucht und lasse dich nie wieder auf solche Abwege geraten!" — „Nie wieder werde ich Böses tun! Effendi, kein Muslim hätte sich meiner erbarmt; du aber, der du ein Christ bist, hast mich —"

Mehr hörte ich nicht, denn ich war schon von ihm fort, um zum Mast zu gehen, wo ich die Leute des Reïs Effendina nach ihrem ‚Falken' fragte. Sie waren voll Bewunderung über die Vorzüge ihres Fahrzeuges, daß sie alle zugleich auf mich einsprachen. Und als ich ihnen mitteilte, daß ich mit ihnen fahren würde, drängten sie sich so um mich, daß dem alten Steuermann die gewünschte Gelegeneheit zur Flucht geboten wurde. Ich sah ihn die Stufen emporeilen und hinter dem Qualm der Pechpfanne verschwinden. Wer mir jetzt gesagt hätte, daß ich ihn bald wiedertreffen würde, nicht bei den Uled-Ali-Beduinen, sondern oben im Sudan, dem hätte ich es wohl kaum geglaubt.

Jetzt kehrte Achmed Abd el Insaf mit seinen beiden Begleitern zurück. Schon befürchtete ich, daß er zunächst den Steuermann aufsuchen und dessen Flucht vorzeitig entdecken würde; aber glücklicherweise kam er unmittelbar zu uns an den Mast und wandte sich an den Reïs: „Zunächst will ich noch eine Nebensache ordnen. Wieviel Fahrgeld hat dieser Effendi bezahlt?" — „Hundert Piaster", behauptete der alte, freche Sünder selbst jetzt noch.

„Der Effendi spricht aber von dreihundert. Du gibst also zweihundert weniger an. Einer von euch will mich täuschen. Dir glaube ich nicht. Lieber nehme ich an, daß der Effendi sich um zweihundert geirrt hat. Danach sind es also fünfhundert, die du ihm sofort auszahlen wirst." — „Das ist Betrug, der offenbarste Betrug!" schrie der Alte, fühlte aber sofort die Peitsche des ‚Lieblings' auf seinem Rücken, wodurch er zu der Erklärung bewogen wurde, daß der mit der Zahlung einverstanden sei.

„Gut! Wo hast du dein Geld?" fragte der ‚Diener der Gerechtigkeit'. Der Reïs der Dahabijeh zögerte mit der Antwort, wurde aber gezwungen zu bekennen, daß er seine Kasse unten im Schiffsraum verborgen habe.

„So wirst du uns hinabbegleiten", meinte der unerbittliche Richter. „Wohin ist deine Dahabijeh bestimmt?" — „Nur bis Kahrtum."

„Das ist Lüge. Du gibst mir diese Antwort, damit ich nicht erraten soll, welche Art von Handel du da oben treiben willst. Welche Waren hast du geladen?" — „Alles, was dort gesucht wird, Zeugstoffe, Werkzeuge, billige Schmucksachen für die Neger und ähnliche Dinge; dafür will ich die Erzeugnisse des Landes eintauschen."

„Das klingt recht unverfänglich, doch glaube ich dir nicht. Die Kisten und Ballen, die ich unten liegen sah, haben eine Gestalt, die verrät, daß sie ganz andre Dinge enthalten. Ich werde sie also öffnen lassen, und wehe dir, wenn ich dich auf verbotnen Wegen ertappe!" — Emir, ich wandle auf den Wegen des Gesetzes", versicherte der Alte eifrig, „und du kannst dir die Mühe des Öffnens getrost ersparen." — „Wirklich? Ich hätte eher glauben mögen, daß du mit Brettern, Pfosten und anderen Hölzern handelst, denn ich habe eine Menge davon unten liegen sehen. Wozu sind sie bestimmt?" — „Auch zum Verkauf. Im Süden gibt es keine zerschnittenen Hölzer, weshalb sie von wohlhabenden Leuten, die sie zum Bau ihrer Wohnungen brauchen, sehr gut bezahlt werden." — Einem andern dürftest du das sagen, mir aber nicht. Wie kommt es dann, daß diese Stützen, Balken und Latten so zugeschnitten und abgepaßt sind, daß du mit ihnen zwei oder gar drei Unterdecks herstellen vermagst?"

„Das ist Zufall, Emir!" — „Wenn du ein gläubiger Verehrer des Propheten wärst, würdest du wissen, daß es keinen Zufall gibt. Handelst du etwa auch mit eiserenen Ketten? Auch davon habe ich einen ganzen Haufen im Raum bemerkt. Die Bretter und Ketten verraten dein eigentliches Gewerbe und ein Leugnen ist erfolglos. Ich brauche dein Geständnis nicht und werde dir den Beweis, daß du ein Sklavenhändler bist, durch die Aussage deines eigenen Steuermanns liefern. Man hole ihn her! Er fürchtet sich vor der Peitsche und wird uns sofort die Wahrheit sagen."

Infolge dieses Befehls richteten sich aller Augen auf die Stelle, an der sich der Steuermann befunden hatte. Er war nicht mehr dort; man suchte ihn, ohne ihn jedoch zu finden. Der Reïs Effendina nahm die Sache weit leichter, als ich vermutet hatte. Nach kurzer Zeit gebot er seinen eifrig forschenden Leuten:

„Gebt euch keine Mühe! Ich sehe, daß der Alte fort ist. Ihr habt nicht aufgepaßt und es ist ihm gelungen, unbemerkt über das Landungsbrett zum Ufer zu schleichen. Ich sollte euch eigentlich dafür bestrafen; da er aber kein so verstockter Halunke war wie sein Reïs, so mag er immerhin entkommen, und ich will euch verzeihen. Jetzt steigen wir wieder hinab, um uns das Fahrgeld zurückzahlen zu lassen."

Achmed lud mich ein, ihm zu folgen. Zwei seiner Leute ergriffen den Reïs, um ihn zur Luke zu führen. Die andern blieben oben. Unten war es mit Hilfe der Laternen leicht, sich zurechtzufinden. Das Innere der Dahabijeh bildete einen großen Raum, von dem hinten und vorn ein kleiner Verschlag abgetrennt war. In diesem Raum sah ich nur etwa zwanzig Kisten und Ballen liegen. Das war allerdings auffällig, da diese Schiffe Kairo gewöhnlich nicht eher verlassen, als bis sie die volle Ladung haben. In dem hinteren, unverschlossenen Verschlag stand ein Werkzeugkasten. Dort lagen auch die erwähnten Ketten, die von verschiedener Länge, Stärke und Machart, aber ohne Ausnahme zur Fesselung von Sklaven bestimmt waren. In dem großen Raum waren zu beiden Seiten hohe Lagen von Brettern und Balken aufgeschichtet. Dazu bemerkte ich drei übereinanderliegende waagrechte Reihen und Pfosten, die an die Schiffsrippen festgeschraubt waren. Sie sollten offenbar die Seitenstützen der drei Unterdecks bilden, die man aus den aufgestapelten Brettern herzustellen beabsichtigte. Diese Unterdecks waren zur Aufnahme von Negern bestimmt. Die Entfernung der Rippenpfosten voneinander ließ erkennen, daß jedes dieser Decks nur eine Höhe von etwas über einem Meter besaß, so daß die armen Schwarzen während der langen Fahrt kaum sitzen konnten. Übrigens gestand der Reïs später, daß es ihnen nur ausnahmsweise erlaubt würde, sich zu setzen, und daß sie gewöhnlich in liegender Stellung festgekettet seien. Da die Sache mir neu war, forschte ich ihn aus und erfuhr Näheres über die Einteilung dieser Räume und die Unterbringung der Schwarzen. Infolge der beiden Bretterverschläge am Vorder- und Hinterteil des Schiffs, die die Rundung wegnahmen, hatte jeder zwischen ihnen liegende Sklavenraum die Gestalt eines Rechteckes, in dem die Neger in folgender Weise untergebracht wurden:

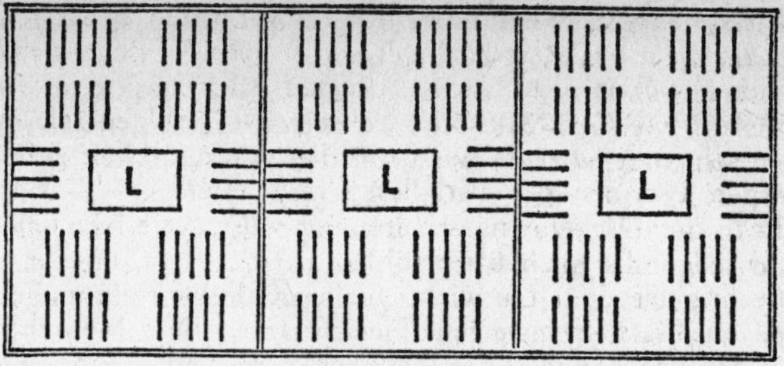

Jeder Raum war in drei Abteilungen geschieden, die, wie die Striche der Zeichnung andeuten sollen, je fünfzig Schwarze enthielten, die so gelegt wurden, daß sie einander die Füße zukehrten. In der Mitte dieser Abteilungen, da, wo auf dem Riß das ‚L' steht, befand sich eine Luke, durch die die übereinanderliegenden Abteilungen mittels einer Treppe miteinander verbunden waren. Denkt man sich die geringe Höhe dieser Zwischendecks, die nicht die Spur einer Lüftung besaßen, dazu die Hitze Ägyptens, die jedenfalls armselige Verpflegung und die schlechte, ja grausame Behandlung, so ist es nicht schwer, sich die schreckliche Lage dieser 450 Schwarzen in der Dahabijeh auszumalen.

Der Reïs wurde zum vorderen Verschlag geführt, der verschlossen war. Er mußte öffnen, und nun sahen wir ein kleines Gelaß, dessen Bretterwände mit Negerpeitschen behangen waren. Eine bedeutende Anzahl von Raki-Flaschen, wohl nur für den Kapitän bestimmt, war aufgestapelt, und in einer Ecke stand ein Blechkasten, an dem zwei Vorlegeschlösser hingen. Der Reïs hatte die Schlüssel bei sich. Als er geöffnet hatte, zeigte es sich, daß dieser Kasten einige tausend Maria-Theresien-Taler enthielt. Der Reïs Effendina griff ohne Umstände zu, zählte eine Anzahl davon ab und hielt sie mir hin.

„Da nimm, Effendi! Es sind deine fünfhundert Piaster." — „Es ist ja viel mehr!" wehrte ich ab. „Der Taler gilt hier ja —"

„Schweig!" unterbrach er mich. „Das verstehe ich besser als du. Dieser sklavenhandelnde Reïs hat das Geld für den Sudan bestimmt, wo der Taler zehn Piaster gilt. Darum rechne ich nach dem dort üblichen Wert und gebe dir fünfzig Taler, was genau fünfhundert Piaster beträgt." — „Aber mein Fahrgeld betrug nicht fünfhundert Piaster, sondern —" — „Still!" unterbrach Achmed mich abermals. „Ich weiß sehr wohl, was ich tue. Wehe dem, der wehe tut! Das ist der Grundsatz, nach dem ich handle."

Ich mußte schweigen und konnte mir seine Art der Berechnung auch recht wohl gefallen lassen. Seine Behauptung in Beziehung auf den Wert des Maria-Theresien-Talers lief der Wahrheit gerade zuwider, denn diese Münze hatte im Sudan einen weit höheren Wert als in Kairo. Ich hätte also viel weniger erhalten sollen, selbst wenn von Murad Nassyr fünfhundert Piaster für mich bezahlt worden wären. Als ich die fünfzig harten Taler in meine Tasche gleiten ließ, faltete der alte Reïs die Hände, hob den Blick empor und seufzte:

„O Allah! Die Geschicke, die du deinen Gläubigen sendest, sind zuweilen sehr hart; aber du wirst mir diese Grausamkeit dereinst mit den ewigen Wonnen des Paradieses vergelten." — „Die Peitsche wirst du in der Dschehenna erhalten, so wie du sie hier bekommen hast und jedenfalls noch öfter fühlen wirst!" fuhr ihn der ‚Diener der Gerechtigkeit' an. „Du wirst Qualen fühlen wie ein umgestülpter Igel, dem die Stacheln ins eigene Fleisch fahren. Wer Menschen raubt und mit Sklaven handelt, der hat nach dem Tod nur die Hölle zu erwarten." — „Ich begreife nicht, was du sagst, Emir! Es kann mir nicht einfallen, etwas zu treiben, was verboten ist. Ich gehe den Weg der Gerechten, und meine Pfade sind die der Tugendhaften, die Allah lieb hat." — „Schweig, Hundesohn!" donnerte ihn der strenge Richter an. „Wenn du nichts begreifst, so werde ich dafür sorgen, daß du wenigstens etwas fühlst, nämlich meine Peitsche. Deine Bosheit ist so groß; aber deine Frechheit geht noch darüber hinaus. Meinst du, ich sei blind? Ich, der Reïs Effendina, werde wohl aus der Einrichtung eines Schiffs erraten können, wozu es gebraucht werden soll! Komm her, ich will dir beweisen, daß ich alles errate und verstehe!"

Er zog ihn hinaus in die Hauptabteilung und gab dort eine so genaue Erklärung des Zwecks und des Baues der später herzustellenden Einrichtung, als hätte er selber die Zeichnung dazu entworfen. Die wiederholten Drohungen taten das übrige; der Reïs sah sich gezwungen, ein umfassendes Geständnis abzulegen, worauf Achmed Abd el Insaf das Schiff und dessen Inhalt, also auch das Geld, für beschlagnahmt erklärte. Der Kasten wurde aus dem Verschlag genommen und der Reïs in seiner Kajüte eingesperrt. Der Verlust der schönen Maria-Theresien-Taler schien ihm mehr zu Herzen zu gehen als das Schicksal, das ihn außerdem erwartete.

Wir stiegen wieder an Deck, wobei die zwei Leute, die uns begleitet hatten, den Geldkasten trugen. Oben gab der Reïs Effendina den Befehl, auch den Geist Nummer drei einzusperren. Während das geschah, kamen die Matrosen der Dahabijeh an Bord. Sie ahnten nicht, was hier vorgegangen war, und zeigten sich nicht wenig erstaunt, ihr Schiff in andern, und zwar in solchen Besitz übergegangen zu sehen, Achmed stellte ein Verhör mit ihnen an, wobei sich zeigte, daß sie zwar nicht mit Sicherheit gewußt, aber doch geahnt hatten, wozu das Fahrzeug bestimmt gewesen war. Der Reïs Effendina stellte ihnen die Bastonade in Aussicht und ließ sie in den Raum bringen, dessen Zugänge verschlossen und bewacht wurden.

Nun forderte er mich auf, ihm mit meinen beiden Pflegebefohlenen zum ‚Falken' zu folgen. Meine Habseligkeiten sollten später geholt werden. ‚Esch Schahin' lag eine Strecke aufwärts am Ufer. Da es dunkel war, konnte ich seine äußeren Umrisse nicht genau erkennen, doch sah ich beim Schein der Decklaterne, daß er sehr lang und schmal gebaut war und zwei Masten mit eigenartiger Takelung trug. Hinten befand sich eine doppelte Kajüte. Die eine lag an Deck und die andre eine Treppe tiefer. Die untre wurde mir und den Kindern angewiesen. Sie war mit drei Fenstern versehen und geräumig genug für uns drei. Die Einrichtung war zwar morgenländisch, aber es gab doch verschiedene Vorrichtungen und Gegenstände, die es auch einem Abendländer erlaubten, es sich nach seiner Art bequem zu machen.

Achmed Abd el Insaf sandte noch fünf Männer zur Bewachung der Dahabijeh ab; mit ihnen gingen zwei andre, die meine Sachen holen sollten. Als ich ihn nach der Stärke der Besatzung des ‚Falken' fragte, erfuhr ich, daß sie aus vierzig kriegstüchtigen Männern bestand, deren Vorleben ihre Eignung für das Leben im Sudan und für die Jagd auf Sklavenjäger verbürgte.

Da es jetzt für mich nichts zu tun gab, legte ich mich nieder. Die Polster waren eines Pascha würdig und ich schlief, ohne aufzuwachen, weit in den lichten Morgen hinein. Als ich dann an Deck kam, wurde ich von dem Leutnant höflich begrüßt und nach meinen Befehlen gefragt. Er teilte mir mit, daß man meinen Wünschen ebenso nachzukommen habe, als seien sie die des Befehlshabers selber. Ich bestellte Kaffee für mich und die Kinder und fragte nach dem Reïs Effendina. Er war mit der Dahabijeh nach Kairo unterwegs, um das Fahrzeug samt dem Reïs und seinen Leuten der Behörde zu übergeben; zugleich hatte er die Absicht, nach dem Gaukler zu fahnden. Es war nur aus Höflichkeit geschehen, daß er mich vor seiner Abfahrt nicht geweckt hatte.

Es wurden für mich und die Kinder Kissen auf das Hinterdeck gebracht, von dem aus wir die Breite des Stroms überblicken konnten. Zunächst beschäftigte mich nur das Schiff, auf dem ich mich befand. Seine Linien waren scharf, aber doch zierlich, und ein Blick auf die Masten, das Takelwerk und die jetzt allerdings beschlagene Leinwand sagte mir, daß es ein ausgezeichneter Segler sein müsse.

Noch saßen wir beim Kaffee und dem noch warmen Gebäck, das der Schiffskoch für uns zubereitet hatte, als wir einen Sandal erblickten, der drüben auf der Mitte des Stroms langsam herangeglitten kam. Er wollte vorüber. Ich konnte seinen Namen ‚Aud 'l 'agal[1])' lesen und schickte Pulo in die Kajüte, um mir mein Fernrohr zu bringen. Das tat ich ohne alle Absicht; doch sollte ich erkennen, daß der Gedanke sehr am Platz gewesen war, denn als ich das Rohr auf den Sandal richtete, der sich jetzt in gleicher Höhe mit uns befand, sah ich dort auf dem Deck bei andern Leuten einen Mann stehen, der scharf zu uns herüberblickte. Ich erkannte sofort den Muza'bir, den der Reïs Effendina fangen wollte. Der Gaukler hatte sich wohlweislich mit dem ersten nilaufwärts gehenden Schiff aus dem Staub gemacht.

[1]) Vater der Eile, Schnelligkeit

Ich teilte dem Leutnant meine Entdeckung mit und fragte ihn, ob er diesen Menschen nicht vom Sandal holen könne. Leider aber erklärte er mir, daß er ohne den besonderen Befehl weder selber den ‚Falken' verlassen, noch Leute von Bord schicken dürfe. Wir mußten also den Gaukler einstweilen laufen lassen.

6. *In Siut*

Eine Segelfahrt auf dem Nil! Welch ein Erlebnis! Man hat el Kahira, die Pforte des Ostens, hinter sich und strebt dem Süden zu. Dem Süden! Man glaube nicht, daß das Wort Sudan gleichbedeutend mit unserm deutschen ‚Süden' ist. Sudan (gesprochen Sudahn) ist der gebrochene Plural von aswad, schwarz; Beled heißt Land und Beled es Sudan also das Land der Schwarzen. Der Süden heißt sowohl im Türkischen Dschenub, im Arabischen Dschunub.

Nach Süden! Das ist soviel wie eine Fahrt ins Unbekannte, ins Geheimnisvolle. Und wer diese Fahrt schon zehn- oder zwanzigmal gemacht hat, dem bleibt der Süden doch immer noch das Land des Dunkels, in dem täglich neue Entdeckungen zu machen sind.

Jetzt kann man mit der Bahn von Kairo nach Siut fahren; aber eine pfeifende Lokomotive am Nil, eine häßliche Rauchwolke in der herrlichen Luft des heiligen Stroms, das will mir wie eine Entweihung erscheinen.

Ich ziehe das Deck eines Schiffs dem engen Bahnabteil vor. Da sitzt man auf seiner Matte oder auf seinem Polster, die Pfeife in der Hand und den duftenden Kaffee vor sich. Der breite Strom dehnt sich wie ein See vor dem Blick, scheinbar grenzenlos. Das erregt die Einbildungskraft, die vorauseilt, dem Süden entgegen, um ihn sich mit riesigen Pflanzen und Tieren zu bevölkern. Der Nordwind liegt in den Segeln; die Matrosen hocken allerorts und vertreiben sich die Zeit, indem sie schlafen, gedankenlos vor sich hinstarren oder sich mit kindlichen Spielen beschäftigen. Die Augen des Reisenden werden müde; sie schließen sich nicht, und doch beginnt er zu träumen, und er träumt, bis der Ruf erschallt: „Auf zum Gebet, ihr Gläubigen!" Dann knien alle nieder, verneigen sich in der Kibla[1]) und rufen: „Ich bezeuge, daß es keinen Gott gibt, außer Gott; ich bezeuge, daß Mohammed der Gesandte Gottes ist!" Dann schläft oder spielt man wieder, bis der Reïs ein Befehlswort erschallen läßt, oder ein begegnendes Schiff oder Floß die Aufmerksamkeit auf sich zieht.

Die Flöße sind dem Fremden deshalb merkwürdig, weil sie nicht aus Bäumen, Stämmen oder sonstigen Hölzern, sondern aus Wasserkrügen bestehen. Der Ägypter trinkt nur das Wasser des Nils. Die Krüge, in denen man es schöpft, sind porig. Die Unreinigkeit schlägt

[1]) Die Richtung nach Mekka

sich nieder; durch die Poren dringt die Feuchtigkeit, und indem sie verdunstet, wird das Wasser im Gefäß kühler, als es im Fluß ist. Es hat einen sehr angenehmen Geschmack, und wer sich einmal daran gewöhnt hat, zieht es selbst dem Quellwasser der Oasen vor. Diese Wasserkrüge werden in Ballas, einem Ort am linken Nilufer, hergestellt und darum Ballasi genannt. Man flicht aus Stricken lange, rechteckige Netze, deren Maschen den Durchmesser der Krüge haben, die man in dieses Netz hängt. Da die Gefäße leer sind, schwimmen sie auf dem Wasser. Man stellt noch eine zweite Schicht darauf; dann ist das Floß fertig und kann stromabwärts gehen.

Die Fruchtbarkeit des Landes stammt einzig von den Überschwemmungen des Nils, der zu gewissen Zeiten steigt und ebenso regelmäßig wieder fällt. Je höher die Überschwemmung, auf eine desto reichere Ernte ist zu rechnen. Um dabei das Wasser so weit wie möglich zu führen, sind Kanäle gezogen. Auf den Dämmen dieser Kanäle wie auf den hohen Flußufern sind Sakkiës angebracht, Schöpfwerke, mit deren Hilfe die Grundbesitzer das Wasser heben, um es auf ihre Felder zu leiten. Die Werke bestehen meist aus Rädern, in denen Gefäße hängen, die das Wasser unten fassen und oben in einen Berieselungsgraben gießen. Sie werden durch Kamele, Esel, auch durch Rinder oder gar von Menschenhand bewegt, und ihr eintöniges Knarren ist weithin zu hören. Oft sieht man auch einen Armen am Kanal stehen, der das Wasser für sein winziges Feld mit eignen Händen schöpft. Er besitzt nicht soviel, um sich eine Sakkië anzuschaffen und sie zu versteuern. Denn in Ägypten muß alles versteuert werden, selbst der Baum, wenn er nur einige Früchte trägt. Es ist dort vorgekommen, daß ganze Ortschaften ihre Palmwälder vernichteten, nur um der Steuer zu entgehen. Wer wohlhabend ist, der hütet sich ängstlich, das zu zeigen, und der Arme braucht sich nicht zu verstellen. Darum macht die Bewohnerschaft des Nillandes den Eindruck der Dürftigkeit, die zu der Fruchtbarkeit des Landes in grellem Widerspruch steht.

Wir näherten uns Siut, meinem einstweiligen Ziel. Zwei volle Tage hatte ‚Esch Schahin‘ noch am Ufer von Giseh gelegen, bevor wir die Anker hatten lichten können. So lange war der Reïs Effendina durch seine Pflichten aufgehalten worden. Seine Nachforschungen nach dem Muza'bir waren in Kairo vergeblich gewesen, und als er bei seiner Rückkehr von mir erfuhr, daß jener auf dem Sandal ‚Abu 'l 'agal‘ flußaufwärts entkommen sei, wurde sein Ärger darüber nur durch die Hoffnung gemildert, daß wir bei der Schnelligkeit unsres ‚Falken‘ das andre Fahrzeug bald einholen würden.

Wir hatten in allen Häfen angelegt oder wenigstens das Boot entsendet, um uns nach dem Sandal zu erkundigen, aber stets vergebens. Nun hofften wir, ihn in Siut zu sehen und dann näheres über den Muza'bir zu erfahren. Lange, bevor wir den Hafen erreichten, sahen wir die Stadt vor uns liegen. Sie heißt koptisch Saûd und ist das Lykopolis (Wolfsstadt) der Alten. Sie steht wenig entfernt vom Ufer in einer sehr fruchtbaren Gegend. Der Ort hatte eine Einwohnerzahl von damals über dreißigtausend Köpfen und ist der Sitz eines Paschas und eines koptischen Bischofs. Der Handel erstreckt sich von hier bis in das Innere von Afrika, denn Siut ist der Hauptstandort der nubischen und ostsudanischen Karawanen. Die Stadt war schon im Altertum von Bedeutung, doch besitzt sie keine Denkmäler, wenn man nicht die alte Gräberstadt und die in den westlichen lybischen Bergen gelegenen Mumiengräber der früher hier verehrten Wölfe dazurechnen will. Unweit des nicht sehr entfernten Dorfes Maabdeh befindet sich eine leider wenig besuchte Höhle mit Krokodilsmumien.

Wir ließen am Dorf El Hamra, das den Hafen von Siut bildet, den Anker fallen. Achmed hatte als Reïs Effendina nichts mit der Hafenpolizei zu tun und konnte also mit mir sofort an Land gehen. Wir suchten den Sandal; er war nicht da. Vom Hafenkapitän erfuhren wir, daß dieses Schiff zwar gesehen, aber ohne anzulegen vorübergesegelt war. Wir mußten also annehmen, daß der Muza'bir sich nicht in Siut befinde. Achmed Abd el Insaf, der darauf brannte, den Menschen in seine Hand zu bekommen, beschloß, sofort wieder abzufahren, um den Sandal einzuholen. Er hätte ohnedies nicht lange vor Siut liegen bleiben können, da die Pflicht ihn nach Khartum rief. Er hatte noch am letzten Tag in Kairo durch seinen Vertrauten, deren er in jeder Nilstadt einen besaß, erfahren, daß sich da oben etwas vorbereite, wobei ein guter Fang zu machen sei. Was das war, konnte ich trotz seiner sonstigen Offenheit und des Vertrauens, das er mir schenkte, nicht erfahren. Ich hatte bemerkt, daß Achmed meine Eigenheiten prüfte, und hatte mich besonders über seine Wißbegierde gefreut. Tausend und noch mehr Fragen mußte ich ihm beantworten. Er war ein körperlich und geistig reich begabter Mensch und begriff sehr leicht. Am leichtesten aber hatte er eingesehen, daß seine Kenntnisse im Vergleich mit dem Wissen eines Europäers mangelhaft seien. Bei dieser Armut an schulmäßigem Wissen war es freilich kein Wunder, daß ich jede seiner Fragen zu beantworten vermochte, und so kam es, daß er mich, völlig unverdient, für einen Ausbund von Gelehrsamkeit hielt. Bei all dieser Hochachtung und den freundschaftlichen Gefühlen, die er sichtlich für mich hegte, bewahrte er aber doch jene Zurückhaltung, die dem Morgenländer eigen ist, und die er obendrein seinem Rang schuldig zu sein meinte. Ich erkannte, daß er glaubte, er stehe als Reïs Effendina über mir, der ich keinen militärischen oder sonstigen Rang bekleidete. Er hatte damit auch gar nicht unrecht, und ich bemerkte mit Vergnügen die Genugtuung, mit der er meine höfliche Bescheidenheit beobachtete. Er vergalt mein Verhalten mit einer Vertraulichkeit, die nur dann verschwand, wenn ich auf Khartum und seine Pläne da oben zu sprechen kam. Doch konnte ich ihm das, da es sich hierbei um Amtsgeheimnisse handelte, nicht übelnehmen. Dennoch schien es mir, als würde ihm diese Verschwiegenheit weniger durch die Pflicht als vielmehr aus persönlichen Gründen geboten, und das war es, was mich bisweilen verstimmte, wenn ich es mir auch nicht merken ließ.

Da ich Murad Nassyr, dem dicken Türken, das Versprechen, ihn in Siut zu erwarten, halten wollte, so mußte ich mich hier von Achmed trennen. Die Dinka-Kinder behielt er auf dem ‚Falken' in seiner Obhut, da es ihm leichter möglich war als mir, sie in ihre Heimat zurückzubringen. Als ich mich von ihnen verabschiedete, klammerten sie sich an mich und wollten nicht an Bord bleiben. Ich konnte ihre Tränen nur mit dem Versprechen stillen, ihnen bald nachzukommen. Dann mußten zwei Matrosen meine wenigen Habseligkeiten nehmen und der Reïs Effendina führte mich in die Stadt. Als ich ihn fragte, wo er mich da unterbringen wolle, sah er mich verwundert an.

„Wo anders als beim Pascha? Ein Mann wie du darf nur beim vornehmsten Herrn wohnen." — „Und du meinst, daß ich ihm willkommen bin?" — „ Gewiß! Zumal wenn ich dich bringe und dich ihm empfehle. Er wird dich wie einen Freund aufnehmen."

Das beruhigte mich. Dennoch hätte ich lieber in einem gewöhnlichen Haus, wo ich bezahlen konnte, um Unterkunft gebeten.

Der Weg führt vom Hafen auf einem schattigen Damm zur Stadt. Zu beiden Seiten breitete sich saftiges Grün aus und goldnes Sonnenlicht flutete darüber hin. Der Damm war von Menschen belebt, die vom Hafen kamen und dorthin gingen. Wir gelangten durch eine sarazenische Pforte, die zugleich den Haupteingang der Stadt bildete, in einen Hof, der zum Palast des Pascha gehörte. Die Wände ringsum waren weiß getüncht und die wenigen Fensteröffnungen mit dunklen Blenden versehen. An den Mauern zogen sich niedrige Bänke hin, auf denen, rauchend und kaffeeschlürfend, langbärtige Gestalten saßen, die ich für Angehörige der Schloßwache halten mußte. Keiner dieser Männer kümmerte sich um uns.

Man sah, daß Achmed sich nicht zum erstenmal hier befand. Er schritt auf eine Tür zu, gebot den Matrosen, hier zu warten, und trat mit mir ein. Im Innern stand eine Wache, die er nach dem Haushofmeister fragte. Der Soldat lehnte sein Gewehr an die Wand und entfernte sich. Nach einiger Zeit kehrte er zurück und hielt dem Reïs Effendina die hohle Hand hin.

„Ich soll euch führen, wenn du mir ein Bakschisch gibst."

Der ‚Diener der Gerechtigkeit' verabreichte ihm darauf eine derbe Ohrfeige. — „Hier ist dein Bakschisch, und nun beeile dich, wenn du nicht die Bastonade haben willst!"

Der Gezüchtigte betrachtete nun erst den Sprecher genauer. Er sah ein, daß er es mit keinem gewöhnlichen Mann zu tun hatte, die Ohrfeige war ja der beste Beweis dafür, und schritt uns voran, sich eifrig die Wange reibend.

Wir gelangten in einen Innenhof, in dem es rundum Türen gab.

Unter der einen stand ein in seidne Gewänder gehüllter unförmlicher Schwarzer, der uns mit finstern Blicken entgegensah. Als er aber den Reïs Effendina gewahrte, veränderte sich der Ausdruck seines Gesichts; er krümmte den breiten Rücken und kreuzte die Arme auf der Brust.

„Verzeih, daß du mich hier stehen siehst! Hätte ich deine hohe Gegenwart geahnt, so wäre ich dir entgegengekommen."

Grobheit erweckt Ehrerbietung; das schien der Reïs Effendina zu wissen, denn er antwortete barsch: „Dessen bedarf es nicht. Aber wie kannst du dem Wächter befehlen, von mir ein Bakschisch zu verlangen?" — „Hat er das getan?" fragte der Schwarze erschrocken. „O Reïs Effendina, ich habe es ihn nicht geheißen. Allah ist mein Zeuge!" — „Schweig! Ich weiß, daß du diese Leute dazu anhältst, Trinkgelder zu verlangen, die du dann mit ihnen teilst." — „Man hat dir falsch berichtet. Zum Beweis dafür, daß ich dir die Wahrheit sage, werde ich dem Frevler die Bastonade geben lassen!"

„Das ist überflüssig, denn ich habe ihn schon gezüchtigt. Und wenn du mit ihm teilen willst, so laß dir von ihm geben, was er von mir erhalten hat. Melde mich dem Pascha!" — „Verzeih, daß ich das nicht tun kann! Der hohe Gebieter ist mit Gefolge zur großen Oase Dachel gereist." — „Wann kehrt er zurück?" — „Es kann über eine Woche vergehen, ehe die Augen seiner Diener das Glück haben werden, sein Angesicht wiederzusehen."

Ich hielt diesen unförmigen Schwarzen für einen Diener, und zwar, weil er in Seide gekleidet war, für einen bevorzugten, vielleicht einen Haremsdiener, mußte aber meinen Irrtum erkennen, als Achmed jetzt weitersprach: „So will ich dir die Befehle geben, die er dir als seinem Haushofmeister erteilen würde. Dieser Herr ist ein sehr gelehrter und vornehmer Effendi aus Almanja und will einige Tage in Siut bleiben. Ich hatte die Absicht, ihn dem Pascha als Gast zu empfehlen, da dieser aber nicht anwesend ist, so beauftrage ich dich, den Effendi so aufzunehmen und so für ihn zu sorgen, als wäre er ein Verwandter deines Herrn."

Der Neger bekleidete also die bedeutsame Stelle eines Haushofmeisters! Er musterte mich mit nicht eben freundlichen Blicken, antwortete aber dem Reïs Effendina: „Dein Wille soll geschehen, Herr! Ich werde dem Fremden ein Zimmer anweisen, das seinem Rang angemessen ist. Tretet näher, und erlaubt, daß ich euch mit Pfeifen und Kaffee erquicke!" — „Ich habe keine Zeit, mich niederzusetzen, da ich schleunigst absegeln muß; ich werde nur solange bleiben, bis ich sehe, daß der Effendi eine würdige Wohnung bekommt. Du wirst uns also jetzt hinführen. Beeile dich!"

Es war mir gar nicht lieb, daß der Reïs Effendina den Mann in dieser Weise behandelte, denn es stand zu erwarten, daß ich später die Folgen zu tragen hatte. Der Schwarze runzelte die Stirn, verbeugte sich aber höflich und forderte uns auf, ihm zu folgen. Er führte uns in ein großes Gemach, dessen blaue Wände mit goldnen Koransprüchen geschmückt waren, und erklärte, das solle meine Wohnung sein. Achmed zeigte sich befriedigt und betonte, er würde sich genau nach meiner Zufriedenheit erkundigen, und der Haushofmeister solle jetzt meine Sachen bringen lassen. Der Dicke entfernte sich. Nach kurzer Zeit kam ein andrer Schwarzer, der den Matrosen das Gepäck abgenommen hatte. Ihm folgte ein zweiter Neger, der mir einen Tschibuk nebst Kaffee brachte und sich vor mir niedersetzte, um mich zu bedienen. In jedem bessern Haus des Morgenlandes ist heißes Wasser für den Kaffee zu jeder Zeit zu haben. Diese schnelle Bedienung schien dem Reïs Effendina Bürgschaft genug zu sein für die Wirksamkeit seiner Empfehlung. Er gab mir eine Anschrift, durch die ich in Khartum Auskunft über ihn erlangen könnte, und reichte mir dann die Hand. — „Und nun zum Abschied! Du bist hier gut aufgehoben und kannst gehen und kommen, wie es dir beliebt. Sollte man deine Wünsche nicht erfüllen, so berufe dich auf mich und werde grob! Allah segne dich und geleite dich glücklich zu mir!"

Er ging. Ich gestehe, daß ich mich gar nicht behaglich fühlte. Es war mir, als würde ich recht bald Veranlassung haben, die mir empfohlene Grobheit anzuwenden; doch konnte es mir nicht einfallen, diesem Rat zu folgen. Ich mußte mich hier als einen unwillkommener Eindringling betrachten. Die Art, mit der Achmed Abd el Insaf mich eingeführt hatte, war nicht geeignet, mir die Zuneigung des schwarzen Haushofmeisters zu erwecken. Ich nahm mir vor, den Palast, falls man mich unfreundlich behandeln sollte, sofort zu verlassen und mir eine andere Wohnung zu suchen.

Wohl eine Stunde lang hatte ich rauchend auf meinem Polster gesessen. Der Reïs Effendina hatte den Hafen gewiß schon verlassen. Ich glaubte, man würde kommen, um sich nach meinen Wünschen zu erkundigen. Und man kam auch, doch nicht, um auf meine Wünsche zu lauschen. Der Haushofmeister trat ein, und der Diener, der so lange wortlos vor mir gekauert hatte, entfernte sich rasch. Der Schwarze setzte sich nicht etwa, wie es die Höflichkeit erfordert hätte, zu mir, sondern er stellte sich vor mich hin und ließ einen gehässigen Blick über mich gleiten. — „Also der Reïs Effendina ist dein Freund. Wer ihn gebieten hört, sollte glauben, er sei der Vizekönig. Seit wann kennst du ihn?" — „Seit kurzem", antwortete ich bereitwillig.

„Und da bringt er dich hierher, in den Palast des Pascha? Du stammst aus Almanja. Bist du ein Muslim?" — „Nein. Ich bin ein Christ." — „Allah, Allah! Ein Christ bist du, und ich habe dir das Zimmer gegeben, an dessen Wänden die goldnen Sprüche des Koran prangen! Welch eine Sünde habe ich da begangen! Du wirst diesen Raum sofort verlassen und mir in einen andern folgen, wo deine Gegenwart nicht die Heiligkeit unsres Glaubens beleidigen kann."

„Ja, ich werde dieses Zimmer verlassen, aber nicht, um von dir ein andres angewiesen zu bekommen. Du selbst bist es, der den Islam schändet, denn der Koran gebietet, den Gast zu ehren, und du handelst gegen diesen Befehl. Ich werde einen Diener senden, um meine Sachen hier abzuholen. Für den Kaffee und den Tabak, den ich bei dir genossen habe, magst du dieses Bakschisch nehmen."

Ich legte die Pfeife weg, stand auf, gab dem Schwarzen ein nach dortigen Verhältnissen reichliches Trinkgeld und verließ die Stube, ohne daß er mich daran zu hindern suchte. Als ich auf den Hof trat, hörte ich jammernde Töne. Es wurde links eine Tür geöffnet, aus der zwei Diener einen jungen Mann getragen brachten, der aus einer Stirnwunde blutete. Einige andre Personen folgten, unter ihnen eine verschleierte Frau, die jammerte, man solle schnell einen Arzt holen. Als die Gruppe an mir vorüber wollte, fragte ich, was mit dem Verwundeten geschehen sei. Ein vielleicht sechzig Jahre alter Mann antwortete mir. — „Das Pferd hat ihn gegen die Mauer geworfen. Nun flieht ihm das Leben aus der Stirn. Lauft, lauft, und holt einen Haggâm[1]) herbei! Vielleicht ist noch Rettung möglich."

Aber in der Verwirrung kam es keinem bei, diesem Gebot Folge zu leisten. Der Mann wollte den Trägern nach, die weiter geschritten waren. Ich hielt ihn am Arm zurück. „Vielleicht ist es nicht nötig, einen Wundarzt zu bemühen. Ich will den Verwundeten untersuchen."

Da horchte der Alte auf. „So bist du selber ein Haggâm? Komm, komm, beeile dich! Wenn du meinen Sohn rettest, werde ich dir zehnmal mehr bezahlen, als du verlangst." — Er zog mich mit sich fort nach rechts, wo die Träger inzwischen in einer andern Tür verschwunden waren. Er war der Vater des Verunglückten. Die Tür führte in ein Gemach, das jedenfalls als Besuchszimmer benutzt wurde. Von hier aus geleitete mich der Mann in eine Nebenstube, wo man den Verletzten auf einen Diwan gelegt hatte. Die Frau kniete jammernd vor ihm. Der Vater zog sie empor und redete hastig auf sie ein. — „Hier ist ein Wundarzt. Sei still, Weib, und laß ihn zu unserm Sohn! Vielleicht ist Allah gnädig und gibt der Freude und Stütze unsers Alters das teure Leben zurück."

Die Frau war also die Mutter des Verunglückten.

„Vielleicht gibt's Allah zurück", wiederholten die Träger, indem sie die Hände zusammenschlugen.

Ich kniete bei dem jungen Mann nieder und untersuchte seine Wunde. Sie war nicht gefährlich, und wenn keine andre Verletzung vorlag, so war die Sache nicht des Jammerns wert. Er war besinnungslos. Ich hatte ein Fläschchen mit Salmiakgeist bei mir, das gewöhnliche Mittel gegen Mückenstiche, denen man im Süden ausgesetzt ist. Ich öffnete es und hielt es dem Jüngling an die Nase. Die Wirkung ließ sich bald sehen und auch hören; er bewegte sich, nieste und öffnete die Augen. Sofort hatte ihn seine Mutter beim Kopf; sie weinte laut auf vor Entzücken. Sein Vater aber faltete die Hände.

„Allah sei Dank! Der Tod ist entflohen, und das Leben kehrt zu-

[1]) Ägyptisch-arabisch: Wundarzt

rück." — „Es kehrt zurück. Allah, Allah!" wiederholten die andern.

Ich bat den Alten, sein Weib wegzunehmen, die mich hinderte, und untersuchte nun den Körper des Sohnes. Er hatte nichts gebrochen; aber der Kopf brummte ihm noch gewaltig. Ich forderte Stoff zum Verbinden; er wurde schnell gebracht. Die kleine Schmarre wurde gewaschen, die Stirn mit einem Tuch umwunden, und dann erklärte ich, der Kranke brauche nichts als Ruhe und würde morgen vollständig wohl sein. Die Freude der Eltern war groß; sie hatten die Verletzung für gefährlich, die Ohnmacht gar für den Tod gehalten.

„Wie soll ich dir das vergelten, Effendi!" rief der Alte. „Ohne dich hätte die Seele meines Kindes den Weg in den Körper nicht wieder zurückgefunden." — „Du irrst. Dein Sohn wäre fünf Minuten später erwacht; das ist alles." — „Nein, nein! Ich kenne dich nicht; ich habe dich noch nie gesehen. Du kannst noch nicht lange hier wohnen. Sag mir das Haus, wo wir dich suchen müssen, wenn sich vielleicht der Zustand meines Sohnes verschlimmern sollte!" — „Ich bin erst heute hier angekommen und weiß noch nicht, wo ich wohnen werde. Auch beabsichtige ich, nur wenige Tage hier zu bleiben." — „So bleib bei uns, Effendi! Sei unser Gast! Wir haben Raum genug für dich!" — „Dieses Anerbieten darf ich nicht annehmen. Ihr wißt nicht, wer und was ich bin. Ich bin nämlich ein Almân[1])."

„Ein Almân, ein Franke!" meinte der Alte, indem er mich mit ehrfurchtsvoller Neugierde betrachtete. „Ich habe gehört, daß vor den Ärzten des Abendlandes der Tod oft fliehen muß. Das Fläschchen in deiner Hand hat meinen Sohn gerettet. Du verstehst es, das Leben in ein Glas zu bannen, aus dem du es dem Toten mitzuteilen vermagst. Ich werde mit Daud[2]) Aga, dem Haushofmeister, sprechen, der dir, da der Pascha nicht anwesend ist, das schönste Zimmer des Palastes anweisen wird. Er ist auch krank, und wenn du ihn heilst, wird er dir unendlich dankbar sein." — „An welcher Krankheit leidet er?"

„An verdorbenem Magen. Daud Aga ißt soviel wie fünf oder sechs andre Menschen; darum ist sein Magen immer krank." — „So bedarf Daud Aga meines Rates und meiner Hilfe nicht. Er braucht, um gesund zu werden, nur mäßiger zu sein. Übrigens liegt ihm nichts daran, mich zu sehen und durch mich gesund zu werden. Er hat mich soeben aus dem Haus getrieben." — „Dich? Unmöglich!" — „Es ist Tatsache. Daud hat mich schwer beleidigt, obgleich ich ihm vom Reïs Effendina Achmed Abd el Insaf als Gast empfohlen wurde."

„Von ihm! Oh, den haßt der Haushofmeister, weil er von ihm stets grob behandelt wird. Käme die Empfehlung von einem andern, so hätte Daud Aga sich nicht so schlimm an dir vergangen. Nun, da er dich so sehr gekränkt hat, darf ich freilich nicht zu ihm gehen. Ich bin dir so großen Dank schuldig und möchte dich nicht fortlassen. Verzeih mir, wenn ich zu kühn bin! Ich bitte dich, dir meine Wohnung anzusehen, und wenn sie dir gefällt, so wird es mir zur größten

[1]) Deutscher [2]) David

Freude und Ehre gereichen, dich als meinen Gast bei mir zu sehen."

Er sagte das in einem Ton, dem ich es anhörte, daß eine Ablehnung ihn beleidigen würde. Seine Frau hob die Hände gegen mich empor, und sein Sohn meinte: „Effendi, bleib da! Mein Kopf schmerzt sehr, und du kannst mir helfen, wenn es schlimmer wird."

„Nun gut, ich bleibe", erklärte ich. „Der Haushofmeister wird euch meine Sachen, die noch bei ihm liegen, ausliefern. Doch erwarte ich, daß ich euch nicht lästig falle." — „Lästig! O nein!" beruhigte mich der Mann. „Ich bin nicht arm; ich bin Ismail Ben Chalil, der Mir achor[1]) des Pascha, und kann dir das gleiche bieten, was du vom Haushofmeister erhalten hättest. Erlaube, daß ich dir meine Wohnung zeige, und ihr eilt jetzt zum Haushofmeister und holt die Gegenstände, die dem Effendi gehören."

Dieser Befehl galt den Trägern, die sich sofort entfernten. Der Stallmeister geleitete mich durch mehrere Türen in ein großes, schönes Eckzimmer, dessen eine Tür in den Hof führte, durch den ich gekommen war. Er freute sich, daß mir dieser Raum gefiel, und bat mich um Verzeihung, daß er mich für einige Augenblicke allein lassen müsse, um für seinen Sohn zu sorgen.

So hatte ich doch im Palast ein Unterkommen gefunden, und zwar bei einem Mann, der mir hundertmal angenehmer war, als der unförmliche Haushofmeister.

Ismail kehrte bald zurück. Er brachte mir, um mich zu ehren, die Pfeife und brannte sie mir auch selber an. Dann kamen die Träger mit meinen beiden Gewehren und meinem andern Eigentum. Der eine von ihnen berichtete mir: „Effendi, wir mußten Daud Aga sagen, wo du dich befindest. Als er hörte, daß du ein berühmter Arzt bist, der eine Flasche des Lebens hat, bereute er, unhöflich gegen dich gewesen zu sein, und läßt dich ersuchen, ihn bei dir zu empfangen. Daud Aga ist sehr krank; unsre Ärzte haben ihm gesagt, daß er eines Tages zerplatzen werde, und so meinte er, Allah habe dich gesandt als den einzigen, der ihm Hilfe bringen kann." — „Gut, sagt ihm, daß er kommen darf."

Es fiel mir nicht ein, dem dicken Schwarzen sein Verhalten nachzutragen und ihn jetzt abzuweisen; ich sagte mir vielmehr, daß seine ‚Krankheit' den Stoff zu einer spaßhaften Unterhaltung liefern werde. Er ließ nicht lang auf sich warten. Fast fühlte ich Mitleid, als ich die zerknirschte Miene sah, mit der er sich mir näherte.

„Effendi, verzeihe!" bat er. „Hätte ich geahnt, daß du so —"

„Sprich nicht weiter!" unterbrach ich ihn. „Ich habe dir nichts zu verzeihen. Der Reïs Effendina ließ es an der schuldigen Höflichkeit mangeln; er war es, der einen Fehler begangen hat." — „Du bist sehr gütig. Darf ich mich zu dir setzen?" — „Ich bitte dich darum."

Daud Aga nahm mir und dem Stallmeister gegenüber Platz. In dieser sitzenden Stellung sah man weit deutlicher als vorher, welch un-

[1]) Stallmeister

geheuren Umfang sein Körper hatte. Er war noch viel beleibter als Murad Nassyr, mein dicker türkischer Freund. Sein Atem ging beinah röchelnd; seine Wangen glichen gefüllten Backentaschen, und sein Gesicht war — das sah man trotz der schwarzen Hautfarbe — so blutreich, daß anzunehmen war, ein Schlagfluß müsse seinem Leben ein Ende machen, wenn er nicht noch vorher an einer Verdauungsstörung starb. Als er bemerkte, daß ich ihn aufmerksam betrachtete, seufzte er. „Du irrst, Effendi. Ich bin nicht so gesund, wie du denkst. Man hält leider die Fetten stets für gesund." — „Ich nicht. Die Ärzte in Almanja wissen recht wohl, daß der Mensch dem Tod desto näher steht, je fetter er ist." — „Allah schütze mich! Sag mir schnell, wie lang ich noch leben kann!" — „Wann hast du zum letztenmal gegessen?" — „Heute früh, Effendi." — „Und wann wirst du wieder essen?" — „Heute mittag, also in einer halben Stunde." — „Und was hast du heute früh genossen?" — „Sehr wenig, nur ein Huhn und einen halben Hammelrücken." — „Was wirst du zu Mittag essen, Daud Aga?" — „Auch sehr wenig, nämlich die andre Hälfte des Hammelrückens, abermals ein gebratenes Huhn mit einem Häuflein Reis, nicht größer, als mein Turban ist; dazu nur noch einen Fisch, vier Hände lang, und einen Teller mit Negerhirse, in Milch gekocht."

„So befürchte ich, daß du den heutigen Abend nicht erleben wirst!"

„O Himmel, o Erde! Ist das dein Ernst?" — „Ja, es ist mein völliger Ernst. Wenn ich nur den vierten Teil dessen, was du jetzt aufgezählt hast, essen wollte, so würde ich fürchten, auseinanderzuplatzen." — „Ja du! Dein Leib und mein Leib. In den meinigen geht ja sechsmal mehr als in den deinigen!"

„O nein! Oder meinst du, daß unsre Leiber hohle Fässer sind? Du hast dich nicht nur dick, sondern auch krank gegessen. Ich höre, daß du an Magenschmerzen leidest?" — „Man hat dich recht berichtet. Diese Schmerzen sind nicht auszuhalten." — „Kannst du sie mir beschreiben? Wo tut es weh?" — „Hier", klagte der Neger, indem er die Hand auf die Magengegend legte. — „Welcher Art sind die Schmerzen? Sticht es?" — „Nein. Das ist eben der Schmerz, daß ich gar nichts fühle, daß es ist, als hätte ich nichts im Leib." — „Ach so, ich verstehe! Wann kommen diese Schmerzen? Regelmäßig oder unregelmäßig?" — „Sehr regelmäßig, stets ganz kurz vor den Mahlzeiten, so daß ich sofort essen muß."

Ich gab mir Mühe, das Lachen zu unterdrücken, und zeigte sogar ein sehr ernstes Gesicht. — „Das ist freilich eine sehr schlimme Krankheit!" — „Führt sie zum Tod?" fragte Daud ängstlich.

„Unbedingt, wenn nicht schnell Hilfe geschafft wird." — „So sag schnell, kannst du helfen? Ich werde dich mit Gold belohnen!"

„Ich heile dich umsonst. Wenn man nur erst den Namen der Krankheit weiß und das betreffende Mittel kennt, so ist sehr leicht zu helfen." — „Wie heißt meine Krankheit?" — „Bei den Franzosen wird sie *faim* und bei den Engländern *hunger* genannt; den hiesigen

Namen brauchst du nicht zu wissen." — „Ich mag ihn gar nicht kennen, wenn du mir nur das richtige Mittel nennen kannst." — „Ich kennes es." — „So sag es; sag es schnell! Ich bin der Haushofmeister des Pascha und habe Geld in Hülle und Fülle. Ich wiederhole, daß ich dich mit Gold bezahlen werde!" — „Und ich wiederhole, daß ich keine Bezahlung annehmen werde. Dennoch wirst du nicht, ohne in den Beutel zu greifen, davonkommen. Was haben dir die hiesigen Ärzte geraten?" — „Ich soll hungern. Sie sagen, mein Magen sei schwach." — „Die Toren! Es liegt grad das Gegenteil vor. Du hast einen starken Magen. Unsere Ärzte nennen diese Krankheit einen Rhinozeros- oder Nilpferdmagen. Darum darfst du nicht hungern, sondern du mußt essen, viel essen."

Sein Gesicht glänzte vor Entzücken. Daud Aga schlug jubelnd die fetten Hände auf die fetten Knie.

„Essen soll ich; essen darf ich; es wird mir sogar befohlen zu essen! O Mohammed, o ihr Kalifen! Das ist eine Arznei, gegen die weder mein Herz noch mein Verstand etwas einzuwenden haben."

„Es ist die einzige Medizin, die dir zu helfen vermag, nur muß sie in der richtigen Weise genommen werden." — „In welcher Weise, o Effendi?" — „Sobald du die große Leere im Magen fühlst, verbeugst du dich siebenmal in der Richtung gegen Mekka. Dann mußt du dich niedersetzen, um so viel zu essen, bis das Gefühl der Leere verschwunden ist." — „Was denn? Was soll ich essen?"

„Alles, was dir schmeckt. Wenn du dich dann wohler fühlst, so erhebst du dich, um dich nun neunmal gegen Mekka zu verbeugen, und zwar so tief, daß dein Haupt den Boden berührt." — „Werde ich das fertigbringen?" — „Du mußt!" — „Aber wenn es nicht geht?"

„Es muß, sonst hilft das Mittel nichts. Nimm die Hände zu Hilfe! Wenn du sie auf den Boden stemmst, wirst du den Kopf auch hinunterbringen. Versuch es nur!"

Der Neger stand gehorsam auf und machte den Versuch. Es war wunderbar anzusehen, wie er auf allen vieren stand und sich bestrebte, mit dem Kopf den Teppich zu berühren. Noch wunderbarer aber war es, daß es mir gelang, ernst zu bleiben. Es wurde dem Dikken schwer; er wollte es erzwingen, verlor das Gleichgewicht und schlug einen Purzelbaum. Doch raffte er sich rasch auf und erneuerte den Versuch, der ihm nun auch gelang.

„Es geht, es geht!" rief er froh. „Aber ich werde es heimlich machen müssen, da es sonst leicht um den Ruhm meiner Würde geschehen wäre. Was soll ich noch weiter tun?" — „Dankbare Wohltat üben." — „An wem?" — „Ich sah auf dem Weg hierher so viele Augenkranke; meist waren es Kinder. Sie sind an einer Entzündung erblindet, und die geschwollenen Augen sind mit Fliegen bedeckt, die den Eiter fressen." — „Ja", bestätigte er, „es gibt Hunderte von solchen Kindern; sie sitzen an den Wegen, um die Vorübergehenden um eine Gabe zu bitten." — „Nun, du bist reich, und der Prophet gebietet, Almosen zu geben. Willst du von meinem Mittel gesunden, so laß fünfzig solche blinde Kinder kommen, um jedem zwei Piaster zu schenken, und zwar alle drei Monate einmal."

„Effendi, ich werde es tun, denn ich bin überzeugt, daß dein Mittel vortrefflich ist. Du bist ein großer Arzt, und in kurzer Zeit wird dein Ruhm in allen Ländern des Nils und weit darüber hinaus erschallen. Soeben fühle ich die Leere in der Magengegend. Darf ich gehen, um zu essen?" — „Ja, beeile dich! Aber vergiß die Verbeugungen und dann auch die blinden Kinder nicht!"

„Ich werde gleich nach dem Essen das Geld eigenhändig unter sie verteilen. Hoffentlich hast du die Güte, mich zu besuchen, um dich von meinem Wohlbefinden zu überzeugen. Du bist Christ; dennoch wünsche ich, daß dir alle Pforten das Paradieses offenstehen mögen, da du nicht so grausam bist, einen kranken Magen durch Hunger heilen zu wollen." Daud Aga reichte mir die Hand und entfernte sich. Der Stallmeister hatte sich sehr ernst und schweigsam verhalten. Jetzt zuckte ein leises Lächeln um seinen Bart. „Effendi, du bist nicht nur ein kluger Arzt, sondern auch ein lustiger und guter Mensch."

„Wieso gut?" — „Weil du für die Blinden sorgst." — „Und wieso lustig?" — „Nun, es ist doch sicher nicht dein Ernst gewesen."

„Was?" — „Daß du ihm — hm! Verzeih! Wie könnte mein Blick deine Kenntnisse und Mittel durchdringen! Mekka ist die heilige Stadt, und so werden die sieben und neun Verbeugungen gewiß notwendig sein; ich glaube es. Ein Arzt, der das Leben aus einer Flasche spendet, muß auch wissen, welche Wirkung eine Verbeugung nach Mekka hat. Ein andrer als du hätte mir den Sohn nicht retten können. Verständest du doch auch, mich von der Sorge zu befreien, die noch auf meiner Seele lastet!"

„Hast du noch eine Sorge? Darf ich erfahren, welche? Wir Franken können viel, was euch unmöglich scheint." — „Das, was ich meine, können sie nicht. Hier könnte nur ein Beduine helfen, und zwar einer, der den Mut hat, sein Leben zu wagen. Die Franken besitzen wohl auch Pferde, aber sie sind keine Reiter." — „So handelt es sich um das Reiten, um ein Pferd?"

„Ja, um ein Pferd, das schlimmer ist als der Teufel. Ich muß dir sagen, daß unser Pascha jenseits Mekka einen Bruder hat, der ihm vor mehreren Wochen einen echten Bakarra-Hengst, einen Grauschimmel, schickte. Hast du schon einmal von den Pferden der Bakarra gehört?" — „Ja. Sie sollen die feurigsten Arabiens sein."

„Und weißt du, daß von allen Pferden die Grauschimmel am schwierigsten sind?" — „Man sagt es zwar; einem guten Reiter aber muß jedes Pferd gehorchen, gleichviel, welche Farbe es hat."

„Sprich nicht so, Effendi! Du bist ein vortrefflicher Arzt, aber ein Reiter kannst du unmöglich sein, erstens als Gelehrter und zweitens als Franke überhaupt. Ich bin Stallmeister des Pascha und habe bis jetzt noch jedes Pferd bezwungen. Ich bin bei allen Stämmen der Nilländer gewesen, um mit ihnen um die Wette zu reiten, und noch nie besiegt worden. Dieser Grauschimmel aber hat mich abgeworfen, kaum daß es mir mit Lebensgefahr gelungen war, in den Sattel zu kommen. Wenn der Pascha zurückkehrt, soll das Tier wenigstens soweit gezähmt sein, daß er es besteigen kann; das hat er befohlen. Aber um das Pferd satteln zu können, muß man es fesseln, und wenn man es besteigen will, schlägt und beißt es so toll um sich, daß man sich ihm unmöglich nähern kann. Das Tier hat mir schon mehrere Reitknechte zuschanden geschlagen, und vorhin hast du ja gesehen, wie es meinen Sohn zugerichtet hat."

„Er ist abgeworfen worden? Folglich ist er im Sattel gesessen. Wie ist er denn hinaufgekommen, da du sagst, daß das Pferd sich nicht besteigen läßt?" — „Der Hengst wurde mit Stricken gefesselt, so daß er auf der Erde lag. Dann legte man ihm den Sattel auf, und als mein Sohn aufgestiegen war, wurden die Fesseln schnell entfernt. Die Reitknechte, die das taten, mußten augenblicklich fliehen, und ebenso rasch flog mein Sohn gegen die Wand." — „Wo befindet sich das Pferd?" — „Draußen im Hof der Ställe. Niemand hat den Mut, es jetzt zu berühren. Wir warten, bis es von selber in den Stall geht."

„Darf ich es sehen?" — „Ja, aber du mußt mir versprechen, dich fernzuhalten!" — „Ich verspreche es." — „So komm! Du wirst ein Pferd erblicken, wie es in deinem Vaterland noch keins gegeben hat und auch nie eins geben wird."

Er hatte mich sehr neugierig gemacht. Ein echter Bakarra-Hengst! Mein Rih, der mich so weit herumgetragen hatte, war von gleich edlem Blut gewesen. Der gute Stallmeister ahnte nicht, daß ich noch ganz andre Pferde als er zwischen den Schenkeln gehabt hatte. Ich war schon jetzt, noch ehe ich den Grauschimmel sah, völlig überzeugt, daß man ihn nicht richtig behandelte. Selbst der feurigste Araberhengst ist, wenn man ihn zu nehmen weiß, fromm wie ein Kind. Warum sollte grad dieses Tier hier eine Ausnahme machen!

7. Ein Vollblut, ein Vielfraß und eine Mondesfinsternis

Ismail Ben Chalil führte mich durch das Nebengemach in einen Gang, der in einen größeren Hof mündete. Als er hier den Riegel der Außentür zurückgeschoben und ein wenig geöffnet hatte, konnte ich den Hof überblicken. Er war mit Sand bestreut, und zahlreiche Hufspuren bewiesen, daß hier Pferde zugeritten wurden oder sich da im Freien tummeln durften. Jetzt war nur ein einziges zu sehen, der Grauschimmelhengst. Er stand im Schatten der Mauer, an der er sich behaglich rieb. Mein Herz schlug höher bei seinem Anblick. Ja, das war ein echter Vollblutaraber! Der kurze, feine, aber sehnige und federnde Bau, der kleine, schöne Kopf mit den großen, feurigen Augen, die zierlichen und doch kräftigen Glieder, der schlanke, in die

Höhe strebende Hals, der hoch angesetzte und prächtig getragene Schweif, die weiten, rötlichen Nüstern und eine leichte Mähne mit jenen zwei Wirbeln, die bei den Beduinen als Zeichen des Mutes und der Ausdauer gelten — es war für den Kenner ein Anblick, der sofort das Verlangen erregte, aufzusteigen und hinaus in die Wüste zu jagen.

Der Hengst trug den Sattel und rieb sich nicht etwa, um ihn abzuscheuern; er war also gewöhnt, unter dem Sattel zu gehen. Seine Haltung war so ruhig, so fromm, daß man der Erzählung des Stallmeisters kaum glauben konnte.

„Nun?“ fragte mein Gastgeber. „Wie gefällt er dir? Du bist zwar kein Kenner, wirst aber dennoch zugeben, daß du noch kein solches Tier gesehen hast.“ — „Es ist Radschi pack[1])“, erwiderte ich kurz.

Diesen Ausdruck hatte Ismail wohl nicht erwartet, denn er blickte mich verwundert an. „Was kannst du vom Stammbaum wissen! Du wirst das Wort einmal gehört und dir gemerkt haben. Ich sage dir, daß meine Augen noch nie ein solches Pferd erblickten.“ — „Ich habe noch schönere gesehen. Übrigens bin ich der Ansicht, daß die-
haben noch schönere gesehen. Übrigens bin ich der Ansicht, daß dieser Schimmel ein fügsames Pferd ist.“ — „Das ist grundfalsch. Sieh nur das Feuer seiner Augen! Er wähnt sich jetzt alllein und unbeachtet. Ich will hinausgehen; dann wirst du sogleich sehen, wie sehr du dich irrst.“ Ismail öffnete die Tür vollends und trat in den Hof hinaus. Der Hengst erblickte ihn, stieg sofort vorn in die Höhe, kam herbeigaloppiert und drehte sich um, um mit den Hinterhufen gegen ihn auszuschlagen. Der Mir achor wäre getroffen worden, wenn er sich nicht schnell in den Gang zurückgezogen und die Tür geschlossen hätte. „Siehst du den Teufel!“ grollte er. „Jedes andre Pferd wäre scheu im Hof herumgerannt; dieser Sohn der Hölle aber kommt eigens auf mich zu, um mich anzugreifen.“

„Das ist ein Beweis seines echten Blutes. Er hat Verstand und Gedächtnis. Ihr habt ihm jedenfalls wiederholt weh getan, und nun ist er widerspenstig und halsstarrig geworden. Es kommt vor, daß sogar ein gewöhnlicher Gaul seinen Herrn, der ihn fortgesetzt mißhandelt hat, mit den Hufen und Zähnen tötet. Bei einem so edlen Roß, wie dieser Schimmel ist, bedarf es gar keines solchen Anlasses, um es unversöhnlich zu machen. Ihr habt es grundfalsch behandelt.“

Der Blick, den Ismail Ben Chali jetzt auf mich warf, war köstlich. So mag ein Professor seine Schüler ansehen, wenn es ihnen einfallen sollte, ihn über die Sternberechnung belehren zu wollen. Er brach in ein helles Gelächter aus. „Falsch behandelt? Wie meinst denn du, daß Pferde behandelt werden müssen?“

„Als Freund, aber nicht als Sklaven ihrer Reiter. Das Roß ist das edelste Tier. Es hat mehr ausgeprägte Sinnesart als der Elefant, ja sogar als der Hund. Läßt es sich zwingen, so taugt es nichts, denn es hat auf seinen Adel verzichtet und ist ein gemeines, ehrloses Geschöpf geworden. Ein edles Pferd opfert sich auf. Es sieht den sichern Tod

[1]) Reiner Stammbaum

vor Augen und sprengt ihm doch entgegen, seinem Reiter zuliebe. Daß Roß hungert und dürstet mit seinem Herrn. Es freut sich und grämt sich mit ihm, könnte man fast sagen, wenn das Tier menschlicher Regungen fähig wäre. Das Pferd wacht für ihn, und wenn es eine Gefahr wittert, so zeigt es sie ihm an. Bete einem edlen Roß seine Sure ins Ohr; sag ihm das Wort des ‚Zeichens', und es wird mit dir wie ein Wind davonfliegen und nicht innehalten, bis es tot zusammenbricht!"

„Effendi, was weißt du von einem Wort des ‚Zeichens' und von dem allabendlichen Ins-Ohr-Beten der Sure? Das sind Geheimnisse, die der Besitzer keinem andern, nicht einmal seinem erstgebornen Sohn verrät." — „Das weiß ich. Ich habe einen echten Schammarhengst besessen, der sein Geheimnis und seine Sure hatte, die ich ihm täglich vor dem Schlafengehen ins Ohr flüsterte. Er war ein so kostbares Tier, daß ich ihn gegen drei Pferde, wie dieser Grauschimmel ist, nicht hingegeben hätte." — „Wie? Du hättest einen Schammarhengst besessen?" — „Ja. Ich befand mich damals bei den Haddedihn vom Stamm der Schammar. Wir wollen es kurz machen! Du befürchtest, dir den Zorn des Pascha zuzuziehen, und glaubtest vorhin, ich sei nicht imstande, dich von dieser Sorge zu befreien. Du meinst, ein Franke könne nicht reiten und auch kein Pferdekenner sein. Ich will dir das Gegenteil beweisen. Ich besteige das Pferd und reite es."

„Um Allahs willen, was fällt dir ein? Du würdest den Hals brechen!" — „Ich denke nicht daran. Es wird mir ein Vergnügen sein, dir zu beweisen, daß ihr dieses edle Pferd falsch behandelt habt. Rufe deinen Sohn und die Reitknechte herbei, damit sie lernen, wie man es richtig macht!"

Der Mir achor hielt mich für einen Laien, der sich mutwillig in eine Gefahr begibt, deren Größe er nicht zu beurteilen weiß, und gab sich alle Mühe, mich von meinem Vorhaben abzubringen. Endlich fügte er sich. Ich aber wollte ihm beweisen, daß ein Beduine vor einem Europäer nichts voraus hat. Ich ging in mein Zimmer, um meinen hellen Haïk zu holen, und er suchte inzwischen seine Leute zusammen. Sie versammelten sich in einem Raum, der an das niedrige Stallgebäude stieß und von dem aus man leicht auf das platte Dach des Stalls steigen konnte. Es fanden sich auch noch andre Zuschauer ein. Zuletzt kam der dicke Haushofmeister zur Tür hereingekeucht und rief mir außer Atem zu: „Effendi, was hast du vor! Ich höre, daß du den Rücken dieses Teufels besteigen willst. Hüte dich vor ihm! Fiele ich von seinem Rücken, so käme ich vielleicht mit dem Leben davon, weil meine Knochen von den weichen Kissen des Fleisches umbettet sind. Wirft er aber dich ab, so fahren deine Gebeine auseinander wie ein Rattennest, in das die Katze springt." — „Sorge dich nicht um mich! Hast du gegessen, o Daud Aga?" — „Ja, Effendi."

„Fühlst du noch Schmerzen?" — „Nein." — „So steige hinauf auf das Dach des Stalls, und sieh zu, wie schnell sich der Grimm des

Teufels in Freundschaft verwandeln wird! Er hat niemals in einem Stall gesteckt; daß er hier eingesperrt ist, hat ihn wild gemacht. Auch befremdet ihn die Kleidung der Leute. Er hat in seiner Heimat nur Männer getragen, die in den Haïk gehüllt waren. Das mußtet ihr bedenken. Statt dessen habt ihr ihn mit Strenge behandelt. Sagt, wie heißt der Grauschimmel?"

„Er hat noch kein Geheimnis und noch keinen Namen, da er ein Geschenk werden sollte. Beides soll ihm erst noch vom Pascha gegeben werden."

„Das ist es, was ich wissen will. Der Beduine ruft mit schriller Stimme sein Pferd beim Namen oder bei der Farbe. Ich bin fest überzeugt, daß mir der Schimmel, wenn ich so mit ihm verfahre, gehorchen wird. Also steigt auf das Dach, damit ihr sicher seid! Ich werde erst so, wie ich dastehe, auf den Hof treten und dann im Haïk, und ihr sollt den Unterschied sehen."

Die Leute folgten meiner Aufforderung. Als sie mit untergeschlagenen Beinen oben nebeneinander saßen, machte ich die Tür auf und stellte mich davor. Kaum hatte der Hengst mich erblickt, so kam er schnaubend herbei, und ich mußte mich vor seinen Hufen durch einen schnellen Sprung ins Innere retten. Er blieb draußen stehen, und es dauerte geraume Zeit, ehe er sich beruhigte und entfernte. Jetzt fuhr ich in den Haïk und zog dessen Kapuze über den Kopf; das gab mir das Aussehen eines Beduinen. Der Raum, in dem ich mich befand, war eine Vorkammer zum Stall und enthielt nur Geräte zur Pferdepflege. In der Ecke sah ich ein Gefäß mit der geringsten Dattelsorte, die man Bla Halef nennt und die als Pferdefutter dient. Ich steckte davon einige Hände voll ein.

Der Hengst stand jetzt, von mir aus gerechnet, am entferntesten Punkt des Hofs, mit dem Kopf von mir abgewendet. Ich öffnete die Tür so leise, daß er es nicht hörte. Die Augen der oben Sitzenden waren mit größter Spannung auf mich und das Pferd gerichtet.

„Ja Hsan surk[1])!" rief ich schrill. Das Tier fuhr mit dem Kopf herum. Jetzt mußte sich zeigen, ob ich richtig vermutete. Hatte ich mich verrechnet, so bedeutete mein Beginnen eine Gefahr, die ich aber auch zu überstehen hoffte. Das Pferd stutzte und blieb stehen, mit hocherhobenem Kopf mich beäugend. Es öffnete die Nüstern, spielte mit den kleinen Ohren und wehte mit dem Schweif; es war ein Bild der Überraschung. Jetzt kam das Wagnis. Ich entfernte mich von der Tür, nahm einige Dattel in die Hand, streckte sie aus und ging auf den Schimmel zu. Vom Dach erschollen laute Warnungs- und Schreckensrufe.

„Ja Hsan surk!" lockte ich abermals, indem ich langsam weiterschritt, den Blick fest, aber freundlich auf den Hengst gerichtet. Er wieherte leise auf, drehte sich vollends herum und kam in einem kurzen, anmutigen Bogen auf mich zugetänzelt. Knapp vor mir blieb er

[1]) Grauschimmel, he!

stehen, die Vorderfüße fest eingestemmt und musterte mich, die Nüstern weit offen.

„Grauschimmel, mein Liebling, mein Guter, nimm, friß!" forderte ich den Hengst in sanftem, zutraulichem Ton auf, indem ich vollends zu ihm herantrat und ihm die Datteln an die halbgeöffneten Lippen hielt. Ich mußte mich des Arabischen bedienen, da ihm diese Klänge bekannt waren. Er beschnupperte meine Hand, den Arm bis herauf zur Achsel und nahm eine Dattel, dann noch eine und noch eine, bis sie verzehrt waren. Ich hatte gesiegt.

Ich holte noch mehr hervor, hielt sie ihm mit der Linken hin und liebkoste mit der Rechten seinen schönen Hals. Dann zog ich seinen Kopf nieder und flüsterte ihm eine Koransure, die mir grad einfiel, ins Ohr. Das tut der Araber allabendlich mit seinem Lieblingspferd. Er hat dabei stets die gleiche Sure. Ist sie gebetet, so schlafen Pferd und Reiter ein. Das Tier wird dieses Flüstern so gewohnt, daß es einen spätern Besitzer, der das unterlassen wollte, nicht als Herrn anerkennt und ihm nur mit Widerstreben gehorcht.

Der Hengst stutzte. Ob ich die ihm gewohnte Sure traf, war natürlich gleichgültig. Das Entscheidende lag in dem Vorgang überhaupt und im Flüsterton. Das Tier ließ einen leisen Laut hören; dann hob es den Kopf und wieherte so schmetternd, daß ich fast erschrocken und zur Seite gesprungen wäre. Nun rieb es seinen Kopf an meiner Schulter und strich mir mit den Lippen wie küssend übers Gesicht. Ich legte ihm beide Arme um den Hals, drückte den Kopf an mich und hielt ihm den Mund ans Ohr, um leise weiter zu flüstern. Das war das Zeichen zum Ruhen, zum Schlafen, und ich erreichte meine Absicht glänzend, denn noch hatte ich nur wenige Verse gesprochen, so legte sich das Pferd nieder, und ich streckte mich zwischen seine Beine hin, indem ich seinen Leib als Kopfkissen benutzte. Vom Dach herab waren laute Rufe der Bewunderung zu hören.

So lagen wir einige Zeit; dann sprang ich plötzlich auf und rief:

„Dîr bâlak, 'l a'âdi — paß auf, die Feinde!"

Im Nu stand das Pferd neben mir, und ich stieg in den Sattel, ohne daß es auch nur die geringste widerstrebende Bewegung machte. Wohl eine halbe Stunde lang ritt ich nun die arabische Schule durch und fand bei dem Tier ein solches Verständnis, ein solches Zartgefühl selbst für den leisesten Druck, daß ich hätte glauben können, es verstehe mich vollkommen und unser beiderseitiger Wille sei ein einziges Wollen. Nachdem ich abgestiegen war, belohnte ich den Hengst durch Streicheln und die noch übrigen Datteln. Dann führte ich das Pferd in den Stall, der noch offen stand. Als ich mich entfernte, folgte es mir mit den Augen und wieherte mir leise nach.

Im Hof wurde ich mit Fragen von den Zuschauern empfangen. Sie wollten wissen, ob sie es wagen dürften, zu mir herabzukommen, und ich antwortete getrost bejahend. Dennoch traten sie aus Angst vor dem Grauschimmel sehr zaghaft auf, und als ich sie ersuchte, mit mir in den Stall zu gehen, folgten sie mir nur zaghaft. Kaum erblickte sie der Hengst, so begann er mit allen vieren um sich zu schlagen. Ich trat zu ihm und brachte ihn durch Streicheln und Zureden so weit, daß er sich beruhigte und sich sogar von ihnen berühren ließ. Er hielt mich für seinen Herrn und duldete sie um meinetwillen.

Ich riet, ihn wieder in den Hof zu lassen. Als das geschehen war, ritt ich einige Male die Runde, stieg dann ab und forderte den Stallmeister auf, im Sattel Platz zu nehmen. Ismail zögerte. Die Sache mußte ihm allerdings bedenklich vorkommen, doch auf mein wiederholtes Zureden tat er es schließlich. Der Hengst sträubte sich ein wenig und ging einigemal in die Höhe, ließ sich aber durch mein freundliches Zureden zum Gehorsam bringen, so daß der Reiter wiederholt um den Hof galoppieren konnte. Als Ismail abgestiegen war, wurde der Grauschimmel im Freien gelassen, und wir, nämlich der Stallmeister, der Haushofmeister und ich, begaben uns ins Speisezimmer, wo das Mittagmahl eingenommen werden sollte.

Da es die Landessitte den Frauen und Töchtern nicht gestattet, mit den Männern zu essen, und der einzige Sohn des Hauses, über Kopfweh klagend, sich wieder zurückgezogen hatte, waren es eigentlich nur der Stallmeister und ich, denen das Mahl aufgetragen wurde. Der Haushofmeister hatte schon gegessen und setzte sich in einiger Entfernung von uns nieder. Da aber wurde ein wahrer Berg von fettem Reis und Rosinen gebracht, und dazu kam eine große Platte, auf der ein ganzer, gebratener Hammelleib, ohne den Kopf und die Vorderbeine, lag. Das duftete so schön und einladend, daß Daud Aga ein leises Räuspern hören ließ. Als das nicht den gewünschten Erfolg hatte, begann er zu husten, und zwar so vielsagend, daß Ismail ein Barbar gewesen wäre, wenn er ihn nicht verstanden hätte. Er fragte also den Schwarzen, ob er mitessen wolle.

„Nein", erklärte der Unförmliche, indem er sich mit der Hand den Mund wischte. „Ich habe schon gespeist."

Damit wäre die Sache abgemacht gewesen. Ich schnitt mir aber ein Stück Keule ab und zog, als ich den ersten Bissen im Mund hatte, mit Absicht ein so verklärtes Gesicht, daß der Dicke nicht zu widerstehen vermochte. Freilich hatte er schon abgesagt; aber es gab ein Mittel, diesen Fehler ungeschehen zu machen. Er griff dazu, indem er sich an mich wendete:

„Effendi, mein Magen beginnt schon wieder zu schmerzen. Es ist abermals die schreckliche Leere." — „So mußt du essen." — „Dann erlaube, daß ich mich entferne!" — „Nein, das wird dir nicht erlaubt", fiel Ismail Ben Chalil ein. „Dafür aber wird es dir gestattet, mit uns zu speisen." — „Wenn das der Fall ist, so nehme ich bei euch Platz. Ich werde nur ein wenig kosten."

Daud Aga bediente sich des arabischen Wortes dâk, das so viel wie kosten, versuchen bedeutet, und ich gestehe, daß ich auf dieses

Kosten neugierig war. Nachdem er sein Kissen herübergebracht und sich zu uns gesetzt hatte, riß er sich, ohne ein Messer zu gebrauchen, die andre Keule ab und wollte sie zum Mund führen, um sie mit den Zähnen zu bearbeiten. Da hielt ich seinen Arm fest.

„Halt! Willst du sterben?" — „Sterben? Allah verhüte es! Warum fragst du so?" — „Vor dem Essen dich siebenmal gegen Mekka verneigen! Verstanden?" — „Ich will ja nicht essen, sondern bloß ein wenig kosten!" — „Es ist ganz gleich, ob du viel oder wenig verzehrst. Was der Arzt verordnet hat, muß streng befolgt werden."

„Du hast recht, Effendi. Es handelt sich um mein Leben, und ich muß gehorchen."

Daud erhob sich, nahm die Richtung gegen Mekka und machte sieben tiefe Verbeugungen, die tropfende Keule in der Hand. Dann setzte er sich nieder und begann zu ‚kosten'. Nun, wenn das gekostet war, so möchte ich einmal wissen, was essen ist! Es ging mir hier grad so wie mit Murad Nassyr, meinem dicken, türkischen Freund in Kairo. Ehe ich nur die Hälfte meines kleinen Stückes verzehrt hatte, war die Keule verschwunden. Dann kam die eine Brust an die Reihe, die mit wahrhaft meisterlichem Geschick von den Knochen gelöst wurde. Während meine Hand nur niedliche Vertiefungen in dem Reisberg zurückließ, riß der Haushofmeister ganze Lawinen los, denen riesige Bergstürze folgten. Weißglänzende Reisfirne und großblockige Fleischmoränen verschwanden hinter seinem mächtigen Gebiß. Ich konnte nicht weiter essen, denn das Zusehen und Bewundern nahm mich ganz in Anspruch. Der Stallmeister kannte seinen Mann; er beachtete ihn nicht und bemühte sich nur, seinem Beispiel zu folgen. So kam es, daß der Reis-Chimborasso immer niedriger und der Hammel immer magerer wurde, bis nur noch die Knochen übrig waren. Da wischte sich der große Esser die Hände am langen, rundum laufenden Speisetuch ab und atmete tief auf.

„Meine Schmerzen sind verschwunden. Dem Propheten sei Lob und Dank gebracht!" — „So empfindest du die Leere des Magens nicht mehr?" fragte ich. — „Nein. Ich hatte ja zu Haus gegessen."

„So wird es Ismail Ben Chalil erwünscht sein, daß du ein andermal zu Haus kostest und hier ißt. Bist du nun auch wirklich fertig?"

„Ja. Oder gibt es noch etwas?" — „Zu essen wohl nicht, denn wir sind völlig gesättigt. Wo aber bleiben die neun Verbeugungen?"

„Helft, ihr Kalifen! Die hätte ich fast vergessen. Doch sag, Effendi, warum hast du mir vor dem Essen nur sieben gewöhnliche Verneigungen befohlen, nachher aber neun, und grad diese mit dem Kopf bis zum Boden nieder?" — „Weil das die Vorschrift Hischams, des Kalifens, ist, in dessen Palast diese Verbeugungen vor und nach dem Essen gemacht werden mußten." — „So stehe mir dieser verehrungswürdige Hischam jetzt bei, daß der Glanz meines Ruhms nicht das Übergewicht bekommt und auf die Nase fällt!"

Daud Aga erhob sich schwer, stellte sich mit dem Gesicht gegen

Osten, wo Mekka liegt, und gab sich alle mögliche Mühe, der grausamen Vorschrift Folge zu leisten. Er brachte es unter lautem Ächzen und Stöhnen nur dadurch fertig, daß er, von der Schwere seines Leibes niedergezogen, allemal auf die Knie zu liegen kam. Das waren so unbeschreibliche Anstrengungen und Bewegungen, daß mir, obgleich ich mich hütete, laut zu lachen, die Tränen über die Wangen liefen. Für den Dicken war das die Strafe, daß er mir ins Gesicht gesagt hatte, ich als Christ verunziere das Zimmer mit den Koransprüchen.

Der Neger fühlte sich infolge der Anstrengung so ermüdet, daß er erklärte, er müsse unverweilt heimgehen, um zu schlafen. Es stand zu erwarten, daß der Schlaf seinen kranken Magen wieder in den schmerzhaften, leeren Zustand versetzen würde, worauf mit Sicherheit ein reichliches Abendmahl folgen mußte. Vielleicht war dann einmal im ‚Wad en Nil[1])' zu lesen, daß er seinen Herrn, den Pascha, arm gegessen und bankrott geschlafen habe. Wir beiden andern blieben noch eine Weile sitzen, um uns über den Grauschimmel zu unterhalten. Der Mir achor zeigte sich glücklich darüber, daß es mir gelungen war, den Hengst zur Vernunft zu bringen. Nun war ja alle Hoffnung vorhanden, daß das Pferd auch andre Reiter im Sattel duldete. Ismail gab zu, daß ein Europäer doch ein besserer Pferdekenner sein könne als ein Ägypter, und nahm aufmerksam die Lehren entgegen, die ich ihm wegen der Behandlung des Hengstes gab. Da er mich nur im engen Hof in den Bügeln gesehen hatte und ich ihn merken ließ, daß ich ihm nicht nur im Kennen, sondern auch wohl im Können überlegen sei, was er zu bezweifeln schien, so schlug er mir vor, morgen am Vormittag einen Ritt in die Wüste hinaus zu machen, und ich erklärte mich selbstverständlich bereit dazu. Es mußte ja ein Genuß sein, mit solch einem Tier über den Sand zu fliegen.

Die erste Hälfte des Nachmittags war vergangen; die zweite gedachte ich zu einem Spaziergang durch die Stadt zu verwenden, und zwar wollte ich dabei allein sein. Daher lud ich den Stallmeister, der wohl gern mitgegangen wäre, nicht dazu ein. Es war mir bestimmt, dabei eine wichtige Begegnung zu erleben, die ich nicht im entferntesten für möglich gehalten hätte. Ich wandte mich nämlich nicht dem Hafen, sondern der Stadt zu und kam an das weißgetünchte Grab eines Scheiks, bei dem eine Brücke über den Kanal führte. Eben wollte ich sie betreten, als ich überrascht stehenblieb. Ich erblickte eine sehr lange und sehr schmale, weiß gekleidete Gestalt, die einen riesigen Turban auf dem Haupt trug und mir in einem bezeichnenden schlingernden Gang über die Brücke entgegenkam. Sah ich recht, oder irrte ich mich? Das war doch der spindeldürre Haushofmeister meines türkischen Freundes Murad Nassyr! Jetzt sah auch er mich und stutzte gleichfalls.

[1]) Eine arabische Zeitung

„Selim, bist du es wirklich?“ rief ich ihm zu. — „Richtig, sehr richtig!“ antwortete er mit seiner schnarrenden Stimme, indem er mir von weitem eine seiner halsbrecherischen Verbeugungen machte. „Allah sei Dank, denn ich suche dich.“ — „Du suchst mich? Ich glaubte dich bei Murad Nassyr in Kairo. Es müssen wichtige Gründe sein, die euch veranlaßt haben, die Stadt eher zu verlassen, als berechnet war.“ — „Du meinst wohl, Murad Nassyr befände sich mit hier in Siut?“ — „Selbstverständlich!“ — „Du irrst. Ich bin allein gekommen, um dich aufzusuchen.“ — „Warum das? Doch warte! Hier auf der Brücke können wir uns unmöglich über solche Sachen unterhalten. Laß uns ein Kaffeehaus aufsuchen. Das wird das beste sein.“ — „Das ist das allerbeste“, stimmte Selim bei, indem er eine Verbeugung machte und sich dann umdrehte, um mir weiter in die Stadt hinein zu folgen. Bald erblickten wir ein Kaffeehaus und traten ein. Wir fanden einen stillen Winkel und ließen uns Limonade geben. Nun erkundigte ich mich: „Also, warum bist du allein gekommen, um mich hier zu suchen?“ — „Weil mein Herr es mir befahl“, lautete die nicht eben geistreiche Antwort. — „Und welche Absicht hat er dabei?“ — „Du sollst nicht allein hier sein.“ — „Ah! Glaubt Murad Nassyr etwa, daß ich mich fürchte?“ — „Das nicht. Aber es ist auf jeden Fall besser, wenn ich bei dir bin. Ich war der berühmteste Krieger meines Stammes und nehme es, wie du weißt, mit allen Helden des Weltalls auf —“ — „Aber nur mit keinem Gespenst“, unterbrach ich ihn. — „Scherze nicht, Effendi! Gegen Geister kann man sich nicht mit Flinte und Messer verteidigen; da helfen nur Stoßgebete.“ — „Aber es waren ja gar keine Geister!“ — ‚Es konnten auch wirkliche Seelen von Abgeschiedenen sein, und die kann man nicht erschießen, weil sie schon tot sind. Ich habe meine Pflicht getan und bin an der Tür auf der Lauer gelegen. Sende mir nur lebende Feinde, etwa fünfzig oder hundert oder meinetwegen auch mehr! Du sollst sehen, wie mein Heldenarm unter ihnen aufräumt! Mein Mut ist wie der Sturm der Wüste, der alles niederreißt, und vor meiner Tapferkeit erbeben selbst die Felsen. Wenn ich im Kampf meine Stimme erhebe, so rennen selbst die Tapfersten davon, und vor dem Knall meines Gewehrs hält keiner stand. Darum sendet mich Murad Nassyr zu dir, damit du sicher wohnen sollst unter dem Schild meiner Wachsamkeit und dem Dach meiner Gönnerschaft.“

„Ich meine aber, es muß dabei noch eine andre Absicht vorliegen.“

„Gewiß nicht. Ich weiß nur, daß ich dich beschützen soll.“

Ich sah es dem alten, feigen und doch so gutmütigen Schlagetot an, daß er die Wahrheit sprach. Aber Murad Nassyr hatte jedenfalls einen andern Grund, als den höchst lächerlichen Vorwand, seinen „Richtig, sehr richtig“ mir zum Schutz zu senden. Welcher Grund konnte das sein? Ich sann hin und her und fand nur einen einzigen Gedanken, der sich als stichhältig erwies: Der Türke traute mir nicht. Glaubte er vielleicht, daß ich ihm, nachdem er für mich bezahlt und mir außerdem noch eine kleine Summe gegeben hatte, durchbrennen würde? Das wäre ein schändliches Mißtrauen gewesen, zu dem ich ihm nicht die geringste Veranlassung gegeben hatte. Oder lag es in den gegebenen Verhältnissen, daß ich, wenn ich mich allein in Siut befand, ihm ohne alle Absicht einen Strich durch seine geschäftlichen Absichten machen konnte? Nun, dann hätte er nur aufrichtig sein und mir sagen sollen, welche Art von Plänen er im Sinn hatte. Ich betrachtete den dicken Türken plötzlich mit andern Augen, und da wollte mein Vertrauen zu ihm wanken werden. Murad erschien mir berechnender und selbstsüchtiger als vorher, und es stieg eine Ahnung in mir auf, daß es geraten sei, vorsichtig mit ihm zu verfahren. Dabei dachte ich an den Reïs Effendina. Dieser Mann hatte sich mir in jeder Beziehung so offen gegeben. Warum war er still geworden, sobald der Name Murad Nassyr erwähnt wurde? Das mußte doch einen Grund haben, der nicht nur darin lag, daß Achmed Abd el Insaf glaubte, den Namen des Türken schon gehört zu haben. Nun, die Ankunft des Dicken war in einigen Tagen zu erwarten, und dann hoffte ich, über seine Verhältnisse und Absichten klarzuwerden. Bis dahin mußte ich mir die Anwesenheit und den Schutz des ‚Helden' Selim gefallen lassen.

Der ‚Beschützer' mochte, während ich solche Gedanken in mir erwog, Langweile fühlen, denn er unterbrach das Schweigen durch die Frage: „Warum bist du so still geworden? Ist es dir nicht recht, daß ich gekommen bin?" — „Es ist mir gleich, ob du dich in Kahira oder hier befindest", entgegnete ich. „Nur befürchte ich, daß du dich in Siut, wo du doch keine Beschäftigung hast, langweilen wirst."

„Keine Beschäftigung? Langweilen? Das denke ja nicht. Ich habe dich hier, und die Aufgabe, dein Beschützer zu sein, wird mir genug Beschäftigung bringen. Ich darf dich nicht verlassen. Murad Nassyr, mein Herr, hat es befohlen." — „Ah, so willst du auch bei mir wohnen?" — „Gewiß. Wo hast du ein Unterkommen gefunden?"

„Im Palast des Pascha. Ich weiß nicht, ob man auch dich dort aufnehmen wird." — „Zweifelst du etwa daran? Ja, du bist leider ein Ungläubiger und weißt also nicht, daß der Islam jedem seiner Anhänger unbeschränkte Gastfreundlichkeit gebietet. Außerdem bin ich, als der größte Held meines Stammes, ein berühmter Mann, den selbst der Vizekönig willkommen heißen würde. Ich werde meinem Wirt sagen, daß ich ihn und meinen Freund verlassen muß, um in den Palast zu ziehen." — „Ah, einen Freund hast du bei dir?" — „Ja. Ich lernte ihn auf dem Schiff kennen, und er stieg mit mir hier aus, um mit mir zusammen zu wohnen." — „Was ist er?" — „Ein Händler, der in Siut Einkäufe machen will. Bleib eine kleine Weile hier sitzen! Ich werde sofort zu ihm gehen, um ihn zu benachrichtigen."

„Warte damit noch, bis wir erfahren, ob man bereit ist, dich im Palast aufzunehmen." — „Das brauchen wir gar nicht erst erfahren und zu versuchen, denn es kann gar kein Zweifel darüber herrschen."

„Möglich. Aber dennoch will ich sichergehen. Ich denke, du hast nichts dagegen, daß wir uns zunächst in den Palast begeben."

„Richtig, sehr richtig! Ich folge den Stapfen deiner Füße. Laß uns aufbrechen!"

Es war mir unlieb, für Selim um Aufnahme bitten zu müssen. Aber ich war gezwungen, mich dreinzufinden, denn dieser ‚größte Held seines Stammes' wich gewiß keinen Augenblick von mir. Ich bezahlte, und dann brachen wir zum Palast auf. Dort sah ich den dicken Haushofmeister unter der Tür stehen, an der er mich und den Reïs Effendina bei meiner Ankunft empfangen hatte. Daud Aga machte mir eine tiefe Verneigung und warf einen fragenden Blick auf meinen Begleiter. Als ich ihm dessen Namen genannt und ihm gesagt hatte, daß er bei mir zu bleiben wünsche, zeigte er sich schnell gefällig.

„Effendi, gib ihn zu mir! Ich habe dich verkannt, und darum bist du zum Stallmeister gegangen. Ich sehe nun, daß deine Anwesenheit die Ehre unseres Hauses ist, und bitte dich, mir zu erlauben, meinen Fehler an diesem Mann gutmachen zu dürfen."

Das Anerbieten kam mir gelegen, und ich sagte zu. Wenn Selim vom dicken Schwarzen beherbergt wurde, so wohnte er nicht unmittelbar bei mir und konnte mich weniger belästigen. Er war auch selber einverstanden damit.

„Siehst du, daß ich recht hatte, Effendi! Der Vorzug meiner Eigenschaften wird überall bewundert, und wo ich erscheine, finde ich die Türen aller Häuser und Zelte offen. Bevor ich aber in diese gesegnete Wohnung trete, muß ich mich für kurze Zeit entfernen, um mich von meinem Wirt und meinem Gefährten zu verabschieden. Bald werdet ihr mein Angesicht wieder bei euch sehen. Allah verlängere eure Tage und lasse euch die Freude meiner Anwesenheit mit dankbarer Aufmerksamkeit genießen."

Selim ging. Was sollte ich inzwischen tun? Daheimbleiben und auf ihn warten? Ich hatte einen Spaziergang durch die Stadt machen wollen und konnte das nun doch ausführen. Eben stand ich im Begriff, den Hof zu verlassen, als der Mir achor erschien und bat, mich begleiten zu dürfen. Als das der schwarze Daud Aga hörte, erklärte er, er würde den Zorn Allahs und aller Kalifen auf sich laden, falls er sich uns nicht beigeselle. Er ersuchte mich also, einige Augenblicke zu warten, er wolle nur dafür sorgen, daß Selim während unsrer Abwesenheit gut empfangen werde. Auch Ismail Ben Chalil zog sich für einige Minuten zurück, um sich zu dem Spaziergang vorzubereiten. Als beide wieder zum Vorschein kamen, hatten sie sich mir zu Ehren in die besten Feiertagskleider geworfen. Der Haushofmeister brachte zwei Läufer und zwei Neger mit. Die Läufer sollten mit ihren weißen Stäben vor uns herschreiten, um uns nötigenfalls den Weg zu bahnen, und die Neger hatten die Aufgabe, den Zug zu schließen und dabei kostbare Pfeifen und Tabaksbeutel zur Schau zu tragen. Wie ich später erfuhr, hatte der Aga sogar die Absicht gehabt, uns drei Reitpferde nachführen zu lassen, um zu zeigen, daß wir nicht etwa aus Armut und Mangel an Tieren zu Fuß durch die Stadt wanderten. Nur die Rücksicht auf mich, der ich allerdings kein Pferd besaß, hatte ihn bewogen, von diesem Vorhaben abzusehen.

So wanderten wir langsam und würdevoll duch die Straßen der Stadt. Die Häuser von Siut sind meist aus dunklem Schlammstein gebaut. Es ist nicht viel darüber zu sagen. Siut ist zwar nicht Kahira. Aber es ist hier das gleiche wie dort, nur in verkleinertem Maßstab und mit einigen Orts- und Geländeunterschieden. Es gab hier Wasser-, Obst- und Brothändler, Eselsjungen, Lastträger, Türken, Kopten und Fellachen grad so wie dort. Diese morgenländischen Städte gleichen einander. In den Basars gab es ein großes Gedränge. Aber unsre Läufer schoben, stießen und schlugen mit ihren Stäben so kräftig um sich, daß wir stets freie Bahn hatten. Die Ehrfurcht, mit der der schwarze Haushofmeister gegrüßt wurde, galt mir als Beweis dafür, daß seine Stellung wichtig und einflußreich sei. Der kurze, langsame Spaziergang griff ihn so an, daß er bei jedem Schritt stöhnte, und schließlich erklärte er, er könne vor Müdigkeit und Hunger nicht weiter und müsse unbedingt in einem Sufra einkehren.

Sufra heißt eigentlich Speisetisch und wurde von dem Dicken im Sinn von Speisehaus gebraucht. Das hatte ich noch nicht gehört, und darum war ich neugierig, in was für eine Gaststätte er uns führen würde. Er gab den voranschreitenden Läufern einen Befehl; sie bogen in eine Seitengasse ein und blieben dann wie Schildwachen zu beiden Seiten einer Haustür stehen. Als wir eingetreten waren, kamen wir in einen kleinen, offenen Hof, auf dem mehrere Reihen von Polstern lagen. Da saßen die Gäste dieses Speisehauses. Jeder hatte eine tönerne Schüssel vor sich, aus der er mit beiden Händen zulangte. Sauberkeit schien hier nicht üblich zu sein; das sah man beim ersten Blick. Dazu gab es einen solchen Geruch von ranzigem Öl, daß mir, selbst wenn ich Hunger gehabt hätte, die Eßlust sofort vergangen wäre.

Daud Aga steuerte auf eine leere Ecke zu und ließ sich dort auf einem Kissen nieder. Da der Stallmeister seinem Beispiel folgte, tat ich mit. Die beiden Neger kauerten sich vor uns nieder, um unsre Pfeifen zu besorgen. Einer der schmutzigen Wärter kam herbei, um nach unsern Befehlen zu fragen; der dicke Schwarze antwortete dadurch, daß er stumm drei Finger emporhielt.

„Nein, für mich nicht!" meinte Ismail. „Ich esse nicht."

Nun wußte ich, was die drei Finger zu bedeuten hatten, nämlich drei ‚Gedecke', und ich beeilte mich zu erklären, daß auch ich nichts zu genießen beabsichtigte.

„Dennoch drei!" befahl der Dicke, indem er die Finger abermals emporstreckte. Nach kurzer Zeit wurde das Verlangte gebracht. Es hatte ein braun-grünes, schlammiges Aussehen. Ich betrachtete es, sog den durchdringenden Duft ein — vergebens; ich konnte nicht erraten, was es war. „Nimm das, aus Liebe zu mir!" forderte mich der dicke Haushofmeister auf, indem er mir eine der drei Schüsseln hinschob. — „Ich danke dir, o Daud Aga! Mein Körper bedarf jetzt keiner Speise. Möge sie dem deinigen wohl bekommen!" — „Dieses Essen bekommt jedermann; es ist die Quelle der Lieblichkeit. Linsenmehl, in Öl gekocht. Es erhebt die Seele zum reinsten der Gefühle und stärkt das Herz für alle Leiden dieser Welt." Dabei fuhr er mit seiner fetten, schwarzen Rechten in den Brei, ballte eine Kugel und hielt sie mir an den Mund. „Nimm und versuche es einmal!" — „Behalte nur!" wehrte ich ab und schob seinen Arm von mir. „Ich gönne dir die Reinigung der Gefühle und Stärkung des Herzens sehr gern."

Daud steckte nun die Kugel in seinen Mund und schmunzelte dabei.

„Ihr Christen wißt nie, was ihr tut. Hat doch schon Esau seine Erstgeburt für ein Linsengericht in Öl an den Erzvater Jakob verkauft. Davon aber weißt du gewiß nichts." — „Oho! Die Geschichte von dem Linsengericht wird in unsrer Bibel erzählt und Mohammed hat sie daraus abgeschrieben. Aber in unsrer Heiligen Schrift wird nichts davon gesagt, daß die Linsen in Öl gesotten gewesen seien."

„Steht es wirklich nicht darin? Nun, so ist der Prophet sehr klug gewesen, als er es für uns hinzufügte. Du kennst also auch den Koran? Ja, du bist ein gelehrter Mann. Du hast das Leben in der Flasche und kennst alle Heilungen des Magens, aber was gut schmeckt, weißt du doch noch nicht."

Er schob eine Handvoll Brei nach der andern in den Mund; er leerte den ersten, den zweiten und dann auch den dritten Napf und reinigte dann alle drei, wie es unerzogene Kinder machen, mit dem gebogenen Zeigefinger, den er ableckte. Dabei nahm er auch fleißig an der Unterhaltung teil, die ich mit dem Stallmeister führte, der ein ziemlich wißbegieriger Mann war. Da ich verstanden hatte, das Pferd zu zähmen, so traute Ismail mir auch alle andern Geschicklichkeiten und Kenntnisse zu und legte mir eine Frage nach der andern vor, die ich ihm beantworten mußte. Als wir endlich heimkehrten und in den Hof traten, sahen wir die herbeigeholten blinden Kinder vor der Tür hocken. Ihr Anblick war herzbrechend und ekelerregend. Die erblindeten Augen schwellen zu eiternden Halbkugeln an, auf denen Fliegen und andre kleine Insekten sitzen. Die schlimme Krankheit ist ansteckend. Sie geht von Auge zu Auge, vom Kranken auf den Gesunden über. Die Kinder erhielten ihr Geld und wurden dann fortgeführt. Das kleine Opfer, das ich dem Dicken auferlegt hatte, belastete mein Gewissen nicht im mindesten. Daud Aga war so gestellt, daß er die geringe Summe an die armen, bedauernswerten Blinden recht wohl entrichten konnte.

Kurze Zeit später brach die Dämmerung herein, und dann dunkelte es schnell. Ich wurde zum Abendessen gerufen, das Ismail mit mir allein einnahm. Er fragte mich zwar, ob er meinen Gefährten dazu einladen solle, ich aber erklärte ihm, daß Selim nicht eigentlich so genannt werden könne, sondern nur der Diener eines Bekannten von mir sei. Es lag mir nichts daran, den langen Menschen immer bei mir zu haben, und der Stallmeister fühlte seinerseits auch keine Lust, eine so untergeordnete Persönlichkeit bei sich sitzen zu sehen.

Nach dem Essen forderte der Gastgeber mich zum Schachspiel auf. Eben hatten wir die Figuren aufgestellt, als sich draußen ein ungeheurer Lärm erhob. Stimmen riefen durcheinander, doch konnten wir die Worte nicht verstehen. Wir glaubten, es sei ein Unglück geschehen, und eilten in den Stallhof hinaus. Da standen die Reitknechte und andre Bedienstete und starrten gen Himmel.

„Eine Mondfinsternis, eine Mondfinsternis!"

Es war so; der Mond verfinsterte sich. Ich hatte gar nicht gewußt, daß eine solche Naturerscheinung zu erwarten sei. Wir standen im Vollmond. Der Erdschatten legte sich nicht kupferrot, sondern dunkelgrau über die leuchtende Scheibe und ging nach und nach so weit herüber, daß nur eine schmale Sichel des Mondes unbedeckt blieb. Der Vorgang erregte nur meine Aufmerksamkeit; den andern aber flößte er Angst ein. Der dicke Haushofmeister kam gekeucht, hinter ihm der lange Selim.

„Effendi", rief Daud Aga, als er mich erblickte, „siehst du auch, daß der Mond verschwindet? Sag mir, was das zu bedeuten hat!"

„Das hat zu bedeuten, daß die Erde zwischen der Sonne und dem Mond steht und nun ihren Schatten auf ihn wirft; dadurch wird er verdunkelt." — „Zwischen Sonne und Mond? Ihren Schatten? Hast du ihn schon einmal gesehen?" — „Schon wiederholt und jetzt abermals." — „Effendi, du bist der Quell der Weisheit und der Brunnen der Wissenschaft. Aber von der Sonne und dem Mond und den Sternen darfst du nicht sprechen. Von ihnen verstehst du gar nichts. Weißt du denn nicht, daß es der Teufel ist, der den Mond verhüllt?"

„Ah! Zu welchem Zweck sollte der Scheïtan das tun?" — „Um uns ein Unglück anzudeuten. Diese Verfinsterung ist ein Zeichen des Unheils für alle Welt und außerdem eine besondere Drohung für mich."

„Für dich? Was hättest du mit dieser Mondfinsternis zu tun?"

„Viel, sehr viel! Siehst du dieses Amulett an meinem Hals? Ich trage es zum Schutz gegen die Mondfinsternisse." — „Eine Mondfinsternis ist eine natürliche Erscheinung. Und wenn sie gefährlich wäre, könnte ein Amulett dich nicht beschützen." — „Das sagst du, weil du ein Christ bist. Was kann ein Christ vom Mond wissen? Welches ist das Zeichen des Christentums? Ist es nicht das Kreuz?"

„Allerdings." — „Und das Zeichen des Islam ist doch der Halbmond. Also müssen wir vom Mond mehr verstehen als ihr. Das ist doch klar. Oder siehst du das nicht ein?"

Dieses Beweismittel ist von seinem Standpunkt aus gar nicht übel. Ich konnte ihn nur von diesem Standpunkt aus schlagen; darum entgegnete ich: „Nein, das sehe ich nicht ein. Ist etwa der Neumond oder Vollmond euer Zeichen?" — „Nein, der Halbmond." — „So sprich meinetwegen davon, also von dem ersten oder letzten Viertel. Vom Neumond aber und vom Vollmond versteht ihr nichts. Und heute ist Vollmond! Na, was sagst du nun?"

Daud sah mir betroffen ins Gesicht. „Effendi, ich kann dir nicht widersprechen. Den Neumond habe ich überhaupt noch nicht gesehen." — „So behaupte nicht, daß du dich auf den Mond verstehst! Wer noch nicht einmal den Neumond gesehn hat, wie will der über eine Mondfinsternis urteilen? Übrigens ist ursprünglich nicht der Halbmond das Zeichen des Islam." — „Was denn?" — „Der krumme Säbel Mohammeds. Als euer Prophet im Monat Ramadân des zweiten Jahres der Hedschra den Mekkanern das erste große Treffen lieferte, steckte er seinen Säbel auf eine Stange und ließ sie als Fahne vorantragen. Sie führte zum Sieg und wurde von da an als Feldzeichen benutzt. In einem spätern Kampf wurde der Griff des Säbels abgeschlagen, und es blieb nur die krumme Klinge, die die Gestalt eines Halbmondes darstellte. Das veranlaßte den Kalifen Osman, den Halbmond zum Wahrzeichen des Osmanischen Reiches und des Islam zu machen." — „Allah, Allah! Effendi, du kennst alle Tiefen der Geschichte und alle Geheimnisse der Religionen!" staunte er.

„Und auch alle Breiten, Höhen und Tiefen des Mondes!" fügte ich hinzu. „Er ist im Mittel 385 080 Kilometer von der Erde entfernt; sein Durchmesser beträgt 3 840 Kilometer, er ist also fünfzigmal kleiner als die Erde. Sein größter Berg ist 7 200 Meter hoch."

Jetzt verstummten alle ringsum. Da man in Ägypten ebenso wie in der Türkei auch das Metermaß kennt, so begriffen die Leute die angegebenen Maße zur Not; aber daß man so etwas überhaupt anzugeben vermag, das glaubten sie nicht. Ihre Blicke richteten sich vom Mond auf mich. Ein allgemeines Murmeln ließ sich hören; dann rief der Dicke: „Allah lasse dich lange leben und erleuchte deinen Verstand! Beim Leben deines Vaters und bei den Bärten aller deiner Ahnen, sage mir, ob du im Ernst redest!" — „Ich scherze nicht."

Daud Aga wiegte den Kopf und sah mich bedenklich an. Was sollte ich machen? Meine Erklärung zu verstehen, dazu besaßen sie die erforderlichen Vorkenntnisse nicht; ich mußte sie also bei ihrer Meinung lassen. Sie beteten, um sich vor der bösen Wirkung der Finsternis zu bewahren, eine Menge Koransprüche und wehklagten dazwischen, bis die Erscheinung vorüber war. Dann aber atmeten sie nicht etwa auf, sondern sie waren der Meinung, daß sich die Folgen nun erst zeigen würden. Der lange Selim wollte sich an mich machen, wohl in der Meinung, daß ich ihn auffordern würde, mich ins Haus zu begleiten. Ich sagte ihm aber, daß ich jetzt schlafen gehen würde, und so kehrte er mit dem Dicken in dessen Wohnung zurück.

Am andern Morgen wurden nach dem Frühstück die Pferde vorgeführt. Der verabredete Ritt wurde in größerer Gesellschaft unternommen, als ich vermutet hatte. Der schwarze Haushofmeister ließ sich nicht davon abbringen, sich uns anzuschließen, und Selim behauptete, daß auch er mitreiten müsse, da er mein Beschützer sei und mich vor einem Sturz vom Pferd zu bewahren habe. Ich versicherte ihm zwar, er brauche keine Besorgnis zu haben, doch er blieb hartnäckig: „Effendi, ich bin der größte Held und Reiter meines Stammes. Du aber bist ein Franke, und ich habe dich noch nicht auf einem Pferd sitzen sehen. Wenn du den Hals brichst, habe ich es zu verantworten; darum werde ich stets an deiner Seite bleiben und kein Auge von dir lassen." — „Das bezweifle ich. Oder wärst du wirklich ein so ausgezeichneter Reiter?" — „Mir hat es noch keiner gleichgetan", antwortete Selim mit einer tiefen Verbeugung.

„So erwarte ich von dir, daß du Wort hältst. Falls du nur einen Augenblick von mir weichst, werde ich mich bei deinem Herrn beschweren und ihm sagen, daß du ein schlechter Beschützer bist, auf den man sich nicht verlassen kann." — „Tu das! Meine Macht und Sorgfalt würde dich umschweben, selbst wenn dich der Sturm der Wüste mit deinem Pferd davonführte. Ich würde nötigenfalls mit den bösen Geistern des Samum um die Wette reiten." Er sagte das so zuversichtlich, als sei er schon mit allen Stürmen der Welt um die Wette geritten, und ich freute mich im voraus auf die Beschämung, die ihn erwartete.

Wir waren also sechs: Daud Aga, Ismail, Selim, ich und zwei Reitknechte. Wir ritten langsam durch die Stadt und die Hügel zu den Felsengräbern hinan. Von den Höhen aus, die das Niltal gegen die Libysche Wüste begrenzten, erblickten wir die weite Sandebene, die im Sonnenstrahl rötlich glänzend vor uns lag. Es ging wieder hinab, noch immer langsam; als wir aber unten anlangten, meinte der Mir achor: „Jetzt Galopp, Effendi! Wir haben Raum genug hier in der Wüste."

Ismail gab seinem Pferd die Sporen und flog davon; wir folgten ihm. Ich muß Selim das Zeugnis ausstellen, daß er bisher sein Wort gehalten hatte und nicht von meiner Seite gewichen war. In seinen Blicken und auf seinem Gesicht lag der Ausdruck stolzer Genugtuung; er glaubte, besser reiten zu können als ich. Und das hatte seinen guten Grund. Mein Pferd hatte, sobald es die Straße betrat, mit mir davonstürmen wollen. Ich aber hatte es so streng in die Zügel und so fest zwischen die Schenkel genommen, daß es seine Ungeduld bezähmen mußte. Das war von den andern nicht bemerkt worden; außerdem saß ich nach der Art der Präriejäger im Sattel, nämlich die Beine nach hinten, den Oberkörper zusammengesunken vorgebeugt. Das ergibt keinen schönen, ritterlichen Anblick, ist aber für den Reiter bequem und entlastet die Hinterhand, die dann später, wenn es gilt, um so mehr zu leisten vermag. Die andern saßen nach arabischer Weise gerade und stolz zu Roß; nur der dicke Daud Aga machte eine Ausnahme, und so hatte es den Anschein, als seien sie bessere Reiter als ich. Selim ritt nicht schlecht, auch hatte er kein übles Pferd, und darum war es ihm nicht zu verargen, daß er mich ein wenig von oben her betrachtete. Jetzt, da wir zu galoppieren begannen, wollte mein Bakarra-Hengst seine Schnelligkeit entfalten; ich hielt ihn aber immer noch zurück, und so kam es, daß ich mit Selim, der nicht von mir weichen wollte, zurückblieb. Die beiden Reitknechte mußten uns eigentlich vor sich behalten; aber sie wurden schließlich ungeduldig und schossen an uns vorüber und über uns hinaus.

„Schneller, schneller, Effendi!" rief Selim mir zu. „Wir müssen sie einholen, sonst werden wir ausgelacht." — „Es geht nicht", heuchelte ich. „Ich falle sonst herunter." — „Allah, Allah! Wie kann man herabfallen wollen! Du stellst mich ja vor allen bloß. Diese Männer werden denken, ich könne nicht reiten, und doch bin ich der kühnste Reiter aller Stämme der Wüste. Leider bin ich gezwungen, bei dir zu bleiben. Nun siehst du wohl ein, daß du ohne meinen Schutz hier zuschanden würdest?" — „Ja, leider muß ich das zugeben."

„Richtig, sehr richtig. Sag das meinem Herrn, wenn er kommt! Dein Zeugnis wird ihm aufs neue beweisen, daß ich ein Mann bin, der durch keinen andern zu ersetzen ist. Aber reite doch schneller, schneller! Ich lasse dich nicht fallen. Ich greife sofort zu, wenn du das Gleichgewicht verlierst."

Um Selim noch mehr in seinem Irrtum zu bestärken, nahm ich die allerdümmste Haltung an, rutschte bald herüber, bald hinüber und gab mir den Anschein, als bedürfe es meinerseits der größten Anstrengung, mich im Sattel zu halten. Selim erging sich in allerhand Ausrufen, die mir im stillen viel Spaß bereiteten, und schimpfte fort und fort darüber, daß wir weiter und weiter zurückblieben. Die andern hatten allerdings einen bedeutenden Vorsprung, der von Sekunde zu Sekunde größer wurde. Nur der dicke Schwarze kam nicht mit den andern fort; er befand sich zwischen ihnen und uns. Ich hatte schon manchen unfertigen Reiter gesehen, so eine Figur aber noch nicht. Zunächst ritt Daud sehr schlecht, und sodann paßte seine unförmige Gestalt nicht in einen Pferdesattel. Seiner Schwere wegen hatte er sich einen äußerst gewichtigen Gaul ausgesucht, dessen Bemühung, mit den andern Tieren Schritt zu halten, zum Lachen reizte. Auf dem Rücken dieses Vierschröters saß das schwarze Ungeheuer mit weitgespreizten Beinen und zusammengezogenem Oberkörper. Der Gaul ‚schuckerte' gewaltig, was dem Reiter eine Bewegung gab, die der Gaucho Südamerikas ‚*el molinillarse à la silla*', das ‚Sich-Quirlen im Sattel' nennt. Er machte die größten Anstrengungen fest zu sitzen, und sein Pferd gab sich alle Mühe, schnell fortzukommen, beides vergeblich. Es war wirklich zum Lachen.

Der Mir achor war uns nun mit den Reitknechten so weit voraus, daß er sich gezwungen sah, auf uns zu warten. Der Dicke langte kurz vor uns bei ihm an. Daud stöhnte und sein Pferd keuchte, als seien sie stundenlang im Galopp durch die Wüste gerast.

„Was ist denn das, Effendi?" fragte Ismail erstaunt. „Du bleibst zurück?" — „Er kann nicht reiten", erwiderte Selim an meiner Stelle.

„Oh, er kann es wohl. Wir haben es gesehen, als er gestern den Grauschimmel zum Gehorsam zwang." — „Das war etwas andres. Ja, kirre machen kann der Effendi ein Pferd; das kann er wohl; aber reiten, nein, das kann er nicht. Hätte ich ihn nicht in meinen Schutz genommen, so hätte er schon zehnmal Hals und Beine gebrochen. Es ist eine Strafe, an seiner Seite bleiben zu müssen!"

„Das ist richtig", fiel ich ein. „Es ist eine Strafe, bei mir aushalten zu sollen, und du bringst es gar nicht fertig." — „Was sagst du?" rief Selim. „Habe ich etwa nicht bei dir ausgehalten? Oder bist du mir zuliebe zurückgeblieben, so tu mir nun doch auch den Gefallen, mir zuliebe schneller zu reiten!" — „Du würdest mir nicht nachkommen." — „O Allah! Es hat noch niemals einen Reiter gegeben, den ich nicht überholt hätte. Wollen wir wetten?" — „Sonst wette ich nie, doch es sei!" — „Du hast Goldstücke aus England; ich habe es gesehen. Man nennt sie Pfund, und sie sind über hundert Piaster wert. Willst du ein solches Goldstück gegen mich setzen?" Selim sah mich gespannt an. Es lag ihm daran, daß ich ja sagte, denn er zweifelte nicht im mindesten daran, daß ich die Wette verlieren würde.

„Hast du denn auch solche Goldstücke?" erkundigte ich mich.

„Nein; aber ich habe genug Piaster, um das gleiche setzen zu können. Machst du mit?" — „Ja. Heraus mit dem Geld! Hundert Piaster gegen ein englisches Pfund. Wir geben den Einsatz dem Mir achor, und wer dann siegt, bekommt den Gewinn von ihm. Ist dir das recht?"

„Recht, sehr recht!" stimmte Selim schmunzelnd zu. „Schon in wenigen Augenblicken wird der Glanz deines Goldes in meiner Tasche sein. Ich bin der Schnelle, der Unbesiegbare. Mich holt niemand ein, du am allerwenigsten."

Ismail Ben Chalil bekam das Geld, und dann begann der Ritt. Zunächst hielt ich meinen Grauschimmel so zurück, daß sich Selim eine Strecke weit mir zur Seite halten konnte. „Siehst du, daß ich gewinnen werde?" jubelte er. — „So sollst du gleich auch das Gegenteil zu sehen bekommen. Lebe wohl, Selim! In zwei Minuten siehst du nichts mehr, nämlich von mir."

Jetzt ließ ich dem Hengst die Zügel schießen. Darauf hatte er mit Begierde gewartet. Er wieherte laut auf, ging vor Freude mit allen vieren in die Luft und flog dann davon, so daß es einem nicht ganz sichern Reiter gewiß schwindlig geworden wäre. Ich hütete mich, die Sporen anzuwenden; ein so edles Tier verträgt das nicht. Ich rief dem Pferd aufmunternde Worte zu, und es verstand mich vortrefflich. Meine Gefährten kamen mir schreiend nachgesprengt; ihre Stimmen wurden schnell schwächer, denn die Wüste schien förmlich unter den Hufen meines Hengstes zu verschwinden. Als ich mich nach ungefähr einer Minute umschaute, sah ich die Reiter in der Größe von Kindern, die auf Schaukelpferden sitzen, hinter mir. Nach einer zweiten Minute erblickte ich sie nur noch als kleine Punkte; dann verschwanden sie ganz. Nun hätte ich anhalten sollen; das fiel mir aber nicht ein. Ich wollte die Freude, ein solches Pferd reiten zu dürfen, auskosten und jagte weiter. Das Tier freute sich ebensosehr wie ich. Es wieherte von Zeit zu Zeit hell auf vor Lust, und wenn ich ihm dann den Hals streichelte, ließ es einen tiefen Brustton hören. Es war ein Laut des Entzückens.

So ging es wohl drei Viertelstunden in gerader Richtung in die Wüste hinein; dann schlug ich einen weiten Bogen nach rechts. Es stand zu erwarten, daß die andern meiner Fährte folgen würden, und ich wollte sie äffen. Nach einer weitern halben Stunde war aus dem Bogen ein Halbkreis geworden, der mich auf meine eigene Spur zurückbrachte. Meine Gefährten waren schon vorüber; ich bemerkte es an den Hufspuren und ritt ihnen nach. Bald sah ich sie vor mir, während sie glaubten, sich weit hinter mir zu befinden. Je mehr ich mich ihnen näherte, desto deutlicher erkannte ich, daß sie bemüht waren, die größte Schnelligkeit zu entwickeln. Dennoch blieben sie beisammen, denn die bessern Reiter hielten ihre Pferde zurück, um den andern nicht vorauszukommen. Da sie ihre ganze Aufmerksamkeit voraus gerichtet hatten, gewahrten sie mich nicht eher, als bis ich ihnen auf zwanzig Pferdelängen nahegekommen war und sie laut anrief: „Wohin wollt ihr denn?“

Sie hörten meine Stimme, drehten sich um und waren nicht wenig erstaunt, mich hinter sich zu sehen. Noch ehe sie ihre Pferde zum Stehen gebracht hatten, befand ich mich mitten unter ihnen. Der dicke Haushofmeister schwitzte wie eine Fensterscheibe im Winter und stöhnte wie eine Dampfmaschine. „Wo kommst du her, Effendi?“ fragte mich Daud, wobei er ein so dummes Gesicht machte, daß ich lachen mußte. — „Von daher“, lächelte ich, rückwärts zeigend. „Ich mache es wie die Sonne; ich gehe im Westen unter und im Osten wieder auf.“ — „Wer soll das begreifen? Wir wären fortgeritten, immer weiter und weiter, bis ans Ende der Welt.“ — „So weit nun wohl nicht. Ihr seid meiner Fährte gefolgt, und sie würde euch in einem Halbkreis zurückgeführt haben. Daraus magst du ersehen, welch ein herrlicher Renner dieser Bakarra-Hengst ist. Ismail Ben Chalil ist sehr unvorsichtig gewesen.“

„Das soll eine Unvorsichtigkeit sein? Im Gegenteil! Dadurch, daß du ihn zureitest, machst du ihn gutwillig, auch mich und seinen Herrn, den Pascha, zu tragen.“ — „Ganz recht. Aber wie nun, wenn ich ihn gestohlen hätte?“ — „Gestohlen!“ stutzte Ismail, indem er vor Schreck erbleichte. Es kam ihm erst jetzt zum Bewußtsein, was hätte geschehen können, wenn ich nicht ehrlich gewesen wäre.

„Ja, gestohlen. Nimm an, ich wäre nicht wiedergekommen. Was hättest du da getan? Hättest du mich etwa einzuholen vermocht?"

„Nein, nein. Allah, Allah! In welcher Gefahr bin ich gewesen."

„Du warst in gar keiner Gefahr, denn ich bin kein Dieb. Aber dieser Hengst ist hunderttausend Piaster wert, und das könnte unter Umständen auch für einen ehrlichen Mann eine Versuchung sein."

„Du hast recht, ja, du hast recht, Effendi! O Allah! O ihr heiligen Kalifen, was wäre aus mir geworden, wenn du das Pferd gestohlen hättest! Ich wäre nicht imstande gewesen, es zu ersetzen, und der Pascha, dessen Leben ewig leuchten möge, hätte mich totpeitschen lassen. Ich bleibe fortan neben dir." — „Das würdest du nicht fertigbringen, wenn ich mich für dein Mißtrauen rächen wollte. Aber wie steht es denn mit unsrer Wette? Du hast das Geld in Verwahrung. Wer hat es gewonnen?" — „Natürlich du." — „So gib es her. Dieser Selim, der sich den kühnsten Reiter aller Stämme genannt hat, mag jetzt noch einmal behaupten, ich könnte nicht reiten und müßte ohne seinen Schutz den Hals brechen."

Ismail Ben Chalil reichte mir das Geld, und ich steckte es ein. Der lange Selim machte ein Gesicht, als wäre er vom größten Unglück der Erde betroffen worden. „Effendi, du bist der Ausfluß der Güte und der Brunnen der Barmherzigkeit. Du wirst mir das Zeugnis geben, daß ich dich unmöglich beschützen kann, wenn du nicht bei mir bleibst, und daß ich ein armer Diener bin, ein erbarmenswerter Sklave meines Herrn Murad Nassyr." — „Ich denke, du bist sein Beschützer und der meinige auch!" — „O nein", beeilte er sich zu beteuern. Ich bin sogar der ärmste Mann aller Stämme und Dörfer. Ich bin wie die Luft, die niemand sieht, und wie das dürre Reiskorn in der Wüste. Ich bin ein reines Nichts, und wenn Allah in meinen Geldbeutel leuchtet, so ist darin nichts als der Inbegriff aller Dürftigkeit zu finden. Ein Piaster ist für mich ein Vermögen, dessen Verlust mir das Leben verkürzt und meine Seele mit den Schauern der Trostlosigkeit umhüllt."

Ich hatte gleich bei seinem ersten Wort gewußt, worauf es abgesehen war, tat aber so, als begriffe ich ihn nicht.

„Dann will ich dir einen guten Rat erteilen, durch dessen Befolgung du große Reichtümer sammeln kannst. Wette so oft wie möglich! Wette besonders mit Reitern! Da du der kühnste Reiter deines Stammes bist und sogar den Samum der Wüste einholst, so wirst du jede solche Wette leicht gewinnen und in kurzer Zeit ein steinreicher Mann sein." — „Effendi, scherze nicht!" bat mich der Lange kläglich. „Ich habe nicht geglaubt, daß deine Seele von solcher Bosheit überzufließen vermag. Ich bin der beste Reiter der Wüste, das ist wahr; aber grad im Wetten habe ich kein Glück; es ist mein Kismet, daß ich stets verliere." — „So wette nicht." — „Ich will auch nicht; aber zuweilen wird man förmlich dazu gezwungen. So war es auch vorhin. Nur die Höflichkeit, die Ehrerbietung und Liebe, die ich für dich empfinde, veranlaßten mich, hundert Piaster gegen dein goldnes Pfund zu setzen. Ich wollte dich nicht beleidigen; ich wollte dir meine Hingebung beweisen. Willst du nun weniger großmütig sein, als ich es gewesen bin? Willst du von dem Blut der Armut leben und das Elend des Bedürftigen verzehren! Wer den Piaster des Bettlers verschlingt, dem wird einst die Hölle doppelt geheizt. Bedenke das, o Kara Ben Nemsi Effendi!"

„Nun, du kannst leicht wieder in den Besitz deiner hundert Piaster gelangen, wenn du mir der Wahrheit nach das aufrichtige Zugeständnis machst, daß du nicht imstande bist, mein Beschützer zu sein."

Das war schlimm für ihn. Selim wollte sich nicht lächerlich machen, hatte aber auch keine Lust, auf das Geld zu verzichten, das ich übrigens sowieso nicht behalten hätte. Darum fragte er: „Wenn du mir keine andre Bedingung machen kannst, Effendi, so gebe ich zu, daß du meines Schutzes nicht bedarfst." — „Halt, das ist eine Finte! Du sollst eingestehen, daß du nicht der Mann bist, mich in Schutz zu nehmen." — „Effendi, du bist hart. Aber ich will dir die Freundlichkeit erweisen, deinen Wunsch zu erfüllen. Ja, ich kann dich nicht beschützen. Bist du nun zufrieden?" — „Ja. Hier hast du die hundert Piaster zurück, und ich denke, daß es dir wohl nicht wieder beikommen wird, mich zu einer Wette aufzufordern."

Selim steckte das Geld rasch ein und zog dann ein andres Gesicht auf, eine seiner alten Gönner- und Beschützermienen.

„Im Reiten vielleicht nicht wieder, nämlich unter den gleichen Umständen; im übrigen darfst du, wenn du gerecht sein willst, getrost zugeben, daß die Eigenschaften meiner Persönlichkeit die große Macht besitzen, die Herzen aller Gläubigen und Ungläubigen zu erfreuen."

Der Kerl war unverbesserlich; doch es war unmöglich, ihm gram zu sein. Seine Aufschneidereien schadeten niemand, denn sie standen mit seinem ganzen Wesen in so inniger Verbindung, daß er ohne sie nicht Selim gewesen wäre.

Wir kehrten zur Stadt zurück, aber der Stallmeister schlug diesmal eine südlichere Richtung ein, um mich zum Tell es Sir[1]) zu bringen, wo, seiner Behauptung nach, sich der Eingang zur Hölle befinden sollte.

Die libyschen Berge zogen sich in langer, niedriger Reihe quer über unser Gesichtsfeld. Etwas entfernt von diesem Höhenzug, ein wenig in die Wüste gerückt, befand sich eine kleine Kuppe, die nur ein Sandhaufen zu sein schien. Das war der ‚Hügel des Geheimnisses'.

„Wie ist man denn dahintergekommen, daß da die Pforte der Hölle ist?" fragte ich den Stallmeister. — „Das weiß ich nicht. Ich habe es von andern gehört, die es wieder von andern hörten." — „Ist der Name Tell es Sir bekannt?" — „Nicht allgemein, denn man

[1]) Hügel des Geheimnisses

spricht nicht gern von diesem bösen Ort. Wer es weiß, der meidet ihn. Aber du bist der Sohn der Wissenschaft, und da du meinen Sohn mit der Flasche des Lebens gerettet hast und gern alles Merkwürdige in Augenschein nimmst, so habe ich dich auf diese Stelle der Wüste aufmerksam gemacht." — „Ich danke dir dafür und werde einmal auf die Kuppe des Hügels reiten." — „Tu das nicht, Effendi! Wenn der Scheïtan[1]) sich grad in der Nähe befindet, so streckt er die Kralle aus der Erde hervor und zieht dich in die Erde hinab. Es ist hier schon mancher verschwunden, und kein Auge hat ihn wieder erblickt." — „Das ist möglich. Dann ist aber nicht der Teufel dran schuld, sondern es gibt hier Höhlungen, in die die Betreffenden eingebrochen sind." — „Man hat nie eine solche Höhlung gesehen."

„Weil sie durch den Sand verschüttet worden sind. Der Wüstenwind weht von West nach Ost und treibt den Sand unaufhörlich in dieser Richtung fort. Dadurch wird mit der Zeit jede Vertiefung des Bodens ausgefüllt." — „Du erklärst dir das nach deinem Glauben. Wir aber sind Anhänger des Propheten und hüten uns vor dem Rachen der Hölle. Willst du den Hügel wirklich besteigen, so bitte ich dich, auf unsre Begleitung zu verzichten. Wir werden unten bleiben und auf dich warten."

Jetzt stand dieser ‚Tell es Sir' vor uns, ein kleiner Sandkegel von höchstens dreißig Meter Höhe. Wir stiegen ab, und ich schickte mich an, ihn zu besteigen. Das bereitete keine Schwierigkeit, da er nicht sehr steil war. Aber der Sand war sehr fein und locker, so daß man das Gefühl hatte, als wate man durch Mehl. Ich stieg, um einen Ausblick nach allen Seiten zu haben, in einer Schneckenlinie empor, konnte aber nichts Besonderes entdecken. Oben stand ich im nackten Sand. Nur Sand unter mir und um mich her. Wer weiß, auf welche Weise das dumme Gerücht, daß sich hier der Eingang zur Hölle befinde, entstanden war. Bei Siut gab es Grabgewölbe. Vielleicht waren hier in der Nähe des Hügels auch Gräberhöhlen. Da war nun einmal einer eingebrochen, und sofort hatte man den Unfall mit der Hölle in Verbindung gebracht. Unter mir sah ich die Gefährten nicht weit vom Fuß des Hügels. Es schien, als wollte der lange Selim die Schlappe, die ihm durch mich geworden war, vergessen machen, denn er hatte sein Pferd wieder bestiegen und ließ es allerlei Sprünge und Wendungen ausführen. Dann stieg er ab, und nun kroch der dicke Haushofmeister auf seinen schweren Gaul, um auch Kunststücke zu versuchen. Wie ich dann hörte, war zwischen den beiden ein Streit entstanden, wer von ihnen der bessere Reiter sei.

Daud Aga ließ sein Pferd einige Schritte gehen und wollte es dann zwingen, sich vorn aufzurichten. Der Gaul sollte sich auf den Hinterfüßen um sich selber drehen. Aber er war zu schwerfällig dazu und hatte auch keine Lust zu einer so überflüssigen Anstrengung. Darum wehrte er sich, schlug aus, stampfte mit den Hufen und sank

[1]) Teufel

plötzlich mit den Hinterfüßen ein. Noch zur rechten Zeit tat er einen mächtigen Satz, arbeitete sich hoch und stieg nun vor Schreck vorn in die Luft. Der Dicke verlor das Gleichgewicht, fiel hinten herab und — war verschwunden.

So viel hatte ich von meinem entfernten Standpunkt aus sehen können. Die andern vier brüllten vor Entsetzen wie die Löwen und sprangen von der gefährlichen Stelle fort. Ich rannte den Hügel hinab. Als ich unten ankam, rief Ismail mir entgegen:

„Siehst du, daß ich recht hatte, Effendi! Hier ist der Eingang zur Hölle. Sie hat Daud Aga verschlungen. Die Mondfinsternis von gestern hat es ihm vorher verkündet!" — „Richtig, sehr richtig!" stimmte Selim bei. „Nun ist er in die Hölle gestürzt und wird dort braten in alle Ewigkeit." — „Unsinn!" schalt ich. „Es hat hier eine Höhlung gegeben, deren Decke unter den Hufen des stampfenden Pferdes eingestürzt ist. Nun kommt es darauf an, wie tief sie ist. Ist es ein Schacht, der senkrecht niederfährt, dann steht es freilich schlimm. Wenn es aber ein waagrechter Stollen oder Gang ist, so holen wir den Mann gewiß heraus." — „Es ist kein Stollen, sondern ein Schacht, ein Loch, das gerade hinab ins Feuer der Hölle führt", behauptete der Stallmeister. „Daud Aga ist verloren. Wir werden weder seinen Leib noch seinen Geist jemals wiedersehen." — „Sein Geist wird dir wohl überhaupt noch nicht spürbar geworden sein. Kommt mit zu dem Loch! Wir müssen es untersuchen!" — „Allah behüte mich! Ich bin ein gläubiger Anhänger des Propheten und werde mich hüten, dem Hölleneingang zu nahe zu kommen." — „Richtig, sehr richtig!" bestätigte Selim in seinem schnarrenden Ton. „Allah schütze mich vor dem neunzigmal geschwänzten Teufel und vor den Flammen der Hölle!" — „Schweig!" zürnte ich. „Ihr sprecht vom Eingang und vom Feuer der Hölle. Habt ihr jemals ein Feuer ohne Rauch gesehen? Wenn dort unten die Hölle wäre, dann müßte das Loch rauchen. Siehst du das nicht ein?"

Mein Beweis hatte die gewünschte Wirkung, die ich noch durch eine weitere Ermahnung steigerte.

„Du willst der größte Held aller Stämme der Wüste sein und fürchtest dich vor einem kleinen Loch im Erdboden. Schäme dich! Wenn sich hier wirklich die Hölle öffnete, so müßte es nicht nur Rauch, sondern auch eine fürchterliche Hitze geben. Eure Angst ist lächerlich; sie kann Daud Aga sogar verhängnisvoll werden. Wir können ihn wahrscheinlich heraufholen. Wenn wir aber damit zögern, müssen wir befürchten, die Schuld an seinem Tod auf unser Gewissen zu laden. Seid also keine Feiglinge, und kommt mit heran!"

Dabei näherte ich mich der Unglücksstelle. Die Gefährten hatten Mut gewonnen und kamen langsam herbei. Ich blieb ungefähr anderthalb Meter vom Rand des Loches stehen und bog mich vor, um hinabzublicken. Die Seiten der Öffnung bestanden aus Sand. Mein Auge reichte nicht tief genug hinab. Ich trat noch einen Schritt weiter vor. Da gab der Boden unter meinen Füßen nach, und ich fand kaum Zeit, mich zurückzuwerfen, so war die Stelle, an der ich gestanden hatte, auch schon in die Tiefe geglitten.

Die andern sprangen schleunigst zurück, und Selim schrie auf: „Zurück, zurück, Effendi! Bald hätte es dich auch gepackt. Es ist wirklich die Hölle, vielleicht die Abteilung, wo die Seelen der Ungläubigen im ewigen Frost zittern müssen. Da gibt es keinen Rauch. Laß uns die heilige Fatîha beten und dann heimkehren, um Allah zu preisen, daß wir nicht auch versunken sind!"

Die Gefährten eilten zu den Pferden. Ich kam ihnen aber zuvor, zog den Revolver und drohte: „Bei euerm Propheten und allen Kalifen, ich schieße jeden, der aufsteigt, aus dem Sattel! Laßt doch nur mit euch reden!"

Das schüchterte die Erschreckten ein. Sie traten zurück. Der Stallmeister aber grollte. „Effendi, du willst der Mörder deines Gastfreundes werden? Das ist nicht recht von dir! Was hast du uns noch zu sagen?"

Höchstwahrscheinlich mußte dieses lange Verhandeln und Zögern dem Verunglückten verhängnisvoll werden. Ich allein konnte ihm keine Hilfe bringen, denn ich brauchte den Beistand der andern und mußte sie zu meinen Absichten bereden. Endlich hatte ich sie so weit.

„Nehmt den Pferden die Zügel und alle Riemen ab", gebot ich. „Wenn wir das Lederzeug aneinanderschnallen oder knoten, bekommen wir eine haltbare Leine, wie ich sie brauche."

Die Gefährten machten sich sofort an die Arbeit. Bald war das Riemenzeug zu einem langen Streifen vereinigt, dessen eines Ende ich mir auf dem Rücken auf den Gürtel schnallte. Das andre sollten die Männer festhalten und mich zurückziehen, sobald ich Gefahr lief, einzubrechen. Nun gingen wir wieder zu dem Loch. Meine Begleiter blieben in einiger Entfernung stehen. Ich legte mich nieder und kroch vorsichtig weiter, ganz so, wie man es tun muß, wenn man einen auf dem Eis Verunglückten aus dem Wasser ziehen will. Die andern ließen den Riemen so durch die Hände gleiten, daß er stets gespannt blieb. Noch war mein Kopf einen halben Meter vom Rand entfernt, da gab die entgegengesetzte Kante nach und stürzte in die Vertiefung. Auf meiner Seite aber hielt der Boden. Es war mir, als ertönte aus der Tiefe, in die ich noch nicht hinabblicken konnte, ein Röcheln oder Grunzen. Ich schob mich noch weiter vor und schaute hinunter. Was ich da sah, war überraschend.

Das Loch hatte eine Tiefe von ungefähr zweieinhalb Metern. Die Wände bestanden im untern Teil aus schwarzen Nilziegeln und im obern aus Sand. Der untere Teil hatte ungefähr anderthalb Meter im Geviert; der Durchmesser des obern war bedeutend größer. Die unteren dunklen Ziegelwände glichen dem Innern eines großen, viereckigen Schornsteins, der oben durch eine Ziegeldecke verschlossen gewesen war. Darüber hatte sich der Sand der Wüste gebreitet.

Die Ziegeldecke war morsch geworden oder hatte sich gelockert, der Sand drückte darauf, und vorhin hatte sie unter dem Stampfen des schweren Pferdes nachgegeben. Sie war eingestürzt, und der auf ihr lastende Sand war nachgerutscht. Aus diesem Sand ragte der Oberkörper des Dicken hervor. Daud Aga war bis an den Gürtel hinab zu sehen. Er hatte die Hände gefaltet und hielt die Augen geschlossen. Tot war er nicht, denn seinen wulstigen Lippen entstieg jenes ächzende Seufzen, das schon mehr ein Grunzen zu nennen war. Jetzt kam es vor allem darauf, wie weit der schwarze Ziegelschacht in die Tiefe führte. Ich lag da jedenfalls über einem altägyptischen Bauwerk, über dem sich im Lauf der Jahrtausende der Sand der Wüste angehäuft hatte, so daß es darunter verschwunden war. Vermutlich war der Hügel, den ich vorhin bestiegen hatte, auch ein Teil, und vielleicht der wesentliche dieses Bauwerks. Es war möglich, daß der Schacht eine geringe Tiefe besaß. Es konnte aber auch sein, daß er weit hinabführte. In diesem Fall war er durch den niederbrechenden Sand so verstopft worden, daß der Dicke hatte steckenbleiben müssen. Verlor aber diese Verstopfung den Halt, so mußte Daud hinabstürzen. Auf alle Fälle war die Rettung dieses Mannes ein gefährliches Beginnen. Da er nur stöhnte, sich aber nicht bewegte, hielt ich ihn für verletzt und besinnungslos. Ich rief ihn an. Ein lautes Grunzen war die Antwort. Ich wiederholte meinen Ruf, und nun antwortete er mit dumpfer Stimme:

„Hier bin ich, Asrael!" Er hielt mich also für den Engel des Todes.

„Daud Aga!" brüllte ich hinab. „Öffne doch die Augen, und sieh dich um!" — „Ich kann nicht", antwortete er jetzt vernehmlicher. „Ich bin tot." — „Auch die Toten werden, wenn sie erwachen, die Augen öffnen. Versuch es nur!" Da hob Daud die Lider und blickte gradaus. Er sah die schwarze Mauer vor sich. „Schau in die Höhe!" gebot ich ihm. Der Aga gehorchte und erblickte mein Gesicht.

„Du bist es, Effendi?" fragte er matt. „So bin ich also in der Hölle! O Allah, Allah, Allah!" — „Warum in der Hölle?" — „Weil ein Christ nicht in unsren Himmel kann. Da du bei mir bist, sind wir also in der Hölle."

Wie konnte ich diesen Mann von dieser Einbildung, die seine Rettung verzögerte, befreien? Es gab auch ein sicheres Mittel, nämlich seinen ewigen Hunger, und darauf fußte ich.

„Ja, wir sind in der Hölle. Aber du bist nur in ein kleines Loch gestürzt. Wenn wir dich herausgeholt haben, reiten wir heim nach Siut, um das Mittagsmahl zu halten. Ich habe Hunger."

„Ich auch!" antwortete er, auf einmal lebendig geworden. Dauds Gesicht bekam einen ganz andern Ausdruck. Seine Augen öffneten sich weiter, und der Blick, den er jetzt herauf richtete, war klar und forschend auf mich gerichtet.

„So wollen wir uns beeilen!" fuhr ich fort. „Du bist also nicht verletzt?" — „Nein — wenn ich nicht gestorben bin." — „Laß dich nicht auslachen! Du lebst. Wo hast du die Beine? Stehst oder sitzt du im Sand?" Auf die Lage seiner Beine kam viel an. Saß er, so war der Schacht wahrscheinlich nicht tief; hatte er sie aber in senkrechter Stellung, so steckte er im Sand über einem gähnenden Schlund.

„Ich sitze", erklärte Daud zu meiner Freude, „und zwar auf einem Fußboden von Ziegeln." Das erleichterte mir das Herz. Es war hier also kein tiefer Schacht vorhanden, sondern der Dicke saß in einem waagrechten, unterirdischen Gang, und das senkrechte, viereckige Loch, durch das er gebrochen war, hatte diesem Gang zur Lüftung gedient. — Steh auf!" gebot ich. „Es wir dir nicht schwerfallen, da der Sand dich nicht tief bedeckt."

Daud Aga gehorchte. Aber es wurde ihm doch nicht so leicht, wie ich gedacht hatte. Die Enge des Raumes und die Schwere seines Körpers behinderten ihn. Endlich brachte er es doch fertig. Er stand, und ich konnte mit meinem Arm beinahe seinen Kopf erreichen. Dabei bemerkte ich, daß meine Sandunterlage hinreichend fest war; der lockere Teil war hinabgestürzt. Der Dicke seufzte tief auf.

„O Allah, o Himmel, o Mohammed, ich bin also wirklich nicht tot. Ich lebe, werde heimreiten und einen Hammel essen! Effendi, ich sehe nur dich. Wo sind die andern?" — „Sie stehen hinter mir, und du wirst sie bald zu sehen bekommen. Kannst du klettern?"

„Nein. Meinst du, ich sei eine Katze?" — „So komme ich hinab, um dich zu heben." — „Dann bin ich oben, und du bist unten. Wie bringen wir dann dich hinauf?" — Ich klettere am Riemen empor. Warte einen Augenblick!"

Ich stand auf und ging zu den Gefährten. Als ich ihnen das Nötige mitgeteilt hatte, wuchs ihr Mut, und sie folgten mir an das Loch. Dort wurden ihre Riemen doppelt genommen und mit dem einen Doppelende hinuntergelassen. An diesem Strang kletterte ich hinab. Als ich nun neben dem Aga stand, füllten wir den Raum, so weit er Ziegelwände hatte, vollständig aus. Wir konnten uns kaum bewegen, und darum hatte ich große Mühe, dem Dicken die Riemen um die Brust und unter den Armen hindurch auf dem Rücken festzuschnallen. Nun sollte er hinaufgeschafft werden. Den schweren Mann bloß ziehen, das ging nicht; dabei hätte der Sand nachgegeben und uns verschüttet; ich mußte heben. Aber wie das bewerkstelligen, da ich mich kaum zu bewegen vermochte? Es gab nur eine einzige Art der Ausführung. Ich stand hinter dem Schwarzen. Er nahm seine Beine so weit wie möglich auseinander, und ich ließ mich langsam niedergleiten, um mich dazwischen in den Sand zu setzen. Das gelang. Dann mußte er auf meine Schultern steigen, und während die vier Männer oben zogen, erhob ich mich unten, indem ich mich mit den Händen und Ellbogen an den Mauern stützte. Das war eine schwere Arbeit. Die Männer an den Riemen durften ihre volle Kraft nicht anwenden, da sonst der Sandboden nachgegeben hätte, und darum hatte ich den größten Teil der Last zu tragen. Aber es mußte gehen, und als ich endlich aufrecht stand, ragte der Oberkörper des Dicken aus dem Loch empor, so daß die Gefährten ihn durch einen letzten, kräftigen Ruck vollends hinaufbefördern konnten. Sie hatten so stark gezogen, daß er sich einigemal überkugelte und dann stöhnend liegenblieb. Das war auf meine Weisung absichtlich geschehen. Bei einem langsamen Hinaussteigen des unförmlichen Menschen wäre ich der Gefahr einer Verschüttung ausgesetzt gewesen. Dann wurden mir die Riemen herabgelassen, und ich turnte mich daran ins Freie, unbekümmert darum, ob die Ränder und Wände des Loches unter meinem Gewicht einstürzten oder nicht. Als ich oben ankam, hatte sich der Dicke soeben von dem gewaltigen Ruck erholt, mit dem man ihn aus dem Loch geschleudert hatte. Er erhob sich in sitzende Stellung, betastete seinen Leib und seine Beine, um zu erfahren, ob vielleicht etwas an ihnen entzwei gegangen sei, und als er sich vom Wohlbefinden seines Körpers überzeugt hatte, richtete er sich in die Knie auf, blickte mit dem Gesicht nach Mekka und betete die heilige Fatîha, die erste Sure des Korans. Dann erst stand Daud Aga vollends auf, trat zu mir und ergriff meine Hände.

„Effendi, ich war in der Hölle und sehe den Himmel wieder; ich war tot und bin wieder lebendig geworden. Das habe ich dir zu verdanken.“ — „O Kara Ben Nemsi Effendi, hast du bemerkt, wie fest ich gehalten habe, als du an dem Riemen hingst?“ redete Selim plötzlich dazwischen. „Die andern wollten loslassen, und dann wärst du in das Loch zurückgestürzt und nie wieder herausgekommen. Ich aber hielt fest, und so hast du es nur mir zu verdanken, daß du das Tageslicht wieder zu sehen bekommst. Nun bist du hoffentlich überzeugt, daß ich ein starker Beschützer und kräftiger Beschirmer bin!“

„Überzeugt bin ich allerdings!“ lachte ich und wandte mich ab.

Jetzt stiegen wir auf und ritten in die Stadt. Daud Aga ersuchte uns, über das Vorgefallene zu schweigen. Er befürchtete, sich an seiner Ehre gekränkt sehen zu müssen, falls unser Abenteuer in die Öffentlichkeit dringen sollte. In Beziehung auf das Mittagsmahl waren wir zufrieden. Ismail Ben Chalil und ich mußten als Gäste bei ihm und Selim speisen, und ich kann sagen, daß wir vier so viel vorgesetzt bekamen, daß sich daran hätten dreißig Personen satt essen können. Nur in der Masse bestand der Vorzug dieses Fest- und Freudenschmauses. Es war mir ein Spaß, Selim dabei zu beobachten. Bei Murad Nassyr hätte er es nicht wagen dürfen, sich mit an den Tisch zu setzen. Hier aber war er Gast, also ein Herr, der bedient wird. Sein Gesicht strahlte vor Wonne und Hammelfett, und er floß über von Höflichkeiten und Verheißungen. Er erzählte seine angeblichen Abenteuer und unterhielt uns infolgedessen so prächtig, daß wir sitzenblieben, bis der Abend dämmerte. Dann konnten wir aufstehen, um uns sofort wieder zum Nachtmahl niederzulassen. Der Dicke hatte während dieser Zeit so viel gegessen, daß ihm die vorgeschriebenen Verbeugungen beinah unmöglich wurden.

Ich hatte eigentlich vorgehabt, am Nachmittag die Krokodilshöhle von Maabdeh zu besuchen, mußte es aber nun auf den nächsten Morgen verschieben. Der Haushofmeister versprach mir, die nötigen Vorbereitungen anzuordnen. Ich war begierig, diesen Begräbnisplatz von Krokodilen, die vor zwei- oder dreitausend Jahren einbalsamiert worden waren, kennenzulernen.

9. In den Mumienhöhlen

Die alten Ägypter balsamierten nicht nur menschliche Leichen ein, sondern auch tote Krokodile, Stiere, Katzen, Wölfe, Ibisse, Sperber, Fledermäuse und verschiedene Fischarten. Sie glaubten an die seelische Fortdauer auch der Tiere nach dem Tod und waren bestrebt, den Leib zu erhalten, damit die abgeschiedene Seele ihn bei ihrer Rückkehr wieder vorfinden möge. Um die Leichen dauernd zu erhalten, wurde Bauch-, Brust- und Kopfhöhle mit einer Masse angefüllt, die vorzugsweise aus einer Art Asphalt bestand und den Namen Mumiya führte. Daher werden diese Dauerleichen Mumien genannt. Man streckte die Leichen lang aus und legte ihnen die Hände an die Seiten oder kreuzte sie über der Schoßgegend. Jedes einzelne Glied wurde besonders in Leinwand gehüllt und dann auch der ganze Körper mit einer Menge von Binden umwunden. So legte man sie je nach dem Stand, dem sie angehört hatten, entweder in hölzerne Särge, die manchmal zwei- oder dreifach waren, oder in steinerne Sarkophage. Nur die Armen wurden uneingesargt begraben oder im Sand verscharrt. Es gibt mehrere Arten von Mumien. Die ältesten hat man in Memphis gefunden. Sie sind schwarz und so ausgetrocknet, daß sie sehr leicht zerbrechen. Die Mumien von Theben haben eine gelbe, matt glänzende Farbe, und ihre Nägel sind mit Hennah gefärbt, ein Gebrauch, der bei den morgenländischen Frauen noch heut beliebt ist. Die älteste gefundene Mumie ist die des Königs Merenrê, der vor weit über viertausend Jahren lebte. Viele Mumien tragen Ringe und anderes Geschmeide, auch findet man Überreste von Früchten und Getreidekörnern bei ihnen.

Leider ist schon seit Jahrhunderten in den altägyptischen Totenstädten in einer Weise gehaust worden, die man tief beklagen muß. Noch in neuerer Zeit haben plündernde Araber in den ‚Familienverhältnissen' der einbalsamierten Könige und Fürsten eine heillose Verwirrung angerichtet, indem sie die Toten aus den Särgen nahmen und untereinanderwarfen. Man handelte bereits im Mittelalter mit Mumien. Jeder hatte das Recht, die Gräber zu öffnen und die Toten davonzutragen. Erst Mehemed Ali tat diesem Treiben Einhalt, indem er den Mumienhandel als Alleinrecht des Staates erklärte. Der Schacher hat darum nicht aufgehört. Er wird nur heimlich betrieben und ist zum Schmuggel geworden. Die Beduinen und Fellahîn erbrechen die Mumienhallen und zerschlagen die Schädel der Leichen, die ein Stückchen Goldblech enthalten — das Überfahrtsgeld auf dem Totenfluß. Unsrer Zeit ist es kaum glaublich, daß sich sogar die Heilkunde der Mumien bemächtigte. Zunächst waren es die Goldmacher, die den ‚Stein der Weisen' suchten, und ganze Schiffsladungen von Mumien bezogen. Ihnen folgten die Schwarzkünstler, die sich mit der Herstellung des Lebenssaftes beschäftigten. Man schrieb den Mumien geheimnisvolle Kräfte zu. Gab es doch Gelehrte, die behaupteten, daß man mit Stierblut, Menschenasche, Euphorbiensaft und Mumienstaub künstliche Menschen herzustellen vermöge!

Die deutschen und österreichischen Drogengeschäfte bezogen die Mumien über Livorno und Triest. Im Anfang der siebziger Jahre kostete der Wiener Zentner Mumien fünfzig Gulden. Da der Schmuggel jetzt sogar mit Lebensgefahr verbunden ist, hat der Preis sich gewaltig erhöht. Dieser hohe Preis ist wohl der Grund, daß es gewisse Geschäfte gibt, die falsche Mumien aus Erde fertigen. Glücklicherweise hat man den arzneilichen Unwert des Mumienstoffes mehr und mehr eingesehen, so daß sich der Verbrauch jetzt nur noch auf einige Alpengegenden beschränkt, wo das ‚Mum' als Heilmittel gegen Tierkrankheiten gebraucht wird.

Am nächsten Morgen war ich schon zeitig zu meinem Ausflug bereit. Ismail Ben Chalil wollte mich begleiten, und Selim ging auch mit. Der dicke Haushofmeister hätte sich uns wohl ebenfalls angeschlossen, war aber infolge der unglückverheißenden Mondfinsternis ängstlich geworden. Er hatte es ja gestern erfahren, was es für Folgen bringt, wenn man die Warnung einer Mondverfinsterung verachtet. Er blieb daheim, wo er sich im Schutz seines Amuletts leidlich sicher fühlte.

Zwei Reitknechte, die uns rudern und bedienen sollten, brachten uns an den Fluß, wo ein kleines Boot für uns vor Anker lag. Es enthielt neben mehreren Kissen und andern Bequemlichkeiten eine hinreichende Anzahl Wachsfackeln. Mit Zündhölzern hatten wir uns reichlich versehen. Auch Stricke und Schnüre wurden für den Bedarfsfall mitgenommen.

Es war ein wunderbar schöner Morgen, wie er nur am Nil geboren werden kann. Der Nebel hatte sich gehoben, und auf dem Fluß lag ein leiser Duft, den die über die Arabische Wüste herüberflutenden Sonnenstrahlen in einen durchsichtigen, goldflimmernden Schleier verwandelten. Wir stießen vom Land ab und steuerten hinüber in die Mitte des Stromes. Abwärts ging es, an Mankabat vorüber. Dann lag am linken Ufer Manfalut, am rechten aber Maabdeh, wo wir anlegten. Von der letzten Nilüberschwemmung her stand das Ufer noch ziemlich unter Wasser, doch gab es einen daraus hervorragenden Damm, auf dem wir ins Dorf gelangten. Dieses liegt ungefähr eine halbe Wegstunde vom Dschebel Abu Fehdah entfernt, dem Gebirgszug, in dem sich die Höhlen befinden, die den alten Ägyptern als Begräbniskammern für ihre heiligen Krokodile dienten.

Im Dorf fragten wir nach einem Führer, denn ohne Führer ist es unmöglich, sich in den verworrenen Höhlengängen zurechtzufinden. Ein Fremder, der sich da auf seine eigne Findigkeit verlassen wollte, würde Gefahr laufen, sich zu verirren und auf elende Weise umzukommen. Man brachte uns bald einen Mann, der sich bereit erklärte, uns die Höhlen, deren eingehende Besichtigung höchstens zwei Stunden in Anspruch nimmt, zu zeigen. Als ich ihn fragte, was er dafür verlange, antwortete er: „Fünf Personen, für die Person vierzig Piaster, macht zweihundert Piaster."

Für zwei Stunden! Eine solche Forderung war mir denn doch noch nicht vorgekommen, obgleich man hierzulande sowieso jede Forderung wenigstens auf die Hälfte herabsetzen muß.

„Schön!" erklärte ich. „Jetzt habe ich gehört, wieviel du forderst. Nun sollst du vernehmen, wieviel ich geben will. Es werden nur drei von uns in die Höhle gehen. Ich zahle für jede Person zehn Piaster, zusammen also dreißig. Bin ich am Schluß mit dir zufrieden, so bekommst du noch ein Bakschisch von zehn Piastern."

Das waren zusammen acht Mark, für einen ägyptischen Tagedieb und für die Zeit von zwei Stunden gewiß eine hinreichende Bezahlung. Er aber tat beleidigt. „Herr, wie kannst du mir das bieten! Die Höhle ist ungesund. Ich opfere den Fremden mein Leben, und wenn ich nicht mit euch gehe, so werdet ihr das Tageslicht nicht wieder erblicken." — „Wir werden es wiedersehen, obgleich wir auf deine Begleitung verzichten, denn wir werden einen andern Führer bekommen." — „Ihr bekommt keinen, denn ich bin der einzige." — „Lüge nicht! Jeder Einwohner dieses Dorfes ist in der Höhle gewesen und kann uns als Führer dienen. Ich werde es dir gleich beweisen."

Ich gebot den beiden Reitknechten, andre Leute zu holen, die keine solchen Ansprüche machten. Sie entfernten sich. Kaum aber waren sie eine kleine Strecke fort, so rief sie der Mann zurück und fragte mich, ob ich hundertfünfzig, dann hundert, achtzig usw. zahlen wollte, aber ich blieb hartnäckig. „Ich halte fest an meinem Wort. Ich gebe dreißig und als Bakschisch noch zehn, aber nur dann, wenn wir mit dir zufrieden sind." — „So muß ich mich fügen. Allah mag dir verzeihen, daß du die Sorge eines Armen vermehrst! Ich an deiner Stelle hätte dreihundert, also zehnmal mehr, gegeben."

„Da du nicht an meiner Stelle bist, so wirst du mich wohl selber zahlen lassen. Doch habe ich nichts dagegen, wenn du die Güte haben willst, es für mich zu tun." — „Herr, dein Herz ist hart und deine Rede klingt wie zwei Steine, die man gegeneinander schlägt. Kommt, ich werde euch führen."

Er schritt voran, und wir folgten ihm. Wir gingen durch das kleine Dorf und gelangten bald an den Fuß der steilen Höhle, hinter der sich die Wüste bis zum Roten Meer erstreckt. Dort lag ein Begräbnisplatz mit dem kuppelförmigen Grabmal eines Fakirs. Davor kniete auf einem Gebetsteppich ein Mann. Als er uns das Gesicht zuwendete, erblickte ich wahrhaft ehrwürdige Züge, wie ich sie noch selten gesehen hatte. Dieses Gesicht wurde von einem schneeweißen Bart eingerahmt, der bis zum Gürtel niederfiel.

Unser Führer blieb stehen, um sich vor dem Beter tief zu verneigen, wobei er die Hände über der Brust kreuzte. „Allah segne dich und sende dir Gnade und Leben, o Kaddîs[1])! Dein Weg möge zum Paradies führen!"

Der Alte erhob sich, trat uns langsam näher, warf einen forschenden Blick auf uns und antwortete dem Grüßenden: „Ich danke dir, mein Sohn! Auch dein Weg führe zur ewigen Wohnung des Propheten! Du willst zur Höhle?" — „Ja. Ich soll sie diesen Fremden zeigen." — „Tu es, damit sie erkennen, wie nichtig alles Irdische ist. Mag man dem Leib auch eine Dauer von Jahrtausenden geben, er muß doch zerfallen, damit Erde zur Erde, Staub zu Staub komme. Nur Allah ist ewig und hat allein dem Geist der Sterblichen erlaubt, an der Unendlichkeit teilzunehmen." Er wendete sich ab, drehte sich dann aber, wie von einem plötzlichen Einfall getrieben, wieder um, faßte mich scharf ins Auge und trat nahe zu mir heran. „Was ist das für ein Gesicht! Was sind das für Züge? Welche Gedanken wohnen hinter dieser Stirn? Ich möchte sie ergründen und dann in deine Zukunft blicken, denn mir ist die Gabe der Weissagung verliehen. Oder glaubst du nicht, daß Allah einem Sterblichen gestattet, in die Ferne zu blicken?" — „Gott allein weiß, was geschehen wird", erklärte ich. — „Er weiß es, aber er teilt es zuweilen einem seiner Gläubigen mit. Ich werde es dir beweisen. Ich kann deinem Gesicht nicht widerstehen. Es zieht mich an, wie die Sonne den Halm gen Himmel richtet. Reiche mir deine Hand! Ich will sehen, ob ich in ihren Linien das bestätigt finde, was ich in deinen Zügen erkenne."

Also Handlesekunst! Wer glaubt noch an solchen Humbug! Und doch sah dieser ehrwürdige Greis gar nicht einem Schwindler, einem Hokuspokusmacher ähnlich. Was sollte ich tun? Ihn durch eine Zurückweisung kränken oder gar beleidigen? Er kam meinem Entschluß zuvor, indem er meine Hand ergriff und ihre innere Fläche seinem Auge näherte. Nachdem er die Linien eine kurze Weile gemustert hatte, gab er meine Hand wieder frei.

„Diese Hand bestätigt alles, was dein Gesicht mir sagte. Deine Zukunft liegt offen vor mir, wie ein Haus, in dessen Tür ich trete, um mich in den Gemächern umzuschauen. Zweifelst du noch immer?"

„Ja." — „So will ich dir Vergangenes und Gegenwärtiges sagen, damit du nicht am Kommenden zweifelst. Du trägst die Kleider eines Gläubigen und sprichst die Sprache der Muslimin. Aber du bist kein Anhänger des Propheten, sondern ein Christ."

Da er mich dabei fragend anblickte, schüttelte ich nach dortiger

[1]) Heiliger

Sitte bejahend den Kopf. Dann fuhr er fort: „Es gibt viele Länder der Christen. Ich sehe jetzt nur zwei. Jedes steht unter einem mächtigen Herrscher, das eine unter einem König und das andre unter einem Kaiser. Beide bekriegen sich. Ich höre tausend Kanonen brüllen und sehe mächtige Reiterscharen gegeneinander rasseln. Der König siegt und führt den Kaiser gefangen mit sich fort. Dann erblicke ich auf dem Haupt des Königs eine Kaiserkrone und vernehme den Jubel seines Volkes[1]). Auch du jubelst, denn du bist ein Sohn des siegreichen Volkes."

Wieder sah er mich an, als erwarte er eine Antwort, und wieder schüttelte ich, ohne ein Wort zu sagen, bejahend den Kopf.

„Ich sehe ein Schiff mit großen Segeln", fuhr er fort. „Der Reïs ist ein Schwert der Gerechtigkeit, und du bist sein Freund. Ihr werdet viele Menschen glücklich machen und Ruhm und Ehre ernten. Ist dir ein solcher Reïs bekannt?" — „Ja", gestand ich, wobei ich an den Reïs Effendina dachte.

„Ich habe dir die Wahrheit gesagt und könnte dir nun auch die Zukunft zeigen. Aber da du gezweifelt hast, werde ich schweigen und dir nur einiges mitteilen, weil es dich vor großem Unheil, vielleicht gar vor dem Tod bewahrt. Das Auge meiner Seele erblickt einen Sohn der Rachsucht, der dir nach dem Leben trachtet. Er war dir schon öfters nahe, aber Allah beschützte dich. Wenn du ihm entgehen willst, so reise jetzt nicht weiter. Es ist Vollmond; bleibe bis zur Zeit des nächsten Viertels da, wo du dich jetzt befindest! Das wollte ich dir offenbaren. Glaube mir oder glaube mir nicht; mich erfreut oder betrübt es nicht. Dir aber wird es, je nachdem du handelst, Segen oder Unglück bringen. Allah geleite dich!"

Der Greis drehte sich um, kehrte zu seinem Teppich zurück und kniete darauf nieder, um sich wieder ins Gebet zu versenken. Er hatte keine Belohnung gefordert. Sein Verhalten ließ vielmehr erwarten, daß er jede Gabe zurückweisen würde. Darum störte ich ihn nicht und folgte mit den andern dem Führer, der jetzt wieder voranschritt.

Eine seltsame Begegnung. Der Weißbart hatte gewußt, daß ich ein Christ war. Er hatte mir, wenn auch nicht geradeheraus, erklärt, ich sei ein Deutscher. Seine Hindeutung auf den Reïs Effendina stimmte ebenso. Und dann die Warnung vor dem ‚Sohn der Rachsucht', was ich auf den Muza'bir beziehen mußte. Das stimmte alles, und ich konnte doch nicht annehmen, daß ich dem Wahrsager bekannt sei. Mir ist jeder Aberglaube fern und fremd, aber dieser alte Mann hatte doch einen ungewöhnlichen Eindruck auf mich gemacht. Ich erkundigte mich während des Weiterschreitens beim Führer nach ihm.

„Er ist ein heiliger Fakir, der wirklich in die Zukunft zu blicken vermag", lautete der Bescheid. „Er wandert von Ort zu Ort. Die Predigt ist seine Arbeit und das Gebet seine Nahrung. Sein Leib wohnt auf der Erde, sein Geist aber befindet sich schon jenseits dieser Grenzen."

[1]) Es ist der Krieg 1870/71 gemeint

Das klang nicht so, als hätte ich es mit einem Betrüger zu tun, und der Alte hatte auch nicht den Eindruck eines Schwindlers auf mich gemacht. Aber was sollte ich denn sonst denken? Ich beschloß, diese Angelegenheit einstweilen auf sich beruhen zu lassen und sie dann bei passender Gelegenheit oder geeigneter Stimmung wieder hervorzusuchen, denn jetzt mußte ich der Krokodilshöhle und dem Weg dorthin meine Aufmerksamkeit schenken.

Dieser Weg war keineswegs bequem. Er führte steil empor zur Hochebene. Sie war mit glitzernden, durchsichtigen Kristallrhomboiden bedeckt, die, ähnlich dem isländischen Spat, eine mehrfache Strahlenbrechung zeigten. Dabei gab es riesige schwarze Feuersteinkugeln, neben- und übereinander liegend, die der Gegend den Anschein gaben, als hätten hier zwei mit Kanonen bewaffnete Heere von Riesen einander eine Schlacht geliefert.

Auf dieser Hochebene erhob sich ein Hügel, in dem wir eine weite Öffnung bemerkten. Dürre Mumienreste, Zeugfetzen und Knochen lagen da umher und ließen vermuten, daß dieses Loch der Eingang der berühmten Höhle sei. Der Führer bestätigte es; wir befanden uns an Ort und Stelle. Ismail Ben Chalil hatte für drei Anzüge zum Besuch der unterirdischen Räume gesorgt, wie sie hier erforderlich waren. Sie bestanden nur aus einer leinenen Hose und Jacke. Die Kleidungsstücke, die wir jetzt trugen, konnten wir nicht anbehalten, da sie in der Höhle völlig zerfetzt worden wären.

Nun stieg der Führer ins Loch, das über zwei Meter senkrecht hinabführte. Dann half er mir, dem Stallmeister und Selim hinunter. Die Knechte, die draußen blieben, schickten uns an einer Schnur die Leinenanzüge und alles sonst Notwendige nach. Wir befanden uns in einem Dreivierteldunkel und wechselten nun die Kleider.

Selim, der ‚größte Held aller Stämme' war beim Anblick des engen Eingangs merklich kleinlaut geworden. Unterwegs hatte er sich laut und eifrig mit den Reitknechten unterhalten und ihnen erzählt, daß er schon weit über hundert Totenhöhlen besucht habe. Dann war seine Redseligkeit verstummt, und als er jetzt neben mir stand, meinte ich, ihn seufzen zu hören.

Wir brannten die Fackeln an, von denen jeder eine brennende und zwei als Vorrat erhielt, und sahen nun, wo wir uns befanden. Die Höhlung war hier unten weiter als oben und zeigte ein nach Norden gerichtetes, enges Loch, in das wir auf einen Wink des Führers kriechen mußten. Er kroch voran. Selim forderte mich auf, zu folgen, er wolle den letzten machen. Ich aber traute dem langen Urian nicht. Wie leicht konnte die Furcht ihn bewegen, zurückzubleiben! Wenn er dann den Rückweg nicht fand, konnte er in schlimme Gefahr geraten. Er mußte also vor mir ins Loch, und ich kroch hinter ihm her.

Sobald ich mich, auf Händen und Knien kriechend, im engen Gang befand, war ich von einer heißen, stinkigen Luft umgeben. Ich fühlte eine ängstliche Beklemmung, deren ich nur mit Anstrengung Herr werden konnte. Und je weiter wir vorrückten, desto dicker und unausstehlicher wurde die Luft.

„Allah, Allah!" hörte ich Ismail Ben Chalil hinter mir seufzen. „Gestern haben wir das Loch im Tell es Sir für den Eingang der Hölle gehalten. Was für ein Eingang könnte dann dieser Stollen sein? Der zur tausendfachen, zur tiefuntersten Hölle der Höllen. Warum kriecht man hier herein, während man draußen den hellen Tag und eine Luft der Erquickung hat?"

Schon nach kurzer Zeit wurde der Gang noch niedriger. Wir konnten uns nicht mehr auf Knien und Händen fortbewegen, sondern mußten uns auf den Bauch legen und uns so fortschieben. Da erklang vor mir das Stöhnen Selims: „Das ist fürchterlich, das treibt mir die Haare zu Berg. Ich kann es nicht mehr aushalten!"

Der Führer rief ihm etwas zu, was ich nicht verstehen konnte, da es in dem engen Gang zu dumpf klang. Da fuhr Selim zornig auf.

„Was hast du mir zu befehlen! Du wirst bezahlt und mußt schweigen und gehorchen! Ich fürchte mich nicht und nehme es sogar mit dem Teufel auf. Aber dieser Gestank tötet die sanften Gefühle meiner Nase, und wenn diese engen, schwarzen Wände vollends zusammenknicken, so werde ich zerquetscht wie ein Fisch im Rachen des Krokodils. Ich gehe nicht weiter mit und kehre um. Das Leben ist mir lieber als der Tod, und der Duft eines Tschibuks köstlicher als der Geruch dieser Hölle. Ich will zurück. Laßt mich vorüber!"

Selim rief das, als sei er schon nahe am Ersticken. Ich versuchte, ihn zu beruhigen, doch vergebens. Er brüllte förmlich vor Angst und Wut, und es blieb uns nichts andres übrig, als uns seinem Willen zu fügen. Da aber der Gang so eng war, daß er unmöglich an uns vorüber konnte, so war ich mit dem Stallmeister gezwungen, bis in die Vorhöhle zurückzukriechen. Dem Führer wurde bedeutet, da auf uns zu warten, wo er sich befand. Weil wir uns rückwärts bewegen mußten, wurde uns der Weg doppelt beschwerlich. Als wir vorn ankamen und Selim sich aufrichten und eine bessere, wenn auch nicht ganz reine Luft atmen konnte, ließ er einen tiefen Seufzer hören.

„Allah sei Dank! Noch einige Minuten und ich wäre erstickt. Nein, nein, keine Macht hätte mich einen Schritt weiter gebracht!"

„Ist das der Mut, von dem du vorhin sprachst?" bemerkte ich.

„Rede nicht von Mut, Effendi!" fuhr er mich an. „Stelle mich vor einem wirklichen Feind, und ich werde Wunder der Tapferkeit tun, aber mute mir nicht zu, mich um die Vorzüge meines duftliebenden Geruchs zu bringen. Hat der Mensch die empfänglichste Innigkeit der Nase erhalten, um sie sich hier rauben zu lassen? Sag, was du willst, ich bleibe hier!" — „Er hat recht", stimmte der Stallmeister bei. „Mir ist, als hätte ich fünf oder sechs Köpfe. Meine Augen schmerzen mich von dem Qualm der Fackeln, und meine Lunge ist wie zugebunden. Was gehen mich die toten Krokodile an! Wenn du erlaubst, warte ich mit Selim hier, bis du wiederkommst."

„Also auch du willst mich verlassen?“ — „Nicht verlassen. Wir bleiben ja in der Höhle. Nachdem ich diese kleine Strecke genossen habe, fühle ich mich befriedigt und habe keine Lust, tiefer in ihre Geheimnisse einzudringen.“ — „So bleibt hier! Ich werde ausführen, was ich mir vorgenommen habe.“

Ich fand den Führer an der Stelle, wo wir ihn verlassen hatten. Als er erfuhr, daß er es nur noch mit mir zu tun hatte, nahm er das mit Befriedigung auf, denn einer verursachte ihm weniger Mühe als drei, und von der vereinbarten Summe büßte er darum nichts ein.

Wir krochen weiter. Der Gang wurde noch enger und war mit scharfen Quarzkristallen bedeckt, die in die Hände und in die Kleidung schnitten. Dann ging es durch eine Spalte, die so schmal war, daß wir uns kaum hindurchzwängen konnten. Hinter ihr lag ein weiter, gewölbter Raum, mit Felsblöcken angefüllt. Dazwischen gab es Risse und Spalten, die senkrecht in die Tiefe fielen. Wer hier einen Fehltritt trat, war verloren. An der Decke und den Felswänden hingen Fledermäuse, eine dicht neben der andern. Durch unsre Fackeln erschreckt, flogen sie auf und flatterten mit bewundernswerter Geschicklichkeit, ohne uns zu berühren, um unsre Köpfe. Es waren so viele, daß ihr Flug wie das Brausen eines strömenden Wassers klang.

Nun ging es über die gähnenden Spalten hinweg, wieder in einen engen Gang, der leider auch voll Fledermäuse hing. Ihre Ausscheidungen bedeckten den Boden, über den wir mit den Händen krochen, und der Gestank wurde hier so abscheulich, so durchdringend, daß ich nahe daran war, auch umzukehren. Die Massen dieser Tiere wurden immer dichter, und der Gang verengte sich immer mehr. Die Flughäuter hatten nicht Platz, uns auszuweichen. Die flogen uns an die Köpfe, in die Gesichter, in die Flammen der Fackeln, so daß diese verlöschten. Da galt es, wieder anzuzünden. Kaum sprühte jedoch ein Zündhölzchen auf, so wurde es durch eine dagegenfliegende Fledermaus wieder ausgelöscht. Dennoch drangen wir weiter vor, bis wir in eine größere Kammer kamen, wo wir uns aufrichten und etwas freier atmen konnten. Aber auch hier gab es tiefe Risse, Sprünge und Höhlenlöcher, die nach verschiedenen Seiten abzweigten. In diesem Raum sah ich die erste, vollständig erhaltene Mumie. Es war die eines Krokodils, das eine Länge von etwa fünf Metern hatte.

Wir stiegen darüber hinweg und krochen in ein weiteres Loch, die Mündung eines Ganges, der uns in eine Art Halle führte. Da lagen die Mumien in Menge, aber nur Bruchstücke, viele Wagenladungen voll. Es gab da ganze Leiber, doch ohne Arm und Bein, halbe Rümpfe, ganze und zerbrochene Glieder, nicht nur von Krokodilen, sondern auch von anderen Tieren und sogar von Menschen. Hier war, wie es schien, ein förmlicher Jahrmarkt gehalten worden.

Ich suchte in den Resten, fand aber nichts Wertvolles, hatte auch gar nicht die Absicht, einen Ankauf zu machen. Was sollte ich mit einer Mumie! Da ich weiter nach Süden wollte, wäre sie mir höchstens unbequem geworden. Das Wühlen in dem wirren Durcheinander war übrigens unangenehm, und zwar wegen des dabei aufsteigenden Mumienstaubs, der entsetzlichen Hitze und des schrecklichen Geruchs.

Die Halle war, wie alle Räume und Gänge, durch die wir bis jetzt gekommen waren, mit einem schwarzen, klebrigen Überzug bedeckt, der sich abkratzen ließ, worauf das glitzernde Quarzgestein zum Vorschein kam. Dieser Überzug besteht aus Mumienpech, das infolge der Hitze nicht erstarren kann und so jenen durchdringenden Geruch verursacht.

Während ich in den Trümmern herumsuchte, beobachtete der Führer mich von der Seite. Ich befragte ihn, ob das alles sei, was die Höhle biete. Er bejahte. — „Das ist unmöglich!" widersprach ich. „Es muß noch viel mehr da sein in Kammern und Höhlen, die du mir nicht zeigst. Obgleich diese Höhle noch immer nicht vollständig erforscht ist, hat man vor einiger Zeit die Zahl der Mumien hier unten auf mehrere Hunderttausend geschätzt." — „Man hat dich falsch berichtet." — „O nein. Es sind Männer hier gewesen, deren Berichten man glauben muß. Die menschlichen Mumien waren regelmäßig nach Totenbetten geordnet, wobei wechselweise eine kreuzweis über der andern lag. Von Krokodilen hat es zehn Meter lange Mumien gegeben. Die kleinsten, die nur einen halben Meter und weniger lang waren, lagen zu je zwanzig oder fünfzehn in Ballen, um die Zweige und Wedel von Palmen gebunden waren. Solche Ballen gab es auch von Krokodileiern, von Schlangen aller Größen, von Fröschen, Eidechsen und Schwalben und andern Vögeln. Es müssen hier große Säle sein, die von oben bis unten mit Mumien vollgepfropft waren, so daß man kaum durch die engen Zwischenräume kriechen konnte. Wo befinden sich die Säle, und wohin sind die ungeheuren Leichenmengen gekommen?"

Da trat der Führer dicht an mich heran und legte mir seine Hand auf den Arm. „Willst du Mumien kaufen?" — „Nein." — „Warum kommst du dann in diese Höhle?" — „Aus menschlicher Teilnahme."

„Und doch stellst du solche Fragen! Du hast mir dreißig Piaster geboten. Verlangst du dafür die Enthüllung solcher Geheimnisse? Was geht dich unsre Höhle an, und was kümmern dich die Mumien, die sich deiner Ansicht nach darin befinden sollen! Du bist ein Franke und hast keinen Grund, mich zu verraten. Darum will ich dir nicht zürnen wegen deiner Sparsamkeit und dir etwas anvertrauen. Ich brauche deine dreißig Piaster nicht, denn ich bin reicher als du denkst. Der Fakir hat freundlich zu dir gesprochen und dich, was er bei andern niemals tat, in die Zukunft blicken lassen. Du mußt also ein Mann sein, den Allah liebt, und darum sollst du ein Andenken dieser Höhle haben. Warte eine kurze Zeit! Ich bin bald wieder da."

Er kroch mit seiner Fackel durch ein Loch und ließ mich allein. Meine war niedergebrannt, und ich zündete mir am Stummel eine neue an. Dann setzte ich mich auf den Körper einer Mumie, dem

Kopf und Beine fehlten. Seltsame Gedanken durchzuckten mich in diesem Augenblick der Einsamkeit! Der einzige Lebende mitten unter Leichentrümmern, tief im Innern der Erde! Wer war der Mann gewesen, auf dessen Leib ich hier saß? Er hatte gelebt, geliebt, gehofft und gelitten wie jeder Sterbliche. Vielleicht stand er an der Seite eines Pharao, und nun, nach viertausend Jahren, diente er einem Deutschen als Schemel!

Die Zeit verging. Eine Minute nach der andern verstrich, und der Führer kehrte nicht zurück. Hatte er mich durch seine Freundlichkeit getäuscht? Wollte er sich etwa für meine Sparsamkeit dadurch rächen, daß er mich hier sitzen ließ, damit ich, der ich den Weg nicht kannte, elend umkommen sollte? Ein andrer wäre in diesem Fall verloren gewesen; ich aber besaß noch eine ganze Fackel und traute mir zu, meine Spur und dadurch den Weg ins Freie zu finden. Das beruhigte mich. Aber mein Mißtrauen war unbegründet gewesen. Das Loch, in dem der Mann verschwand, wurde hell. Er kehrte zurück, in der einen Hand die Fackel und in der anderen ein kleines Paket, in feinstes Mumiengewebe gewickelt. Er legte es mir in die Hand.

„Das ist das Andenken, das ich dir geholt habe. Es ist nur ein kleiner Teil einer Mumie, aber er erinnert dich ebensogut an mich, wie eine ganze Leiche, die dich nur belästigen würde." — „Das soll ich nicht kaufen, nicht bezahlen, sondern du schenkst es mir?" erkundigte ich mich. — „Ja, ich schenke es dir." — „Darf ich den Grund erfahren? Es kann doch nicht allein deswegen sein, weil der Fakir freundlich mit mir gesprochen hat!"

„Nein. Der Grund ist der, daß du mir gefallen hast. Ich hörte unterwegs die beiden Reitknechte, die hinter mir gingen, von dir sprechen. Was ich da vernahm, stimmte ganz dazu, daß du mir nicht wie ein Unwissender gabst, was ich verlangte. Nimm getrost diese kleine Erinnerung mit heim. Ich tue mir keinen Schaden, indem ich sie dir schenke. Damit du weißt, was es ist, habe ich einen Zettel beigelegt, der die Wahrheit enthält, denn die auf diese Mumie bezüglichen Hieroglyphen sind entziffert worden."

„Ich nehme es an, ohne nachzusehen, was das Paket enthält, und danke dir. Ich gehe nach Khartum und hoffe, dich auf dem Rückweg wieder aufsuchen zu können. Vielleicht ist es mir dann besser möglich als jetzt, dir einen Beweis meiner Dankbarkeit zu liefern."

„Dessen bedarf es nicht. Du wirst mir immer willkommen sein. Nun aber wollen wir umkehren. Du hast nun so ungefähr gesehen, wie diese Höhle beschaffen ist; weiter brauchst du nichts zu wissen. In Beantwortung der Frage, die du vorhin an mich richtetest, will ich dir nur das eine sagen, daß es in dieser Gegend Mumienschätze gibt, von denen die Regierung, die den Handel und das Ausgraben verbietet, keine Ahnung hat. Komm, folge mir! Der Rückweg wird kürzer sein als der Herweg."

Jetzt erfuhr ich so recht, wie verschlungen die verschiedenen Gänge der Höhle waren, denn wir erreichten den Eingang im dritten Teil der Zeit, die wir gebraucht hatten, um in die letzte Halle zu gelangen. Der Mann hatte mich jedenfalls so geführt, daß wir die Gemächer, die kein Uneingeweihter sehen darf, nicht berührten. Der Stallmeister saß mit Selim im Eingangsloch. Sie waren nicht ins Freie gestiegen. Aus welchem Grund erfuhr ich sogleich. Beide baten mich, darüber zu schweigen, daß sie die Höhle nicht mit in Augenschein genommen hatten. Die Reitknechte sollten nicht erfahren, daß den beiden der Mut gefehlt hatte, in die Unterwelt einzudringen.

Wir stiegen hinauf, und ich kann sagen, daß mir das Tageslicht noch nie so hell und entzückend und die reine Luft noch nie so erquickend erschienen waren, wie jetzt, da ich die nach Mumienpech stinkenden, engen und finstern Gänge hinter mir hatte. Wir schritten dem Dorf zu. Der Fakir befand sich nicht mehr an der Stelle, wo er mit mir gesprochen hatte. Als wir unten beim Wasser ankamen, kauerte er, tief in Betrachtung versunken, in der Nähe unseres Bootes. Er schien uns nicht zu bemerken. Der Führer hatte uns bis hierher begleitet. Als ich Miene machte, ihm die ausbedungene Summe zu bezahlen, wehrte er mit beiden Händen ab.

„Willst du meine Seele beleidigen und mein Herz kränken? Jeder Piaster, den du mir anbietest, muß die Freundschaft, die ich für dich empfinde, mindern. Behalte dein Geld, und denke so gern an mich, wie ich mich deiner erinnern werde, und wenn du aus dem Süden zurückkehrst, so vergiß nicht, mich aufzusuchen; denn es wird mir eine große Freude sein, dein Angesicht wiederzusehen."

Er reichte mir die Hand und entfernte sich. Dieses Zurückweisen der Bezahlung kam den andern so seltsam vor, daß der Stallmeister staunte. „Allah tut Wunder! Erst verlangte dieser Mann zehnmal mehr, als wir geben wollten, und nun mag er gar nichts nehmen. Welchen Grund hat er, uns so zu verehren, daß er es nicht wagt, den Inhalt unsrer Beutel zu schmälern?" — „Das weißt du nicht?" fragte Selim. „So will ich es dir sagen. Wir sind mit einem Mut, wie niemand vor uns, in den Bauch der Erde eingedrungen, haben das Eingeweide des Gestanks durchforscht und uns mit dem Ruhm einer unvergleichlichen Kühnheit bedeckt. Das hat uns die Bewunderung dieses Führers errungen. Er hat gesehen, was für tapfere und verwegene Verehrer des Propheten wir sind, und wagt es nun nicht, uns den sündigen Mammon abzufordern. Das ist der Grund seiner Bescheidenheit."

Der Prahler hatte sich mit dieser Rede an die Reitknechte gewendet, die seinen Ruhm in Siut verbreiten sollten. Der Lange war wirklich unbezahlbar, ein Aufschneider sondergleichen! Der Stallmeister wußte nicht, was er zu dieser Unverfrorenheit sagen sollte. Er tat, was das klügste war, er schwieg, und auch ich hielt es nicht für der Mühe wert, eine Bemerkung zu machen.

Als wir ins Boot gestiegen waren und uns anschickten, vom Land zu stoßen, erhob sich der Fakir von der Erde, kam zu uns herbei und fragte mich: „Effendi, es scheint, ihr richtet eure Fahrt gegen den Strom?“ — „Ja, wir segeln aufwärts nach Siut.“ — „Dann erlaube, daß ich einsteige und mit euch fahre! Ich will dort beten.“

Er setzte sich mir gegenüber, ohne meine Erlaubnis abzuwarten. Das konnte mich nicht befremden. Ein Fakir ist ein Mann, der allem Tand der Erde entsagt, um allein Gott zu dienen. Er lebt in freiwilliger Armut und wird als heilig betrachtet, und kein guter Mohammedaner wird ihm die Erfüllung eines nicht unbilligen Wunsches versagen. Es war daher selbstverständlich, daß er nicht wartete, bis ich seine Bitte beantwortet hatte. Ich erfüllte sie ihm übrigens vom Herzen gern, weil er einen so günstigen Eindruck auf mich gemacht hatte. Seine Gegenwart störte mich auch nicht, denn kaum hatte er sich niedergesetzt, so bog er den Oberkörper weit vor, blickte unausgesetzt zu Boden, ließ die Kugeln der Gebetskette durch die Finger gleiten und bewegte betend die Lippen. Er war wieder ‚in Allah versunken‘.

Auf ein Gespräch verzichtete ich. Noch war mir die Brust von der schlechten Höhlenluft beklemmt, und die düstern Bilder, die ich vor Augen gehabt hatte, hafteten in meinem Innern und stimmten mich schweigsam. Ich zog das Geschenk des Führers aus der Tasche und löste es aus seiner Umhüllung. Da kam eine Hand, eine rechte, weibliche Hand zum Vorschein, kurz hinter dem Gelenk wie mit einem Messer vom Arm getrennt. Sie war klein und fein gegliedert. Es schien die Hand eines zwölfjährigen Mädchens zu sein. In Anbetracht der hier gegebenen Verhältnisse aber mußte die einstige Besitzerin wohl siebzehn Jahre alt gewesen sein. Die Farbe war ein dunkles Zitronengelb mit leisem Bronzeglanz. Die Finger waren leicht gebogen, wie beim Anbieten oder Empfangen einer Gabe. Die innere und äußere Fläche enthielten je eine gut erhaltene Vergoldung. Die erste Vergoldung stellte einen Cheper vor, den Skarabäus, den heiligen Käfer der Ägypter, der ein Sinnbild der Sonne und der Weltschöpfung war. Die andre Vergoldung zeigte die heilige Uräusschlange. Da sich nur Könige und die Mitglieder königlicher Familien dieses Zeichens bedienen durften, mußte ich vermuten, daß ich die Hand einer königlichen Prinzessin, einer Pharaonentochter, in der meinen hielt.

Die Umhüllung barg einen kleinen Zettel, auf dem in arabischer Schrift und Sprache die Worte standen: „Das ist die rechte Hand von Duat nefret, der Tochter von Amenemhe't III.“ Wenn die Worte die Wahrheit sagten, so hatte ich ein kostbares Geschenk erhalten, denn dieser Amenemhe't III. ist der berühmteste des zwölften Herrschergeschlechts gewesen. Er hat ungefähr zweitausend Jahre vor unsrer Zeitrechnung gelebt, also war die Hand gegen viertausend Jahre alt. Und doch war sie wunderbar gut erhalten. Sie besaß die ganze Fülle jugendlicher Form, und die Hennah-Färbung der Nägel war noch deutlich zu erkennen. Hätte sie nicht Mumienhärte besessen, so hätte man denken können, sie sei erst vor wenigen Augenblicken einem lebenden Fellahmädchen abgeschnitten worden.

Ich wollte die Hand wieder in den Umschlag hüllen. Da streckte der alte Fakir die Rechte danach aus, um mir das Geschenk wegzunehmen und zu betrachten. Während sein Auge darauf ruhte, wiegte er den Kopf. Dann reichte er mir die Mumienhand zurück.

„Eine Hand aus dem Harem eines vornehmen Mannes. Was mag sie gegeben haben, Liebe oder Haß? Und was mag sie empfangen haben, Glück oder Unheil? Nun gibt und empfängt sie nichts mehr. Du wirst sie mit in deine Heimat nehmen, um sie aufzubewahren. Aber sie wird doch in Staub zerfallen, denn alles, alles muß einmal vergehen, und nur Allah allein bleibt, wie er ist. Suchst du hier solche Überreste?" — „Nein. Aber es ist sehr fesselnd, sie zu sehen."

„Was hast du da gesehen? Die Leichen von Krokodilen und Schlangen, einige Überreste menschlicher Körper. Das ist nichts. Ich kenne Gräber, in denen die Körper von Königen und Königinnen nebeneinander liegen, und kein Abendländer wird sie zu Gesicht bekommen."

„Aber sie sind noch andern bekannt?" — „Nein. Der Urahne meiner Vorfahren hat sie entdeckt, und die Kunde davon ist auf die Nachkommen übergegangen. Ich bin der letzte, und wenn ich zu Allah gehe, wird es keinen Menschen geben, der das Geheimnis kennt." — „So willst du es niemand mitteilen?" — „Nein. Wenn es einer erführe, würden die Fremden kommen und die Särge ihres kostbaren Inhalts berauben, denn darin befinden sich außer den Leichen noch viele goldne Gegenstände, nach denen die Franken trachten. Es gibt da weit mehr als zweihundert Särge, und auf jeden ist eine Gestalt gemalt, die ein Tuch auf dem Kopf trägt und eine Sichel oder ein krummes Messer in der Hand hat."

Das war eine höchst wichtige Bemerkung. Eine Sichel! Zu den Hoheitszeichen der ägyptischen Könige gehörte der Chopesch (Schenkel), ein sichelartiges Schwert, ebenso wie der Krummstab und die Geißel. Sollten die Särge, von denen der Alte sprach, Königsleichen enthalten? Er hatte ein Kopftuch erwähnt. Die Könige trugen ein solches von eigenartiger Form.

„Es sind Könige und Königinnen, Prinzen und Prinzessinnen, die da begraben liegen", sagte er. „Und an den Wänden gibt es Bilder und Zeichen, die von den Franken Hieroglyphen genannt werden. Man kann diese Dinge einen ganzen Tag lang betrachten, ohne fertig zu werden."

Das brachte der Mann so gleichgültig vor. Und doch handelte es sich jedenfalls um Königsgräber, um Denkmäler und Inschriften von allergrößter Wichtigkeit. Er allein kannte das Geheimnis und wollte es nicht verraten. Und doch, welch ein Gewinn wäre die Entdeckung für die Wissenschaft gewesen! War es denn gar nicht möglich, ihn zur Mitteilung zu bewegen? Ich gab mir alle Mühe, das Gespräch fortzusetzen und diesen Gegenstand festzuhalten. Er wich mir aus, doch ich faßte ihn wieder. So ging es eine Weile fort. Der Weißbart mußte merken, wie lebhaft mich die Sache beschäftigte. Er wurde nachdenklicher, brach ganz ab, betrachtete mich eine Weile, als wollte er mein Inneres ergründen, näherte dann seinen Kopf dem meinigen und flüsterte: „Sagst du die Wahrheit, wenn du behauptest, daß du keine Altertümer suchst?" — „Ja." — „Und doch fragst du mich in dieser Weise aus?" — „Das geschieht aus reiner Wißbegierde. Ich würde sehr viel darum geben, wenn ich diese Särge einmal sehen könnte." — „Welchen Nutzen hättest du davon?"

„Ich werde es dir erklären. Ich habe schon immer gern fremde Länder besucht, um die Sprachen der Völker, die da wohnen, kennen und sprechen zu lernen. Ich verstehe auch Sprachen von Völkern, die nicht mehr leben. Nun habe ich einige Bücher daheim, in denen die Sprache und die Schrift derer behandelt wird, die hier in den Mumiengräbern begraben liegen. Ich habe mir viele Mühe gegeben, den Inhalt dieser Bücher zu verstehen, und weiß nicht, ob es mir gelungen ist. Könnte ich deine Mumiensärge sehen, so wäre es mir möglich, die Probe zu machen, ob ich aus meinen Büchern etwas gelernt habe. Wäre das der Fall, so würde ich mich unendlich freuen."

Ich hatte mich in dieser Weise ausdrücken müssen, weil er mich sonst nicht verstanden hätte. Er wiegte sein greises Haupt hin und her, schien mit sich zu kämpfen und sagte dann wieder so leise, daß nur ich ihn verstehen konnte: „Effendi, ich habe in deine Vergangenheit und in deine Zukunft geblickt. Ich kenne dich und weiß, daß ich dir vertrauen kann. Du sollst die Freude haben, nach der du dich sehnst. Doch mache ich die Bedingung, daß du bis zu meinem Tod zu keinem Menschen über dieses Geheimnis sprichst." — „Dann aber darf ich es andern mitteilen?" — „Dann ja, eher nicht. Du bist ein Christ. Ich weiß aber, daß Allah dich liebt. Darum sollst du der Erbe dessen sein, was ich verschwiegen in mir getragen habe. Beute es nach deinem Wohlgefallen aus! Ich habe nichts dagegen."

„Und wann wirst du mir meinen Wunsch erfüllen?" — „Morgen, denn heut habe ich keine Zeit, da ich beten muß. Doch werde ich für einige Minuten zu dir kommen, um dir das Nötige mitzuteilen. Wo finde ich dich?" — „Im Palast des Pascha. Ich bin der Gast des Mir achor, der hinter dir auf der Bank sitzt. Also ich kann mich darauf verlassen, daß du kommst?" — „Ich komme. Sprechen wir jetzt nicht weiter davon!"

Der Greis fiel wieder in sein früheres Nachdenken zurück, und mir ging es nicht anders. Ich sann über den Grund des Vertrauens nach, das er mir bewies. Ich hatte doch gar nichts an mir, was ihn bewegen konnte, mir sein Geheimnis zu offenbaren. Auch konnte ich ihm nicht den geringsten Vorteil dafür bieten. Ich kam auf den Gedanken, daß er eine besondere Absicht hegen müsse, eine selbstsüchtige, vielleicht für mich schlimme Absicht. Aber warum? Ich hatte ihm ja nichts getan. Welchen Grund konnte er haben, mir zu schaden? Ich ließ den Gedanken bald wieder fallen. Der fromme Mann hatte sich ja so freundlich zu mir verhalten, und sein ehrwürdiges Gesicht hatte keinen einzigen Zug, der auf Hinterlist oder Heimtücke schließen ließ.

10. Auf der Verfolgung des ‚Gauklers'

Als wir in El Hamra, dem Vorort von Siut landeten, verabschiedete sich der Fakir mit kurzem Gruß von uns und war bald hinter den Gärten verschwunden. Wir aber wanderten zum Palast, wo das Mittagsmahl auf uns wartete. Ich wär gern noch einmal durch die Stadt gegangen, mußte aber daheimbleiben, um den Fakir zu erwarten. Er kam kurze Zeit nach dem Asr, dem Nachmittagsgebet, das nach unsrer Zeit um drei Uhr vorgeschrieben ist. Ich empfing ihn in meiner Stube, wo ich mich mit ihm allein befand. Er erlaubte nicht, daß ich Pfeife und Kaffee für ihn kommen ließ, und gab auch seine Gründe dafür an: „Jeder Gläubige darf rauchen, denn Allah ist nachsichtig mit der Schwäche des Menschen. Ein Strenggläubiger aber enthält sich des Tabaks. Und da das Wasser des Nils meinen Durst stillt, so sehe ich nicht ein, weshalb ich Kaffee trinken soll. Das Fasten ist meine Nahrung und das Gebet meine Speise. Gibt es unter den Christen auch solche Leute?"

„Ja, wir hatten und haben viele fromme Männer, die den Freuden und Genüssen der Welt entsagt haben, um sich allein mit Gott zu beschäftigen." — „Wohl ihnen, denn je weiter die Seele sich von der Erde entfernt, desto näher ist ihr der Himmel. Doch ich kam nicht, um mit dir solche Betrachtungen anzustellen, sondern um von den Königsgräbern zu sprechen. Willst du sie noch sehen?"

„Das versteht sich. Ich sehe keinen Grund, meinen Wunsch fallen zu lassen." — „So mache dich für morgen, eine Stunde vor dem Mittag, fertig. Ich erwarte dich draußen vor dem Tor." — „Wohin führst du mich?" — „Wir haben nur eine Stunde zu gehen." — „So nahe liegt der Ort? Trotzdem bist du der einzige, der die Gräber kennt?"

„Ja, der einzige, denn dieser Ort ist so beschaffen, daß niemand da alte Gräber vermutet." — „Und welche Vorbereitungen soll ich treffen?" — „Sie bestehen nur darin, daß du einen Strick und eine Fackel mitnimmst, wie heute in die Höhle von Maabdeh." — „Nur eine?" — „Ja, sie wird reichen. Doch habe ich auch nichts dagegen, wenn du dich mit mehreren versehen willst." — „Wie lang soll der Strick sein?" — „So lang, daß sich drei Männer, die nacheinander in die Tiefe steigen, daranbinden können. Das muß geschehen, damit einer, wenn er fällt, von den beiden andern gehalten wird." — „Drei? Du nimmst noch jemand mit?" — „Nein. Nicht ich, sondern du wirst das tun. Du mußt einen Diener haben." — „Und ich habe geglaubt, du wolltest nur mir dein Geheimnis anvertrauen." — „Wir bedürfen der Hilfe einer dritten Person, und darum muß ich mich leider, wenn ich dir mein Versprechen halten will, außer dir noch einem offenbaren. Doch werde ich ihn schwören lassen, daß er niemals etwas verrät. Du hast doch einen Diener?" — „Nein." — „Ich habe den langen Mann, der mit dir in Maabdeh war, für deinen Diener gehalten." — „Er ist der Diener eines Freundes von mir." — „Das ist so gut, als wäre er der deinige. Kann er jetzt kommen? Ich will mit ihm sprechen."

Ich schickte um Selim, der sogleich kam. Der Fakir musterte ihn prüfend und fragte ihn dann: „Wie ist dein Name?" — „Kennst du ihn noch nicht?" lautete die stolze Antwort. „Er ist in allen Dörfern und Zelten bekannt und hat die Länge des ganzen Nils. Wer ihn nicht vollständig gebrauchen will, was allerdings zu raten ist, da die Aufzählung meines vollen Namens viel Zeit in Anspruch nimmt, der nennt mich kurzweg Selim."

„Gut! Also, Selim, hast du Mut?" — „Mut? Wie ein Löwe oder vielmehr wie zehn Löwen, wie hundert, wie tausend Löwen. Ich bin der kühnste Krieger meines Stammes und nehme es mit allen Helden der Welt auf." — „Nun, ich werde dich auf die Probe stellen!"

„Tu das! Es ist noch nie ein Mensch geboren worden, der sich in Beziehung auf Tapferkeit mit mir vergleichen könnte." — „Du bist in der Höhle von Maabdeh gewesen; du fürchtest dich also nicht vor den Tiefen der Unterwelt?" — „Ganz und gar nicht. Ich würde mich sogar vor der Hölle und allen ihren Teufeln nicht fürchten." — „Das ist mir lieb, denn du sollst mit uns eine Höhle besuchen." — „So komm schnell, und zeig sie mir! Ich bin bereit, bis in ihr äußerstes Ende zu kriechen." — „Nur Geduld! Wir werden sie erst morgen besuchen. Es darf niemand etwas davon erfahren, weder jetzt noch später. Willst du mir Verschwiegenheit zuschwören?" — „Gewiß!"

„So laß dir von Kara Ben Nemsi Effendi das übrige mitteilen! Ich bin jetzt fertig und muß wieder fort. Morgen zur festgesetzten Zeit werde ich am Tor sein. Also seid verschwiegen! Wenn man euch fragt, wohin ihr gehen wollt, könnt ihr ja sagen, daß es euch beliebt, die Stadt anzusehen." — „Ich werde gar nichts sagen", meinte Selim. „Ich bin der vornehmste Mann meines Stammes und lasse mich nicht ausfragen. Ich gehe mit, um den Effendi zu beschützen, und kein Mensch braucht zu erfahren, daß er ohne mich nirgends, und also auch in dieser zweiten Höhle nicht, bestehen kann. Sei guten Mutes! Ich bin der Mann, auf den du dich verlassen kannst!" Er machte bei diesen Worten eine so huldvoll erhabene Handbewegung, wie ein König, der einen Untertan in Gnaden entläßt. Der Fakir ging, und Selim wandte sich an mich: „Einen zuverlässigen Freund zu besitzen ist der größte Trost des Elends und die süßeste Beruhigung des Schwachen. Wenn ich meine Hand über dich halte, können dir die Völker der Erde nichts anhaben, und solange die Zärtlichkeit meines Auges auf dir weilt, leuchten dir tausend Sonnen des Wohlstandes und Millionen Sterne des Überflusses. Ich bin der Beschützer aller Beschützer und Beschützten. Meine Macht ist wie —"

„Wie gar nichts!" unterbrach ich ihn. „Schweig mit deinen Aufschneidereien! Fühlst du denn nicht, daß du dich damit nur lächerlich machst?" — „Lächerlich?" fragte er empört. „Effendi, das hätte ich nicht von dir gedacht! Du mißachtest meine Gegenliebe und enttäuschst die Gefühle der Zusammengehörigkeit unsrer Herzen. Ich hänge an dir mit allen Tätigkeiten meiner irdischen Anwesenheit und tränke dich mit den Vorzügen der Großartigkeit, die Allah mir verliehen hat. Und anstatt mir dafür Dank zu wissen, redest du von Aufschneidereien und von Lächerlichkeit. Das betrübt mich bis auf die Gebeine und zerrüttet das Gleichgewicht meines ganzen Wesens."

Wahrhaftig, es standen ihm die Tränen in den Augen! Hatte dieser sonderbare Mensch mich wirklich so lieb? War ihm das Prahlen so zur zweiten Natur geworden, daß er es einfach nicht lassen konnte, daß es ihm unmöglich war einzusehen, daß er nur Unsinn redete? Ich wählte meine Worte freundlicher. „Aber, Selim, denke doch an gestern zurück! Welches Geständnis hast du mir denn gemacht, als ich dir die hundert Piaster zurückgab?"

„Ein Geständnis? Ich weiß von nichts", erklärte er im Brustton der Überzeugung. — „Du hast mir und den andern eingestanden, daß du nicht fähig bist, mein Beschützer zu sein." — „Effendi, kränke mich nicht abermals! Ich habe es gesagt, weil ich dir gehorchen wollte und weil ich ein armer Mann bin, dessen Beutel an der Krankheit des Mangels dahinstirbt wie die Schwalbe, wenn sie keine Fliegen findet. Nur deshalb gingen solche Worte aus meinem Mund. Im stillen aber mußt du dir gesagt haben, daß ich dir nur mit größter Überwindung diese Worte nachsprechen konnte, denn ich bin wirklich der Mann, der sich vorgenommen hat, dich vor allen Fährlichkeiten treulich zu bewahren. Frage meinen Freund! Er wird es mir bezeugen, daß ich stets nur an dein Wohlergehen denke."

„Welchen Freund?" — „Der, mit dem ich hier angekommen bin, mit dem ich bei dem Gärtner wohnte, bis ich dir begegnete. Ich habe ihn dadurch, daß ich ihn verließe, um hierher zu dir zu ziehen, schwer betrübt, denn er ist nur mir zuliebe in Siut ausgestiegen. Wir mußten, da das Schiff hier gar nicht hielt, in einem Boot ans Ufer gehen. Auch er wollte dich gern sehen, denn ich hatte ihm so viel von dir erzählt, daß er ganz begierig wurde, einen solchen Effendi kennenzulernen." — „Warum hat er sich da nicht bei mir blicken lassen?"

„Weil mein Freund es nicht wagte, dich zu belästigen. Du bist ein vornehmer und gelehrter Effendi, während er ein armer Händler ist. Aber trotzdem würde dich seine Gegenwart wohl erfreuen und unterhalten, denn er hat eine sehr geschickte Hand und weiß eine solche Menge von Kunststücken zu machen, daß er es sicher mit dem besten Muza'bir aufnehmen könnte."

Diese Worte überraschten mich. Ich fragte nach dem Schiff, mit dem die beiden gekommen waren, und erfuhr zu meinem Staunen, daß es das Fahrzeug war, auf dessen Deck ich den Taschenspieler gesehen hatte. Ich ließ mir den Mann genau beschreiben und erhielt Antworten, die mich überzeugten, daß der Gaukler, der mir nach dem Leben trachtete, mit dem ‚Freund' Selims identisch sei.

Also befand sich dieser Mensch hier in Siut! Da konnte ich mich nur in acht nehmen, denn daß er mich nicht aus den Augen lassen, sondern alles versuchen würde, den mißlungenen Angriff doch noch auszuführen, hielt ich für sicher.

„Du hast zu diesem Händler von mir gesprochen?" fragte ich. „Hat er sich nach meinen Verhältnissen und nach dem Ziel meiner Reise erkundigt?" — „Ja, sehr genau." — „Du hast ihm gesagt, daß ich in Siut auf Murad Nassyr warte?" — „Gewiß! Warum hätte ich es ihm nicht sagen sollen?" — „Du hattest allerdings keine Veranlassung, es ihm zu verschweigen, denn er hat es schon vorher gewußt." — „Nein, Effendi. Er hat von dir überhaupt nichts gewußt."

„O doch! Nubar hat an Bord der Dahabijeh, mit der ich fahren wollte, gehört, daß ich die Absicht hatte, in Siut auszusteigen. Freilich hat er dir wohlweislich verschwiegen, daß er mich kennt, denn du hast der Aufpasser sein sollen, durch den er mich im Auge behält."

„Du irrst. Wäre deine Vermutung wahr, so hätte er es mir mitgeteilt, denn er ist ein sehr aufrichtiger und liebenswürdiger Mann. Ich bin der größte Menschenkenner meines Stammes und kann mich nie in einem andern täuschen." — „Hier hast du dich nicht nur getäuscht, sondern du bist geradezu betrogen worden. Ich habe dir erzählt, in welcher Weise man mir auf der Dahabijeh nach dem Leben trachtete. Nun wohl, dein aufrichtiger und liebenswürdiger Freund ist jener Gaukler, der mir die Brieftasche nahm." — „Allah, Allah!" rief Selim erschrocken. „Das ist unmöglich!" — „Es ist die volle Wirklichkeit. Er ist nach Siut gefahren, um mich hier zu erwarten. Irgendein Umstand hat dich mit ihm zusammengeführt, und er hat diesen Umstand benutzt, um mich zu beobachten, ohne daß ich ihn zu sehen bekomme. Du hast ihm doch erzählt, daß du mir begegnet bist, und daß ich hier bei dem Stallmeister wohne?" — „Allerdings. Doch bat er mich, dir davon nichts zu sagen." — „Das glaube ich gern. Bist du, seit du bei Daud Aga wohnst, wieder mit diesem saubern Freund zusammengekommen?" — „Ja, gestern abend, eine Stunde nach dem Nachtgebet. Er erwartete mich an der Brücke, an der ich dich getroffen habe." — „Was wollte Nubar da wissen?"

„Er fragte, was du heut unternehmen würdest, und ich benachrichtigte ihn von deiner Absicht, die Gräber von Maabdeh zu besuchen."

„Hm! Was noch?" — „Weiter nichts. Es gingen viele Leute vorüber, unter denen du dich befinden konntest. Darum hat er nur wenige Worte mit mir gesprochen." — „Du siehst, daß ich Nubar nicht sehen soll, daß er sich also vor mich fürchtet. Wie unvorsichtig bist du gewesen! Wäre er ein ehrlicher Mann, so brauchte er sich nicht vor mir zu verstecken. Das hätte dich mißtrauisch machen sollen. Wann wirst du ihn wieder treffen?" — „Ich soll erst dann in seine Wohnung kommen, wenn ich höre, daß du von hier abreisen willst. Das soll ich ihm melden." — „Du hast unbesonnen gehandelt. Vielleicht ist es möglich, den Fehler wieder gutzumachen."

„Effendi, schilt mich nicht! Alle Welt ist überzeugt, daß ich der Weiseste meines Stammes bin, aber Allwissenheit kannst du unmöglich von mir verlangen. Wie konnte ich ahnen, daß dieser Mann dein Feind ist! Übrigens hast du ihn noch nicht gesehen; du kennst ihn nur aus meiner Beschreibung und kannst dich leicht irren."

„Ausgeschlossen. Du sollst dich bald davon überzeugen, wer dein Bekannter ist. Der Mann wird eine Gelegenheit suchen, heimlich an mich zu kommen. Findet er sie nicht, so will er mir folgen. Darum sollst du ihn von der Zeit meiner Abreise benachrichtigen. Er wird früher oder später seinen Angriff gegen mich wiederholen, und so gebietet mir die Klugheit, ihm zuvorzukommen. Wir werden ihn jetzt aufsuchen." — „Das geht nicht, Effendi, weil er mir sehr zürnen würde." — „Was kümmert dich sein Zorn?" — „O sehr viel! Er gleicht im Zorn einem Löwen. Das habe ich erfahren, als ich ihm erzählte, daß du mir geholfen hast, drei Gespenster zu fangen."

„Ich dir, Selim?" — „Ja doch." — „Besinne dich! Als ich die zwei Gespenster fing, während mir das dritte entkam, lagst du unter der dicken Matte im Hausflur." — „Effendi, verdrehe doch nicht die Tatsachen! Mein Gedächtnis ist das berühmteste in meinem ganzen Stamm, und so weiß ich genau, was geschehen ist. Ich erzählte meinem Freund davon. Ich sagte ihm, daß ich in dem obersten Gespenst, als ich es in deinem Schlafzimmer überwältigt und gefesselt hatte, den Mokkadem der heiligen Kadirine erkannte. Darüber ergrimmte mein Freund so, daß er zur Pistole griff und mich zu erschießen drohte. Ich mußte ihm versprechen, nie wieder ein Wort über meine Heldentat zu erzählen. Ja, er ist entsetzlich in seinem Zorn. Wenn ich mit dir zu ihm komme, muß er doch erkennen, daß ich zu dir von ihm gesprochen habe, und da er mir das streng verboten hat, muß ich gewärtig sein, daß er mich auf der Stelle tötet."

„Gut! Ich sehe, daß du dich fürchtest und mag um diese Sache nicht mehr Worte machen. Wer Angst hat, bleibt hier; wer aber Mut besitzt, sucht den Gegner auf. Ich fürchte mich nicht; darum gehe ich. Und du —?"

Da reckte sich Selim hoch auf und schlug mit der Faust an seine Brust. „Und ich? Natürlich gehe ich mit. Ich werde mich vor dich hinstellen, um dich mit meinem Leib zu schützen, und so werde ich stehenbleiben, selbst wenn mein Freund mir so viele Kugeln durch den Leib schießt, daß dieser einem Sieb gleicht. Laß uns aufbrechen! Ich bin begierig, dir zu zeigen, was die wahre Tapferkeit vermag."

Jetzt hatte ich Selim da, wo ich ihn haben wollte. Wir gingen. Er schritt mit seinen langen Beinen zunächst so schnell aus, daß ich seinem Eifer Einhalt tun mußte. Je weiter wir kamen, desto langsamer bewegte er sich, und als wir endlich in die enge Gasse einbogen, in der der Hauswirt seines Freundes, der Gärtner, wohnte, wurden seine Schritte so klein, daß ein Kind ihn spielend überholen konnte.

„Effendi", meinte Selim pfiffig, „es ist noch Tag. Wollen wir nicht lieber warten, bis es dunkel geworden ist, weil der Feind da nicht so gut zielen kann?" — „Er wird gar nicht zielen. Wir befinden uns nicht in der Wüste, sondern in einer Stadt, in der Hauptstadt Oberägyptens sogar. Da wagt es niemand so leicht, auf einen Menschen zu schießen. Im übrigen soll es mir auch recht sein, wenn er es tut. Du willst dich ja für mich durchlöchern lassen."

Da blieb der lange Prahlhans stehen. „Jawohl, das werde ich, von Herzen gern, aber nur heute noch nicht! Es wäre doch jammerschade um mein schönes Heldentum, wenn es vorschnell vernichtet würde. Laufe nur; ich gehe mit. Ich trete mit Verwegenheit in die Stapfen deiner Füße. Du kannst dich auf mich verlassen; denn ich werde dir nicht den Rücken zeigen. Nimm deine Sinne und Gedanken zusammen, denn das nächste Haus ist es, in dem der Gärtner wohnt."

Das ‚Haus' war schon mehr eine Hütte, auch vorn ohne Fenster, schmal und niedrig aus schwarzem Nilschlamm aufgeführt. Die Wand hatte verschiedene Risse, und die Tür hing schief in den ledernen Angeln. Sie war nicht verriegelt. Ich stieß sie auf und trat in einen engen, finsteren Hausgang, in dem ich von allen möglichen Düften, nur von keinem Wohlgeruch, umgeben war. Er führte auf einen kleinen Hofplatz, der auf allen vier Seiten wie von Schlammhügeln umgeben wurde, die zwar menschliche Wohnungen enthalten sollten, eigentlich aber kaum Ziegen- oder Kaninchenställe bergen konnten.

In der Mitte dieses Hofs saßen auf einem Schutthaufen vier Männer, drei ältere und ein jüngerer. In dem jüngern erkannte ich sofort Nubar, den Taschenspieler. Er mich erblicken, aufspringen und in einem mir gegenüberliegenden Loch, das eine Tür vorstellen sollte, verschwinden, das war eins. Ich wollte ihm augenblicklich nach. Aber die drei Alten hatten sich gleichfalls schnell erhoben und stellten sich mir in den Weg. „Wer bist du? Was willst du hier?" fragte mich der eine, vermutlich der Hausherr.

„Wer ich bin, wird dir mein Begleiter sagen, den du ja kennst, weil er bei dir gewohnt hat", antwortete ich, indem ich mich umdrehte, um auf Selim zu zeigen. Er war aber unsichtbar; denn er hatte es vorgezogen, mir nicht zu folgen, was ich in der Dunkelheit des Hausgangs nicht bemerkt hatte. Darum gab ich nun selber die nötige Erklärung. „Ich bin ein Bekannter von Selim, der bis vorgestern dein Gastfreund war. Er steht draußen vor der Tür. Rufe ihn herein! Ich habe unterdessen mit dem Gaukler zu sprechen."

„Hier gibt es keinen Gaukler."

„O doch! Nubar ist soeben bei euch gesessen und hat sich bei meinem Erscheinen schnell entfernt, um mir, seinem besten Freund, da drinnen einen festlichen Empfang zu bereiten. Laß mich zu ihm, damit ich mich an der Wonne seines Angesichts labe!"

Ich schob den Alten zur Seite und schritt rasch zu dem Loch. Ich hielt dieses Unternehmen nicht für gefährlich, und der Erfolg rechtfertigte diese Ansicht, denn als ich mich durch den Eingang geschoben hatte, war der Taschenspieler nicht zu sehen. Ich befand mich in einem so niedrigen Raum, daß mein Kopf beinah an die Decke stieß. Dieser Raum war so breit wie der Hof und hing mit keinem andern zusammen. Es führte keine Treppe empor. Dem Loch, durch das ich eingetreten war, lag ein zweites gegenüber, durch das sich der Schelm entfernt haben mußte. Ich ging da hinaus und stand nun im ‚Garten' des Gärtners. Darin war kein Baum, kein Strauch zu sehen. Acht kleine Beete, die nur mit Zwiebel und Knoblauch bepflanzt waren, nehmen die ganze Länge und Breite dieses ‚Gartens' ein, von dessen Ertrag der Besitzer sein Leben fristete. Es gab da nicht den kleinsten Winkel, in dem der Gaukler versteckt sein konnte, und doch war er nicht zu erblicken. Als ich den Boden untersuchte, fand ich seine Fußstapfen in der weichen Erde der lockern Beete. Nubar war gerade darüber hinweggeeilt, um über die niedrige Mauer in den benachbarten Hof und von da weiter zu entkommen. Es fiel mir nicht ein, ihm zu folgen. Ich hatte gar nicht beabsichtigt, den Muza'bir zu ergreifen, sondern ich wollte ihn nur ins Bockshorn jagen, indem ich ihm zeigte, daß ich seine Anwesenheit kannte und mich nicht vor ihm fürchtete; ich wollte ihm Angst einflößen und ihn so dazu bringen, Siut zu verlassen.

Nun kroch ich durch die beiden Löcher in den Hof zurück. Dort stand am Ende des Hausgangs der Besitzer mit Selim. Der Gärtner schien zornig auf Selim einzureden, der sich nicht in den Hof getraute und ängstliche Blicke in die Richtung warf, in der ich hinter dem Gaukler verschwunden war. Da sah er mich mit heiler Haut zurückkommen. Das gab ihm auf der Stelle Mut. Er verließ seine gedeckte Stellung, trat nun auch in den Hof heraus und jubelte:

„Da ist ja der Effendi! Ich wußte es, daß er meine Anweisungen befolgen würde. Nicht wahr, o Kara Ben Nemsi Effendi, du hast den Taschenspieler gesehen?" — „Ja", bestätigte ich. „Glaubst du denn jetzt, daß er es ist?" — „Gewiß! Soeben hat dieser Mann, mein früherer Wirt, mir mitgeteilt, daß mein Freund der Gaukler und kein Händler war. Er machte mir Vorwürfe, Nubar dir verraten zu haben. Aber dieser Mitteilung hätte es nicht bedurft, denn du selber bist Zeuge, daß ich gleich anfangs der Ansicht war, dieser Mann sei kein ausgesprochener Freund, sondern ein bewiesener Gaukler. Ich bin der schlaueste Mann meines Stammes, habe Augen, die durch Felsen und Berge dringen, und lasse mich nicht betrügen. Ich kann jedermann richtig beurteilen. Wo ist denn der Bösewicht, der dich ermorden will?" — „Verschwunden." — „So ist der Muza'bir geflohen! Als er dich sah, ahnte er gleich, daß auch ich noch kommen würde. Das brachte ihn so in Verzweiflung, daß er davonrannte. Warum hast du ihn entkommen lassen? Oh, Effendi, ich muß dir Vorwürfe machen. Hätte ich das geahnt, so hätte ich dich an meiner Stelle draußen gelassen. Mir wäre er nicht entwischt. Mein Anblick hätte ihn niedergeschmettert."

Die beiden andern Alten hatten sich ein eine Ecke zurückgezogen, um der Angelegenheit fernzubleiben. Der Wirt stand bei uns, hörte mit trotziger Miene die Auslassungen des Prahlhanses an und sagte dann: „Was hältst du da für eine Rede? Muß ich dich erst fragen, ob ich jemand bei mir aufnehmen darf?" — „Das nicht", erwiderte ich an Selims Stelle. „Aber es ist ein großer Unterschied, ob du einen ehrlichen Mann oder einen Mörder beherbergst. Der letzte Fall kann dir gefährlich werden." — „Behalte deine Worte für dich. Ich habe dich nicht um deinen Rat gebeten. Du bist ohne meine Erlaubnis in meinen Hof eingedrungen, und wenn du dich nicht augenblicklich entfernst, werde ich dich hinauswerfen."

Ich hätte das in Anbetracht seines Alters ruhig hingenommen, aber sein Ton war so unverschämt und sein Auftreten so frech, daß ich ihm eine Lehre doch nicht ganz vorenthalten wollte.

„Wer einen Gast aufnimmt, muß auch die bei sich dulden, die zu diesem Gast kommen. Und wenn du glaubst, mir Schimpfworte ins Gesicht werfen zu können, so hast du dich in mir geirrt. Ich suche den Gaukler bei dir. Nubar ist fort, also wirst du mir an seiner Stelle Rede und Antwort stehen. Vor allen Dingen will ich wissen, wie lange er noch bei dir zu wohnen gedenkt."

„Das geht dich nichts an. Nubar ist mein Gast, und du hast nichts dreinzureden. Wenn du nicht gleich gehst, werfe ich dich buchstäblich hinaus. Ich dulde den Schmutz und die Unreinheit eines Christen nicht bei mir. Ich gehöre zur Kadirine, und dein Anblick ist für mich der eines verfaulenden Leichnams, um den man einen Umweg macht. Pack dich fort! Hinaus mit dir!"

Der Gärtner faßte mich mit beiden Händen bei der Brust, um mich der Tür zuzuschieben, und fügte eine Reihe jener kräftigen, schwer beleidigenden Schimpfworte hinzu, an denen die arabische Sprache so reich ist. Das durfte ich nicht hingehen lassen. Ich war es allen Christen und Ausländern schuldig, ihm eine Lehre zu geben. Ich nahm den Grobian also rechts und links bei den Hüften, gab ihm zunächst einen Ruck, daß er mich fahren lassen mußte, hob ihn dann hoch, schüttelte ihn, daß ihm alle Glieder schlotterten, und warf ihn auf den Schutthaufen, auf dem er bei meinem Eintritt gesessen hatte. Dort blieb er bewegungslos liegen. Als Selim das sah, kam er rasch herbei. „So ist es recht, Effendi! Das war die Tat eines Starken, die Abwehr gegen einen Schwächling, der kein Mark in den Knochen hat. Er mag es nur wagen, sich nochmals gegen dich zu erheben! Frage ihn, ob er es mit mir aufnehmen will!"

Ich achtete nicht auf den Großsprecher und trat zu dem Gärtner, um zu sehen, ob er vielleicht verletzt sei. Als ich ihn mit dem Fuß anstieß, öffnete er die Augen, setzte sich langsam auf und wimmerte:

„O Allah, Allah! Warum läßt du nicht den Himmel einfallen, wenn sich ein Christ an dem besten deiner Gläubigen vergreift? Meine Seele ist gelockert, und mein Körper zittert vor Grimm ob der Gewalttätigkeit, die mir widerfahren ist."

„Deine Seele wird noch lockerer werden, so locker, daß sie aus dem Körper weicht, wenn du es wagst, noch ein Wort zu sagen, das mir nicht gefällt", drohte ich. „Ich wiederhole, daß ich wissen will, wie lange der Gaukler noch bei dir zu bleiben gedenkt. Heraus mit der Antwort, sonst hole ich sie mir!"

Der Mut war ihm geschwunden. Er stöhnte. „Herr, wenn alle Christen so gewalttätig sind wie du, so wird das Reich des Islam untergehen. Nubar wollte bis zu deiner Abreise bei mir bleiben."

„Du weißt, daß er mir nach dem Leben trachtet?" Er schwieg, was ich als Bejahung nehmen mußte. „Nubar will mich, sobald ich hier abreise, verfolgen?" fragte ich weiter. — „Ja." — „Auf welchem Schiff?" — „Das ist noch unbestimmt. Er ist ein hervorragendes Mitglied der Kadirine, und jeder Reïs wird ihm zu Diensten sein."

„Ich weiß genug. Wenn Nubar zu dir zurückkehrt, so sag ihm, daß ich, falls er Siut nicht sofort verläßt, ihn anzeigen und gefangennehmen lassen werde! Gehorcht er dieser Aufforderung nicht, so ist es auch dein Schaden, da du mit in die Untersuchung verwickelt wirst. Ich teile dir offen mit, daß ich dich und dein Haus beobachten lassen werde. Denke daran, daß unsre Konsuln uns besser zu beschützen verstehen als eure Behörden euch! Allah stärke deinen schwachen Verstand und gebe dir die richtige Erkenntnis dessen, was zu deinem Heil dient!"

Ich wendete mich ab und ging. Selim folgte mir. Als wir auf der Gasse nebeneinander herschritten, meinte er: „Effendi, ich muß dir zwei Zeugnisse ausstellen, und zwar ein schlechtes und ein gutes, das schlechte, weil du den Gaukler entkommen ließest, und das gute, weil du dich leidlich tapfer gegen den Wirt benommen hast. Der Ruhm meiner Gegenwart hat dich ermutigt, ihn in den Staub zu werfen, und der niederschmetternde Blick meines Auges hielt ihn ab, Gegenwehr zu leisten. Laß diesen Mannesmut nicht sinken, sondern bewahre ihn dir, dann wirst du dir meine Zufriedenheit und vielleicht gar mein Lob erringen!" — „Richtig! Aber der kühnste der Helden wagte sich selber nicht in das Haus, und als ich ihn holen ließ, blieb er unter der Tür stehen, um gegebenenfalls schnell ausreißen zu können." — „Ausreißen! Nimm dieses Wort sofort zurück! Du bist noch zu jung, um die Lagen des Lebens und die Verhältnisse des Augenblicks richtig beurteilen zu können. Ich aber erkenne die Gegenwart und schaue in die Zukunft, und wenn ich da in weiser Zurückhaltung meine Tapferkeit zügle, so muß man es mir Dank wissen, anstatt mich zu tadeln. Es ist jammerschade, daß deine Schwachheit den Gaukler entkommen ließ.“

Da wir schnell gegangen waren, hatten wir während dieses Wortwechsels den Palast erreicht, in dessen Hof wir uns trennten. Selim begab sich zu dem Haushofmeister, und ich ging in meine Wohnung, aus der ich bald zum Abendessen abgeholt wurde. Auch der Sohn des Stallmeisters nahm daran teil. Er hatte das Tuch abgebunden, denn die kleine Schmarre begann zu verharschen. Nach dem Essen kam Daud Aga, der Selim oitbrachte. Dazu waren einige Bekannte geladen, die den fremden Effendi kennenlernen wollten. Ich mußte ihnen zahllose Fragen beantworten, und da ich ihnen keine Antwort schuldig blieb, wuchs ihre Hochachtung von Minute zu Minute, und ich wurde schließlich, als sie aufbrachen, trotz meinem Sträuben für den gelehrtesten Mann aller Länder und Völker erklärt. Die meisten ihrer Fragen hätte auch ein aufgeweckter deutscher Schulknabe mit Leichtigkeit beantworten können. Ich hatte also die mir widerfahrene Ehre nicht im mindesten verdient.

Ich schlief nach den Anstrengungen des Tags so gut, daß ich erst spät erwachte. Vielleicht hätte ich noch länger geschlafen, wenn ich nicht von lauten Stimmen geweckt worden wäre. Die Sprecher saßen oder standen draußen im Hof unter der vergitterten Öffnung, die meinem Zimmer als Fenster diente. Sie waren vom Gegenstand ihres Gesprächs so hingerissen, daß sie viel lauter redeten, als es an diesem Ort eigentlich geboten war, denn der Gegenstand ihrer Unterhaltung war ich selber. Ich vernahm soeben die Stimme des Stallmeisters. „Ich sage dir, daß es überhaupt keine Frage gibt, die Kara Ben Nemsi Effendi nicht beantworten kann. In seinem Kopf vereinigt sich die Gesamtheit aller Wissenschaften. Aber das ist noch nicht alles. Er scheint auch ein großer Krieger zu sein.“ — „Wirklich?“ fragte eine andre Stimme, die ich auch schon gehört hatte, ohne aber jetzt sagen zu können, wer der Sprecher sei. — „Ja, wirklich! Er selber hat es zwar nicht von sich behauptet, aber man muß es aus allem, was er gesagt hat, schließen.“

Darauf folgte die Erzählung des vorgestrigen Abenteuers, durch die Ismail beweisen wollte, daß ich ein furchtloser und geistesgegenwärtiger Mann sei. Daran schloß sich ein Bericht meiner letzten Erlebnisse in Kairo und Giseh, dem der Erzähler die Bemerkung beifügte: „Von Kara Ben Nemsi Effendi selber habe ich das nicht erfahren, sondern der lange Selim hat es erzählt. Der Mensch hat zwar so getan, als wäre er der Held dieser Vorkommnisse gewesen. Aber man weiß, daß er zu prahlen liebt und eigentlich ein Feigling ist. Vielmehr ist es der Effendi, dem Ruhm gebührt, und nun wirst du wohl zugeben, daß er ein Mann ist, der sich gewiß vor nichts fürchtet.“ — „Ich glaube es. Der Effendi hat auch mir den Beweis dafür geliefert, als er die Höhle besichtigte, während die andern zurückblieben."

Jetzt erkannte ich den Sprecher. Es war der Führer der Höhle von Maabdeh, der mich mit der Mumienhand beschenkt hatte. Was wollte er hier in Siut? Suchte er vielleicht mich? Ich sollte die Antwort auf diese Frage baldigst hören, denn der Stallmeister sagte:

„Er schläft jetzt noch. Soll ich ihn vielleicht wecken?"

„Nein. Es steht mir nicht zu, die Ruhe eines solchen Mannes zu stören. Ich werde warten, bis er erwacht, und ihm dann meine Bitte vortragen. Mein Bruder ist droben in Khartum verschwunden, und der Effendi soll ihn mir suchen helfen." — „Hast du dem Verschollenen schon nachgeforscht?" — „Ja. Ich sandte einen erfahrenen Mann hinauf, leider vergeblich." — „Kannte dieser Mann die Verhältnisse an Ort und Stelle?" — „Sehr genau." — „Und dennoch hat er nichts erreicht? Wie soll da dieser Fremde Erfolg haben?"

„Zweifelst du daran? Du hast Kara Ben Nemsi mir ja soeben erst als einen Mann geschildert, dem man viel mehr zutrauen kann als hundert andern." — „Ja, das habe ich, und das ist auch meine volle Überzeugung. Aber er ist doch fremd hier." — „Er ist, wie du mir sagtest, schon einmal in Ägypten gewesen." — „Dennoch ist er fremd im Land. Oder meinst du, daß ein Franke, wenn er einmal hier gewesen ist, die Verhältnisse so genau kennen kann wie einer, der hier geboren ist?" — „Ja, das meine ich. Jeder dieser gelehrten Christen besitzt eine Menge Bücher über fremde Länder und Völker, und außerdem gibt es bei ihnen große Büchereien, die dem Staat gehören und die jedem offenstehen. Ehe nun so ein Fremder ein fernes Land besucht, liest er alle Bücher, die darüber geschrieben sind, und dadurch lernt er es weit besser kennen als selbst ein Eingeborener." — „Woher weißt du das?"

„Ich bin in Kahira und dann auch als Führer mit vielen Franken zusammengekommen und habe es von ihnen gehört und gesehen. Sie reden die Sprache unsres Landes und haben so genaue Karten darüber, daß sie oft die Wege besser wissen als wir. Dazu kommt, daß sie viel mehr gelernt haben und darum klüger sind als wir. Deshalb finden sie sich in jeder Lage zurecht, ohne sich, wie wir, einzig auf Allah verlassen zu wollen. Wenn du nun bedenkst, daß dieser Effendi einer der gelehrtesten aller Franken ist, so wirst du mir recht geben, wenn ich behaupte, daß ich von ihm den richtigen Beistand erwarten darf." — „Hm! Deine Rede ist überzeugend, und deinen Beweisen vermag ich nicht zu widerstehen. Sprich mit ihm! Ich werde jetzt hineingehen, um nachzusehen, ob er aufgestanden ist."

Was ich da gehört hatte, war mir nicht unangenehm; ja, ich konnte mir etwas darauf einbilden. Ich sollte einen Verschollenen finden, nach dem ein Kenner des Landes vergeblich gesucht hatte. Das hätte mir schmeicheln können. Übrigens war ich neugierig auf die Mitteilungen, die der Führer mir zu machen beabsichtigte. Er hatte sich sehr freundlich gegen mich gezeigt, und so wünschte ich, ihm nützlich sein zu können.

Nach kurzer Zeit wurde meine Tür leise geöffnet, und der Stallmeister schaute herein. Als er bemerkte, daß ich nicht mehr schlief, grüßte er: „Allah schenke dir einen glücklichen Morgen, Effendi! Wie ist deine Ruhe gewesen?" — „Meine Ruhe war erquickend, und ich hoffe, daß auch du gut geruht hast." — „Ich werde dir zweimal Kaffee und zwei Pfeifen senden." — „Warum zwei?" — „Weil du Besuch bekommst. Ben Wasak, der Führer von Maabdeh, steht draußen und begehrt, mit dir zu sprechen." — „Bring ihn herein!"

Er ging und meldete mir schon nach kurzer Zeit den Ankömmling, um sich dann wieder zurückzuziehen. Ben Wasak kreuzte die Arme über der Brust, verbeugte sich tief, ließ seine Pantoffel vor der Tür stehen, näherte sich mir dann und grüßte: „Dein Morgen sei gesegnet wie der Aufgang der Sonne, Effendi!" — „Und der deinige wie das Gras, wenn es den Tau der Nacht empfängt", erwiderte ich. „Setze dich an meine rechte Seite, denn du bist ein Gast, den ich gern willkommen heiße." — „Oh, laß mich lieber dir gegenüber sitzen! Ich bin zu gering, um zu deiner Rechten ruhen zu können, und möchte die Freude deines Angesichts vor mir haben." — „Wie du willst. Du sollst so tun, als wäre das Zimmer dein Eigentum."

Ben Wasak setzte sich also mir gegenüber, und nun trat die Pause des Schweigens ein, die bei jedem Bittbesuch geboten ist. Ein Diener brachte den Kaffee und die Pfeifen. Wir schlürften den heißen Trank und rauchten die Tschibuks einmal leer. Als sie wieder gestopft und in Brand gesteckt waren, war die Zeit des Sprechens gekommen. Ben Wasak begann: „Effendi, dein Arm ist stark, und dein Verstand durchschaut das Verborgene. Darum vermagst du mehr als andre Menschen, und ich komme, um mein Herz zu erleichtern und dir den größten Wunsch meiner Seele vorzutragen."

„Wenn ich dir dienen kann, soll es gern geschehen, denn deine Freundlichkeit hat mir den gestrigen Tag erleuchtet." — „Du kannst, wenn du nur willst, und ich werde es dir nach Kräften lohnen."

„Sprich nicht von Lohn! Freunde müssen einander helfen, ohne nach Piastern zu fragen. Warum hast du mir deinen Wunsch nicht schon gestern vorgetragen?" — „Ich glaubte nicht, dich belästigen zu dürfen. Als du dann fort warst, glänzte die Erinnerung an dich in meiner Seele fort, und es kam mir der Gedanke, daß ich es vielleicht wagen dürfe, mit dir über den Kummer meines Herzens zu sprechen." — „Meine Seele steht dir offen. Sprich so, als befändest du dich bei einem Bruder oder bei dem besten und treuesten deiner Freunde!" — „Es betrifft meinen Bruder Hafid Sichar. Ich sandte ihn nach Khartum, und er kehrte zur bestimmten Zeit nicht zurück. Ich erkundigte mich und erfuhr, daß niemand ihn wieder gesehen hat. Darauf schickte ich einen sehr erfahrenen und frommen Mann hinauf, um Nachforschungen anzustellen. Er verwendete einige

Monate auf das Suchen, doch vergeblich. Vorgestern kehrte er zurück und sagte mir, daß es unmöglich sei, zu erfahren, wo mein Bruder sich befindet, und er sei der Überzeugung, daß der Vermißte unterwegs gestorben oder verunglückt sei." — „Und nun meinst du, ich soll diese Nachforschungen fortsetzen?" — „Du kommst mit deiner Frage meiner Bitte zuvor, Effendi. Ich erfuhr von den Reitknechten, die mit dir bei der Höhle waren, und dann auch von dir selber, daß du nach Khartum willst. Ich weiß, daß ihr Abendländer viel klüger und scharfsinniger seid als wir, und da du der weiseste und tapferste Franke bist, den ich je gesehen habe, kam mir der Gedanke, dir diese Bitte zu unterbreiten. Du hast in Khartum vielleicht einige Zeit, die du darauf verwenden könntest, mich von meiner Trübsal zu befreien. Bist du nicht bereit dazu, so kann ich es dir nicht übelnehmen. Willst du dich aber meiner annehmen, so werde ich dir bis ans Ende deines Lebens dankbar sein und dich mit allem Nötigen versehen." — „Ich will dir kurz sagen, daß ich gern bereit dazu bin, soweit, wie es mir die Verhältnisse in Khartum gestatten." — „Effendi, ich danke dir!" rief Ben Wasak aus, indem er meine beiden Hände ergriff. „Ich habe es gehofft, aber kaum erwartet, daß du mir diese Güte erzeigst. Du nimmst mir eine schwere Last von der Seele." — „Ich bitte, dich keiner Hoffnung hinzugeben, deren Erfüllung ich dir nicht verbürgen kann. Die Enttäuschung würde dann um so bitterer sein. Kennst du den Weg, den dein Bruder von Khartum aus heimwärts eingeschlagen hat?" — „Nein, Effendi."

„So weißt du nicht, ob Hafid Sichar den Nil abwärts gefahren oder den Karawanenweg geritten ist?" — „Ich weiß es nicht. Wir konnten das nicht vorher bestimmen, da er seine Entschließung nach den Verhältnissen treffen mußte." — „Der Nilweg ist verhältnismäßig sicher. Der Karawanenweg durch die Bajuda- und Atmur-Wüste aber bietet viele Gefahren. Was war dein Bruder?" — „Führer, wie ich." — „Nichts andres sonst?"

Ben Wasak zögerte einige Augenblicke mit der Antwort und meinte dann: „Darf ich dir vertrauen, auch wenn es sich um etwas Verbotenes handelt?" — „Hm! Darauf kann ich erst antworten, wenn ich Näheres weiß." — „Ich meine den Mumienschmuggel."

„Das geht mich nichts an, denn ich bin kein Polizeibeamter des Khedives." — „So will ich dir sagen, daß mein Bruder nebenbei auch Mumienschmuggler war." — „Du bist es noch?" — „Effendi", lächelte er, „frage nicht! Ich bin ein ehrlicher Mann und habe noch keinen Menschen übervorteilt. Aber in Beziehung auf die Mumien bin ich mit dem Khedive nicht einverstanden."

Ich mußte lachen ob der geriebenen Antwort.

„Ist der Mumienschmuggel nicht mit Gefahren verbunden?" forschte ich weiter. — „Gewiß. Wer ertappt wird, dem geht es schlimm." — „So sind die Leute, die sich damit befassen, jedenfalls kühne und auch vorsichtige Menschen?" — „Allerdings. Feig und unvorsichtig darf ein Mumienschmuggler nicht sein." — ,,Und auch dein Bruder besaß diese Eigenschaften?" — ,,In hohem Grad."

,,Nun, so denke ich, daß er sie auch auf seiner Reise nicht vergessen hat. Er wird den Weg eingeschlagen haben, den er für den sichersten hielt." — ,,Wie ist der Name deines Bruders?" — ,,Hafid Sichar." — ,,Aus welchem Grund hast du ihn nach Khartum gesandt?" — ,,Um von dem Kaufmann Barjad el Amin, meinem Geschäftsfreund, Geld zu holen." — ,,Was für Geld war das? Vielleicht Anteil an dem Geschäft?" — ,,Nein. Ich hatte es ihm geborgt."

,,Ist dein Geschäftsfreund ein ehrlicher Mann? Seinem Namen nach kann kein Zweifel darüber herrschen, den Barjad el Amin heißt doch Barjad der Ehrliche." — ,,Oh, er ist die Ehrlichkeit selber."

,,Wie hoch war die Summe, die du Barjad geliehen hattest?"

Wieder zögerte Ben Wasak mit der Antwort. Dann gestand er: ,,Ich habe dir schon gestern gesagt, daß ich nicht so arm bin, wie es scheint. Die hiesigen Verhältnisse sind so, daß der Besitzende gezwungen ist, seinen Wohlstand zu verheimlichen. Ich habe Barjad el Amin hundertfünfzigtausend Piaster geborgt."

Das waren nach dem damaligen Kurs ungefähr dreißigtausend Mark, eine bedeutende Summe für die ägyptischen Verhältnisse, zumal für einen Höhlenführer. Darum fragte ich verwundert: ,,Soviel Geld hast du so weit verliehen, nach Khartum hinauf? Da mußt du dem Kaufmann freilich ein ungewöhnliches Vertrauen schenken. Wie lange Zeit kennst du ihn? — ,,Sechs Jahre." — ,,Und wann gabst du ihm das Geld?" — ,,Vor fünf Jahren." — ,,Also kanntest du ihn erst seit einem Jahr? Ist das nicht unvorsichtig gewesen?" — ,,Nein, denn er wurde mir von einem Mann empfohlen, bei dem jedes Wort die Unantastbarkeit eines Koranspruchs besitzt." — ,,Wer ist dieser Mann?" — ,,Der fromme Fakir", erwidert Ben Wasak, ,,der gestern mit euch nach Siut gefahren ist." — ,,Hm! Dagegen läßt sich nichts sagen. Ich bin kein Muslim und weiß nicht, ob eure Fakire ein solches Vertrauen verdienen. Ich habe freilich Fakire kennengelernt, die mir als große Spitzbuben erschienen sind."

,,Es gibt solche; da hast du recht. Die Ehrlichkeit, Frömmigkeit und Zuverlässigkeit dieses einen aber ist über jeden Zweifel erhaben."

,,Also dieser Fakir riet dir, dem Kaufherrn die hohe Summe zu borgen. Sie stand fünf Jahre lang im Geschäft dieses Mannes. Aus welchem Grund verlangtest du sie zurück? War dein Vertrauen zu Barjad el Amin geschwunden?" — ,,O nein. Ich habe das Geld nicht zurückverlangt, sondern er ließ mir durch einen Boten sagen, daß er es nicht mehr brauche. Da sandte ich eben den Bruder, um es zu holen."

,,Und Hafid Sichar kehrte nicht zurück! Ist er denn überhaupt in Khartum eingetroffen?" — ,,Ja. Er hat das Geld von Barjad el Amin ausgezahlt erhalten und ist dann verschwunden." — ,,Hm! Dein Bruder hat das Geld erhalten und ist dann verschwunden. Hm, hm!"

Ich blickte nachdenklich vor mich nieder. Ben Wasak wartete eine

Weile und erkundigte sich dann: „Du brummst. Wast hat das zu bedeuten? Dein Gesicht ist so viel ernster geworden. Worüber denkst du nach?" — „Über die Pflichten der Gastfreundschaft." — „Stehen sie denn in Beziehung zu dem Verschwinden meines Bruders?" — „In einer sehr innigen sogar. Du hast dem Kaufmann eine so hohe Summe geliehen. Ich denke, daß er dir dankbar sein mußte, und daß ihr sehr gute Geschäftsfreunde gewesen seid." — „Gewiß!" beteuerte Ben Wasak. — „Barjad el Amin hat also jedenfalls deinen Bruder bei sich aufgenommen?" — „So ist es." — „Ist Hafid Sichar plötzlich verschwunden oder abgereist?" — „Abgereist und in der Heimat nicht angekommen." — „Mit welchem Schiff?" — „Das weiß man nicht." — „Oder mit welcher Karawane, auf welchem Wüstenweg?"

„Das ist auch unbekannt."

„Diese Umstände kommen mir bedenklich vor. In den Städten des Abendlandes kennt man diese Gastfreundschaft nicht. Man geht in ein Gasthaus und bezahlt, was man empfängt. Hier bei euch ist es anders. Da ist man auf die Gastlichkeit seiner Mitmenschen angewiesen, und je weiter man in wilde Länder eindringt, desto größer wird die Bedeutung der Gastfreundschaft. Droben in Khartum hat der Gastgeber größere Verpflichtungen als unten in Kahira. Er wird seinen Gast, falls dieser abreist, ein Stück begleiten. Diese Strecke wird desto länger sein, je inniger die Bekanntschaft zwischen beiden ist. Dieser Kaufmann Barjad el Amin hat dir viel zu verdanken. Du hast ihm so viel Geld geliehen, daß er mit Hilfe dieser Summe in fünf Jahren so reich geworden ist, daß er dir den Betrag zurückgeben kann. Dein Bruder kommt zu ihm, wohnt, ißt und trinkt bei ihm und soll nun plötzlich abgereist sein, ohne daß Barjad el Amin weiß, in welcher Weise die Abreise vor sich ging? Was sagst du dazu, Ben Wasak?"

Er sah mir betroffen ins Gesicht. „Effendi, ich habe doch recht gehabt mit der Ansicht, ihr Franken seid viel klüger als wir. Kaum hast du einige Fragen an mich gerichtet, so bringst du Gedanken, die mir niemals beigekommen wären." — „Die aber jedenfalls nicht unbegründet sind!" — „Sie haben leider allen Grund. Der Kaufmann hat meinen Bruder festlich empfangen und die Gastfreundschaft gebot ihm, den Besucher feierlich zu entlassen und eine Strecke zu begleiten. Daran habe ich noch gar nicht gedacht."

„Da Barjad von einer solchen Entlassung seines Gastes nichts zu sagen weiß, so darf er mir es nicht übelnehmen, daß in mir ein Verdacht gegen ihn aufsteigt. Entweder ist er ein Schurke und weiß, wohin dein Bruder geraten ist, oder er hat die Pflichten der Gastfreundschaft mißachtet und trägt dadurch mittelbar die Schuld an dem Unglück, das jedenfalls geschehen ist."

„Allah, Allah! Wer hätte das gedacht! Effendi, deine Worte zermalmen mein Herz. Soll ich da mißtrauen, wo mein Vertrauen bisher so groß, so unbedingt war?" — „Verbrechen oder Unterlassung bleibt sich gleich, der Kaufmann trägt die Schuld. Ist der Mann, den du nachher nach Khartum sandtest, um nachzuforschen, so zuverlässig, wie es in diesem Fall zu wünschen war?" — „Ja, er ist der zuverlässigste, den es nur geben kann, nämlich der heilige Fakir."

„Ah! Der Mann, der dich veranlaßte, dem Kaufmann das Geld zu borgen?" — „Gewiß!" betonte Ben Wasak. — „Hm, hm!"

„Du brummst wieder. Das hat nichts Gutes zu bedeuten. Traust du diesem Mann vielleicht auch nicht?" — „Was das betrifft, ist er mir als ein Mann vorgekommen, der eines Verbrechens nicht fähig ist. Aber wer so viel und tief in Allah lebt wie er, dem möchte ich eine so wichtige irdische Angelegenheit nicht in die Hände legen. Wer so wie er im Gebet lebt, besitzt schwerlich den erforderlichen Tatsachensinn, wenn es gilt, dem Verbrechen auf seinen vielgewundenen und geheimen Wegen zu folgen und es aufzuspüren." — „Wen hätte ich an seiner Stelle senden sollen? Ich hatte keinen andern", meinte der Ägypter ziemlich kleinlaut. — „Konntest du nicht selber gehen?"

„Das war unmöglich, Effendi. Meinen Kindern war ich es schuldig, diese Reise zu unterlassen." — „Du hältst sie für gefährlich? Du fürchtest dich?" — „Nein. Das Geschäft hält mich zurück. Ich habe die hundertfünfzigtausend Piaster verloren und muß diesen Verlust wieder einbringen. Ich muß arbeiten, muß für meine Kinder und nun auch für die meines Bruders sorgen. Und wenn ich gehe, muß ich fürchten, ebenso verschollen zu bleiben wie Hafid Sichar."

„Das hat seine Berechtigung. Ist ein Verbrechen geschehen und du kommst, es zu entdecken, so wird man auch dich verschwinden lassen."

„So ist es richtig, Effendi! Grad so dachte ich auch! Wenn ich nach Khartum reise, so bin ich verloren. Denn ich bin dort bekannt und kann nichts tun, ohne bemerkt und beobachtet zu werden. Du aber bist fremd, und kein Mensch weiß, daß du mich jemals gesehen hast. Dir ist es also möglich, heimlich zu forschen, und darum kannst du viel eher einen Erfolg haben." — „Sehr richtig. Ich erkläre dir abermals, daß ich mich dieser Angelegenheit annehmen werde. Freilich muß ich erst noch länger darüber nachdenken. Wie ist denn der fromme Fakir bei dem Kaufmann aufgenommen worden?" — „So, wie es bei seiner Heiligkeit geschehen mußte. Er ist wie ein berühmter Scheïk behandelt worden." — „Hat er sich offen oder heimlich nach dem Verschollenen erkundigt?" — „Ganz offen." — „Das war nicht klug. Dein Bote mußte sich verstellen und so tun, als wüßte er gar nicht, daß dein Bruder in Khartum gewesen ist." — „Das, Effendi, ist einem so heiligen Mann nicht möglich. Jede Verstellung ist ihm ein Greuel."

„Dann war er für eine solche Sendung nicht die geeignete Persönlichkeit. Ich vermute, daß man ihm erklärt hat, deinem Bruder die betreffende Summe ausgezahlt zu haben?" — „Ja, man hat sie ihm gegeben. Barjad el Amin hat dem Fakir die Quittung gezeigt."

„Wer hat sie ausgefertigt? Hafid Sichar oder du?" — „Ich. Ich habe sie unterschrieben und mit meinem Siegel versehen. Mein Bruder erhielt die Weisung, sie nur nach dem Empfang des Geldes auszuhändigen. Er hat sie hingegeben, folglich hat er auch das Geld erhalten.“ — „Diesem Schluß möchte ich doch nicht so blind beistimmen. Wie nun, wenn man sie ihm abgenommen hätte? Warum hat man dir das Geld nicht gleich gesandt, sondern nur die Benachrichtigung, daß du es abholen lassen sollst?“ — „Dieser Umstand konnte meinen Verdacht nicht erregen. Es ist gefährlich, eine solche Summe von Khartum nach Siut zu senden, ein Wagnis, das Barjad nicht auf sich nehmen wollte.“ — „Dennoch kommt es mir nicht geheuer vor. Du sagtest vorhin, es sei gefährlich, offen nachzuforschen. Der Fakir hat es getan. Warum hat es ihm keinen Schaden gebracht?“ — „Weil er ein heiliger Mann ist.“

„Pah! Ein Verbrecher fragt, wenn ein Mensch ihm gefährlich wird, nicht nach dessen Frömmigkeit. Ich mag keinen Verdacht gegen den Fakir hegen, und doch ist es mir, als sei er, wissentlich oder unwissentlich, mit in die Tat verwickelt. Ist er wirklich unschuldig, so hat er es nicht seiner Heiligkeit, sondern seiner Befangenheit zu verdanken, daß er heil davongekommen ist. Er ist diesen Leuten als ein Mann erschienen, den man nicht zu fürchten braucht, weil er nicht die notwendige Klugheit besaß, das Verbrechen zu entdecken.“

„So glaubst du also, Effendi, daß wirklich ein Verbrechen begangen worden ist?“ — „Ich bin überzeugt davon.“ — „Und wer soll der Täter sein? Barjad el Amin selber?“ — „Ich möchte es fast behaupten. Weiß der Fakir, daß du ein Mumienschmuggler bist?“

„Ja.“ — „Hält er dieses Gewerbe nicht für verboten?“ — „Ich fragte ihn, und er antwortete, daß im Koran nichts davon geschrieben stehe.“ — „Spricht er manchmal von Mumien?“ — „Soviel ich weiß, nicht.“ — „Vielleicht kennt dieser fromme Mann Mumiengräber, ohne daß er es andern mitteilt.“ — „Möglich. Er wandert überall umher, und es gibt im ganzen Niltal Grabgewölbe und Gräberhöhlen, die noch kein Auge gesehen hat.“ — „Ich hörte einmal die Vermutung aussprechen, daß es in der Nähe von Siut bedeutende Königsgräber gebe.“ — „Der Entdecker müßte das Geheimnis für sich behalten haben, sonst würde ich der erste sein, dem man davon gesagt hätte. Denkst du, daß der alte Fakir ein solches Geheimnis kennt?“ — „Ich vermute es.“ — „Möglich! Ich werde bei Gelegenheit mit ihm sprechen.“ — „Aber ohne zu verraten, daß ich dich aufmerksam gemacht habe.“ — „Kein Wort verrate ich. Aber das darf ich ihm doch sagen, daß du nach meinem Bruder forschen wirst?“ — „Nein. Hiervon darf er erst recht keine Silbe erfahren.“ — „So mißtraust du ihm also doch!“

Ben Wasak hatte recht; ich konnte mich eines derartigen Gefühls, einer dunklen Ahnung, nicht erwehren. Dennoch widersprach ich: „Ich hege kein Mißtrauen. Aber dieser Greis kann mir gefährlich werden.“ — „Gefährlich? Ein so frommer Mann, dem man einst ein Marabut[1]) errichten wird!“

[1]) Wallfahrtsgrab

„Ja, o Ben Wasak. Es mangelt ihm die irdische Klugheit. Du selber sagst, daß er stets wandere, daß er bald hier und bald dort sei. Da ist es leicht möglich, daß er eher als ich nach Khartum kommt, denn ich muß hier auf einen Gefährten warten. Wie nun, wenn er dort den Kaufmann aufsucht und ihm sagt, daß ein Franke kommen wird, um nach dem Verbleib deines Bruders zu forschen? Besser ist es auf jeden Fall, daß der Weißbart nichts davon weiß, und so verlange ich von dir, daß du verschwiegen gegen ihn bist. Wenn du mir das nicht versprichst, so bitte ich dich, mir mein Wort zurückzugeben; dann will ich mit der Sache nichts zu tun haben."

„Effendi, was fällt dir ein!" rief Ben Wasak erschrocken. „Ich habe dich ja nicht beleidigen wollen. Ich werde alles tun, was du von mir verlangst. Ich habe auch schon gesagt, daß ich dich mit allem Nötigen versehen will." — „Das ist nicht viel. Ich brauche vor allem einen Brief an deinen Bruder, den ich ihm gebe, falls ich ihn finde. Du schreibst ihm, daß du mich beauftragt hast, ihn zu suchen, und kannst ihm auch sonst noch beliebige Mitteilungen machen. Unterschrift und Siegel sind auch nötig."

„Das kann ich sofort erledigen, wenn du erlaubst. Ich habe meinen Siegelring anstecken, und das übrige wird hier leicht zu beschaffen sein."

Ich klatschte in die Hände. Ein Diener kam, der Papier, Tinte, Feder und Siegellack besorgte. Dann schrieb Ben Wasak den Brief und übergab ihn mir.

„Hier hast du das Verlangte, Effendi. Aber es ist noch etwas nötig. Ich muß nur vorher einen Gang machen. Treffe ich dich in einer Stunde wieder hier?" — „Ja; ich werde bis dahin nicht ausgehen."

Der Ägypter verabschiedete sich. Als er nach der angegebenen Zeit zurückkehrte, brachte er mir einen zweiten Brief, dessen Anschrift nach Khartum lautete. „Gib ihn ab, sobald du nach Khartum kommst", sagte er, „vergiß es ja nicht! Der Mann, an den er gerichtet ist, kann dir sehr behilflich sein." — „Wer und was ist er? Hier steht nur der Name." — „Das genügt. Wenn du den Namen nennst, wird dich jedermann zu ihm weisen. Wann fährst du von hier ab?"

„Sobald mein Gefährte angekommen ist." — „Dann sehen wir uns vielleicht vorher noch wieder. Wenn du mir etwas zu sagen hast, so weißt du mich in Maabdeh zu finden, und wenn ich dich sprechen will, wirst du mir erlauben, hierher zu kommen. Auf alle Fälle erwarte ich, dich später bei mir zu sehen. Ob du meinen Bruder oder auch nur eine Spur von ihm findest oder nicht, du bist mir immer willkommen. Allah segne dich und geleite dich auf den Pfaden des Glücks. Denke zuweilen an mich, und sei versichert, daß ich stets an dich denken werde, auch in meinem Gebet, obgleich wir verschiedenen Glaubens sind!"

Ich antwortete freundlich, und Ben Wasak entfernte sich. Also schon wieder etwas Neues und Abenteuerliches! Einen Verschollenen aufsuchen, nach dem selbst der Fakir vergebens geforscht hatte! Der Gedanke an diesen Mann machte mir wirklich zu schaffen. Es widerstrebte mir, einen Verdacht gegen diesen ehrwürdigen Greis aufkommen zu lassen, und doch konnte ich mich einer unbestimmten Ahnung nicht erwehren, daß er mit dieser Angelegenheit mehr und anders zu tun gehabt hatte, als der Führer zugeben wollte.

11. Im Wüstenschacht

Es war mir lieb, daß ich mit dem Fakir einen Gang zu den verborgenen Königsgräbern verabredet hatte. Bei dieser Gelegenheit konnte ich ihn aushorchen. Er hatte keine Ahnung, daß Ben Wasak bei mir gewesen war und von seinem Bruder mit mir gesprochen hatte. Darum war es höchst wahrscheinlich, daß ich ihm eine Falle stellen konnte, in die er gehen mußte, wenn meine Ahnung richtig war. Bald darauf wurde ich zum Frühstück gerufen. Ich aß tüchtig und erklärte Ismail, daß ich zum Mittagessen nicht da sein könnte.

„Warum?" fragte er. „Wohin willst du?" — „Gräber besuchen."

„O Allah! Ist das möglich? Hast du gestern an dem Gestank der Höhle nicht genug gehabt?" — „Es handelt sich diesmal nicht um Krokodilsmumien." — „Um welche denn? Willst du die einbalsamierten Leiber der Wölfe sehen, die droben in den Höhlen liegen?"

„Vielleicht", wich ich aus, da ich Verschwiegenheit gelobt hatte und die Wahrheit nicht sagen durfte. „Nur Selim wird mich begleiten." — „Allah sei gelobt! Selim geht mit. Das ist ein sicheres Zeichen, daß die Sache weder gefährlich noch schaurig wird. Brauchst du Fackeln? Es sind noch welche von gestern da." — „Fackeln, Zündhölzer und einen langen, festen Strick."

Das Verlangte wurde gebracht. Ich nahm sechs Wachsfackeln, obgleich der Greis gesagt hatte, daß wir an einer genug hätten. Er hatte eine Stunde vor Mittag am Tor sein wollen; aber schon eine halbe Stunde vorher wurde ein halbwüchsiger Knabe zu mir gebracht, der draußen nach mir gefragt hatte und mir sagte, der heilige Mann erwarte uns vor der Stadt. „Warum kommt er nicht selber, um uns zu holen?" fragte ich. — „Er hat mit Allah gesprochen und darf den Ort des Gebets noch nicht verlassen", war die Antwort.

Ich ging hinüber zum schwarzen Haushofmeister, um Selim abzuholen. Die beiden saßen rauchend und schwatzend auf dem Teppich. Noch im Eintreten hörte ich Selim beteuern: „Ich darf ihn nicht verlassen. Er ist mir anvertraut, und ich bin sein Beschützer."

Gewiß hatte der Schlingelschlangel von mir gesprochen! Diese Vermutung bestätigte sich sofort, denn der dicke Schwarze empfing mich mit den Worten: „Was muß ich hören, Effendi! Du willst schon wieder auf Abenteuer ausgehen? Tu das nicht! Bleib daheim! Ich weiß, daß gewiß ein Unglück geschehen wird." — „Hat Selim dir gesagt, wohin wir wollen?" erkundigte ich mich, um zu erfahren, ob der Lange das Geheimnis ausgeplaudert habe.

„Nein. Er erklärte, er habe einen großen Schwur des Schweigens ablegen müssen. Das macht mich bange um euch." — „Hab keine Sorge! Es wird uns nichts geschehen." — „Das meinst du, weil du nicht an die Vorhersage des Mondes glaubst. Laß dich zurückhalten! Ich bitte dich." — „Und ich ersuche dich, nicht in mich zu dringen, o Daud Aga. Ich habe mein Wort gegeben zu kommen, und muß es halten." — „So laß wenigstens Selim da!"

„Was? Ich soll hier bleiben?" rief der Lange, indem er aufsprang. „Ich, der Beschützer und Bewahrer dieses Effendi, soll meinen Schützling allein gehen lassen? Nein, ich gehe mit ihm durch alle Gefahren des Himmels und der Erde. Ich werde für ihn mit allen Drachen, Schlangen und Skorpionen kämpfen. Ich bin bereit, Löwen und Panther zu zerreißen, damit sie ihm —"

„Zunächst sollst du nur den Mund halten!" unterbrach ich ihn. „Von Drachen, Löwen und Panthern ist keine Rede. Darum wirst du dein Gewehr hier lassen und nur das Messer zu dir stecken."

„Aber wir wissen doch nicht, wohin wir gehen, Effendi! Wie leicht ist es möglich, daß wir in die Wüste kommen, an deren Rand die Löwen und —"

„Unsinn! Dir tut kein Löwe etwas. Es ist ihm gar nicht möglich, denn sobald du ihn erblickst, nimmst du so schnell Reißaus, daß er dir nicht zu folgen vermag." — „Effendi, du verkennst mich immer wieder. Darum bitte ich Allah, uns eine recht große Gefahr zu senden, damit ich dir beweisen kann, welche Heldentaten ich für dich zu tun bereit bin."

Selim steckte das Messer in den Gürtel, nahm drei Fackeln und den Strick zur Hand, dann gingen wir. Der Knabe hatte draußen gewartet und führte uns durch die Stadt den Weg, den wir vorgestern geritten waren. Als wir die belebten Gassen hinter uns hatten und nun bergauf stiegen, sah ich einen ärmlich gekleideten Menschen im Sand hocken, um da die spärlichen Grashalme mit einer Sichel abzuhauen. Als wir uns ihm näherten, richtete er sich auf. Ich erkannte den Gärtner, bei dem wir den Gaukler gesucht hatten. Er tat nicht im geringsten überrascht über die Begegnung. Fast schien es, als hätte er uns hier erwartet. Eben als wir vorüber gingen, verzog sich sein Gesicht zu einem höhnischen Grinsen. „Wohlan, so wandle den Weg der Ungläubigen, und verschmachte auf dem Pfad der Verfluchten!" rief er mir zu. „Allah verdamme dich, du Hundesohn!"

Dann wandte er sich um und rannte davon, wobei er sich einige Male umsah, ob ich ihn vielleicht verfolgen würde. Das fiel mir freilich nicht ein. Sein Schimpfen war eine freche, unverschämte Rache für gestern; so dachte ich jetzt. Später aber sah ich ein, daß es noch etwas ganz andres gewesen war.

Als wir fast oben auf der Höhe waren, deutete der Knabe auf ein fernes Felsenloch. „Dort an dem alten Grabgewölbe seht ihr den Heiligen stehen. Er wartet im Gebet auf euch."

Ich wollte ihm ein kleines Bakschisch geben, aber er spuckte vor mir aus und machte eine Gebärde des Abscheus. „Behalte deinen Piaster! Wie könnte ich mich mit dem Geld eines Ungläubigen verunreinigen! Geh zur Hölle!"

Er rannte gleichfalls davon. So etwas war mir noch nicht vorgekommen. Während sonst im Morgenland Alte und Junge dem Bakschisch förmlich nachjagen und besonders die Knaben sich bis aufs Blut darum balgen, wies dieser Bengel das Geschenk von sich und wagte es sogar, mich zu verhöhnen. Ich ließ ihn selbstverständlich laufen und schritt mit Selim dem Loch zu, an dem der Fakir lehnte. Er hatte das Gesicht in die Gegend von Mekka gerichtet und machte mit den Händen die zum Gebet gehörenden Gebärden.

Als wir uns ihm genähert hatten, sah ich, daß er seine Lippen im Gespräch mit Allah bewegte. Auf seinem Gesicht lag der Ausdruck reinster religiöser Verzückung. Nein, dieses Gesicht konnte nicht lügen. Der Greis, der dem Grab so nahe stand, sollte ein Freund von Verbrechern sein? Unmöglich! Ich empfand in diesem Augenblick das festeste Vertrauen zu ihm.

Er hörte uns kommen und drehte sich uns zu. Sein Gesicht nahm den Ausdruck milder Würde an. Er verbeugte sich und reichte mir die Hand. „Willkommen, Effendi! Allah leite deine Schritte zum Ziel der Freude und des Glücks! Du hast Wort gehalten, und auch ich werde mein Versprechen erfüllen. Du sollst die Könige der Alten mit allen ihren Söhnen, Frauen, Töchtern und sonstigen Verwandten sehen." — „Warum hast du uns nicht selber abgeholt, wie du mir versprochen hattest?" fragte ich. — „Allah rief mich, und ich mußte gehorchen. Ich stand auf der Erde, und ich blickte in die Himmel hinein. Ich sah die Augen der Seligen strahlen und die Flügel der Heerscharen leuchten. Da durfte ich nicht gehen. Ich mußte bleiben und die Stimme des Propheten vernehmen und die Sprüche seines Mundes, um sie zu verbreiten unter den Völkern der Gläubigen und Ungläubigen." — „Der Ungläubigen? So bist du ein Prediger, der den Islam unter den Heiden verkündet?" — „Ja. Ich richte die Füße aller Menschen gen Mekka, der heiligen Stadt, ihre Augen auf den Koran, das Buch des Lebens, und ihre Seelen auf den Weg zur Brücke es Ssiret, die vom Tod ins Leben führt. Darum mußte ich jetzt der Weisung des Propheten folgen. Ich war gezwungen zu bleiben und sandte euch einen Boten, der euch zu mir bringen sollte." — „Du hast einen schlechten Boten gewählt. Er beleidigte mich, weil ich andern Glaubens bin." — „Du mußt ihm verzeihen, denn er ist ein Knabe, der die Selbstbeherrschung noch nicht geübt hat. Ich bin bereit. Laßt uns gehen!"

Er wollte voranschreiten, vielleicht um eine Unterhaltung zu vermeiden. Da ich aber beabsichtigte, ihn in ein Gespräch zu verwickeln, hielt ich mich an seiner Seite, so daß Selim hinter uns ging. Seltsamerweise schlug der Fakir den Weg ein, den wir vorgestern geritten waren. Ich sah das, obgleich unsre Spuren im Sand nicht mehr zu erkennen waren, da sie der Wind schon verweht hatte. So schritten wir eine Weile nebeneinander her. Er beharrte in seinem Schweigen. Darum begann ich endlich: „Ich freue mich darüber, daß du ein Prediger bist —"

Er schnitt mir das Wort ab: „So bist du ein schlechter Christ."

„Inwiefern?" — „Habt ihr nicht auch Prediger der Heiden?"

„Allerdings." — „Wie nennt ihr sie?" — „Missionare." — „Ja, so ist das Wort. Diese Missionare sind unsre größten Feinde, darum wird ein guter Christ sich nicht über einen Prediger des Islam freuen. Kennst du die Lehren des Koran und auch die eures heiligen Buchs?"

„Ja." — „Welches hat recht, euer Buch oder das unsrige?"

„Die Bibel." — „So muß es dich ärgern, einen Wâ'is[1]) zu sehen."

„Wenn ich sagte, daß ich mich freue, in dir einen Prediger zu sehen, so hatte das nur darin seinen Grund, daß ich hoffte, etwas von den Gegenden der Heiden, in denen du gepredigt hast, zu erfahren."

„Was hättest du davon?" — „Ich würde erfahren, ob meine Ansichten über jene Gegenden und Völker falsch oder richtig sind. Darf ich dich fragen, bei welchen Stämmen du gewesen bist?" — „Ich war bei allen Völkern des Weißen und des Blauen Nils, auch in Kordofan und bis Dar Fur hinüber." — „So beneide ich dich um das, was du gesehen hast. Nicht wahr, eine Niederlassung am oberen Nil wird Seribah genannt?" Ich fragte absichtlich wie ein Schulknabe. Er sollte mich für unerfahrener halten, als ich war, und auf den Gegenstand, der mir am Herzen lag, zu sprechen kommen.

„Nein. Wer dich so berichtet hat, der hat nichts davon verstanden. Die Christen sind nicht stets so klug, wie sie denken." — „Aber das Wort Seribah gibt es?" — „Ja. Aber eine Seribah ist keine Stadt und kein Dorf, sondern so werden die befestigten Orte genannt, in denen die Händler und Sklavenjäger wohnen." — „Sklavenjäger! Welch ein schlimmes Wort!" — „Im Ohr eines Christen, ja; aber ein Muslim denkt anders darüber. Weißt du, welches Wort wir für Sklave gebrauchen?" — „Ja. Der Türke sagt Essir, Köle oder Kul[2]), der Araber Abd." — „Ganz richtig! Und Abd heißt zugleich auch Diener, Beauftragter und Jünger. Das sagt dir wohl, daß unsre Sklaven unsre Jünger und Diener, nicht aber unsre Lasttiere sind."

„Ich verstehe wohl. Aber ist es nicht trotzdem grausam, sie ihrer Heimat und ihren Familien zu entreißen?" — „Nein, denn sie haben es bei uns besser, als sie es in der Heimat hatten." — „Es werden, um einen Sklaven zu machen, im Durchschnitt wenigstens drei andre getötet!"

„Ist es schade, wenn ein Heide stirbt? Du mußt dir die Sklaverei und die Sklavenjagden ganz anders denken, als sie euch beschrieben

[1]) Prediger [2]) Auch ‚Knecht'

werden. Ich bin Geistlicher mehrerer Seriben gewesen und muß die Sache viel besser verstehen als ihr. Ich war sogar auf der Seribah von Abu el Môt[1]) und habe da erkannt, daß die Schwarzen keine Menschen, sondern nur zweibeinige Tiere sind."

„Bei Abu el Môt warst du, dem berühmtesten Sklavenjäger?"

„Hast du von ihm gehört?" — „Viel , sehr viel. Er bewohnte die Seribah et Timsah[2]), wenn ich nicht irre." — „Das ist richtig. Auf dieser Seribah bin ich gewesen. Ja, er war der berühmteste Sklavenjäger[3]); aber jetzt gibt es einen noch berühmteren."

Der Alte hatte plötzlich ein ganz andres Aussehen bekommen. Die milde Würde war aus seinem Gesicht gewichen und hatte einer sehr irdischen Begeisterung Platz gemacht. Ich sah das nur mit einem schnellen Seitenblick, denn ich hütete mich, ihn offen anzuschauen, weil ich befürchtete, er würde sich dann mehr beherrschen.

„Wie heißt der Mann?" fragte ich. — „Ibn Asl[4])." — „Das ist eigentlich ein sehr frommer Name." — „Nein." — „Dan müßte ich die Sprache dieses Landes schlecht verstehen. Asl, der Ursprung, ist eine Bezeichnung Gottes. Ibn Asl heißt also ungefähr Sohn des Ursprungs, Sohn Gottes." — „In diesem Fall nicht. Der Mann wird Ibn Asl genannt als Sohn seines Vaters, der Abd el Asl[5]) heißt."

Er sagte das mit einem Stolz, der mir einstweilen unverständlich war. Ich gab mich so gleichgültig wie möglich.

„Das ist etwas andres. Also sein Vater heißt Abd Asl? Ist dir dieser Mann bekannt?" — „Wohl kenne ich ihn!" betonte er bedeutsam. — „So kennst du vielleicht auch den Sohn, den Sklavenjäger?"

„Auch ihn!" — „Ich bleibe doch dabei, daß sein Name nicht für einen Sklavenjäger paßt. Abu el Môt, Vater des Todes, klingt da doch ganz anders." — „So will ich dir sagen, daß dieser Ibn Asl noch einen andern Namen trägt, einen Beinamen, den er sich durch seine Taten erworben hat. Mann nennt ihn el Dschasûr[6]). Ist das kein Name, der für einen Sklavenjäger paßt?" — „O doch! Dieser Beiname klingt besser. Woher stammt der Mann?" — „Das wird wohl Geheimnis bleiben sollen." — „Ibn Asl kann nicht seit jeher Sklavenjäger gewesen sein. Was war er früher?" — „Kaufmann in Khartum." — „Ah, in Khartum!" — „Ja. Er war Gehilfe bei einem Händler namens Barjad el A —"

Der Fakir hielt mitten in der Rede inne, und daran war meine Unvorsichtigkeit schuld. Barjad el Amin hatte er jedenfalls sagen wollen. Das war ja der Kaufmann, bei dem der Bruder meines Führers aus Maabdeh verschwunden war. Als ich diesen Namen hörte, hatte ich unwillkürlich den Kopf gehoben und den Sprecher so überrascht angeblickt, daß es auffallen mußte. Er sprach also den Namen nicht ganz aus, sondern unterbrach sich mit einer Frage: „Kennst du diesen Mann etwa?" — „Nein."

[1]) Vater des Todes [2]) Seribah des Krokodils [3]) Siehe ‚Gesammelte Werke', Bd. 41 [4]) Sohn des Ursprungs [5]) Diener des Ursprungs [6]) Der Kühne

Er sah mir scharf ins Gesicht.

„Sagst du die Wahrheit?“ — „Ich war noch nie in Khartum.“

„Aber du willst hin?“ — „Ja.“ — „Zu Barjad el Amin?“ — „Wie kann ich zu einem Mann wollen, den ich nicht kenne?“ — „Als ich diesen Namen aussprach, erschrakst du beinahe. Das kommt mir verdächtig vor. Du bist nicht so ehrlich gegen mich, wei ich es gegen dich bin!“ — „Ich verstehe dich nicht. Ich bin völlig fremd hier, und du behauptest, daß ich Menschen kenne, deren Namen selbst ein Eingeborner noch nicht gehört hat!“ — „Das mag sein. Weißt du, wer Ben Wasak ist?“ — „Der Führer von Maabdeh. Ihn kenne ich freilich, weil ich mit ihm zusammen gewesen bin.“ — „Ihr habt auch miteinander gesprochen?“ — „Gewiß! Von der Höhle und von den Krokodilmumien, die sich darin befinden.“ — „Habt ihr nicht auch von Khartum gesprochen?“ — „Nein.“ — „Und von dem Bruder, den er dorthin gesandt hat?“ — „Hat Ben Wasak einen Bruder? Lebt er hier in Siut?“ — „Du weißt also wirklich nichts? Nun, so will ich dir sagen, daß der Sklavenhändler Ibn Asl el Dschasûr seinen besten Streich diesem Bruder Ben Wasaks gespielt hat.“

„Du machst mich neugierig. Welcher Streich ist das gewesen?“ fragte ich, wobei ich mir alle Mühe geben mußte, ruhig zu erscheinen. Ich stand vor der Enthüllung des Geheimnisses, dem ich nachforschen sollte. Aber meine Erwartung wurde enttäuscht, denn der Fakir nickte abwehrend[1]).

„Das geht dich nichts an. Ihr Franken seid nicht die Leute, denen man so etwas erzählen soll.“ — „Aber ich höre gern von solchen Streichen!“ — „Das glaube ich; wer hört so etwas nicht gern! Aber ich spreche trotzdem nicht davon.“ — „Warum nicht? Meinst du, daß ich es verrate?“

Er blieb stehen, schlug ein ganz eigenartiges Lachen an und legte mir die Hand auf den Arm. „Verraten? Du? Nein, du würdest es nicht verraten. Das weiß ich gewiß, ganz, ganz gewiß!“

Der Fakir stand jetzt als ein andrer Mann vor mir. Er war mir in diesem Augenblick ein Rätsel. Was war das für ein Gelächter? War das Hohn oder Übermut? Wie sollte ich mir den Ausdruck seines Gesichtes erklären? War das Verachtung oder Drohung? Er kam mir jetzt wie ein Raubtier vor, das mit seiner Beute spielt. Aber im Nu hatten sie seine Mienen wieder verändert, und er sah mir wohlwollend in die Augen.

„Du verwirfst als Christ den Sklavenhandel und hältst alle, die ihn betreiben, für Unmenschen. Darum ist es besser, wir brechen diese Unterhaltung ab. Wir müssen jetzt von unsrer bisherigen Richtung abweichen. Komm mit nach links!“

Wir waren grad in die Wüste hineingeschritten. Jetzt bog der Fakir nach Süden ein. In dieser Richtung sah ich in einer Entfernung von

[1]) Es darf nicht übersehen werden, daß im Morgenland Nicken und Kopfschütteln die entgegengesetzte Bedeutung wie im Abendland haben!

einer Viertelstunde den Tell es Sir vor uns liegen, an dem der dicke Haushofmeister eingebrochen war. Wir schritten darauf zu. Ich begann einigemal zu sprechen, erhielt aber entweder eine kurze oder gar keine Antwort. Der Fakir schritt jetzt so schnell voran, daß ich lange Schritte machen mußte, um an seiner Seite zu bleiben. Das war mir lieb, denn seine Eile gab mir den Vorwand, zurückzubleiben und Selim zuzuraunen: „Sprich nicht davon, daß wir schon hier gewesen sind!“ — „Warum, Effendi?“ — „Davon später. Schweig jetzt!“

Ich gab dem Diener diesen Befehl mit Vorbedacht. Ich hatte gegen den Fakir einen unbestimmten Verdacht gefaßt. Seit seiner letzten Rede war ich überzeugt, daß sein frommes Gesicht eine Maske sei. Es konnte mir ja wohl gleichgültig sein, ob es unter den mohammedanischen Fakirs einen Heuchler mehr oder weniger gab, aber wer sich auf diese Weise zu verstellen vermochte, war nicht nur ein Heuchler, sondern ein gefährlicher Mensch. Daß er grad mir gefährlich werden sollte, war wohl kaum anzunehmen. Welchen Grund hätte er dazu haben können? Und sollte mir eine Gefahr drohen, so bedurfte es nur der nötigen Vorsicht. Im übrigen war ich Manns genug, es mit diesem Greis aufzunehmen. Es befand sich außer uns kein einziger Mensch in der Nähe, und zudem hatte ich das Messer und die beiden Revolver im Gürtel stecken.

Wir näherten uns dem Hügel von der Seite, an der ich hinaufgestiegen war. Auf der andern war das Loch, aus dem wir den Schwarzen hatten befreien müssen. Wir konnten es jetzt, da der Hügel dazwischen lag, nicht sehen. Am Fuß der Anhöhe blieb der Fakir stehen.

„Wir sind an Ort und Stelle, denn hier befinden sich die Gänge, in denen die Königsleichen aufgespeichert liegen.“ — „Hier?“ fragte ich. „Hier kann es doch unmöglich Felsengräber geben!“ — „Wer hat von Felsengräbern gesprochen? Es sind hohe, weite, gemauerte und unterirdische Gänge, in die wir hinabsteigen.“

Ich war seinerzeit in einer Schneckenlinie auf die Kuppe des Hügels gelangt, hatte ihn also von allen Seiten besehen, aber nichts bemerkt, was auf einen Eingang ins Innere schließen lassen konnte. Darum schaute ich mich jetzt fragend um.

„Wo ist der Eingang? Ich sehe nichts davon.“ — „Oben, in der Nähe der Kuppe.“ — „Liegt er offen zutage?“ — „Nein. Meinst du, daß ich mein Geheimnis so schlecht bewahre? Folgt mir hinauf!“

Er schickte sich an, den Hügel zu ersteigen. Ich hielt ihn aber zurück. Es war mir schon seit einiger Zeit aufgefallen, daß sich auf unserm Weg ein vielleicht meterbreiter Strich hinzog, so, als hätte man einen Mantel, einen Haïk, über den Sand geschleift, um Fußspuren zu verbergen. Dieser Strich stieg auch von dem Punkt, wo wir standen, zur Höhe empor.

„Siehst du nicht, daß schon jemand hier gewesen ist?“ fragte ich.

„Woraus willst du das schließen?“ — „Es hat jemand hier sein Gewand hinter sich hergeschleift, um seine Fußstapfen auszulöschen. Das kommt mir verdächtig vor.“ — „Mir nicht“, lächelte der Alte. „Kannst du dir nicht denken, wer das gewesen ist?“

„Etwa du?“ — „Ja, ich war inzwischen hier, um mich zu überzeugen, daß alles in Ordnung ist. Ich bin viele Monate nicht hergekommen, und das Geheimnis konnte ja inzwischen entdeckt worden sein.“ — „Dieser Grund ist stichhaltig; aber es scheint mir, als seien die Stapfen mehrerer Männer ausgelöscht worden.“ — „Allah! Welches Auge könnte unterscheiden, wieviel Männer hier gewesen sind!“ — „Das meinige. Ich bin bei fremden Völkern gewesen, bei denen das Leben daran hing zu wissen, wie viele Feinde man vor sich hat.“ — „Von Feinden ist hier keine Rede. Ich bin hierher gekommen und wieder fortgegangen. Das gibt doppelte Stapfen, und so mag es scheinen, als sei nicht nur einer hier gewesen. Meinst du, daß ich Lust habe, noch andre in mein Geheimnis einzuweihen?“

Diese Erklärung mußte auch den vorsichtigsten Menschen befriedigen. Ich fühlte mich beruhigt und so stiegen wir zur Kuppe empor. Als wir fast oben waren, blieb der Alte stehen und blickte rundum.

„Soweit das Auge reicht, ist kein Mensch zu sehen. Wir werden also nicht beobachtet und können getrost öffnen.“

Ja, es war kein Mensch zu sehen! Wir waren allein, und das ließ den Rest meines Mißtrauens schwinden. Was konnte dieser Mann uns anhaben, wenn er ja eine Heimtücke plante? Höchstens uns irgendwo einsperren. Und daß ihm das unmöglich wurde, dafür war leicht zu sorgen. Man mußte ihn nur beim Eintreten voranschreiten und beim Fortgehen hinter sich folgen lassen. Es war mir also nicht im mindesten bange. Auch Selim schien voll Zuversicht zu sein, wenigstens hatte er bisher noch nichts getan oder gesagt, was auf Mutlosigkeit schließen ließ. Der Alte kauerte sich nieder und wühlte mit den Händen den Sand auf, den er rechts und links zur Seite warf. Auf diese Weise entstand in der Seite der Hügelkuppe ein waagrechtes Loch. Als es vielleicht metertief war, kam eine Steinplatte zum Vorschein. Selim und ich halfen mit, und bald war die Platte bloßgelegt. Sie hatte eine Länge von etwa anderthalb und eine Breite von über einem Meter. Wir hoben sie weg und sahen nun einen Gang vor uns, der aus dunklen Nilziegeln gemauert und so hoch und breit war, daß auch ein beleibter Mann bequem hindurchkriechen konnte. Der Fakir musterte abermals den Gesichtskreis, und als weit und breit kein lebendes Wesen zu sehen war, meinte er: „Wir sind wirklich völlig unbeachtet und können nun einsteigen. Wer zuerst?“ — „Du, denn du bist der Führer“, antwortete ich.

Er gehorchte dieser Aufforderung. Ich folgte, und Selim kam langsam hinter mir her. Als ich vielleicht zweieinhalb Meter weit gekrochen war, fühlte ich, daß sich der Gang erweiterte. Der Fakir gebot, eine Fackel anzubrennen. Ich tat es und sah dann bei ihrem Schein, daß wir uns in einem kleinen Gemach befanden, das Raum für sechs bis sieben Personen hatte. Wir konnten darin aufrecht stehen. Die Wände bestanden aus den gleichen schwarzen Schlammsteinen wie der Eingangsstollen. Die Luft war gut, und von Mumiengeruch gab es keine Spur. Das schien Selim zu freuen, denn er meinte gut gelaunt: „Hier könnte man wohnen, Effendi. Hier ist die Luft ganz anders als in jener traurigen Höhle von Maabdeh, die sich an der Würde meiner Nase so versündigte, daß es der ganzen Kraft meines Willens bedurfte, alle Gänge zu durchforschen und bis zum letzten Augenblick auszuhalten." — „Es gefällt dir hier?"

„Außerordentlich! Es ist zwar nicht jedermanns Sache, in den dunklen Schlund der Erde zu dringen, aber was sonst keinem möglich ist, das leiste ich. Ich würde, wenn man es verlange, sogar in die Tiefe der Hölle niedersteigen. Doch sieh! Was ist das für ein Loch hier im Boden?"

Es gab in der Ecke des Gemachs eine Öffnung, die, wie es schien, senkrecht in die Tiefe führte. Sie war so weit, daß ein erwachsener Mann hineinsteigen konnte.

„Das ist der Schacht, in den wir steigen müssen", erklärte der Fakir. — „Ein Schacht!" brummte Selim schon bedeutend kleinlauter. „Gibt es denn keine Treppe oder Leiter hier?" — „Nein."

„So soll ich wohl die Vorzüge meiner Glieder aufs Spiel setzen und mir die Arme und Beine verrenken oder gar zerbrechen?"

„Das jedenfalls nicht", tröstete ich. „Es wird wohl irgend eine Vorrichtung geben, mit deren Hilfe man hinabsteigt."

„Es gibt eine", erklärte der Greis. „Es sind zu beiden Seiten des Schachtes kleine, viereckige Löcher angebracht, in die man die Füße setzt. Das ergibt auch einen festen Halt für die Hände, und auf diese Weise kann man wie auf einer festen Leiter oder Treppe hinunter gelangen." — „Wie tief ist der Schacht?" — „Nach zwanzig Löchern kommt man an zwei Seitenstollen, die aber leer und sehr klein sind, dann noch dreißig Löcher, so gelangt man in den großen Hauptgang, in den wir eindringen werden." — „Wie weit sind die Löcher voneinander entfernt?" — „Etwas über eine halbe Dirâ nîli[1]). Das Steigen ist ganz bequem." — „Wie ist die Luft da unten?"

„Sie ist fast so gut wie hier oben. Es muß da Luftlöcher geben, die ich noch nicht gefunden habe. Vielleicht gelingt es deinem Scharfsinn, sie zu entdecken."

Er sagte das mit einem leisen Nebenklang, den ich jetzt nicht beachtete. Später erkannte ich, daß es Hohn gewesen war.

„Sind die Steiglöcher zuverlässig?" erkundigte ich mich weiter. „Der Schacht besteht jedenfalls auch aus Schlammziegeln, die leicht bröckeln. Da könnte man den Halt verlieren und in die Tiefe stürzen." — „Das ist nicht möglich. Die Ziegel sind fest, und übrigens

[1]) Nil-Elle = 0,52 m

haben wir das Seil mit, an das wir uns binden werden. Wer steigt voran?" — „Ich nicht!" erklärte Selim schnell.

Wollte ich mich von dem Fakir, wenn er doch einen Verrat plante, nicht übertölpeln lassen, so mußte er voransteigen. Ich sagte ihm daher, daß er als Führer den ersten machen müsse, und er ging auch willig darauf ein. Auch das war geeignet, mich zu beruhigen.

Also der Fakir voran; dann sollte Selim folgen, und ich wollte, als der Kräftigste von uns, den letzten machen. Wenn einer von den beiden abrutschte, so konnte ich ihn am Seil halten. Das eine Ende der Leine wurde dem Alten unter den Armen hindurch auf der Brust festgebunden. In der Mitte wurde Selim befestigt, und das andere Ende schlang ich mir um die Hüften, wo es durch einen Knoten sichern Halt bekam. Es war schwierig, Hände und Füße zum Absteigen zu gebrauchen und dabei die brennende Fackel zu halten. Der Fakir kannte den Schacht und brauchte kein Licht. Selim durfte keins bekommen, weil er nicht geschickt genug war. Er hatte seine Hände nötig, um sich festzuhalten. So war ich es denn, der als einziger eine Fackel trug.

Nun kniete ich zunächst vor der Öffnung nieder, um mit der Hand hinabzulangen und die Steiglöcher zu untersuchen. Sie waren groß genug als Haltepunkt für Füße und Hände, und ihre Kanten zeigten sich fest. Nun stieg der Fakir hinab und war bald verschwunden. Selim folgte langsamer, denn er konnte die Löcher nicht sehen und mußte mit den Händen und Fußspitzen nach ihnen tasten. Als sein Kopf verschwunden war, hörte ich ihn ein Stoßgebet murmeln:

„Ich bezeuge, daß es keinen Gott gibt, außer Gott; ich bezeuge, daß Mohammed der Gesandte Gottes ist!"

Dann stieg auch ich ein. Ich mußte mich auf die Füße und die rechte Hand verlassen, da ich in der linken die Fackel trug. Die ersten Schritte führten nur langsam abwärts. Dann aber gewöhnte man sich an die Lage und Entfernung der Löcher, und es ging rascher. Gesprochen wurde nicht.

Ich zählte die Schritte. Richtig, nach zwanzig Löchern gab es vor und hinter mir je eine Stollenöffnung. Ich leuchtete im Vorbeisteigen in eine hinein, doch war das Licht zu matt, um die Finsternis durchdringen zu können. Nun noch dreißig Löcher abwärts bis zum Hauptgang. So dachte ich, weil der Fakir es so gesagt hatte; aber es kam anders. Ich war an den beiden Stollen vorüber und hielt mich eben mit der Rechten im vierten oder fünften Loch weiter unten fest, als von oben herab ein Lachen erscholl, das die engen Wände des Schachtes grausig widerhallen ließen. Es klang, als höhnte eine Schar von Teufeln. Dazu hörte ich die Worte rufen: „So bringt man einen Christenhund zum ewigen Schweigen. Verschmachte hier in der Tiefe, und erwache dann im Abgrund der Hölle!"

Ich blickte empor und sah zwei Gesichter, die vom Schein eines Lämpchens so beleuchtet wurden, daß ich sie erkannte. Der alte

Fakir und Nubar, der Muza'bir, waren es. Nicht einen Augenblick verlor ich die Geistesgegenwart. Ich wußte sofort, um was es sich handelte: Wir sollten hier eingesperrt werden, um elend umzukommen. Da galt es schnelles Handeln; wir mußten sofort wieder empor.

„Selim, schnell hinaufsteigen!" rief ich. „Schnell, schnell!"

Dabei begann ich schon selber emporzusteigen. Aber ich war mit Selim zusammengebunden, und der Unglücksmensch folgte meinem Ruf nicht, der Strick hielt mich zurück.

„Kennst du mich?" rief der Gaukler von oben herab. „Du hast mich einstecken lassen wollen. Nun steckst du selber fest, und kein Mensch wird dich und Selim erlösen." — „Kein Mensch!" stimmte der Ehrwürdige bei. „Du fingst schon an, mir zu mißtrauen. Ich sah es dir an, doch du warst so dumm, mir zu folgen. Ich gehöre zur heiligen Kadirine und habe, um sie an dir zu rächen, in Maabdeh auf dich gewartet. Nun stirb wie ein Hund, Giaur! Deine Seele sei verflucht in alle Ewigkeit!"

Ich antwortete nicht, denn jedes Wort wäre vergeblich gewesen. Nur Taten konnten retten. Während ich mit den Füßen in den Mauerlöchern stand und die Fackel in der Linken hielt, zog ich mit der Rechten das Messer und schnitt den Strick entzwei. So kam ich von Selim los. Ich erkannte, wo sich die beiden Feinde befanden: sie lagen in den zwei Stollen, an denen wir vorübergekommen waren, der eine hüben, der andre drüben, und hielten die Köpfe über den Schacht, in dem wir steckten. Ich mußte zu ihnen hinauf. Das gab einen Kampf, der für mich äußerst gefährlich war. Sie brauchten mir, wenn ich bei ihnen auftauchte, nur auf den Kopf zu schlagen. Um das zu verhüten, mußte ich sie vertreiben. Ich steckte also das Messer in den Gürtel und zog einen Revolver. Leider konnten sie, da ich die Fackel hielt, genau beobachten, was ich tat. Sie sahen die Waffe, und als ich sie hob, verschwanden die beiden Gesichter über mir, und ich hörte die Stimme des Muza'bir: „Schieß, du Hundesohn, und versuch, ob du uns treffen kannst!"

Es wurde dunkel über mir, und ich hörte ein Geräusch, wie wenn schwere Steine gegeneinander prallen. Den Griff des Revolvers in den Mund nehmend, so daß ich die rechte Hand wieder zum Klettern frei bekam, hastete ich aufwärts. Als ich die Stelle erreichte, an der die beiden gesteckt hatten, konnte ich nicht weiter. Sie hatten eine Steinplatte vorgeschoben, die den Schacht vollständig verschloß, und ich hörte, daß sie das Hindernis mit Steinen noch mehr beschwerten. Wir waren gefangen. Ich stemmte mich mit dem Kopf gegen die Platte, um ihre Schwere zu prüfen, konnte sie aber nicht heben. Ich gab zwei Schüsse dagegen ab — vergeblich. Da meine Gestalt die ganze Weite des Schachtes ausfüllte, hatte Selim nicht sehen können, was geschehen war. Er hatte zwar die Stimmen gehört, aber die Worte nicht verstanden. Jetzt fragte er: „Effendi, mit wem sprichst du denn da oben? Warum schießt du? Ist denn etwas geschehen?“ — „Ja, leider. Wir sind eingesperrt worden.“ — „Von wem?“ — „Von diesem alten Fakir.“ — „Wie kann er uns einsperren? Er ist doch unter mir!“ — „Nein. Er steckt jetzt über mir.“

„Unsinn, Effendi! Das wäre mir doch nicht entgangen, denn er hätte zurückbleiben müssen, und ich wäre an ihm vorübergekommen.“ — „Das ist auch wirklich geschehen, aber du hast es nur nicht bemerkt. Nun hat er den Schacht mit Steinen verschlossen, und wir können nicht hinaus.“ — „Allah, Allah! Ist das wahr?“ fragte Selim entsetzt. — „Es ist wahr. Ich habe soeben versucht, die Steine zu heben, aber sie sind zu schwer.“ — „So werde ich helfen. Ich komme!“ — „Bleib nur! Du kannst nicht helfen, denn es können hier unmöglich zwei Männer nebeneinander stehen.“ — „So versuch es noch einmal, Effendi! Du bist viel stärker als ich. Vielleicht gelingt es dir doch noch, die Steine zu heben und das Hindernis zu beseitigen.“ — „Gut, ich will es abermals versuchen. Aber wenn es gelingt, so werden die Steine in den Schacht fallen und uns treffen. Komm also zu mir herauf! Je näher du bist, desto schwächer trifft dich der Anprall. Und steh fest; halte dich gut an, damit sie dich nicht mit hinabreißen.“

Ich stieg noch ein Loch höher, um, wie vorher mit dem Kopf, jetzt mit dem Rücken zu heben. Ich hörte über mir dumpfe Töne, ein Gepolter, aus dem ich entnahm, daß die Gegner noch immer fortfuhren, die Platte mit Steinen zu beschweren. Sie mußten einen bedeutenden Vorrat davon in die beiden Seitenstollen geschafft haben.

Nun lehnte ich mich mit dem gekrümmten Rücken gegen die Platte und versuchte, sie zu heben. Aber alle Anstrengungen waren vergebens. Und als ich schließlich alle Kraft anwandte, fühlte ich, daß die Schlammziegel, auf denen ich in den Seitenlöchern stand, unter dem Druck zu bröckeln und nachzugeben begannen. Ich war also gezwungen, auf diesen Rettungsweg zu verzichten.

„Geht es, Effendi?“ fragte Selim ängstlich. — „Nein. Der Halt gibt unter mir nach. Ich stehe in Gefahr, in die Tiefe zu stürzen.“

„O Allah, o Gnädiger, o Erbarmer! Wir sind verloren. Wir werden hier in dieser Höhle umkommen, und kein Mensch wird wissen, wo unser Fleisch verfault und unsre Gebeine verwesen. Wäre ich doch daheim geblieben, bei der guten Küche Daud Agas.“ — „Klage nicht! Noch haben wir keine Veranlassung, den Mut zu verlieren.“

„Meinst du?“ fragte er schnell. „Gibt es einen Weg aus diesem Elend?“ — „Ich hoffe es.“ — „Wo ist er zu suchen?“ — „Unten. Hier oben kommen wir nicht durch. Wir müssen vollends hinabsteigen.“ — „Dann kommen wir ja immer tiefer ins Unglück hinein! Wir müssen auf alle Fälle oben hinaus.“ — „Nein. Ich kann die Hindernisse nicht beseitigen. Und selbst wenn es mir gelänge, so stände man oben am Schachtloch und könnte uns bei unserm Erscheinen mit Leichtigkeit umbringen.“ — „Welch eine Gefahr, welch eine schlimme Lage! Meine Glieder zittern, und meine Seele bebt vor

Schreck!" — „Heule nicht, sondern nimm dich zusammen! Wir brauchen jetzt alle unsre Körper- und Geisteskräfte. Wenn du zitterst, kannst du leicht den Halt verlieren und in die Tiefe stürzen. Gib mir den durchschnittenen Strick herauf, damit ich dich wieder an mich festbinde!"

Er suchte das Ende und reichte es mir. Während ich den Knoten schlang, fragte er: „Aber wie war es dem Alten möglich, so plötzlich über uns zu sein? Er war ja an mich festgebunden." — „Kannst du dir denn nicht denken, daß er sich unterwegs losgebunden hat? Als er dann die Seitenstollen erreichte, kroch er unbemerkt in den einen hinein, während der Muza'bir ihn im andern erwartete. Wir sind hinter ihn ganz ahnungslos an den Löchern vorbeigestiegen."

„Der Muza'bir soll ihn hier erwartet haben?" — „Gewiß! Nubar ist ja mit hier." — „Dann hätten wir seine Spur draußen sehen müssen." — „Die hat der Alte ausgewischt. Du hast ja gehört, daß ich der Ansicht war, die Spuren stammten nicht von einem einzelnen Mann. So, jetzt habe ich dich wieder fest an mir. Nun steige langsam hinab! Ich folge dir." — „Wie weit?" — „Der Fakir sprach von dreißig Löchern. Ob das wahr ist, weiß ich freilich nicht. Wir müssen es eben versuchen. Einmal muß der Schacht doch ein Ende nehmen."

Der Abstieg begann. Selim zählte laut die Löcher, die die Stufen bildeten. Als er bis zu dreißig gekommen war, meldete er mir:

„Effendi, ich fühle festen Boden unter mir." — „Sei vorsichtig und untersuche genau, ob er dich trägt!" — „Der Boden hält; er gibt nicht nach; er ist fest." — „So warte; ich komme gleich."

Selim hatte recht. Als ich neben ihm stand, leuchtete ich mit der Fackel umher. Wir befanden uns in einer kleinen Kammer, die dem Raum glich, in dem der Schacht oben mündete. Der Boden bestand aus Schlammziegeln, doch unter unsern Füßen sah ich eine glatte Steinplatte, die wenig über einen Meter im Geviert hatte. Wir traten zur Seite und hoben sie auf. Es kam ein Schachtloch zum Vorschein, das weiter abwärts führte.

„Schau", sagte ich, „grad so eine Steinplatte war auch oben bei den beiden Stollen gelegen. Sie ist in dem einen versteckt gewesen, und als wir vorüber waren, hat man sie über den Schacht gelegt und mit anderen Steinen beschwert." — „Das begreife ich auch, Effendi", klagte der Lange. „Aber was hilft es uns, das zu wissen? Wir werden dadurch nicht gerettet. Wir sind verloren und werden das Licht des Tages nie mehr schauen. Das Leben ist so schön. Wer hätte geglaubt, daß es so schnell und auf so schmachvolle Weise enden würde?"

Selim setzte sich nieder und weinte laut und bitterlich. Ich hielt es für das beste, ihn in diesem Ausbruch der Mutlosigkeit nicht zu stören, und machte mich daran, das kleine Gemach zu untersuchen. Zunächst bemerkte ich zu meiner Freude, daß die Luft hier erträglich war. Die Fackel brannte zwar nicht ganz hell, aber doch so, daß ich sehen konnte. Von Stickluft war keine Rede; nur modrig, feucht roch es hier. Die Wände bestanden aus schwarzen Nilziegeln. Wie lange Zeit mochten sie überdauert haben? Sie hielten noch fest, und nur an einer Stelle schienen sie eingefallen zu sein. Der darüber gelagerte Sand war nachgestürzt. Oder sollte ich mich täuschen? Sollten sich an dieser Stelle überhaupt keine Steine befunden haben? Ich kniete nieder und räumte mit der Hand den Sand weg; er war leicht und mehlig. Ich kam rechts an Mauerziegel, links an Mauerziegel, oben auch an Mauerziegel. Dazwischen gab es nur diesen leichten Sand. Hinter mir weinte Selim noch immer, aber nicht mehr laut. Er seufzte und — was hatte er denn? Das klang so dumpf, so hohl, so eigentümlich! Ich drehte mich um. Er saß mit vornüber gebeugtem Oberkörper, hatte das Gesicht mit beiden Händen bedeckt und schien still zu sein.

„Kam dieser Seufzer von dir, Selim?“ fragte ich. — „Von mir? Ein Seufzer? Wann denn?“ — „Soeben in diesem Augenblick.“

„Das war ich nicht. Du hast dich getäuscht.“ — „Nein, ich habe es deutlich gehört.“ — „Und ich war es nicht, und ich habe auch nichts gehört.“ — „Es ist kein Irrtum möglich. Ich bin überzeugt, daß —“ ich hielt inne, denn der dumpfe Ton erklang jetzt abermals.

„Hörst du es?“ fragte ich betroffen. — „Ja, Effendi, ich habe es jetzt auch deutlich vernommen.“ — „Was war das? Der nachrollende Sand in dem Loch, das ich gegraben habe, kann es nicht sein.“

Eben als ich ausgesprochen hatte, ließ sich der Ton abermals hören, und nun wußte ich, woher er kam.

„Das Seufzen klang aus dem Schacht heraus!“ rief ich überrascht. — „Richtig, sehr richtig!“ stimmte Selim bei, indem er entsetzt aufsprang und in die Ecke flüchtete. — „Warum erschrickst du?“ fragte ich. „Es sind Menschen in der Nähe.“ — „Menschen? Wie kann es hier Menschen geben? Das sind die Geister der Hölle, die nach unsern Seelen lechzen.“ — „Schweig! Selim, du bist ein Feigling!“ — „Ich, ein Feigling? Effendi, ich bin der Stärkste der Starken und der größte Held meines Stammes. Gegen die Hölle aber kann selbst der Kühnste der Kühnen nicht kämpfen. Du hast mich an den Rand der Verdammnis geführt, und wenn er einstürzt, so brechen wir durch die Oberfläche der Erde hinab in den Schlund, aus dem in Ewigkeit kein Entkommen ist. O Allah, Allah, Allah!“

„So bleib meinetwegen hier und jammere; ich aber werde mich retten.“ — „Retten?“ fragte er rasch. „Dabei helfe ich dir, Effendi!“

„Nun gut, so laß das Klagen, und steig mit mir weiter hinab!“

„Noch weiter? Bist du bei Sinnen?“ — „Ja. Da unten gibt es einen Menschen, dem wir Hilfe bringen müssen.“ — „Das ist kein Mensch, sondern es war das Stöhnen der Verdammten in der Hölle.“

„Dummkopf! Der Mann ist vielleicht schon dem Tode nahe, und wenn wir zögern, stirbt er. Ich steige hinab. Tu, was du willst.“

Ich hatte mich von ihm losgebunden, wand mir den Strick um den Leib und stieg in das Loch.

„Effendi, du willst wirklich weiter?“ zeterte der lange Feigling. „Was soll mit mir geschehen?“ — „Bleib meinetwegen hier!“

„Nein, das tu ich nicht. Ich bleibe nicht hier, so allein inmitten der Schrecken dieses schauerlichen Ortes. Ich komme, ich komme.“

Jetzt beeilte er sich, mir zu folgen. Zwanzig Löcher stiegen wir hinab. Dann hielt ich an, um zu lauschen. Ich vernahm nun deutlich eine menschliche Stimme nicht weit unter mir. „Hilf mir, komm herab!“ rief sie. — „Ich komme“, versicherte ich. „Ich werde gleich bei dir sein.“ Noch zehn Löcher mußte ich hinabsteigen, dann gewann ich wieder festen Boden.

12. Der ‚Sohn des Nil‘

Ich leuchtete um mich und sah mich in einem ausgemauerten Raum, der früher allem Anschein nach Wasser enthalten hatte. Der Schacht war — vielleicht vor Jahrtausenden – ein Brunnen gewesen. Daß es hier Königsgräber gebe, hatte mir der Fakir nur vorgeschwindelt, um mich hereinzulocken. An der Mauer hockte eine Gestalt, die jetzt flehend die Arme erhob. „Habt Erbarmen! Laßt mich wieder hinauf! Ich werde nichts verraten. Ich habe es euch doch schon versprochen.“ — „Fürchte dich nicht“, tröstete ich. „Wir sind nicht gekommen, dich zu quälen.“ — „Nicht? So gehört ihr nicht zu Abd el Barak, der mich zu töten befahl?“ — „Nein. Abd el Barak ist vielmehr mein grimmigster Feind, dessen Verbündete uns in diesen Brunnen gelockt haben.“ — „Allah! So seid auch ihr dem Tod geweiht und könnt mir keine Rettung bringen?“ — „Verzage nicht! Allerdings will man uns hier verschmachten lassen, aber ich werde versuchen, diese Absicht zuschanden zu machen, und dann wirst du mit uns das Tageslicht wieder schauen. Wie lange befindest du dich schon an diesem Ort?“ — „Drei Tage.“ — „So mußt du fast verdurstet sein!“ — „Nein, Effendi. Durst habe ich wenig gelitten, denn es ist hier feucht, und die Mauer hängt voll Wassertropfen. Aber Hunger habe ich. Ich hatte schon über einen Tag nichts gegessen, als ich hierhergelockt wurde. Nun bin ich so schwach, daß ich mich nicht mehr erheben kann.“

Ich muß erwähnen, daß ich mich bei meinem Gastfreund Ismail in freien Augenblicken in den Hof begab, um den Bakarrahengst vollends zuzureiten. Ich hatte ihm stets einige Datteln mitgenommen. Auch heute hatte ich genügend mit, war aber nicht dazugekommen, in den Hof zu gehen. Ich zog die Datteln hervor und gab sie dem armen Menschen. Als Selim das sah, sagte er: „Auch ich habe etwas. Daud Aga hat mir Kebab und Esch[1]) mitgegeben, da er meinte, ich könnte Hunger bekommen. Da nimm und iß!“

[1]) Fleischstückchen, an kleinen Holzstäben über der Holzkohlenglut gebraten, und Brot

Die Datteln, das Fleisch und Brot reichten hin, einen Hungrigen zu sättigen. Während der Gefangene aß, betrachtete ich ihn. Er war noch jung, kaum über zwanzig Jahre alt, hatte keine arabischen Gesichtszüge und machte keinen üblen Eindruck auf mich. Gekleidet war er nur in eine blauleinene Hose und Jacke, die durch einen Lederriemen über dem Gürteltuch festgehalten wurden. Auf dem Kopf trug er den landesüblichen Fes. Er aß, ohne zu sprechen, und ich wollte ihn jetzt nicht mit Fragen belästigen. Als er fertig war, versuchte er aufzustehen; es ging leidlich.

„Allah sei Dank!“ atmete er auf. „Die Speise hat mich gekräftigt, obgleich sie noch nicht in mein Blut übergegangen ist. Wer seid ihr? Nennt mir eure Namen, damit ich euch danken kann!“

Da meldete sich Selim schnell: „Mein Name ist so berühmt und lang, daß du ihn gar nicht auszusprechen vermöchtest, wenn ich ihn dir ganz sagte. Nenne mich daher nur Selim, den größten Helden seines Stammes! Ich bin der Beschützer dieses Effendi, dessen —“

„Das ist überflüssig“, unterbrach ich ihn. „Wer wir sind, wird dieser Jüngling schon noch erfahren. Nötiger ist es, daß wir wissen, wer er ist und wie er hierher kommt.“ — „Ich heiße Ben Nil“, erklärte er. Diese beiden Worte heißen ‚Sohn des Nil‘. Darum fragte ich: „So bist du am Ufer des Stroms geboren?“ — „Nicht am Ufer, sondern auf dem Nil selber. Meine Mutter war mit Abu en Nil, ihrem Vater, auf dem Wasser, als ich geboren wurde.“ — „Vater des Nil heißt dein Großvater. So ist er wohl ein Schiffer?“ — „Er ist der beste Steuermann vom Anfang bis zum Ende dieses Stroms.“

„Und wie kamst du hierher?“ — „Ich sollte einen Mann töten helfen, und das wollte ich nicht. Zur Strafe dafür hat man mich hierher gebracht, wo ich elend untergehen soll.“ — „Daß du ein solches Ansinnen von dir gewiesen hast, ist brav von dir. Wer waren denn die Leute, die es an dich stellten?“ — „Es waren ihrer drei. Nur getrau ich mich nicht, sie zu nennen, da zwei von ihnen sehr mächtig sind.“ — „Ich vermute, daß Abd el Barrak sich unter ihnen befindet.“ — „Effendi, du hast ein ehrliches Gesicht, und ich will dir vertrauen. Ja, Abd el Barrak ist dabei. Der zweite war ein berühmter Fakir und der dritte ein Gaukler.“ — „Ah? Diese beiden sind es, die auch uns hierher gelockt haben.“ — „So sind wir Leidensgefährten, und ich will kein Geheimnis vor euch haben, obgleich es euch gleichgültig sein kann, wer der Mann ist, den ich töten sollte.“

„Das kann mir nicht gleichgültig sein, denn ich nehme teil an deinem Geschick, und obendrein muß es mir lieb sein, über die Absichten meiner Feinde Näheres zu erfahren. Also sage, wer er ist!“

„Er ist ein Fremder, ein Christ aus Almanja namens Kara Ben Nemsi, der sich gegen die heilige Kadirine vergangen hat.“

„Gehörst du zur Kadirine?“ — „Ich bin einer der geringsten unter ihren Dienern.“ — „Und hast doch nicht gehorcht!“ — „Ich bin ein ehrlicher Mann und morde nicht. Nur im Fall eines Krieges, einer

Blutrache oder einer schweren Beleidigung würde ich meinen Gegner töten. Und außerdem hatte dieser Fremdling meinem Großvater einen großen Dienst erwiesen." — „Darf ich erfahren, was für ein Dienst das wahr?" — „Ja. Abu en Nil war Steuermann eines Sklavenschiffs und sollte deshalb bestraft werden. Der Christ ließ ihn heimlich entweichen. Wie kann ich da so undankbar sein, ihn für die Kadirine umzubringen!" — „Du hast recht gehandelt, und ich hoffe, es dir vergelten zu können." — „Du, Effendi?" — „Ja, ich. Du sprichst nämlich mit dem, den du ermorden solltest, denn ich bin jener Kara Ben Nemsi Effendi." — „Ist das wahr? Ist das möglich?"

Es ist wahr. Frage meinen Begleiter hier, und außerdem kann ich es dir auch noch anderweit beweisen." — „Das wäre ein Kismet, über das ich mich freuen würde, wie noch nie in meinem Leben." — „Den Namen deines Großvaters hörte ich nicht nennen; ich habe ihn erst von dir erfahren. Aber ich kann dir andre Angaben machen, die mich ausweisen. Er war Steuermann eines Schiffs, das nach Siut bestimmt war und, als es den Hafen von Bulak kaum verlassen hatte, in Giseh anlegte?" — „Das ist wahr; das stimmt!" — „Ich wollte mit diesem Schiff fahren. Des Abends kam der Gaukler an Bord, um mich zu bestehlen. Später sollte ich ermordet werden." — „Auch das ist richtig. Ich habe es von meinem Großvater erfahren. Weißt du, wie das Sklavenschiff hieß?" — „Es war die Dahabijeh ‚es Samak'." — „Du sagst die Wahrheit, Effendi. Du bist der Mann, der so gütig gegen meinen Großvater gehandelt hat. O Kara Ben Nemsi Effendi, wie danke ich dir!"

Ben Nil ergriff meine Hand und zog sie an sein Herz.

„Wie aber kannst du von mir wissen?" erkundigte ich mich. „Du kannst es nur von deinem Großvater erfahren haben. Dieser wollte nach Gubatar zu seinem Sohn; du aber bist hier oben in Siut."

„Abu en Nil ist nicht nach Gubatar gegangen. Er verschwieg dir seine Absicht. Du handeltest zwar gütig gegen ihn, aber du bist ein Christ. Soll ich mich noch deutlicher ausdrücken?" — „Nein, ich verstehe dich." — „Du mußt wissen, daß ich eigentlich mit zur Besatzung der Dahabijeh gehörte. Ich war bei der vorigen Talfahrt krank geworden und hier zurückgeblieben. Bei der Bergfahrt sollte ich wieder aufgenommen werden. Mein Großvater sprach zwar zu dir davon, daß er nach Gubatar gehen werde. Aber die Behörde konnte nachforschen und erfahren, daß er dort zu Haus ist und dann nach ihm fahnden. Darum ging er nilaufwärts nach Siut, weil er wußte, daß ich da auf ihn wartete. Er traf mich und erzählte mir, was geschehen war. Glücklicherweise fand er sofort eine Stellung auf einem Schiff, das nach Khartum ging. Er blieb infolgedessen nur einen halben Tag hier und beauftragte mich, nach Gubatar zu gehen, um der Familie mitzuteilen, welches Unglück ihm widerfahren sei." — „Warum gingst du nicht? Warum bliebst du hier?"

„Ich wollte gehen. Da begegnete ich Abd el Barak, dem Mokkadem der Kadirine —" — „Wo begegnetest du ihm?" unterbrach ich ihn. — „In Siut auf der Straße." — „Kennst du seine Wohnung?"

„Nein. Er bestellte mich hinaus vor die Stadt. Als ich zu ihm kam, waren der Fakir und der Gaukler Nubar bei ihm, und da forderten sie mich auf, dich zu töten." — „Du kanntest mich doch nicht!"

„Oh, man wußte genau, daß du mit dem „Schahin', dem Schiff des Reïs Effendina kommen würdest, und da solltest du mir gezeigt werden." — „Du gingst also nicht auf den Mordplan ein. Wie wurde das aufgenommen?" — „Man täuschte mich und tat, als nehme man meine Weigerung gleichgültig auf. Dann wurde ich vom Fakir aufgefordert, mit ihm in das unterirdische Grab eines Marabut zu gehen. Er führte mich hierher. Auch der Gaukler war mit." — „Abd el Barak nicht?" — „Nein. Er mußte wieder fort." — „Wohin?"

„Das konnte ich nicht erfahren. Ich hörte nur einige heimliche Worte, aus denen ich schließe, daß er die Absicht hatte, irgend einen Sklavenhändler vor dem Reïs Effendina zu warnen." — „So meinst du, daß Abd el Barak sich nicht mehr in Siut befindet?" — „Es ist möglich, daß er noch hier ist, aber nicht wahrscheinlich." — „Hm! Dir wurde also weisgemacht, daß sich hier das Grab eines Marabut befinde?" — „Ja. Warum sollte ich das bezweifeln? Der Fakir, der es sagte, ist ja selber ein Heiliger!" — „Ein Heiliger, der lügt und mordet. Du hättest ihm nicht glauben sollen." — „Verzeih, Effendi! Hat er nicht auch dich unter einem Vorwand hergelockt?" — „Richtig! Ich bin nicht vorsichtiger gewesen als du und habe die gleichen Vorwürfe verdient. Du hast also den Ort, an dem wir uns befinden, nie zuvor gesehen?" — „Nie." — „Und kannst uns also keine Auskunft erteilen?" — „Nicht die geringste, Effendi." — „Das ist schlimm! Es scheint unmöglich, sich einen Weg ins Freie zu bahnen."

„Es gibt keinen. Ich habe auch gesucht und keinen gefunden."

„Wie hast du suchen können? Du befandest dich doch im Finstern?" — „O nein. Wenn man von oben aus zwanzig Schritt herabgestiegen ist, gibt es zwei Seitengänge —" — „Ich kenne die beiden Stollen", fiel ich ein. „Sie können aber nicht weit führen." — „Vielleicht führen sie ins Freie und die Ausgänge sind mit Sand verschüttet; ich weiß es nicht. Man geleitete mich in den einen. Da lag eine dicke Steinplatte und ein Haufen Steine, da standen auch Tonlampen, mit Öl gefüllt. Es wurden mehrere angebrannt. Ich nahm eine und stieg voran. Kaum war ich einige Stufen abwärts gekommen, so rief man mir nach, ich müsse hier sterben, weil ich sonst verraten könnte, daß Kara Ben Nemsi getötet werden soll." — „Armer Teufel! so hast du also meinetwegen leiden müssen!" — „Gelitten habe ich freilich, Effendi. Ich glaubte zunächst, man mache Scherz mit mir. Als man aber den Ausgang mit der Platte und den Steinen bedeckte, sah ich, daß es Ernst war. Ich rief, ich bat und flehte — vergebens. Ich erkannte, daß aufwärts keine Rettung möglich sei, und stieg also weiter hinab. Ich untersuchte den ganzen Schacht, auch hier diese

Brunnenkammer, und habe keine einzige Stelle gefunden, die hoffen läßt, daß sich ein Ausgang da befindet. Dann verlosch die Lampe. Dort liegen die Scherben in der Ecke. Auch ich begann zu verlöschen. Ich bin in diesen Tagen hundertmal im Finstern herauf- und wieder herabgeklettert. Endlich konnte ich nicht mehr. Zuletzt fand ich, daß man mich in dieser untersten Abteilung eingeschlossen hatte. Ich glaube, daß ich dem Wahnsinn nahe gewesen bin. Ich habe getobt und gebrüllt wie ein Verrückter, bis ich kraftlos liegenblieb."

„Wie kannst du denn wissen, daß du dich drei Tage hier befunden hast?" — „Ich habe eine Uhr, diese hier. Ein Matrose schenkte sie mir in Alexandrien."

Er zog eine alte, sonnenblumengroße, dreigehäusige Spindeluhr aus dem Gürtel und zeigte sie mir.

„Ich habe gewiß tausendmal die Zeiger befühlt. Schon griff der Tod nach mir, da hörte ich euch über mir. Ich wollte hinauf, war aber zu entkräftet. Habt ihr mein Rufen vernommen?" — „Ja, wir hörten dich. Sprich jetzt nicht weiter, denn du bist zu schwach. Setz dich nieder und ruhe. Ich werde nachforschen." — „Du wirst nichts finden", erklärte Ben Nil, indem er sich niederließ. — „Auch ich bin überzeugt, daß wenigstens hier unten alles Suchen vergeblich ist. Wir befinden uns weit unter der Grundfläche des Hügels, und so glaube ich nicht, daß es von hier einen Gang gibt. Aber einen Ausweg müssen wir finden, und wenn wir ihn uns erst graben sollten." — „Das würde wochenlang dauern, und inzwischen sind wir gestorben!" — „Mir ist es gar nicht wie sterben zu Mut. Ich habe im Gegenteil das Gefühl, als würden wir vielleicht bald wieder ans Tageslicht kommen." — „Oh, Effendi, hättest du doch recht", klagte Selim. „Meine Nerven sind zerrissen, und all meine Hoffnung ist tot. Wir müssen hier sterben und verderben. Warum hat Allah grad mir dieses Kismet vorgezeichnet?" — „Was jammerst du?" fragte Ben Nil. „Du hast dich vorhin den größten Helden deines Stammes genannt. Wenn du das bist, so scheint dein Volk aus lauter Weibern zu bestehen."

Selim wollte zornig antworten. Ich gebot ihm Schweigen, denn ich untersuchte die Mauer, indem ich dagegen klopfte, um vielleicht eine hohle Stelle zu entdecken. Es gab jedoch keine. Und nun wurde hier unten die Luft von Augenblick zu Augenblick schlechter. Es war schon deshalb geraten emporzusteigen, und außerdem war dort mehr Hoffnung, einen verborgenen Weg zu entdecken.

„Wie aber soll ich hinaufkommen?" fragte Ben Nil. „Ich bin so schwach, daß ich nicht steigen kann." — „Wir ziehen und tragen dich."

Ich band ihm den Strick um den Leib. Das andre Ende bekam Selim um den Körper geschlungen. Er mußte voransteigen. Ich nahm Ben Nil so, daß er auf meinen Schultern ritt, wie ich es mit dem dicken Daud Aga gemacht hatte. So hob und schob ich ihn, während ich emporstieg. Selim zog an dem Strick. Auf diese Weise gelangten wir ohne Anstrengung in das obere Gemach. Welch ein Glück, daß wir mit Fackeln versehen waren und dem Fakir keine davon gegeben hatten! Die zweite war allerdings schon beinah abgebrannt; aber wir hatten ja noch vier. In dem erwähnten Raum machte ich mich sofort wieder über die Stelle her, von der ich vorhin den Sand entfernt hatte. Selim mußte helfen, während Ben Nil die Fackel hielt. Wir hatten noch nicht fünf Minuten gearbeitet, so begann das waagrechte Loch, das wir gruben, sich mit Mauerwerk zu umgrenzen.

,,Allah ist groß!" rief Selim. ,,Das ist doch ein Gang!" — ,,Es scheint so", erwiderte ich. — ,,Effendi, woher hast du das gewußt?"

,,Gewußt nicht, aber vermutet habe ich es. Die Luft ist hier so erträglich, daß ich sofort überzeugt war, diese Kammer müsse mit der Außenwelt in Verbindung stehen, und das hier ist die einzige Stelle, an der es kein Mauerwerk gab; folglich grub ich hier nach." — ,,Ja, es ist ein Gang!" wiederholte Selim, indem er aus Leibeskräften weiterwühlte. ,,Ein gemauerter Gang, dessen Decke hier eingestürzt ist. O Allah, wenn dieser Gang nicht ganz eingestürzt wäre!"

,,Wäre er ganz verschüttet, so hätten wir hier eine viel schlechtere Luft." — ,,So glaubst du, daß wir uns retten werden?" — ,,Ich habe noch keinen Augenblick daran gezweifelt. Hinaus müssen wir auf alle Fälle, wenn nicht hier, dann anderswo. Dieser Fakir ist nicht der Mann, uns festzuhalten. Er ahnt nicht, welche Mittel einem denkenden und tatkräftigen Mann zu Gebot stehen. Grabe weiter!"

,,Ja, grabt, grabt! Ich will indessen beten", drängte Ben Nil. ,,Und sollten wir gerettet werden, dann wehe denen, durch deren Hinterlist wir hier eingeschlossen wurden." — ,,Ich zermalme diesen Fakir!" knirschte Selim, indem er emsig den Sand mit der Hand hinter sich schleuderte. ,,Sind wir nur erst draußen!" — ,,Wir kommen hinaus", versicherte ich. ,,Ich glaube sogar die Stelle zu kennen, an der wir das Freie erreichen werden." — ,,Das ist zu kühn gesprochen, Effendi." — ,,Nicht doch. Weißt du, wie hoch der Hügel ungefähr ist?"

,,Nein." — ,,Und wie tief wir uns im Innern befinden?" — ,,Auch nicht." — ,,Nun, wir sind bis hierher fünfzig Löcher herabgestiegen, und ich schätze, daß wir uns auf der Grundfläche des Sandkegels befinden. Wir sind nur wenig tiefer, als draußen die Wüste liegt. Jetzt graben wir gegen die Südseite des Hügels. Was befindet sich dort, Selim?" — ,,Ich weiß nicht, was du meinst." — ,,Denke doch an das Loch, in das Daud Aga stürzte!" — ,,Allah, Wallah, Tallah! Meinst du etwa, daß —?"

Selim hielt inne und sprach den Satz vor Überraschung nicht ganz aus.

,,Freilich meine ich es!" — ,,Daß wir von hier aus in jenes Loch gelangen?" — ,,Ich bin beinahe überzeugt davon. Es ist zwar von hier aus nicht genau zu bestimmen, aber ich irre mich schwerlich. Ich nehme an, daß dieser Gang, falls er nicht von der geraden Richtung abweicht, der Stollen ist, in den der Haushofmeister einbrach. Arbeiten wir weiter!"

Zunächst war der Gang hoch mit Sand gefüllt. Als wir aber ungefähr zwei Meter freigemacht hatten, lag er leer vor uns. Ich kroch mit der Fackel hinein. Er hatte die Höhe und Breite der Ausmauerung des Lochs, aus dem wir den dicken Schwarzen emporgeholt hatten, ein Umstand, der mich in meiner Vermutung bestärken mußte. Ich konnte mich mühelos bewegen. Während ich die Fackel in der einen Hand hielt, kroch ich auf der andern und den Knien weiter, zehn, zwanzig, vierzig Meter und noch mehr. Der Gang hielt die Richtung ein, aber fast schien es mir, als sei er für meine Voraussetzung zu lang. Endlich war er zu Ende, oder vielmehr er war verschüttet, und zwar mit dem lockeren Sand wie am Beginn. Eben überlegte ich, ob ich ihn wegräumen oder erst den Gefährten Nachricht geben solle, da hörte ich hinter mir Selims Stimme.

„Allah sei Dank, daß ich dich wieder habe!" — „Warum kommst du mir nach?" — „Weil es in der Finsternis nicht länger auszuhalten war." — „Du fürchtest dich?" — „Nein, ich war tapfer, aber dieser kleine Ben Nil fürchtete sich." — „Und weil er sich fürchtete, ließest du ihn allein! Du hast eine ganz eigene Art, deinen Mut zu beweisen. Hier halte die Fackel! Ich will graben."

Der Sand wich sehr leicht, und ich warf ihn hinter mich. Noch war keine Minute vergangen, so fühlte ich, daß frische Luft mir entgegenströmte. Noch eine halbe Minute, und es wurde taghell vor mir. Der Sand viel von selber zusammen, und es entstand eine Öffnung, durch die ich kriechen konnte. Die Sonne stand grad über meinem Haupt, und ich befand mich in dem Loch, aus dem wir den Haushofmeister geholt hatten. Meine Vermutung war also richtig gewesen.

Nun zog ich die Luft mit vollen Zügen ein. Da drängte sich Selim aus dem Gang zu mir heran, richtete sich auf und jubelte:

„Hamdulillah! Die Himmel seien gelobt, und alle heiligen Kalifen sollen —" — „Schweig mit deinen Kalifen, du Esel!" fuhr ich ihn mit unterdrückter Stimme an. „Willst du uns verraten?" — „Verraten?" fragte er mit dem dümmsten Gesicht, das ich jemals gesehen habe. „An wen?" — „An unsre Feinde." — „Warum nicht? Grad sie sollen erfahren, daß wir frei sind." — „Das sollen die Gegner, aber nicht vor der Zeit. Wenn sie noch da sind, so fangen wir sie. Machst du sie aber vorzeitig aufmerksam, so reißen sie aus, und wir können dann sehen, wie wir sie finden." — „Du hast recht, Effendi. Fangen wollen wir sie. Ich werde sie ergreifen und festhalten. Ich werde sie bestrafen und zermalmen. Ich, der würdigste der Helden, will ihnen —" — „Rede nicht! Ich werde mich umschauen. Du aber kriechst zurück und holst Ben Nil." — „Ich?" fragte er entsetzt. „Das geht nicht." — „Du bist ein Feigling ohnegleichen! Lasse ich dich hier, so machst du Dummheiten und kannst alles verderben. Zu dem ermatteten Ben Nil aber zurückzukehren, davor fürchtest du dich."

„Ich fürchte mich nicht." — „Nun, so geh!" — „Ich bleibe doch lieber hier!"

Selim war wirklich nicht wieder in den Gang zu bringen. Ich mußte selber umkehren, schärfte ihm aber vorher ein, sich ruhig zu verhalten und beim Nahen menschlicher Schritte schnell in den Gang zurückzukriechen. Ich fand Ben Nil noch da sitzend, wo ich ihn verlassen hatte.

„Welche Botschaft bringst du, Effendi?" fragte er. — „Die beste. Wir sind frei. Der Gang führt ins Freie."

Da stand er auf, sank aber sofort wieder auf die Knie und sprach ein lautes Dankgebet. Dann streckte er mir beide Hände entgegen.

„Effendi, diesen Augenblick werde ich dir nie vergessen. Sollte ich es nicht tun, so mag Allah mich nicht kennen, wenn ich Einlaß in seinen Himmel begehre. Wo ist dein Begleiter?" — „Selim steht schon draußen." — „Er fürchtete sich wie ein Weib und hielt es hier nicht länger aus. Darf ich mit dir fort?" — „Gewiß! Ich kam ja, dich zu holen. Nur fragt es sich, ob du kräftig genug bist. Der Gang ist sehr lang, aber auch so schmal und niedrig, daß ich dich nicht unterstützen kann." — „Ich bedarf keiner Hilfe mehr. Die Datteln und das Fleisch haben mich gestärkt, und die Gewißheit, gerettet zu sein, verdoppelt meine Kräfte. Krieche voran, ich folge dir!"

Ben Nil hatte recht gesprochen. Die Kräfte schienen ihm wirklich zurückgekehrt zu sein, und wir erreichten das Freie, erblickten aber unsern Selim nicht, dafür war er desto lauter zu hören.

„Ihr Hundesöhne, ihr Hundeenkel und Hundenachkommen! Lauft, lauft, sonst zerdrücken wir euch zwischen den Fingern unsrer Hände! Ich bin der erste der Krieger und der oberste der Helden. Lauft, sonst seid ihr verloren!"

Selim hätte noch nicht aufgehört zu brüllen. Ich rief ihn, und er kam an den Rand des Lochs. Wie er ohne Hilfe aus der tiefen Grube da hinaufgekommen war, konnte ich nicht begreifen.

„Du solltest doch still sein und dich nötigenfalls verbergen!" zürnte ich. „Was hast du zu schreien?" — „Muß ich diesen Hundesöhnen nicht sagen, was ich von ihnen denke?" verteidigte er sich.

„Welchen Hundesöhnen?" — „Dem Fakir und dem Gaukler. Sie laufen zur Stadt, so schnell sie ihre Füße bewegen können." — „Wie bist du denn aus dem Loch gekommen?" — „Mit meinen Armen und Beinen. Sind sie nicht etwa lang genug?" — „Das sind sie freilich. Aber ich wünschte, daß du unten bliebst." — „Effendi, was sollte ich dort unten! Ich gedachte dieser Halunken, und da kam ein Ingrimm und eine Wut über mich, die nicht zu zähmen waren. Meine Tapferkeit übermannte mich, und ich kletterte aus dem Loch, das meines Mutes nicht würdig war. Eben stand ich oben, da sah ich die beiden kommen." — „Woher?" — „Vom Berg herab. Ich brüllte sie wütend an, und sie erschraken so, daß ihre Füße die Schnelligkeit der Gazellen erhielten. Du kannst sie noch laufen sehen." — „Halte schnell den Strick! Ich muß sie sehen."

Ich warf Selim das eine Ende der Leine zu und turnte mich an dem andern empor. Ja, dort liefen die beiden, was sie nur laufen konnten. Sie waren schon so weit entfernt, daß man sie nicht mehr einholen konnte. Dieser lange Schlingel hatte wieder einmal alles verdorben. Darum fuhr ich ihn zornig an:

„Daran bist du schuld, du alter, unverbesserlicher Schwatzstorch! Hättest du den Schnabel gehalten, so wären die beiden in unsre Hände gefallen, und wir hätten sie bestrafen lassen können. Wo waren sie denn, als du sie erblicktest?" — „Ich stieg eben aus dem Loch, da kamen die abscheulichen Verbrecher vom Hügel herab. Als sie mich sahen, blieben sie stehen und staunten mich an. Da brüllte ich ihnen zornig entgegen, und sie liefen voll Angst eilig davon." — „Da hat ein Hase Angst vor dem andern gehabt." — „Vor dem andern? Bezweifelst du etwa, daß ich Mut besitze?" — „Allerdings. Du hast dich vor dem Loch gefürchtet, darum bist du herausgestiegen. Und dann hast du die beiden Männer, als du sie erblicktest, vor lauter Angst angebrüllt. Daß die Halunken dann das Weite gesucht haben, ist das Köstlichste an der Geschichte. Wären sie besonnener gewesen, so hätte es uns schlecht gehen können. Mit dir wären sie schnell fertig gewesen, und wäre ich dann gekommen, so hätte ich, der ich noch unten im Loch war, gegen sie, die oben standen, nichts machen können." — „Was? Sie wären schnell mit mir fertig gewesen? Effendi, ich wollte, sie wären gekommen. Ich hätte sie zwischen meinen Händen zu Mehl zerrieben. Übrigens sind sie uns auch jetzt noch sicher. Wenn wir sie bei der Polizei anzeigen, so —" — „So hört uns die Polizei an und legt dann die Hände in den Schoß", unterbrach ich ihn.

„So geh zu deinem Konsul! Es ist ja einer da." — „Fällt mir nicht ein. Mit einer Angelegenheit, die ich selber erledigen kann, belästige ich keinen andern. Gib jetzt den Strick hinab, denn wir wollen unsern Schützling heraufziehen!"

Ben Nil schlang sich den Strick unter den Armen hindurch und stand bald neben uns. Nun, da an seiner Rettung nicht mehr gezweifelt werden konnte, sank er abermals in die Knie, um zu beten. Die Sonne brannte heiß herab, aber dennoch kam uns die Luft wunderbar erquickend und würzig vor. Jetzt wollte ich sehen, wie es oben am Schacht aussah. Ich ließ also Ben Nil, der sich mehr als wir schonen mußte, unten sitzen und stieg mit Selim den Hügel hinan. Der Eingang stand offen, und die Spuren waren nicht verwischt worden.

„Daraus kannst du ersehen, daß du sie vertrieben hast. Sie haben hier Wache gehalten, und wir hätten sie gewiß ergriffen, wenn du nicht so laut gewesen wärst. Laß uns hinabsteigen!" — „Du willst wieder hinab! Effendi, spiele nicht mit der Hölle! Einmal bist du ihr entkommen; das zweitemal würde sie dich nicht wieder aus ihren

Armen lassen." — „Sei nicht albern! Hast du unten im Brunnen eine Spur von der Hölle bemerkt?" — „Mehr als nur eine Spur. Ich habe alle Teufel gehört und die Flammen der Verdammnis gesehen."

„So bleib hier. Du hinderst mich sowieso mehr, als du mich förderst."

Selim wollte mich zurückhalten, aber ich kroch durch den Eingang, brannte drinnen eine Fackel an und stieg dann in den Schacht hinab. Nach den ersten zwanzig Löchern kam ich an die Seitenstollen. Sie standen offen, aber der Schacht war geschlossen. Es lag da ein großer Haufen Schlammziegel, so groß, daß er die Platte über dem Loch ganz bedeckte. Diese Last konnte ein Mensch von unten unmöglich heben. Ich kroch auch in die beiden Seitenstollen; sie waren nicht lang und hatten offenbar nur der Luftzufuhr gedient. In dem einen standen die Lämpchen, von denen Ben Nil gesprochen hatte. Ich zertrat sie und kehrte dann in die Oberwelt zurück.

Als wir wieder unten bei Ben Nil ankamen, stand er von der Erde auf.

„Effendi, ich habe soeben ein Gelübde zu Allah getan, nicht eher zu ruhen, als bis ich mich an Abd el Barak, dem Gaukler und dem Fakir gerächt habe. Erlaubt dir dein Glaube auch die Rache?"

„Nein. Die Rache ist Gottes. Aber bestraft soll jede Übeltat werden, und es ist Pflicht eines jeden Menschen, den Verbrecher unschädlich zu machen, damit er nicht mehr Böses tun kann."

„So willst du die drei bestrafen?" — „Nicht ich selber, denn ich bin ihr Richter nicht. Auch werde ich jetzt keine Anzeige erstatten, denn ich weiß, daß es der Angelegenheit mehr Schaden als Nutzen bringen würde. Man müßte sogar gewärtig sein, daß die Übeltäter gewarnt würden." — „Was willst du sonst tun?" — „Die Augen offenhalten. Gerät mir einer von ihnen in die Hände, dann klage ich ihn an und ruhe nicht eher, als bis er bestraft wird." — „Du wirst ihn nicht anklagen, denn bevor das möglich wäre, hätte mein Messer ihn getroffen. Der schlimmste von ihnen ist dieser Heuchler Abd Asl, den jeder, der ihn nicht kennt, für den frömmsten Menschen hält; aber er ist ein Teufel in irdischer Gestalt." — „Abd Asl?" staunte ich. „Wen meinst du damit?" — „Doch den Fakir. Hast du seinen Namen noch nicht gekannt?" — „Ich habe ihn gehört, aber nicht gewußt, daß er der seinige ist." - „Nun, der Fakir heißt Abd Asl."

„Kennst du auch den Namen Ibn Asl?"

Der Gefragte sah mich forschend an.

„Das fragst du mich wohl, weil du an die Dahabijeh denkst, zu deren Bemannung ich gehörte?" — „Nein. Ob du Matrose eines Sklaven- oder eines andern Schiffs gewesen bist, ist mir gleichgültig."

„So verachtest du mich nicht deshalb?" — „Nein." — „Dann will ich dir gestehen, daß ich den Namen Ibn Asl sehr gut kenne."

„Ist der Mann mit Abd Asl verwandt?" — „Ibn Asl ist des Alten Sohn und wird gewöhnlich el Dschasûr genannt." — „Ich danke dir. Du bringst mich da an die Tür eines Geheimnisses, dessen Lösung mir sonst wohl sehr schwer geworden wäre. Bist du schon in Khartum gewesen?" — „Schon oft." — „Kennst du dort einen Kaufmann namens Barjad el Amin?" — „Sehr gut." — „Was für ein Mann ist er?" — „Er wird für einen ehrlichen Mann gehalten, und ich glaube, daß er seinen guten Ruf verdient." — „Ich freue mich, das zu hören."

„Willst du nach Khartum?" — „Ja." — „Effendi, brauchst du nicht einen Diener? Nimm mich mit! Ich bin zwar arm, aber du sollst mir nichts bezahlen. Nur das Essen sollst du mir geben."

„Gut, du gefällst mir, und ich nehme dich mit. Da du Matrose bist, ist es mir vielleicht möglich, dich dort in eine gute Stellung zu bringen." — „Das werde ich mit Freuden annehmen, und du sollst mich nicht als einen Unwürdigen empfehlen. Wann brichst du auf?"

„Das ist noch unbestimmt. Ich erwarte einen Gefährten."

„Wenn der nun heute schon kommt? Ich könnte da nicht mit, weil ich noch etwas sehr Nötiges hier zu besorgen habe." — „Auch ich könnte nicht mit fort, denn ich muß heut unbedingt noch nach Maabdeh, wo ich hoffe, den Fakir Abd Asl zu treffen." — „Und ich auch, das ist ja das Notwendige, was ich noch besorgen möchte. Ich will mich an ihm rächen." — „Überlaß das mir!" — „Nein, Effendi! Du willst ihn haben und ich auch. Wir haben gleiche Rechte, und wer von uns beiden zuerst kommt, dem muß der andre weichen." — „Wie kannst du dich rächen wollen! Du hast ja nicht einmal ein Messer bei dir!" — „Abd Asl hat es mir unter einem Vorwand abgenommen, damit ich unten im Brunnen kein Werkzeug haben sollte. Ich hoffe aber, daß du, wenn ich dein Diener geworden bin, mir eins leihen wirst."

Der junge Mann machte einen guten Eindruck auf mich. Er sprach bescheiden und doch bestimmt. Sein Gesicht hatte die ehrlichsten Züge, die man sich bei einem Ägypter denken kann. Und da er die Nilgegend kannte, konnte er mir wohl von Nutzen sein.

Übrigens wurde mir jetzt manches klar, was mir vorher dunkel war. Der Knabe, der mich geholt hatte, der alte Gärtner, den ich traf, hatten mich verhöhnt. Sie schienen gewußt zu haben, was man mit mir vorhatte. Der Fakir hatte mir seinen eigenen Namen und auch den seines Sohnes genannt. Er hatte mir mitgeteilt, daß dieser Ibn Asl el Dschasûr jetzt der berühmteste Sklavenjäger sei und dem Führer Ben Wasak in Maabdeh einen schlimmen Streich gespielt habe. Diese Mitteilung konnte er mir nur in einem Anfall von Übermut gemacht haben und wohl vor allen Dingen auch darum, weil er überzeugt war, daß ich kein Wort ausplaudern könne, da ich dem Tod geweiht sei.

Nun brachen wir auf, um zur Stadt zurückzukehren. Ben Nils wegen mußten wir langsam gehen, und so dauerte es weit über eine Stunde, bis wir die ersten Häuser erreichten. Dort fragte ich ihn, ob er mit Waffen umzugehen verstehe.

„Ja", antwortete der Jüngling einfach.

„Und wie steht es mit deinem Mut?" — „Stelle mich auf die Probe, Effendi!" — „Ob du sie bestehen würdest?" meinte da Selim. „So mancher denkt, er besitze Mut, und es ist nicht wahr. Schau mich dagegen an! Ich bin der Held meines Stammes, der kühnste der Verwegenen, und —" — „Du sprichst so viel von deinem Stamm, aber du hast noch nie den Stamm genannt", forschte ich.

„Noch nicht? So höre und staune! Ich bin ein Sohn des erlauchtesten aller Stämme der Erde. Ich meine den der Beni Fessarah."

„Droben in Kordofan?" — „Ja, von dorther stamme ich." — „Warum hast du deinen Stamm verlassen?" — „Weil er keine Kriege mehr führte. Ein Held wie ich will kämpfen und Blut sehen. Da es das nicht gab, bin ich fortgegangen." — „Wo hast du denn gekämpft?" — „Allüberall. Ich bin in allen Ländern des Erdballs umhergezogen und habe mit allen wilden Tieren und Menschen gekämpft. Nun mag dieser Ben Nil sagen, zu welchem Stamm er gehört." — „Ich bin ein Uled-Ali-Beduine", antwortete der Jüngling.

„Und mit wem hast du gekämpft?" wollte Selim weiter wissen.

„Mit niemand noch." — „So bist du ein Windhauch gegen mich und kannst vor mir im Staub knien. Ich will aber großmütig sein und einen Helden aus dir machen!" — „Und ich", flocht ich lachend ein, „will ihm die Waffen dazu geben. Kommt mit herein!"

Wir kamen grad durch den Waffenbasar, und ich trat mit ihnen in einen Laden, wo ich für Ben Nil ein Messer, zwei Pistolen und eine Flinte kaufte, die ich ihm schenkte. Er floß über von Dankbarkeit, hängte sich das Gewehr um, steckte die Pistolen und das Messer in den Ledergürtel und schritt dann stolz wie ein König neben Selim her. Ich wollte ihm auch noch einen Anzug — freilich einen billigen — kaufen, doch das hatte Zeit bis morgen, wo ich mir auch einen aussuchen mußte, da meine Kleidung gelitten hatte. Besonders das Klettern im Brunnen war ihr schlecht bekommen.

Im Palast ging Selim zum Haushofmeister. Ich führte Ben Nil zu Ismail Ben Chalil und bat um Gastfreundschaft für ihn. Als ich mit kurzen Worten das Geschehene berichtet hatte, wurde schnell eine reichliche Mahlzeit gebracht, daß sich zwanzig Personen hätten sattessen können. Ben Nil leistete nach viertägigem Hungern das Menschenmögliche, und auch ich ließ es mir schmecken. Während wir aßen, schickte der Stallmeister einen Boten, um das Boot instand zu setzen. Bald kam Selim und brachte den schwarzen Aga mit. Das erste Wort des Dicken galt mir.

„Effendi, siehst du nun endlich ein, was eine Mondfinsternis bedeutet? Ich befand mich schon am nächsten Tag in Gefahr, und auch euch ist es heut ans Leben gegangen." — „Du vergißt, daß deine Gefahr uns großen Nutzen gebracht hat", entgegnete ich, „denn wärst du nicht eingebrochen, so steckten wir noch im Brunnen." — „Das ist möglich. Aber die Übeltäter müssen nun bestraft werden!"

„Allerdings.“ — „Ich hörte von Selim, daß du nach Maabdeh willst, um den Fakir zu ergreifen. Darum habe ich sogleich den Befehl gegeben, ein Boot mit Soldaten zu bemannen. Ich selber werde mitfahren, um den Mörder zu fangen.“

Mir schwante nichts Gutes, und darum wehrte ich ab.

„Nimm diesen Befehl wieder zurück! Warum willst du dich mit einer Angelegenheit befassen, der du doch eigentlich so fernstehst?“

„Warum? Weil ich ihr eben nicht fernstehe. Du bist unser Gast, und wir haben dich lieb und sind verpflichtet, für deine Sicherheit zu sorgen. Außerdem geht diese Sache den Pascha an. Er ist nicht da, und ich als sein Haushofmeister will seine Stelle vertreten.“

„Ich möchte dir nicht gern Mühe bereiten.“ — „Das ist keine Mühe, sondern ein Vergnügen. Als du die Höhle besuchtest, bin ich nicht mitgegangen. Jetzt aber, wo es gilt, einen Verbrecher zu fangen, kann ich euch unmöglich allein fahren lassen.“ — „So erlaube mir, dir offen zu sagen, daß ich viel lieber allein fahren würde!“

„Rede mir nicht drein! Es ist meine Pflicht, dir zu helfen, und ich werde diese Pflicht erfüllen.“

Damit war die Sache abgemacht, und wir brachen auf. Der Stallmeister ging auch mit, ebenso Selim, der wieder von seiner Verwegenheit sprach und sich vermaß, den Fakir ganz allein festzunehmen.

Am Wasser lagen zwei Boote bereit: eins, das Ismail und eins, das Daud Aga herbeibeordert hatte. Das erste bestieg ich mit meinem Gastfreund und Ben Nil. Es wurde von Stallknechten gerudert. In das andere stieg der Haushofmeister mit Selim. Es sollte von Soldaten bemannt werden. Aber was für Soldaten waren das! Als ich bei meiner Ankunft in Siut vom Reïs Effendina zum Palast geführt worden war, hatte ich im ersten Hof viele alte Männer sitzen sehen. Sie waren nur notdürftig bekleidet und beschäftigten sich mit Stricken, Nähen und andern sehr friedlichen Arbeiten. Jetzt erkannte ich, daß es Soldaten des Pascha gewesen waren. Zwölf Mann stiegen ein. Sie waren jetzt bis an die Zähne bewaffnet, aber ihre Waffen hatten ein Aussehen, das mir keine Hochachtung abnötigte, und die Leute selber wirkten eher wie herabgekommene Insassen eines Armenhauses als wie tapfere Söhne des Mars, denen das Wohl eines Pascha anvertraut ist. Bald merkte ich, daß ich mich wenigstens in bezug auf ihre Kräfte geirrt hatte. Als die Boote die Mitte des Stromes erreicht hatten und die Segel aufgezogen waren, legten sich die alten Leute so in die Ruder, daß ihr Boot wie ein Fisch abwärts schoß und wir in dem unsrigen zurück blieben.

„Halt!“ rief ich. „Wir müssen beisammen bleiben.“ — „Wir treffen ja in Maabdeh zusammen“, tröstete der Dicke, indem er seinen Leuten winkte, sich womöglich noch mehr anzustrengen. Hatte er eine bestimmte Absicht dabei? Ich hielt es durchaus für möglich. Ich war ein Christ und wollte einen Fakir fangen, der allgemein für heilig galt. Durfte man das zugeben? War es da nicht besser zu tun, als wollte man helfen, und dabei den Verbrecher warnen?

Ich gebot den Stallknechten, sich Mühe zu geben, damit wir nicht so sehr zurückblieben, und nahm auch selber ein Ruder zur Hand, doch es war vergeblich. Ich legte es also wieder fort und griff, als wir Mankabat hinter uns hatten, zum Fernrohr, um die Höhen rechts vom Nil zu betrachten. Auch auf das Boot des Haushofmeisters gab ich acht.

Als wir die Felsen von Maabdeh zu Gesicht bekamen, gewahrte ich auf einem über dem Dorf liegenden Vorsprung einen Mann sitzen, der den Nil und unsre beiden Boote zu beobachten schien. Ich hätte darauf schwören mögen, daß es der Gaukler sei. Eben lenkte das vordere Boot zum Ufer. Der Mann lief fast im Galopp ins Dorf, wo er zwischen den Hütten verschwand.

Die Soldaten stiegen aus und marschierten zum Dorf. Noch ehe sie es erreicht hatten, sah ich den erwähnten Mann mit noch einem andern jenseits des Dorfes erscheinen und der Höhe zustreben. Sie verschwanden in einer engen Schlucht. Drei Minuten später legten auch wir an. Es war mir, als sei der zweite Mann der Fakir gewesen. Darum ging ich, als ich ans Ufer gesprungen war, nicht zum Dorf, sondern eilte jener Schlucht zu. Ben Nil folgte mir, ohne daß ich ihn dazu aufgefordert hatte. Der Stallmeister rief mir nach, ich sollte doch nicht den falschen Weg einschlagen. Als ich mir gar nicht die Zeit nahm, ihm zu antworten, ging er mit seinen Stallknechten auch dem Dorf zu.

„Effendi, dein Weg ist richtig", meinte Ben Nil. „Vielleicht erreichen wir den Fakir Abd Asl und den Muza'bir." — „Hast du sie erkannt?" fragte ich.

„Ja. Meine Augen sind wohl fast ebenso scharf wie dein Glas."

„Kennst du diese Gegend?" — „Ja, aber doch nicht so genau, wie ich jetzt möchte. Wir sind hier einige Male vor Anker gelegen, aber auf die Berge bin ich leider nicht gekommen."

Wir waren über eine Viertelstunde gegangen, als wir die Schlucht erreichten. Das Gelände war schwierig, und einen Weg gab es nicht. Die Schlucht war sehr schmal und bohrte sich in kurzen Krümmungen zwischen die steilen Höhen hinein. Nach einiger Zeit teilte sie sich. Da war guter Rat teuer. Sollten wir rechts oder links gehen?

Hätte ich gewußt, daß aus der einen Schlucht zwei wurden, so hätte ich gleich anfangs auf Spuren geachtet. Als ich jetzt suchte, fand ich keine. Der Boden bestand aus wüstem Geröll, in dem ein Fußeindruck unmöglich haften konnte. Wir verließen uns auf unser Glück und wendeten uns rechts. Nach fünf Minuten hörte diese Schlucht auf. Wir kehrten also um und gingen dann links. Dieser Weg schlug einen Bogen und teilte sich abermals. Wir gingen links und standen bald vor einer Felswand, die nicht zu ersteigen war, folglich wendeten wir uns rechts. Dieser Weg stieg steil an und führte uns auf eine Felsplatte, die auf den andern drei Seiten fast senkrecht in die Tiefe fiel. Wir mußten erkennen, daß wir geäfft worden waren, und kehrten um.

„Allah allein ist allwissend!" zürnte Ben Nil. „Ich kann nicht begreifen, wohin diese Schurken entkommen sind. Sie sind wie verschwunden." — „Die Art und Weise ihres Verschwindens kann ich mir denken. In diesen Höhen gibt es überall Höhlen. Jedenfalls haben die beiden sich versteckt. Wir können nichts andres tun, als ins Dorf zurückgehen. Vielleicht haben wir uns überhaupt geirrt, und es waren andre Männer, die wir verfolgt haben." — „Nein, es waren Abd Asl und Nubar, Effendi. Mein Auge täuscht mich nicht; aber ich sehe ein, daß das Suchen vergeblich sein würde. Es wird in kurzer Zeit Abend sein."

Das war leider richtig. Eine Stunde vor Mittag hatte der Fakir uns abholen lassen. Eine Stunde wenigstens hatten wir gebraucht, um an den Brunnen zu kommen. Gegen drei Stunden waren wir dort gewesen. Dann die Rückkehr, das Essen, die Bootsfahrt nach Maabdeh und das Suchen in der Schlucht. Jetzt ging die Sonne drüben hinter den libyschen Höhen unter, und es mußte bald Nacht werden. Wir sahen uns gezwungen, unser Suchen aufzugeben und zum Dorf zu gehen.

Dort fanden wir unsre Helfer rauchend auf der Erde sitzend. Die Einwohner standen dabei und plauderten mit den Soldaten.

„Habt ihr gesucht?" fragte ich den Haushofmeister. — „Nein", erwiderte Daud Aga. — „Warum nicht?" — „Wir wollten deine Ankunft abwarten. Warum gingst du nicht mit uns?" — „Wissen die Leute von Maabdeh, die hier stehen, warum wir gekommen sind?"

„Ja. Ich habe es ihnen gesagt." — „So wollen wir getrost wieder nach Siut fahren, denn unser Suchen würde nun, da du geplaudert hast, überflüssig sein." — „Inschallah[1])! Du bist unser Gast, und wir tun, was dir gefällig ist."

Ich fragte nach Ben Wasak, dem Höhlenführer, und erfuhr, daß er nicht hier, sondern stromabwärts nach el Arisch sei. In ihn allein hätte ich Vertrauen setzen können, und er hätte mir gewiß auch geholfen, die Flüchtigen zu entdecken. Da er aber nicht anwesend war, mußte ich auf einen Erfolg unsrer Bootsfahrt verzichten. Ich erkundigte mich bei den Leuten, ob man den Fakir oder Gaukler gesehen hätte, und erhielt nur verneinende Antworten. Schließlich ließ ich es doch geschehen, daß die Hütten vergebens durchsucht wurden. Es war so, wie ich gedacht hatte: Mir, dem Christen, war man gewiß nicht behilflich, einen ‚wahren Gläubigen', der noch dazu ein heiliger Fakir war, zu fangen. Ich mußte mich auf mein gutes Glück und auf die Zukunft verlassen, denn daß ich diesem Menschen noch einmal begegnen würde, davon war ich überzeugt.

[1]) Ein mit Vorliebe benutztes, vom Koran vorgeschriebenes Wort im Orient. Es bedeutet „Wenn Gott will!" und soll oft mangelnden Eifer bemänteln.

Korosko! Ein berühmter, weit bekannter Name und doch, welch elende Ortschaft! Dieses nubische Dorf wird von Felsenbergen umgeben, deren nackte Abhänge wie Blechblenden die heißen Sonnenstrahlen sammeln und zurückwerfen. Kein Mensch mag hier wohnen; aber bei diesem Ort verläßt der Nil — stromaufwärts gesehen — seine bisherige Richtung und windet sich in einem mächtigen Bogen durch die felsige Gegend, die Batn el Hadschar, Bauch der Steine, genannt wird. In diesem Bogen gibt es mehrere Stromschnellen, die die Schiffbarkeit des Stroms, wenn nicht ganz unterbrechen, so doch sehr hemmen. Die Fahrzeuge müssen ausgeladen, an Seilen durch die Stromengen gezogen und dann wieder beladen werden, was nicht nur große Mühe, sondern auch bedeutenden Zeitverlust verursacht. Darum pflegt man von Korosko aus den großen Bogen zu Land abzuschneiden und so die Reise beträchtlich zu kürzen. Dieser Landweg ist ungefähr 400 Kilometer lang und führt durch die Atmur, wie die zwischen Korosko und Berber gelegene Nubische Wüste genannt wird. Da Korosko der Ausgangspunkt dieser Wüstenreise ist, so muß man dort sein Gepäck ordnen, Kamele mieten, die letzten Einkäufe machen und vieles andre mehr. Das gibt dem Ort einige Bedeutung, und dennoch besteht er nur aus kleinen Hütten und einem Han, in dem man übernachten kann. Auch eine Moschee gibt es da, deren Minarett wie ein Taubenhaus gebaut ist. Das Postgebäude kann sich einer verschließbaren Tür rühmen. Am Wasser stehen einige Schuppen, die mit Matten und alter Sackleinwand gedeckt sind. Das sind die Geschäftsräume und Niederlagen der arabischen Händler, die die Erzeugnisse des Sudans gegen die Europas umtauschen.

Der erwähnte Wüstenweg mündet bei Abu Hammed wieder auf den Nil. Er war ganz in Vergessenheit geraten. Da erteilte Mehemmed Ali einem kleinen Ababdeh-Schech den Auftrag, ihn wieder aufzuspüren. Der Ababdeh löste diese schwierige Aufgabe ohne Kompaß und andere Instrumente, und dafür wurden er und seine Nachkommen zu Schechs des Wüstenstreifens ernannt. Sein Sohn hieß Hammed Chalifa und zeigte sich als unbeschränkter Beherrscher der Wüste und der Karawanen. Er erhob für jedes Kamel einen kleinen Zoll und bürgte dagegen für Sicherheit, Leben und Eigentum der Reisenden. Aus diesem Grund reiste man durch die Atmur sorgloser als durch andere Wüstenstrecken. Und doch reichte auch die Macht dieses Schechs nicht ganz hin, die verbürgte Sicherheit unbedingt zu gewähren.

Murad Nassyr, der dicke Türke, war endlich mit seinem Sandal in Siut angekommen und hatte mich, Ben Nil und Selim an Bord genommen. Er erfuhr, was wir erlebt hatten, und konnte nicht begreifen, daß uns der Haß Abd el Baraks so hartnäckig verfolgt hatte.

Er zeigte sich sehr erfreut darüber, daß ich keinen Schaden davongetragen hatte. Als ich ihm mitteilte, ich hätte die Bekanntschaft des Reïs Effendina gemacht, schien er einigermaßen verstimmt zu sein, und ich nahm mir vor, diese Begegnung nicht wieder zu erwähnen.

Die Fahrt von Siut nach Korosko wurde mir nicht langweilig. Es gab da so viel zu sehen, zu hören, zu beobachten. Ich saß mit Murad Nassyr unter dem Zeltdach und mußte ihm, wenn er bei guter Laune war, von meinen Erlebnissen erzählen. Er schien es darauf abgesehen zu haben, meine Vergangenheit kennenzulernen, und oft ruhte sein Auge mit einem Ausdruck auf mir, der mich erraten ließ, daß er etwas Wichtiges mit mir vorhabe, aber noch nicht mit sich im reinen sei, ob er es mir mitteilen solle oder nicht. Auch sprach Murad sich noch immer nicht über seine Verhältnisse aus.

Seine Schwester sah ich täglich mehrmals, allerdings nur tief verschleiert. Ihre zwei schwarzen Dienerinnen verhüllten die Gesichter nicht; die beiden weißen aber taten es, wenn auch nicht so streng wie ihre Gebieterin. Einst, als der Wind den Schleier Fatmes, der Köchin und Lieblingsdienerin, zur Seite wehte, erblickte ich das Gesicht der Verdienstvollen, deren Haare ich im Reis gefunden hatte, und ich kann sagen, daß es keine besondere Überraschung bot. Das Gesicht der Herrin aber hätte ich gern einmal gesehen.

Wenn sie sich auf dem Deck erging und ich in gleichem Beginnen ihr begegnete, so durfte ich sie grüßen und erhielt einige Worte der Erwiderung von ihr. Sie erlaubte und tat das, weil sie mir zu Dank verpflichtet war. Ihr Bruder sagte mir, daß die Zierde ihres Hauptes wieder zu wachsen beginne. Mein Haarmittel hatte gewirkt. Ihre Stimme war ein sanfter, tiefer Alt, der wohllautend klang.

Als wir in Korosko ankamen, verließen wir das Schiff. Der Reïs sollte es über die Stromschnellen wegbringen, während wir die schnellere Landreise machen wollten. Wir waren zusammen neun Personen: Murad Nassyr, seine Schwester, ich, vier Dienerinnen, Ben Nil und Selim. Da der Sandal sofort weitersegelte, mußten wir im Ort Unterkunft suchen. Wir zogen in den Han, wo die Frauen abgesondert wohnten.

Das waren langweilige Tage. Wir brauchten Kamele, und es wurden keine gebracht. Die Beduinen ließen uns warten, um recht hohe Löhne zu erpressen. Um mir die Zeit zu vertreiben, schoß ich in den wenigen und sehr lichten Palmengärten Tauben oder setzte mich in den Nilschlamm, um zu fischen, was in der Hitze jener Landstriche keine Erholung ist. Abends saßen wir rauchend beisammen, um die frische Luft zu genießen, und es ist wahr, die Nächte sind dort oft von einer solchen Kühle, daß man einen wollenen Überrock recht wohl vertragen könnte. Es war am Abend des dritten Tages. Murad Nassyr und ich saßen wieder beisammen. Ich hatte ihm einige Abschnitte aus der Biblischen Geschichte erzählt, wofür er zuweilen Wißbegierde zeigte, da fragte er mich:

„Warum dürft ihr Abendländer nicht mehrere Frauen nehmen?"

„Das ist sehr einfach. Weil Gott dem Adam nur eine gab."

„Dürftest du eine Mohammedanerin oder eine Heidin heiraten?"

„Nein." — „O Allah! Was ist den Christen nicht alles verboten! Wir fragen unsre Frauen nicht, was sie glauben, denn das Weib hat keine Seele. Wenn du nun eine Mohammedanerin liebtest? Würdest du auch diese nicht nehmen?" — „Vielleicht, doch müßte sie Christin werden." — „Das würde ihr nicht einfallen, sondern sie würde von dir verlangen, Muslim zu werden." — „Das würde nun wieder mir nicht einfallen." — „Wenn sie nun sehr schön wäre, Effendi?"

„Auch dann nicht." — „Und dazu sehr reich?" — „Nein."

„Aber du bist doch arm!" — „Du irrst. In meinem Glauben bin ich reich. Ich tausche mit keinem Menschen."

Murad sah einige Zeit vor sich nieder, betrachtete mich dann eine Weile und fuhr fort:

„Ich habe dir schon früher gesagt, daß ich dich gesehen habe und von dir sprechen hörte. Du bist der Mann für mich und ich möchte dich an mich fesseln. Erlaube, daß ich dir etwas zeige!"

Er zog eine Brieftasche hervor, öffnete sie und hielt sie mir hin. Ich sah ein Paket hochwertiger Noten der Bank von England.

„Weißt du, welchen Wert diese Scheine haben?" — „Es ist ein Vermögen." — „Und trotzdem ist das nur ein kleiner Teil dessen, was ich besitze. Und nun will ich dir noch etwas zeigen. Aber von dem, was du jetzt zu sehen bekommst, sollst du schweigen. Komm!"

Ich merkte, daß die Entscheidung kam. Er wollte mich für sich gewinnen, wozu und zu welchem Zweck, das mußte ich abwarten. Wir verließen sein Gemach, in dem wir uns befanden, traten in den Hof hinaus und gingen zu der Tür, die zu den Räumen seiner Schwester führte. Er klopfte nach dortigem Brauch mit den Fingerspitzen an. Eine schwarze Dienerin öffnete. Er sagte ihr einige leise Worte, und wir wurden eingelassen. Er führte mich zu einer innern Tür, zeigte auf sie und sagte:

„Tritt ein! Ich werde hier auf dich warten."

Unter Tür darf man hier nicht das verstehen, was wir uns darunter denken, sondern dicke Palmenmatten, die beliebig fortgeschoben oder auch ganz weggenommen werden können. Ich schlug die Matte zur Seite und trat ein. Was ich sah, mußte mich in helles Staunen versetzen. Auf einigen übereinander gelegten Teppichen lag ein Mädchen von vielleicht zwanzig Jahren. Den linken Arm, in dessen Hand der Kopf ruhte, hatte es auf ein Kissen gestemmt. Sie trug weite, bis an die Knöchel reichende Frauenhosen; die nackten Füße steckten in Samtpantoffeln; den Oberleib verhüllte eine Art Jäckchen, das von roter Farbe und reich mit Gold bestickt war, und darüber fiel vom Hals bis auf die Füße ein schleierartiges Oberkleid. Das Haar, in dem Perlen und goldene Münzen funkelten, war in lange Zöpfe geflochten. An allen Fingern glänzten Ringe. Die Wimpern und Brauen waren mit Kohl[1]) gefärbt und die Fingernägel mit Hennah[2]) gerötet.

Das Gesicht — ah, dieses Gesicht! Wenn von einer morgenländischen Schönheit gesprochen wird, so stellt man sich, um mit dem Dichter zu sprechen, ein ‚nächtig-mächtig-prächtiges' Wesen vor, mit den Zügen einer Kleopatra, Emineh[3]) oder Schefaka. Und hier? Auf den Jahrmärkten meiner Vaterstadt hielt gewöhnlich ein Mädchen aus dem erzgebirgischen Beierfeld Reibeisen und blecherne Löffel feil. Es hatte ein eigenartiges Gesichtchen, so klein und zusammengedrückt, eine zwei Finger schmale Stirn, ein Näschen wie eine trockene Zwetschge, nur nicht schwarz, kleine, schmale Lippen, Öhrchen wie eine Maus und Äuglein so klein, so lustig und listig wie — na, wie eben auch ein Mäuschen. Ich hatte dieses Gesicht nie vergessen können. Und nun lag es da vor mir, dieses Beierfelder Mäuschen, aber in morgenländischem Gewand. Es blickte mich unverschleiert halb verschämt, halb erwartungsvoll an und sagte kein Wort.

Aufrichtig gestanden, ich war ein wenig betreten. So eine Überraschung hatte ich nicht erwartet, und daher kam es, daß ich mich zu der nicht eben geistreichen Frage gedrängt fühlte:

„Wer bist du?" — „Kumru", lächelte sie.

Sie hatte mit einer tiefen Altstimme gesprochen. Ich fühlte mich zu einer zweiten Frage veranlaßt:

„Wußtest du, daß ich kommen würde?" — „Mein Bruder sagte es mir." — „Bist du wieder krank? Wünschst du eine Arznei?"

„Nein. Du hast den Glanz meines Hauptes wiederhergestellt, und weiter fehlt mir nichts." — „So sag mir, weshalb du mich sehen wolltest!" — „Wolltest? Ich sollte dich sehen. Mein Bruder wünschte es." — „Nun, so sieh mich an, aber so genau wie möglich!"

Ich stellte mich nahe vor sie hin und drehte mich schnell dreimal um meine eigne Achse. Da flog ein fröhliches Lächeln über ihr Gesichtchen.

„O Effendi, ich habe dich ja schon so oft gesehen! Ich wollte sagen, daß du mich sehen solltest, nicht ich dich."

„Ah! Warum?"

„Mein Bruder wird es dir erzählen." — „So darf ich wohl fragen, ob der gegenwärtige Empfang zu Ende ist?" — „Ja, er ist beendet. Mein Bruder wird dich erwarten."

Ich verbeugte mich auf morgenländische Weise und trat wieder hinaus. Da stand Murad Nassyr, nahm mich beim Arm und führte mich wieder in seine Stube hinüber. Wir setzten uns wie vorhin nebeneinander, brannten unsre Pfeifen an, und dann entfuhr seinen Lippen das fragende Wörtchen:

[1]) Sprich: Ko-hl, auch Ko-hol, eine schwarze Schminke aus Antimon [2]) Hennah = Rotbrauner Farbstoff aus der Alkannawurzel, mit dem vielfach auch die Handfläche bemalt wird [3]) Gattin des ägyptischen Vizekönigs Taufik Pascha (regierte 1879 bis 1892), berühmte Schönheit des Morgenlandes

„Nun?" — „Was?" fragte ich zurück, da mir nichts Besseres einfiel. — „Sahst du sie in all ihrer Schönheit und Lieblichkeit?"

Ich dachte an das Beierfelder Mäuschen, behielt aber meine Meinung für mich.

„Wunderbar!" heuchelte ich. — „Nicht wahr, sie ist herrlich?"

„Wie die Morgenröte!" — „Ein wahrer Sonnenstrahl! Noch kein unberufenes Auge hat ihr Angesicht geschaut. Du bist außer ihrem Bräutigam, dem ich sie zuführe, der einzige, dem eine solche Gnade zuteil wird." — „Warum grad mir?" — „Weil sie eine Schwester Karanfil[1]) hat." — „Ah, sie hat eine —" — „Ja, eine Schwester, die um ein Jahr jünger ist und ganz die gleichen Züge besitzt, das schöne Näschen, die funkelnden Augen, alles, alles ist genau gleich. Hörst du, was ich sage?"

Murad bemerkte jedenfalls, daß ich nachdenklich geworden war.

„Ich höre es", versicherte ich. — „Und verstehst du es auch?"

„Deine Güte ist heute so unendlich groß, daß ich sie weder verstehen noch begreifen kann." — „Das höre ich nicht gern. Es fällt mir nicht leicht, dir zu sagen, was du nicht begreifst." — „So sag es nicht! Du brauchst dir keine Schmerzen zu verursachen." — „Aber du mußt es wissen, und wenn du es nicht errätst, so muß ich es dir sagen. Ich teilte dir schon mit, daß ich dich an mich zu fesseln beabsichtige. Weißt du, daß meine Schwestern reich sind?" — „So ist Allah gegen dich freundlicher gewesen als gegen mich. Ich habe keine reichen Schwestern." — „Die brauchst du auch nicht, da du eine sehr reiche Frau haben wirst." — „Freund, das ist mir bisher unbekannt gewesen, habe ich doch noch nicht einmal dran gedacht, mir ein Weib zu suchen." — „Auch das ist nicht notwendig. Du brauchst es dir nicht zu suchen, denn du bekommst es von mir."

„Behalte es! Meine aufrichtige Freundschaft für dich verbietet mir, dich zu berauben." — „Du beraubst mich nicht, denn ich gebe dir nicht eine von meinen Frauen, sondern Karanfil, meine jüngere Schwester."

O weh! In was für eine Klemme war ich da geraten! Wie konnte ich mich befreien? Murad Nassyr handelte gegen alle Sitte und Überlieferung, ob aus Freundschaft oder aus Eigennutz, das blieb sich gleich. Eine Abweisung war eine große Beleidigung und mußte ihn mir zum Todfeind machen. Wäre dieser Unglückselige doch nicht auf diesen Gedanken gekommen! Er konnte die jüngere Schwester, meinetwegen auch die ältere und alle etwa noch übrigen dazu, dem Großsultan zum Geburtstag schenken! Nur mir nicht damit kommen! Und dabei ließ er mich nicht aus den Augen, sondern hielt den Blick unausgesetzt auf mein Gesicht gerichtet, um daraus meine Gedanken zu erraten. Als ich aber gar nichts tat und sagte, fragte er: „Darf ich deine Meinung hören?" — „Meine Meinung ist, daß man mit so ernsten und wichtigen Dingen nicht scherzen soll."

[1]) Nelke

„Wer sagt dir, daß ich scherze? Es ist mein Ernst." — „Unmöglich! Ich bin ein Christ." — „Eben daraus magst du erkennen, daß ich dich sehr hoch schätze. Du sollst meine Schwester Karanfil zum Weib haben, ohne deinen Glauben ändern zu müssen." — „Dann müßte sie dem ihrigen entsagen!" — „Auch das ist nicht notwendig. Man läßt den Kadi kommen; du sagst ‚Bu benim' zu ihr; er unterschreibt, und dann ist sie dein Weib." — „Das ist dem Christen verboten. Nur die kann als das Weib eines Mannes gelten, die ihm vom Priester angetraut wurde."

Schon glaubte ich, entwischt zu sein, da fand er wieder einen Weg.

„So laß Karanfil dir antrauen!" — „Das geht nicht, da sie keine Christin ist."

Er senkte den Kopf, machte ein finstres Gesicht und wiegte unmutig den Kopf. Ich war überzeugt, daß er sein abenteuerliches Anerbieten jetzt zurücknehmen würde, hatte mich aber auch jetzt vollständig verrechnet, denn er hob plötzlich den Kopf, schlug wie unter einem raschen Entschluß die Hände zusammen und rief:

„Nun, wohlan, so mag sie Christin werden! Die Frauen haben keine Seelen. Sie kommen weder in den Himmel noch in die Hölle. Da ist es gleichgültig, ob sie Mohammed oder Christus sagen."

Der gute Mann ging wirklich über alle seine, aber noch mehr über meine Kräfte. Ich hatte nicht das geringste verlangt, und er erklärte sich zu den schwersten Zugeständnissen bereit. Was war da zu machen? Am liebsten wäre ich davongelaufen. Aber ich mußte bleiben und ihm pfiffig kommen. Schon wollte ich den Mund zu einer Ausrede öffnen, da forderte er mich auf:

„Also sage mir aufrichtig, ob Kumru dir wirklich gefallen hat!"

„Hältst du es für möglich, daß jemand das Gegenteil behaupten könnte?" — „Nein, denn Kumru ist die Krone der Lieblichkeit und das Vorbild der Schönheit. Ich habe sie dir gezeigt, um dir einen Begriff von ihrer jüngeren Schwester zu geben. Karanfil wird dir wenigstens ebenso gefallen, und da du siehst, daß ich dir in allem entgegenkomme, so wirst du jetzt mit Freuden deine Einwilligung geben. Hier ist meine Hand. Schlag ein!"

Er streckte mir wirklich die Rechte entgegen. Ich zögerte jedoch, ihm die meinige zu geben.

„Nicht so schnell! Es gibt noch Verschiedenes zu bedenken."

„Was noch? Ich habe ja in alles gewilligt." — „In alles dir Bekannte; aber es gibt noch Unbekanntes dabei. Haben deine Schwestern noch Vater und Mutter? — „Nein. Ich bin ihr einziger Gebieter, und sie müssen tun, was ich ihnen befehle." — „So laß Karanfil Unterricht im Christentum erteilen! Sie muß unsre Lehre genau kennenlernen, denn sie wird darin geprüft. Wenn sie die Prüfung nicht besteht, muß sie Muslima bleiben und darf nicht meine Frau werden. Ich kann dir also nicht eher eine bestimmte Antwort erteilen, als bis Karanfil ihre Prüfung gemacht hat."

Da sprang er zornig auf und fuchtelte mit dem Tschibuk hin und her.

„Dann mag der Teufel ein Christ sein, ich aber nicht! Wenn es für euch so schwer ist, in die Ehe zu kommen, um wie viel schwieriger muß es auch da sein, in den Himmel zu gelangen. Aber du sollst sehen, daß ich meinen Plan doch durchsetze. Meine Schwester ist ein kluges Mädchen. Sie wird sich schnell in eure Lehre finden und eine sehr gute Prüfung machen. Da das für mich über allen Zweifel erhaben ist, so werde ich dich bereits jetzt als ihren Gatten behandeln und dich in mein Geschäft einweihen, in das du eintreten sollst."

Da brach es also doch noch herein, was ich gefürchtet hatte! Das ferne Donnergrollen war vorüber, und nun zuckte der Blitz hernieder, den ich hatte abwenden wollen. Ich ahnte, was er mir vorschlagen würde; ich kannte meine Antwort voraus und wußte, daß sie mich mit ihm entzweien mußte. Es war mir nicht mehr möglich, unter falscher Flagge zu segeln, ich mußte Farbe bekennen, und das schadete eigentlich auch gar nichts, da der Bruch doch früher oder später gekommen wäre.

Murad setzte sich wieder, schien einen passenden Anfang zu suchen und fragte dann: „Weißt du, welches Geschäft unter allen die meisten Zinsen bringt? — „Ja. Das Geschäft eines Attar[1])."

„Oh, ich kenne eins, das noch viel mehr und schneller lohnt. Auch der Apotheker muß seine Waren kaufen und bezahlen. Bei dem Geschäft aber, das ich meine, erhält man sie umsonst." — „So meinst du den Diebstahl, den Raub?" — „Du wendest zu harte Worte an."

„Nein. Übrigens ist dieses Geschäft das allerschlechteste, das ich mir denken kann, denn man bekommt die Waren nicht, wie du irrig meinst, umsonst, sondern man muß sie viel teurer als jeden andern Gegenstand bezahlen." — „Womit?" — „Mit der Ruhe des Gewissens und mit der ewigen Seligkeit. Das ist doch weit mehr als Geld." — „Du sprichst als Christ. Ich aber denke und fühle als Muslim. Auch rede ich nicht vom gemeinen Raub oder Diebstahl."

„Ich weiß es. Du meinst den Sklavenhandel." — „So ist es."

„Weißt du noch, was du mir über diesen Gegenstand in Kahira gesagt hast?" — „Ja, ich weiß es noch genau." — „Du sagtest: ‚Ich kann gar nicht die Absicht haben, Neger zu fangen.' Jetzt aber scheinst du andrer Ansicht zu sein." — „Ich denke jetzt geradeso wie damals. Laß mich zu dem, was ich sagte, noch einige Worte hinzufügen! Ich meinte: Ich habe gar nicht die Absicht, Neger zu fangen, aber ich bin entschlossen, sie zu kaufen." — „Das ist sogar noch schlimmer. Warum wird der Hehler strenger bestraft als der Dieb? Weil er den andern zum Diebstahl verführt. So auch in unserm Fall. Wenn es keine Sklavenhändler gäbe, würde es auch keine Sklavenjäger geben." — „Du vergißt ganz, daß die Sklaverei eine

[1]) Apotheker, Drogenhändler

geheiligte Einrichtung ist. Schon die Erzväter haben Sklaven gehabt, und wir Muslimin, die ihren Glauben und ihre Gebräuche heut noch besitzen, können ohne die Sklaverei nicht bestehen."

„Darüber ließe sich streiten, aber ich will es nicht tun. Ich verurteile die Sklavenjagd." — „Verurteile sie, so viel du willst; ich habe nichts dagegen. Du sollst ja gar nicht jagen. Wenn du den Vorschlag hörst, den ich dir zu machen habe, wirst du ganz anders über diese Sache denken." — „Gewiß nicht!" — „So höre mich nur erst an! Ich kenne dich von früher und habe dich schon immer für einen kühnen, unternehmenden Mann gehalten. Was du nun in den letzten Wochen erlebt und getan hast, ist mir ein Beweis, daß du jede Gefahr beherrschst und selbst aus den schlimmsten Lagen einen Ausweg findest. Darum mache ich dir meine Mitteilungen, die du erst später hören solltest, schon jetzt. Ich werde so kurz wie möglich sein." — „Das ist mir lieb." — „Also: ich kenne einen berühmten Sklavenjäger, der —" — „Meinst du etwa Ibn Asl el Dschasûr?" unterbrach ich ihn. — „Wen ich meine, kann ich dir nur in dem Fall sagen, daß du auf meinen Vorschlag eingehst. Mit diesem Mann bin ich in Verbindung getreten. Ich werde mich seiner und seiner Ehrlichkeit gegen mich dadurch versichern, daß ich ihm meine älteste Schwester zur Frau gebe." — „Hat er sie verlangt?"

„Ja. Wir sind miteinander darüber einig geworden. Ich werde oberhalb von Khartum heimlich einige Standplätze gründen, da der Sklavenhandel verboten ist. Unterdessen geht der Mann meiner Schwester auf die Jagd und versteckt seine Beute an gewissen Stellen am Nillauf. Es gibt da unzugängliche Inseln und Buchten. Diese suchst du auf, um die Sklaven dort abzuholen und mir zu bringen. Das ist deine Arbeit. Dafür bekommst du meine jüngere Schwester zur Frau und den dritten Teil des Gewinns an Lohn. Außerdem habe ich dir schon gesagt, daß meine Schwestern reich sind."

Ich hatte einen ähnlichen Antrag erwartet, aber doch nicht in dieser Weise. Ich war starr und blickte Murad Nassyr an, unfähig zu sprechen.

„Nicht wahr, ein so reiches Anerbieten hättest du nicht erwartet!" lächelte er. „Ich weiß, daß du es annehmen wirst, denn du bist kein Tor. Dennoch will ich dir bis morgen Bedenkzeit geben, denn —"

„Bedenkzeit brauche ich nicht", unterbrach ich ihn. „Ich kann dir meine Antwort schon in diesem Augenblick geben." — „So sprich! Ich bin überzeugt, daß du mit Freuden zustimmst." — „Warte noch! Also drei sollen zu diesem Geschäft zusammentreten, der Sklavenjäger, der Sklvenhändler und ich?" — „So ist es."

„Du errichtest heimliche Niederlagen zum gelegentlichen Verkauf oder zur Weiterbeförderung. Das ist nicht gefährlich, da du die Schuld stets auf andre wälzen kannst. Der Sklavenjäger hat auch nichts zu wagen, da er sich bei dem Überfall der Negerdörfer fern vom Kampf hält. Zwischen euch beide soll ich treten. Ich soll die

Sklaven von den Seriben abholen und dir zuführen. Das geht durch wilde oder gar feindliche Gebiete, und außerdem muß ich mich der Soldaten der Regierung erwehren, die förmlich Jagd auf mich machen werden." — „Das ist alles wahr: grad darum ist ja meine Wahl auf dich gefallen. Du bist der Mann, der für solche Gefahren wie geschaffen ist." — „Es freut mich, daß du mich für einen mutigen Mann hältst. Aber es freut mich nicht, daß du mich zugleich für fähig hältst, meinen Mut auf einem solchen Feld zu betätigen. Die Sklaverei ist eine Schande für die Menschheit, und die Menschenjagd ist ein Verbrechen, das zum Himmel schreit. Ich würde selbst eine kleine Sünde wissentlich nicht um vieles Geld begehen, um wieviel weniger werde ich solche Bluttaten auf mein Gewissen laden. Wie du einem Christen, und zudem mir, einen solchen Antrag stellen konntest, das ist mir unbegreiflich."

Murad war vollkommen enttäuscht, das sah man seinem Gesicht an.

„Ist das wirklich die Antwort, die du mir geben willst?" stotterte er.

„So ist es." — „Bedenke den Gewinn!" — „Ein ruhiges Gewissen ist mir lieber." — „Und meine Schwester Karanfil!" — „Gib sie, wem du willst!" — „Verachtest du sie etwa?" — „Nein. Du hast mir das Mädchen angeboten und dabei gegen eure Gebräuche gehandelt. Das könnte mich stolz machen, aber ich kann mir dieses Vorbild der Schönheit und Lieblichkeit leider nicht verdienen. Ich will dich nicht beleidigen. Du wirst mir verzeihen, daß ich nach den Geboten meines Glaubens handle. Gehen wir in Frieden auseinander."

Ich stand bei diesen Worten auf. Auch Murad Nassyr erhob sich und warf den Tschibuk zornig fort.

„In Frieden? Wie wäre das möglich! Wenn wir jetzt scheiden, so sind wir Feinde, grimmige Feinde für das ganze Leben." — „Ich kann die Notwendigkeit dazu nicht ersehen." — „Sie liegt klar zutage. Du hast mir erzählt, was in den letzten Tagen geschehen ist. Du bist ein Freund des Reïs Effendina und willst ihn in Khartum aufsuchen. Du willst ferner den Sklavenhändler Ibn Asl aufspüren und —" — „Ah, so gibst du also zu, daß er es ist, mit dem du in Verbindung stehst!" — „Nichts gebe ich zu, gar nichts erfährst du von mir! Ich wollte nur beweisen, daß du nicht der Freund meiner Feinde sein kannst, ohne auch mein Feind zu sein. Du weißt nun zuviel von mir. Scheiden wir, so bist du mir gefährlicher als alle andern. Darum überlege es dir noch einmal, ob du bei deinem Entschluß bleiben willst!" — „Es bedarf keiner Überlegung."

„Wohlan, so sind wir geschieden, und ich bedaure, daß ich dich mit Wohltaten überschüttet habe."

Sein Gesicht hatte einen ganz andern Ausdruck bekommen. Die Biederkeit und Aufrichtigkeit war verschwunden. Sie hatte der Miene drohenden Hasses Platz gemacht. In seinen blitzenden Augen stand deutlich zu lesen, daß er von jetzt an mein unerbittlicher Feind war.

„Mit Wohltaten überschüttet?“ fragte ich ruhig. „Ich aß und xschlief bei dir, weil du mich so dringend einludst, daß es eine Unhöflichkeit gewesen wäre, abzulehnen. Nennst du das eine Wohltat?“

„Ich bezahlte das Fahrgeld und gab dir außerdem noch Geld!“

Jetzt zeigte sich der Türke als der Mensch von niedriger Gesinnung, wie sie zu einem Sklavenjäger paßt. Ein andrer hätte ihm wahrscheinlich die Wahrheit gesagt. Ich tat es nicht, zog meinen Beutel, zählte den Betrag ab, den er für mich ausgegeben hatte, warf ihn auf den Teppich und ging. Als ich mich schon unter der Türöffnung befand, rief er mir nach: „Halt! Willst du wirklich nicht nach —“ Ich ging weiter, ohne auf seine Worte zu achten. Da brüllte er hinter mir her: „So packe dich, du Hundesohn, und nimm dich vor mir in acht!“

Von Schlaf war jetzt keine Rede, denn ich mußte zunächst meine Erregung zur Ruhe bringen. Darum verließ ich den Han, ging an dem Wächter vorüber und wendete mich durch den Ort der Wüste zu. Wie unverzeihlich unvorsichtig war ich gewesen, als ich mich in Kairo von diesem Murad Nassyr beschwatzen ließ. Jetzt hatte ich ihm sein Geld zurückgegeben und stand nun hier im fernen Nubien ohne die Mittel zur Heimreise. Doch das machte mir nicht bange; mich erregte die Enttäuschung, die ich erfahren hatte. Für einen solchen Menschen hatte ich Murad Nassyr denn doch nicht gehalten.

Wohl über eine Stunde war ich gegangen, als ich von fern her eigentümliche, seltsame Töne vernahm. Es war, als striche der Wind durch eine Äolsharfe. Das Geklingel kam näher und wurde deutlicher. Ich unterschied weibliche Stimmen und den Klang von Saiten. Nun erschien ein Kamelreiter, dessen Lanzenspitze im Strahl des Vollmonds funkelte. Als er mich erblickte bog er weit aus. Ihm folgten zwölf Kamele, die Tachtérawâne[1]) trugen, aus denen die singenden, plaudernden und lachenden Stimmen klangen. Hinterher kamen mehrere bewaffnete Männer. Man hätte an Freiligraths ‚Geisterkarawane‘ denken können. Ich wußte sofort Bescheid. Das war ein Zug junger Sklavinnen, die heimlich nach Ägypten gebracht wurden. Man zwingt die Armen, unterwegs zu lachen, zu singen, zu scherzen, damit sie sich nicht vergrämen und infolgedessen ihren Wert verlieren. Der Zug kam wohl von Abu Hammed her, hütete sich aber, in Korosko zu halten und sich dort sehen zu lassen.

Ich kehrte um und legte mich im Han zur Ruhe. Zu einem richtigen Schlaf aber brachte ich es nicht. Nicht daß der Verlust von Murad Nassyrs Freundschaft oder gar die Angst vor ihm mich beunruhigt hätte, o nein: ich mußte andres bedenken. Vor allen Dingen beschäftigte mich sein Verhältnis zu Ibn Asl, dem Sklavenjäger. Ich wollte den Aufenthalt dieses Mannes kennenlernen. Um ihn zu erfahren, brauchte ich jetzt nur Murad Nassyr im Auge zu behalten. Hatte ich mich mit diesem Türken entzweit, so wollte ich nun um so nach-

[1]) Kamelsänften für Frauen

drücklicher für den Führer in Maabdeh tätig sein, um womöglich seinen verschollenen Bruder aufzufinden.

Ich stand zeitig auf, setzte mich vor die Tür des Hans und ließ mir von dem Handschi Kaffee bringen. Indem ich meine Betrachtungen über das erwachte Tierleben anstellte, sah ich einen Reiter kommen. Er war noch so fern, daß man ihn kaum erkennen konnte, mußte aber ein ausgezeichnetes Tier unter sich haben, denn er näherte sich so rasch, daß er scheinbar aus der Erde wuchs. Schließlich erkannte ich ihn. Es war der Schiffsleutnant Ali Farid des Raïs Effendina. Ich stand auf, um ihn zu bewillkommnen. Er sah mich, lenkte sein Tier auf mich zu, ließ es knien und sprang aus dem Sattel.

„Wie kommst du nach Korosko?" fragte ich verwundert. „Ich mußte den Emir doch in Khartum glauben." — „Achmed Abd el Insaf war auch dort. Wo er sich jetzt befindet, werde ich dir sagen, wenn ich mit dem Schech el Beled[1]) gesprochen habe, den ich jetzt gleich aufsuchen muß." — „Der Schech ist schon wach. Ich sah ihn vorhin vor seiner Hütte knien, um das Morgengebet zu verrichten."

Ich zeigte ihm die Hütte, und Ali Farid schritt darauf zu, um dem Schech seinen Auftrag auszurichten. Sein Kamel kniete in meiner Nähe. Es war ein herrliches, teures Tier von mausgrauer Farbe, an der man die echten Reitkamele erkennt. Wie kam der Leutnant zu einem solchen Eilkamel? Es gibt Tiere dieser Rasse, die an einem Tag, ohne einmal anzuhalten, über hundert Kilometer zurücklegen. Es war auch sehr wohlerzogen, denn als ich es streichelte, sah es mich mit den großen Augen zutraulich an und verfiel nicht in die gewöhnliche Unart der Kamele, die Fremde beißen, treten oder wohl gar anspeien. Noch war ich mit dem Tier beschäftigt, da trat Selim aus dem Tor. Er schien mich gesucht zu haben, denn er kam rasch auf mich zu.

„Effendi, ich habe Schlimmes vernommen und möchte eine dringende Bitte an dich richten." — „Was ist?" — „Du hast dich mit Murad Nassyr verfeindet?" — „Wer sagt dir das?" — „Er selbst, und er verbot mir streng, mit dir zu reden." — „Und da kommst du als sein treuer Haushofmeister sofort her zu mir, um sein Gebot zu übertreten?" — „Ja, das tu ich, denn du weißt, daß ich dich viel lieber habe als ihn." — „Ja freilich", antwortete ich, obgleich mich seine Dummheiten gar oft geärgert hatten. „Welche Bitte willst du mir denn vortragen?" — „Ich mag nicht länger bei Murad Nassyr bleiben." — „Ah! Warum? Hast du es nicht gut bei deinem Herrn? Bist du unzufrieden mit ihm?" — „Ich habe es gut und bin auch zufrieden. Aber seit wir von Siut unterwegs sind, redet er von Dingen, die mir nicht gefallen." — „Von welchen Dingen?" — „Ich stehe noch in seinem Dienst und weiß also nicht, ob ich es verraten darf —" — „Meinst du etwa den Sklavenhandel?" — „Richtig, sehr

[1]) Dorfvorsteher

richtig! Wie ich höre, weißt du auch schon, daß Murad Nassyr ein Sklavenhändler ist." — „Das weiß ich allerdins." — „So bin ich also kein Verräter, wenn ich mit dir davon rede. Er verlangt von mir, daß ich in seinem Dienst bleiben soll. Wenn ich das tue, und wir werden erwischt, kann es mir schlecht ergehen." — „Fürchtest du dich schon wieder einmal?" — „Fürchten? Nein. Du weißt, daß ich der größte Held aller Beduinen bin und es mit tausend Kriegern aufnehme. Ich will auch gern bei passender Gelegenheit den Heldentod sterben, aber als Sklavenhändler möchte ich mich doch nicht aufknüpfen lassen." — „Das ist sehr ehrenwert von dir gedacht."

„Du gibst mir recht?" — „Ja." — „So werde ich meinen Dienst auf der Stelle verlassen. Aber was soll ich dann anfangen? Wenn ich dich nicht so lieb hätte, würde ich gar nicht fragen. So aber geht die Sache mir zu Herzen, und darum möchte ich dir eine Vorstellung machen." — „Rede nur!" — „Schau, Effendi, du bist ein kluger Mann, kennst alle Wissenschaften und dringst in die Tiefen aller Geheimnisse; aber einen Fehler hast du doch." — „Welchen?"

„Dir fehlt ein Diener, wie ich einer bin. Man würde dich zehnmal mehr achten als bisher, wenn man sähe, daß ich dir zur Seite stehe."

„Du möchtest also bei mir bleiben?" — „Ja, Effendi." — „Das geht nicht, denn deine immerwährende Tapferkeit gefällt mir nicht. Sie kann leicht Mord und Totschlag über mich bringen." — „Oh, darum brauchst du keine Sorge haben. Wenn ich in meinem überschäumenden Mut einen Kampf beginne, so fechte ich ihn auch selber aus; darin kennst du mich ja zur Genüge. Du hast es also nicht nötig, dich meinetwegen in eine Gefahr zu begeben; im Gegenteil würde ich jeden Augenblick bereit sein, mich und meine Heldenkraft für dich aufzuopfern." — „Es würde für mich und dich nützlicher sein, wenn du sie behieltest, anstatt sie aufzuopfern."

„Ganz, wie du befiehlst; denn ich werde dir gern gehorchen. Was wirst du nun zu meinem Vorschlag sagen?" — „Ich werde ihn mir überlegen." — „Effendi, da gibt es nichts zu überlegen. Es kann keinen Menschen geben, der so wertvoll für seinen Herrn ist, wie ich für dich." — „Möglich, doch ich habe schon einen Diener."

„Ben Nil? Was nützt dir dieser junge Mensch? Welche Schlachten hat er geschlagen und welche Siege errungen?" — „Er ist noch jung und kann leicht ein noch viel größerer Held werden, als du jetzt bist." — „Das glaube ich nicht. Ben Nil nimmt keine Lehre an. Er hört mir nicht zu und widerspricht mir stets. Wer nichts lernen will, aus dem kann nie etwas werden." — „Du als der Erfahrene und Verständige mußt Nachsicht mit ihm haben. Es wäre mir lieb, wenn du dich seiner annehmen wolltest." — „Wenn du es wünschst, werde ich es gern tun. Ich will seine Schwächen ertragen und seine Dummheiten mit Gleichmut und Geduld schonen." — „So such ihn jetzt auf, und sag ihm, daß du bei mir bleiben willst. Was er mir dann rät, das werde ich tun." — „Wie? Du, ein so berühmter

Effendi, willst dich von dem Willen eines Dieners abhängig machen?"

„Abhängig nicht, aber berücksichtigen will ich ihn, da Ben Nil es ist, der gegebenenfalls mit dir verkehren muß." —„Effendi, er muß es als große Ehre schätzen, den Glanz meiner Gegenwart genießen zu dürfen. Aber da du es wünscht, werde ich mit ihm sprechen und dir dann melden, daß er hochbeglückt von meiner Nachricht ist."

Selim ging. Ich hätte seiner Unterredung mit Ben Nil gern als Lauscher beigewohnt. Es hatte sich nämlich zwischen den beiden Dienern ein eigentümliches Verhältnis entwickelt. Sie hatten einander liebgewonnen, und doch lagen sie sich vom Morgen bis zum Abend in den Haaren. Selim besaß trotz seiner Fehler ein gutes Gemüt und war in allen Besorgungen, die keinen Mut erforderten, zuverlässig und aufmerksam. Man mußte ihm seine krankhafte Gewohnheit, als Held gelten zu wollen, verzeihen. Ben Nil hatte meine Teilnahme erweckt. Er war ernst und still und entwickelte trotz seiner Jugend Ansichten, die mancher Alte nicht besaß. Sein Scharfsinn war bewundernswert, und die Tatkraft, die er bisher freilich nur in gewöhnlichen Dingen hatte zeigen können, ließ mit Recht darauf schließen, daß er dort, wo es galt, auch den gehörigen Mut zeigen würde.

Wenn die beiden Leute aneinandergerieten, so gab es stets einen heiteren Auftritt. Das brachte Abwechslung in die oft unangenehme Eintönigkeit, und darum war ich gern bereit, Selim bei mir zu behalten. Was er mich kostete, das mußte eben aufgebracht werden.

Jetzt sah ich den Leutnant aus der Hütte des Schechs treten. Der Vorsteher kam auch mit heraus und rannte, ganz seiner dorfoberhäuptlichen Würde entgegen, dem Fluß zu. Der Offizier kam herbei, zog seinen Tschibuk aus der Kamelsatteltasche, stopfte ihn und setzte sich dann zu mir. Ich gab ihm Feuer.

„Du reitest ein vortreffliches Kamel", begann ich. „Es muß eine Wonne sein, auf seinem Rücken durch die Wüste zu fliegen." — „Du wirst diese Wonne kennenlernen", antwortete Ali Farid, „denn du sollst es reiten. Der Emir hat es für dich geliehen." — „Wirklich für mich? Wie kommt er auf den Gedanken, mir ein Kamel zu senden?"

„Der Emir sendet dir nicht nur das Kamel, sondern nebenbei eine Bitte, die ich dir vortragen soll. Bist du bereit, sie zu hören?"

„Gewiß." — „Du bist schon oft in der Wüste gewesen und verstehst es, alle Spuren der Menschen und Tiere zu lesen. Darum läßt er dich fragen, ob du —"

Ali Farid hielt mitten in der Rede inne.

In der Nähe der schon beschriebenen Lagerschuppen war eine Anzahl Beduinen erschienen, die Kamele bei sich hatten. Sie stammten jedenfalls aus der Umgegend und wollten versuchen, sich und ihre Tiere für die Reise durch die Wüste zu vermieten. Murad Nassyr hatte sie vom Hof aus erblickt und kam heraus, um mit ihnen zu reden. Da wir neben dem Tor hart an der Mauer saßen, sah er uns nicht, ging an uns vorüber und winkte den Leuten, hereinzukommen.

Sobald der Blick des Leutnants auf ihn fiel, schwieg der Abgesandte des Reïs Effendina und betrachtete den Türken mit finster forschendem Blick. Jetzt drehte sich der Dicke um und bemerkte uns. Kein Anzeichen verriet, daß er den Leutnant kenne. Dieser stand auf, schob sich in die Mitte des Eingangs, um Murad Nassyr den Weg zu versperren.

„Mir scheint, ich soll hier eine große Überraschung erleben. Haben wir uns nicht schon einmal gesehen?" — „Ich dich? Niemals", antwortete der Türke stolz, indem er den Offizier mit einem wegwerfenden Blick streifte. Man sah es ihm an, daß er die Wahrheit sagte.

„Möglich, daß du mich nicht bemerkt hast, ich aber kenne dich."

„Das ist mir gleichgültig. Mich kennen viele Leute. Was habe ich mit dir zu schaffen? Laß mich vorüber!" — „Warte noch ein Weilchen! Ich habe mit dir zu reden, denn ich möchte gern deinen Namen erfahren." — „Frag andre danach! Ich brauche dir nicht zu antworten." — „Irre dich nicht! Weißt du vielleicht, was der Reïs Effendina ist?"

Über das Gesicht des Türken ging ein plötzliches Zucken. Der Blick, den er jetzt auf den Sprecher warf, der die gewöhnliche Kleidung eines Nubiers trug, war sehr nachdenklich. „Das weiß ich wohl: das weiß ein jeder", antwortete er bedeutend höflicher als vorher.

„So wirst du wohl auch wissen, daß der Reïs Effendina mit gewissen Vollmachten ausgerüstet ist, die ihm oft mehr Macht erteilen, als mancher Mudir besitzt." — „Auch das weiß ich." — „Ich bin der Leutnant von ‚Schahin', und dein Gesicht fällt mir auf. Nun wirst du mir wohl Rede stehen?" — „Beweise mir vorher, daß du wirklich der bist, für den du dich ausgibst." — „Verlangst du das im Ernst? Meinetwegen! So magst du mit zum Schech el Beled kommen. Dann wird unsere Unterredung amtlich sein, während ich hier rein persönlich und höflich mit dir gesprochen hätte."

„Nun, ich bin ebenso ein Freund der Höflichkeit. Frage also!"

„Ich wiederhole meine Frage nach deinem Namen." — „Ich heiße Murad Nassyr." — „Woher?" — „Aus Nif bei Ismir." — „Was bist du?" — „Basirgijan." — „Hm, Kauf- und Handelsherr! Womit handelst du?" — „Mit allem möglichen. Jetzt will ich nach Khartum, um Senna, Gummi und Elfenbein einzukaufen." — „Hast du nicht auch schon andre Waren gekauft und verhandelt?" — „Oft." — „Ich meine lebendige Ware — Sklaven?" — „Das ist mir nicht eingefallen. Ich bin ein gehorsamer Untertan des Großherrn und werde nie etwas gegen seine Gesetze und gegen die Befehle des Khedive tun." — „Wohl dir, wenn dem so ist. Kennst du vielleicht den Ort El Kaua am Bahr el Abiad?" — „Nein." — „Sonderbar! Ein Handelsmann wie du sollte diesen Ort nicht kennen? Das kommt mir verdächtig vor. Vor reichlich einem Jahr wurden Sklaven von Karanak nach El Kaua über den Nil geschifft. Sie sollten nach Messalamieh gebracht werden. Wir befreiten sie, indem wir die Treiber überfielen. Der Anführer, der uns entkam, sah dir so ähnlich wie ein Ei dem andern. Ich fragte einen der Treiber, der in unsre Hände geriet, nach dem Namen dieses Anführers, und er nannte ihn mir. Der Name klang ganz anders als dein jetziger." — „Das beweist einfach, daß ich nicht der bin, für den du mich hältst." — „Das kann auch beweisen, daß du verschiedene Namen führst. Ich habe damals dein Gesicht gesehen und es nicht vergessen." — „Herr, ich bin ein ehrlicher Händler! Das kann mir auch der Effendi hier bezeugen. Er kennt mich genau und will mit mir nach Khartum gehen."

Das war mehr als kühn; das war frech.

„Ist das wahr? Kennst du ihn?" fragte mich der Leutnant.

„Ich kenne ihn so, wie er sich genannt und gegeben hat."

„Wie nannte er sich vor dir?" — „Genau so, wie Murad Nassyr dir vorhin angab." — „Hat er nicht von Sklavenjagden zu dir gesprochen?" — „Allerdings, erst gestern abend." — „Was sagte er?"

„Murad bot mir seine Schwester zum Weib an, wenn ich gewillt sei, ihm beim Sklavenhandel zu helfen." — „Erzähle es ausführlich, Effendi!"

Ich kam dieser Aufforderung nach, denn es gab keinen Grund, zugunsten des Türken zu schweigen oder gar Lügen zu erfinden. Murad preßte die Zähne zusammen und sah mich mit einem Blick an, der mir sagte, daß er sich bei gegebener Gelegenheit blutig an mir rächen würde.

„Nun, was sagst du dazu?" fragte ihn der Offizier, als ich geendet hatte.

„Herr, ich hatte einen triftigen Grund, so zu sagen. Kara Ben Nemsi Effendi, der nichts kann, nichts besitzt und nichts taugt, wollte mich zwingen, ihn umsonst als Begleiter mitzunehmen. Er hat mich von Siut bis hierher viel Geld gekostet, und um ihn loszuwerden, machte ich ihm weis, ich sei ein Sklavenhändler. Es half auch sofort, denn er bekam Angst und trennte sich von mir." — „Und wohin behauptetest du, daß er mit dir nach Khartum reisen wolle." — „Ich hatte mich nur versprochen." — „Höre, du bist mir verdächtig. Kannst du beweisen, daß du wirklich Murad Nassyr aus Nif bist?"

„Ja, ich habe zwei Pässe bei mir, einen im Auftrag des Großherrn und den andern im Auftrag des Khedive ausgestellt." — „Zeige sie mir!" — „Zu diesem Zweck muß ich dich ersuchen, mit in mein Gemach zu kommen."

Der Leutnant ging mit, und ich war neugierig, was weiter erfolgen würde. Er kam nach einiger Zeit allein zurück und erklärte mißmutig: „Die beiden Pässe sind in schönster Ordnung. Murad Nassyr reist mit seiner Schwester Kumru nach Khartum. Ich habe seine Sachen untersucht. Es ist ihm nichts anzuhaben, und doch bin ich überzeugt, daß er jener Sklavenhändler ist." — „Und ich könnte beschwören, daß er mir den Antrag, den er mir stellte, im vollsten

Ernst gemacht hat." — „Das glaube ich gern, denn ich weiß, daß du klüger bist als er und dich von ihm nicht übertölpeln lassen würdest. Aber ich kann ihm nichts anhaben, wenigstens heute nicht. Doch werden wir, ohne daß er es merkt, ein wachsames Auge auf ihn haben. Jetzt können wir in dem Gespräch, das er unterbrach, fortfahren." — „Hier sind wir zu gestört. Laß dein Hedschihn in den Han bringen, und dann spazieren wir zum Fluß, wo wir allein sind und von niemand gehört werden können."

Ali Farid folgte dieser Aufforderung, übergab dem Handschi das Kamel, und dann gingen wir zum Nil. Dort sah ich ein Boot, in dem ein einzelner Ruderer saß, der mit Aufgebot aller Kräfte schnell stromaufwärts strebte. „Das ist mein Bote, den der Schech el Beled auf meinen Befehl nach Derr gesendet hat", sagte der Leutnant.

„In welcher Angelegenheit? Darf ich das erfahren?" — „Du mußt es sogar wissen. Von Derr aus geht ein zweiter Bote nach Abu Simbel, von da aus ein dritter nach Wadi Halfa, von dort aus ein vierter nach Semneh und so weiter, bis das ganze Niltal aufgerufen ist."

„So muß etwas Außergewöhnliches geschehen sein!" — „Etwas Ungeheuerliches, ein Sklavenraub, wie er seit Menschengedenken nicht vorgekommen ist. Wenn Schwarze überfallen werden, so ist das etwas Gewöhnliches. Beim Raub von Nubiern und Nubierinnen drückt man noch ein Auge zu. Wenn aber Araber, die noch dazu rechtgläubige Muslimin sind, in die Sklaverei geschleppt werden, so ist das eine Sünde gegen den Koran, die über alle Grenzen geht."

„Wo hat man so etwas gewagt?" — „Hast du vom Bir es Serir gehört, der im Westen von Es Safih liegt?" — „Ja. Dieser Brunnen befindet sich südöstlich vom Dschebel Modschaf, einen vollen Hedschin-Tagesritt vom Wadi Melk entfernt. Er gehört, wenn ich mich nicht irre, den Fessarah-Arabern." — „Du bist gut unterrichtet. Die Abteilung der Beni Fessarah, die ihre Herden an diesem Brunnen tränkt, feierte ein Fest. Alle Männer zogen zum Dschebel Modschaf, um dort eine große Fantasia aufzuführen. Die Frauen blieben daheim. Als die Männer am andern Tag zurückkehrten, lagen die Kinder und alten Weiber erschlagen da, die jungen Frauen und die Mädchen aber hatte man entführt. Die Herden waren zerstreut, und es gab über vierzig Leichen am Platz." — „Das ist schrecklich. Die Mädchen und Frauen der Beni Fessarah sind wegen ihrer Schönheit berühmt. Hat man denn am Tatort keine Spuren gefunden?"

„Nein. Am Morgen war ein Sturm gekommen, der alle Fährten verweht hat." — „Wann ist die Tat geschehen?" — „Heut vor zwanzig Tagen. Du weißt, Effendi, wie groß die Entfernung ist, und wirst dich nicht wundern, daß wir erst vor drei Tagen die Nachricht erhielten." — „Es wundert mich höchstens, daß es so schnell gegangen ist." — „Wohin glaubst du, daß die Täter sich gewendet haben?" — „Weder nach Westen noch nach Süden, denn dort würden sie die Geraubten nicht verkaufen können. Ich meine, es kommt für sie nur eine einzige Richtung in Frage, nämlich zum Roten Meer, um die Sklavinnen nach Ägypten und in die Türkei zu bringen."

„Genau so dachte auch der Reïs Effendina. Aber da sind nun wieder mehrere Wege denkbar." — „Nur zwei." — „Welche, Effendi?" — „In der Nähe des Wadi Melk vorüber zu Bajuda-Wüste und in die Gegend von Berber, und von da aus auf möglichst grader Linie nach Suakin. Der zweite Weg wäre durch das Wadi Melk und das Wadi el Gab nach Dongola und quer durch die Nubische Wüste bis in die Gegend von Ras Rauaï am Roten Meer."

Der Leutnant blickte mich erstaunt an.

„Effendi, der Reïs Effendina kennt dich genau. Er dachte auch an diese beiden Wege und sagte, du würdest gewiß seiner Ansicht sein." — „Das freut mich. Was aber hat meine Ansicht mit der ganzen Angelegenheit zu tun?" — „Sehr viel, mehr als du denkst. Die beiden Wege müssen heimlich verlegt werden, so daß kein Mensch etwas davon erfährt und es den Frauenräubern verraten kann. Der Reïs Effendina hat sich also in Khartum Soldaten geben lassen und bringt sie auf seinem Schiff in die Gegend von Berber, um mit ihnen die Straße nach Suakin zu verlegen. Mich aber sendet er mit der ursprünglichen Besatzung des Schiffs hierher, um den andern Weg zu bewachen." — „Das wären vierzig Mann. Wo befinden sie sich?" — „Draußen in der Wüste, weil niemand sie sehen soll. Wir haben uns Kamele verschafft, für dich und mich zwei echte Hedschihn, um große Strecken abreiten zu können, für die andern und für das Wasser und den Mundvorrat gewöhnliche Tiere."

„Warum auch für mich ein Hedschihn?" — „Das errätst du nicht? Kennst du denn die hohe Meinung nicht, die der Reïs Effendina von dir hat? Er glaubt, dein Rat könnte mir nützlich sein, und da er mit Sicherheit annahm, daß du jetzt in Korosko seist, befahl er mir, hierher zu reiten und dich zu bitten, dich uns anzuschließen. Wirst du ihm diese Bitte erfüllen?"

Meine Lage war eigentümlich. Ich befand mich wegen der Reisekosten in Verlegenheit und konnte nicht nach Kairo umkehren. Vom Reïs Effendina konnte ich Hilfe erwarten. Ich hatte ihm überhaupt versprochen, ihn in Khartum aufzusuchen, und durfte ihm die Erfüllung des Wunsches nicht versagen. Übrigens mußte ich auch wegen meines dem Führer in Maabdeh gegebenen Versprechens nach Khartum gehen, und endlich sagte ich mir, daß in dem Vertrauen, das der Reïs Effendina mir zeigte, eine große Ehre für mich lag.

„Wie könnte ich eine solche Bitte abschlagen!" erklärte ich daher. „Achmed Abd el Insaf hat mir so zahlreiche Gefälligkeiten erwiesen, daß ich mit Freuden die Gelegenheit ergreife, ihm nützlich zu sein."

„Effendi, ich danke dir! Ich muß dir sagen, daß der Reïs Effendina allerdings bestimmt erwartete, du würdest einwilligen. Da die Aufgabe, die wir lösen müssen, so gefährlich ist, glaubte ich das Gegenteil. Er meinte freilich, du seist nicht der Mann, der sich vor einigen Sklavenjägern fürchtet, und so erfreut es meine Seele, daß du seine Zuversicht nicht zuschanden werden läßt. Was wir ausführen wollen, ist mit großen Schwierigkeiten verknüpft. Da ich jetzt weiß, daß mir dein Rat zur Seite steht, bin ich überzeugt, daß ich wenigstens keine großen Fehler begehen werde." — „Du sollst nicht nur auf meinen Rat, sondern auch auf meine Tat rechnen. Sind dir besondere Anweisungen gegeben worden, von denen du jetzt noch nicht gesprochen hast?" — „Nein. Mir wurde im allgemeinen befohlen, jeden Sklavenjäger oder Sklavenhändler aufzuheben und ihn mit seinem Raub dem Emir vorzuführen. Doch muß ich meine Aufmerksamkeit zunächst den entführten Frauen und Töchtern der Beni Fessarah zuwenden und soll mich, wie ich dir aufrichtig mitteile, mehr auf dich als auf mich verlassen." — „Das ist mir keineswegs lieb, denn es ist niemals von Vorteil, wenn zwei zugleich befehlen sollen. Es treten da leicht Meinungsverschiedenheiten ein, die das Gelingen des Unternehmens in Frage stellen." — „Oh, was das betrifft, so kannst du sicher darauf rechnen, daß ich mich stets deinem Willen fügen werde. Das ist mir befohlen worden, wie ich dir gleich beweisen werde. Achmed Abd el Insaf hat mich beauftragt, dir, sobald ich dir die Verhältnisse erklärt habe, diesen Zettel zu übergeben."

Ali Farid zog ein kleines zusammengefaltetes Papier hervor, öffnete es und gab es mir. Ich las die wenigen, aber inhaltsreichen Worte:

„Du bist der erste, er ist der zweite." Das war genung und ein zweiter, noch größerer Beweis des Vertrauens, das ich von seiten des Reïs Effendina genoß. Wenn ich bedachte, welche Macht er infolge seiner Ausnahmestellung besaß, so hätte ich leicht stolz darauf sein können, daß er einen so bedeutenden Teil davon in meine Hände legte.

„Bist du nun beruhigt?" fragte der Leutnant. — „Ja", erwiderte ich. „Ich bin nicht nur beruhigt, sondern ich hege die Überzeugung, daß wir die Frauenräuber treffen werden, falls sie den nördlichen der beiden erwähnten Wege eingeschlagen haben." — „Überzeugt? Wirklich? Ist das nicht zuviel behauptet, Effendi?" — „Nein, denn ich weiß, was ich sage." — „Aber bedenke, wie groß die Wüste ist! Wir brauchen von hier aus vier Tage, um den Bir Murat zu erreichen, der nicht ganz in der Mitte liegt. Der ganze Weg erfordert neun Tagereisen. Selbst wenn wir diese lange Linie besetzen könnten, würde es für die Räuber viele Lücken geben, durch die sie uns, zumal des Nachts, entkommen könnten." — „Du mußt mit der Beschaffenheit der Wüste rechnen, die sie durchqueren müssen. Vom Nil bis zum Roten Meer, an dem doch wohl ihr Ziel liegt, sind zwanzig Kamel-Tagesmärsche. Sie können sich unmöglich für eine so lange Zeit mit Wasser versehen und sind gezwungen, Brunnen aufzusuchen, an denen wir sie treffen werden." — „Verlaß dich nicht zu sehr darauf! Hast du davon gehört, daß es geheime Brunnen gibt?" — „Ja. Ich habe in der großen Sahara solche geheime Brunnen entdeckt und aus ihnen getrunken."

Ali sah mich an und wiegte den Kopf. „Ich habe freilich gehört, daß die Franken in vielen Dingen klüger sind als wir, aber der Bewohner der Wüste muß diese Landstriche doch besser kennen als ein Abendländer, der sich zum erstenmal dort befindet!“ — „Warte bis später! Ich will dir jetzt keine Erklärung geben. Die Tat soll beweisen, daß ich recht habe.“ — „Du spannst meine Erwartungen, und ich bin begierig darauf, zu erfahren, in welcher Weise du mich überzeugen willst, daß du dich nicht verrechnest. Für jetzt kann ich dich nur fragen, ob es wirklich sicher ist, daß du mit mir reitest?“

„Es ist sicher.“ — „So muß ich dir vom Emir noch etwas übergeben. Allah hat es gefügt, daß der Mensch ohne Geld nicht bestehen kann. Selbst in der Wüste ist es dem Wanderer nötig, weil er nicht in die Zukunft zu blicken vermag und seine Bedürfnisse und Ausgaben nicht vorher berechnen kann. Achmed Abd el Insaf hat mich also beauftragt, dir diese Kasse zu übergeben, über die du nach deinem Ermessen verfügen sollst. Besonders sollst du hier alles kaufen, was für dich selber nötig ist.“

Ali Farid brachte einen Lederbeutel zum Vorschein, der, als er ihn schüttelte, einen erfreulichen, hellen Klang hören ließ. Ich öffnete und sah ihn mit Rajâl masri[1]) und ägyptischen Viertelpfund-Goldstücken gefüllt. Die Summe betrug nach unserm deutschen Geld beinah achthundert Mark. Das war für einige Wochen mehr als genug, zumal ich erfuhr, daß die Soldaten mit allem, was sie voraussichtlich brauchen würden, versehen seien. Ich zögerte keineswegs, den Beutel einzustecken, bemerkte aber dabei: „Für jetzt habe ich keine Bedürfnisse und werde das Geld, falls es nötig ist, für euch verwenden und dann dem Emir Rechnung ablegen. Wann brechen wir auf?“ — „Sobald es dir gefällt. Nur möchte ich vorher das Kamel tränken. Es hat seit zwei Tagen kein Wasser bekommen.“

„Es wird auch noch zwei Tage und vielleicht noch länger keins erhalten.“ — „Warum, Effendi?“ — „Weil ich verborgene Brunnen entdecken will.“

Ali Farid warf mir einen Blick zu, aus dem ich ersah, daß er meine Antwort nicht begriff.

„Ich verstehe dich nicht, Effendi. Wir müssen, um verborgen zu bleiben, die Brunnen meiden und unsre Kamele sind darum zum Dürsten gezwungen. Hier befinden wir uns am Ufer des Nils, und darum solltest du die Gelegenheit ergreifen, dein Tier recht tüchtig trinken zu lassen.“ — „Ich werde es im Gegenteil recht tüchtig dürsten lassen.“ — „Ist das nicht grausam? Gebietet dir die Lehre des Christentums nicht, für deine Tiere zu sorgen?“ — „Meine Lehre ist den Tieren noch viel freundlicher als die deine. Aber es ist besser, ein Kamel dürstet, als daß viele Menschen leiden. Sobald ich erfahren habe, was Murad Nassyr zu tun gedenkt, werden wir aufbrechen. Vorher muß ich dich aber fragen, wie wir zu deinen Leuten

[1]) Ägyptischer Taler zu zwanzig Piaster, Silberstück

kommen wollen, da du nur ein Kamel bei dir hast?" — „Ich habe zwei, dieses hier und noch eins, das ich mit gefesselten Füßen zurückgelassen habe. Ich wollte nicht sehen lassen, daß ich gekommen bin, dich abzuholen." — „Das war klug gehandelt. Wo befindet sich das zweite Tier?" — „Gar nicht weit von hier am Ufer des Nils. Man kann zu Fuß in einer halben Stunde hinkommen." — „So steig auf, und reite hin! Tränke nur dein Tier, aber das meine nicht. Ich komme nach." — „Aber du kennst ja die betreffende Stelle nicht!"

„Ich brauche sie nicht zu kennen. Es gibt eine Führerin, die mich wirklich ganz sicher zu dir bringt, deine Spur." — „Verstehst du es denn wirklich so gut, die Spuren zu lesen?" — „Eine Spur ist für mich so deutlich wie die Schrift des Korans für deine Augen." — „So will ich dir gehorchen und werde mich überzeugen, ob du mich wirklich findest."

Ali Farid kehrte zu der Stelle zurück, wo das für mich bestimmte Hedschihn lag, stieg auf und ritt davon. Da kamen die Araber, die Murad Nassyr gerufen hatte, und gingen zum Fluß, um ihre Kamele zu tränken. Daraus ersah ich, daß er sie gemietet hatte und sofort aufbrechen wollte, was ihnen jedenfalls nicht lieb war, denn sie waren gewohnt, jede Reise am Nachmittag anzutreten. Nun ging ich langsam zum Han. Am Tor stand der Türke. Ich mußte hart an ihm vorüber. Dabei fuhr er mich an: „Du Hundesohn, du Verräter! Nun bleibst du hier sitzen, und der Teufel des Hungers wird dich stückweise auffressen. Sollte das nicht geschehen, sollte ich dich lebendig wiedersehen, so zerschmettere ich dich!"

Ich achtete nicht auf diese Worte und ging in den Hof. Als ich an der Tür vorüber wollte, durch die er mich zu seiner Schwester geleitet hatte, hörte ich Kumrus Stimme, die mir zuraunte: „Effendi, bleib stehen, aber blicke dich nicht um!" — „Was willst du?" fragte ich, indem ich ihr den Rücken kehrte und mir den Anschein gab, als ob ich in die Betrachtung des Hans versunken sei.

„Ich sah dich kommen und eilte an die Tür, um nochmals mit dir zu sprechen. Mein Bruder hat mir erzählt, daß du meine Schwester verachtest." — „Ich verachte Karanfil nicht. Ich bin jedoch ein Christ und als solcher ein Feind aller Sklavenhändler. Ich muß mich also von Murad Nassyr trennen." — „Das betrübt mich sehr! Du hast mir die Zierde meines Hauptes wiedergegeben, und ich wollte dir gern dankbar dafür sein. Nun ist das unmöglich. Aber ich werde immer an dich denken." — „Auch ich werde mich deiner gern erinnern. Lebe wohl, o Blume des Glücks, o Abglanz der Lieblichkeit!" — „Leb wohl, Effendi! Ich zürne dir nicht."

Ich ging weiter in meine Stube. Da saßen Selim und Ben Nil und stritten, wie ich hörte, wieder einmal über die Tapferkeit des Langen. Bei ihrem Anblick fiel mir ein, daß ich vergessen hatte, den Leutnant auf die beiden aufmerksam zu machen. Ich teilte ihnen mit, was ich ihnen zu sagen für nötig hielt, und sah sie darüber erfreut, daß sie nun mit dem Türken nichts mehr zu tun haben sollten. Ich aber befand mich ihretwillen in einer kleinen Verlegenheit. Wie sollten sie mit mir fortkommen? In dieser Bedrängnis fiel mir der Schech el Beled ein. Der Offizier war bei ihm gewesen, und daraus schloß ich, daß er den Reïs Effendina kannte. Als ich bei ihm eintrat, begrüßte er mich mit Kara Ben Nemsi Effendi, von dem der Leutnant mit ihm gesprochen habe. Ich trug ihm mein Anliegen vor, und er zeigte sich sogleich hilfsbereit.

„Effendi, du bist ein Freund des Emir, und ich stehe dir gern zu Diensten. Willst du Reit- oder Lastkamele?" — „Tiere zum Reiten, aber sie müssen gut und schnellfüßig sein." — „Die sind teuer. Kannst du sie denn bezahlen?" — „Den Preis für zwei Reitkamele habe ich freilich nicht bei mir." — „So kannst du sie nur leihen?"

„Auch das geht leider nicht. Ich müßte den Besitzer mitnehmen und kann zu meinem Vorhaben keinen fremden Begleiter gebrauchen." — „Das tut nichts. Du leihst sie ja für Achmed Abd el Insaf, und ich sage gut für dich und ihn. Du hast sogar nicht nötig, die Miete voraus zu bezahlen. Ihr übergebt die Tiere dem Schech in Abu Hamed; dieser sendet sie mir zu, und wenn dann später der Emir nach Korosko kommt, werde ich ihm die Rechnung vorlegen."

„So ist es mir lieb. Aber sind denn gute Reitkamele so schnell zu haben? Es gibt, wie ich sehe, hier nur einige Lasttiere, die der Türke, mit dem ich gekommen bin, gemietet hat."

Der Dorfvorsteher zog ein schlaues Gesicht. „Du bist zwar ein Franke, aber vielleicht weißt du dennoch, wer mächtiger ist als selbst der mächtigste Fürst." — „Das weiß ich. Du meinst eine offne Hand?" — „Ja; eine offne Hand vermag alles."

Ich zog einige ägyptische Taler aus der Tasche. Als ich sie ihm hinreichte, griff er schnell zu und steckte sie ein.

„Effendi, du bist der klügste unter den Weisen, und dein Herz fließt über vor Erbarmen. Du stehst hier an Stelle des Emir, der schnell und gut bedient wird. Die Verleiher lassen ihre Tiere nicht sehen, um hohe Mieten zu erzielen. Du sollst aber, wenn du jedem der Besitzer noch ein Bakschisch von einem Taler gibst, in der kürzesten Zeit zwei Reitkamele haben, die ebenso schnell laufen wie das, auf dem Ali Farid gekommen ist." — „Dieses Bakschisch will ich gern zahlen." — „So gehe ich sofort, um mit den Männern zu sprechen, und dann werden wir die Tiere bringen."

Er eilte fort, und ich kehrte in den Han zurück. Dort war der Türke beschäftigt, die von ihm gemieteten Kamele beladen zu lassen. Eins davon bekam einen Tachtérawân zu tragen, eine Frauensänfte, die für Kumru bestimmt war. Zwei andre trugen den Mundvorrat und die vollen Wasserschläuche. Zwei weitere wurden mit je zwei Körben behängt, in die die vier Dienerinnen zu sitzen kamen. Ein sechstes bestieg der Türke und ein siebentes der Führer, dem die Kamele gehörten. Dieser gab das Zeichen zum Aufbruch, indem er rief:

„Ja Schech Abd el Ka-a-der!"

Der Heilige der Kadirine ist nämlich nicht nur der Schutzherr der Schiffer, sondern auch der der Kameltreiber und Karawanenführer, und wird auch von diesen bei jedem Aufbruch angerufen. Der kleine Zug setzte sich in Bewegung. Bevor der Türke durch das Tor ritt, drehte er sich noch einmal um.

„Du hast mir Selim abspenstig gemacht, du schmutzigster unter allen Unreinen. Merke dir, was ich dir schon sagte: Sollte ich dich lebendig wiedersehen, so zerschmettere ich dich!"

Ich zog es auch jetzt vor, nicht zu antworten. Ich wußte ja, daß bald eine bessere Gelegenheit dazu kommen würde. Hierauf wartete ich eine Viertelstunde. Da kam der Schech el Beled mit zwei Männern, von denen jeder ein Reitkamel am Halfter führte. Ich erschrak beinah, als ich die beiden gesattelten Tiere erblickte. Das waren keine gewöhnlichen Reitkamele, und der Reïs Effendina mußte dafür gewiß eine so hohe Miete zahlen, daß ich es nicht verantworten konnte. Als ich diese Bedenken gegen den Schech el Beled aussprach, wehrte er ab. „Laß dir das Herz nicht schwer werden, Effendi! Nicht wir bestimmen die Höhe der Miete, sondern der Emir sagt, wieviel er geben will. Er ist der Abgesandte des Vizekönigs und braucht eigentlich nichts zu bezahlen. Du hast mir jetzt nur zu bescheinigen, daß du diese Kamele von uns empfangen hast."

Ich gab die schriftliche Bestätigung und zahlte zwei Taler Trinkgeld. Dann verabschiedete ich mich vom Schech und den beiden Männern. Selim und Ben Nil stiegen auf. Ich reichte ihnen meine Habseligkeiten hinauf, bezahlte den Handschi, denn der Türke hatte, obgleich ich sein Gast und Begleiter gewesen war, nichts für mich entrichtet, und verließ dann Korosko stolz zu Fuß, während meine Diener auf ihren prächtigen Tieren thronten.

Da ich beobachtet hatte, welche Richtung Ali Farid einschlug, fiel es mir nicht schwer, seine Fährte draußen vor dem Ort aufzufinden. Wir folgten ihr. Sie führte erst vom Nil ab und dann in einem Winkel darauf zu. Da ich gut ausschritt, erreichten wir nach einer guten Viertelstunde das Ufer. Der Offizier saß da unter Sträuchern, von deren saftigen Spitzen sein Reitkamel knusperte. Das meinige lag mit gefesselten Füßen abseits vom Wasser, gegen das es sehnsüchtig die weit offenen Nüstern richtete. Es tat mir leid, dieses Tier dürsten lassen zu müssen, aber ich wußte, daß das für uns von großem Nutzen werden konnte.

Ali Farid war überrascht, mich in Begleitung kommen zu sehen. Da er meine jüngsten Erlebnisse aus meinem Bericht kannte, vermutete er, wer die beiden seien.

„Ich habe lang auf dich warten müssen", sagte er, „und glaubte schon, du hättest meine Spur nicht gefunden. Ist dieser Jüngling vielleicht Ben Nil, von dem du mir erzählt hast?" — „Ja." — „Und der andre ist Selim, der Held der Helden?" — „Ja, der bin ich", begann der Genannte zu prahlen. ,,Wenn du mich kennengelernt hast, wirst du staunen.“ — ,,Ich staune schon jetzt, aber nur darüber, daß du mir antwortest, während ich doch den Effendi gefragt habe. Wollen diese beiden etwa mit uns reiten?“

Der Leutnant richtete die letzten Worte wieder an mich, und ich beeilte mich, ihm die nötige Aufklärung zu geben. Als ich fertig war, meinte er: ,,Wir wollen hoffen, daß diese Leute es verdienen, von solchen Kamelen getragen zu werden. ‚Du bist der erste, und ich bin der zweite.‘ Du kannst tun, was dir beliebt, und ich wünsche nur, daß du keinen Fehler begangen hast. Lassen wir jetzt unsre Schläuche vollaufen, um dann aufzubrechen!“

An jedem Sattel hing ein Wasserschlauch, der gefüllt wurde; dann stiegen wir auf, um den Ritt zu beginnen. Mein Tier war schwer vom Fluß wegzubringen, denn es wollte trinken. Als wir aber den Nil im Rücken hatten, gehorchte es willig, und bald zeigte es sich, daß es noch besser und edler als die andern drei war.

14. Der geheime Brunnen

Wir bogen zunächst in die Karawanenstraße ein, die erst südwestlich führte und dann genau nach Süden bog. Sie folgte einem Chor. So werden die Flußbette genannt, die nur während der Regenzeit Wasser führen und sonst trocken liegen. Die Gegend war wild und öd. Es gab zur Seite nur kahle, nackte Felsen, und die Kamele schritten über scharfes, unfruchtbares Steingeröll.

Der erste Teil des Wüstenpfades führt durch bergiges Gelände. Die eigentliche Sandwüste beginnt erst nach der zweiten Tagereise und wird Bahr Bela Ma, Meer ohne Wasser, genannt. Diese Bezeichnung kommt auch öfters in der großen Sahara und drüben, jenseits des Roten Meeres, vor. Der Araber, der Beduine, der Berber, der Tuareg, sie alle nennen jene Sandwüsten, die einem Meer gleichen, Bahr Bela Ma.

Unsre Tiere schritten trotz dem schlechten Weg wacker aus. Der Kamelstrott ist sehr ausgiebig, und mit einem Reitkamel kommt selbst ein echter arabischer Renner auf die Dauer nicht fort. So geschah es, daß wir schon nach Verlauf von zwei Stunden die langsam dahinziehende Karawane Murad Nassyrs vor uns sahen. Als er uns hinter sich hörte, drehte er sich um und war nicht wenig erstaunt, mich zu sehen. Im Vorüberreiten rief ich ihn an. ,,Jetzt siehst du mich wieder. Nun zerschmettere mich!“

Der Türke antwortete mit einem Fluch. Selim aber hielt bei ihm an und sagte: ,,Du wirst dein Ziel nicht erreichen, sondern in der Wüste umkommen, da ich nicht mehr dein Beschützer bin.“ — ,,Geh zum Teufel!“ fuhr ihn sein früherer Herr zornig an. — ,,Vielleicht treffe ich dich dort, wenn ich zu ihm komme.“

Als wir dem Türken aus den Augen waren, bogen wir von der Straße rechts ab, weil der Leutnant seine Leute in dieser Richtung zurückgelassen hatte. Er war kein Wüstenkenner, und so war es wohl möglich, daß er sich in der Richtung irrte. Aber die verschieden gestalteten Felsen und Berge gaben gute Anhaltspunkte, nach denen man sich richten konnte. Als ich in dieser Beziehung eine Frage aussprach, erklärte er:

„Hier ist es unmöglich, sich zu verirren. Es gibt zwar keinen eigentlichen Weg, aber ich habe mir die Gestalt der Höhen, an denen ich vorübergekommen bin, genau eingeprägt. Anders ist es in der Sandebene, in der ich mich nicht zurechtfinde." — „Wie hast du Korosko gefunden? Ihr habt doch durch die Sandwüste gemußt." — „Habe ich dir nicht gesagt, daß der Emir uns einen vortrefflichen Führer mitgegeben hat? Dieser Mann ist ein alter Korporal, der öfters im Sudan gekämpft hat und besonders jene Wüste kennt. Er hat uns geleitet und ist bei den Soldaten zurückgeblieben, nachdem er mir die genaue Richtung nach Korosko angegeben hatte. Du wirst Mustafa als sehr brauchbar kennenlernen."

Nach einiger Zeit erreichten wir abermals ein trockenes Chor. Hier erwarteten die Soldaten die Rückkehr des Leutnants. Wir fanden sie nicht alle beisammen; es waren nur zehn da, und zwar ohne Kamele. Ali Farid erschrak und erkundigte sich nach dem Verbleib der andern und der sämtlichen Tiere. Wir erfuhren, daß der alte Korporal auf den Gedanken gekommen war, die Abwesenheit des Anführers zu einem Schnellritt zum Nil zu benutzen, um die Kamele, die wohl für längere Zeit das Wasser entbehren mußten, zu tränken und dabei die Schläuche frisch zu füllen. Dieses eigenmächtige Handeln erfüllte Ali Farid mit Besorgnis. Ich versuchte, ihn zu beruhigen, aber er meinte zornig: „Nimm Mustafa nicht in Schutz, Effendi! Wir sind keine gewöhnlichen Reisenden, sondern Soldaten, und da muß auf strenge Manneszucht gehalten werden. Der Onbaschi[1]) durfte diese Stelle ohne meine Erlaubnis nicht verlassen." — „Mustafa hat es gut gemeint." — „Das mag sein. Schon mancher hat aber eine Dummheit begangen, obwohl er es gut meinte. Es soll uns niemand sehen, und doch reitet dieser Mensch mit dreißig Männern und über vierzig Kamelen in eine Gegend, in der er unbedingt bemerkt werden muß!" — „So hast du ihn mir also falsch geschildert. Du nanntest Mustafa einen brauchbaren Mann, scheinst ihn aber, wie ich jetzt höre, für unzuverlässig zu halten." — „Das ist Mustafa eigentlich nicht. Nur hätte er mich in diesem Fall fragen sollen. Wie leicht kann er Leuten begegnen, die ihn und uns an die Sklavenjäger verraten, die wir fangen wollen!" — „Du sagst, daß der Onbaschi die Wüste kennt. Er wird also wohl einen Weg einschlagen, auf dem er niemand begegnet." — „Eine solche Begegnung kann ganz ungewollt stattfinden, weil der Nil noch zu nahe liegt." — „Wenn Mustafa von hier

[1]) Korporal

aus gerade reitet, so trifft er zwischen Toschkeh und Dabil auf den Fluß und wird voraussichtlich von niemand bemerkt. Und sieht er unterwegs jemand kommen, so wird es ihm, wenn er wirklich so erfahren ist, leicht sein, auszuweichen. Warten wir ruhig seine Rückkehr ab." — „So meinst du nicht, daß wir ihm nachreiten sollen?"

„Nein, denn wir würden dadurch eine etwaige Unvorsichtigkeit nicht ungeschehen machen können."

Wir lagerten bei den Gepäckstücken. Die zehn Soldaten hielten sich in ehrerbietiger Entfernung. Aus den Blicken, die sie auf mich warfen, ersah ich, daß sie sich über mein Eintreffen freuten. Sie kannten mich ja vom Schiff her und mochten mich für einen Mann halten, dessen Anwesenheit ihnen nützlich sein könne. Ben Nil setzte sich bescheiden zu ihnen. Selim hätte, wie ich ihm ansah, gern den Herrn gespielt und sich bei mir und dem Leutnant niedergelassen. Dieser aber blickte ihn in einer Weise an, daß er sich abwendete und zu den Soldaten trat. Er musterte sie von oben herab und sagte:

„Also ihr seid Asaker[1]) des Reïs Effendina, die wir mit unsrer Hilfe zu beglücken beabsichtigen? Ich hoffe, daß ich mit euch zufrieden sein kann. Kennt ihr mich?" — „Nein", antwortete einer, der ebenso wie die andern den Sprecher neugierig erstaunt betrachtete. Sie wußten nicht, ob sie ihn als gleichstehend oder als Vorgesetzten betrachten sollten.

„So seid ihr völlig fremd in diesem Land, in dem jedes Kind über meine Heldentaten berichtet. Mein berühmter Name ist so lang, daß er von hier bis Kahira reicht, doch will ich euch gestatten, mich einfach Selim zu nennen. Ich bin der größte Krieger aller Völker und Stämme des Orients, und meine Abenteuer werden überall erzählt und in tausend Büchern beschrieben. Meine mächtige Hand ist der Schirm, in dessen Schatten ihr ruhig und sicher wohnen könnt euer Leben lang."

Selim breitete dabei seine Arme über sie aus und nahm eine unnachahmlich hoheitsvolle Haltung an. Die Soldaten wußten sichtlich nicht, was sie von ihm denken und zu seinen Worten sagen sollten. Sie sahen zu mir herüber und bemerkten mein Lächeln. Ben Nil zuckte die Achseln und meinte „Tumm el kebir", was soviel wie Großmaul, Prahler bedeutet. Infolgedessen waren sie im Bild, und einer von ihnen, ein noch junger Mensch, der, wie ich später erfuhr, der Spaßmacher der Truppe war, erhob sich, machte eine tiefe Verbeugung und antwortete salbungsvoll-ehrerbietig:

„Wir sind, o Selim aller Selime, beglückt und entzückt von den Strahlen deiner Gegenwart. Du bist, wie wir hören, der Inbegriff aller erhabenen Vorzüge und Eigenschaften, und wir setzen das feste Vertrauen in dich, daß du uns ihr Licht leuchten läßt." — „Das werde ich", meinte Selim, ohne zu ahnen, daß er in eine Falle gehen

[1]) Arabisch: Mehrzahl von Askari = Soldat

wollte. „Ich bin jederzeit bereit, euch in alle meine Erhabenheiten einzuschließen."

Sein Gegner wollte antworten, mußte aber seine Aufmerksamkeit in die Ferne richten, wo jetzt eine lange Reihe von Kamelreitern erschien. Es war der alte Onbaschi, der mit seinen Asakern von der Tränke zurückkehrte. Die Kamel hatten sich förmlich dick getrunken und sahen wohl und kräftig aus. Das war ein Vorteil für unser Unternehmen, zumal der Alte auch alle Schläuche mitgenommen und gefüllt hatte. Dadurch war die Sorge um Wasser für mehrere Tage hinausgeschoben, und ich bat den Leutnant, dem Korporal die Eigenmächtigkeit zu verzeihen. Der Alte hörte meine Worte und reichte mir dankend die Hand.

„Effendi, deine Güte tut meinem Herzen wohl. Wir sind von keinem Menschen gesehen worden, und mit durstigen Tieren würden wir das nicht vollbringen, was wir so erreichen werden. Du bist hier der oberste Gebieter und wirst einen gehorsamen und treuen Diener an mir haben."

Jetzt war es Zeit, das Gepäck zu untersuchen. Schießbedarf gab es mehr als genug, auch an Mundvorrat war kein Mangel. Jeder Mann hatte einen Becher, und außerdem sah ich einige Schüsseln und einen eisernen Kessel, in dem das Essen gekocht werden sollte. Der Reïs Effendina war in seiner Fürsorge sogar so weit gegangen, für den Leutnant und mich ein Zelt mitzugeben. Ein schwers Paket enthielt Ketten und Handfesseln für unsre etwaigen Gefangenen.

Da die Leute hungrig waren, ich aber keine Zeit verlieren wollte, wurden sie mit getrockneten Datteln gespeist. Dann galt es, über den Feldzugsplan zu beraten. Das geschah zwischen dem Leutnant, dem Onbaschi und mir. Dabei erkannte ich, daß leider noch niemand darüber nachgedacht hatte, in welcher Weise unsre Aufgabe am besten zu lösen sei.

Sie war nicht leicht. Wir sollten eine Strecke von wenigstens dreihundert Kilometern überwachen, und diese Strecke war eine Wüste, in der es nur einen einzigen Brunnen gibt, der außerhalb der Regenzeit ein leidlich genießbares Wasser liefert, nämlich der schon erwähnte Bir Murat. Andere Brunnen, die an der Karawanenstraße liegen, wie der Bir Absa, geben in der trockenen Jahreszeit kaum einen Tropfen. Aber grad dieser Umstand war mir willkommen.

Wenn die von uns Gesuchten wirklich durch die Nubische Wüste wollten, hatten sie vom Nil aus bis zur Karawanenstraße, die sie kreuzen mußten, vielleicht acht Tagesreisen weit. Sie waren also unbedingt auf den Bir Murat angewiesen. Da aber ein Kamel nicht acht volle Tage dürsten kann, mußten diese Leute auch noch heimliche Brunnen kennen, über die sie ihre Richtung nehmen wollten. Infolgedessen zerfiel unser Auftrag eigentlich in zwei Aufgaben. Wir sollten nämlich den Bir Murat überwachen, aber so, daß wir nicht entdeckt wurden, und zweitens galt es, die verborgenen Brunnen zu entdecken und bei ihnen die Erwarteten zu beobachten. Das eine war verhältnismäßig leicht, das andre aber sehr schwer, und das Schwierige wollte ich selber übernehmen.

Als ich das den beiden vorstellte, gaben sie mir recht. Auch der Onbaschi war überzeugt, daß es heimliche Brunnen geben müsse, nur meinte er, daß es unmöglich sei, einen davon zu entdecken.

„Das überlaß mir", sagte ich. „Falls ich auf einen solchen Brunnen treffe, werde ich gewiß nicht vorüberreiten." — „Wie aber willst du bemerken, wo es Wasser gibt? Weißt du, wie ein solcher Brunnen beschaffen ist?" — „Ja. Man gräbt den Sand so weit auf, bis man an das Wasser kommt, legt einige Speerschäfte oder sonstige Hölzer darüber und breitet auf diese ein Leder, eine Matte oder irgendeine Decke. Dann wird der Sand wieder aufgeschüttet und mit der Umgebung ausgeglichen. Die Stelle ist auf diese Weise für das Auge unbemerkbar gemacht." — „So kannst also auch du sie nicht entdecken." — „Ich nicht, aber mein Kamel." — „Dein — Kamel? Hat das Tier schärfere Augen als du?" — „Nein, aber empfindlichere Geruchsnerven. Du vergißt, daß solche Stellen, bevor man sie zum Brunnen machte, auch schon nur durch die Kamele entdeckt wurden. Ein durstiges Reitkamel ist außerordentlich empfindlich für die Witterung des Wassers. Es rennt streckenweit dem Ort zu, wo es Wasser gibt, um mit den Vorderfüßen den Boden aufzuscharren. Aus diesem Grund habe ich mein Tier nicht trinken lassen." — „Allah ist groß. Er verleiht jedem Wesen eine besondre Gabe! Was du sagst, leuchtet mir ein. Also du willst nach dem Bijar es Sir forschen. Du reitest doch nicht allein?" — „Nein." — „Wer soll dich begleiten?" erkundigte sich Mustafa. — „Das ist jetzt noch unbestimmt. Vorher möchte ich wissen, ob man sich auf dich und deine Ortskenntnisse verlassen kann?" — „Frage Ali Farid, ob ich ihn nicht trefflich geführt habe! Ich kenne diese Wüste ebenso gut wie ein hiesiger Karawanenführer." — „Auch die Bajudasteppe jenseits des Nils?"

„Auch." — „Kennst du die Widjan[1]) darin?" — „Alle. Ich nenne dir das Wadi Mokattem, Uscher, Ammer, Abu Ruei, Laban und Argu." — „Und das große Wadi im Westen dieser Wüste?" — „Du meinst das Wadi Melk?" — „Ja. Ich vermute, daß sich die Räuber, wenn sie den nördlichen Weg einschlagen, in der Nähe dieses Wadi halten. Es stößt in der Nähe von Abu Gusi auf den Nil. Glaubst du, daß die Leute dort über den Nil gehen werden?" — „Auf keinen Fall, denn Abu Gusi liegt Alt-Dongola gegenüber, und da ist die Gegend zu belebt, also gefährlich für sie." — „Wo sollten sie sich sonst hinwenden?" — „Weiter nördlich, das Wadi el Gab entlang, vielleicht bis nach Tura und Moscho, wo es einsam ist und die Insel Argo den Übergang erleichtert. Stimmst du mir nicht bei?" — „Ganz das gleiche habe ich schon Ali Farid als meine Ansicht erklärt. Ich halte daran fest und legte dir diese Frage nur vor, um dich zu prüfen."

[1]) Mehrzahl von Wadi = Tal

Mustafa lächelte wohlgefällig und selbstbewußt, als er mich fragte: „Habe ich die Prüfung bestanden?" — „Ja. Ich sehe, daß du die Gegend kennst. Die Hauptsache aber ist, daß du hier in der Atmur ebenso unterrichtet bist." — „Das bin ich. Von Korosko aus kommt man über Ugab, Abu Rakib, Wadi Merischa, Bir Murat, Bir Absa, Tabun und Abu Schurrut nach Abu Hammed an den Nil."

„Das ist richtig. Nun frage ich nur noch, ob du die Lage des Bir Murat genau kennst." — „Das ist der Fall, Effendi. Ich war öfters dort und bin weit in der Gegend umhergestreift. Von der Seite von Korosko her kommt man durch ein Dumpalmental in das Tal des Brunnens, das von hohen steilen Felswänden umschlossen ist. Jenseits gibt es eine beschwerliche Schlucht, die nach und nach wieder in ebene Gegend führt." — „Es stimmt. Welche Zeit würdest du brauchen, um von hier aus dorthin zu gelangen?" — „Drei Tage, mehr nicht, da unsre Kamele ausgeruht und frisch getränkt sind." — „Und würdest du dich getrauen, Mustafa, die Asaker allein, ohne den Leutnant und mich, in die Nähe des Brunnens zu führen?"

„Warum nicht? Es würde doch nicht schwerer sein, als wenn ihr dabei wärt." — „Gut, so schlage ich folgendes vor: Ali Farid reitet mit mir, um die Brunnen aufzusuchen, und du bringst die Asaker zum Bir Murat, aber ja nicht bis ganz hin, da du nicht gesehen werden darfst." — „Soll ich dort auf euch warten?" — „Ja. Aber wie lange, das ist unbestimmt." — „Was sollen wir indessen dort tun?"

„Gar nichts. Ihr geht nicht zum Brunnen und weicht jeder Begegnung aus." — „Aber ich setze den Fall, wir sähen die Räuber kommen. So müssen wir sie doch angreifen!" — „Nein. Ihr müßt sie vorüberlassen, ohne daß sie euch bemerken. Du kannst sicher sein, daß ich hinter ihnen kommen würde." — „Ich verstehe dich nicht, doch ich muß dir gehorchen. Wie aber willst du den Ort genau bestimmen, an dem wir auf euch warten sollen? Das ist in der Wüste unmöglich." — „Es ist möglich. Du selber sagst, daß die Räuber voraussichtlich zwischen Tura und Moscho über den Nil gehen werden. In welcher Richtung vom Bir Murat liegen diese beiden Orte?"

„Südwestlich." — „Also mußt du dich ganz südwestlich vom Bir Murat aufstellen, und zwar eine halbe Tagreise davon entfernt. Das wird ungefähr an der Westseite des alleinstehenden Dschebel Mundar sein." — „Das stimmt genau. Ich sehe, daß du diese Gegend ebenso kennst wie ich, Effendi. Jetzt weiß ich, wo ich halten muß, und bin überzeugt, daß du uns gewiß finden wirst. Nur fragt es sich, ob mir Ali Farid, als mein nächster Vorgesetzter, die Asaker anvertraut."

Der Leutnant hatte bis jetzt geschwiegen. Er sah ein, daß der Onbaschi hier erfahrener war als er. Vielleicht freute er sich im stillen darüber, daß die Verantwortung auf mich übergegangen war, und hütete sich darum, zu widersprechen. Jetzt, da er unmittelbar zum Reden aufgefordert war, antwortete er:

„Natürlich tu ich das. Ich habe nichts gegen das, was Kara Ben Nemsi Effendi bestimmt. Aber wohin werden wir reiten? Es ist doch unmöglich zu wissen, wo die heimlichen Brunnen liegen.“ — „Es ist nicht unmöglich. Mit einigem Nachdenken kann man wenigstens die Richtung erraten. Wir vermuten, daß die Räuber bei der Insel Argo über den Nil gehen und die Richtung zum Bir Murat nehmen. Da sie dieses Ziel nicht ohne Wasser erreichen, müssen wir die heimlichen Brunnen auf dieser Linie suchen.“ — „Und du kennst den Weg?“ — „Es gibt keinen Weg, aber ich werde mich nicht verirren. Da die Sklavenjäger vom Westen kommen, werden wir westlich von der Karawanenstraße und gleichlaufend mit ihr südwärts reiten. Auf diese Weise müssen wir, wenn sie schon vorüber sein sollten, auf ihre Fährte stoßen. Treffen wir auf keine Spur, so sind die Sklavenjäger noch nicht da, aber wir können sie jeden Augenblick erwarten. Vor allen Dingen muß ich streng bestimmen, daß Onbaschi Mustafa mit seinen Asakern nichts unternimmt, bevor wir zu ihm stoßen.“

Das waren die Grundzüge meines Plans. Es brauchte nur noch Nebensächliches besprochen werden, und dann konnten wir aufbrechen. Wir wurden auch in diesen Dingen einig. Der Onbaschi bekam genaue Weisungen, und dann fragte es sich nur noch, was mit Ben Nil und Selim geschehen solle. Der eine erklärte, er sei mein Diener und dürfe mich nicht verlassen; der andre sagte dasselbe. Es schien Selim bei den Asakern nicht zu gefallen, da sie nicht an seine Vorzüge glauben wollten. Mir konnte seine Gegenwart nichts nützen, dem Onbaschi aber noch viel weniger. Ritt Selim mit den Soldaten zum Brunnen, so mußte ich gewärtig sein, daß er Dummheiten machte und meinen Plan vereitelte. Mir wagte er nicht zu widerstreben, und so sagte sich ihm, daß auch er mit mir reiten könne.

So waren wir also vier Personen. Jeder nahm einen Wasserschlauch und den nötigen Mundvorrat auf sein Reitkamel, und dann ging es nach Süden. Die Asaker sollten zunächst auch diese Richtung einhalten, mußten aber später mehr links, also südöstlich halten, um gleichlaufend mit der Karawanenstraße zu bleiben.

Man rechnet von Korosko bis zum Bir Murat vier Tagesreisen. Ich wollte diese Strecke, das heißt bis auf die gleiche geographische Breite mit dem Brunnen, in zwei Tagen zurücklegen. Das gab eine starke Leistung für unsere Kamele, der sie aber gewachsen waren.

Unangenehm dabei war, daß wir nur am Tag reiten konnten. Gewöhnliche Karawanen brechen mit Sonnenaufgang auf und marschieren bis ungefähr elf Uhr. Dann ruht man während der größten Tageshitze bis zwei Uhr, um dann bis zum Abend wieder unterwegs zu sein. Nach Sonnenuntergang wird zum Abendessen eine Stunde Rast gemacht, und dann geht es im Mond- und Sternenlicht bis Mitternacht weiter. Wir aber wollten Spuren finden, die quer über unsre Richtung führen mußten; die konnten wir des Nachts nicht entdecken, und darum mußten wir auch in den heißen Mittagsstunden im Sattel bleiben.

Die Gegend war zunächst noch bergig. Was sich unsern Blicken bot, war Öde und Trostlosigkeit. Kein Baum, kein Strauch, kein Grashalm war zu sehen. In diese Einsamkeit brachte nur hier und da ein Geier oder ein Rabe Leben, die über unsern Häuptern dahinzogen. Beide sind die einzigen Vögel der Nubischen Wüste. Diese Geier ist der weißköpfige (Vultur fulvus). Er und der Rabe wagen sich nicht an lebende Tiere. Infolgedessen hat man oft unterwegs Bilder vor sich, die einem im Herzen weh tun.

Wenn nämlich ein Lastkamel nicht mehr fortkann, so sinkt es nieder und ist weder durch gute Worte noch durch Gewalt zum Aufstehen zu bewegen. Man läßt es dann einfach liegen und bürdet seine Last den andern Tieren auf. Es ist nicht tot, aber es hat keine Kraft mehr, sich zu erheben. So liegt das bedauernswerte Tier noch tagelang, bewegt ein Bein oder das andre, hebt den Kopf, und rundum sitzen die Geier und Raben, um zu warten, bis es nach und nach verschmachtet, um es dann zu zerreißen. Der Wüstenbewohner geht gefühllos an solchen armen Tieren vorüber. Seine Kamele sehen das Abbild ihres einstigen Schicksals und schreiten kläglich brüllend vorbei. Ich aber habe stets, wenn ich ein noch lebendes Kamel liegen sah, seine Leiden durch eine Kugel beendet. Die Raben und Geier nagen das Fleisch bis auf die Knochen ab, und die Gerippe bleiben liegen, bleichen in der Sonne und bezeichnen den Weg, den die Karawane ziehen muß. Zuweilen sieht man seitwärts vom Weg einige aufeinander gehäufte Steine. Das sind die Stellen, wo ein Mensch verschmachtet oder auf irgendeine andre Weise ums Leben gekommen ist.

Wir bekamen während unsres Ritts kein einziges dieser Todeszeichen zu sehen, da wir uns nicht auf dem Karawanenweg hielten. Unsre Marschordnung war einfach. Ich ritt mit Ali Farid voran, und Ben Nil und Selim folgten. Über die Richtung konnte ich nicht im Irrtum sein, selbst der Kompaß war nicht nötig. Ein Blick auf die Uhr und auf den Stand der Sonne genügte mir, um mich zurechtzufinden. Des Nachts dienten die Sterne, besonders das südliche Kreuz, den Dewâlîl[1]) als Merkzeichen. Da dieses Sternbild in jenen Breiten zeitig untergeht, kommt es vor, daß der beste Führer sich auch einmal verirrt.

Die felsige Wüste zu beschreiben ist eine undankbare Aufgabe. Darum will ich nur sagen, daß wir, als die Sonne untergegangen war, ungefähr in gleicher Breite mit dem Nildorf Serras haltmachten und lagerten. Wir waren so schnell geritten, daß wir zwei Kameltagereisen hinter uns gebracht hatten.

Unser Abendessen bestand aus Datteln und Wasser. Wir konnten uns nicht einmal einen Mehlbrei bereiten, da es uns an Brennstoff fehlte. Die Karawanen sammeln den Kamelmist, um ihn zur Feue-

[1]) Mehrzahl von Dalûl = Führer

rung zu benützen. Wir hätten uns übrigens auch nicht die Mühe des Sammelns machen können, da unsre Zeit zu kostbar war.

Meine drei Begleiter waren nicht nur solche Gewaltritte, sondern überhaupt das Kamelreiten nicht gewohnt. Darum fühlten sie sich angegriffen. Ali Farid besaß zu viel Stolz, als daß er geklagt hätte. Auch Ben Nil war still, aber Selim jammerte sehr.

Mit dem Morgengrauen erwachten wir und setzten den Ritt fort. Die Berge wurden bald seltener, und die Felsen wichen dem Sand, dessen Fläche sich wie ein endloses, unbewegtes gelbes Meer vor uns ausdehnte. Ich trieb mein Kamel an, und die andern mußten folgen, obgleich ihnen die gestrige Anstrengung noch in den Gliedern lag.

Die Sonne stieg am wolkenlosen Himmel immer höher und sandte ihre Strahlen herab, die die Luft mit steigender Glut erfüllten. Um die Mittagszeit war es, als atmeten wir Feuer. Ali wurde stiller, Ben Nil ebenso; desto lauter klagte wieder Selim. Er wollte jede Viertelstunde anhalten, um abzusteigen und sich niederzulegen. Ich redete ihm zu, vergebens. Da faßte ich ihn bei seinem Ehrgeiz.

„Ich habe bisher geglaubt, du seist vom Stamm der Fessarah. Das scheint aber nicht wahr zu sein." — „Es ist wahr." — „Aber die Fessarah sind doch wohl die berühmtesten Kamelreiter zwischen dem Wadi Melk und dem Nil?" — „Auch das ist richtig", behauptete er stolz. „Ich bin der größte Held ihres Stammes." — „Dann würdest du dich nicht in dieser Weise über einen kleinen Ritt beklagen. Du jammerst ja wie ein Kind. Ist das eines Helden würdig?"

„Nein. Aber in diesem Augenblick bin ich kein Held, sondern ein zerschlagener und ausgedorrter Mann, den die Strahlen der Sonne fressen. Ich muß unbedingt absteigen und ausruhen." — „Jetzt, wo die geringste Versäumnis genügt, unsern Plan unausführbar zu machen? Bedenke, daß wir die geraubten Weiber und Töchter der Fessarah, also Angehörige deines Stammes, retten wollen!" — „Was kümmern mich alle Weiber und Töchter der Erde, wenn ich ihretwegen zugrunde gehen soll!" — „Du bist kein guter Mensch, Selim. Um andern Gutes zu erweisen, muß man Opfer bringen, und hier handelt es sich um die Freiheit und das Glück vieler Menschen!"

„Ich mag nichts von ihnen wissen." — „So bist du geradezu ein schlechter Kerl!" — „Richtig, sehr richtig! Aber mein Leben muß mir lieber sein als das hundert andrer. Ich bin ein verwegener Kämpfer und Krieger und fürchte mich selbst vor Gespenstern nicht, wie ich dir glanzvoll bewiesen habe, aber von der Sonne gebraten zu werden, das ist zuviel, das braucht sich kein Held gefallen lassen. Ich halte an und steige ab." — „Tu es! Ich habe nichts dagegen", fuhr ich ihn zornig an. — „Ich danke dir, Effendi! ich wußte, daß du doch noch zur Einsicht kommen würdest. Wir werden also hier ausruhen!"

„Wir? Nein, sondern nur du. Wir reiten weiter." — „Weiter reiten?" fragte Selim besorgt. „Soll ich hier allein bleiben?"

„Jawohl, da es dir so beliebt. Ich steige nicht eher ab, als bis ich unser heutiges Ziel erreicht habe. Wer nicht mit will, der mag zurückbleiben und sich von den Geiern fressen lassen. Gehen dich die Frauen der Fessarah, die deine Verwandten sind, nichts an, so habe auch ich mit dir nichts mehr zu schaffen."

Ich lenkte mein Kamel weiter, zornig über den Mann, der sich so gefühllos gegen seine Stammesangehörigen zeigte. Er sah ein, daß er sich allein überlassen blieb, und folgte. Überdies wäre ihm das Absteigen wohl nicht leicht geworden, da sein Kamel, wenn wir andern weiterritten, sich geweigert hätte, anzuhalten.

Auf diese Eigentümlichkeit der Kamele bauend, hielt ich mich stets voran. Schon am Vortag hatten wir die Höhe von Abu Rakib erreicht, und nach Mittag kamen wir in die von Wadi Merischa. Während dieser Zeit hatte ich den Boden unausgesetzt nach Spuren abgesucht, aber nichts gefunden.

Und weiter ging es, immer weiter. Die vier Kamele warfen die langen Beine ohne Ermüden vorwärts. Es waren wirklich ausgezeichnete Tiere. Wenn nur die drei Reiter ebenso ausdauernd gewesen wären! Von Selim gar nicht zu reden; er war ein Schwächling in jeder Beziehung; die beiden andern aber waren leider die Wüste nicht gewohnt und mußten sich allzusehr anstrengen. Sie sprachen kein Wort und folgten mit pflichtgetreu.

Ich will nicht sagen, daß mir dieser Ritt leicht geworden wäre, o nein. Auch ich empfand diese entsetzliche Hitze, die mein Gesicht verbrannte, so daß an mehreren Stellen, auch an den Händen, die Haut sich löste. Aber wir hatten eben ein Ziel vor uns und mußten es unbedingt erreichen. Hat der Mensch einmal ein Muß erkannt, so soll er auch alle Kräfte einsetzen, ihm gerecht zu werden.

Gegen Abend tauchte eine Hügelkette vor uns auf. Die Höhen zogen sich quer über unsre Richtung, waren aber nicht bedeutend. Es war die Hügelreihe, die vom Dar Sukkot quer durch die Nubische Wüste geht. Zu ihr gehören auch die Felsen, zwischen denen der Bir Murat liegt. Wir befanden uns also mit ihm auf gleicher Höhe und nun galt es, doppelt scharf aufzupassen. Ich mußte den Sand nach Spuren absuchen, was bei der Schnelligkeit unsres Ritts nicht leicht war, und zugleich die Hügel betrachten, um aus ihrer Form und Lage auf Wasservorkommen zu schließen.

Da hielt mein Kamel plötzlich im Schreiten inne. Es blieb stehen und sog die Luft durch die Nüstern. Dann wendete es sich rechts und rannte, fast möchte ich sagen, zu gleichen Beinen, davon. Ich ließ das Halfter so locker wie möglich. Es fiel mir nicht ein, das Tier zu hindern, seinem Trieb zu folgen — es hatte Wasser gewittert.

Die andern Tiere folgten mit gleicher Schnelligkeit. Der Sand flog rechts und links und hinter uns in Wolken empor. Wir schossen zwischen zwei Hügeln hindurch, die im Hintergrund durch einen dritten verbunden wurden, so daß ein kleiner, vorn offner Talkessel vor uns lag. In seiner Mitte blieb mein Kamel stehen und wollte mit den Vorderhufen den Sand aufscharren. Ich sprang, ohne es erst niederknien zu lassen, aus dem hohen Sattel herab, nahm es beim Kopf und riß es zurück. Es sträubte sich; es zerrte, schrie, schlug und biß — vergeblich; es mußte zurück, und dann legte ich ihm die Fesseln so eng um die Beine, daß es nicht von der Stelle konnte. Über meinen Widerstand wütend, warf es sich zu Boden und blieb da bewegungslos, wie tot, liegen. Die gleiche Not hatten meine Gefährten auch mit ihren Tieren, obgleich sie sich gestern vollgetrunken hatten; auch sie wurden gefesselt.

In meine drei Begleiter war Leben gekommen. Sie sahen, daß der Ritt für heut zu Ende sei, und das gab ihnen die Kräfte und die Lebenslust zurück.

„Effendi, du hast wirklich recht gehabt", rief Ali Farid freudig. „Nach dem Verhalten unsrer Kamele muß es hier Wasser geben."

„Es gibt welches. Seht hier die feinen Spuren von Kamelmist! Es sind Kamele, folglich auch Menschen hier gewesen. Und wo Menschen so fern von den Karawanenwegen in der Wüste verkehren, da muß es Wasser geben. Laßt uns nachgraben! Übrigens hätte ich, selbst wenn ich allein, ohne Kamel, hierher gekommen wäre, aus der Lage und Gestalt dieses Hügelkessels auf das Vorhandensein von Wasser geschlossen."

Wir knieten nieder, um den Sand wegzuräumen. Er war nicht fest, und acht kräftige Arme förderten die Arbeit. Bei einem Meter Tiefe wurde er feucht, dann stießen wir auf ein Leder, das aus einigen zusammengenähten Gazellenhäuten bestand, und als wir es entfernt hatten, sahen wir das klare Wasser. Einige Holzstäbe waren quer darüber festgeklemmt, um das Leder zu tragen.

„Allah sei Preis und Dank!" jubelte Selim. „Hier gibt es frisches Wasser. Laßt uns auf die Hitze des Tags trinken, damit wir neue Kraft bekommen!"

Er machte die Gürtelschnur los, um seinen Becher daran zu binden und zu schöpfen.

„Halt!" wehrte ich. „Erst soll der Finder trinken." — „Der Finder? Der bist du!" — „Nein, mein Kamel. Es hat vier Tage gedürstet und soll nun seinen Lohn erhalten." — „Aber der Mensch kommt vor dem Tier!" — „Nicht in allen Fällen. Hier haben wir einen Fall, wo es umgekehrt ist. Mein Kamel kommt vor mir. Ich habe getrunken, das Tier aber nicht, obgleich es mich tragen mußte und ich sicher auf seinem Rücken saß." — „Ihr Christen seid sonderbare Leute, und wir, die wahren Gläubigen, müssen darunter leiden. Soll etwa dein Kamel dieses frische Wasser saufen, während wir uns dann mit dem schalen Inhalt unsrer Schläuche begnügen?" — „Nein, es bekommt das Wasser zweier Schläuche, die war dann hier von neuem füllen. So ein geheimer Brunnen ist nicht etwa so ausgiebig wie der Bir Murat. Wir können jetzt, wie ich sehe, nur zwei Schläuche füllen, und es kann wohl einen Tag währen, bis sich wieder ebensoviel gesammelt hat." — „Und wie soll dein Kamel saufen, da wir kein Gefäß haben?" — „Aus diesem Leder, dessen Eckzipfel ihr emporhaltet, so daß in der Mitte eine Vertiefung entsteht."

Die drei faßten das Leder in der bezeichneten Weise an, und ich goß das Wasser aus zwei Schläuchen hinein. Das Tier trank mit großer Begier, bis der letzte Tropfen verschwunden war. Nun füllten wir die Schläuche aus dem Brunnen, der eigentlich nur ein seichtes Wasserloch war, und schöpften ihn damit gänzlich aus. Dann wurde er wieder zugedeckt, damit die heiße Luft nicht eindringen könne.

Wir hatten jeder vom frischen Wasser getrunken und fühlten uns erquickt. Mittlerweile hatte die Sonne den äußersten Rand des Gesichtskreises erreicht, und die drei Mohammedaner knieten nieder, um das Moghreb zu beten.

Nach dem Gebet nahmen wir dann das Abendessen ein, das aus Datteln und getrocknetem Fleisch bestand. Die Kamele bekamen Negerhirse zu fressen. Hierauf gingen wir schlafen. Meine Gefährten lagerten an der Quelle, ich aber stieg die westliche Höhe hinan, auf deren Gipfel ich mich niederlegte, als Wächter gegen etwaige Überraschungen. Die Sklavenjäger konnten ja möglicherweise auch des Nachts kommen. Sehr bald drang das Schnarchen der Gefährten zu mir herauf, und auch ich schlief ein, doch ohne Sorgen, denn ich wußte, daß mein Schlaf so leise war, daß ein lauter Kamelschritt mich gewiß geweckt hätte.

Als ich erwachte, graute der Morgen. Der Osten begann sich zu färben, und ich weckte die drei, damit sie das Fagr beten sollten. Fagr heißt Morgenröte, und darum wird auch das für die Zeit des Sonnenaufgangs vorgeschriebene Gebet so genannt. Sie standen auf, sprachen ihr Gebet, und dann sahen wir zum Wasser. Es hatte sich während der Nacht so viel gesammelt, daß wir wieder zwei Schläuche füllen konnten; das alte Wasser bekamen die Kamele. Dann aßen wir einen Brei von Durrhamehl, in kaltem Wasser eingerührt. Der ärmste deutsche Bettler würde diese Speise für ungenießbar erklären; das Wüstenleben aber kennt keine Rücksicht auf den verwöhnten Gaumen eines Menschen.

Ich hatte bisher über meine ferneren Absichten geschwiegen, und meine Gefährten schienen zu glauben, ich wollte hier an dem Brunnen die Sklavenjäger abfangen, denn Ali Farid meinte, während wir aßen: „Effendi, deine Berechnung ist richtig gewesen. Ich bin überzeugt, daß dieser Brunnen in der Richtung zwischen dem Bir Murat und der Insel Argo liegt. Wenn die Räuber wirklich dort über den Nil gehen, müssen sie uns hier in die Hände laufen. Wir erwarten sie in aller Ruhe und Bequemlichkeit, und wenn sie kommen, so — so — so —"

„Nun, was dann?" fragte ich. — „Dann — dann — ja, was wirst du dann tun?" — „Meinst du wirklich, daß wir die Sklavenjäger hier in aller Bequemlichkeit erwarten? Sie sind wahrscheinlich viele

Köpfe stark, während wir nur vier Männer sind. Ich fürchte mich zwar nicht, aber es ist besser, für einen guten Zweck zu leben als für ihn vorzeitig zu sterben. Wir dürfen also den Kampf nicht aufnehmen, sondern müssen uns unbemerkt zurückziehen." — „Wohin?" erkundigte sich der Leutnant. — „Auf unsre Asaker, die heut am Dschebel Mundar eintreffen. Bis dahin ist eine halbe Tagesreise. Übrigens werden wir nicht in die Lage kommen, uns schon heut mit den Asakern zu vereinigen. Wir sind noch nicht am Ziel." — „Noch nicht? Wohin willst du noch?" — „Südwärts. Wir haben bis hierher keine Spur gefunden. Es ist aber möglich, daß die Erwarteten noch weiter südlich in die Wüste eingedrungen sind. Man muß so sicher wie möglich gehen. Es wäre doch sehr ärgerlich, wenn wir ruhig hier sitzen bleiben und dann hörten, daß sie inzwischen zum Beispiel zum Dschebel Daraweb gezogen wären! Wir müssen sofort weiter."

„Allah! Ich will dir gestehen, daß ich einen solchen Ritt nicht mehr aushalte." — „Ich auch nicht!" stimmte Selim bei.

Ben Nil schwieg. Es war ihm nicht besser zumut, als den beiden andern, aber er war trotzdem bereit, meinem Willen zu folgen. Der brave Jüngling dauerte mich. Ich hatte einen Ritt vor, der an Anstrengungen den gestrigen noch übertreffen mußte. Wenn ich es mir recht überlegte, so konnten mich die andern dabei nur hindern, und da ich ohnehin wenigstens einen von ihnen hier als Posten zurücklassen mußte, war es jedenfalls am klügsten, überhaupt allein zu reiten.

Als ich ihnen das mitteilte, waren sie einverstanden. Nur Ben Nil meinte: „Effendi, ist es nicht besser, ich reite mit? Du könntest leicht in irgendeine Gefahr geraten, in der ich dir, wenn es Allahs Wille ist, beizustehen vermöchte."

„Wenn es Allahs Wille ist, würde ich eine solche Gefahr auch allein bestehen. Ihr braucht einen Tag der Ruhe, und es ist besser, daß ihr euch alle drei hier befindet, denn ich bin beinah überzeugt, daß die Sklavenjäger doch durch diese Gegend kommen. Ich würde selber hier warten, aber Pflicht und Vorsicht gebieten mir, auch andere Möglichkeiten mit in Berechnung zu ziehen."

„Aber wenn dir ein Unglück begegnet, sind wir hier, ohne dir helfen zu können und ohne zu wissen, was wir tun sollen."

„Wenn ich bis morgen mittag noch nicht zurück bin, eilt ihr zu den Asakern und reitet nach Süden, wo ihr auf die Fährte der Räuber treffen werdet. Ich kehre nämlich nur dann nicht zurück, wenn ich auf diese Leute treffe und dabei verunglücken sollte." — „Allah möge es verhüten! Mir wird angst und bange, Effendi! Ich werde dich doch lieber begleiten!"

„Nein. Ich bin überzeugt, daß mir nichts geschieht, und dein Arm ist hier vielleicht nötiger als bei mir. Es gilt, aufmerksam Wache zu halten. Hier unten am Brunnen habt ihr Schatten. Einer von euch aber muß stets von dem Hügel, wo ich geschlafen habe, Ausschau nach Südwest halten. Wenn ihr während meiner Abwesenheit die Räuber kommen seht, so steigt schleunigst auf die Kamele und eilt zu den Asakern, um ihnen zu sagen, daß sie sich zurückziehen und die Sklavenjäger vorüberlassen sollen." — „Da entkommen die Feinde ja!" — „Nein. Ich will nur nicht haben, daß ihr in meiner Abwesenheit einen Angriff auf sie unternehmt. Darum sollt ihr sie lieber vorbeilassen. Sie reiten auf alle Fälle zum Bir Murat, und dort fassen wir sie nach meiner Rückkehr." — „Aber wenn sie dort nicht lang bleiben?" — „So reiten wir ihnen nach. Wir kommen doch jedenfalls schneller vorwärts als ein Sklavenzug und werden sie auf alle Fälle einholen. Komme ich also zurück und finde euch nicht mehr hier, so weiß ich euch bei den Asakern und suche euch dort. Geschieht aber nichts, so bleibt ihr bis morgen mittag hier!"

Es wurden zwar noch allerlei Einsprüche erhoben, doch ich blieb bei meinen Bestimmungen. Mein Tier hatte heut eine große Anstrengung vor sich, darum gab ich ihm die doppelte Menge Negerhirse und einige Handvoll Datteln. Nachdem ich meinen Wasserschlauch hinter dem Sattel befestigt hatte, schärfte ich den dreien noch einmal Vorsicht ein und stieg auf. Es war acht Uhr morgens, als ich den Brunnen verließ.

15. Der erste Kampf mit den Sklavenjägern

Es ging wieder südwärts. Bald war die Hügelkette im Norden verschwunden, und es gab nun rund um mich das gelbe, öde, abwechslungslose Bahr Bela Ma, das Meer ohne Wasser. Ist die Einöde schon drückend, wenn man Begleiter bei sich hat, so ist sie es noch weit mehr, wenn man sich ganz allein weiß. Es senkt sich ein Grauen auf den Menschen. Man fühlt sich der Unendlichkeit gegenüber klein und machtlos, ein hilfloser Wurm, der grad in ihrer Einförmigkeit und Unfruchtbarkeit gewaltigen Natur gegenüber. Auch mich überkam ein Gefühl, als müsse die Wüste sich heben und der Himmel sich senken und ich zwischen beiden zermalmt werden. Da ich kein Leben sah, mußte ich es wenigstens hören — ich begann zu pfeifen, wie furchtsame Knaben tun, wenn sie sich im Dunkeln ängstigen.

Mein Kamel spitzte die Ohren und verdoppelte seine Schnelligkeit. Die Wirkung, die das Pfeifen auf die Kamele ausübt, ist wirklich erstaunlich. Mag das schwerbeladene ‚Schiff der Wüste' noch so ermüdet sein, sobald sein Führer die eigens dazu gefertigte Pfeife an die Lippen setzt, kommt es wie neue Kraft über das abgetriebene Tier. Es hält das Pfeifen für eine Aufforderung zu größerer Schnelligkeit. Während der beiden letzten Tage hatte ich meine Begleiter schonen müssen; heut brauchte ich diese Rücksicht nicht zu nehmen. Ich wollte sehen, welche Schnelligkeit mein graues Tier entwickeln könne. Darum trieb ich es durch Liebkosungen, Zurufe und Pfeifen an, und ich flog nur so dahin. Der beste arabische Renner hätte daneben nicht Schritt halten können. So ging es über eine Stunde lang, ohne daß das Eilkamel Schweiß oder kurzen Atem zeigte. Es hatte seine Freude an diesem Dauerlauf, denn als ich es zügelte, mußte ich fast Gewalt anwenden, um ihm Einhalt zu tun.

Stunde um Stunde verging. Zuweilen kam ich quer durch ein Chor, wo ein einsamer blattloser Sidr-Strauch, eine Mimosenart, stand, ein trauriger Rest des spärlichen Pflanzenwuchses, der sich während der Regenzeit in einem solchen Wasserbett entwickelt. Es wurde Mittag und Nachmittag, ohne daß ich eine Kamelspur zu finden vermochte. Die Sonne senkte sich tiefer und tiefer. Ich befand mich sicher schon in gleicher Breite mit dem Nildorf Tinareh und hielt nun an. Weiter südlich hatte ich die Sklavenjäger bestimmt nicht zu suchen. Ich stieg also ab, um meinem braven Tier eine Stunde Ruh zu gönnen. Es erhielt auch einige Becher Wasser aus dem Schlauch und eine Handvoll Datteln.

Als die Sonne verschwunden war, stieg ich wieder auf, um zurückzukehren. Das war ein Ritt! So ganz allein, wirklich mutterseelenallein! Und doch nicht allein. Unten ist die Öde, der Tod; droben aber glänzt das Leben; da leuchten die Sterne und erzählen mit flammenden Worten von dem, der ewig war, ewig ist, ewig bleibt und den Menschen mit liebender Vaterhand selbst durch das Grauen der Wüste leitet. Die Gedanken des Menschen in einer solchen sternenhellen Wüstennacht, wer wollte sie nachdenken oder gar beschreiben!

Natürlich ging die Rückkehr nicht so schnell wie der Ritt am Tag. Ich mußte sorgfältig darauf achten, daß ich nicht aus der Richtung kam. Die Sterne leuchteten hell genug, um mich, wenigstens von Zeit zu Zeit, meine Fährte erkennen zu lassen. Sie war deutlich, weil mein Kamel während des Eillaufs den Sand tief aufgegriffen hatte. Das vortreffliche Tier schien selbst jetzt noch nicht ermüdet zu sein, und um mich für seine Ausdauer dankbar zu erweisen, pfiff ich ihm alle mir geläufigen Weisen vor und machte nur dann eine kurze Pause, wenn mich die Lippen schmerzten.

Als der erste Tagesschein im Osten erwachte, fühlte ich mich zwar körperlich ermüdet, aber geistig so frisch wie gestern, da ich vom Brunnen aufgebrochen war. Ich hatte den Mittag als die späteste Zeit meiner Rückkehr bezeichnet und brauchte mich nicht zu beeilen. Darum ließ ich mein Tier in gemächlichem Schritt gehen und freute mich der Genauigkeit, mit der ich während der Nacht auf meiner eigenen Spur geritten war. Sie zog sich auch jetzt noch deutlich sichtbar grad gen Norden.

Es mochte gegen neun Uhr sein, als ich die Hügelkette vor mir erblickte. Bald erkannte ich auch die drei Höhen, hinter denen der verborgene Brunnen lag. Wie mochte es dort stehen? War etwas geschehen oder nicht? Ich trieb mein Tier unwillkürlich zu größerer

Eile an. Bald darauf hielt ich es so kräftig zurück, daß es sofort stehenblieb. Es war etwas geschehen, ganz gewiß! Ich sah nämlich von links her eine breite Fährte kommen, die hinter den drei Hügeln verschwand und dann rechts davon wieder erschien, um gegen Nordost weiterzulaufen. Es war also jemand dagewesen und wieder fortgeritten. Es mußten mehrere Reiter gewesen sein, wie ich aus der Breite der Fährte schloß.

Nun trieb ich mein Kamel wieder vorwärts, legte den Stutzen über den Sattel und nahm den einen Revolver zur Hand. So ritt ich um den linken Hügel herum, stieg da ab und schlich vorsichtig weiter bis dahin, wo ich zwischen den beiden Hügeln hindurch zum Brunnen sehen konnte. Ich bemerkte auf den ersten Blick, daß er zugeschüttet und seine Oberfläche mit der Umgebung ausgeglichen war. Ein Mensch befand sich nicht da.

Die Fährte mochte von fünf Reitern herrühren. Waren meine drei Gefährten, als sie die Fremden hatten kommen sehen, sofort davongeritten, um den Onbaschi aufzusuchen? Die fünffache Fährte lief zum Brunnen. Ich untersuchte nun die andre, die nach Nordosten weiterging. Sie zeigte die Hufeindrücke von acht Kamelen. Das stimmte. Erst waren meine Gefährten fort und dann später die fünf Fremden. Später? O nein! Die Spuren waren sämtlich gleich alt. Die acht Kamele hatten zu gleicher Zeit den Brunnen verlassen. Mir wurde angst, und doch beruhigte es mich, aus den scharfen Sandrändern der Hufeindrücke zu ersehen, daß nach dem, was hier geschehen war, höchstens eine Stunde vergangen sein konnte. Also war es mir, falls meine Leute sich in Gefahr befinden sollten, wohl möglich, ihnen noch Hilfe zu bringen.

Ich ging nun zum Brunnen. Da sah ich am Fuß der linken Anhöhe einen Sandhaufen, der vorher nicht dagewesen war, wohl zwei Meter lang, einen breit, fast wie ein Grab. Der Sand war locker; ich begann ihn aufzuwühlen. Dabei bemerkte ich unweit von mir eine rotgefärbte Stelle. Hier war also Blut geflossen! Wer lag unter dem Haufen? Ich arbeitete weiter. Ein nackter Fuß kam zum Vorschein und dann noch einer. Sollte ich den Körper nach und nach von seiner Sanddecke befreien? Das ließ meine Ungeduld nicht zu. Ich faßte die beiden Füße, zog und riß endlich den ganzen Körper aus dem Sand.

Gott sei Dank, es war weder Ali Farid noch Ben Nil, noch Selim! Es war ein fremder, bärtiger, sonnverbrannter Mann. In seiner Brust klaffte eine breite Stichwunde. Der Messerstoß hatte das Herz getroffen. Wer war der Mann? Wer hatte ihn erstochen? Es trieb mich fort, die Fährte schleunigst aufzunehmen, aber die Überlegung sagte mir, daß ich ruhig und bedachtsam sein müsse und nichts versäumen dürfe. Ich hatte hier unten genug gesehen und konnte mir den Vorgang erklären. Fünf Reiter waren gekommen und irgendwie feindselig aufgetreten. Meine Gefährten hatten sich gewehrt und einen von ihnen getötet. Man hatte sie aber überwältigt und gefangengenommen. Dann war der Tote begraben, der Brunnen verdeckt und jede Spur des Geschehenen verwischt worden. Nur die blutige Stelle hatte man unberührt gelassen.

Es war klar, daß sich meine Gefährten in Lebensgefahr befanden. Dennoch folgte ich ihnen nicht sofort, sondern stieg erst auf den Hügel, auf dem ich geschlafen hatte, und hielt Umschau. Es war ja möglich, daß ich von diesem Standpunkt aus noch irgend etwas bemerkte, was mir von unten entgehen mußte. Und richtig, ich hatte mich nicht geirrt! Ich entdeckte sogar etwas sehr Wichtiges.

Ungefähr tausend Schritt von den drei Hügeln, zwischen denen sich der Brunnen befand, lag eine einzelne Anhöhe. In halber Entfernung sah ich einen Mann, der langsam und zögernd näher kam. Er war sehr lang, sehr dürr, trug einen weißen Haïk und einen riesigen Turban von gleicher Farbe. Das war ja der Aufschneider, mein Großprahler, der alte Schlingelschlangel!

„Selim, Selim, ich bin es!" rief ich ihm zu. „Komm schnell! Du hast nichts zu befürchten!"

„Tamâm, tamâm ketir — richtig, sehr richtig!" brüllte er als Antwort. Dann setzte er seine langen, ‚tapfern' Beine in so eilige Bewegung, daß er in der Zeit von einer halben Minute vor mir stand, der ich inzwischen rasch wieder zur Leiche hinabgestiegen war.

„Allah sei Lob, Preis und Dank, daß du gekommen bist, Effendi!" begrüßte er mich. „Jetzt ist alles gut, denn ich hoffe, daß du mir helfen wirst, Ali Farid und Ben Nil zu retten. Solltest du dich aber fürchten, so werde ich alles allein unternehmen." — „Prahle nicht! Jedenfalls bist du wieder einmal feig gewesen, sonst ständest du nicht hier." — „Feig? Oh, Effendi, warum verkennst du mich nur immer! Ich habe mit einer Klugheit gehandelt, die du loben solltest. Ich habe mich bewahrt, um unsre Freunde retten zu können."

„Hättest du sie sofort gerettet! Wohin sind sie?" — „Dorthin."

Er deutete in die Richtung der Fährte.

„Auch das brauchst du mir nicht zu sagen. Mit wem denn?"

„Das weiß ich nicht." — „Du mußt doch wissen, wer die fünf Männer waren, die euch überfielen? Ihr müßt doch mit ihnen gesprochen haben!" — „Ich war nicht da." — „Wo warst du denn?"

„Dort hinter der Anhöhe." Selim zeigte dahin, woher er eben jetzt gekommen war.

„Ah, du bist geflohen?" — „Nein. Ich nahm nur eine andre Stellung ein, die sich besser zur Verteidigung eignete. Leider waren die beiden andern nicht klug genug, meinem leuchtenden Beispiel zu folgen." — „Ich verstehe schon. Ausreden und Beschönigungen sind bei mir nicht angebracht. Saht ihr denn die fünf nicht kommen?"

„Nein." — „So hattet ihr keine Wache ausgestellt?" — „O doch. Ich hatte die Wache." — „Und du sahst die Menschen nicht, als sie kamen?" — „Effendi, ich konnte sie doch nicht sehen. Es war die Zeit des Morgengebets, und ich kniete da oben, mit dem Gesicht gegen Mekka gewendet; da nun diese fünf aus Westen kamen, konnte ich sie nicht bemerken." — „Lüge nicht! Die Spuren sagen mir, daß der Überfall nach der Zeit des Morgengebets geschehen ist. Hättest du da oben gekniet, so wärst du schon von weitem gesehen worden und den Feinden nicht entkommen!" — „Was ich sage, ist wahr, Effendi! Ich war allzu tief in das Gebet versunken." — „In den Schlaf! Geschlafen hast du! Gesteh es!"

Mein Ton war nicht eben freundlich, wie sich denken läßt. Das schüchterte den Sünder ein. Er blickte verlegen vor sich nieder.

„Ist es dir nicht auch schon geschehen, daß du betend eingeschlafen bist? Je tiefer die Andacht, desto näher der Schlummer."

„Um keine Zeit zu verlieren, will ich dieses halbe Geständnis für ein ganzes nehmen. Also du bist auf Posten eingeschlafen. Als du erwachtest, was gab es da, was sahst du?" — „Ich sah nichts, sondern hörte unten am Brunnen laute, drohende Stimmen. Ich kroch herzhaft und verwegen bis an den Rand der Höhe vor, um hinabzublicken. Da bot sich mir ein grauenhaftes Bild." — „Nun was?" — „Der Leutnant lag auf dem Boden und wehrte sich gegen zwei Männer, und drei andre hatten Ben Nil gepackt. Hier lagen unsre Kamele und draußen fünf fremde." — „Laß die Kamele! Ich will wissen, was die Menschen taten." — „Ben Nil stieß einem der Angreifer das Messer ins Herz, wurde dann aber von den beiden übrigen niedergerissen." — „Und du, was tatest du?"

„Was ich zu tun verpflichtet war, Effendi. Meine Leidenschaft für alles Kühne und Verwegene trieb mich zwar, mich auf die Gegner zu stürzen, aber ich sah ein, daß es schon zu spät war, sie zu vernichten. Ich nahm meine Zuflucht zu der Kühle meines Verstandes und zu der Überlegenheit des Nachdenkens und sagte mir, daß meine Einmischung den Gefährten nur Schaden bringen könne. Ich mußte mich erhalten, um ihnen später sichere Hilfe bringen zu können. Auch mußte doch jemand hierbleiben, um dich zu benachrichtigen, und das konnte wohl nur ich sein. Hatte ich da recht oder nicht, Effendi?" — „Es ist wahr, dein Verstand war außerordentlich kühl und bedächtig. Erzähle weiter!" — „Ich war nicht bemerkt worden und rannte jenseits die Höhe hinab. Du weißt ja, wie ich laufen kann, wenn es gilt, Freunde zu bewahren oder zu beschützen."

„Ja, du hast es schon gezeigt." — „Ich begab mich auf den Hügel, von dem du mich kommen sahst." — „Du begabst dich hin? Ich denke, du wirst gerannt sein wie ein gehetzter Schakal!"

„Freilich war ich so schnell und behend wie möglich, da es die Rettung meiner Gefährten galt. Ich versteckte mich dort auf der andern Seite, wo ich nicht bemerkt werden konnte. Später sah ich die Halunken mit den beiden Gefangenen abziehen." — „Waren sie gebunden?" — „Wahrscheinlich. Sehen konnte ich es nicht, da die Entfernung wohl über tausend Schritt betrug. Ich gewahrte nur, daß der Trupp aus sechs Reitern und zwei ledigen Kamelen bestand.

Nun wartete ich auf dich. Ich sah einen einzelnen Reiter kommen. Er ließ sein Tier niederknien, stieg ab und schlich vorsichtig zum Brunnen. Ich konnte die Züge seines Gesichts nicht erkennen, aber seine Kleidung und seine Gestalt ließen erraten, daß du es seist. Ich kam herbei und sah dich auf dem Hügel stehen, von wo aus du mich riefst. Jetzt weißt du alles und wirst mir das Zeugnis geben, daß ich als Mann und Held gehandelt habe!"

Selim sagte das so zuversichtlich, daß meine Selbstbeherrschung endlich zur Neige ging.

„Als Mann und Held? Weißt du, was du bist? Du bist der allergrößte Feigling und Schafskopf, der mir jemals vorgekommen ist!"

Das war grob. Aber gegen die haarsträubenden Schimpfreden, wie sie unter Arabern üblich sind, ist das Wort Schafskopf die reine Schmeichelei. Dennoch fuhr Selim betroffen auf: „Wie nennst du mich? Habe ich das verdient? Ich hatte Lob und Anerkennung erwartet und —"

„Anerkennung?" unterbrach ich ihn. „Ich erkenne nur an, daß du ein Nichtsnutz bist, ein Taugenichts, der stets das große Wort führt, aber vor jeder Maus erschrickt. Hättest du gehandelt wie ein Mann oder nur wie ein leidlich mutiger Knabe, so säßen Ali Farid und Ben Nil jetzt als Sieger hier am Brunnen. Dann wollte ich es gelten lassen, wenn du von Mut und Tapferkeit sprächst!" — „Effendi, ich verstehe dich nicht!" — „So will ich mich verständlich machen. Du hast nicht gewacht, sondern geschlafen. Um so mehr war es deine Pflicht, die Folgen deiner Unachtsamkeit auf dich zu nehmen. Da unten rangen deine beiden Gefährten, die jedenfalls auch im Schlaf überfallen wurden, denn sonst hätten sie sich ihrer Schußwaffen bedient, mit fünf Gegnern. Ben Nil, der fast noch ein Knabe ist, stieß den einen nieder. Und was tatest du? Du befandest dich hier oben auf einem Punkt, der das Tal beherrscht. Du hattest deine Waffen bei dir, denn du trägst sie ja jetzt noch. Hättest du auf die Feinde geschossen, dort von deinem sichern Standpunkt aus, hätten die Gefährten Luft bekommen. Aber du bist feig davongerannt, hast sie ihrem Schicksal überlassen und brüstest dich nun mit der Kühle deines Verstandes. Wenn mich nicht deine unendliche Dummheit erbarmte, so würde ich jetzt dafür sorgen, daß es deinem Verstand etwas wärmer würde. Und da wagst du, mir zu sagen, daß du die Gefangenen allein retten wolltest, wenn ich nicht den Mut dazu besäße? Was soll ich denn eigentlich mit dir tun?"

Selim stand geknickt und mit niedergeschlagenen Augen wie ein ausgescholtener Schulbub vor mir und hatte nicht den Mut, zu antworten.

„Nun, so rede doch! Sag, ob ich richtig gesprochen habe?"

„Tamâm, tamâm ketir — richtig, sehr richtig, Effendi!" entfuhr es ihm, jedenfalls ganz wider Willen, seine gebräuchliche Redensart.

Das klang so sonderbar, daß mein Zorn verschwand. Was konnte er auch dafür, daß er das Herz eines Hasen hatte! Und seine Aufschneidereien? Nun, die allgemeine Erfahrung lehrt, daß die größten Feiglinge mit dem Mund gewöhnlich die größten Helden sind. Darum fuhr ich milder fort: ,,Das war endlich ein wahres Wort von dir, und ich hoffe, daß es der Anfang einer nachhaltigen Besserung ist!"

,,Oh, Effendi, ich bin doch nicht so schlimm wie du denkst!"

,,Davon wollen wir jetzt nicht sprechen. Schlimm ist zunächst die Lage, in der sich Ben Nil und der Leutnant befinden. Wir müssen ihnen Hilfe bringen." — ,,Gewiß! Aber wie?" — ,,Wie lange sind unsre Gefährten schon fort?" — ,,Wenig über eine Stunde." — ,,Was für Kamele hatten die Feinde? Lastkamele?" — ,,Nein, leichte Reitkamele." — ,,So ist keine Zeit zu versäumen. Ich muß fort." — ,,Du, Ich nicht auch?" — ,,Ja, du meinetwegen auch. Eigentlich sollte ich dich fortjagen, aber ich will ein Einsehen haben und dir erlauben, mir zu folgen." — ,,Ich habe doch kein Kamel! Diese Halunken haben meines mitgenommen." — ,,Daraus schließe ich, daß ihre Klugheit nicht groß ist. Sie haben zwei Gefangene. Aus dem Umstand, daß es hier drei Hedschihn mit Sätteln gab, hätten sie ersehen sollen, daß ein dritter Reiter anwesend sein mußte, und hätten nach dir suchen sollen. Du bist freilich sehr erfreut darüber, daß sie das unterlassen haben." — ,,O nein. Ich hätte mit ihnen gekämpft bis aufs Messer und —" — ,,Schweig! Was ich von deinem Kampfesmut halte, weißt du nun. Darum ist es mir lieb, daß ich dich jetzt nicht mitnehmen kann. Du würdest mir ja doch alles verderben. Ich reite den Leuten nach, und du kommst zu Fuß hinterdrein." — ,,Das ist unmöglich, Effendi! Wie soll ich dich einholen!" — ,,Nichts ist einfacher als das. Die Feinde sind seit einer Stunde fort. In zwei Stunden hole ich sie ein und warte dann auf dich." — ,,Damit ich mitkämpfen soll?" — ,,Sei nicht so dumm! Wenn du kommst, bin ich längst mit ihnen fertig. Du wirst wenigstens fünf Stunden rasch gehen müssen. Meinst du, daß ich sie, deiner berühmten Tapferkeit zuliebe, drei Stunden festhalten soll? Übrigens hoffe ich, daß du dich sputetst. Ich habe weder Zeit noch Lust, allzulange auf dich zu warten. Du hast stets die Schnelligkeit und Ausdauer deiner langen Beine gerühmt. Nun beweise, daß sie dieses Lob verdienen!"

Ich war inzwischen zu meinem Kamel gegangen. Als ich Miene machte aufzusteigen, meinte Selim kläglich: ,,Du reitest also wirklich ohne mich fort? Wie kannst du mich so allein in in der Wüste lassen?"

,,Hättest du dein Kamel verteidigt, so besäßest du es noch. Ich weiß, du fürchtest dich, so allein in der Wüste zu sein. Nimm es als Aufmunterung zur Besserung hin." — ,,Ich fürchte mich nicht, gewiß nicht. Aber darf ich nicht hinter dir aufsteigen und mitreiten?"

,,Meinetwegen", lächelte ich schadenfroh. ,,Aber ich sage dir, daß ich mitten unter die Feinde reiten werde und weder Tod noch Wunden scheue, um die Gefährten zu befreien. Und die Feinde werden sich wehren." — ,,Das wäre mir gleich", lenkte Selim ein, ,,aber ich sage mir, daß dein Kamel, wenn es auch mich noch tragen soll, nicht rasch genug laufen kann, und da wäre es leicht möglich, daß die Feinde dir entwischen. Darum reite lieber allein! Ich werde so schnell wie möglich nachkommen." — „Gut!" lachte ich. „Du bist wirklich unverbesserlich. Verlaufen kannst du dich nicht. Die Fährte ist so deutlich, daß ein Blinder sie mit den Füßen fühlen würde. Halte deine Waffen bereit! Es gibt Löwen und Panther hier!"

Ich war aufgestiegen und hörte ihn im Fortreiten hinter mir schreien: „Löwen und Panther! Allah kerîm — Gott sei mir gnädig! Effendi, nimm mich mit, nimm mich mit!"

Ich schaute mich um und sah ihn so eilig hinter mir dreinspringen, daß sein Haïk ihm wie eine Fahne im Rücken wehte. Ich hörte aber nicht auf sein Rufen, sondern trieb mein Tier zur größten Eile an.

Wenn man bedenkt, daß mein Kamel seit gestern früh unterwegs war, so muß man eine solche Leistung fast als unglaublich bezeichnen. Aber einem echten Reitkamel wird, wenn es nottut, zuweilen noch mehr zugemutet. Dafür wird es dann auch sorgfältig geschont und mit einer Aufmerksamkeit gepflegt, als wäre es ein Kind des Besitzers. Mein Tier entwickelte die gleiche Schnelligkeit wie gestern, und dabei war sein Tritt so leicht und sicher, daß ich sanft, wie in einem Schaukelstuhl, hin und her gewiegt wurde und von den Unebenheiten des Bodens nichts empfand. Und solcher Unebenheiten gab es genug. Ständig wechselten Sandstrecken und Hügel, die, je weiter ich kam, immer steiniger wurden. Glücklicherweise war die Spur so deutlich, daß ich mich selbst da, wo der Sand aufhörte, nicht irren konnte. Anderthalb Stunden waren vergangen; ich ritt soeben zwischen zwei niedrigen Höhen hin, da erblickte ich die Gesuchten vor mir auf einer größern offnen Sandstrecke. Ich zog das Fernrohr aus der Satteltasche und richtete es im Jagen auf die Gruppe. Es ist ein gewisses Geschick dazu erforderlich, von einem laufenden Kamel aus durch das Rohr zu sehen. Das Glas brachte mir die Reiter näher. Zwei Personen ritten voraus und zwei, die die beiden ledigen Kamele neben sich führten, hinterdrein; in der Mitte befanden sich die Gefangenen.

Nun galt es. Ich lockerte die beiden Revolver und das Messer und nahm den Stutzen zur Hand. Jetzt tausend, dann neunhundert, nun achthundert Schritt war ich von den Feinden entfernt. Einer der Voranreitenden sah sich um und erblickte mich. Er mochte den andern sagen, daß ein Reiter hinter ihnen herkomme, denn sie drehten sich um. Ich war ein einzelner Mann, den sie, wie sie glaubten, nicht zu fürchten brauchten. Sie hielten an, um mich herankommen zu lassen, griffen aber als vorsichtige Leute zu den Waffen. Sie besaßen lange Beduinenflinten, die nur in der Nähe gefährlich sind. Die Entfernung zwischen den Gegnern und mir, da ich mein Kamel auch angehalten hatte, betrug wohl gegen dreihundert Schritt. So weit reichten die langen Flinten nicht. Ich aber war sicher, daß meine Kugeln jedes Ziel genau treffen würden. Nun kam es auf das Verhalten der beiden Gefangenen an. Verrieten sie durch Worte oder Zeichen, daß sie mich kannten, daß ich käme, um sie zu befreien, so wurde mir die Ausführung meines Vorhabens beträchtlich erschwert. Der eine von den vieren winkte mir, heranzukommen; ich gab ihm den Wink zurück. Er sprach mit seinen Gefährten einige Worte, kam dann auf mich zugeritten und blieb in einer Entfernung von vielleicht hundert Schritt vor mir halten.

„Wer bist du?" rief er mir zu. — „Ein Ssauwah[1]) aus Kahira", antwortete ich. — „Willst du etwas von uns?" — „Ich habe eine Bitte und werde, wenn du darauf eingehst, auch dir einen Wunsch erfüllen." — „Ich habe keinen!" — „Du wirst einen haben, sobald du mein Verlangen erfüllst. Komm näher!" — „Nein, komm du!"

Wenn ich meinen Zweck erreichen wollte, so mußte ich dieser Aufforderung Folge leisten, doch tat ich dies in einer besonderen Weise, die ihn zwang, mich im Vorteil zu lassen. Ich ritt nämlich nicht zu ihm hin, sondern ich ließ mein Kamel niederknien, stieg ab und ging langsam auf ihn zu. Die Sitte gebot ihm nun, gleiches zu tun. Er stieg also auch von seinem Tier und kam mir würdevoll entgegen. Als er mich erreichte, blieb er stehen, sah mir forschend ins Gesicht und reichte mir die Hand.

„Es-ßalâm 'alêk — Friede sei mit dir! Sei mein Freund!"

„Alêk es-ßalâm[2])! Ich werde dein Freund sein, sobald du der meinige bist. Du weißt nun, was ich bin und woher ich komme. Darf ich auch erfahren, zu welchem Stamm du gehörst und wo der Ausgang deiner Reise liegt?"

Ein Messer und zwei Pistolen ragten mit ihren Griffen aus seinem Gürtel. Er stützte sich auf seine Flinte wie einer, der seiner Sache sicher ist und nichts zu befürchten hat.

„Auch wir sind Reisende und kommen aus dem Dar Sukkot."

„Dein Herz ist der Brunnen der Herablassung, und deine Gnade erleichtert meine Seele."

Dabei setzte ich mich nieder, doch so, daß ich seine Leute im Auge hatte. Er mußte sich nun auch niederlassen und tat es so, daß er mir gegenüber, also mit dem Rücken zu den Gefangenen, saß. Meine Worte befremdeten ihn; er wußte nicht, was ich meinte, und fragte darum: „Der Sinn deiner Rede ist mir verschlossen. Warum sprichst du von Herablassung?" — „Weil du dich vor mir verbirgst und erniedrigst wie Harun al Raschid, der einst als Armer die Straßen von Bagdad durchwandelte." — „Du irrst. Ich bin kein Sultan und auch kein Emir." — „Aber ein hoher Beamter des Vizekönigs, dessen Tagen Allah noch tausend zuzählen möge." — „Wie kommst du auf diesen Gedanken? — „Ich sehe Gefangene bei dir,

[1]) Reisender (das h in Ssauwah ist deutlich auszusprechen)
[2]) Man beachte, daß der Friedensgruß ausschließlich unter Rechtgläubigen gewechselt wird. Hier mußte sich Kara Ben Nemsi verstellen

also mußt du ein Memur el insâf[1]) sein. Sind es wichtige Verbrecher, die du ergriffen hast?" — „Ich bin kein Memur, und die Hunde, die ich gebunden habe, werden Kahira nicht zu sehen bekommen, sondern eines raschen Todes sterben, weil sie einen meiner Gefährten ermordet und beraubt haben. Sie sind Räuber und Kameldiebe. Doch das wird dich nicht kümmern. Du sprachst von einer Bitte und einem Wunsch, den du mir dann erfüllen wolltest. Darf ich deine Bitte vernehmen?" — „Ja, denn ich bin nur deshalb hierhergekommen, um sie dir vorzutragen." — „Zu mir? Wußtest du denn, wo ich zu suchen bin?" — „Seine Spur sagte es mir." — „Wo trafst du auf sie?"

„Auf meinem Lagerplatz, über den ihr geritten seid." — „Du irrst wieder. Wir sind durch kein Lager geritten." — „O doch!" — „Wo denn?" — „Es befand sich bei dem geheimen Brunnen, den wir geöffnet hatten. Du hast ihn wieder geschlossen."

Jetzt schien ihm unheimlich zu Mute zu werden. Er schob sein Messer und eine Pistole im Gürtel hin und her und zog die Brauen zusammen.

„Dort bist du gewesen? Ich habe dich nicht gesehen."

„Ich war in die Wüste geritten, um die Schnelligkeit meines Kamels zu üben. Als ich heimkehrte, waren meine Diener fort, und an ihrer Stelle sah ich das Grab eines fremden Mannes." — „Hast du es geöffnet?" — „Ich mußte es doch öffnen, um zu sehen, ob der Tote vielleicht einer meiner Diener sei. Nachdem ich ein fremdes Gesicht erblickt hatte, setzte ich mich auf mein Eilkamel, um deinen Spuren zu folgen, dir meine Bitte zu sagen und dann deinen Wunsch zu erfüllen." — „Welche Bitte ist das?" — „Gib mir meine Diener zurück!" Er zuckte mit keiner Miene.

„Und welchen Wunsch soll ich dann haben?" — „Den, daß ich dich ungehindert weiterziehen lasse."

Jetzt freilich nahm sein Gesicht einen höhnischen Ausdruck an. Er sah mit unendlicher Geringschätzung zu mir herüber.

„Und wenn ich deine Bitte nicht erfülle, was wirst du tun?"

„Ich werde dir dann die Erfüllung deines Wunsches verweigern."

„Du willst uns anhalten?" — „Nein. Das ist nicht nötig, da ich es schon getan habe. Du bist ja von mir angehalten worden." — „Aber ohne allen Erfolg. Ich werde wieder gehen, wann es mir beliebt."

„Du wirst es versuchen, aber nicht weit kommen." — „Du bist verrückt!" fuhr er mich an. — „Ob ich verrückt oder bei gesunden Sinnen bin, wirst du bald erkennen." — „Poche nicht etwa auf deine Waffen. Es sind die der Abendländer, die sind in deinen Händen wertlos." — „Du irrst, denn ich weiß sehr gut mit ihnen umzugehen. Ich bin ein Franke." — „Ein Europäer? Aus welchem Land?" — „Aus Almanja." — „Also ein Christ! Allah verdamme dich! Wie kann ein Giaur es wagen, mich hier anzuhalten und mir Vorschriften zu machen!" — „Mann, ich warne dich. Rede höflich

[1]) Beamter der Gerechtigkeit

mit mir! Wenn du noch ein einziges Schimpfwort gegen mich sagst, so tritt augenblicklich das Ende deiner Tage ein!" — „Du willst mir drohen, du —" Er hielt inne und griff zu einer Pistole, denn ich hatte einen Revolver gezogen.

„Weg mit der Hand!" donnerte ich ihn an. „Sobald deine Waffe im Gürtel sich nur leise bewegt, bist du eine Leiche!"

Er sah meinen Revolver auf sich gerichtet und zog die Hand zurück. Aber er gab das Spiel darum nicht verloren.

„Bilde dir das nicht ein!" trotzte er. „Ich brauche nur meine Leute zu rufen, so bist du verloren!" — „Versuche es! Rufe sie! Beim ersten lauten Wort, das man zwanzig Schritt von hier vernehmen kann, bekommst du die Kugel ins Herz! Ich habe in Freundlichkeit mit dir sprechen wollen. Wenn du mich aber beschimpfst und deine Leute gegen mich aufrufen willst, so brichst du die Ordnung der Wüste und hast dir die Folgen selber zuzuschreiben."

„So laß mich gehen!" — „Erst dann, wenn ich alles mit dir durchgesprochen habe." — „Ich mag nichts hören!" — „Gut, so geh!"

„Wirst du etwa auf mich schießen, wenn ich dir den Rücken kehre?" — „Nein, denn ich bin kein Meuchelmörder. Aber ich sage dir, daß ich meine Diener zurückhaben will. Eher kommt ihr nicht von der Stelle!" — „Wie willst du uns zwingen, sie auszuliefern? Bei der geringsten Feindseligkeit von deiner Seite töten wir sie."

„Tu, was dir beliebt!" — „Du auch! Deine Worte klingen wie die eines Herrschers, uns aber halten sie nicht einen Augenblick lang."

„So werden meine Kugeln euch länger halten, als du jetzt denkst. Wer von euch den Platz verläßt, ehe ich meine Diener wieder habe, wird darauf begraben!" — „Du selbst wirst in wenigen Augenblicken eine Leiche sein." Er ging langsam fort, stieg auf sein Kamel und ritt langsam den Seinen zu. Auf die Ehrlichkeit meines Wortes schien er doch zu bauen, denn er drehte sich nicht um.

Ich konnte auf das, was ich erreicht hatte, gar nicht stolz sein. Lag es am Feind, an den örtlichen Verhältnissen oder an mir, kurz und gut, die Lage der Gefangenen war jetzt schlimmer als vorher. Infolgedessen konnte ich es nicht ändern, daß die Entscheidung den Waffen überlassen blieb. Jetzt hatte der Mann die Gruppe erreicht und blickte sich um. Er sah mich nicht, denn ich war, während er sich langsam entfernt hatte, nicht untätig gewesen. Ich hatte eine Sandwelle zusammengescharrt, hinter der ich nun verborgen lag; sie gewährte mir eine leidliche Deckung. In einer Vertiefung lagen die Läufe des Bärentöters. Um schnell laden zu können, hatte ich mehrere Patronen bereitgelegt.

Der Gegner sprach mit seinen Leuten. Darauf folgte ein vierstimmiges, überlautes Hohngelächter. Man hielt meine Drohungen für leeren Schall und beurteilte mein Gewehr nach dem Maßstab der Araberflinten; man glaubte nicht, daß es so weit tragen werde. Inzwischen überlegte ich. Einige Kamele mußten fallen. Die Fremden setzten sich in Bewegung, schüttelten die Fäuste gegen mich und sandten mir ein abermaliges Gelächter zu. Voran ritt der, mit dem ich gesprochen hatte, jedenfalls der Anführer, mit noch einem, und hinter den Gefangenen folgte der dritte und der vierte. Ich zielte und drückte auf das Kamel des Anführers ab. Es brach mit ihm zusammen. Der zweite Schuß traf mit gleichem Erfolg das Tier seines Nebenmanns. Laute Rufe und Flüche klangen zu mir herüber. Die Verwirrung gab genügend Zeit, wieder zu laden. Die beiden nächsten Schüsse streckten die Kamele der hintern Reiter nieder. Nun gab es nur noch ein fremdes Kamel und unsre drei Hûdschun. Ich lud abermals. Die Gegner waren eingeschüchtert. Hätten sie jetzt hinter ihren Gefangenen Deckung suchen können, so wären sie fortan vor meinen Schüssen sicher gewesen und hätten versuchen können, mich mit ihren Kugeln zu treffen. Aber die Deckung war glücklicherweise nicht mehr vorhanden. Durch die vier Schüsse, das Stürzen der Tiere und das Geschrei der Reiter scheu gemacht, waren die vier noch unverletzten Kamele mit den beiden Gefangenen durchgegangen. Ich sah sie linksab hinaus in die Wüste rennen. Die Fremden hatten sich unter ihren Tieren hervorgearbeitet, blickten ratlos zu mir herüber und dann den fliehenden Kamelen nach, sprachen einige Worte miteinander und ließen mich dabei durch ihre Gebärden erraten, daß sie fliehen wollten. Da sprang ich auf, legte das Gewehr auf sie an und rief ihnen zu: „Stehenbleiben, sonst schieße ich!"

Sie hatten zu ihrem Schaden erfahren, daß mit meinem Bärentöter nicht zu spaßen sei und folgten meiner Aufforderung.

„Werft die Flinten weg! Wer nicht gehorcht, wird erschossen!" fuhr ich fort.

Auch diesem Befehl wurde Folge geleistet, und nun ging ich mit angeschlagener Büchse auf die Banditen zu. Ich hätte sie laufen lassen können, aber ich war beschimpft worden, ohne sofort Vergeltung zu üben, und wollte nun Abbitte haben. Als ich vor ihnen stand, hängte ich den schweren Bärentöter um und nahm einen Revolver in die Hand, um die Gegner in Schach zu halten. Sie machten Gesicher, als träumten sie. Am finstersten blickte der Anführer.

„Zweimal habt ihr mich verlacht", sagte ich zu ihm, „wollt ihr es zum drittenmal wagen?" Keine Antwort. „Was meint ihr wohl, daß ich nun mit euch tu, ihr tapfern Reiter ohne Kamele?" Sie blickten ingrimmig vor sich nieder und schwiegen noch immer. Darum fuhr ich fort: „Seht diese kleine Waffe an! Es sind sechs Kugeln darin, mehr als genug für euch. Ich werde euch die Freiheit geben, da ich solch armselige Menschen nicht zu fürchten brauche. Eure Waffen aber bleiben hier, damit ihr nicht andern schaden könnt. Ich werde sie euch abnehmen. Hebt die Hände über die Köpfe empor! Wo nicht, so schieße ich. Rasch!"

Drei folgten dieser Weisung sofort, der Anführer aber fuhr mit der Hand in den Gürtel und rief: „Beim Propheten, das ist zuviel!

Du sollst nicht sagen, daß —" Er kam nicht weiter, denn er hatte zur Pistole gegriffen und dafür eine Kugel in die Hand bekommen.

„Hände auf!" fuhr ich ihn drohend an. Ich hörte das Knirschen der Zähne, aber er gehorchte doch. Mit der Rechten die Waffe schußbereit haltend, lerrte ich mit der Linken ihre Gürtel und warf die Pistolen und Messer hinter mich. „So, das ist geschehen. Nun nur noch eins! Du hast mich einen Giaur genannt; ich verlange, daß du mich um Verzeihung bittest und ‚Ssamih'ni[1])' sagst. Zögerst du, so ist meine Kugel schneller als dein Wort. Also —!" Ich richtete den Lauf gegen seine Brust. Er schluckte und schluckte, das Wort wollte nicht heraus. Endlich kam es doch, heiser und durch die geschlossenen Zähne gestoßen. Der Schweiß stand ihm dabei im ganzen Gesicht.

„Wir sind fertig", erklärte ich. „Ich will nicht genauer nachforschen, wer und was ihr seid, doch warne ich euch: tretet ihr mir zum zweitenmal feindlich entgegen, so kommt ihr nicht so leichten Kaufs davon wie jetzt. Nun könnt ihr gehen, wohin euch beliebt, aber schnell. Ich schieße eure Gewehre ab, und ihr könntet dabei leicht durch eure eignen Kugeln verwundet werden."

Sie wendeten sich schweigend um und entfernten sich eilig. Ich schoß hinter ihnen ihre Pistolen ab, um ein etwaiges Unglück beim Wegschaffen der Waffen zu vermeiden, und dann auch die Gewehre. Den Lauf der ersten Flinte richtete ich gegen die Erde. Der Schuß streute. Das fiel mir auf. Ich grub mit dem Messer nach und fand, daß die Ladung aus Nägeln und gehacktem Blei bestanden hatte. Das war auch mit den andern Flinten der Fall. Ich hatte es also mit sehr gefährlichen, gefühllosen Menschen zu tun gehabt und war froh, in dieser Weise davongekommen zu sein.

Mein Kamel kniete noch ruhig an der Stelle, wo ich abgestiegen war. Ich trug die erbeuteten Waffen hin, band sie mit einer Kamelleine zusammen und befestigte das Bündel am Sattel. Dann stieg ich auf und ritt links ab, um Ben Nil und den Leutnant zu suchen.

Die Spur der flüchtigen Tiere führte schnurgerad fort. Schon nach fünf Minuten sah ich die Reiter in der Ferne still nebeneinander halten. In deren Nähe hatten sich die beiden ledigen Kamele hingelegt. Die Freude der Gefährten war groß, als sie mich erblickten. Der Offizier rief mir schon aus der Ferne zu: „Allah sei gepriesen, daß du kommst! Seit unsrer Gefangennahme bis zu dem Augenblick, in dem du erschienst, haben wir nicht soviel Angst ausgestanden, wie während der kurzen Zeit hier. Wir wußten nicht, ob du siegen würdest und ob man uns hier auch finden würde. Wäre das nicht der Fall gewesen, so hätten wir elend umkommen müssen."

„Ihr seht, daß ich Sieger bin", erklärte ich. „Aber da fällt mir eben und am Ende zu spät ein, daß ich vielleicht etwas Wichtiges vergessen habe. Ehe ich euch losbinde, muß ich erfahren, wo euer Eigentum ist, das man euch jedenfalls abgenommen hat."

[1]) ‚Vergib mir!'

„Es befindet sich alles am Sattel und in der Satteltasche von Selims Kamel, das dort am Boden kniet. Die Gewehre hängen am Sattelknopf. Die Gegner wollten eigentlich die Beute gleich teilen, wurden aber nicht einig und beschlossen darum, die Teilung später vorzunehmen." — „Das ist gut, und es freut mich, daß ihr nichts eingebüßt habt. Wir haben im Gegenteil Beute gemacht: diese Waffen, ein gutes Kamel und bei den toten Kamelen wird wohl auch manches zu finden sein. Nun sollt ihr vor allen Dingen frei werden; dann schnell zum Kampfplatz zurück. Ich traue diesen Halunken zu, daß sie heimlich wiederkommen, um ihre Sachen zu holen. Was zu reden ist, können wir für nachher aufheben."

Man hatte die beiden Kamele mit den Köpfen zusammengebunden und die Gefangenen dann an den Sätteln festgeschnürt. Ich löste die Leinen, holte den beiden ihre Waffen, und dann kehrten wir, die zwei ledigen Kamele mit uns führend, zum Kampfplatz zurück.

Noch hatten wir nicht die Hälfte des Wegs hinter uns, so sah ich draußen, weit vor uns, vier sich bewegende Punkte. Das waren die Sklavenjäger, die, wie ich vermutet hatte, zurückkehren wollten. Als sie uns bemerkten, lenkten sie um und liefen eiligst davon, in nordöstlicher Richtung. Daraus erkannte ich, daß sie zum Bir Murat wollten. Von den Kamelen, die von meinen Kugeln getroffen waren, lebte das eine noch. Ich erlöste es mit einem Revolverschuß ins Auge. Dann untersuchten wir den Inhalt der Satteltaschen. Es gab da vielerlei, was für mich nutzlos, für einen Askari aber wertvoll war. Die wichtigste Beute fand ich bei dem Kamel des Anführers, nämlich einige große Papierbogen, worauf die Gebiete der sudanesischen Stämme, der Lauf der Flüsse, die Lage vieler Ortschaften, die Karawanen- und Sklavenjägerpfade und vieles sonst Bedeutsame sorgfältig eingezeichnet waren. Diese Karten steckte ich zu mir. Alles andre sollte auf das erbeutete Kamel geladen und später verteilt werden. Nun mußten wir auf Selim warten und hatten Zeit, uns über das Geschehene auszusprechen. Ich erfuhr, daß der Schlingelschlangel tatsächlich an dem Unglück schuld war. Er hatte wachen sollen, aber geschlafen. Die beiden andern hatten sich, da jeder von Sonnenunter- bis Sonnenaufgang vier Stunden auf Wache gewesen war, nach dem Morgengebet wieder niedergelegt und waren plötzlich unsanft geweckt worden. Als sie die Augen öffneten, hatten sie sich in der Gewalt der Feinde gesehen. Beide hatten sich kräftig gewehrt, aber nur Ben Nil war es gelungen, sein Messer zu ziehen und einen Gegner niederzustechen. Das hatte den Grimm der Sklavenjäger erregt, und einer von ihnen hatte geraten, den Mörder sofort zu töten. Die andern aber, unter ihnen der Anführer, hatten gemeint, die Rache müsse aufgeschoben und ausgekostet werden. Darauf war die Leiche mit kurzem Gebet eingescharrt worden. Man hatte die Tiere aus dem Brunnen getränkt und das Loch wieder abgedeckt. Gleich darauf war der Aufbruch erfolgt.

„Wie hat man euch unterwegs behandelt?“ fragte ich. — „Weder gut noch schlecht“, brummte Ali Farid. „Man sprach nicht mit uns. Es war, als seien wir für die Gegner gar nicht vorhanden.“ — „Aber unter sich sprachen sie doch?“ — „Wenig und nur von nebensächlichen Dingen.“ — „Habt ihr nicht erraten, wer und was sie sind und woher sie kommen oder wohin sie wollen?“ — „Nein. Sie nannten sich nicht einmal beim Namen.“ — „Das ist sehr geheimnisvoll. Diese Männer sind sehr vorsichtig gewesen und haben offenbar alle Ursache dazu. Haben sie denn nicht gefragt, wie ihr an den Brunnen gekommen seid, wie ihr ihn entdeckt hattet?“ — „Das fragten sie freilich, aber wir sagten es ihnen nicht. So erfuhren sie nichts von deiner und Selims Abwesenheit. Wir hielten es für das allerbeste, von gar nichts zu reden, um uns nicht deinen Tadel zuzuziehen.“

„Das war auch wirklich klug gehandelt, denn nun bleibt uns freies Spiel. Von großer Wichtigkeit wäre es mir, zu erfahren, ob die Leute den heimlichen Brunnen gekannt haben oder unabsichtlich in jene Gegend gekommen sind.“ — „Sie kannten ihn und waren zornig darüber, daß er so wenig Wasser enthielt, weil wir es verbraucht hatten.“ — „So habe ich nun bestätigt, für was ich diese Männer halten soll. Durch die Kenntnis des Brunnens haben sie sich verraten. Sie sind die von uns erwarteten Sklavenjäger.“ — „Unmöglich, Effendi! Sie hatten ja keine Sklavinnen bei sich, und wir sind doch gekommen, um diese zu befreien.“ — „Die fünf Männer bilden nur die Vorhut. Sie sollen für Wasser sorgen und auf alles bedacht sein, was zur Sicherheit des Sklavenzugs nötig ist.“ — „Wenn das so ist, hast du einen großen Fehler begangen, indem du die Vorhut entkommen ließest. Du hättest die Sklavenjäger festhalten und ausfragen sollen. Wie nützlich würde uns das gewesen sein!“ — „Nützlich? Ich bin da andrer Meinung. Wäre es mir eingefallen, diese Männer auszufragen, so hätte ich nichts erfahren. Ich bin überzeugt, daß sie mir alles mögliche, aber nur nicht die Wahrheit gesagt hätten. Und da es mir unmöglich gewesen wäre, ihnen die Lüge zu beweisen, so war es jedenfalls richtiger, sie laufen zu lassen.“ — „Aber nun sind sie fort, und wir sind nicht klüger als vorher!“

„Gerade weil sie fort sind, werden wir sehr bald klüger sein. Ich habe sie laufen lassen, um sie später am Bir Murat zu belauschen. Ich werde noch vor ihnen dort sein. Von hier aus ist es eine halbe Tagesreise zum Brunnen. Da sie keine Kamele haben und zu Fuß gehen müssen, werden sie erst am Abend dort ankommen, und das gibt mir Gelegenheit, sie zu beobachten und zu belauschen.“

„Effendi, sie müssen ja blind und taub sein, wenn sie dich nicht sähen und hörten!“ — „Das laß meine Sorge sein! Ich verstehe es, mich heimlich anzuschleichen.“ — „Aber wenn die Menschenjäger dich dennoch bemerken, so bist du verloren. Sie werden nicht allein am Brunnen sein, denn es vergeht kein Tag, an dem nicht eine Karawane dort lagert; oft sind es auch mehrere. Diese Leute sind alle keine Gegner des Sklavenhandels und werden sämtlich gegen dich sein." — „Das weiß ich. Ich bin sogar überzeugt, daß ich einen unversöhnlichen Feind dort treffen werde, einen Feind, der gegebenenfalls sogar auf meinen Tod dringen wird, nämlich Murad Nassyr, meinen früheren Reisegefährten." — „Das ist wahr. Der Türke wird nun bei dem Brunnen angekommen sein oder ihn spätestens heut abend erreichen. Du mußt dich also doppelt in acht nehmen, und ich warne dich. Geh nicht allein, sondern nimm mich und einige Asaker mit!" — „Das werde ich bleiben lassen. Allein bin ich viel sicherer als in Begleitung von einigen Soldaten. Ihre Gegenwart würde auffallen und uns verraten." — „So sollen meine Leute am Dschebel Mundar bleiben?" — „Nein. Wir reiten zu ihnen, um sie abzuholen. Dann begeben wir uns in eine gesicherte Stellung in der Nähe des Brunnens, von wo aus ich später meinen abendlichen Gang unternehme."

Der Leutnant blickte vor sich nieder. Das Unternehmen, das ich plante, schien ihm zu gefährlich und wohl auch überflüssig zu sein, denn er meinte nach einer Weile: „Nun, ich bin beauftragt, mich dir in allem zu fügen; aber eins muß ich doch noch erwähnen. Du hast nach heimlichen Brunnen gesucht, weil du glaubtest, die Sklavenjäger da zu treffen. Du hast auch einen gefunden. Warum sollen wir ihn jetzt verlassen? Warum willst du die Asaker zum Bir Murat führen, da du doch meinst, daß die Gesuchten ihn vermeiden werden? Auf diese Weise können sie uns leicht entgehen."

„Sie werden uns in die Hände laufen." — „Aber du sagtest doch selber, daß du überzeugt seiest, die fünf Männer, aus deren Händen du uns befreitest, seien die Vorhut der Menschenjäger gewesen. Folglich kommen diese nach. Sie werden den heimlichen Brunnen aufsuchen, und wir können sie da abfangen. Nun aber führst du uns fort, und zwar gerade dahin, wohin sie nicht kommen werden."

„Deine Betrachtungen sind nur vorwärts, nicht auch rechts und links gerichtet. Auf Selim können wir uns nicht verlassen. Wir sind also nur drei Personen. Aus wie vielen Köpfen aber wird der Trupp der Sklavenjäger bestehen? Wie nun, wenn sie so bald kämen, daß uns nicht Zeit bliebe, die Asaker zu holen? Könnten wir uns dann an sie wagen und sie gar gefangennehmen? Ja, ich bin überzeugt, daß sie den heimlichen Brunnen aufsuchen. Sie werden ihn, weil es dort kein Wasser für sie gibt, schnell wieder verlassen und vielleicht sogar einige Reiter mit Schläuchen zum Bir Murat voraussenden, um von dort Wasser zu holen. Am geheimen Brunnen dürfen wir sie nicht erwarten." — „So brauchten wir ihn gar nicht erst aufzusuchen!"

„Nicht doch! Ich wollte hier auf die Spur der Sklavenräuber kommen und habe diese Absicht auch erreicht. Nun ich die Fährte habe, werde ich sie nicht wieder verlieren. Es gibt zwei Wege, zwischen denen wir wählen können. Entweder lassen wir die Menschenjäger an uns vorüber und folgen ihnen, um, falls es paßt, über sie herzufallen, oder wir reiten ihnen voraus, um uns ein zum Kampf geeignetes Gelände zu suchen und sie dort zu erwarten. Das zweite halte ich für das Bessere." — „Dann müßten wir ihre Richtung wissen."

„Die werde ich am Abend erfahren. Ja, es ist sogar leicht möglich, daß ich noch viel mehr höre. Das Erlauschte kann von großer Wichtigkeit sein. Übrigens müssen wir unser Gespräch abbrechen, denn ich sehe da draußen einen kommen, der kein andrer als Selim sein kann."

Jetzt tauchte nämlich am westlichen Sehkreis ein weißer Punkt auf, der sich uns näherte. Bald erkannten wir einen Fußgänger, der so eilig lief, daß sein weißer Burnus wie eine Fahne hinter ihm her wehte. Selim war froh, uns eingeholt zu haben, und freute sich darüber, daß mir die Befreiung der Gefangenen gelungen war. Wir brachen auf.

Unsre Gegner hatten die nordöstliche Richtung zum Bir Murat eingeschlagen. Da sie nicht erfahren sollten, daß wir das gleiche Ziel hatten, hielten wir uns mehr östlich und ritten dann, als wir gewiß waren, sie überholt zu haben, auf den Dschebel Mundar zu.

Es war zur Zeit des Asr, des Nachmittagsgebets, als wir am Fuß des Hügels anlangten, und es fiel mir nicht schwer, den alten Onbaschi Mustafa mit seinen Soldaten, trozdem sie sich versteckt hielten, aufzufinden. Er hatte das nicht für möglich gehalten und darum einige Posten ausgestellt. Ich traf sein Versteck, ohne auf einen dieser Leute gestoßen zu sein.

Wir ruhten einige Zeit aus und verteilten bei dieser Gelegenheit die Beute. Ich behielt die Karten. Was mit dem übrigen geschah, war mir gleichgültig; nur bestimmte ich, daß Selim nichts bekommen solle. Das war die Strafe für seinen Mangel an Wachsamkeit und für die Feigheit, die er dann gezeigt hatte. Der alte Schlingel tat mir eigentlich leid, doch konnte ihm diese Lehre nichts schaden. Eine Stunde nach dem Asr stiegen wir wieder auf, um in Begleitung der Asaker bis in die Nähe des Bir Murat zu reiten.

Über die Lage dieses Brunnens wurden schon einige Andeutungen gegeben. Wer ihn von Norden her erreichen will, kommt durch ein Tal, das von einem Dumpalmen-Wald bestanden ist. Nach einem langen Ritt durch die öde, dürre Wüste ruft dieser Anblick das Entzücken des Wanderers hervor. Durch diesen Wald mußte auch Murad Nassyr gekommen sein oder noch kommen.

Der Brunnen selber liegt in einem kleinen Tal, das von steilen Felswänden eingeschlossen wird. Er hat sechs Löcher, die ungefähr drei Meter tief in den lehmigen Boden gegraben sind. Das Wasser schmeckt wie eine Lösung von Englischem Salz[1]) und hat auch die entsprechende Wirkung. An dieser Stelle haben einige Beduinen ihre Zelte aufgeschlagen, um im Auftrag des Schechs den Brunnen zu bewachen und eine Abgabe für die Wasserentnahme zu erheben.

[1]) Ein Abführmittel

Sie sehen leidend aus und sind dürr, fast wie Skelette, eine Folge des Wassers, das sie ständig genießen müssen.

Vom Bir Murat nach Süden führt der Weg stundenlang über Felsen und Steingeröll eine beschwerliche Schlucht aufwärts. In der Nähe dieser Schlucht hielten wir kurz vor Sonnenuntergang. Es gab da Plätze genug, die uns zum Versteck dienen konnten. Ich ging, ehe es dunkel wurde, auf Kundschaft aus. Später, wenn es Nacht geworden war, mußte ich in die Schlucht hinabklettern und ihr über eine halbe Stunde lang folgen. Das war, da ich nicht gehört werden durfte, keine leichte Aufgabe.

Ali Farid riet mir noch einmal vergeblich von meinem Vorhaben ab. Als ich von meinem Kundschaftergang zurückkam, aß ich einige Datteln und ein Stück getrocknetes Fleisch, das ich durch zwei oder drei Schluck Wasser aus dem Schlauch verdaulicher machte. Dann war es dunkel geworden, ich brach auf.

16. Am Bir Murat

Ben Nil bat, mich begleiten zu dürfen, doch durfte ich ihm das nicht erlauben. Ich hätte ihn gern mitgenommen, denn er war nicht nur mutig, sondern auch klug und vorsichtig, und vier Augen und Ohren konnten jedenfalls mehr sehen und hören als zwei. Das Gelände war aber zu schwierig, und er hatte im Anschleichen nicht die notwendige Übung. Ein einziger Fehler des unerfahrenen Jünglings konnte uns verraten.

Ich brauchte wohl eine halbe Stunde, bis ich von der Kante der Schlucht hinab auf die Sohle kam. Die Sterne leuchteten noch nicht, und infolgedessen war das Klettern beinah halsbrecherisch. Dann schlich ich in der Schlucht abwärts, oft zweifelhafte Stellen des Wegs erst mit den Händen untersuchend, ehe ich den Fuß vorwärts setzte. Endlich sagte mir ein Lichtschein, daß ich dem Ziel nahe sei.

Wie erwähnt, war der graue Anzug, den ich in Kahira getragen hatte, durch den Besuch der Höhle von Maabdeh und der vermeintlichen Königsgräber so schadhaft geworden, daß ich mir in Siut einen andern gekauft hatte. Er war von gleicher Farbe. Den hellen Haïk hatte ich im Lager gelassen. Zur Bedeckung des Gesichts hatte ich das Keffije bei mir, ein Kopftuch, das zum Gebrauch für Männer ungefähr die Größe eines Geviertmeters hat. Es wird einmal zusammengeschlagen, so daß es zwei aufeinander liegende Dreiecke bildet, und dann mit dem Ukal, einer Schnur, so auf dem Tarbusch[1]) befestigt, daß die glatte Seite nach vorn kommt und der hinten herabfallende Zipfel den Nacken schützt. Wenn es sehr heiß ist, wird unter dem Fes noch ein Schweißkäppchen getragen. Arme Leute tragen wollene oder baumwollene Keffijen; reiche bedienen sich seidner

[1]) Fes

Tücher, die in Kairo auf zwölf Mark und höher das Stück zu stehen kommen. Diese seidenen Keffijen werden meist in Zuk[1]) und Beirut gefertigt und zeigen gewöhnlich ein blaues oder rotes Muster auf goldfarbigem oder weißem Grund. Mein Keffije war dunkel. An Waffen hatte ich das Messer und die Revolver bei mir. Die Gewehre wären mir nur hinderlich gewesen. Bei Gefahr mußte ich zum Messer greifen. Des Revolvers durfte ich, da ich Lärm soviel wie möglich vermeiden mußte, mich nur notgedrungen bedienen.

Ich sah also einen Lichtschein vor mir. Er ging von einem Feuer aus, das durch getrockneten Kamelmist unterhalten wurde. Es glimmt nur. Daß ich es trozdem sah, war mir ein Beweis, daß ich mich nicht weit davon befand. Ich band das Keffije so um den Kopf, daß das ganze Gesicht bis zu den Augen bedeckt war, legte mich auf den Boden und kroch weiter.

Die engen Felswände traten jetzt mehr auseinander, und nun sah ich vor mir und zur rechten Seite noch zwei Feuer glimmen, während sich das erste jetzt links von mir befand. Wohin sollte ich mich wenden? Aus den drei Feuern war zu schließen, daß drei Trupps hier lagerten. Ich wollte die Sklavenjäger belauschen. Sie konnten jetzt noch nicht da sein, doch war ihre Ankunft bald zu erwarten. Wo würden sie lagern? Jedenfalls in der Nähe des Wassers, denn es war anzunehmen, daß sie von der Fußwanderung durch die heiße Wüste sehr durstig waren. Vor allen Dingen mußte ich wissen, wer jetzt schon da war. Auf die Anwesenheit Murad Nassyrs konnte ich fast mit Gewißheit rechnen.

Ich kroch zunächst links hinüber, wo sich soeben der leise Ton einer Rababa, einer einsaitigen Geige, hören ließ. Nach wenigen Augenblicken fielen die Klänge einer Kamandscha ein. Das ist eine zweisaitige Geige, deren Schallkörper aus einer Kokosnußschale besteht. Diesen beiden Instrumenten gesellten sich eine Sammara und eine Schabbabi bei, eine Pfeife und eine Flöte von einfachster Art.

Was man vortrug, war nach unserm Begriff keine Musik zu nennen. Jeder der vier Künstler strich oder blies nach Belieben. Aber die vier Instrumente erklangen zu gleicher Zeit, und das war für diese Leute genug. Die Mißklänge beleidigten mein Ohr, waren mir aber willkommen, da sie andere Geräusche verdeckten.

Als ich näher kam, sah ich formlose Massen auf der Erde liegen. Das waren Kamele und die Lasten, die sie getragen hatten. Am Feuer saßen etwa zwölf Männer: vier von ihnen machten Musik, zwei bereiteten einen Mehlbrei als Abendessen, und die andern sahen und hörten zu, mit großem Vergnügen, wie es schien.

Diese Leute gingen mich nichts an; ich kroch also nach rechts, wo ich bald einige Zelte erblickte. Die nähere Untersuchung belehrte mich, daß es die Wohnstätten der Ababdeh seien, denen die Beaufsichtigung des Brunnens anvertraut war. Auch hier hatte ich nichts

[1]) In Syrien

zu suchen, und so schob ich mich auf den Knien und Fingerspitzen zum dritten Feuer. Es glimmte vor einem Zelt, in dessen Nähe ein zweites stand. Zwei weibliche Gestalten hockten daran: auch sie waren mit der Zubereitung des Abendessens beschäftigt. Eben bückte sich die eine, um das fast erlöschende Feuer anzublasen. Dadurch wurde ihr Gesicht beleuchtet, und ich erkannte sie sofort. Es war Fatma, die Lieblingsdienerin und Köchin, deren Haare ich im Reis gefunden hatte. Die beiden Zelte gehörten also meinem feindlichen Freund Murad Nassyr. Das eine war für seine Schwester und deren Dienerinnen bestimmt, und im andern wohnte jedenfalls er selber. Als ich mich dem Zelt näherte, sah ich ihn mit seinen Kameltreibern, die er in Korosko gemietet hatte, vor dem Eingang sitzen.

Auch hier hatte ich nichts zu schaffen, denn was der Türke mit seinen Freunden sprach, konnte mir gleichgültig sein. Wohin also? Ja, wenn ich gewußt hätte, ob die Erwarteten am Brunnen bleiben würden! Er lag in der Nähe des zweiten Feuers. Am besten schien es mir, mich dorthin zu wenden. Schon wandte ich mich, um diesen Vorsatz auszuführen, als ich den Schritt eines nahenden Kamels vernahm.

Der Reiter schien die Örtlichkeit genau zu kennen, sonst wäre er in dieser Finsternis wohl langsamer geritten. Jedenfalls wollte auch er zum Brunnen. Aus dem Schall der Huftritte hörte ich, daß es mir unmöglich war, den Brunnen vor ihm zu erreichen und mich dort zu verstecken. Ich befand mich auf seinem Weg und sah mich gezwungen, auszuweichen. Aber wohin? Am besten hinter Murad Nassyrs Zelt, das nah am Felsen stand. Ich schnellte mich also zur Seite, und da ertönte auch schon die Stimme des Ankömmlings:

„Heda, Wächter! Wo ist eure Leuchte?"

Diese Stimme kam mir bekannt vor. Wo hatte ich sie schon gehört? Es fiel mir nicht sofort ein. Ich hörte, daß man den Mann mit Licht empfangen würde, und mußte mich schnell unsichtbar machen. Ich schlich also hinter das erwähnte Zelt, fühlte mich da aber, wenigstens zunächst, nicht gut aufgehoben. Zwischen dem Zelt und der nahen Felswand gab es nämlich ein dichtes Strauchwerk, und als ich darunterkroch, bemerkte ich, daß es stachelige Mimosen waren. Aber ich war nun da und mußte, wenn ich sicher sein wollte, immer tiefer hinein. Das war zunächst unangenehm, denn die spitzen Stacheln drangen durch mein Gewand, durch das Gesichtstuch und stachen mich auch in die nackten Hände, außerdem aber auch gefährlich, denn es waren hier Skorpione zu vermuten. Vielleicht gab es da sogar Assalehs, die giftigsten Schlangen der Wüste. Der Biß einer solchen Viper wäre unter den gegenwärtigen Verhältnissen für mich unbedingt tödlich gewesen. So geht es, wenn man des Nachts zum Besten fremder Menschen in der Wüste und in den Oasen herumkriecht.

Endlich war ich gut versteckt und konnte um das Zelt bis zu

Murad Nassyr blicken. Auf den Ruf des Neuangekommenen hatten die Brunnenwächter eine aus Palmfaser und Harz gefertigte Fackel geholt. Sie wurde am brennenden Feuer entzündet und emporgehalten. Die Flamme beleuchtete einen weiten Kreis, glücklicherweise das Mimosengestrüpp nicht mit. Der Reiter stieg ab. Er wendete mir den Rücken zu. Die Wächter kreuzten die Arme und verbeugten sich tief. Er mußte ein sehr angesehener Mann sein. Auffällig war es, daß er keinen Führer, keinen Begleiter hatte und bei Nacht allein durch die Wüste ritt. Jetzt drehte er sich zur Seite. Murad Nassyr erblickte sein Gesicht, sprang sofort auf und rief:

„Abd Asl! Bei Allah, ist das möglich! Wie konnte ich ahnen, dich hier zu sehen?"

Der andere drehte sich bei diesem Ruf vollends um, und nun erblickte auch ich seine Züge. Wahrhaftig, es war Abd Asl, der ‚heilige Fakir', der mich und Selim in den Brunnen bei Siut gelockt hatte, um uns darin umkommen zu lassen! Es zuckte in meinen Armen und Beinen, zu ihm hinzueilen, um Abrechnung mit ihm zu halten; aber das durfte ich nicht. Also darum war mir vorhin seine Stimme bekannt vorgekommen!

„El Ukase!" staunte der Alte. „Sehen meine Augen recht? Du bist hier beim Bir Murat? Allah hat dich hergeführt, denn ich habe mit dir zu sprechen."

Er schritt auf Murad Nassyr zu und reichte ihm die Hand. Dieser schüttelte sie mehrmals herzhaft.

„Ja. Allah fügte dieses Zusammentreffen. Meine Seele freut sich deines Angesichts. Du bist allein, und ich habe Dienerinnen bei mir. Sei mein Gast, und setze dich zu mir!"

Der Fakir nahm diese Einladung an. Er befahl den Wächtern, seinem Kamel den Sattel abzunehmen und es zu tränken, und ließ sich an der Seite des Türken nieder. Ich hatte jetzt doppelt Ursache, mich zu wundern. Erstens war sein Kamel, wie ich beim Schein der Fackel sah, ein noch wertvolleres Reittier als das meinige. Wie kam dieser Fakir, der als solcher doch arm war, zu einem so kostbaren Besitz? Und zweitens hatte er den Türken nicht Murad Nassyr, sondern El Ukase genannt. Ukase heißt Krücke und wird auch in der Bedeutung von Krüppel gebraucht. Woher hatte der Türke diesen Beinamen? Er besaß doch gesunde Glieder!

Er ging selber in das Zelt, um dem Fakir einen Tschibuk zu holen. Dieser hatte mir in Siut gesagt, daß er niemals rauche; jetzt aber nahm er die Pfeife an und qualmte bald wie einer, der mit Vertrag dazu verpflichtet ist. Nun war ich dem stacheligen Gebüsch nicht mehr gram. Ich lag höchstens fünf Schritt von den beiden entfernt und durfte hoffen, Bedeutsames zu hören.

Sie wechselten zunächst die gebräuchlichen Redensarten. Dann wurde gegessen, und die Kameltreiber zogen sich zurück. Als das Mahl eingenommen war, sah sich der Fakir forschend um und flüsterte:

„Was ich mit dir besprechen will, ist nicht für jedermanns Ohr. Du hast einen Harem bei dir. Können unsre Worte dort gehört werden?" — „Die Tochter meines Vaters bewohnt das Zelt; sie kann alles hören; aber ihre Sklavinnen sind bei ihr, und so ist es besser, wenn wir in das meinige gehen."

Sie begaben sich in das Zelt, hinter dem ich lag. Drin war es dunkel. Die Brunnenwächter hatten die Fackel wieder verlöscht. Nun war es auch im Freien wieder finster, doch begannen die Sterne nach und nach heller zu glänzen. Ich schob mich bis dicht an das Zelt und horchte. Sie sprachen drin, aber nur halblaut, und die Leinwand ließ ihre Worte nicht deutlich zu mir dringen. Ich wollte und mußte jedoch lauschen. Darum versuchte ich, die Zeltwand zwischen zwei Pfählen emporzuheben. Es ging, und zwar so gut, daß ich den Kopf hindurchstrecken konnte.

Zusehen vermochte ich die beiden nicht, dem Klang ihrer Stimmen aber entnahm ich, daß ich sie mit dem ausgestreckten Arm hätte erreichen können. Schade, daß ich den Anfang ihres Gesprächs nicht gehört hatte, denn es ging um meine Person. Das hörte ich sofort aus den Worten des Fakirs.

„So muß ich dich vor einem Menschen warnen, der mit dem Reïs Effendina im Bunde steht und zu ihm hinauf nach Khartum will, um Sklavenhändler abzufangen." — „Solltest du den Kerl meinen, den auch ich kenne?" fragte Murad Nassyr. „Ich weiß einen, vor dem auch ich dich warnen möchte." — „Wer ist er?" — „Ein Giaur aus Almanja." — „Allah! Es ist der Franke, von dem ich sprechen wollte. Wo hast du ihn kennengelernt?" — „In Kahira sah ich ihn wieder. Ich habe Kara Ben Nemsi Effendi schon vorher in Dschesair[1]) gesehen. Daß und wie du mit ihm zusammengetroffen bist, weiß ich genau, denn er selber hat es mir in Siut erzählt." — „So trafst du ihn nicht bloß in Kahira, sondern auch dann in Siut?"

„Kara Ben Nemsi wartete in Siut auf mich, denn er sollte mich nach Khartum und von da aus weiter den Bahr el Abiad hinaufbegleiten. Er ist klug und verwegen und wäre für uns so unbezahlbar gewesen, daß ich ihm die jüngere Tochter meines Vaters angeboten habe." — „Allah kerîm! Wie konntest du das tun! Nun ist der Franke dein Schwager, und ich darf mich nicht an ihm rächen."

„Nichts ist er, nichts als mein ärgster Feind. Er hat mein Anerbieten ausgeschlagen." — „Ist das möglich? Das wäre eine Beleidigung, die nur mit Blut abgewaschen werden kann." — „Allerdings, und dreimal wehe ihm, wenn Kara Ben Nemsi Effendi in meine Hand gerät! Doch ich muß dir ausführlich erzählen, wie und warum ich ihn an mich gezogen habe."

Sein Bericht umfaßte alles Geschehene bis zu unsrer Entzweiung in Korosko. Als er bei den Versprechungen ankam, die er mir gemacht hatte, meinte der Fakir zornig: „Dein Kopf ist krank gewe-

[1]) Algier

sen! Wie konntest du dem Ungläubigen solchen Lohn versprechen, deine Schwester und Reichtum! Keins von beiden gehört ganz dir! Mein Sohn hat teil an all deinem Besitz. Du bringst ihm jetzt die ältere Tochter deines Vaters. Wie konntest du da die jüngere diesem räudigen Giaur versprechen, den Allah verbrennen möge! Wie darf ein solcher Hundesohn die Schwester eines Weibes haben, das meinem Sohn gehört!" — „Bedenke seine Eigenschaften!" — „Was gehen sie mich an, wenn er ein Giaur ist!" — „Ich stellte ihm ja die Bedingung, zum Islam überzutreten!" — „Das zu tun, fällt diesem Starrkopf niemals ein. Ich bin ihm von Giseh aus gefolgt, ohne daß er es ahnte. Die Kadirine hatte ihn in meine Hand und in die des Gauklers Nubar gegeben. Dein Haushofmeister Selim, der kein Hirn besitzt, war, ohne es zu wissen, unser Verbündeter. Der fremde Hund sollte schon in Maabdeh umkommen. Da sich der Stallmeister des Pascha bei ihm befand, mußte ich eine andre Gelegenheit herbeiführen. Selim hatte zu viel erfahren und mußte auch zum Schweigen gebracht werden. Darum lockte ich beide in den alten Brunnen und war, ebenso wie der Gaukler, überzeugt, daß sie ihn nie wieder verlassen würden. Aber der Scheïtan scheint mit ihnen im Bunde zu stehen und ihnen einen uns unbekannten Ausweg gezeigt zu haben. Sie entkamen, und ich mußte schleunigst fliehen, um ihrer Rache zu entgehen. Die Konsuln dieser Fremden sind mächtiger als der Khedive. Erst nach einiger Zeit wagte ich es, nachzuforschen, und erfuhr, daß der Giaur mit Selim auf dem Sandal ‚Et Têr' nilaufwärts gefahren sei." — „Das war mein Schiff. Ich hatte es gemietet."

„Das wußte ich nicht. Ich hatte überhaupt keine Ahnung davon, daß du dich schon wieder in Ägypten befindest. Du wolltest die Tochter deiner Mutter eigentlich viel später bringen." — „Und ich ahnte bisher nicht, daß du zur Kadirine gehörst. Darum freute ich mich, daß es diesem Giaur gelang, mich von den Gespenstern zu befreien."

„Das war ein Eingriff in unsre Geheimnisse. Dann wurde auf seine Veranlassung unsre Sklavendahabijeh ‚Samak' mit Beschlag belegt. Beides mußte Kara Ben Nemsi mit dem Leben büßen. Er entkam uns jedoch. Wenn er erzählt, was geschehen ist, können wir uns auf Schlimmes gefaßt machen. Er muß also verschwinden. Dazu kommt, daß er auch dich tödlich beleidigt hat. Ich werde ihn zerschmettern!"

„Das habe auch ich dem Fremden angedroht. Er hat mich nur verlacht." — „Laß den Franken lachen! Wir werden ihn treffen. In kurzer Zeit wird er sich zwischen mir und dem Gaukler befinden und sicher einem von uns in die Hände laufen. Nubar folgt ihm auf dem Nil, und ich ließ mir von einem Freund das schnellste Reitkamel geben, um nach Abu Hammed zu eilen. Dort erwarte ich ihn, und der Gaukler treibt ihn mir zu." — „Da täuschst du dich. Wie kannst du denken, daß Kara Ben Nemsi Effendi sich noch auf meinem Sandal befindet! Er hat mich beleidigt, und wir sind Todfeinde! Meinst du, daß ich ihm da erlauben werde, mein Schiff zu benutzen?"

Das Gesicht des Fakirs zeigte jetzt sicher den Ausdruck größter Enttäuschung. Ich konnte es nicht sehen, dafür hörte ich seine Worte.

,,Wie? Er ist nicht auf dem Sandal? So befinden wir uns also auf falscher Fährte?" — ,,Ja. Er ist euch abermals entgangen. Du hast recht; dieser Giaur steht mit dem Scheïtan im Bunde." — ,,Aber wohin ist er? Weißt du es vielleicht?" — ,,Ich weiß es nicht, kann es auch nicht erraten. Ich glaube, daß er eher als du in Abu Hammed sein wird, wenn er überhaupt dorthin zu reisen beabsichtigt. Es hatte den Anschein, als wollte er von Korosko nach Korti, um von dort aus durch die Bajuda-Steppe geradewegs nach Khartum zu gehen." — ,,Woraus folgerst du das? Hat Kara Ben Nemsi vielleicht ein unbedachtes Wort darüber fallen lassen? Warst du bei seiner Abreise zugegen?" — ,,Nein. Ich ritt eher fort. Er kam mir aber bald nach. Mir war das unerklärlich. Er saß mit dem Leutnant des Reïs Effendina vor dem Tor des Hans und —" — ,,Mit wem?" unterbrach ihn der Fakir. ,,Der Reïs Effendina hat seinen Offizier nach Korosko geschickt?" — ,,Ja. Der Leutnant nahm mich vor und behauptete, mich zu kennen. Er hatte recht, aber ich leugnete. Meines Bleibens konnte dort keinen Augenblick länger sein, und so mietete ich die ersten besten Kamele und machte mich aus dem Staub. Bald darauf kam der Giaur mit Ali Farid nach. Sie ritten Prachtkamele und hatten Selim und Ben Nil bei sich." — ,,Ben Nil? Allah, Allah! Ich kannte einen dieses Namens, der aber ist tot." — ,,Ein Matrose aus Gubatar?" — ,,Ja. Wie kommst du dazu, diesen Ort zu nennen?"

,,Weil ich von dem spreche, den du für tot hältst. Du hast ihn, wie er mir selber erzählte, in den Brunnen gelockt. Dieser Ungläubige hat ihn befreit und mit sich genommen." — ,,Das — ist — nicht möglich!" hörte ich den Fakir lallen. — ,,Es ist genau so, wie ich es dir erzähle. Ben Nil ist der Diener des Giaur geworden." — ,,Allah kerïm! Das ist zu viel! Da sind ja alle drei, die sterben sollten, beisammen! Und wir hatten doch alle Vorsichtsmaßnahmen getroffen. Das ist schon wieder einer mehr gegen uns. Aber noch fürchte ich mich nicht. Ich habe die Macht, sie alle zu verderben, und ich schwöre beim Propheten und seinem Bart, daß ich es tun werde. Ich werde ihnen folgen; ich werde sie jagen, und sollte ich deswegen bis an den Bahr el Ghasal gehen. Ich suche meinen Sohn auf, und finde ich selber sie nicht, so gebe ich sie in seine Hände. Hast du denn keine Ahnung, wo sie zu treffen sind?" — ,,Nein. Diese Leute folgten der Karawanenstraße nur eine kurze Strecke; dann sind sie, wie die Spuren zeigten, rechts abgebogen." — ,,So muß ich mich beeilen, nach Abu Hammed zu kommen. Sind sie nicht dort, so sende ich Boten nach Berber, nach Korti und auch nach Debbeh. An einem von diesen Orten muß ich wenigstens eine Spur von ihnen finden."

,,Das tut mir leid. Ich freute mich, als ich dich sah, denn ich glaubte, daß wir nun miteinander reisen würden." — ,,Leider ist es nicht möglich. Du hast den Harem bei dir und kommst nur langsam voran. Mir aber tut höchste Eile not. Wann sind unsre Feinde von Korosko fort?“ — ,,Am Montag früh.“ — ,,Und heut ist Donnerstag. Du sagtest, daß sie gute Kamele ritten. Da haben sie einen großen Vorsprung, den ich unbedingt einholen muß. Ich —“

Seine folgenden Worte konnte ich nicht hören, denn es ließ sich wieder Hufschlag hören, und eine laute Stimme rief: ,,Auf, ihr Wächter, ihr Bewahrer des Brunnens! Zündet die Leuchte an, denn wir brauchen Wasser!“

Ich zog den Kopf unter dem Zelt hervor und versteckte mich wieder im Gesträuch. Die Sterne leuchteten heller als vorhin, und ihr Schein war hinreichend, mich sehen zu lassen, daß ein ganzer Trupp Kamelreiter angekommen war. Sie ließen ihre Tiere niederknien und stiegen im Finstern ab. Es wurde eine Fackel angebrannt, und nun konnte ich sieben Männer zählen, die auf fünf Tieren gekommen waren. Dieses Zahlenverhältnis befremdete mich anfangs, doch konnte ich es mir bald erklären, denn ich erkannte die vier Sklavenjäger, denen ich die Freiheit gelassen hatte.

Die andern drei waren von der Haupttruppe der Sklavenjäger abgeschickt worden, um auf fünf Kamelen vom Bir Murat Wasser zu holen, und hatten unterwegs ihre verunglückten Spießgesellen getroffen. Nun war es gewiß, daß ich mich nicht geirrt hatte; die vier gehörten zu den Frauenräubern, die wir suchten. Die Karawane hatte wirklich den nördlichen Weg eingeschlagen und mußte uns nun in die Hände fallen.

Das freute mich sehr. Um so weniger befriedigte mich meine gegenwärtige Lage. Ich war gekommen, um die Sklavenjäger zu belauschen, und saß nun hier hinter dem Zelt fest. Sie hielten sich jedenfalls nicht lang auf, und ich fand wahrscheinlich keine Gelegenheit, mich ihnen zu nähern. So dachte ich. Glücklicherweise gestalteten sich die Umstände weit günstiger, als ich hoffen durfte.

Murad Nassyr war nämlich mit dem Fakir aus dem Zelt getreten, um einen Blick auf die Ankömmlinge zu werfen. Da rief der Türke überrascht: ,,Allah, Allah! Abermals ein Wunder! Das ist ja wieder ein Freund, den meine Augen erblicken!“

Und Abd Asl stimmte bei: ,,Ja, es ist ein Freund, den wir hier unmöglich erwarten konnten. Malaf, komm her, um eine Pfeife des Willkommens mit uns zu rauchen!“

Malaf drehte sich zu ihnen um. Es war der Anführer der Leute, denen ich ihre Gefangenen abgenommen hatte.

,,El Ukase und Abd Asl, der Vater unsers Gebieters!“ rief er erstaunt. ,,Allah gebe euch Gnade und Glück zu jedem eurer Schritte! Erlaubt euerm Diener, euch zu begrüßen!“

Malaf trat zu ihnen und machte ihnen eine achtungsvolle Verneigung. ,,Was führt dich hierher?“ erkundigte sich der Fakir. — ,,Wir holen Wasser für eine Karwan er Reqiq[1]).“ — ,,So befiehl deinen

[1]) Sklavenkarawane

Leuten, die Schläuche zu füllen, und komm indessen zu uns ins Zelt. Ich möchte dich nach meinem Sohn fragen."

Diese Worte waren mir lieber, als wenn mir jemand das größte Geschenk gemacht hätte, denn ich war nun gewiß, nicht nur das, was ich ursprünglich wissen wollte, sondern auch andre Dinge von höchster Wichtigkeit zu erfahren.

Die Fackel brannte noch und wurde während des Füllens der Schläuche wohl auch nicht ausgelöscht. Das hätte mir leicht verhängnisvoll werden können, allein ich bemerkte zu meiner Freude, daß das Gestrüpp dicht und auch breit genug war, mich gänzlich zu dekken. Ich konnte den Kopf wieder unter die Zeltwand stecken, ohne daß man meinen Körper von außen dabei zu sehen vermochte.

Malaf gehorchte der Aufforderung. Er gab seinen Männern die betreffende Weisung und trat dann ins Zelt. Als ich den Kopf in das Innere schob, stand er eben im Begriff, sich niederzusetzen. Ich konnte alle drei ziemlich deutlich erkennen, da die Eingangsmatte offenstand und von der Fackel ein Lichtschein hereindrang. Als Malaf Platz genommen hatte, sagte der alte Fakir: „Ich glaubte euch jetzt am obern Weißen Nil. Ist der Fang so schnell gegangen, und war die Abbeförderung so leicht, daß ihr jetzt schon hier sein könnt?"

„Wir waren nicht am Bahr el Ghasal, sondern haben die Richtung nach Westen eingeschlagen." — „Also nach Kordofân. Dort gibt es doch nichts zu holen!" — „Wir waren weiter." — „In Dar Fur also? Wie kommt das? Wer kauft Sklaven, die dort geboren sind? Früher ja, aber jetzt nicht mehr." — „Wir waren weder in Kordofân noch in Dar Fur, sondern wir haben arabische Frauen und Mädchen geholt." — „Allah! Arabische Beduininnen?" — „Ja." — „Aber das sind doch Anhängerinnen des wahren Glaubens, die nicht verkauft werden dürfen?" — „Frage sie", lachte Malaf, „und sie werden dir sagen, daß sie den Islam gar nicht kennen." — „So ist es recht! Ihr seid kluge Geschäftsleute. Die Furcht vor der Strafe wird sie, wenn es gilt, zu Heidinnen machen. Aber von welchem Stamm habt ihr sie geholt?" — „Von dem, der seiner schönen Frauen wegen berühmt ist, nämlich von dem der Fessarah." — „Beim Bart des Propheten, das was zu viel gewagt. Die Krieger der Fessarah sind als tapfer bekannt, und der Raub ihrer Frauen und Mädchen wird euch das Leben vieler Leute gekostet haben." — „Es ist kein einziger verwundet oder gar getötet worden. Die Krieger waren alle zum Dschebel Modjaf geritten, um dort eine große Fantasia abzuhalten, und die Frauen befanden sich mit den Kindern und Greisen unbeschützt im Duar. Wir umzingelten das Zeltdorf, suchten gegen sechzig der Schönsten aus und töteten alle übrigen, damit niemand über uns berichten könne." — „Und unterwegs? Habt ihr da auch Glück gehabt?" — „Ganz ebenso. Wir hatten schon beim Anmarsch stets gute Kundschafter vor uns, um alle Begegnungen zu vermeiden, und auf dem Rückweg ebenso. Ein Wüstensturm verwehte unsre

Spuren, so daß jetzt kein Mensch weiß, wer die Jäger gewesen sind."

„Wer hat diesen Plan ausgesonnen?" — „Wer anders als Ibn Asl el Dschasûr, dein Sohn, unser Gebieter." — „Ja, das konnte ich mir denken. Er ist der berühmteste Sklavenjäger, und ich bin stolz auf ihn. Aber wie kam er auf den Gedanken, Beduininnen zu holen? Es ist das größte Wagnis, das er bisher unternommen hat. Wenn entdeckt wird, daß er es war, treten nicht nur die weltlichen Richter, sondern auch die Religionslehrer gegen ihn auf, und dann kann es ihm schlimm ergehen." — „Es wird nichts verraten werden. Unsre Leute erhalten einen so guten Anteil, daß keiner von ihnen den Mund öffnet, um den Anführer zu nennen. Einer unsrer Abnehmer in Stambul bat um Araberinnen. Er schrieb, Negerinnen seien zu häßlich und die Zirkassierinnen ständen jetzt nicht in Mode. Araberinnen hat man noch nicht in den Handel gebracht, und da die Töchter der Wüste etwas so Seltenes sind, stand ein sehr lohnendes Geschäft zu erwarten." — „Nach Stambul also! Welchen Weg werdet ihr nehmen?" — „Wir sind durch das Wadi Melk und Wadi el Gab gekommen, bei der Insel Argo über den Nil gegangen und wollen nun zum Vorgebirge Rauai, Dschidda gegenüber. Dort wird das Schiff unsres Abnehmers anlegen und die Ware in Empfang nehmen."

Diese Worte bestätigten meine Vermutungen. Gegen sechzig arabische Sklavinnen! Und darüber ging der alte Fakir mit der größten Ruhe hinweg. Wie hatte mir in Maabdeh und Siut sein ehrwürdiges Gesicht gefallen! Er wurde als Heiliger verehrt und war doch ein Scheusal. Er war ein Fakir, und doch billigte er ohne den geringsten Vorbehalt den Raub von sechzig Mohammedanerinnen! Da steckte der Teufel in der Maske eines Heiligen.

„Jetzt aber die Hauptsache", fuhr Abd Asl fort. „Mein Sohn ist doch bei euch?" — „Ja. Er reitet mit bis Ras Rauai, um dort das Geld in Empfang zu nehmen." — „Zum Bir Murat kommt er nicht?"

„Nein, denn er soll am allerwenigsten gesehen werden. Du weißt, daß wir einige geheime Brunnen in der Wüste haben. Das erleichtert es uns, unbemerkt zu bleiben. Aber sechzig Sklavinnen, fünfzig Begleiter und die dazugehörigen Tiere brauchen viel Wasser. Dennoch hätten wir uns nicht hierher gewendet, wenn unser letzter geheimer Brunnen nicht von andern entdeckt und geleert worden wäre."

„Wie kann man einen solchen Brunnen entdecken?" — „Auch ich habe es für sehr schwierig gehalten. Der Scheïtan muß diesem Christenhund günstig gewesen sein." — „Einem Christen? Du hast einen Giaur in der Wüste am Brunnen getroffen?" — „Einen verfluchten Franken mit seinen Begleitern. Aber dieser Schakal war nicht feig, sondern verwegen wie ein Panther. Er hat uns nicht nur die beiden Gefangenen, sondern auch alles, was wir nicht auf dem Leib trugen, abgenommen." — „Ich verstehe dich nicht und entnehme dieser Rede nur, daß euch ein seltsamer Unfall widerfahren ist. Erzähle, was geschehen ist!"

Malaf gehorchte. Er hielt sich an die Wahrheit und sagte kein Wort zu wenig oder zu viel. Er stellte meine Unerschrockenheit ins rechte Licht, freilich nicht aus Gerechtigkeit, sondern aus Klugheit. Je heldenhafter er mich darstellte, desto geringer wurde die Veranlassung, ihm Vorwürfe zu machen. Ibn Asl el Dschasûr war an den heimlichen Brunnen gekommen und hatte dort kein Wasser gefunden. Darum hatte er Leute mit Kamelen und Schläuchen zum Bir Murat vorgesandt, und diese waren auf Malaf und seine Begleiter getroffen. Nun wollten sie hier schöpfen und mit Anbruch des Morgens fortziehen. Die beiden Zuhörer hatten den Erzähler nicht unterbrochen. Jetzt fragte Murad Nassyr: „Wie viele Männer hatte der Giaur bei sich?" — „Zwei." — „Wer waren sie? Woher kamen sie, und wohin wollten sie?" — „Das kann ich nicht sagen, denn die Schurken haben keine meiner Fragen beantwortet." — „Sollte es der deutsche Giaur gewesen sein? Beschreibt ihn und die andern genau!" Malaf kam dieser Aufforderung nach. Er beschrieb erst den Leutnant, dann Ben Nil und dann endlich mich.

„Er ist's, er ist's!" rief der Fakir aus, und der Türke stimmte ihm bei. — „Es kann kein andrer sein; ein Irrtum ist unmöglich. Und die beiden Begleiter waren Ben Nil und der Leutnant des Reïs Effendina. Da fehlt aber Selim. Wo mag der geblieben sein?"

„Diese Frage ist leicht zu beantworten", meinte Murad Nassyr. „Selim ist ausgerissen und hat sich versteckt. Der Halunke nennt sich ständig den obersten der Helden und ist doch der größte Feigling, den man sich denken kann." — „Sollte sich Selim wirklich in der Nähe befunden haben?" — „Gewiß, denn sein Kamel war ja da und ist mit erbeutet worden. Nur der Deutsche war abwesend, ist später an den Brunnen zurückgekehrt und dann den Spuren gefolgt. Vielleicht hat Selim ihn erwartet und ihm das Geschehene mitgeteilt. Das alles ist mir völlig klar. Was hat aber der Ungläubige mitten in der Wüste am geheimen Brunnen zu suchen? Das möchte ich wissen?" — „Ich will es dir sagen", entgegnete der Fakir. „Kara Ben Nemsi weiß, daß wir ihm nach dem Leben trachten, und reitet nicht den gewöhnlichen Karawanenweg, um sich unsern Nachforschungen zu entziehen." — „Was will der Leutnant bei ihm?" — „Dieses Zusammentreffen ist unbeabsichtigt und ebenso ihre Rast am Brunnen." — „Woher hat der Franke so schnell die guten Kamele für sich, Selim und Ben Nil bekommen?" — „Das ist mir freilich ein Rätsel. Zu bekommen sind sie nicht schwer, wenn man gut bezahlen kann. Das kann der Franke nicht, denn er hat kein Geld. Er hat das, was du ihm schenktest, zurückgeben müssen." — „Das ist richtig, und ich weiß, daß er nicht mehr besaß, als zur Rückkehr in seine Heimat nötig ist. Dazu kommt noch ein andres. Wer Kamele leiht, muß den Besitzer oder einen seiner Beauftragten mitnehmen. Es war aber niemand dabei, folglich sind die drei Kamele nicht geliehen. Aber gekauft kann er sie noch viel weniger haben." — „Vielleicht hat er sie von der Weide gestohlen!" — „Nein. Der Kerl ist ein Hundesohn, ein Christ, aber er stiehlt nicht. Ich halte ihn sogar für einen Mann, der lieber hundert Piaster gibt, als daß er sich einen ohne Gegenleistung schenken läßt. Daß er sich drei Reitkamele verschafft hat, wo ich nur Lasttiere bekommen konnte, ist mir unbegreiflich. Doch mag dem sein, wie ihm wolle, ich kann nur zur Vorsicht raten. Wir müssen deinen Sohn warnen." — „Das halte ich für unnötig. Meinst du, daß der Deutsche es wagen würde, mit dem berühmten Ibn Asl el Dschasûr anzubinden?" — „Warum nicht? Kara Ben Nemsi hat noch ganz andres gewagt." — „Aber er ahnt von der Gegenwart meines Sohnes nicht das mindeste!" — „Täusche dich nicht! Ich hörte in Dschesaïr von ihm erzählen, und er selber hat mir manches seiner Erlebnisse mitgeteilt, freilich nur kurz und schlicht, aber ich konnte zwischen den Worten lesen. Dieser Mensch hat einen Spürsinn wie ein Geier und ein Auge wie ein Adler."

„So besitzt er also auch Glück im Erraten." — „Nein. Kara Ben Nemsi errät nichts, sondern er berechnet alles. Ihm kommen Gedanken, die ein andrer niemals haben würde. Wenn ich mir diesen Halunken, sein Wesen, seine ganze Art und Weise vergegenwärtige, so möchte ich schwören, daß er jetzt irgendwo sitzt und über uns lacht. Er hat sich ausgerechnet, daß eine Sklavenkarawane naht, und weiß vielleicht sogar, wo sie jetzt hält." — „Das ist unmöglich. Und selbst wenn der Giaur es wüßte, was könnte es schaden? Oder meinst du, daß es ihm einfiele, der Karawane zu folgen?" — „Warum nicht? Dieser Hundesohn fängt alles anders an als wir." — „Vier Personen gegen fünfzig. Es wäre lächerlich!" — „Nicht doch. Nehmen wir den Fall an, daß er der Karawane heimlich folgen will. Er würde bald bemerken, daß Ras Rauai ihr Ziel ist. Wenn er dann schnell vorausreitet, nach Dschidda überfährt und die Christenkonsuln dort benachrichtigt, so werden deinem Sohn die Sklavinnen weggenommen, und ihm bleibt, um der Strafe zu entgehen, kein andrer Weg als die Flucht." — „Bei allen Schejatin[1]), da hast du recht! Ich muß meinen Sohn warnen, denn so etwas ist diesem Giaur zuzutrauen, und wenn er es auch nur täte, um sich an mir zu rächen." — „An dir? Wie könnte er dabei an dich denken?"

„Kara Ben Nemsi weiß, daß ich der Vater des berühmten Sklavenjägers bin. Es entfuhr mir, daß Ibn Asl jetzt der größte Sklavenjäger sei. Das war auf dem Weg zum Brunnen, in dem er verschmachten sollte. Ich war überzeugt, daß meine Mitteilung keine nachteiligen Folgen haben könne. Nun hat er gewiß erfahren, daß ich Abd Asl heiße. Abd Asl und Ibn Asl, diese beiden müssen unbedingt Vater und Sohn sein." — „Dann hast du freilich allen Grund, deinen Sohn zu warnen, und zwar so schnell wie möglich. Auch ich muß mit ihm reden. Ibn Asl ahnt nicht, daß wir uns in seiner Nähe befinden und daß ich seine zukünftige Sitte[2]) bei mir

[1]) Mehrzahl von Scheïtan = Teufel [2]) Gattin

habe. Er will schon früh aufbrechen und muß sich nun erst recht beeilen. Darum müssen wir noch in dieser Nacht mit ihm reden. Ich muß wissen, wohin ich meine Schwester führen soll, und habe außerdem eine Bestellung auf Sklaven mit ihm zu besprechen. Wo lagert er?" — „Nicht allzuweit von hier, gegen Norden, am Rand des Palmwaldes", erwiderte Malaf, an den diese Frage gerichtet war.

„Und ihr sollt bis früh hier bleiben?" — „Bis zum Morgengrauen. Dann verlassen wir den Brunnen südwärts, wenden uns aber bald nach Nordost, wo wir in der Richtung auf das Wadi el Berd mit Ibn Asl zusammentreffen." — „Soll in diesem Wadi gelagert werden?" — „Ja. Wir wollen es morgen abend erreichen. Es gibt dort Wasser." — „Und ich habe dieses Wadi stets für wasserlos gehalten", meinte der Fakir. — „Das ist es nicht, freilich nur für den Kenner. Es gibt ungefähr in der Mitte an einer Felswand ein Loch, das noch lange nach der Regenzeit Wasser enthält. Wir haben es mit einer Steinplatte zugedeckt und Geröll darauf geworfen, so daß es ein Fremder nicht entdecken kann. Einer von unsern Leuten fand es vor mehreren Jahren. Er sah dort drei grüne Gasiah-Bäume stehen und schloß daraus auf das Vorhandensein von Wasser. Sie stehen noch, aber da wir oft dort verkehren, haben unsre Kamele die Zweige und die Rinde abgefressen, und die Bäume sind verdorrt."

Diese Mitteilung wurde nur so nebenbei gemacht, war aber für mich von großer Wichtigkeit. Sie konnte die Grundlage meines Kampfplans bilden. Hätten die drei geahnt, daß ich hinter ihnen lag und alles hörte!

„Ich bin unruhig und besorgt geworden", wendete sich der Fakir an Malaf. „Willst du uns jetzt sofort zu meinem Sohn führen?"

„Das geht nicht. Wollten wir drei den Brunnen auf längere Zeit verlassen, so würde es auffallen, und das muß ich vermeiden. Wir haben zwar von denen, die hier lagern, nichts zu befürchten, aber es ist auf alle Fälle besser, wenn von unserer Karawane gar nicht gesprochen wird." — „Wie lange soll ich warten?" — „Bis man schläft. Dann hole ich euch ab, und wir schleichen heimlich fort. Es kann schon Aufmerksamkeit erregen, daß ich jetzt so lange bei euch bin. Darum werde ich mich entfernen und zu meinen Leuten gehen." — „Tu es. Doch sag uns vorher, ob du vielleicht bemerkt hast, daß der Deutsche euch folgte?" — „Wir sahen von weitem, daß er sich mit den zwei befreiten Gefangenen niedersetzte. Dann gingen wir, um möglichst schnell den Bir Murat zu erreichen, wo, wie wir wußten, unsre Wasserholer uns treffen würden. Ich bin überzeugt, daß er sich nicht weiter um uns gekümmert hat."

„Aus welchem Grund?" — „Weil der Fremde uns nicht festhielt. Hätte er irgendeine Absicht mit uns, so wären wir nicht von ihm entlassen worden. Wäre er uns später gefolgt, so hätte er uns, da wir zu Fuß waren, mit seinen guten Kamelen bald eingeholt. Der Mann ist, wie ich ja selber erfahren habe, ein verwegener Kerl, für uns aber nun ungefährlich." Malaf ging. Jetzt hörte man draußen eine laute Stimme, die einen Vortrag zu halten schien.

„Das ist der Besitzer meiner Kamele", erklärte Murad Nassyr. „Er erzählt ein Märchen. Ich hörte noch nie einen so guten Erzähler wie diesen Mann. Wir haben jetzt nichts Notwendiges mehr zu verhandeln, darum laß uns hinausgehen und ihm zuhören!"

Der Morgenländer ist unermüdlich im Anhören von Märchen. Abd Asl war sofort einverstanden und folgte dem Türken hinüber zum Brunnen, wo sich schnell ein Kreis Neugieriger um den Erzähler bildete. Ich zog den Kopf aus dem Zelt zurück und überlegte, was zu tun sei. Ich konnte von dem, was ich gehört hatte, höchst befriedigt sein, und doch wäre ich gern noch länger geblieben. Es war jedenfalls wichtig zu erfahren, wie sich der Sklavenjäger zu der beabsichtigten Warnung verhielt. Aber konnte ich auf die Rückkehr Murad Nassyrs und des Fakirs warten? Wohl kaum. Jetzt wurden jedenfalls noch stundenlang Märchen erzählt; dann dauerte es lange, ehe alle schliefen, und nachher war vorauszusehen, daß die beiden Genannten von Ibn Asl vielleicht bis gegen Morgen zurückgehalten würden. So lange hier im Gebüsch zu bleiben, konnte ich nicht wagen, und es war auch zu unbequem. Bis jetzt war alles prächtig abgelaufen. Ein kleiner Umstand konnte alles wieder verderben. Ich mußte darum jetzt den Rückzug antreten, der mir durch den Märchenerzähler erleichtert wurde. Was Ohren hatte, stand oder saß bei ihm. Sogar die Frauen hatten sich dem Kreis genähert, um an dem Genuß teilzunehmen. Dadurch war mir der Weg frei geworden, und ich konnte binnen fünf Minuten so weit kriechen, daß ich mich dann erheben und aufrecht gehen durfte. Bald lag das Tal des Brunnens hinter mir, und ich trat in die Schlucht ein. Da war kein Lauscher zu erwarten, aber ich beobachtete dennoch die gleiche Vorsicht wie bisher. Die Sterne funkelten am Himmel. Hier in der Tiefe aber war es fast stockdunkel. Indem ich lautlos vorwärts ging, drang ein schwaches Geräusch an mein Ohr. Es kam von vorn und war über mir. Ich blieb stehen und lauschte. Tiefe Stille ringsumher, wohl fünf Minuten lang. Ich schlich weiter. Da rollte ein Steinchen von oben herunter; mehrere folgten; dann schien eine Geröllawine loszubrechen. „Allah kerîm!" kreischte eine Stimme.

Das Gepolter wurde ärger. Ich mußte zur Seite springen, um von dem Gestein nicht getroffen zu werden, kam aber aus dem Regen in die Traufe, denn etwas Großes, Schweres, wenn auch nicht Steinhartes krachte auf mich nieder und riß mich zu Boden. Ich wollte schnell wieder auf, mußte mir aber Zeit nehmen. Ich war an Kopf und Schulter schwer getroffen worden und fühlte in der Achsel einen lähmenden Schmerz. Vor mir lag das lange, dunkle Ding, das auf mich herabgesaust war. Ich streckte die Hand aus, um es zu betasten, und fühlte eine Nase. Also ein Mensch! Wer war der Mann? War er tot oder nur ohnmächtig? Ich nahm ihn beim Kopf, um die Schläfenschlagader zu befühlen. Diese Berührung hatte unerwarteten Erfolg: der Mann schrie laut, sprang auf und rannte fort, glücklicherweise nicht zum Brunnen, sondern in entgegengesetzter Richtung. Ich eilte ihm nach. Die Sprünge, die er mit seinen langen Beinen machte, schienen echt ‚Selimsche' zu sein. Da strauchelte er über einen Stein und stürzte. Sofort warf ich mich auf ihn und hielt ihm die Kehle zu, damit er nicht schreien könne. Er regte sich nicht und wehrte sich auch nicht. Ich betastete sein Gesicht, da es hier zu dunkel war, um seine Züge mit dem Auge zu erkennen. Richtig, ich hatte mich nicht geirrt. Ich nahm die Hand von seinem Hals und gebot: „Sprich leise, Selim! Bist du verletzt?"

Beim Klang meiner Stimme sprang er schnell auf.

„Du selbst bist es, Effendi? Da brauche ich mich nicht totzustellen."

„Woher kommst du?" — „Von da oben herunter!" Er deutete die Felswand empor. — „Sag Allah Dank, daß du mich trafst! Ich fühle mich zwar wie zerschlagen, aber wenn du unmittelbar auf das Gestein gestürzt wärst, so lägst du jetzt tot oder mit gebrochenen Gliedern da. Was hattest du denn an der Schlucht zu suchen?"

„Ich wollte herabklettern, um dich zu retten." — „Unsinn, ich befand mich gar nicht in Gefahr." — „Du bliebst so lange aus, und da wurde man besorgt um dich. Als tapferster der Helden schlich ich fort, dich zu befreien. Im Herabsteigen rutschte plötzlich der Boden unter meinen Füßen weg, und infolgedessen kam ich viel rascher herab, als es in meiner Absicht lag." — „Das ist nun wieder einer deiner Streiche. Befände ich mich wirklich in Gefahr, so wärst du der allerletzte, der mich retten könnte." — „Aber Effendi, ich bin ja zu solchen Taten geboren!" — „Das brauchst du nicht erst zu versichern. Ich weiß auch ohnedies schon längst, daß du nur für unsinnige Streiche im Buch verzeichnet stehst. Du wirst noch uns allen den größten Schaden bereiten. Aber ich habe Eile und keine Zeit zum Zanken. Kannst du steigen?" — „Ja, das Steigen ist mir angenehmer als das Fallen." — „So folge dicht hinter mir! Ich bin vorher hier herabgeklettert; diese Stelle ist am leichtesten zu begehen." Ich wäre schnell hinauf gekommen. Der Schleuderer der Knochen war zwar ein schneller Läufer, jedoch ein desto schlechterer Kletterer. Ich zog ihn mehr, als daß er stieg, und als wir endlich oben anlangten, mußte ich stehenbleiben, um Atem zu schöpfen.

Selim hatte eigentlich eine tüchtige Strafrede verdient, doch ich wußte im voraus, daß sie erfolglos sein würde. Er war unverbesserlich. Seine Anwesenheit wurde zu einer fortgesetzten Gefahr für mich. Ich hatte ihm nun einmal versprochen, ihn bei mir zu behalten, und wollte mein Wort einlösen. Dazu kam, daß er sich aus Sorge um mich wirklich in die Schlucht gewagt hatte. Das machte mich irre an Selim. Ich hatte ihn für unheilbar feig gehalten, sollte er doch zuweilen Mut fühlen? Oder war es nur Leichtsinn, das Unvermögen, die Folgen seines Tuns sich vorherzuberechnen?

Als wir das Lager erreichten, fand ich die Gefährten nicht allein um mich in Besorgnis, sondern noch viel mehr um Selim, den man vermißt hatte. Unser Erscheinen beruhigte sie indessen schnell. Selim hatte nichts Eiligeres zu tun, als sein Abenteuer zu erzählen. Er war aber nicht gefallen, sondern, da er mich in Gefahr sah, mit unvergleichlicher Kühnheit in die tiefe Schlucht hinabgesprungen, so daß sämtliche Feinde entsetzt die Flucht ergriffen hatten.

Ali Farid empfing mich mit der Überzeugung, daß mein Gang vergebens gewesen sei. Ich belehrte ihn eines bessern, indem ich ihm und dem Onbaschi Mustafa erzählte, was ich erlauscht hatte. Die beiden schlugen eine Beratung vor. Ich lehnte ab und riet, sofort zum Wadi el Berd aufzubrechen, damit wir unsre Vorbereitungen dort rechtzeitig treffen könnten. Sie sahen ein, daß ich recht hatte, und stimmten mir bei. Mustafa war schon einmal im Wadi el Berd gewesen und versicherte, daß er sich trotz der Nacht nicht in der Richtung irren würde. Die Kamele wurden gesattelt, wir stiegen auf und begannen den nächtlichen Ritt.

17. In Erwartung der Sklavenkarawane

Gleich im Anfang zeigte sich ein böses Hindernis. Wir mußten nämlich über die Schlucht hinüber, und da das selbst am Tag auf dem Rücken der Kamele fast unmöglich gewesen wäre, so sahen wir uns zu einem weiten Umweg gezwungen. Wir ritten südwärts, bis sich die Schlucht verflachte, so daß wir sie zu überschreiten vermochten. Drüben schlugen wir die nordöstliche Richtung ein, die uns zum Wadi bringen mußte. Ich hatte mein Kamel sehr anstrengen müssen. Vielleicht standen ihm und mir noch weitere außergewöhnliche Leistungen bevor. Ich wollte es schonen und hatte mich darum auf ein andres gesetzt. Der Weg war während der Nacht äußerst beschwerlich. Wir befanden uns zwischen den Dünen oder vielmehr Hügeln, die zum Dschebel Schigr hinüberlaufen, und kamen erst bei Tagesanbruch heraus. Nun freilich ging es besser. Wir konnten sehen und hatten die ebene, offne Wüste vor uns. Zu Mittag hatten wir den Bir en Nabeh im Süden zu unsrer Rechten, so daß drei Vierteile des Wegs hinter uns lagen, und eine Stunde nach dem Asr, also ungefähr um vier Uhr nachmittags, sahen wir einen niedrigen Höhenzug, der sich von Nordost nach Südost hinzog, vor uns liegen. Der alte Onbaschi behauptete, daß wir dahinter das Wadi el Bedr finden würden. Es stellte sich heraus, daß Mustafa recht hatte und ein guter Führer gewesen war.

Nun galt es, doppelt vorsichtig zu sein. Wir hatten uns schon bisher mehr rechts, also mehr östlich gehalten, als der Weg der Skalvenkarawane zu vermuten war. Es stand also zu erwarten, daß die Gegner nicht auf unsre Fährte stoßen würden. Da die Wege aber sich in der Nähe des

Wadi vereinigen mußten, ritten wir jetzt hintereinander und das letzte Kamel mußte eine Zeltleinwand hinter sich herziehen. Sie war mit den Zeltstangen beschwert und löschte, indem sie auf dem Sand hinschleifte, unsre Spuren größtenteils aus.

Der erwähnte Höhenzug bestand aus einzelnen niedrigen Felshügeln, die gerade aus der Sandwüste aufstiegen und das Wadi vor dem Eindringen des Sandes schützten. Unter Wadi hat man eigentlich ein Flußbett zu verstehen, das in der Regenzeit mehr oder weniger Wasser führt und sonst ein trocknes Tal bildet. Dieses Regenbett hier war von unregelmäßiger Breite, senkte sich hinter dem Höhenzug ziemlich schroff in die Tiefe und wurde jenseits von einer ähnlichen Hügelreihe eingefaßt. Es war nicht überall möglich, hinabzukommen, sondern wir mußten uns eine geeignete Stelle suchen, um auf die Talsohle zu gelangen. Dort fand sich nur lockeres Steingeröll. Der Sand, den das Wasser der Regenzeit mit sich geführt hatte, lag unter dem Geröll, und so hinterließen wir, wenigstens für die ungeübten Augen derer, mit denen wir es zu tun hatten, keine Spuren. Nun fragte es sich, wo der heimliche Brunnen zu suchen sei, ob rechts oder links, ob ab- oder aufwärts. Ali Farid und sein Onbaschi stimmten für rechts, ich aber war entgegengesetzter Meinung und erklärte ihnen den Grund.

„Die Sklavenkarawane macht gewiß keinen Umweg und hält sicher auf den Brunnen zu. Da wir uns nun rechts von ihrer Richtung befinden, müssen wir uns links wenden. Das ist doch klar."

Wir folgten dem Tal nach Nordwest, und schon nach einer halben Stunde ergab es sich, daß ich recht gehabt hatte. Wir sahen an einem Felsen, der stufenähnlich zur Höhe stieg, die erwähnten, dürren, zweiglosen Gasiah-Bäume stehen. Wir hielten bei ihnen an. Die unterste Stufe des Felsens hatte die doppelte Höhe eines Mannes, und da die andern, die sich übrigens unregelmäßig übereinander bauten, weniger hoch waren, so konnte man, wenn man einmal auf ihr stand, unschwer zur Höhe, das heißt zum andern Ufer, gelangen. Ich muß das erwähnen, damit das Folgende leichter verständlich wird. Die unterste Stufe stand so weit vor, daß jemand, der auf ihr lag, von den Gasiah-Stümpfen aus nicht gesehen werden konnte.

Also diese Gasiah-Bäume hatten wir gefunden; wo aber war das Wasser? Es sollte im Felsen ein Loch geben, das jetzt verschüttet war. Wir untersuchten die Umgebung, doch vergebens. Der Boden ließ nicht die mindeste Feuchtigkeit erkennen, und es war auch keine Spur einer künstlichen Aufschüttung zu sehen. Da mußte ich mich wieder an mein Kamel wenden. Es lag bei den andern. Ich holte es herbei. Das Tier senkte den Kopf, blies die Nüstern auf und begann, mit dem Vorderhuf neben den Bäumen den Boden zu wühlen. Die Stelle lag hart am Felsen. Das Tier wurde wieder weggeführt und wir gruben nach. Schon in einer Tiefe von einem Meter stießen wir auf eine Steinplatte. Ihr Durchmesser war so groß, daß wir wohl eine Viertelstunde brauchten, um sie freizulegen. Als sie entfernt worden war, standen wir vor einem

Loch, das bis herauf an den Rand mit hellem, kühlem Wasser gefüllt war. Ich kostete und fand, daß es bedeutend besser schmeckte als das des Bir Murat. Es hatte keinen Natrongehalt. Aus diesem Grund wurde es für uns bestimmt, während die Kamele das aus den Schläuchen bekommen sollten. Wir hatten einige leere Duraf[1]) und konnten sechs davon füllen, bevor das Loch so weit ausgeschöpft war, daß der Bodensatz trüb wurde.

„Was tun wir nun?" fragte Ali Farid. „Du meinst, daß die Sklavenjäger noch heute kommen?" — „Sie kommen gewiß", behauptete ich. — „Willst du sie hier erwarten?" — „Das kann mir nicht einfallen. Kommt die Karawane oben am Ufer an, und wir befinden uns hier unten, so können uns die Gegener wegschießen, ohne daß uns eine erfolgreiche Gegenwehr möglich ist. Nein, wir befinden uns hier unten, so können uns die Gegner wegschießen, ohne daß uns eine erfolgreiche Gegenwehr möglich ist. Nein, wir steigen hinauf, und unsre Gegner müssen herab. Wir verstecken uns hinter einer Höhe des nördlichen Ufers. Vorher aber decken wir den Brunnen wieder zu. Haben die Menschenjäger sich dann hier unten gelagert, so greifen wir sie von zwei Seiten an. Sie haben dann vor und hinter sich die Felsen, rechts und links uns, und müssen uns in die Hände fallen." — „Das ist richtig. Wann steigen wir hinauf?" — „Je eher, desto besser. Wir haben hier nichts mehr zu suchen, und es ist geraten, uns so bald wie möglich wieder zu entfernen. Es kann sein, daß die Sklavenjäger wieder einige Reiter vorausschicken, und wir dürfen von ihnen auf keinen Fall gesehen werden. Deckt den Brunnen sorgfältig wieder zu! Ich werde inzwischen auf- und abwärts je eine Stelle suchen, an der wir vom hohen Ufer zum Angriff leicht herabgelangen können."

Erfreulicherweise gab es zwei solche Stellen in der Nähe. Die eine lag ungefähr tausend Schritt auf- und die andere fast ebensoweit abwärts vom Brunnen. Wenn wir uns heut abend teilten und an diesen beiden Punkten niederstiegen, mußten wir die lagernde Karawane zwischen uns bekommen. Das Wasserloch fand ich dann bereits verschüttet, ebnete aber den Boden selber, um ganz sicher zu sein, daß keine Spur von unsrer Anwesenheit zurückblieb. Dann entfernten wir uns, indem wir an einer der angegebenen Stellen unsre Kamele hinauf zum Ufer führten. Ich ging hinterher, um etwaige Fährten auszulöschen. Oben mußten wir ein Versteck suchen, das uns hinreichend verbarg und nicht allzuweit entfernt sein durfte. Ich ging auf Kundschaft und fand in der Nähe einen vortrefflich geeigneten Platz. Eine Anhöhe, die hart an den Rand des Wadi trat, hatte auf ihrer andern, dem Regenbett abgewendeten Seite eine Einbuchtung, die hinreichend Raum für uns und unsre Tiere bot. Dort lagerten wir.

Das erste war nun, daß ich einen Posten auf diese Höhe sandte. Er hatte dort einen weiten Ausblick, so daß sich niemand dem Wadi nähern konnte, ohne von ihm bemerkt zu werden. Ich tat das nur aus gewohn-

[1]) Mehrzahl von Dorf = Schlauch

ter Vorsicht, nicht, weil ich es für unbedingt nötig hielt. In dieser einsamen Gegend war kein Mensch zu erwarten, und die Karawane kam jedenfalls erst am Abend, wo sie wegen der Dunkelheit vom Posten nicht gesehen werden konnte. Und doch war es gut, daß ich diese Maßregel getroffen hatte, denn wir waren noch nicht ganz zur Ruhe und in Ordnung gekommen, so meldete der Posten von oben herab: ,,Effendi, ich sehe im Süden drei Reiter."

,,Welche Richtung haben sie?" — ,,Das kann ich noch nicht erkennen. Es sind nur drei kleine weiße Punkte." — ,,Ich komme selber." Ich stieg zu dem Posten hinauf und nahm das Fernrohr mit. Ja, es waren drei Kamelreiter. Durch das Glas sah ich deutlich, daß sie aus dem Süden kamen und auf den Brunnen zuhielten. Das kam mir bedenklich vor.

,,Sie scheinen den verborgenen Brunnen zu kennen", bemerkte ich. ,,Das ist sonderbar!" — ,,So gehören sie wohl zur Sklavenkarawane!" meinte der Posten. — ,,Das glaube ich nicht, da diese ja aus Südwesten kommt. Ich vermute aber, daß diese Reiter Bekannte oder Freunde der Sklavenjäger sind, die das Geheimnis des Brunnens gewiß keinem Fremden verraten. Lege dich nieder, damit sie dich nicht sehen!" Er legte sich nun neben mich auf die Erde. Ali Farid war neugierig, kam auch herauf und kauerte sich zu mir. Ich gab ihm das Rohr. Er sah hindurch und wiegte den Kopf. ,,Da weiß man nicht, was man denken soll. Hier können doch nur Leute des Ibn Asl verkehren, da ein Fremder den Brunnen gewiß nicht kennt. Sollte der Menschenjäger doch einen andern Weg eingeschlagen haben, als wir vermuteten?" — ,,Das Rätsel wird sich lösen, sobald die Reiter hier sind. Sie nähern sich und scheinen sich nicht zum erstenmal in dieser Gegend zu befinden. Warten wir das Weitere ab."

Ich hatte das Fernglas wieder an mich genommen und hielt es auf die drei Reiter gerichtet. Sie saßen auf guten Tieren und kamen rasch näher. Schon konnte ich ihre Haltung, ihre Bewegungen unterscheiden, und nun sah ich auch die Gesichter.

,,Alle Wetter!" entfuhr es mir in der Überraschung. — ,,Was gibt's?" fragte Ali. —,,Es sind alte Bekannte von mir. Der Voranreitende ist Abd el Barak, der Mokkadem der Kadirine, von dem ich dir erzählt habe, mein guter Freund von Kahira her. Der zweite ist Nubar, der Gaukler, der mich wiederholt verfolgt hat." — ,,Allah! Irrst du nicht?" — ,,Nein, denn ich sehe ihre Gesichtszüge so deutlich, als ständen sie hier vor mir." — ,,Und der dritte?" — ,,Den kenne ich nicht. Er scheint ein Scheik[1]) zu sein, denn er hat die Kapuze seines Chirân[2]) nach hinten geworfen, und so sehe ich, daß er an seinem Fes die el Arabs-Troddel trägt." — ,,Es wird der Führer sein." — ,,Das glaube ich nicht. Der Mokkadem kennt jedenfalls den Brunnen. Er macht den Führer, denn er reitet ja voran. Der Scheik ist wohl der Kamelverleiher." — ,,Mög-

[1]) Weiter im Süden wandelt sich die Aussprache des ägyptisch-arabischen ,,Schech"!
[2]) Überwurf

lich. Wie aber kommen deine beiden Feinde in dieses Wadi, und was wollen sie hier?"

„Das weiß ich freilich nicht, ich werde es aber erfahren. Ich werde sie belauschen, wozu das Gelände vortrefflich geeignet ist, vorausgesetzt, daß sie den Brunnen aufsuchen." — „Wo sollten sie anders halten?"

„Man muß alle Möglichkeiten in Betracht ziehen. Es ist auch denkbar, daß sie das Wadi und den Brunnen nicht kennen und nur hier vorüberkommen. Wir müssen warten, ob sie bleiben oder weiterreiten."

Jetzt hatten die drei den jenseitigen Rand des Wadi erreicht und ritten an einer geeigneten Stelle hinab. Ich konnte von meinem Standpunkt aus nicht in die Tiefe blicken und wartete ungefähr fünf Minuten. Als sie da noch nicht wieder erschienen waren, konnte ich annehmen, daß sie unten abgestiegen waren, um zu lagern. Ich gab also dem Posten den Befehl, weiterhin scharf aufzupassen, ohne sich aber sehen zu lassen, und stieg mit Ali Farid von der Höhe hinab. Er war oben überflüssig und konnte lieber aufmerken, daß seine Leute keine Fehler machten. Von da aus verließ ich unsern Schlupfwinkel und begab mich zum Ufer des Wadi, und zwar zur Abstiegstelle, die oberhalb des Brunnens lag. Ich hatten Ben Nil gewinkt, mir zu folgen, und gebot ihm jetzt: „Setz dich hier nieder und warte! Sobald du einen scharfen Pfiff von mir hörst, springst du schnell in unser Lager und holst einige bewaffnete Männer, mit denen du eiligst hinab zum Brunnen kommst. Ich brauche euch dann." — „Du begibst dich schon wieder in Gefahr, Effendi", meinte der Jüngling besorgt. „Nimm mich doch lieber mit!" — „Nein. Ich bin allein viel sicherer als in Begleitung andrer. Wenn ich pfeife, mußt du dich beeilen." — „Wäre es da nicht besser, die Leute gleich jetzt zu holen und hier mit ihnen zu warten? Wir sind dann schneller bei dir, als wenn ich sie erst holen muß." — „Meinetwegen. Aber sorge dafür, daß sie sich ruhig verhalten!"

Ben Nil ging zurück, und ich stieg am Felsen nieder. Ich hatte kein Gewehr mit, nur die Revolver. Ich mußte vorsichtig sein, denn es war heller Tag, und ich konnte leicht bemerkt werden. Auch durfte ich kein Steinchen ins Rollen bringen.

Die obern Felsabsätze waren so niedrig, daß ich leicht von einem auf den nächstuntern gelangen konnte. Als ich den halben Weg zurückgelegt hatte, hörte ich unter mir Stimmen. Die Sprechenden befanden sich beim Brunnen, nah am Felsen, konnten mich also nicht sehen. Ich hätte nur dann entdeckt werden können, wenn sie weiter zur Mitte des Wadi gegangen wären.

So gelangte ich unbemerkt auf die unterste Felsstufe, die, wie schon bemerkt, ungefähr doppelte Mannshöhe hatte. Dort legte ich mich nieder und schob mich so weit vor, daß mein Gesicht mit der Kante gleichkam. Ich schaute vorsichtig hinab. Die Kamele lagen mit gefesselten Beinen in der Nähe, und die drei Männer knieten auf der Erde, um den Brunnen auszugraben. Ich hörte, was sie sprachen.

„Weißt du sicher, daß es hier Wasser gibt?" fragte der fremde Beduine, den ich für einen Scheik gehalten hatte. — „Gewiß", behauptete Abd el Barak. „Ich bin nicht zum erstenmal hier. Aus diesem verborgenen Wasserloch kann man in der jetzigen Jahreszeit wohl sieben oder acht Schläuche füllen." — „Allah gebe es, denn wir haben keinen einzigen Schluck mehr!" — „Hab keine Sorge! Du wirst trinken, so viel du willst, und deine Kamele werden auch bekommen. Und selbst wenn es hier kein Wasser gäbe, bedürfte es nur eines Tagesritts, um den Bir Murat zu erreichen. Verdursten kannst du also nicht!" — „Verdursten oder getötet werden, eins von beiden: ich hätte die Wahl. Ihr wißt ja, daß der Bir Murat den Ababdeh, den Feinden meines Stammes gehört. Es ist eine Rache zwischen uns, und ich als Scheik der Monassir müßte sterben. Sie würden mir nicht erlauben, mich durch Zahlung des Blutpreises loszukaufen."

Also dieser Scheik war Menelik, der Anführer der Monassir, die später im Mahdikrieg den Adjutanten Gordons, Oberst Stewart, ermordeten und zur Strafe dafür von General Earle überfallen werden sollten. Die Monassir sind ritterlich gesinnte, kriegerische Leute, die auch heute noch ihre Unabhängigkeit wahren. Sie zeigen ihren Haß offen und ehrlich und sind mir infolgedessen lieber als jene Stämme, die sich kriechend unterwerfen und später hinter dem Rücken des Siegers Heimtücke üben.

Die drei gruben fleißig weiter. Sie hatten leichte Arbeit, da wir vor ihnen den Boden gelockert hatten. Das fiel ihnen aber nicht auf. Endlich erreichten sie die Platte und schoben sie zur Seite. Ein dreifacher Ausruf der Enttäuschung war zu hören.

„Allah sei uns gnädig!" klagte der Scheik. „Das ist ja kein Wasser, sondern eine Brühe, die selbst ein Kamel nicht genießen kann!"

„Wohl wahr!" stimmte der Muza'bir betroffen bei. „Welch ein Unglück!" — „Schweig!" fuhr Abd el Barak ihn an. „Von einem Unglück ist noch lang keine Rede. Wir brauchen den Bir Murat nicht aufzusuchen. Wenn wir bis morgen früh warten, ist das Loch wieder voll." — „Aber wir treffen Ibn Asl nicht, wenn er schon hier war."

„Nein! Nach dem, was wir erfahren haben, kann er dieses Wadi noch nicht erreicht haben." — „Aber es ist doch der Fall, wie ich dir gleich beweisen werde. Kennt außer Ibn Asls Leuten und Freunden noch jemand diesen Brunnen?" — „Nein." — „Hält das Loch Wassers?" — „Stets. Selbst im dürrsten Monat kann man vier, auch fünf Schläuche füllen." — „Jetzt ist es aber leer, folglich ist es ausgeschöpft worden, und zwar von Ibn Asl selber, den wir hier erwarten wollten. Er ist also schon vorüber." — „Der Scheïtan gibt dir diese Rede ein, magst du nun recht haben oder nicht. Wenn Ibn Asl schon hier gewesen ist, so sind auch seine Verfolger hinter ihm her, und er ist verloren."

Menelik hatte diesen Wortwechsel mit einem Gesicht angehört, in dem sich das größte Erstaunen zeigte; jetzt, da der Mokkadem schwieg, meinte er: „Der Sinn eurer Rede ist mir dunkel. Ihr spracht von Ibn Asl. Meinst du etwa Ibn Asl et Dschasûr, den Sklavenjäger?" —

,,Ja." — ,,Allah! Warum habt ihr mir das verschwiegen? Warum habt ihr mir nicht die Wahrheit gesagt?" — ,,Wir haben sie gesagt! Wir mieteten deine Kamele, um einen Freund hier zu treffen, und dieser Freund ist Ibn Asl. Ist das etwa die Unwahrheit gesprochen?" — ,,Nein, aber die Wahrheit verschwiegen!" — ,,Bist du denn ein Feind von ihm?" — ,,Ja. Ibn Asl hat auf einem seiner Züge die besten Kamele meines Stammes gestohlen." — ,,Das ist doch kein Grund, zornig über uns zu werden! Wir wissen von jenem Diebstahl nichts. Vielleicht irrst du dich!" — ,,Nein. Der Menschenjäger ist mit unsern Kamelen gesehen worden." — ,,So hast du jetzt die beste Gelegenheit, mit ihm quitt zu werden. Wenn er hier ankommt, kannst du mit ihm sprechen; er wird dir die Kamele bezahlen." — ,,Mit einem Messer oder mit einer Kugel!" — ,,Nein, denn du stehst unter unserm Schutz." — ,,Wohl mir, wenn ich das glauben darf! Ihr seid nicht offen zu mir. Ihr habt unterwegs oft leise miteinander gesprochen. Ich aber habe dennoch verschiedenes verstanden." — ,,Was?" — ,,Ich hörte von einem fremden Effendi, der getötet werden soll, und von Soldaten, die bei ihm sind." — ,,So hast du falsch verstanden", fiel der Muza'bir ein. — ,,Nein, er hat richtig gehört!" widersprach Abd el Barak.

Nubar blickte ihn erstaunt an. Der Mokkadem aber fuhr, zu dem Scheik gewendet, gleichmütig fort: ,,Da du so viel gehört hast, ist es besser, du erfährst das andre auch noch. Bist du ein Gegner der Sklaverei?" — ,,Was geht mich die Sklaverei an! Ich bin ein freier Monassir und bekümmere mich nicht um die Schwarzen." — ,,So ist es recht! Du bist also auch nicht grundsätzlich Gegner von Ibn Asl?"

,,Nein. Er ist ein kühner Mann, und ich achte und lobe den Mut. Aber unsre Kamele soll er nicht stehlen!" — ,,Ibn Asl wird sie dir ersetzen. Sprechen wir jetzt von der Hauptsache. Der Khedive hat den Sklavenfang verboten. Er hat einen Reïs Effendina gesandt, der die Sklavenschiffe und Sklavenhändler abfangen soll. Zu diesem Reïs Effendina gehört ein Franke, ein Christenhund, den der Scheïtan verschlingen möge. Dieser Mensch glaubt nicht an Allah und lästert den Propheten. Er hält sich, wie wir erfahren haben, in Korosko auf. Nun ist Ibn Asl mit einer Sklavenkarawane unterwegs. Der Reïs Effendina hat das erfahren und steckt mit vielen Soldaten in der Gegend von Berber, um den Zug dort abzufangen. Die Karawane kann sich auch nördlicher wenden. Darum hat der Reïs Effendina einen Leutnant und einen Trupp Asaker nach Korosko zu dem Giaur gesandt, die der Karawane den Weg verlegen sollen. Ich weiß nun genau, daß Ibn Asl diesen Pfad einschlägt, und bin daher mit meinem Begleiter schleunigst aufgebrochen, um ihn vor dem ungläubigen Hundesohn zu warnen. Ist das etwas Unrechtes?" — ,,Nein. Was hat sich ein Franke, ein Christenhund, um die Angelegenheiten dieses Landes zu kümmern? Mag er in die Hölle fahren! Ich habe nichts gegen das, was ihr tut oder beabsichtigt. Ich fürchte auch Ibn Asl nicht, denn ich habe ihn nicht beleidigt, sondern er hat vielmehr mich zu fürchten, weil er der Räuber unsrer Kamele ist. Wenn er kommt, bin ich bereit, mich mit ihm zu versöhnen, falls er sich einverstanden erklärt, die gestohlenen Tiere zu bezahlen." — ,,Ibn Asl wird es tun, denn ich werde für dich sprechen." — ,,Tu'es, und ich will dir danken! Aber meinte der Muza'bir nicht, daß Ibn Asl schon vorüber sei?" — ,,Nubar meinte es, hat aber jedenfalls unrecht. Das Wasser ist ausgeschöpft worden. Hätte das die Sklavenkarawane getan, so würde man hier die Spuren des Lagers sehen. Ich weiß, daß Ibn Asl stets Kundschafter voraussendet. Diese Leute sind hier gewesen und haben das Loch geleert. Die Karawane wird nachkommen, und bis dahin wird sich das Loch wieder gefüllt haben." — ,,So laßt uns den Stein wieder darauflegen, damit die Wärme der Sonne nicht hineindringen kann. Dann hauen wir einen dieser Bäume um, um ein Feuer anbrennen zu können." — ,,Das dürfen wir nicht", widersprach Abd el Barak. ,,Die drei Bäume sind die Merkmale des Brunnens und sollen nicht verletzt werden. Wenn du ein Feuer haben willst, so brauchst du nur im Wadi nach Kameldünger zu suchen."

Menelik nahm sein Gewehr auf und entfernte sich. Ich war überzeugt, daß im ganzen Wadi kein Kamelmist zu finden sei. Der Mokkadem mußte einen Grund haben, den Scheik jetzt zu entfernen. Ich ahnte ihn und bekam diese Vermutung auch bald bestätigt, denn als der Beduine den Augen der beiden entschwunden war, meinte der Gaukler zornig: ,,Welche Unvorsichtigkeit, diesem Scheik alles so aufrichtig zu sagen! Brauchte er zu wissen, was wir vorhaben?"

Sie saßen am Wasserloch und ihre langen Flinten lehnten am Felsen.

,,Wie kannst du es wagen, mich eines Fehlers zu zeihen!" murrte Abd el Barak. ,, Wer hat dir erlaubt, in diesem Ton mit mir zu reden! Darf ich dem Führer etwa nicht sagen und erzählen, was mir beliebt?" — ,,Ich habe nichts dagegen; aber wie wird es Ibn Asl aufnehmen?" — ,,Mit der größten Zufriedenheit. Der Scheik kann alles wissen. Er wird nichts verraten, da sein Mund bald für ewig schweigen wird." — ,,Du meinst, daß er sterben wird?" — ,,Menelik wird sterben, weil er sterben muß, denn er kennt nun das Geheimnis dieses Brunnens. Sobald die heimlichen Brunnen verraten sind, kann jeder, der hierher kommt, sich Wasser nehmen, und dann wäre es für Ibn Asl nicht mehr möglich, seine Sklavenkarawanen zu tränken, und er müßte das Geschäft aufgeben. Darum hat er jedem Fremden, der einen geheimen Brunnen kennenlernt, den Tod geschworen. Sein Gruß an diesen Scheik der Monassir wird eine Kugel sein." — ,,Dann wird freilich alles, was du Menelik anvertraut hast, verschwiegen bleiben. Aber war es recht, ihn hierher zu führen? Du wußtest doch vorher, daß es ihm das Leben kosten würde!" — ,,Konnte ich anders? Wir brauchten Eilkamele. Menelik war der einzige, der solche Tiere hatte, und wollte sie uns nur unter der Bedingung leihen, daß er den Ritt mitmachen dürfe. Er mißtraute uns. Nun hat er die Folgen zu tragen. Ich habe ihn um Kamelmist gesandt, um dir das heimlich sagen zu können. Indem ich aufrichtig mit ihm gewesen bin, habe ich sein Vertrauen zu uns gestärkt, und er wird desto sicherer in den Tod gehen, der ihm bestimmt ist. Glaubst du nun noch immer, daß ich unvorsichtig gehandelt habe?" — „Jetzt nicht mehr. Aber du wirst zugeben, daß du nicht immer vorsichtig gewesen bist!" — „So! Wann hätte ich es denn an der nötigen Klugheit fehlen lassen?"

„Schon oft. Denk an die Nacht in Kahira, als der Giaur dich als Gespenst erwischte!" — „Erinnere mich nicht daran!" fuhr Abd el Barak zornig auf. „Die Stunde, da ich mich in der Hand dieses Hundesohns befunden habe, ist die unglücklichste meines Lebens, und ich ruhe nicht eher, als bis ich ihm den Streich vergolten habe. Du aber hast kein Recht, mich zu tadeln. Bist du etwa klüger gewesen? Hast du nicht in Giseh vor ihm vom Schiff fliehen müssen? Und ist er euch nicht dann entgangen, als ihr ihn im alten Brunnen von Siut ganz sicher in eurer Gewalt wähntet?" — „Schweig davon! Wenn ich daran denke, so will mich der Ingrimm übermannen. Dieser Giaur hat ein Glück, wie noch kein wahrer Gläubiger es besessen hat. Er macht alle unsre Pläne zuschanden, und wenn wir ihn fest zu haben meinen, entschlüpft er uns durch die Finger." — „Diesmal entkommt er uns nicht!" — „Vielleicht doch! Bedenke, wieviel Asaker er bei sich hat!" — „Diese Asaker fürchte ich nicht. Der Franke allein wird uns mehr zu schaffen machen, als sie alle. Ibn Asl hat jedenfalls genug Krieger bei sich, um die Asaker in Schach zu halten. Wenn es uns gelingt, ihn zu warnen, richtet sich die Waffe des Giaur gegen ihn selber. Er will die Sklavenkarawane überfallen und wird dann selber von ihr überrumpelt. Ein wahres Glück, daß ich in Berber unter den Asakern dieses Reïs Effendina unsern Ben Meled erblickte, der mich sofort erkannte und mir dann alles verriet. Ich wollte eigentlich unmittelbar nach Khartum, aber ich bereue diesen Umweg nicht, da mir dadurch der Giaur in die Hand gegeben wurde."

Jetzt kehrte der Scheik der Monassir zurück. Er hatte die letzten Worte gehört und zeigte ein verdrießliches Gesicht.

„Wir müssen auf das Feuer verzichten, denn es war kein Brennstoff zu finden. Ich will dir wünschen, daß deine Hoffnung, diesen Ungläubigen zu fangen, nicht ebenso vergeblich ist. Ist's nur, weil er sich gegen Ibn Asl auflehnt, oder hast du eine persönliche Rache gegen ihn?" — „Das zweite ist der Fall." — „So erzähle es mir! Ich bin euer Dalûl[1]) und kann euch nützlich sein."

Menelik lehnte sein Gewehr zu den andern und setzte sich. Abd el Barak erfüllte seinen Wunsch, aber in einer Weise, daß mir die Haare hätten zu Berg stehen mögen. Er erzählte schreckliche Geschichten, deren Held ich gewesen sein sollte, und schilderte mich als einen Inbegriff aller Laster und Schlechtigkeiten.

„Allah!" rief der Scheik am Schluß aus. „So ein Schurke ist eigentlich gar kein Mensch. Aber daran ist der Scheïtan schuld. Als Allah den Adam geschaffen hatte, wollte der Scheïtan es ihm nachmachen und schuf ein Wesen, das zwar menschliche Gestalt hatte, aber die Seele eines Teufels besaß. Von diesem Unhold stammen die Christen ab, während

[1]) Führer, Beschützer

Adam der Urahne der gläubigen Muslimin geworden ist. Man möchte sich fast fürchten, von diesem Giaur überhaupt zu sprechen. Behüte mich Allah vor diesem dreimal gesteinigten Satan! Wenn ihr ihn fangt, werde ich ihn nur von weitem betrachten; aber so ein Teufel ist schwer zu fangen. Ich glaube nicht, daß ihr ihn in eure Hände bekommt!" — „Dieses Mal ganz gewiß!" meinte der Gaukler. „Welch eine Wonne wird das für uns ein! Und wehe, tausendfach wehe ihm! Ich wollte, ich hätte ihn schon jetzt in meiner Hand; ich wollte — "

Nubar kam in seiner Rede nicht weiter, denn ich richtete mich auf, sprang hinab und unterbrach ihn: „Ich will dir deinen Wunsch erfüllen. Hier hast du mich!"

Ich hatte den Sprung so bemessen, daß ich jetzt zwischen ihnen und den Gewehren stand. Sie saßen neben dem Loch, ohne sich zu bewegen und starrten mich an, als wäre ich ein Gespenst. Ich zog die beiden Revolver und richtete die Läufe auf sie.

„Wenn man den Teufel an die Wand malt, so kommt er. Ihr habt mich als Teufel beschrieben, und so bin ich da."

Der Mokkadem faßte sich zuerst. Er griff zu seiner Pistole, zog sie aus dem Gürtel und schrie: „Ja, du bist kein Mensch, sondern ein Teufel. Fahre zur Hölle, wohin du gehörst!"

Abd el Barak wollte die Waffe auf mich richten. Ich stieß sie ihm mit dem Fuß aus der Hand, daß sie weit fortflog, und trat ihm, als er aufspringen wollte, so gegen den Leib, daß er niederstürzte und sich überschlug. In diesem Augenblick schnellte der Muza'bir empor. Er war zehnmal gewandter und geschmeidiger als der Mokkadem. Aufspringen und auf mich schießen war bei ihm das Werk einer Sekunde, ich fand kaum Zeit, mich auf die Seite zu werfen. Die Kugel flog an mir vorüber, und fast gleichzeitig traf ihn meine Faust so gegen die Schläfe, daß er besinnungslos zusammenbrach.

Inzwischen hatte sich Abd el Barak wieder aufgerafft und das Messer gezogen. Er drang damit auf mich ein. Ich wehrte seinen Stoß durch einen von unten herauf gegen seinen Ellbogen geführten Hieb ab, wodurch ihm das Messer aus der Hand geschleudert wurde. Dann warf ich ihn nieder und drückte ihm mit beiden Händen die Kehle zusammen. Er schlug einige Augenblicke mit den Armen und Beinen um sich und lag dann auch bewegungslos. Ich nahm zwei Finger in den Mund und stieß einen schrillen Pfiff aus. Dann hob ich die beiden Revolver auf, die ich weggeworfen hatte.

Das war alles weit schneller geschehen, als man es erzählen kann, und doch hatte ich dabei auch auf den Scheik achten müssen. Er war noch zu keiner Bewegung gekommen. Der Monassir saß wie eine Bildsäule da und starrte mich an. Sein verblüfftes Gesicht hätte mich, wenn die Lage nicht so ernst gewesen wäre, zum Lachen bringen können.

„Allah akbar — Gott ist groß!" brachte Menelik jetzt hervor, indem er langsam aufstand und mit dem Zeigefinger auf die beiden andern deutete. „Wer bist du, und was haben dir diese Männer getan, daß du sie mit der Faust erschlägst, wie Kaled seine Hunde?"

„Wer ich bin?" antwortete ich. „Ich habe es doch schon gesagt. Ich bin der, von dem sie dir erzählten." — „Der Gi — der — Christ?"

„Ja." — „'Adschab Allah — Wunder Gottes! Wie kannst du es wagen, diese Männer in meiner Gegenwart zu —"

Der Beduine wollte zu seiner Flinte greifen. Ich trat ihm schleunigst in den Weg.

„Ereifere dich nicht! Du kannst an den, was geschehen ist und noch geschehen wird, nichts ändern." — „O doch! Gib mir mein Gewehr!" — „Das bleibt einstweilen in meiner Verwahrung."

Der Scheik griff mit beiden Händen in den Gürtel unter seinem Übergewand. Da legte ich die Arme um seinen Leib, hielt ihn fest und rief Ben Nil, der soeben mit acht Asakern gelaufen kam, zu:

„Bindet zunächst diesen Scheik der Monassir. Aber tut ihm nicht weh, denn er wird bald unser Freund werden!"

Menelik wollte sich sträuben, doch ohne Erfolg. Er wurde entwaffnet und so gebunden, daß er die Arme überhaupt nicht und die Füße nur in kleinen Schritten bewegen konnte. Desto tätiger war seine Zunge. Er rief alle möglichen Rachearten vom Himmel und von Allah auf uns herab. Wir ließen ihn aber ruhig schimpfen.

Während der Mokkadem und der Muza'bir auch gefesselt wurden, und zwar viel fester und sorgfältiger, rief vom Rand des Wadi eine Stimme herab: „Haut sie nieder; schlagt sie tot! Jagt ihnen alle Kugeln durch die Köpfe, und stoßt ihnen das Messer in die Leiber! Seid ihr fertig? Ist es gelungen?"

Selbstverständlich war Selim dieser Schreier.

„Schweig!" gebot ihm Ben Nil. „Warum stehst du da oben? Es läßt dich doch nur die Angst nicht herab!"

Aus diesen Worten entnahm der Schleuderer der Knochen, daß keine Gefahr mehr vorhanden sei. Er kam mit beiden Beinen zugleich herabgesprungen und schrie, als er die drei Gefangenen erblickte:

„Sieg, Jubel, Ruhm und Ehre! Die Schlacht ist geschlagen und der Feind überwunden!" — „Schweig, Prahler!" grollte Ben Nil. „Dich wird kein Mensch preisen, denn du bist nur beim Essen der erste; wo es Mut gilt aber stets der letzte, und beim Kampf habe ich dich noch nie gesehen. Hier, nimm Scheik Menelik, und führe ihn hinauf ins Lager!" — „Den Scheik? Das fällt mir nicht ein. Ich nehme den Muza'bir, der mich in dem Brunnen verschmachten lassen wollte. Meine Rache wird entsetzlich sein." — „Du wagst dich an ihn, weil er gebunden ist. Ich habe nichts dagegen."

Nubar war wieder zu sich gekommen, ebenso der Mokkadem. Sie sollten zum Lager geschafft werden, und damit wir sie nicht tragen mußten, wurden ihnen die Fußfesseln so locker gelassen, daß sie gehen konnten. Selim richtete beide auf und nahm dann den Gaukler beim Arm.

„Vorwärts, Halunke! Du bist in meine gewaltige Macht gegeben, und ich werde dich vernichten, wie der Elefant einen Wurm zertritt!"

Nubar konnte nur die Füße bewegen, dennoch sprang er auf Selim zu, riß ihn zu Boden und setzte ihm die Zähne an die Gurgel. Er biß wie ein wütender Hund, konnte aber nur die Haut verletzen. Selim streckte Arme und Beine aus, so erschrocken und feig war er, und schrie und blökte wie ein Kalb, das geschlachtet werden soll. Ich nahm den Muza'bir beim Genick, riß ihn auf und gab ihm einige Ohrfeigen, von denen ihm die Nase blutete. Das war vielleicht unanständig, für diesen frechen und brutalen Halunken aber ganz geeignet. Selim stand auf, griff an seinen Hals und jammerte:

„Der Gaukler hat mich gebissen. Er lag auf mir wie ein Tiger. Effendi, du bist der berühmteste aller Ärzte des Weltalls und des Himmelsgewölbes, untersuche mich, ob ich sterben muß!"

Es war ihm nur die Haut geschürft worden, dennoch machte ich ein bedenkliches Gesicht.

„Die Luftröhre, die Leber und die Milz sind zwar unverletzt, aber die Zähne eines wütenden Menschen sind giftig; darum ist ein Ssimm ed Damm[1]) zu befürchten." — „Eine Ssimm ed Damm? Von dieser Krankheit habe ich noch nie gehört. Allah sei mir gnädig! Wie verläuft sie, o Kara Ben Nemsi Effendi?" — „Die Wunde schwillt an, und die Anschwellung läuft bis zum Herzen. Der Magen wird weiß, die Lunge grün, das Gesicht schwarz mit gelben Strichen, die Beine und Arme fallen ab, und der Körper löst sich los, so daß endlich nur der Kopf übrigbleibt, der aber schon nach einigen Wochen auch zugrunde geht." — „O Mohammed, o ihr heiligen Kalifen! Das ist die Sssimm ed Damm! Ich bin verloren! Dieser Muza'bir hat mich ermordet! Gibt es kein Mittel gegen dieses entsetzliche Übel?" — „Es gibt eines, und es ist sehr einfach, aber ich glaube nicht, daß ich es bei dir anwenden kann." — „Sag mir nur, was ich tun soll, mein lieber, lieber, mein guter und verehrungswürdigster Effendi! Ich werde alles tun, alles, und wenn es noch so schwer sein sollte." — „Gut, ich will es versuchen, dich zu retten. Zunächst muß ich dich mit meinem Ruh el Umr[2]) einreiben, und von diesem Augenblick an darfst du nur durch die Nase atmen. Du darfst also den Mund nicht öffnen, vor allen Dingen nicht sprechen." — „Allah! Das ist schlimm! Wie lang dauert das?" — „Bis die Gefahr vorüber ist. Ich werde es dir sagen." — „Aber ich muß doch essen und trinken, und Allah weiß, daß man das nicht durch die Nase tun kann!" — „Beim Essen und Trinken ist es gestattet, den Bissen tun kann!" — „Beim Essen und Trinken ist es gestattet, den Bissen oder Schluck in den Mund zu nehmen, aber ja nicht dabei atmen oder sprechen!" — „Ich werde es tun, Effendi, ja ich werde es tun. Ich will lieber einige Zeit lang schweigen, als an dieser fürchterlichen Ssimm ed Damm umkommen. Ich schwöre dir bei allen Bärten der Propheten, daß ich kein Wort sprechen werde."

Die drei Gefangenen und ihre Kamele wurden hinauf in unser Ver-

[1]) Blutvergiftung [2]) Geist des Lebens

steck gebracht. Wir mußten das Wasserloch wieder schließen, und ich sorgte dafür, daß keine Spuren zurückblieben. Dann mußte ich dem Leutnant und dem alten Onbaschi für den heutigen Abend Verhaltungsmaßregeln geben.

Es war vorauszusehen, daß ich die Karawane belauschen würde. Darum mußten unsre beiden Abteilungen von den beiden Genannten angeführt werden. Ich zeigte ihnen, nachdem ich Selims Hals mit Salmiakgeist eingerieben hatte, die Stellen, an denen sie ihre Leute hinab in das Wadi führen mußten. Das Folgende mußte sich aus den Umständen ergeben. Ich selber stieg noch einigemal die Felsstufen auf und ab, um mit der Örtlichkeit vertraut zu werden und in der Dunkelheit keinen Fehltritt zu tun, und kehrte nachher befriedigt zum Lager zurück, befriedigt besonders deshalb, weil zwei meiner ärgsten Feinde in unsre Hände gefallen waren.

Was aber mit ihnen tun? Das fragte ich mich selber, und das fragte mich auch Ali Farid, als ich bei ihm und Mustafa Platz genommen hatte. Die Gefangenen lagen, um unser Gespräch nicht hören zu können, unter der Obhut zweier Wächter ein Stück von uns entfernt. Selim kauerte in der Haltung, die der Araber Rahat el A'da[1]) nennt, also mit untergeschlagenen Beinen neben Ben Nil, der fleißig auf ihn einsprach. Der junge Mann machte dabei ein so unternehmendes Gesicht, daß ich seine Absicht erriet: er wollte Selim zum Sprechen bringen. Aber der Lange ließ sich nicht verleiten, gegen meine hinterlistige Verordnung zu handeln, und hielt mit großer ‚Tapferkeit' sein Schweigen fest.

„Es ist eigentümlich, Effendi, daß deine Entschlüsse stets den besten Erfolg haben", meinte der Leutnant. „Du weißt ja, daß ich oft anders dachte als du. Aber ich sehe jetzt wieder ein, daß es immer geraten ist, dir zu folgen. Wir haben dadurch jetzt einen guten Fang gemacht, und ich bin überzeugt, daß es uns auch gelingen wird, Ibn Asl die gefangenen Frauen abzujagen." — „Damit wäre ich nicht zufrieden", entgegnete ich. „Ich will ihm nicht nur die Sklavinnen abnehmen, sondern auch ihn und seine Leute dingfest machen, um sie dem Reïs Effendina zu überliefern." — „Das wäre ein Streich, ein großer Erfolg, durch den vielen Hunderten von Schwarzen die Freiheit und das Leben erhalten bliebe. Aber es wird Blut kosten!"

„Wahrscheinlich. Doch eine Wahrscheinlichkeit ist noch keine Gewißheit. Man darf sich nicht immer unbedingt nach den gegebenen Verhältnissen richten, sondern man muß suchen, sie zu beherrschen, sie zum eignen Vorteil umzuändern." — „Ich möchte sehen, wie das anzufangen ist. Die heutigen Verhältnisse sind doch so, daß Ibn Asl kommen und am Brunnen lagern wird. Wir überfallen seine Krieger, kämpfen mit ihnen, töten soviel wie möglich von ihnen und nehmen die übrigen gefangen. Wie ist es möglich, das zu ändern oder es gar so einzurichten, daß seine fünfzig Männer ohne Kampf und Blutvergießen überwältigt werden?" — „Das weiß ich jetzt noch nicht. Ich halte das

[1]) Das Ruhn der Glieder

Leben eines Menschen für sein höchstes irdisches Gut, und darum soll man es schonen. Kann ich ohne Blut zum Ziel kommen, so tu ich es. Es ist möglich, daß wir mit List unsern Zweck erreichen. Für jetzt freilich müssen wir an dem einfachsten Plan festhalten: ich steige zum Felsen hinab, um zu lauschen, und ihr klettert rechts und links vom Brunnen ebenfalls hinunter, um im Dunkeln zu warten, bis ihr von mir das Zeichen zum Angriff erhaltet." — „Welches Zeichen?" — „Hast du einmal einen Aasgeier im Schlaf krächzen gehört?" — „Gewiß." — „Ich werde diesen Laut nachahmen. Er ist in der Wüste so alltäglich, daß er Ibn Asl und seinen Wächtern nicht auffallen kann." — „Aber wir können nicht alle hinab, denn wir müssen einige Wachen bei den Kamelen und Gefangenen zurücklassen." — „Zwei oder drei Leute werden genügen. Die Gefangenen behalten ihre Fesseln, bis auf den Scheik. Er hat uns nichts getan und hegt wohl auch keine bösen Absichten gegen uns. Wir wissen nicht, ob er und sein Stamm uns nicht noch dienlich sein können, und so ist es geraten, mit ihm milder zu verfahren als mit den beiden andern." — „Darin stimme ich dir bei. Was aber hast du in Beziehung auf den Mokkadem und den Muza'bir beschlossen?"

„Wir überbringen sie dem Reïs Effendina. Es hat sich herausgestellt, daß sie in Verbindung mit dem Sklavenjäger stehen." — „Du willst dich nicht an ihnen rächen? Sie haben dir doch nach dem Leben getrachtet." — „Darüber richte nicht ich. Mein Glaube verbietet mir die Rache."

Ben Nil hatte das gehört und sagte: „Aber ich bin kein Christ, Effendi. Nubar war der Verbündete des heiligen Fakir, und auch Abd el Barak gehört zu ihnen. Man hat mich in den Brunnen gelockt, um mich zu verderben. Wärst du nicht gekommen, so hätte ich verschmachten müssen. Diese beiden Gefangenen gehören also nicht dem Reïs Effendina, sondern mir." — „Willst du sie ermorden?" fragte ich. — „Nein", erklärte der Jüngling stolz. „Seit ich bei dir bin, ist dein Sinn der meinige geworden. Ich töte keinen wehrlosen Menschen, selbst wenn er mein ärgster Feind wäre; aber ich will mich rächen. Ich werde ehrlich mit ihnen kämpfen. Du gibst ihnen ihre Waffen zurück, und dann mag Allah zwischen uns entscheiden."

„Ich werde es mir überlegen."

Das sagte ich nur, um ihn zu beruhigen, hatte aber keineswegs die Absicht, seinen Wunsch zu erfüllen. Das wackere Kerlchen war mir zu wert, als daß ich ihm hätte erlauben mögen, sich einer Gefahr auszusetzen, der er, wie ich glaubte, nicht gewachsen war.

Nun ließ ich den Scheik der Monassir holen. Er mußte sich zu uns setzen und fragte sogleich: „Was habe ich euch getan, daß ihr mich wie einen Feind behandelt?" — „Du bist der Gefährte unsrer Feinde; das ist Anlaß genug, dich festzunehmen. Übrigens wirst du wohl gehört haben, daß ich befahl, nicht streng gegen dich zu sein."

„Ich hörte es. Dennoch bin ich gebunden wie ein Gefangener. Deine Worte klingen gut, aber dein Verhalten ist das eines wortbrüchigen Christen." — „Laß dir raten, auf deinen Vorteil bedacht zu sein! Durch beleidigende Reden wirst du mich nicht umstimmen. Du bist der Gefährte unsrer Feinde. Sie haben mir nach dem Leben getrachtet, und nach dem Gesetz der Wüste könnte ich sie und dich mit ihnen sofort töten. Aber ich befand mich, während du mit ihnen sprachst, in eurer Nähe und hörte eure Worte; ich weiß also, daß du ihnen die Kamele vermietet und sonst keinen Teil an ihnen hast. Darum sollst du frei sein, wenn du bereit bist, die Bedingung zu erfüllen, die ich dir stelle." — „Nenne sie!"

Der finstere Ausdruck seines Gesichtes wollte sich nicht ändern. Menelik war ein starrer Muslim und als solcher ein Gegner aller Andersgläubigen. Zudem glaubte er, was ihm Abd el Barak von mir vorgelogen hatte. Ich erzählte ihm also kurz das Geschehene und fügte hinzu: „Du wirst nun wohl einsehen, daß ich nicht der Teufel bin, als der ich dir beschrieben wurde. Ich weiß, daß die Monassir tapfere Krieger sind, die niemals ein gegebenes Wort brechen. Darum mache ich dir folgenden Vorschlag: du versprichst mir beim Barte des Propheten, diesen Ort ohne meine Erlaubnis nicht zu verlassen. Tust du das, so nehme ich dir die Fesseln ab, gebe dir sogar deine Waffen zurück, und du wirst, solange wir hier bleiben, unser Gast sein." — „Und dann, wenn ihr fortreitet?" — „Dann bist du ganz frei und kannst tun, was dir beliebt." — „Ist das eine Hinterlist oder die Wahrheit?" — „Ich lüge nicht." — „So schwöre ich beim Barte des Propheten, daß ich deine Forderung streng erfüllen werde!"

Es war ihm anzusehen, daß er sein Wort halten würde. Ich nahm ihm die Fesseln ab und gab ihm seine Waffen.

„So magst du von jetzt an als Gast bei uns sitzen. Danke übrigens Allah, daß ich ein Christ bin und daß er dich zu mir geleitet hat! Ohne mich würdest du morgen nicht mehr leben."

Menelik sah mich mit einem mißtrauischen Blick von der Seite an. „Wieso? Wer könnte mir nach dem Leben trachten? Doch nur du!" — „Ich am allerwenigsten. Mein Gefährten werden dir sagen, daß ich das Leben selbst meines ärgsten Feindes zu schonen trachte. Weißt du, warum du vorhin fortgeschickt wurdest?" — „Um Kameldünger zu suchen. Es sollte ein Feuer angezündet werden." — „Wenn du das glaubst, so hast du ein sehr vertrauensseliges Herz. Wo soll hier im Wadi el Berd der Dünger herkommen?" — „Von den Kamelen der Sklavenkarawanen, die heimlich hier verkehren." — „Wieviel Karawanen kommen jährlich hierher? Der Brunnen ist nur den Leuten Ibn Asls bekannt, und wenn diese im Jahr zwei- oder dreimal hier halten, so ist das viel. Wieviel Dünger gibt das? Und ich denke, daß kein Karawanen-Ältester den Dünger seiner Kamele liegen läßt. Dieser Stoff wird so nötig gebraucht, daß man ihn sorgfältig sammelt. Du wirst also einsehen, daß Abd el Barak genau wußte, daß dein Suchen vergeblich sein würde." — „Weshalb sollte er mich sonst fortgeschickt haben?" — „Um heimlich mit dem Muza'bir von dir reden zu können. Ich habe, als du fort warst, jedes ihrer Worte vernommen. Es handelte sich um deinen

Tod." — „Allah! Beweise mir die Wahrheit deiner Anklage!" — „Ibn Asl es Dschasûr, der Sklavenjäger, kann seine Karawanen nur so lange durch die Wüste senden, wie seine Brunnen unentdeckt bleiben. Sobald die geheimen Wasserlöcher entdeckt werden, ist es aus mit dem Geschäft und dem Gewinn. Kommt ein andrer hinter das Geheimnis, so frage ich dich, was Ibn Asl höher stehen wird, das Leben dieses Mannes oder die hohen Summen, die ein Menschenjäger verdient?" — „Das Geld. Aber ich bin ja in das Wadi mitgenommen worden, ich habe mich doch nicht in das Geheimnis gedrängt!" — „Das bleibt sich gleich. Es ist verraten, und um es zu wahren, muß Ibn Asl dich töten."

„Das sagte Abd el Barak?" — „Ja. Oder glaubst du, daß ich dich belüge?" — „Nein. Ich glaube, daß du die Wahrheit sprichst. Welche Schlechtigkeit aber ist es von den beiden Männern, mich in das Wadi zu locken!" — „Du selber trägst die Schuld. Du hast ihnen deine Kamele nicht anvertrauen wollen und hast verlangt, mitgenommen zu werden." — „Das ist wahr. Und ich sehe ein, daß sie mich auf die Gefahr, der ich mich dadurch aussetzte, nicht aufmerksam machen konnten. Sie sind also weniger schuldig, als ich glaubte, und da ich nun unter deinem Schutz nichts mehr zu befürchten habe, will ich ihnen verzeihen."

Inzwischen war die Sonne untergegangen. Es wurde rasch dunkel. Die Anhänger des Propheten verrichteten ihre Gebete. Dann wurde gegessen. Dabei kam mir ein scharfer Geruch in die Nase. Ich sah mich um und gewahrte einen Askari, der auf der Erde lag und aus Leibeskräften in ein kleines, glimmendes Feuer blies. Ich sprang hin und drückte es aus.

„Was fällt dir ein?" schalt ich. „Wer hat dir das erlaubt?"

„Ich wollte ja nur ein Feuerchen machen, Effendi!" entschuldigte er sich kindlich.

„Siehst du denn nicht ein, daß es für uns gefährlich ist, ein Feuer anzuzünden? Ein solches Feuer riecht man weit, selbst wenn man es nicht sieht. Wenn jetzt Ibn Asl käme und da unten Lager machte, könnte es uns ihm leicht verraten." — „Daran habe ich nicht gedacht. Verzeih mir!"

Wir lagerten in der Einbuchtung des Hügels, und auch die beiden Gefangenen befanden sich da. Draußen vor der Bucht lagen die Kamele, die von zwei Asakern bewacht wurden. Auf dem Hügel stand der Posten, der seine Aufmerksamkeit scharf nach Südwest richten mußte. Da ich gewohnt war, mich mehr auf mich selber als auf andre zu verlassen, stieg ich zu ihm hinauf, und später kam der alte Onbaschi nach.

Nach einiger Zeit ging der Mond auf und warf seinen Schein auf die gegenüberliegenden Felshöhen. Wir konnten ihre tiefen, dunklen Stellen von den hellen, höhern leicht unterscheiden. Es mochte gegen zehn Uhr sein, als ich drüben eine Bewegung wahrnahm. Ich sah helle Gestalten an dem dunklen Hintergrund erscheinen und vorübergleiten. Das waren die weißen Haïks der Menschenjäger. Ich stieg in das Versteck hinab, meldete dem Leutnant die Ankunft der Erwarteten, empfahl große Stille und Vorsicht, ließ den beiden Gefangenen den Mund verbinden, damit sie die Sklavenkarawane nicht durch laute Rufe warnen konnten, und stieg dann die Felsstufen hinab, um noch vor Ibn Asl auf meiner Lauscherstelle zu sein.

Der Mond reichte nicht in die Tiefe des Wadi, und der Schein der Sterne war zu schwach, um das Dunkel hier zu durchdringen. Meinen hellen Haïk hatte ich zurückgelassen; ich konnte nicht gesehen werden.

Da klang es vom jenseitigen Ufer wie Schwalbengezwitscher herüber, das zuweilen von einem tiefern Ton unterbrochen wurde. Das Gezwitscher waren die hellen, fernen Stimmen der Sklavinnen, und der zuweilen dreinklingende Baß war die befehlende Stimme des Anführers, der die Richtung des abschüssigen Pfades angab.

Die Stimmen kamen näher, die Karawane erreichte die Tiefe des Wadi und wendete sich dann dem Punkt zu, wo das Wasserloch lag. Ich sah die Haïks der Reiter und die hellen Zeltdächer der Frauensänften sich bewegen. Alles andre blieb im tiefen Dunkel unsichtbar. Nun erklang der Befehl des Führers: ,,Halt! Dankt Allah und dem Propheten, denn wir sind glücklich bei dem Wasser der Erquickung angekommen!“

Dann war es, als ob mehrere hundert Menschen antworteten. Männer riefen, schrien oder fluchten; Frauenstimmen schwirrten durcheinander; Kamele blökten und brummten. Jetzt wurde es hell; Fackeln brannten, und nun konnte ich beobachten, was unter mir vorging.

Das war wirklich eine ansehnliche Karawane. Es wurden mehrere Palmfaserfackeln angebrannt, und bei ihrem Schein zählte ich fünfzehn Lastkamele, die Tachtérawâns trugen. Die Formen dieser Frauensänften sind sehr verschieden, aber stets absonderlich. Am seltsamsten nehmen sie sich im Schein des Feuers oder wie hier der Fackeln aus. Außer diesen Sänftenkamelen gab es noch andre Lasttiere, die die Wasserschläuche, Vorräte und Zelte trugen. Reitkamele waren es wohl fünfzig. Ich konnte sie nicht genau zählen.

Wohl eine Viertelstunde herrschte ein Wirrwar, der kaum zu lösen schien, dann kam Ordnung in die Menge. Die Frauenzelte wurden aufgeschlagen, eine Arbeit, die die Sklavinnen selber verrichteten. Die Männer nahmen den Kamelen ihre Lasten ab, und einige kamen mit einer Fackel zum Brunnen, um das Wasserloch freizulegen.

Mir war eigentümlich zu Mut. Ich hatte das Morgenland kennengelernt, aber noch nie in einem so fremdartigen Bild wie hier. Dabei wirkte am meisten das Bewußtsein, daß sich der gegenwärtige Frieden bald in einen blutigen Kampf verwandeln würde.

Die Anordnung des Lagers war leicht zu erkennen. Ich befand mich über dem Brunnen. Rechts davon breiteten die Männer ihre Decken und Tücher aus, links erhoben sich die Frauenzelte, dahinter lagen die Pack- und Reitsättel mit den Lasten, und weiterhin wurden sämtliche Kamele gezwungen, sich in das scharfe Steingeröll zu legen. Dieser Plan war nicht geeignet, die Ansicht zu bekräftigen, die ich bisher über den berühmten oder vielmehr berüchtigten Ibn Asl el Dschasûr gehegt hatte. Ein solcher Mann muß vor allen Dingen umsichtig sein. Dieses Lager aber war noch leichtsinniger angelegt als das Nest einer Amsel. Jedenfalls war man allzu fest der Überzeugung, daß die weite Wüste außer der Karawane keinen Menschen berge.

Unter mir wurde das Loch aufgegraben. Die Leute arbeiteten dabei mit den Händen. Bei ihnen stand ein langer, sonnenverbrannter und schwarzbärtiger Kerl, der ihnen zuschaute und zuweilen nach rechts oder links einen lauten, kurzen Befehl rief. Dieser Mann war also der Anführer, Ibn Asl, der Sklavenhändler. Er hatte keine Ähnlichkeit mit seinem Vater, dem scheinbar ehrwürdigen und heiligen Fakir Abd Asl.

Jetzt waren die Brunnengräber bis an die Steinplatte gelangt. Sie hoben sie weg, und der Anführer ergriff die Fackel und kniete nieder, um hinabzuleuchten. Er stieß einen Fluch aus und knurrte enttäuscht: „Da gibt es kaum zwei Fuß Wasser. Der Scheïtan hat den Regen in eine andre Richtung gelenkt, und wir können keinen Schlauch füllen, denn dieses Wasser müssen wir den Sklavinnen geben, um sie frisch und gesund zu erhalten. Allah schnüre diesen Frauen die Kehle zu!" — „Es wird sich vielleicht etwas nachsammeln", bemerkte einer der Männer. — „Das weiß ich auch, du Sohn und Neffe der Klugheit. Aber wie lange wird das währen? Können wir tagelang hier warten?" — „Verzeih! Wir müssen doch ohnedies hier warten, bis die andern nachgekommen sind." — „Die kommen schon morgen, und dann muß sofort aufgebrochen werden." — „Aber sie bringen Wasser vom Bir Murat mit." — „Sauf du es, wenn es dir schmeckt! Ich habe keinen Tropfen von dem getrunken, das Malaf heute früh brachte. Holt die Weiber herbei, daß sie Wasser schöpfen! Ich werde sie selber beaufsichtigen, damit kein Tropfen verloren geht."

Es kamen mehrere Frauen, die wortlos schöpften und dann mit ihren Gefäßen unter den Zelten verschwanden. Sie befanden sich in gedrückter Stimmung oder fürchteten den Anführer so, daß sie in seiner Nähe nicht zu sprechen wagten. Er setzte sich, als das Loch leer geworden war, daneben auf die Erde, stemmte den Ellbogen auf das Gestein und legte den Kopf in die Hand. In dieser Stellung sah er dem Treiben der andern zu.

Ich tat es ihm nach und beobachtete alles so genau wie möglich. Mir fiel vor allem auf, daß keiner der Männer eine Flinte oder Pistole bei sich hatte: sie trugen alle nur das Messer im Gürtel. Sie hatten, wie ich später bemerkte, die Schußwaffen hinter den Frauenzelten bei dem Gepäck abgelegt, wohl der Bequemlichkeit halber.

Jetzt drang der Rauch von angebranntem Kamelmist bei den Zelten hervor. Die Frauen bereiteten ihr Abendessen. Die Männer brachten einige Wasserschläuche und Dattelsäcke und lagerten sich in der Nähe des Anführers, um ihren einfachen Imbiß zu verzehren. Es war eine zusammengewürfelte Bande, und ich sah da alle Farben vom tiefsten Schwarz bis zum sonngedunkelten Hellbraun beisammen

Sie sprachen leise miteinander. Auch sie schienen nicht zu wagen, in Anwesenheit des Anführers laut zu werden. In den Zelten schwatzten die Frauen, aber ich konnte nichts verstehen. Alle, die ich beim Wasserholen gesehen hatte, bestätigten den Ruhm, den die Frauen der Fessarah wegen ihrer Schönheit besitzen. Ich hatte, da sie nicht verschleiert waren, die Regelmäßigkeit ihrer Gesichtszüge deutlich bemerkt.

Da kam von den Kamelen her einer gegangen, setzte sich neben den Anführer, zog, ohne ein Wort zu sprechen, ein Stück Trockenfleisch hervor und begann zu essen. Er war noch jung, aber jedenfalls im Kampf erfahren, denn sein Gesicht war so voll Narben, als sei es durch ein Hackmesser zerfleischt worden. Als er den letzten Bissen in den Mund gesteckt und verschlungen hatte, sagte er zu dem Anführer: „Nun, wie ist's heute? Soll sie endlich gehorchen oder nicht?"

Seine Stimme klang rauh und krächzend; sie war fast ebenso häßlich wie sein Gesicht.

„Marba!" rief anstatt der Antwort der Anführer laut. Aller Augen richteten sich auf eines der Zelte; aber die Gerufene kam nicht.

„Marba!" wiederholte er, doch mit gleichem Mißerfolg.

Er winkte zwei seiner Leute herbei. Sie standen auf, verschwanden im Zelt und brachten ein junges Mädchen geführt. Sie schoben es vor den Anführer und setzten sich dann wieder. Marba war vielleicht sechzehn Jahre alt und ein schönes Mädchen. Ihr Gesicht zeigte keine Spur jener Schärfe, die den ältern Beduinenfrauen eigentümlich ist. Sie ging barfuß; ihr Körper war in ein dunkles, kaftanartiges Gewand gehüllt, und ihr dunkles Haar hing in zwei dicken, langen Zöpfen über den Rücken herab. Ihr Gesicht war unbewegt, und ebenso starr blickte ihr dunkles Auge, das auf den Anführer gerichtet war und denandern gar nicht zu sehen schien. Der Führer deutete auf den Häßlichen und gebot dem Mädchen: „Du hast ihn beleidigt und mußt es sühnen. Küsse ihn!"

Sie gehorchte nicht; sie bewegte nicht den Fuß, nicht die Hand, nicht die Lippen und nicht einmal die Wimpern.

„Küsse ihn!" rief der Anführer lauter als vorher. „Sonst —!"

Er richtete sich auf und zog die Peitsche aus dem Gürtel. Marba stand wie ein lebloses Bild, sah ihm starr ins Auge und rührte sich nicht. Da trat er auf sie zu, holte aus, schlug sie und wiederholte seinen Befehl. Sie nahm die schmerzhaften Streiche hin, ohne zu zucken.

„Hau sie, bis sie gehorcht!" rief der Narbige zornig, indem er aufsprang. — „Das darf nur Ibn Asl. Warte, bis er morgen kommt! Aber fühlen soll sie es doch, daß ich heut zu befehlen habe."

Er gab ihr noch mehrere Streiche und setzte sich dann nieder. Der Häßliche folgte seinem Beispiel. Das Mädchen drehte sich um und schritt langsam auf das Zelt zu, hinter dessen Vorhang es verschwand.

Wie gern wäre ich hinabgesprungen, um diesem Menschen seine eigne Peitsche zu geben! Leider mußte ich für jetzt darauf verzichten, nahm mir aber vor, ihm die verdiente Züchtigung nicht zu schenken.

Die letzten Worte des Anführers waren von großer Wichtigkeit für mich. Er hatte gesagt, daß Ibn Asl erst morgen kommen werde. Also war dieser Mann nur der Unteranführer. Wo aber befand sich der Sklavenhändler? Vorhin war davon die Rede gewesen, daß ‚andre' noch zurück seien und morgen vom Bir Murat Wasser nachbringen würden. Sollte sich Ibn Asl bei diesen Männern befinden? Aus welchem Grund war er zurückgeblieben?

Ich brauchte nicht lang auf die Beantwortung dieser Frage zu warten, denn die beiden unter mir setzten das unterbrochene Gespräch fort, indem der Häßliche sagte: „Hätte Ibn Asl diese Tochter des Scheiks der Fessarah nicht so in seinen Schutz genommen, weil er denkt, für sie einen hohen Preis zu erzielen, so würde ich auf alles andere verzichten, sie als meinen Anteil verlangen und die Unverschämte zur Strafe totpeitschen. Mich den verfluchtesten Scheïtan zu nennen und mir ins Gesicht zu speien! Wäre sie eine Negerin oder eine braune Nubierin, so hätte ich ihr die Kehle durchschnitten, ohne Ibn Asl zu fragen. Schade, daß er diesmal selber bei der Karawane ist und nicht uns, wie üblich, den Zug anvertraut hat! Er konnte heimziehen und wäre dann auch nicht in die Gefahr geraten, von diesem fremden ungläubigen Effendi aufgehoben zu werden." — „Sorge dich nicht um ihn! Die Gefahr wird ihren Rachen jetzt diesem Giaur zugewendet und ihn verschlungen haben." — „Dieser Überzeugung bin ich nicht. Übrigens ist es gar nicht gewiß, ob er sich an uns wagen wird!" — „Abd Asl sagte es, und der Türke Murad Nassyr war der gleichen Meinung. Beide kennen den Fremden und wissen wohl recht gut, was er machen wird. Ich habe der Unterredung beigewohnt. Was die beiden noch nicht wußten, das hat der Scharfsinn unsers Herrn erraten und ergänzt. In Khartum weiß man gewiß von unserm Überfall auf die Fessarahweiber, und der Reïs Effendina lauert also am Nil auf uns. In gleicher Absicht hat er den Leutnant abgesandt, und dieser ist sicher nicht allein gekommen, sondern hat ein Schar Asaker mitgebracht. Er ist mit diesem fremden Effendi in Korosko gesehen worden; daraus folgt, daß die beiden auf uns warten. Aber wehe diesem Christenhund, wenn er sich an Ibn Asl wagt! Der Herr hat mir mitgeteilt, was er mit ihm machen wird." — „Zu Tod peitschen?" — „Nein, sondern noch viel schlimmer. Er fängt ihn, schneidet ihm die Zunge heraus, um von ihm nicht verraten zu werden zu können, und verkauft ihn als Sklaven an einen schwarzen Stamm des Bahr-el-Ghasal-Landes." – „Das wäre eine wohlverdiente Rache. Die fränkischen Christen mögen in ihrem Land bleiben und sich nicht in unsre Angelegenheiten mischen. Was für ein Recht haben sie, uns den Sklavenhandel zu verbieten? Nicht das mindeste! Hoffentlich gelingt es Ibn Asl, diesen Ungläubigen zu ergreifen."

„Ich zweifle nicht daran, denn er hat Malaf bei sich behalten und die andern, die den Giaur gesehen haben, als er ihnen die Gefangenen abnahm. Sie werden den Herrn auf ihn aufmerksam machen. Ibn Asl war über sie ergrimmt, daß sie sich von diesem einzelnen Mann besiegen ließen. Darum werden sie nun alles aufbieten, den Fehler gutzumachen." — ,,Bringt der Herr, wenn er morgen kommt, seine Braut mit?" — ,,Nein. Er müßte sie ja mit nach Ras Rauai schleppen, was für alle Teile unbequem wäre. Ihr Bruder, der Türke, ist mit ihr heute früh vom Bir Murat fort, und Abd Asl begleitet ihn, um sie nach Faschoda zu bringen."

Ich hatte genug gehört und brauchte nichts weiter zu wissen. Der Menschenjäger war beim Bir Murat zurückgeblieben, um mich zu fassen. Murad Nassyr und der Fakir waren von dort fort; morgen wollte Ibn Asl nachkommen. Weitere Nachrichten brauchte ich nicht, um einen Plan, der mir soeben beigekommen war, ausführen zu können. Dieser Plan war, offen ins Lager der Karawane zu gehen und den Überfall in der Weise vorzubereiten, daß ein blutiger Kampf möglichst verhindert wurde. Darum kehrte ich jetzt in unser Versteck zurück und teilte dort dem Leutnant und dem Onbaschi meine Absicht mit. Sie waren beide dagegen.

,,Das wage ich nicht, Effendi!" warnte Ali Farid. ,,Du setzt das Leben aufs Spiel. Der kleinste Fehler kann zur Entdeckung führen."

,,Wenn ich es nicht dumm anfange, kann davon keine Rede sein."

,,Und wenn man trotzdem merkt, wer du bist?" — ,,So hätte ich meine Arme, meinen Kopf, der mich noch nie verlassen hat, und meine Waffen." — ,,Fünfzig gegen dich, das ist zu viel!" — ,,Es ist besser, ein einzelner wagt etwas, als daß beim Überfall viele getötet werden." — ,,Aber wenn dieser einzelne der Anführer ist, an dem alles hängt, so ist es besser, er hält sich zurück." — ,,Das mag wahr sein. Ich habe aber stets Glück gehabt und hoffe, daß es mich auch heute nicht verlassen wird."

Wir standen neben Ben Nil und Selim, die noch immer beisammensaßen. Der Lange zeigte lebhafte Begeisterung für meinen Plan:

,,Effendi, du mußt heute —" — ,,Schweig, Unglückseliger!" herrschte ich ihn an. ,,Willst du an der schauderhaften Ssimm ed Damm sterben? Habe ich dir nicht das Reden verboten?"

Selim sank sofort, tief erschrocken, wieder in sich zusammen, zog das bejammernswerteste aller Gesichter und hielt sich beide Hände an den Mund, um anzudeuten, daß er ihn nicht wieder öffnen werde.

,,Du siehst", fuhr ich, zu Ali Farid gewendet, fort, ,daß ich mich von meinem Vorsatz nicht abbringen lasse, und ich rate dir, mir kein Hindernis in den Weg zu legen." — ,,Aber, Kara Ben Nemsi Effendi, wenn dir ein Unglück zustößt, wie soll ich es vor dem Reïs Effendina verantworten?" — ,,Indem du ihm sagst, daß es mein Kismet gewesen sei." — ,,Das ist wahr: du beruhigst mich, Effendi. Tu, was dir beliebt; ich habe nun nichts mehr dagegen. Aber für wen willst du dich denn ausgeben?" — ,,Für einen Abgesandten des Mokkadem, der mich schickt, um Ibn Asl vor dem fremden Effendi zu warnen!"

„So willst du diese Leute also vor dir selbst warnen!" — „Damit sie sicher in unsre Hände fallen. Ich brauche nicht zu fürchten, für einen Franken gehalten zu werden. Mein Kismet ist heut, dir die Sklavenkarawane ins Netz zu liefern." — „So sag mir, was ich tun soll!" — „Du mußt scharf aufpassen. Wenn du den schlaftrunkenen Schrei des Geiers hörst, brecht ihr von hier auf und kommt hinunter ins Wadi. Unten bleibt ihr lautlos halten, bis ich euch hole."

„Wenn sie dich aber festhalten, so daß du uns nicht holen kannst?"

„In diesem Falle würde ich das Zeichen nicht geben. Sollte ich es, wenn das Kreuz des Südens vom Himmel verschwunden ist, noch nicht gegeben haben, so bin ich gefangen und ihr kommt hinab, um die Männer zu überfallen und mich zu befreien. Für alle Fälle aber muß hier bei den Kamelen und bei den Gefangenen eine sichere Wache bleiben. Meine Gewehre lasse ich bei dir zurück. Es sind abendländische Waffen, und sie würden mich verraten. Ich nehme dafür deine lange arabische Flinte mit."

Diese letzten Worte waren an Ben Nil gerichtet. Er stand auf und bat: „Effendi, willst du nicht lieber die Flinte Selims nehmen? Ich brauche meine zu deiner und meiner Verteidigung. Ich gehe mit dir, denn es ist möglich, daß du Hilfe nötig hast." — „Ich bin mir selber genug und will niemand in Gefahr bringen." — „Ja, so bist du stets. Aber das dulde ich nicht mehr, wenigstens heute nicht. Du hast mir das Leben gerettet, und mein Herz gebietet mir, dankbar zu sein. Wenn du mich nicht mitnimmst, so zwinge ich dich. Ich laufe hinter dir her, und wenn die Sklavenjäger dann Verdacht schöpfen, so hast du es dir selber zuzuschreiben."

Es war mir, als dürfe ich diesen Widerspruch eigentlich nicht dulden. Doch der brave Bursche handelte aus reiner Zuneigung und Dankbarkeit; ich durfte ihn nicht kränken.

„Nun wohl, so geh mit! Zwar wird mein Plan dadurch geändert, aber ich denke, daß er auch so gelingen wird."

Ich ging mit ihm zum Scheik der Monassir und fragte ihn: „Hast du daheim einen Sohn?" — „Mehrere", antwortete er. — „Vielleicht einen ungefähr im Alter dieses Dieners hier?" — „Ja." — „Wie heißt er?" — „Ben Menelik, nach mir." — Kennt dich Ibn Asl, oder kennst du einen seiner Leute?" — „Nein. Warum legst du mir diese Fragen vor, Effendi?" — „Das werde ich dir vielleicht später erklären?"

Jetzt ging ich zu dem Askari, der vorhin ein Feuer hatte anzünden wollen, und ließ mir den Kamelmist geben. Dann sattelte ich mein Kamel und Ben Nil das seinige. Als angeblicher Muselmann mußte ich einen Gebetsteppich mitnehmen, und außerdem versah ich mich mit den Dingen, die ein Wüstenreisender bei sich führen soll. Ich tat es für den Fall, daß man mir keinen Glauben schenken und uns und unsre Kamele untersuchen würde. Alles, was mich verraten konnte: Papier, Bleistift und dergleichen gab ich Ali Farid zur Aufbewahrung. Die Revolver nahm ich mit, weil sich mich wehrhaft machten, und ich ihren Besitz leicht auf irgendeine glaubhafte Weise zu erklären vermochte.

Nun brachen wir auf. Indem wir, die Kamele führend, nebeneinander herschritten, erklärte ich Ben Nil meinen Plan und sagte ihm, wie er sich dabei verhalten müsse. Er sollte mich Saduk el Baija, Saduk den Händler aus Dimiat[1]) nennen und ja nicht Effendi, sondern Sihdi zu mir sagen. Ich traute ihm die nötige Vorsicht und Aufmerksamkeit zu, Fehler zu vermeiden. Dem Leutnant hatte ich gesagt, daß er sich an einen oder einige Flintenschüsse, die bald fallen würden, ja nicht kehren dürfe.

Ungefähr tausend Schritt von unserm Lager entfernt lag die von mir untersuchte Stelle, an der man leicht in das Wadi hinabgelangen konnte. Wir schritten langsam hinunter, verbanden aber vorher unsern Kamelen die Mäuler, damit sie, falls ihre Nasen ihnen die Anwesenheit andrer Kamele verrieten, nicht laut werden konnten.

Unten wandten wir uns links und gingen vielleicht noch tausend Schritt weiter. Dann machte das Wadi eine leichte Krümmung, hinter der wir anhielten. Wir nahmen unsern Kamelen die Sättel ab und hießen sie sich legen. Ich schoß die Flinte ab und lud sie wieder. Dann setzten wir uns. Drei Steine bildeten einen kleinen Herd. Ich wartete ungefähr zehn Minuten und schoß noch einmal.

Die Menschenjäger mußten die Schüsse gehört haben. Sie sandten sicher einige Leute aus, um die Ursache zu erforschen. Jetzt legte ich den mitgenommenen Kameldünger zwischen die Steine und brannte ihn an. Ein Napf wurde mit Wasser gefüllt, worin ich Mehl einrührte, und über die Glut gesetzt. Dann brannte ich mir den Tschibuk an, lehnte mich mit dem Rücken an den Felsen und wartete der Dinge, die da kommen sollten.

Es dauerte nicht lange, so sagte mir mein Ohr, daß die Kundschafter kamen. Man hörte den Steingrus knacken. Nach dem Geräusch zu urteilen, rührte es von drei Personen her. Wenige Augenblicke später sah ich, daß ich mich nicht getäuscht hatte. Wir saßen in einer vom Mond beschienenen Stelle des breiten Wadi. Ich hatte sie mit Absicht gewählt; denn man sollte uns leicht finden und deutlich erkennen. Drüben im Schatten der Felsen schlichen drei Gestalten herbei und hockten sich gegenüber nieder, um uns zu beobachten. Die ungeschickten Strolche trugen ihre Haïks, deren helle Farbe grau aus dem Schatten hervortrat.

Jetzt begann ich, mit Ben Nil zu sprechen, und zwar so laut, daß sie uns drüben hören konnten. Sie sollten uns für Leute halten, die sich allein glaubten und von der Anwesenheit der Karawane keine Ahnung hatten. Wir nannten uns dabei mit den erdichteten Namen, und zwar deutlich genug, um verstanden zu werden. Nach einigen Minuten zogen die Lauscher sich wieder zurück und verschwanden hinter der Biegung des Wadi.

„Sie sind fort!“ meinte Ben Nil enttäuscht. „Sie kamen nicht her-

[1]) Damiette

über. Nun ist unsere Absicht vereitelt!" — „O nein. Diese drei waren nur die Kundschafter. Sie erstatten jetzt ihre Meldung, und dann wird man kommen, um mit uns zu reden."

Wir warteten zehn Minuten, dann aßen wir unsern Mehlbrei in echt morgenländischer Weise, indem wir mit den Fingern in den Napf fuhren und uns das kleisterartige Zeug liebreich auf die herausgestreckte Zunge strichen. Sie hatte dann die Weiterbeförderung zu besorgen. Wir taten das, um für völlig unbefangene Leute gehalten zu werden. Ein gut gebratenes Haselhuhn mit nachfolgendem ‚Fürst Pückler' wäre mir freilich lieber gewesen, aber ländlich, sittlich, und da der Negerhirsebrei hier ländlich war, so durfte ich unser Verhalten nicht für unsittlich halten.

Da kamen sie, diesmal noch weniger leise als vorher. Es waren zehn Mann. Sie trugen alle ihre Waffen, bogen um die Krümmung des Wadi, kamen auf uns zu, blieben bei uns stehen, und der Voranschreitende grüßte mit seiner tiefen Baßstimme, die mir schon bekannt war.

„Mesa l' cher — guten Abend!"

Es war der Anführer, der Marba, die gefangene Scheikstochter, gepeitscht hatte. Ich sprang scheinbar erschrocken auf.

„Allah jimaßik bilchêr — Gott schenke dir einen glücklichen Abend! Wie bin ich erschrocken! Wer seid ihr, und was tut ihr hier?"

Auch Ben Nil war emporgefahren. Er hatte den Napf ergriffen, als wolle er den kostbaren Inhalt für sich retten, strich sich den Mund voll Brei und erwiderte dann auch den Gruß, doch war kein Wort zu verstehen. Er spielte seine Rolle ausgezeichnet. Der Anführer lachte.

„Ängstige dich nicht. Wir nehmen dir dein Essen nicht!" Und sich an mich wendend, fragte er: „Du heißt Saduk el Baija?"

„Ja", tat ich erstaunt. „Woher weißt du das?" — „Und dein Begleiter heißt Ben Menelik?" — „Ja. Woher weißt du auch das? Ich kenne dich nicht." — „Ich weiß alles, und nichts, was in der weiten Wüste geschieht, kann mir verborgen bleiben", erklärte er stolz. „Was tut ihr hier?" — „Wir — wir — wir essen, oder vielmehr wir aßen", stammelte ich. — „Das sehe ich! Aber ich will wissen, welche Absicht euch in das Wadi geführt hat." — „Allah weiß es!"

Ich hatte so tun müssen, als habe das plötzliche Erscheinen dieser Leute mich überrascht, aber es lag nicht in meinem Plan, für einen furchtsamen Mann gehalten zu werden. Darum gab ich jetzt die ausweichende Antwort.

„Allah zu fragen, ist schwer", knurrte er rauh. „Dich zu fragen, ist leicht, und du mußt mir antworten." — „Wer will mich zwingen zu sprechen, wenn ich schweigen möchte?" — „Ich." — „Wer bist du?" — „Das geht dich nichts an." — „So geht dich auch meine Person nichts an. Verschwinde also dorthin, woher du gekommen bist."

Ich riß Ben Nil den Napf aus der Hand, setzte mich nieder und führte mir so ruhig, als sei gar nichts geschehen, mit dem krummgebogenen Finger den Rest des Kleisters zu Gemüt. Das machte Eindruck. Als ich dann nach edler Beduinenart das Gefäß gar auszulecken begann, rief der Mann: ,,Beim Propheten, so ein Mensch ist mir noch nicht vorgekommen! Höre, o Saduk el Baija, dein Leben hängt an einem einzigen dünnen Haar!" — ,,Das ist Kismet. Ich kann nichts hinzutun und nichts davon wegnehmen. Allah weiß es!" — ,,Wenn du mir nicht Rede stehst, wirst du erschossen!"

,,Wenn es im Buch vorgezeichnet ist, erschieße ich dich, anstatt du mich." — ,,Wie willst du das fertigbringen?" lachte er. ,,Wir sind zehn Männer gegen einen Mann und einen Knaben."

Er hatte den Kolben seines Gewehrs auf die Erde gesetzt und stützte sich mit den Armen auf den Lauf. Seine Gefährten standen in der gleichen malerischen Haltung hinter ihm. Ben Nil handelte nach der ihm vorher erteilten Weisung. Er war weniger als ich beachtet worden und hatte sich in das tiefe Dunkel des Felsens zurückgezogen, in eine Spalte, bis zu der der Schein des Mondes nicht dringen konnte. Dort stand er mit angelegter Flinte.

,,Lache nicht!" antwortete ich. ,,Es ist mein Ernst. Macht nur ein einziger von euch Miene, sein Gewehr zu heben, so bist du eine Leiche, denn in diesem Fall wirst du augenblicklich die Kugel meines tapfern Ben Menelik, den du einen Knaben nennst, ins Herz erhalten." Jetzt sahen sie zu Ben Nil hin.

,,Allah!" rief der Anführer. ,,Ich schieße dieses Kind über —"

,,Halt!" unterbrach ich ihn, da er sein Gewehr aufnehmen wollte, indem ich rasch aufsprang und meine bereitliegende Flinte auf seine Brust richtete. ,,Rühre dich nicht! Zwei Kugeln sind dir gewiß! Ich glaube, es ist nicht mein, sondern dein Kismet, heut zu sterben. Laß deine Flinte fallen und befiehl deinen Leuten, das gleiche zu tun! Ist das nicht geschehen, bis ich drei sage, so kann im nächsten Augenblick der Scheïtan deine Seele in der Dschehenna[1]) suchen. Ich halte Wort! Eins — zwei —"

Mein Ton und meine Haltung waren wohl der Art, daß kein Zweifel aufkommen konnte. Die beiden Flintenläufe wirkten überzeugend. Wir brauchten nur den Zeigefinger am Drücker zu krümmen — kurz und gut, das Gewehr des Anführers entglitt seiner Hand und fiel nieder, und die langen Flinten seiner Leute folgten.

,,So! Nun tretet zehn Schritte zurück!" Sie gehorchten so genau, als seien sie darauf eingeübt worden. Ich folgte ihnen, bis ich zwischen ihnen und ihren Gewehren stand. Ohne nun meine Flinte sinken zu lassen, fuhr ich fort: ,,Jetzt wirst du mir einige Fragen beantworten. Seid ihr allein in diesem Wadi?" — ,,Nein", gestand er sogleich. Vielleicht meinte er, bei der Nachricht, daß er noch mehr Leute zur Verfügung habe, würde mir der Mut sinken.

,,Wo befinden sich die andern?" fragte ich weiter. — ,,Nicht fern von hier." — ,,Wart ihr schon öfters im Wadi el Berd?" — ,,Ja."

,,Gibt es hier eine Stelle, an der drei verdorrte Gasiah-Bäume stehen?"

1) Hölle

Er zögerte mit der Antwort. ,,Schnell, schnell, sonst schieße ich!" drängt ich. — ,,Es gibt drei solche Bäume da, wo wir lagern."

,,Jâ nasïb, jâ agab — o Schickung, o Wunder!" rief ich scheinbar erstaunt. ,,Kommt ihr über den Nil herüber vom Bir Murat?" — ,,Ja."

Sofort ließ ich die Flinte sinken, gebot Ben Nil, das gleiche zu tun, trat auf den Anführer zu und streckte ihm die Hand entgegen.

,,Fast hätte ich dich erschossen. Dank sei dem Propheten, daß ich es nicht getan habe, denn dein Tod hätte mich bis an das Ende meiner Tage betrübt. Aber du trägst die Schuld daran, weil du mir gedroht hast, und ich bin das nicht gewöhnt. Da ihr bei den Gasiah-Bäumen lagert, seid ihr die, die ich suche."

Er nahm meine Hand nicht und behielt sein finsteres Gesicht bei.

,,Du uns suchen? Das ist eine Lüge! Niemand weiß, daß wir uns hier befinden." — ,,Daß du mich einen Lügner nennst und ich dich trotzdem nicht dafür bestrafe, mag dir beweisen, daß ich mich als euern Freund betrachte. Ich bin überzeugt, daß ihr zu Ibn Asl el Dschasûr gehört. Habe ich recht?" — ,,Darauf darfst du keine Antwort erwarten. Wir kennen dich nicht." — ,,Du wirst mir dennoch Auskunft erteilen, wenn ich dir sage, daß ich zu euch gesandt bin, um euch zu warnen vor dem Leutnant des Reïs Effendina und vor einem ungläubigen Effendi, den ihr in die Dschehenna wünschen werdet." — ,,Allah! Woher weißt du von diesen Leuten?" — ,,Von denen, die mich geschickt haben, von Abd el Barak, dem Mokkadem der Kadirine, und seinem Begleiter Nubar, der Muza'bir ist."

,,Sie sind Freunde von uns, aber sie können unmöglich wissen, daß wir uns hier befinden. Wo hast du sie getroffen, und wie können sie dich zum Wadi el Berd senden, um uns zu warnen? Ich begreife das nicht." — ,,Du wirst es sofort begreifen, nachdem ich es dir erklärt habe. Nehmt eure Gewehre wieder, und setzt euch für kurze Zeit zu uns! Wir haben nichts voneinander zu befürchten und werden bald die besten Freunde sein."

Ich setzte mich an meinen kleinen, behelfsmäßigen Herd, auf dem das Feuer ausgegangen war, und Ben Nil hockte sich neben mir nieder. Es war wirklich spaßhaft, die Art zu sehen, wie diese zehn Sklavenjäger meiner Aufforderung Folge leisteten. Sie schämten sich jedenfalls, daß ich ihnen trotz ihrer Zahl überlegen war. Das erteilte ihren Bewegungen eine Unsicherheit, die den bewaffneten Menschenräubern eigentümlich zu Gesicht stand. Sei nahmen langsam ihre Gewehre auf und ließen sich dann bei uns nieder. Da ich nicht sofort sprach, begann der Anführer: ,,Deine Worte sind Rätsel für uns. Wir kennen deinen Namen und wissen, daß du ein Händler bist; aber wo wohnst du, und woher bist du?" — ,,Ich bin aus Dimiat. Doch, bevor ich weiterspreche, erkläre mir erst, woher ihr unsre Namen wißt, ohne mich zu kennen!" — ,,Wir hörten Schüsse, und ich sandte deshalb Kundschafter aus. Sie kamen hierher, sahen euch und hörten eure Unterredung. Ihr nanntet euch bei den Namen und spracht von den Preisen schwarzer, brauner und zirkassischer

Sklavinnen." — „Das stimmt, und deine Erklärung befriedigt mich. Dort am Felsen stand ein Tier. Ich schoß darauf. Es zog sich zurück, kam aber wieder und verschwand erst dann, als ich ihm eine zweite Kugel sandte. Daher die Schüsse. Und nun zu etwas anderem! Kennt ihr einen Mann, der auch Händler ist und Murad Nassyr heißt?"

„Ja, den kennen wir." — „Er stammt aus Nif bei Ismir und ist ein guter Geschäftsfreund von mir. Euch kann ich es mitteilen, daß auch ich heimlich mit Reqiq[1]) handle. Ihr werdet mich nicht verraten; ich hoffe vielmehr, noch manches gute Geschäft mit euch zu machen. Murad Nassyr war nach Ägypten gekommen, um große Einkäufe zu tätigen, und suchte mich in Dimiat auf, fand mich aber nicht, da ich verreist war. Ich folgte ihm nach Kahira, aber er war schon fort. Ich reiste nach Siut, ohne ihn zu finden, und hörte, daß sein Schiff nach Korosko gefahren sei." — „Das stimmt, das stimmt", gab der Befehlshaber zu. „Murad Nassyr hat einen Sandal gemietet."

„Das weißt du?" — „Ja. Ich habe es in letzter Nacht von ihm selber erfahren. Er war am Bir Murat bei uns und hat uns seltsame Erlebnisse erzählt." — „So habt ihr ihn getroffen? Ich hatte nicht das Glück. Ich brauchte Sklaven und mußte ihn unbedingt einholen, hörte aber in Korosko, daß der Sandal schon wieder fort sei. Ich folgt ihm, holte ihn in Handak ein und hörte zu meinem Leidwesen vom Reïs, daß Murad Nassyr in Korosko ausgestiegen sei, um nach Abu Hammed zu reiten. Ich fuhr also noch bis Dugaitt und ritt von da aus auf einem gemieteten Hedschihn nach Berber hinüber, um dort auf Murad Nassyr zu warten."

Das Gesicht des Anführers hatte sich während meiner Fabel bedeutend aufgeheitert. Er begann, Vertrauen zu mir zu fassen, und seine Leute warfen beinah freundliche Blicke auf mich. Leider hatte diese Erzählung eine wunde Stelle, was ich aber unmöglich ändern konnte. Nämlich wenn Murad Nassyr von Korosko aus den kurzen Landweg nach Abu Hammed eingeschlagen hatte und ich erst nach ihm in Korosko angekommen und die viel längere Strecke auf dem Nil heraufgefahren war, konnte ich unmöglich vor ihm in Berber angekommen sein und mich nun gar nach einem langen Wüstenritt heut hier im Wadi el Berd befinden. Es lag da ein Zeitunterschied von über einer Woche vor, also eine grobe Finte. Meine Zuhörer ahnten das glücklicherweise nicht. Sie rechneten nicht nach, und ich ging, um sie nicht zum Nachdenken kommen zu lassen, mit größter Eile über diesen heiklen Punkt hinweg. „In Berber stieß ich zu meiner Freude auf zwei Freunde", fuhr ich fort. „Ich bin Mitglied der heiligen Kadirine und besuchte ein Kaffeehaus, das unsrer Verbrüderung empfohlen ist. Da traf ich den Mokkadem und den Muza'bir. Sie freuten sich, mich zu sehen, und zwar aus einem besondern Grund. Sie erzählten mir von eurem Sklavenzug zum Duar der Fessarah. Ihr hattet große Beute gemacht und —" — „Aber woher wußten sie von diesem Zug?" wurde ich unterbrochen. — „Laßt mich

1) Sprich Rekik = Sklaven

nur erzählen! Euer Raubritt hatte ungeheures Aufsehen erregt, und der Reïs Effendina trachtete danach, euch abzufangen. Er wollte euch den Weg durch die Atmur-Wüste verlegen und sandte zu diesem Zweck einen Offizier mit einer Schar Asaker nach Korosko zu einem fremden christlichen Effendi, der sein Verbündeter ist. Er selber legte sich in Berber auf die Lauer und ließ sich Asaker aus Khartum kommen. Glücklicherweise befand sich unter diesen ein Mitglied der Kadirine. Der Mann heißt Ben Meled und —" — ,,Das stimmt, das stimmt wieder!" rief der Anführer. ,,Dieser Ben Meled wird von uns bezahlt und hat uns schon oft gute Dienste geleistet. Ich erkenne, daß wir dir volles Vertrauen schenken dürfen. Du bist wirklich ein Freund von uns, und jetzt will ich dich gern willkommen heißen."

Er reichte mir seine Hand, und dann mußte ich auch die Hände der andern nach Landessitte mehrmals kräftig drücken. Wie gut war es gewesen, daß ich, als ich am Nachmittag den Mokkadem und den Muza'bir belauschte, diesen Namen Ben Meled gehört hatte! Es war gar nicht so leicht, die wenigen Umstände, die ich kannte, zu einer Erzählung zu vereinigen, mit der ich mir das Vertrauen dieser vorsichtigen und mißtrauischen Leute erwerben wollte. Sie rückten enger zusammen und näher zu mir heran, als ich nun weiter berichtete: ,,Abd el Barak kennt euern geheimen Wüstenweg. Er wollte euch warnen, hatte aber keine Zeit dazu, da er in Khartum erwartet wurde. Dieser fremde Effendi muß ein höchst gefährlicher Mensch sein, wie mir erzählt wurde. Der Mokkadem weiß, daß ich Sklaven suche, und gab mir den guten Rat, sie nicht mehr durch Murad Nassyr, sondern unmittelbar von euch, von Ibn Asl, zu beziehen. Er riet mir, Ibn Asl sofort aufzusuchen, um ihm zu sagen, daß ihm der Giaur, der Effendi, hier in der Wüste auflauert. Ich war sogleich gern bereit dazu. Er beschrieb mir dieses Wadi und sagte, daß ich euch sicher bei drei Gasiah-Bäumen, die hier stehen, treffen würde. Da ich aber die Wüste nicht kenne, mietete ich mir von Menelik, dem Scheik der Monassir —" — ,,Von dem habe ich gehört", fiel der Anführer ein. ,,Er ist ein strenggläubiger Muslim, ein Feind der Christenhunde und billigt den Sklavenraub." — ,,Das zu hören, ist mir lieb, denn mein Führer hier ist sein Sohn, Ben Menelik. Er gab ihn mir mit, weil er mich nicht selber begleiten konnte und weil sein Sohn schon einigemal mit ihm durch dieses Wadi geritten ist."

,,So fällt auch das zu unsrer Zufriedenheit aus. Wenn dieser Jüngling der Sohn des Oberhauptes der tapferen Monassir ist, so brauchen wir nicht zu sorgen, daß er uns verraten wird. Es ist zu unserm Vorteil und liegt in unsrer Absicht, mit seinem Stamm ein Freundschaftsbündnis zu schließen, und so heißen wir ihn ebenso aufrichtig willkommen wie vorhin dich, o Saduk el Baija."

Jetzt mußte Ben Nil zehn Hände drücken. Er tat es mit dem Ernst und dem Anstand eines jungen Beduinen, dessen Vater der Kriegsherr eines großen und berühmten Stammes ist. Um meine Erzählung endlich zum Schluß zu bringen, bemerkte ich noch kurz:

„Wir versahen uns mit allem Nötigen und schlugen die Richtung über den Brunnen Nedschm und den Dschebel Schigr ein. Als wir am Nachmittag das östliche Wadi erreichten, verfolgten wir es nach Westen, um die drei Gasiah-Bäume zu suchen. Es wurde dunkel, bevor wir sie fanden, und so hielten wir hier an, um zu lagern und morgen weiterzuforschen. Das weitere wißt ihr, und ich habe nichts hinzuzufügen, als daß ich glücklich bin, euch gegen alles Erwarten hier getroffen zu haben. Fast wäre dabei Blut geflossen, aber der Prophet hat dieses Unglück verhütet. Ihm und den heiligen Kalifen sei Dank dafür!"

Ich war vom Verlauf dieser Unterredung äußerst befriedigt. Allem Anschein nach schenkte man meinen Angaben vollen Glauben, und so durfte ich annehmen, daß meine Absicht wenigstens auf keine unüberwindlichen Schwierigkeiten stoßen würde. Diese Absicht war, wie erwähnt, durch List ans Ziel zu gelangen. Wie das anzustellen sei, konnte ich jetzt freilich noch nicht wissen. Mein Verhalten mußte sich nach dem der Menschenjäger richten, in deren Lager wir uns nun begaben. Während ich meinem Kamel den Sattel auflegte, flüsterte Ben Nil mir heimlich zu: „Effendi, jetzt glaube ich, daß du dich vor keinem Feind zu fürchten brauchst. Deine Verschlagenheit ist noch viel größer als deine Tapferkeit. Ich bin überzeugt, daß wir allen Gefahren gewachsen sind."

Nun folgten wir, unsre beiden Kamele am Halfter führend, den Sklavenjägern zum Brunnen. Dort war alles dunkel, doch wurden nach unsrer Ankunft einige Fackeln angebrannt. Jetzt kam es vor allen Dingen auf das Verhalten des Anführers an. Hieß er uns ausdrücklich willkommen, so hatten wir keine Hinterlist zu befürchten. Nach der Sitte der Wüste mußte uns dabei einen Imbiß reichen und auch selber davon nehmen. Sei es auch nur eine einzige Dattel, die der Beduine mit seinem Gast teilt, sobald jeder die Hälfte der Frucht gegessen hat, ist an einen Verrat nicht mehr zu denken. Der Anführer befahl, unsre Kamele zu den übrigen zu schaffen, und lud mich dann ein, mich am Brunnen bei ihm niederzusetzen. Daß er Ben Nil dabei nicht erwähnte, ließ mich für die Sicherheit des Jünglings befürchten.

„Und Ben Menelik, mein Begleiter, wo soll dieser lagern?" fragte ich. — „Er mag sich zu meinen Leuten setzen", erwiderte der andere wegwerfend. — „Das möchte ich ihm nicht zumuten", entgegnete ich. „Er ist mir während unsers Ritts mehr Freund als Diener gewesen, und darum möchte ich, daß er auch jetzt bei mir bleiben darf." — „Das geht nicht. Ich bin der Kologhassi[1]) dieser Karawane, also ein Offizier, und darf bei keinem sitzen, der unter mir steht."

„Dann bitte ich dich zu bedenken, daß Ben Menelik der Sohn des Scheiks eines großen und berühmten Stammes ist." — „Was ist das weiter? Mir steht er trotzdem nicht gleich, und ich will dir aufrichtig sagen, daß ich mich schon herablasse, indem ich dir, der du nur ein Händler

[1]) Hauptmann. Eigentlich eine Mittelstufe zwischen Hauptmann und Major

bist, erlaube, bei mir zu sein. Also setz dich nieder, und sprich nicht dagegen!"

Es zuckte mir in der Hand, ihm eine Ohrfeige zu geben, aber ich mußte gute Miene zum bösen Spiel machen. Verfeindete ich mich mit ihm, so brachte ich nicht nur meinen Plan, sondern auch mein Leben in Gefahr. Es kam zunächst darauf an, von ihm die Zeichen der Gastfreundschaft und der Sicherheit zu erhalten, und das wäre jetzt durch fernern Widerspruch verhindert worden. Wartete ich aber bis dahin, so gelang es mir höchstwahrscheinlich, die Gefahr, in der sich Ben Nil ohne Zweifel befand, abzuwenden. Darum schwieg ich und setzte mich nieder, und zwar neben den häßlichen Menschen, den ich mit dem Anführer am Brunnen belauscht hatte. Der Anführer nahm einige Datteln, teilte sie mir mir, füllte einen kleinen Flaschenkürbis mit Wasser, reichte mir das Gefäß, nachdem er einige Schlucke getrunken hatte, und gab mir die Hand.

„Willkommen! Iß und trink, du bist mein Gast!"

Ich trank schnell einen Schluck, steckte eine Dattel in den Mund und gab Ben Nil, der, uns scharf beobachtend, in der Nähe stand, einen Wink. Er verstand mich sofort, trat rasch herbei, nahm den Kürbis und eine Dattel von mir, trank, schob die Dattel in den Mund und wendete sich zu dem Anführer: „Ich esse und trinke deine Gaben. Nun sind deine Flügel über mich gebreitet, und jeder deiner Freunde oder Feinde ist auch der meinige."

Das war so schnell geschehen, daß der Anführer keine Zeit gefunden hatte, es zu verhindern. Er fuhr mich zornig an: „Warum hast du meine Gaben weitergegeben? Habe ich es dir befohlen?"

Da ich nun sein Gast geworden war und nichts mehr für mich zu fürchten hatte, brauchte ich nicht mehr so rückhaltend wie vorher zu sein. „Ich habe Ben Menelik teilnehmen lassen, weil er zu mir gehört und selbstverständlich ebenso dein Gast ist, wie ich es bin. Befohlen hast du es mir allerdings nicht, weil deine Einsicht und Klugheit es dir verboten." — „Meine Einsicht? Wieso?" — „Wieso?" wiederholte ich erstaunt seine Frage. „Weil du mir nichts zu befehlen hast." — „Du irrst dich. Ich bin hier der Anführer und Gebieter." — „Aber nicht der unsrige. Der Sohn eines Scheiks kennt keinen Gebieter über sich, und ich bin zwar während dieser Reise ein Händler, sonst aber der Reïs el Beledije[1]) von Dimiat. Was das heißt, wirst du wohl wissen. Du bist es, der stolz darauf sein kann, daß er bei mir sitzen darf. Ben Menelik, laß dich an meiner Seite nieder! Du bist ein treuer und geschickter Führer und ein freier Krieger vom Stamm der Monassir. Es beleidigt meine Würde nicht, wenn der Zipfel deines Gewandes den Saum des meinigen berührt."

Der junge Mann kamm dieser Aufforderung sogleich nach, freilich sehr gegen den Willen des Anführers. Auf diesen schien der ‚Bürgermeister von Dimiat' zwar einigen Eindruck gemacht zu haben, doch

[1]) Bürgermeister

beabsichtigte er trotzdem, sich mir gegenüber ins rechte Licht zu setzen, denn er sagte: „Du verfährst sehr selbständig, o Saduk el Beija. Wenn du wüßtest, was ich bin, würdest du wohl weniger zuversichtlich sein." — „Ich bin während meines ganzen Lebens noch niemals ohne Zuversicht gewesen. Da du mir aber deinen Namen noch nicht gesagt hast, so hoffe ich, ihn jetzt zu erfahren."

„Ich bin Ben Kassâwe, der Kologhasi unsers Herrn."

Ben Kassâwe heißt Sohn der Grausamkeit, gewiß ein vielsagender Name. Als der Mann ihn aussprach, sah er mich an, als erwarte er, mich zu erschrecken. Ich aber übertrumpfte ihn einfach.

„Und mich nennt man in Dimiat mit dem Beinamen Abu 'l Chôf[1]), woraus du ersehen wirst, daß ich ein Mann bin, der wohl Furcht und Angst verbreitet, sie aber niemals selber empfindet. Den Beweis hast du an dir erfahren, als ihr uns gefangen nehmen wolltet und dabei doch in unsre Hände fielt. Dürfen deine Freunde, auch euer Herr, davon wissen, oder soll ich schweigen?"

Jetzt hatte ich Ben Kassâwe in die Enge getrieben. Das hörte ich seiner Stimme an, als er antwortete: „Was vorüber ist, soll man ruhen lassen, und so denke ich, daß dein Mund geschlossen bleiben wird. Wenn Ibn Asl morgen kommt, werde ich ihm berichten, daß ich euch getroffen habe. Von den nähern Umständen braucht er nichts zu wissen. Die Leute, die hier sind, werden schweigen, denn sie fürchten mich. Damit ist alles in Ordnung, und wir wollen uns zur Ruhe legen. Deine Nacht sei glücklich!" — „Deine Nacht sei gesegnet!" — „Wir sind sehr schläfrig. Deine Nacht sei ohne Sandflöhe!" sagte Ben Nil.

Dieser kleine Kerl grüßte trotz der bedenklichen Lage, in der er sich befand, mit einer Schalkhaftigkeit, die mir zeigte, daß er die Gefahr nicht fürchtete. In der Wüste hat man wohl Veranlassung, den Sandfloh zu scheuen. Dieses Insekt wird dadurch nicht nur unangenehm, sondern oft sogar gefährlich, daß sich das Weibchen unter den Nägeln der Zehen eingräbt, um dort Eier zu legen. Diese schwellen zur Größe eines Schrotkorns an und verursachen eine böse Entzündung, die durch die auskriechenden Maden noch verschlimmert wird. Es gibt da keine andre Hilfe, als die Eier mit dem Messer auszugraben. Der Wunsch, des Nachts von diesem Ungeziefer verschont zu bleiben, ist also sehr berechtigt, doch hörte ich ihn als Nachtgruß zum erstenmal.

Die Nacht war still. Die müden Kamele schliefen und die Menschen ebenso, doch gab es bei ihnen wohl einige Ausnahmen. Vier Männer waren selbst nach einer halben Stunde gewiß noch munter, nämlich ich, mein braver Ben Nil, der Anführer Ben Kassâwe und der Häßliche. Daß diese beiden meinen Gefährten nicht als ihren Gast und Schützling betrachteten, glaubte ich annehmen zu dürfen. Infolgedessen hatten sie jedenfalls etwas gegen ihn vor. Ich als ihr erklärter Himâje[2]) durfte nicht erfahren, was sie beabsichtigten. Was sie tun wollten, mußte heimlich

[1]) Vater des Entsetzens [2]) Schützling, Gast

geschehen, und voraussichtlich schon während dieser Nacht. Darum nahm ich an, daß sie nicht schliefen. Es galt aufzupassen.

Sie gaben sich den Anschein, fest zu schlummern, und bewegten sich nicht. Ich holte tief und regelmäßig Atem wie ein Schlafender, und zwar so, daß sie es hörten. Ben Nil schnarchte sogar ein wenig, doch war ich überzeugt, daß auch er sich verstellte. Wir vier lagen so nah beisammen, daß zwei nicht miteinander flüstern konnten, ohne daß es von den andern, wenn sie wachten, bemerkt wurde, aber sehen konnten wir uns nicht. Zwar schienen die Sterne, aber ihr Licht war hier unten am Fuß des Felsens nicht einmal hinreichen, die Haïks von dem hellen Sand und Steingrus zu unterscheiden. Die beiden Sklavenjäger mußten sich verständigen. Da das hier nicht geschehen konnte, so war zu vermuten, daß sie sich entfernen würden, und das konnte vorsichtigerweise nur gegen die von mir und Ben Nil abgelegene Seite geschehen. Ich beschloß also, mich zu dieser Seite zu wenden, um ihr Verschwinden beobachten zu können. Ich schob mich zu Ben Nil hin, legte ihm den Mund ans Ohr und flüsterte ihm die beiden Worte „bleib liegen!" zu. Er antwortete nicht, berührte aber meine Hand mit der seinigen, um mir anzudeuten, daß er wach sei und mich verstanden habe. Dann kroch ich in einem Bogen bis an die andre Seite der beiden Sklavenjäger. Dort sprang eine Kante des Felsens vor, hinter der ich es mir bequem machte. Ich mußte eine Weile warten, dann hörte ich, bevor ich etwas sah, ein leise knirschendes Geräusch. Es bewegte sich jemand. Dann kamen sie an mir vorüber, nicht gegangen, sondern sie wälzten sich, um auf diese Weise zunächst so weit fortzukommen, daß ihre Schritte nicht mehr zu hören waren. Ich schob mich hinter ihnen her. Bald standen sie auf und gingen. Ich folgte ihnen kriechend, auf Händen und Füßen. Glücklicherweise blieben sie nicht innerhalb des Kreises der Schläfer stehen, was das Belauschen sehr erschwert hätte, sondern sie gingen darüber hinaus. Dort setzten sie sich nebeneinander nieder.

Ich fragte mich, warum sie nicht stehenblieben. Einen aufrechtstehenden Menschen sieht man leichter als einen sitzenden. Wollten sie auch von den ihrigen nicht gesehen werden? Dann hatten sie die Absicht, ihr Vorhaben ohne Zeugen auszuführen. Das war, wie ich bald erfuhr, richtig vermutet. Ich kroch nun so nahe zu ihnen heran, daß mein Kopf sich nur zwei Meter vor ihnen befand. Da sie nicht laut sprachen, sondern nur flüsterten, durfte ich, um sie zu verstehen, nicht hinter, sondern mußte vor ihnen liegen, was allerdings doppelt gefährlich war. Ich vertraute aber meinem guten Glück, der herrschenden Finsternis und vor allen Dingen der Farbe meines Anzugs. Sollte ich dennoch von ihnen bemerkt werden, so mußte ich entweder den Umständen nach schnell handeln oder eine Ausrede vorbringen. Bei dem leisen Geflüster gingen mir viele ihrer Worte verloren, doch hörte ich so viel, daß ich mir den Zusammenhang herzustellen vermochte. Sie sprachen zunächst von mir. Ich hörte den ‚Sohn der Grausamkeit' sagen: „Ich stieß dich an, mir zu folgen, weil wir äußerst vorsichtig sein müssen. Was sagst du zu diesem

Saduk el Baija?" — „Daß er kein gewöhnlicher Mann sein kann", antwortete der Häßliche. „Zum Bürgermeister von Dimiat macht man nur einen Menschen, der sich ausgezeichnet hat. Und daß man ihn dort ‚Vater des Entsetzens' nennt, ist ein Beweis, daß er mit seinen Untergebenen sehr streng verfährt." — „So sind diese Beamten alle, gegen ihre Untergebenen streng und hart. Sie selber aber kümmern sich wenig um die Gesetze. Der Bürgermeister handelt mit Sklaven, was doch verboten ist. Aber darum fragte ich dich nicht, ich meinte es anders. Dieser Mann bekleidet zwar jetzt ein bürgerliche Stellung, ist aber jedenfalls Offizier gewesen. Das ist aus der Art und Weise zu ersehen, wie er sich gegen uns verhielt, als wir ihn überrumpelten." — „Nun, überrumpeln hat er sich ja gar nicht lassen. Wir liefen ihm in die Arme, anstatt ihn zu überraschen. Allah weiß es, daß wir uns vor ihm schämen müssen. Es war ein Glück, daß er uns suchte. Im andern Fall hätte er uns niedergeschossen, denn gegen so einen fränkischen Revolver kann man mit Messern und einläufigen Flinten nicht aufkommen. Er ist ein geistesgegenwärtiger und verwegener Kerl, was uns aber nur lieb sein kann, da er unser Freund und Verbündeter ist. Aus diesem Grund müssen wir auch darüber hinwegsehen, daß er den Brunnen kennengelernt hat, aber der Knabe, der ihn begleitet, sollte von diesem Geheimnis nichts wissen."

„Das ist es, worüber ich mit dir reden will. Dieser Sohn der Monassir wird seinen Leuten mitteilen, daß es hier Wasser gibt, und sie werden infolgedessen hier so oft lagern, daß der Ort, ohne den wir nicht bestehen können, für uns wertlos ist. Das muß verhütet werden." — „Meinst du, daß wir ihn schwören lassen, das Geheimnis zu bewahren?" — „Das genügt nicht. Selbst wenn er den Schwur halten sollte, würde er den Brunnen für seine Person zuweilen benutzen, und das darf nicht geschehen, gar nicht davon zu sprechen, daß er dabei beobachtet werden kann, wodurch unser Geheimnis in noch viel größere Gefahr kommen würde. Der Schwur ist ein Schloß vor dem Mund, aber kein Schloß ist unbedingt zuverlässig. Man hat nur dann volle Sicherheit, wenn der Mund für immer stumm ist." — „Aber dieser Ben Menelik ist unser Gast! Er hat mit uns Wasser getrunken und deine Dattel gegessen!" — „Aber nicht von meiner Hand. Die Gabe des Willkommens bindet mich nur an den, dem ich sie selber gereicht habe. Was andre tun, kann mich nicht verpflichten. Habe ich da recht oder nicht?" — „Ich bin gleicher Meinung. Der Knabe muß schweigen. Mit Sicherheit aber schweigt nur ein Toter, und darum soll er sterben." — „Das zu hören, habe ich von dir erwartet, und darum führte ich dich hierher, um mir dir zu reden. Wir beide müssen es allein tun. Es gibt unter unsern Männern doch einige, die den Knaben in Schutz nehmen würden, weil er den Willkommen erhalten hat, wenn auch nicht unmittelbar von mir." — „Das war klug, und ich bin bereit, zu handeln. Du willst wohl nicht warten, bis unser Herr kommt?" — „Nein, denn er würde über ein solches Zögern unwillig werden. Wer schnell handelt, handelt richtig." — „So sag, wie wir es anzufangen haben! Es wird uns nicht leicht werden, den Monassir ohne alles Aufsehen stumm zu machen. Und was wird der Bürgermeister sagen, wenn er erfährt, daß seine Begleiter ermordet worden ist!" — „Ermordet? Um diesen Gedanken in ihm zu erwecken, müßten wir es sehr verkehrt anfangen. Mit dem Messer dürfen wir den Knaben nicht töten. Es wird in eine Assaleh, die giftigste Schlange der Wüste, beißen."

„Wo soll die herkommen?" — „Denke an den Ssahm es Ssamm[1]), den mir der Takaleh-Scheik schenkte! Der Mensch, dem mit der Spitze dieses Pfeils die Haut nur ganz leise geritzt wird, ist unbedingt verloren. Da du jünger und gewandter bist als ich, so gebe ich dir nachher den Pfeil. Du schleichst zum Knaben und stichst ihn mit der Pfeilspitze in die Hand." — „Ben Menelik wird erwachen und schreien!" — „Nein, denn du brauchst ihn ja nur leicht zu ritzen. Er wird meinen, es habe ihn ein Sandfloh gebissen. Nach kurzer Zeit schwillt sein Körper an, das Bewußtsein schwindet ihm, und wenn Saduk el Baija am Morgen erwacht, sieht er seinen Begleiter tot neben sich liegen und muß nach allen Anzeichen glauben, daß ihn eine giftige Schlange gebissen habe. Auf diese Weise kann kein Verdacht auf uns fallen, und der ‚Vater des Entsetzens' wird nur froh sein, daß die Schlange nicht zu ihm gekommen ist."

„Ja, so muß es ghen. Der Gedanke ist ausgezeichnet. An den Giftpfeil habe ich nicht gedacht. Hole ihn! Ich werde deinen Auftrag sofort ausführen." — „So schleiche jetzt zurück, und lege dich nieder! Ich komme nach und bin bald wieder bei dir."

Sie erhoben sich, um den Platz zu verlassen. Das durfte ich nicht zugeben. Wenn ich es zuließ, daß Ben Kassâwe zu seinem Sattel kam, so setzte er sich in den Besitz des Giftpfeils, einer Waffe, die uns im Handgemenge äußerst gefährlich werden konnte.

19. Ein Sieg ohne Schwertstreich

Ich lag so, daß sie an mir vorüber mußten. Ben Kassâwe ging voraus. Ich wollte ihn vorüber lassen, um von hinten an ihn zu kommen und dann auch den Häßlichen gleich griffbereit zu haben, aber sein Auge war zu Boden gerichtet. Er blieb schon bei zweiten Schritt stehen und stutzte. „Was ist das? Hier liegt etwas. Das scheint ein Mensch zu sein, der uns belauscht hat. Ergreife den Kerl und — "

Weiter kam er nicht. Er hatte sich im Sprechen niedergebückt, um mich besser sehen zu können, und diese Stellung war für meine Absicht so bequem, daß ich sie augenblicklich benutzte. Er erhielt den Hieb an die Schläfe und krachte zusammen. Im nächsten Augenblick war ich vollends auf und hatte seinen Kumpan bei der Kehle. Auch er gab keinen Laut von sich. Ein kurzes krampfhaftes Schlingern der Arme und Beine, dann ließ ich den Besinnungslosen neben dem Anführer nieder-

[1]) Giftpfeil — das h in Ssahm wird deutlich ausgesprochen

gleiten. Nun legte ich die beiden Hände mit den innern Flächen zusammen, hielt sie an den Mund und trilllerte ein halblautes, aber trotzdem hörbares „Krrraaaärr“ hinein. Das klang genau so wie die Stimme eines verschlafenen Geiers, das erwähnte Zeichen für den Leutnant und den alten Onbaschi, mit ihren Leuten herabzukommen. Dann kniete ich nieder, um mich der beiden Männer ganz zu versichern. Zu diesem Zweck nahm ich ihnen die Tücher von den Köpfen, schob ihnen einen Zipfel als Knebel in den Mund und band die andern Enden hinten zusammen. Hierauf knüpfte ich ihnen die Hände am Rücken fest. Eben war ich damit fertig, als ich den Sand klingen hörte. Ich drehte mich um und gewahrte eine Gestalt, die vorsichtig herbeigekrochen kam. Wahrscheinlich war es Ben Nil, aber ich mußte auch mit der Möglichkeit rechnen, daß es ein andrer war. Darum schnellte ich mich hin zu ihm, warf mich auf ihn, hielt ihm mit der Linken den Hals fest zu und befühlte mit der Rechten sein Gewand, um zu erfahren, wer er sei. Ja, es war Ben Nil. Ich ließ ihn los und fragte: „Warum kommst du mir nach, anstatt dort auf mich zu warten?“ — „Ich hörte das Zeichen“, antwortete er. — „Ein andermal wirst du dich genau nach meinen Weisungen richten. Solche Eigenmächtigkeit kann leicht schlimme Folgen zeitigen. Bist du stark genug, einen Menschen zu tragen?“ — „Ja, wenn er nicht grad ein Riese ist.“

„So nimm diesen Mann, und folge mir!“ — „Wer ist es? Was ist mit ihm geschehen, Effendi?“ — „Davon später. Jetzt haben wir keine Zeit zum Plaudern.“

Ich nahm Ben Kassâwe auf und ging voran, Ben Nil folgte mir mit dem Häßlichen. Zunächst mußten wir leise gehen, je weiter wir uns aber entfernten, desto sorgloser konnten wir sein. So kamen wir an die Stelle, an der Ali Farid rechts von der Höhe erscheinen mußte. Wir legten unsre Lasten da ab, um zu warten. Ich erzählte Ben Nil, was ich erlauscht hatte. Er nahm es ruhig auf und sagte nur:

„So hast du mir das Leben abermals gerettet, und meine Schuld wird immer größer. Was gedenkst du nun zu tun? Bist du noch immer entschlossen, die Mörder mit List zu behandeln? Wäre es nicht besser, sie zu überfallen und einfach niederzuschießen oder zu erstechen? Wir werden mit ihnen fertig sein, ehe sie Zeit zur Gegenwehr finden.“ — „Möglich, aber ich morde nicht. Es ist bis jetzt so gut gegangen, daß ich keinen Grund habe, mich plötzlich anders zu entschließen. Nun sich der Anführer in unsrer Gewalt befindet, werden wir auch die andern bekommen.“

Jetzt ließ sich das Geräusch nahender Schritte von oben herab vernehmen, und als ich an dem Felsen hinauf gegen den Sternenhimmel blickte, sah ich die Asaker, die einer hinter dem andern herabgestiegen kamen. Ich wartete, bis sie in Hörweite waren, und rief sie dann an, um ihnen mitzuteilen, daß ich hier sei, sonst hätten sie vielleicht bei unserm Anblick Lärm gemacht. Bald standen sie neben uns. Sie hatten sich sehr in acht genommen, und ich war überzeugt, daß das Geräusch, das sie trotz aller Vorsicht hatten verursachen müssen, im Lager der Sklavenhändler nicht gehört worden war.

,,Wir haben dein Zeichen vernommen und sind sofort gekommen, Effendi", meinte Ali Farid. ,,Ich nehme an, daß du durch List nichts zu erreichen vermochtest und uns nun den Überfall erlauben wirst."

,,Du irrst. Die List hat Erfolg gehabt und wird uns, wie ich hoffe, ohne Kampf zum Ziel führen. Mein Plan wird nur dann mißlingen, wenn ihr unvorsichtig seid. Hier liegen zwei Gefangene. Es ist Ben Kassâwe, der Unteranführer von Ibn Asl, der morgen nachkommen wird, und einer seiner Leute." — ,,Wie? Du hast Ben Kassâwe gefangen? Wie konntest du das fertigbringen, ohne daß seine Leute ihm beistanden?" — ,,Durch die List, zu der du kein Vertrauen hast. Später wirst du alles erfahren. Jetzt müssen wir handeln. Ist Onbaschi Mustafa auch unten?" — ,,Ja, er brach zu gleicher Zeit mit mir auf und wird sich nun jenseits des Lagers befinden, um deine Befehle zu erwarten." — ,,Wer ist oben geblieben?" — ,,Dein Selim und zwei Kamelwächter." — ,,O weh! Was hast du getan? Das durftest du nicht wagen." — ,,Ich habe nichts gewagt. Oder sind zwei Männer zur Beaufsichtigung der Kamele nicht genug?" — ,,Gewiß. Aber ich denke jetzt nicht an die Tiere, die übrigens nicht davonlaufen würden, auch wenn kein Wächter bei ihnen wäre. Ich sorge mich vielmehr um die Gefangenen." — ,,Die sind uns sicher, denn Selim sitzt bei ihnen. Ich weiß, daß er zuweilen Dummheiten macht und habe ihn daher nicht mitgenommen. Er hätte leicht alles verraten können." — ,,So! Seines Leichtsinns wegen hast du ihn ausgeschlossen, aber die wichtigen Gefangenen vertrautest du ihm an? War das klug gehandelt? Es ist leider nicht zu ändern, da wir keine Zeit verlieren dürfen. Ich werde euch erklären, was geschehen soll. Tretet herbei, damit ich nicht zu laut sprechen muß!"

Nachdem sie einen Kreis um mich geschlossen hatten, fuhr ich fort: ,,Die beiden Gefangenen, die ihr hier liegen seht, sind gefesselt und geknebelt. Sie hatten das Bewußtsein verloren, werden nun aber wieder zu sich gekommen sein. Einer von euch bleibt bei ihnen zurück, um sie zu bewachen. Ich gebe ihm die Erlaubnis, beide sofort zu erstechen, falls sich nur einer von ihnen bewegen sollte. Die übrigen folgen mir zum Lager der Feinde. Diese sind so unvorsichtig gewesen, keine Posten auszustellen. Das Lager befindet sich etwa fünfhundert Schritt von hier, und ich muß es euch beschreiben. Wenn man sich ihm von hier aus nähert, kommt man zunächst an den Brunnen, an dem ich und Ben Nil mit diesen zwei Gefangenen lagen. Jetzt ist niemand dort. Weiterhin am Felsen haben die Sklavenjäger ihre Flinten abgelegt, was von ihnen sehr unvorsichtig war, uns aber nur lieb sein kann. Rechts davon, mehr zur Mitte des Wadi, lagern sie in einem Kreis um die Mädchen herum. Jenseits dieses Kreises liegen die Kamele. Die Hauptsache ist, daß wir uns der Gewehre bemächtigen, und das ist nicht schwer. Haben die Gegner keine Flinten, so sind sie in unsre Hand gegeben, denn mit ihren Messern oder Pistolen können sie uns, wenn wir sie einschließen, nicht erreichen. Um zum Ziel zu gelangen, legt ihr hier eure Gewehre ab, die euch nur hinderlich sein würden. Ich gehe voran, Ben Nil folgt mir, dann kommt der Leutnant und hinter diesem gehen die andern, jeder mit zwei Schritt Abstand von seinem Vordermann. Wenn ich mich niederlege, um zu kriechen, müßt ihr diesem Beispiel folgen und alles Geräusch vermeiden. Lange ich als erster bei den Flinten an, so nehme ich sie einzeln weg, um sie euch zuzureichen. Ihr gebt sie weiter nach hinten, bis jeder zwei Stück hat oder drei. Dann werden sie alle in unserm Besitz sein. Hierauf erhaltet ihr von mir das Zeichen zur Rückkehr. Ihr schleicht einer hinter dem andern davon. Was weiter geschehen soll, werdet ihr noch erfahren."

Das war so deutlich, daß mich keiner mißverstanden hatte. Bevor wir aufbrachen, suchte ich einen Mann aus, der die Gewehre der Asaker und die Gefangenen bewachen mußte.

Dieser heimliche Gänsemarsch zum feindlichen Lager erschien den Leuten offenbar viel anziehender als ein Überfall. Sie gaben sie die möglichste Mühe, meinen Weisungen nachzukommen, und ich muß sagen, daß ich aufpassen mußte, wenn ich den Sand unter ihren Füßen knirschen hören wollte. Etwa fünfzig Schritt vom Lager entfernt legte ich mich nieder und begann zu kriechen. Als ich mich umsah, lag Ben Nil auch auf dem Boden und die folgenden jedenfalls ebenso. Ich hielt mich hart links an die Felswand. Es war eine wahre Freude, wie still und geräuschlos die Asaker sich hinter mir durch das Dunkel bewegten. Wir kamen am Brunnen vorüber, und nun galt es, doppelt vorsichtig zu sein, denn zu unserer Rechten lagen die nächsten Schläfer. Endlich kam ich zu der Stelle, wo die Flinten lagen. Ich ergriff eine nach der andern und gab sie Ben Nil, der sie weiterreichte. Als ich ihm die letzte gegeben hatte, flüsterte ich ihm zu: „Jetzt zurück. Sag es weiter! Ich komme später nach."

„Du gehst nicht mit, Effendi? Wohin willst du?" — „Zum Onbaschi, um ihm zu sagen, wie er sich verhalten soll." — „Mitten durch die Feinde? Effendi, das ist höchst gefährlich. Darf ich mit?"

„Nein. Ich kann dich nicht brauchen. Deine Begleitung würde die Gefahr für mich nur erhöhen. Sorge lieber dafür, daß die andern nichts Dummes begehen!" — „Ich gehorche, Effendi. Aber nimm dich ja in acht, und laß uns nicht allzu lang auf dich warten."

Der brave Jüngling sorgte sich um mich. Er gab meinen Befehl weiter. Die Reihe machte kehrt und bewegte sich mit den erbeuteten Waffen zurück. Mir fiel es nicht ein, meinen Weg mitten durch das Lager zu nehmen, vielmehr kroch ich eine kleine Strecke zurück und wendete mich dann hinüber zur andern Seite des Wadi. Die Wand des Tals bestand auch dort aus steilen Felsen, und ich fand es, so wie ich vermutet hatte: die Sklavenjäger lagerten nicht bis an den Steilhang, so daß es zwischen ihnen und dem Felsen freien Raum gab, den ich ohne Gefahr zu benützen vermochte. Als ich nun das Lager im Rücken hatte, ging ich weiter, um auf den Onbaschi Mustafa zu treffen. Ich mußte auch da ungefähr fünfhundert Schritt zurücklegen. Als ich etwas über vier Fünftel dieses Weges hinter mir hatte, ließ ich das erwähnte Zeichen hören, damit der alte Korporal meine Annäherung erfahren und mich nicht für einen Feind halten und Lärm machen sollte. Mustafa hatte auch sofort gewußt, woran er war, denn er kam mir eine kleine Strecke entgegen.

„Bist du es, Effendi?“ flüsterte Mustafa. „Es ist gut, daß du das Zeichen gabst, sonst hätten wir dich feindlich empfangen. Wie stehen die Dinge? Können wir zum Angriff schreiten?“

Ich gab dem Alten meine Weisungen. Dann führte ich ihn und seine Leute so weit vor, daß zum Lager ein Raum von höchstens hundert Schritt blieb. Dort mußten sie es in einer Reihe halb umfassen, und zwar so, daß der rechte Flügelmann dicht am Felsen stand und die andern, einen Viertelkreis bildend, nach links hinüber reichten. In gleicher Weise wollte ich die Leute des Leutnants jenseits aufstellen, so daß dessen äußerster Mann mit dem letzten des Onbaschi Fühlung bekam. Dann bildeten die Asaker einen Halbkreis, der das Lager umschloß. Sein Durchmesser war der unersteigliche Felsen, an dessen Fuß der Brunnen lag. So konnte uns keiner der Sklavenjäger entwischen, und ich gab Befehl, auf jeden, der einen Fluchtversuch machen sollte, zu schießen.

Jetzt hätte ich eigentlich sofort zum Leutnant zurückkehren sollen, aber ich dachte an die Sklavinnen und an ihre Angst, falls geschossen werden sollte. Es war nicht nur möglich, sondern sogar wahrscheinlich, daß sie fliehen und dadurch meinen Leuten arg zu schaffen machen würden. Darum hielt ich es für geraten, die Frauen zu benachrichtigen. Ich kroch also dem Lager zu und nahm als Ziel das Zelt, in dem Marba, die Tochter des Scheiks der Fessarah, steckte.

Es galt, den Kreis der Sklavenjäger zu durchbrechen, und ich fand bald eine Lücke, die mir hinlänglich Raum gewährte. Ich kam glücklich durch und gelangte bis an das betreffende Zelt. Eigentlich hätte doch vor jedem Zelt ein Wächter sein müssen, aber auch das war nicht der Fall.

Die Matte, die die Tür bildete, war herabgelassen. Ich hob sie ein wenig empor und horchte hinein. Ich hörte atmen, und zwar schien sich eine beträchtliche Anzahl Schläferinnen hier zu befinden. Ein Geräusch sagte mir, daß sich eine von ihnen umwendete. Bald hörte ich es wieder, und dieses Mal war das Rascheln von einem Seufzer begleitet. Ich erriet, daß sich die Scheikstochter infolge der Schläge vor Schmerzen schlaflos von einer Seite auf die andre warf.

„Marba!“ hauchte ich zwar leise, doch so, daß sie es hören mußte. Da niemand antwortete, wiederholte ich das Wort mehrmals, bis ich eine unterdrückte Stimme fragen hörte: „Wer ruft? Wer ist da?“

„Jemand, der euch die Freiheit bringt. Komm näher, ich muß mit dir reden.“ — „Die Freiheit? O Allah, Allah! Wer bist du?“ — „Sei ohne Sorge, ich gehöre nicht zu den Sklavenjägern. Ich bin ein Fremder und bin ins Lager geschlichen, um dir zu sagen, daß ihr bald nach Tagesanbruch frei sein werdet.“ — „Das ist Lüge! Hier in diesem Wadi verkehren nur unsre Peiniger, und kein andrer wird sich mitten unter diese

Leute wagen." — „Ich spreche die Wahrheit. Du wirst es erfahren." — „Wenn ich dir glauben soll, so schwöre beim Bart des Propheten!" — „Das tu ich nicht, denn ich bin ein Christ und schwöre nicht." — „Ein Christ? O Allah! Bist du etwa der fremde Effendi, der jenseits des Bir Murat ganz allein Malaf und seine Begleiter besiegt und ihnen ihre Gefangenen abgenommen hat?" — „Ja, der bin ich." — „So glaube ich dir. Warte, ich komme!"

Es entstand im Zelt eine anhaltende Bewegung. Es rauschte und knisterte da und dort. Leise Worte wurden gewechselt: Marba weckte ihre Gefährtinnen.

„Es könnte jemand vorbeigehen und mich hier bemerken. Im Zelt bin ich sicherer. Erlaubt, daß ich hineinkomme!"

Dabei kroch ich auch schon unter der Mattte hindurch und blieb dahinter sitzen.

„Um Allahs willen, tu das nicht", bat Marba. „Kein Mann darf das Zelt der Frauen betreten!" — „Dieses Gesetz erleidet hier eine Ausnahme. Wenn ich entdeckt und ergriffen werde, kann ich euch nicht befreien." — „Du hast recht, und da du ein Christ bist, dürfen wir es dulden. Sag uns zuerst, ob es wahr ist, daß du uns retten willst!" — „Es ist wahr. Wir haben die Spur Ibn Asls gefunden und das Lager mit unsern Asakern eingeschlossen. Nun warten wir, bis der Tag anbricht und die Schläfer erwachen." — „Hat mein Vater euch gesandt?" — „Nein. Wir kommen im Auftrag des Khedive, der den Sklavenhandel verboten hat. Aber du nanntest mich den fremden Effendi. Hat man in deiner Gegenwart von mir gesprochen?"

Marba war herbeigekommen und saß neben mir. Ich hörte das, als ihre Antwort nahe bei mir erklang: „Man wußte nicht, daß ich lauschte. Es war gestern, als mehrere Männer in unser Lager kamen. Der eine war ein türkischer Händler und der andere ein Fakir. Wir lagerten am Palmenwald des Bir Murat, und ich lehnte an dem Stamm einer Palme. Da kamen sie in meine Nähe und sprachen von dir." — „Was sagten sie?" — „Daß ein Mann, der Reïs Effendina heißt, seinen Leutnant zu dir gesandt hat, wozu, das konnte ich nicht verstehen, aber ich merkte, daß sich alle vor dir fürchteten. Die beiden Ankömmlinge erzählten einiges von dir und sprachen lauter Böses."

„So wirst du mich wohl auch für einen bösen Menschen halten?"

„O nein, Effendi, denn wenn böse Menschen über einen andern schlecht reden, so ist er gewiß gut, und wenn sie sich gar vor ihm fürchten, so muß er doppelt gut sein." — „Aber ich bin ein Christ. Darfst du einen Andersgläubigen gut nennen?" — „Warum nicht? Die Fessarah sind nicht so starre Mohammedaner, wie du denkst. Es sind schon einigemal Franken bei uns gewesen, die Christen waren, und sie alle waren sehr kluge und sehr gute Menschen. Die aber, die uns geraubt haben, sind Mohammedaner. Welche Religion ist da die bessere?" — „Die christliche, das kannst du mir glauben. Der Christ kennt keine Sklaverei. Er ist ein Sohn der ewigen Liebe und befleißigt sich der Geduld,

Sanftmut, Freundlichkeit und Barmherzigkeit. Euch aber hat man nicht nur geraubt, sondern sogar geschlagen."

Sie schwieg, aber ein leises Knirschen ihrer Zähne sagte mir, welche Saite ich in ihr berührt hatte.

„Ich werde Ben Kassâwe und seinen Spießgesellen dafür züchtigen", fuhr ich fort. „Sie können uns nicht entgehen, und auch Ibn Asl selber wird in unsre Hände fallen." — „So mußt du ihn hier erwarten, denn er blieb mit einigen Männern zurück, um am Bir Murat auf dich zu lauern und dich aus dem Hinterhalt zu erschießen." — „Er kommt, wie ich gehört habe, heute hier an. Ich werde ihn empfangen." — „So hüte dich vor Libban!" — „Wer ist Libban?" — „Ein früherer Askari, der lange Zeit im Sudan gelebt und da gelernt hat, mit Pfeil und Bogen umzugehen. Er trifft genau. Vor einiger Zeit haben mehrere Sklavenjäger von einem Takaleh-Scheik Giftpfeile geschenkt bekommen. Ben Kassâwe hat den seinigen behalten, die andern sind alle an Libban abgegeben worden, weil er der beste Schütze ist, und jetzt ist er mit Ibn Asl unterwegs, um einen solchen Pfeil auf dich zu schießen. Ibn Asl sagte, eine Kugel könnte unter Umständen nur verwunden, ein Giftpfeil aber sei auf alle Fälle tödlich." — „Das ist aber sehr gut gemeint von diesem Mann, und ich werde mich dafür bei ihm bedanken." — „Tu es, tu es, Effendi! Nach dem, was ich von dir gehört habe, bist du der richtige Mann, uns zu rächen. Du weißt nicht, was wir erduldet haben. Jetzt will ich nicht davon sprechen, aber später werde ich es dir erzählen. Schade, daß es dunkel ist! Ich würde mich sehr darüber freuen, dein Angesicht sehen zu können. Könntest du uns unsern Vätern und Brüdern wiederbringen, sie würden dich mit Jubel empfangen, und niemals würden die Beni Fessarah den Namen des Mannes vergessen, der ihre Frauen und Töchter vor der Schande der Sklaverei bewahrt hat." — „Ich hoffe mit Zuversicht, daß ihr die eurigen wiederseht!" — „Und die Gräber der Ermordeten! Effendi, wirst du die Mörder unseren Kriegern überliefern?" — „Diese Frage kann ich jetzt noch nicht beantworten, da das Schicksal der Räuber nicht von mir allein abhängt. Auch muß ich mich jetzt entfernen. Ich kam nur für einige Augenblicke, um euch mitzuteilen, daß Helfer in der Nähe sind. Ihr würdet sonst, wenn es zum Kampf kommen sollte, jedenfalls sehr erschrecken. Nun aber wißt ihr, was vorgeht, und ich bitte euch, ruhig in euern Zelten zu bleiben, was meinen Leuten ihre Aufgabe erleichtern wird." — „Allah sei Dank! Die Räuber werden mich nicht mehr schlagen, und auch keinen andern Menschen wird die Peitsche mehr treffen."

Marba sagte das so hastig und entschlossen, als habe sie über das Schicksal dieser beiden Männer zu bestimmen. Ich fragte sie noch, wo die Fackeln aufbewahrt würden, und erfuhr, daß sich zwei oder drei hier in dem Zelt befanden. Diese ließ ich mir geben und nahm dann Abschied. Ich kam unbemerkt durch die Schläfer und suchte nun Ali Farid auf.

Ich gab ihm meine Weisungen, und er ging mit seinen Leuten ab, um in die bereits beschriebene Stellung einzurücken. Ich blieb mit Ben Nil und dem Askari, der die beiden Gefangenen bewacht hatte, bei diesen zurück.

Wir befanden uns hinter einer Windung des Wadi, so daß man uns vom Lager aus, selbst wenn hier ein Feuer brannte, nicht sehen konnte. Darum steckte ich eine Fackel an, um die Gefesselten zu betrachten. Sie hatten sich, wie mir der Wärter sagte, nur leise zu bewegen gewagt. Ich ließ ihnen die Knebel abnehmen, zog das Messer und drohte ihnen damit.

„Kein lautes Wort! Wer einen Ruf ausstößt, bekommt sofort die Klinge! Ihr könnt zu mir sprechen, aber nur leise."

Sie starrten mich an. Mich hier zu sehen, das hatten sie nicht erwartet. Sie wußten noch gar nicht, wer sie niedergeschlagen hatte.

„Du bist es, du?" stieß Ben Kassâwe hervor. „Was fällt dir ein! Wie kannst du uns, deine Gastfreunde, in dieser Weise behandeln?"

„Wer mein aufrichtiger Freund ist, wird auch der meines Begleiters sein." — „Das sind wir ja." — „Nein. Ihr wolltet ihn töten. Ich habe jedes eurer Worte gehört. Sein Mund sollte zum Schweigen gebracht werden, und ihr glaubtet, ich würde die Spitze eines Takaleh-Pfeils für den Zahn einer Giftschlange halten. Solche Meuchelmörder können nicht meine Freunde sein. Allah vergilt jede Tat des Menschen, und auch ihr werdet nach euerm Tun gerichtet werden."

„So ist Allah der Richter, aber nicht du. Gib uns frei! Wenn Ibn Asl kommt, wird er sehr zornig sein über dein Verhalten." — „Allerdings! Aber sein Zorn wird sich mehr gegen euch als gegen mich richten. Er wird es wohl nicht für möglich halten, daß Männer wie ihr sich so leicht fangen lassen." — „Ich verstehe dich nicht. Du hast doch nur einen ungehörigen Scherz mit uns getrieben?"

„Scherz? O nein! Mit Leuten eures Schlags scherze ich nicht."

„Aber du willst doch Geschäfte mit uns machen. Du willst Sklaven von Ibn Asl nehmen!" — „Das ist wahr. Nehmen will ich sie, aber nicht etwa bezahlen. Ich nehme Sklaven und gebe Flintenkugeln dafür." — „Du scherzt immerfort. Rede doch vernünftig, damit wir wissen, woran wir sind! Und binde uns los, sonst wird es dir von Ibn Asl schlimm ergehen!" — „Pah! Auch ihr hattet es schlimm mit uns vor, und was war die Folge? Ihr seid jetzt zum zweitenmal in meine Hand geraten. Und euern Anführer fürchte ich nicht mehr als euch. Ich kenne Ibn Asl und auch seine Absichten. Er hält sich am Bir Murat verborgen, um mir durch Libban einen Giftpfeil geben zu lassen." — „Libban! Was weißt du von ihm? Ich habe ja gar nicht von ihm gesprochen. Und der Pfeil ist doch nicht für dich bestimmt." — „Doch, für mich." — „Nein, für den fremden Effendi, für den Christenhund." — „Also doch für mich!" — „Für —!"

Ben Kassâwe brachte nur dieses eine Wort hervor und starrte mich, ebenso wie der Häßliche, voll Entsetzen an. Erst nach einer Weile stotterte er: „Wie? Du — du wärst — dieser — Effendi?"

„Gewiß!" — „Und hättest dich so verwegen mitten unter deine Feinde gewagt?" — „Allerdings! Du bist ein Dummkopf sondergleichen. Du hattest von mir gehört. Als ich euch, zehn Mann stark, ganz allein in Schach hielt, hättest du sofort vermuten sollen, daß ich dieser Franke sei. Der Reïs Effendina hat mich aufgefordert, euch zu fangen und euch die Sklavinnen abzunehmen. Jetzt lauert der berühmte Ibn Asl am Bir Murat auf mich, und während Allah ihm die Augen blendet, befinde ich mich hier und nehme die ganze Karawane gefangen." — „Das soll dir schwer werden! Meine Leute werden sich wehren." — „Wehren? Sie schlafen alle. Ich habe meine Asaker an den Brunnen geführt, um die Gewehre zu holen, die ihr so einfältigerweise zusammengelegt hattet. Da, schau her!" Die Flinten lagen in der Nähe. Ich ließ den Schein der Fackel auf sie fallen.

„O Allah, o Prophet, o ihr Kalifen!" knirschte Ben Kassâwe. „Das sind wirklich unsre Gewehre!"

„Ja, sie sind es. Und nun haben die Asaker euer Lager umstellt und warten auf mein Zeichen, um darüber herzufallen. Es sind ihrer mehr als genug, um mit euch fertig zu werden. Übrigens habe ichMarba gesagt, daß wir gekommen sind, sie und ihre Gefährtinnen zu befreien. Die Sklavinnen wissen sich also unter unserm Schutz, und ihr habt sie nun als Feindinnen, die jeden Widerstand gegen uns erschweren werden, in eurer Mitte." — „O Allah, behüte uns vor dem Teufel und allen seinen Gehilfen! Wer hätte das gedacht! Du hast uns belogen, schändlich belogen. Deine Heimtücke —"

„Schweig! Schimpfe nicht, sonst bekommst du die Peitsche! Ich habe euch überlistet, das ist alles. Von Heimtücke kann keine Rede sein. Wenn ein Panther eure Herden lichtet und ihr beschleicht ihn, um ihn zu töten, ist das Heimtücke von euch? Nein, es ist nur Notwehr. Menschenjäger aber stehen noch tief unter dem wildesten Tier. Es liegt in der Natur des Tiers, sich durch Raub zu ernähren. Der Mensch jedoch soll ein Abbild Gottes sein, der die ewige Liebe ist. Ihr aber seid keine Menschen mehr, sondern die verächtlichsten und verworfensten Geschöpfe, die die Erde trägt. Darum ist es die Pflicht eines jeden braven Mannes, euch auszurotten. Als Sklavenjäger untersteht ihr einem andern Richter. Ich aber habe über etwas andres mit euch zu rechten. Ihr habt meinen Gefährten vergiften wollen. Darauf setzt das Gesetz der Wüste und die Sorge für unsre Sicherheit den Tod. Ihr habt wenig Zeit, euch darauf vorzubereiten. Ich werde ganz kurz mit euch verfahren." — „Das könntest du nicht verantworten!" fuhr Ben Kassâwe auf. „Wir sind Untertanen des Khedive, du aber bist ein Fremder!" — „Ihr handelt gegen die Gesetze des Khedive und erkennt ihn somit nicht als euern Herrn und Gebieter an, folglich ist nur nach Wüstenrecht mit euch zu verfahren. Ihr werdet zertreten wie die Mistkäfer, auf die die Füße der Kamele treffen." — „Wir wissen, daß du im Auftrag des Reïs Effendina handelst. Du mußt uns an ihn ausliefern!"

Ah, der ‚Sohn der Grausamkeit' hatte also Angst. Er glaubte, ich wolle seinen Tod. Die sonst gewiß gefürchtete Auslieferung an den Reïs Effendina schien ihm jetzt die einzig mögliche Rettung zu bieten. Das war mir lieb, denn nun brauchte ich ihm keine großen Versprechungen zu machen, um ihn zu bewegen, seine Leute vom Widerstand abzuhalten. Ich durfte nun hoffen, daß kein Blut fließen würde, mußte aber leider sofort erfahren, daß diese Hoffnung trügerisch war, denn eben jetzt ertönte eine überlaute, schnarrende Stimme von der Felshöhe herab: „Halt an, halt an! Bleib hier, bleib hier!"

Das war die Stimme Selims, des ‚Schleuderers der Knochen'. Ich erriet sogleich, was seine Worte zu bedeuten hatten. Einer der Gefangenen war entflohen, vielleicht waren beide fort. Der Lärm mußte die Sklavenjäger wecken. Jetzt brüllte der Kerl mit einer wahren Löwenstimme von oben herab: „Effendi, Effendi, paß auf! Abd el Barak und Nubar sind fort!"

So ein Unglücksmensch! Ich war wütend auf ihn. Also ich sollte aufpassen, er aber hatte nicht aufgepaßt. Wer sollte die Entflohenen in dieser Finsternis sehen, verfolgen und ergreifen? Das war unmöglich. Man mußte sie laufen lassen. Aber in andrer Beziehung galt es, rasch zu handeln. Ich gebot dem Wächter: „Du bleibst mit Ben Kassâwe hier und haftest mit deinem Kopf für ihn. Sollte einer der Entflohenen hier herabkommen, so schießest du ihn nieder!"

Und zum Häßlichen gewendet, fuhr ich fort: „Dich werde ich jetzt durch die Linie meiner Asaker, die euer Lager umschließt, bringen. Du sagst deinen Leuten, daß sie umzingelt sind. Ich habe Befehl gegeben, jeden von euch, der sich aus dem Lager wagt, zu erschießen. Teile das deinen Gefährten mit, und warne sie! Wenn sie gehorchen, werde ich vielleicht Milde walten lassen."

Ich löste seine Fesseln, nahm ihn beim Kragen und schob ihn vor mir her. Ben Nil ging mit. Bei unsrer Linie ließ ich den Menschen los, und er machte sich schleunigst aus dem Staub. Nun war abzuwarten, wofür sich die Sklavenjäger entschließen würden. Die Asaker mußten sich zu Boden legen, weil sie so, gegen den Himmel blickend, jeden Nahenden leichter erkennen konnten. Ich aber ließ Ben Nil mein Gewehr halten und kroch auf das Lager zu, bis ich das erste Zelt erreichte. In seiner Nähe standen die Jäger in einem dunklen Haufen. Ich hörte, daß der Häßliche auf sie einsprach, und konnte nur einzelne Worte oder Silben verstehen, das reichte aber hin, mir über ihre Absicht klar zu werden. Während einige Männer bei den Zelten zurückbleiben mußten, wollten die andern auf der Seite ausbrechen, wo sich Ben Kassâwe befand und ihn holen. Gelang es, ihn zu befreien, so hatte ich einen Trumpf weniger in Händen. Es gab einen Gegenzug. Wir konnten die Feinde vorbeilassen und uns dann des Lagers bemächtigen. Aber das wäre fehlerhaft gewesen, da ich nicht nur das Lager, sondern auch die Sklavenjäger haben wollte. Ich beschloß also, die Gegner nicht durchzulassen. Sie waren gewarnt. Griffen sie uns dennoch an, so mußten sie die Folgen tragen. Ich kehrte schnell zurück und zog die Hälfte meiner Leute an einem

Punkt zusammen, der die Ausfallrichtung beherrschte. Sie knieten, die Gewehre schußfertig, eng nebeneinander nieder. Kaum war das geschehen, so hörte ich die Feinde kommen. Bald sahen wir sie: sie kamen gekrochen. Unsre Läufe senkten sich, ein Ruf von mir — die Schüsse krachten. Das Echo hallte von den Felsen zurück, und darein mischte sich das Geschrei der Getroffenen und der Fliehenden.

Ja, sie flohen, sie wichen zurück, sie hatten den Mut verloren. Daraus schloß ich, daß ihre Verluste nicht unbedeutend seien. Die Asaker kehrten in ihre vorherige Stellung zurück, damit der Halbkreis geschlossen blieb. Jetzt kam von rückwärts her einer gelaufen. Ich ging ihm entgegen. Noch hatten wir einander nicht erreicht, so blieb er stehen und rief: „Effendi, Effendi, wo bist du? Ich suche dich!"

Selim war es, der unglückliche Selim. Dieser Schlingel mußte doch alles verkehrt machen.

„Halte den Mund!" empfing ich ihn. „Was fällt dir ein, so zu schreien!" — „Damit du es hörst, Effendi!" — „Unsinn! Denkst du denn nicht daran, daß es auch die Feinde hören?" — „Das schadet nichts, denn meine Stimme bringt selbst den mutigsten Feind zum Zittern." — „Schneide nicht auch noch auf! Fast hättest du uns durch dein Geschrei alles verdorben. Jedenfalls trägst du die Schuld an dem Blut, das geflossen ist." — „Allah kerîm — Gott sei uns gnädig! Ich hörte die Felsen widerhallen. Sind unsre Asaker erschossen?" — „Ja, alle, bis auf den letzten Mann. Nur ich allein bin übrig." — „So laß uns fliehen! Schnell, schnell, komm, Effendi!"

Er nahm meinen Arm, um mich fortzuziehen.

„Bleib nur, Memme! Wir haben geschossen, und die Feinde sind vor uns zurückgewichen." —

„Hamdulillah! Ich wußte es, meine Stimme hat sie erschreckt. Sobald sie ertönt, reißen alle Helden und Völker aus, denn es ist die Stimme des kühnsten und verwegensten Kriegers vom mächtigen Stamm der Fessarah."

„Nein, es ist die Stimme des größten Esels, den ich jemals gesehen habe, und vor einem Esel nimmt kein Frosch, keine Maus Reißaus. Selim, bitte doch Allah, daß er dir, wenn auch nur ein allereinziges Mal in deinem ganzen Leben, einen Gedanken schenkt, der wenigstens nicht ganz und gar verkehrt ist. Die Gefangenen sind fort?"

„Der Scheik der Monassir hat sie freigelassen."

„Scheik Menelik? Waren sie denn ihm anvertraut?"

„Nein, mir, aber ich werde erzählen, wie es zugegangen ist, damit du erkennst, daß ich unschuldig bin und alles getan habe, um unsre Feinde in Angst und Schrecken zu versetzen. Ich saß oben bei den Gefangenen, und der Scheik war dabei. Ich überlegte, was ein tapferer Krieger in meiner verantwortungsreichen Lage tun müsse. Es konnte hier unten zum Kampf kommen, meine zwei Gefangenen konnten einen Fluchtversuch unternehmen. In beiden Fällen war es nötig, gerüstet zu sein. Ich lud also, um die Feinde hier im Wadi und die Gefangenen da oben in

Schach zu halten, zwei Kugeln in die Pistole und drei ins Gewehr." — ,,Auch doppeltes Pulver?"

,,Dreifaches sogar, denn je mehr Kugeln, desto mehr Pulver. Das ist eine alte Heldenregel." — ,,Bist du toll? Dein Jammerrohr wäre beim Schießen zerplatzt, und du hättest dich nur selber verwundet."

,,Das ist grundfalsch, obgleich auch der Scheik es behauptete."

,,So, hat Menelik es gesagt? Bei welcher Gelegenheit?" — ,,Als ich auf die Flüchtlinge schießen wollte." — ,,Ah, ich begreife! Sie waren aber doch gebunden!" — ,,Allerdings, und ich war so vorsichtig, ihre Fesseln von Zeit zu Zeit zu untersuchen. Die Halunken lachten darüber, da aber bekanntlich nur alberne Menschen lachen, hüllte ich mich in die Würde einer tief ergreifenden Schweigsamkeit. Sie sprachen viel mit dem Scheik." — ,,Leise oder laut?"

,,Doch leise! Lautes Sprechen hätte unten von den Feinden gehört werden können. Das hätte aber deinen Plan verdorben, und so litt ich es, daß sie heimlich sprachen. Ich hoffe, deinen Plan dadurch wesentlich gefördert zu haben!" — ,,Da nichts mehr an allem zu ändern ist, will ich dir mein Urteil einfach vorenthalten. Nun will ich aber wissen, wie die Flucht vor sich gegangen ist!" — ,,Vor sich gegangen? Sehr schnell. Der Scheik zog nämlich sein Messer, zerschnitt den Gefangenen, ehe ich es verhindern konnte, die Fesseln, und sie sprangen auf und davon." — ,,Der Scheik? Wie konnte er das tun? Er ist mit fort?" — ,,Fällt ihm nicht ein! Er sitzt noch oben da, wo er vorher gesessen ist." — ,,Hat Menelik dir gesagt, was ihn zu der Tat bewogen hat?"

,,Nein, aber dir will er es sagen. Als die Halunken fortliefen, legte ich das Gewehr an, um ihre Körper mit den drei Kugeln zu durchbohren. Der Scheik aber nahm es mir weg und sagte, der Lauf würde platzen. Da der Lauf nun doch vielleicht eine schadhafte Stelle haben konnte und du meines Lebens und meines Schutzes noch so sehr bedarfst, gab ich ihm recht und begnügte mich damit, dir das Geschehene vom Felsen herab zu melden." — ,,Wohin haben sie sich gewendet?" — ,,Wer kann in der Dunkelheit eine Richtung erkennen? Sie sind fort, wohin, das wissen nur Allah und der Prophet. Hätte der Scheik nicht die Fesseln zerschnitten, so säßen sie noch oben unter dem Schutz meiner scharfen Augen, denen nichts entgehen kann. Nun sag mir, was ich tun soll. Soll ich die Menschenjäger angreifen, um sie zu überwinden?" — ,,Nein, nein! Am besten ist's, du tust gar nichts. Steig ruhig wieder hinauf, und setz dich zu den Wächtern der Kamele! Ich möchte nur wissen, welch unglückliches Zeichen am Tag deiner Geburt am Himmel gestanden ist!"

,,Ich bin im Zeichen ‚es Ssabu[1])' geboren, Effendi." — ,,Gewiß nicht, wahrscheinlich im Zeichen ‚es Ssarâtan[2])'. Darum wiederhole ich: Lauf rückwärts, und mach, daß du zu den Kamelen kommst! Hoffentlich wirst du ihnen nicht auch Unglück bringen."

Selim wollte mir widersprechen, doch ich ging fort und ließ ihn ste-

[1]) des Löwen [2]) des Krebses

hen. Zunächst mußte ich unsre Truppe um drei Mann vermindern, die ich Selim nachsandte. Es stand zu erwarten, daß sich die Entflohenen noch in der Nähe herumtrieben, um sich für die Flucht zwei Kamele zu verschaffen. Darum mußten die Wachen verstärkt werden. Dann erst fand ich Zeit, mit Ali Farid zu sprechen. Er war über das Entkommen des Mokkadem und des Muza'bir ebenso erzürnt wie ich, doch konnten wir an keine Verfolgung denken. Es war Nacht, und wir brauchten unsre Leute so notwendig, daß wir keinen Mann entbehren konnten.

Die Nacht verging, ohne daß die Belagerten den Durchbruchsversuch wiederholten. Als das Dunkel dem anbrechenden Tag zu weichen begann, sahen wir sie bei den Zelten lagern. Man merkte ihnen an, daß sie während der ganzen Nacht eines Angriffs gewärtig gewesen waren. Wer jetzt die Lage überblickte, der mußte finden, daß wir uns stark im Vorteil befanden. Sie hatten zwar mehr Deckung als wir, aber keine Flinten. Ich ließ Ben Kassâwe holen, um mit ihm zu reden. Sein Gesicht zeigte einen gehässig finstern Ausdruck, und als er den Schauplatz überblickte, verdüsterte es sich noch mehr.

„Was sagst du dazu?" fragte ich ihn. „Wer wird wohl unterliegen, wir oder ihr?" Er musterte unsre Leute und ihre Bewaffnung und warf dann einen spähenden Blick das Wadi hinauf und hinab.

„Wen suchen deine Augen? Etwa Ibn Asl? Der kann noch nicht hier sein. Oder Abd el Barak mit seinem Gaukler? Die können auch keine Hilfe bringen. Sie haben keine Waffen und auch keine Kamele und werden von den Leuten, die ich ihnen nachsende, schnell eingeholt werden." — „Allah, Allah! Wer kann gegen das Kismet!" murmelte er. „Niemand", versicherte ich. „Und dein Kismet ist der Tod." — „Wann soll ich sterben?" — „In einer Viertelstunde."

„Erschießen?" — „O nein. Eine Kugel ist zu ehrenvoll für deinesgleichen. Du bekommst einen Strick um den Hals und wirst von einem Kamel zu Tode geschleift." — „O Mohammed, o Abu Bekr! Wie darf ein Gläubiger durch einen Strick umgebracht werden!"

„Klage nicht! Du bekommst, was dir gebührt." — „Ein jeder wandelt den Weg, der ihm vorgezeichnet ist, und keiner kann anders, als ihm beschieden ist. Darum trifft keinen Menschen eine Schuld."

„Das ist eine sehr billige Beruhigung, und ich glaube nicht, daß sie dir die Schlinge leichter machen wird. War es aber dein Kismet, die Freuden und Einkünfte eines Sklavenjägers zu genießen, so gebietet dir das gleiche Kismet, das traurige Ende eines solchen Schurken durchzukosten. Du hast nur noch zehn Minuten zu leben."

„Nicht so schnell, nicht so schnell! Schenke mir das Leben, so gebe ich dir die Sklavinnen!" — „Du hast keine Menschen zu verschenken. Sie sind nur Gottes Eigentum." — „So nimm unsre Kamele!" — „Die gehören mir schon. Ich brauche nur die Hand auszustrecken." — „Ich will aber leben, leben, leben! Schenke mit das Leben, und ich tue alles, was du von mir forderst."

Der Halunke wimmerte fast vor Todesangst. Es war zum Ekeln. Um mir diese mehr als unangenehme Empfindung abzukürzen, fragte ich: ,,Wirst du es halten, wenn ich dich beim Wort nehme?"

,,Ich schwöre es dir bei allem, was du willst!" beteuerte er aufatmend. — ,,Gut! Ich will milder sein, als du es verdienst. Ich erinnere mich deiner Forderung, dich dem Reïs Effendina zu übergeben, und ich bin bereit, sie zu erfüllen, wenn du tust, was ich befehle."

,,Befiehl, Effendi, und ich gehorche!" — ,,Ich will nicht haben, daß noch mehr Menschenblut vergossen wird. Ergebt euch freiwillig, so verspreche ich, euer Leben zu schonen und euch dem Reïs Effendina auszuliefern." Sein Gesicht erheiterte sich schnell. Er kannte die Mängel der ägyptischen Rechtspflege, zumal in dieser Gegend. Einem hiesigen Gericht überliefert werden, heißt soviel, wie sich loskaufen können. Vielleicht hielt er auch die Gerechtigkeit des Reïs Effendina für käuflich, denn er entschied sich sofort: ,,Ich gehe darauf ein." — ,,Hast du auch so viel Macht über deine Leute, daß sie dir gehorchen?" — ,,Ich habe sie, denn dem geringsten Ungehorsam folgt der Tod. Ohne diese Strenge könnte kein Sklavenjäger bestehen." — ,,Wie aber willst du ihnen den Befehl zugehen lassen?"

,,Darf ich hinüber?" — ,,Nein." — ,,So erlaube mir, einen zu rufen, mit dem ich mich verständigen werde." — ,,Ich erlaube es, aber diese Verständigung muß in meiner Gegenwart geschehen."

Es wurde schon erwähnt, daß unsre Asaker Sklavenketten bei sich führten. Ich schickte einen der Leute hinauf, um sie auf einem Kamel herabzubringen. Auf den Ruf Ben Kassâwes kam ein Mann herüber, der sich zu ihm setzte. Der Anführer gab ihm seinen Entschluß kund und erklärte ihm die Gründe. Der Mann sah mich mit finsterm Blick an und stand auf.

,,Effendi, du hast uns die Flinten weggenommen und kannst uns nun niederschießen, wie es dir beliebt. Das wissen wir, und drum willigen wir in die Übergabe. Halte dein Wort, uns auszuliefern! Aber glaube ja nicht, daß man uns töten wird. Diese Freude macht kein ägyptischer Richter einem Christen. Vielleicht sehen wir uns später wieder, und dann wirst du es sein, der sich ergeben muß!"

Er ging, und schon brachte der um die Ketten fortgeschickte Askari sein Kamel geführt. Er war mit dem Tier an der Stelle ins Tal gekommen, die ich gestern mit Ben Nil benutzt hatte, als wir mit unsern zwei Kamelen in das Wadi niederstiegen, um die Sklavenjäger zu täuschen. Jede dieser Ketten war mit einer Fuß- und zwei Handschellen versehen. Wer mit einer solchen Kette gefesselt war, den hatte man sicher, zumal hier in der Wüste, wo ein Gefangener nicht an Flucht denken konnte, ohne sich der Gefahr des Verschmachtens auszusetzen. Die Fesseln wurden abgeladen und für die Sklavenjäger bereitgelegt.

Die Umzingelten standen, wie wir sahen, um den Bevollmächtigten versammelt. Er sprach sehr dringlich auf sie ein, und dann entwickelte sich eine lebhafte Verhandlung zwischen ihm und ihnen. Sie schienen nicht auf seinen Vorschlag eingehen zu wollen. Es gelang ihm offenbar aber doch, sie zu überzeugen, denn sie wurden nach und nach ruhiger, und als er dann zurückkehrte, konnte er mir melden, daß sie bereit seien, sich uns zu ergeben. Als er die Ketten erblickte, fühlte er sich unangenehm überrascht und fragte:

„Da liegen Fesseln von Eisen. Sind sie etwa für uns bestimmt?"

„Ja", erklärte ich einfach. „Das können wir uns unmöglich gefallen lassen!" — „Ihr werdet euch doch drein finden müssen!"

„Aber du sagtest selber, daß wir uns sowieso in eurer Gewalt befinden. Da sind die eisernen Ketten nicht nötig."

„Wenn auch nicht nötig, so wird es doch zur Beruhigung meines Herzens dienen, euch mit ihnen geschmückt zu sehen. Auch ihr befördert eure Sklaven, wenigstens die männlichen, stets in gefesseltem Zustand, obgleich ihr wißt, daß sie euch in der Wüste nicht entrinnen können. Es wird zur Bereicherung eures Wissens dienen, einmal zu erfahren, wie es ist, wenn man Ketten schleppen muß. Wenn ich euch das Leben schenke, so ist das eine unverdiente Gnade, und ihr habt nicht den mindesten Grund, euch dieser Ketten wegen zu beschweren." — „Die Leute werden sich weigern, sie sich anlegen zu lassen!" — „Das ist mir gleichgültig. Wer widerstrebt, bekommt die Kugel. Ferner muß jeder einzeln und unbewaffnet herüberkommen. Wer trotzdem eine Waffe bei sich trägt, wird gehenkt."

Bei diesem Entscheid blieb ich. Der Unterhändler sah ein, daß es Torheit war, weiter Widerstand zu leisten, und ging nochmals hinüber, um den Sklavenjägern Vorstellungen zu machen. Schon nach kurzer Zeit kehrte er wieder zurück und ließ sich als erster fesseln. Dann rief er seine Leute einzeln beim Namen, und sie kamen der Reihe nach herüber und erhielten die Schellen angelegt. Keiner sprach ein Wort, aber die Blicke, die sie mir zuwarfen, waren beredt genug. Wehe mir, wenn ich später einem von ihnen in die Hände fallen sollte! Der Häßliche machte den letzten, und er war der einzige, der es nicht fertigbrachte, sich schweigend in sein Schicksal zu fügen. Als er an mir vorüberging, zeigte er mit die Faust und drohte: „Heute mir, später dir! Wir rechnen ab!" — „So wirst du nachher das Draufgeld erhalten", entgegnete ich.

Die Verwundeten hatten nicht kommen können, wir mußten zu ihnen hin. Als wir das taten, wurden die Zelte geöffnet, und die befreiten Sklavinnen strömten uns entgegen. Es folgte ein Auftritt, den man sich nicht lebhaft genug vorzustellen vermag.

Man behauptet, das schöne Geschlecht sei dem starken in Beziehung auf Zungenfertigkeit weit überlegen. Ob ich mich zu dieser Lehre bekenne, ist Nebensache. Hier aber würde selbst dem ausgesprochensten

Zweifler die Überzeugung gekommen sein, daß sie wenigstens in Beziehung auf die Fessarah ihre volle Berechtigung hat. Diese Tätigkeit der Sprechwerkzeuge war beinahe beängstigend! Wir wurden mit Lobpreisungen so überschüttet, daß wir ihren Schwall stumm und widerstandslos über uns ergehen lassen mußten. Ich wurde umringt, alle drängten und sprachen auf mich ein, hundert Hände streckten sich mir entgegen. Eine jede rief, sprach, flötete, zirpte und klarinettierte auf mich ein. Ich spreizte die Beine, um wie ein Fels im Meer zu stehen, wurde aber trotzdem hin- und hergeschoben, so daß es mir schwer wurde, mich aufrechtzuhalten.

Eine einzige machte eine Ausnahme: die Tochter des Scheiks. Sie stand abseits, ohne sich an dem Aufruhr zu beteiligen, und ließ ihre Gefährtinnen gewähren. Als Marba dann bemerkte, daß es mir fast angst und bange wurde, stieß sie einen schrillen Ruf aus, worauf die Schönen sofort zurückwichen und sich hinter ihr aufstellten. Da kam sie auf mich zu, reichte mir die Hand und sah mich mit einem großen ersten Blick an.

„Also das bist du. So siehst du aus, Effendi! Wir haben dich beobachtet und gesehen, wie du den Widerstand unsrer Peiniger überwunden hast. Wir danken dir und bitten dich, uns zu erlauben, zur Feier unsrer Befreiung eine Fantasia aufzuführen."

Der Beduine hat eine Leidenschaft für Fantasias und läßt dazu keine Gelegenheit ungenützt vorübergehen. Es wäre hart von mir gewesen, meine Genehmigung zu versagen, aber ich hatte keine Zeit, jetzt einer solchen Feierlichkeit beizuwohnen. Eine Fantasia dauert wenigstens mehrere Stunden, oft tagelang, und nun gar eine Frauenfantasia! Diese guten Damen brauchten wenigstens den halben Tag, um sich dazu zu schmücken. Sodann die Reigen und Tänze, die unendlichen und stets wiederkehrenden „Lulululu"-Gesänge! Nein, nur das heute nicht! Darum wich ich aus.

„Wir werden uns freuen, dieser Fantasia beiwohnen zu dürfen, wenn eure Befreiung vollendet ist. Wir haben Ibn Asl noch nicht ergriffen, und solang er frei ist, dürfen wir nicht an eine solche Feier der Errettung denken. Außerdem sind uns zwei wichtige Gefangene entflohen, die ich wieder fangen will. Ich muß aufbrechen, um sie zu verfolgen. Darum bitte ich dich, mir Zeit zu gönnen."

„Du hast recht, Effendi. Aber dann, wenn das erledigt ist, wirst du uns erlauben, euch die Gesänge und Tänze des Ruhmes und Dankes zu bringen?" — „Dann sofort. Jetzt muß ich zunächst nach den Verwundeten sehen."

Ich wollte fort. Das Mädchen hielt mich an der Hand zurück.

„Warte noch einen Augenblick! Diese Leute verdienen nicht, daß du dich ihrer annimmst. Wenn sie an ihren Verletzungen sterben, so haben sie es nicht anders gewollt." — „Sie sind aber doch Menschen!" — „Nein, reißende Tiere, und ehe ich dich zu ihnen lasse, bitte ich dich, mir zu sagen, was mit uns und ihnen geschehen soll." — „Wir führen euch von hier nach Berber. Dort befindet sich der Reïs Effendina, der euch in eure Heimat bringen lassen wird." — „Du mußt mit, damit unsre Väter und Brüder dir danken können. Und was wird mit den Räubern geschehen?"

„Ich übergebe sie dem Reïs Effendina, damit sie bestraft werden."

„Von wem?" — „Von den Richtern des Khedive."

Marba machte eine geringschätzige, verächtliche Handbewegung.

„Die Gerechtigkeit dieser Männer ist bekannt! Ibn Asl hat nicht das Gericht, sondern unsern Stamm beraubt, also hat nicht das Gericht, sondern unser Stamm über die Räuber zu urteilen. Ich verlange, daß sie in die Dörfer der Fessarah gebracht werden!"

„Ich meinesteils hätte nichts dagegen, doch ist es mir leider unmöglich, dir diesen Wunsch zu erfüllen." — „Wird der Reïs Effendina ihn erfüllen." — „Nein. Die Gesetze verbieten es ihm." — „Ich danke dir, es ist gut!" Ihr Auge flammte bei diesen Worten drohend auf. Sie trat zurück, und ich wendete mich zu den Verwundeten. Sie verbissen ihre Schmerzen und würdigten mich, als ich sie mit Hilfe Ben Nils verband, keines Blicks. Da, wo wir in der Nacht den Ausfall zurückgeschlagen hatten, lagen fünf Leichen, und bei den Kamelen fand ich mehrere Schwerverletzte, die schon von ihren Gefährten verbunden worden waren. Nun wollte ich einen Blick in die Zelte werfen, doch wurde meine Aufmerksamkeit in eine andre Richtung gelenkt. Ich hörte nämlich eine Stimme erschallen, gegen die Stentors Ruf, der bekanntlich fünfzig Männer überschrie, das reine Zephyrsäuseln war. Mich umdrehend, gewahrte ich Selim, der mit fliegendem Gewand und windflügelartig kreisenden Armen gelaufen kam und dabei in einem fort brüllte: „Heil, Preis, Ruhm und Ehre! Wir haben sie besiegt! Sie sind niedergeworfen und zerschmettert. Speit die Hundesöhne an, die feigen, speit sie an!"

Selim rannte auf die Gefangenen zu, blieb, eben als ich auch dort ankam, bei ihnen stehen und schrie sie ganz außer Atem an:

„Haben wir euch endlich, ihr Unwürdigen, ihr Elenden! Die Macht meines Armes hat euch niedergeworfen, und der Glanz meines Ruhmes hat euch in Ketten gelegt. Erhebt eure Augen zu mir, und fühlt, wie eure Herzen zittern beim Anblick des Helden aller Helden, des größten und berühmtesten Kriegers vom Stamm der Fessarah!"

Diese Aufforderung hatte einen unerwarteten Erfolg. Die Frauen sahen und erkannten ihn, und Marba rief erstaunt: „Selim el Fallah, el Dschabân — Selim, der Ausreißer, der Feigling! Wie kommt er hierher? Was hat er bei diesen tapfern Männern zu suchen?"

Er wendete sich der Sprecherin zu und maß sie mit stolzem, verächtlichem Blick.

„Schweig, du Tochter der Verleumdung, ich kenne dich! Dein Maul ist eine niemals schweigende Trompete, vor der selbst der kühnste Held von dannen läuft. Richte deine Augen auf mich, und erblicke in mir Selim, den Sieger vieler Schlachten, das strahlende Vorbild aller Krieger, das Muster und Beispiel der tapfersten Männer aller Völker, Stämme und Dörfer!"

Das allgemeine Gelächter der Frauen antwortete ihm.

,,Ihr lacht?" rief er empört. ,,Wißt ihr, daß ich euch dafür bestrafen kann? Hier sind meine Hände, denen ihr die Rettung zu vedanken habt. Ihr solltet sie drücken und küssen. Statt dessen beschimpft ihr mich und wollt den Glanz meines Ruhmes und die Fackel meiner Ehre verdunkeln. Effendi, sag diesen Töchtern des Geschwätzes, wen sie vor sich haben, und gebiete ihnen, die Gestalt meines Körpers mit Hochachtung und Ehrfurcht zu umringen!"

Als Selim sich mit dieser Aufforderung an mich wendete, fragte mich Marba: ,,Effendi, gehört dieser Mann zu dir? Trifft ihn vielleicht die unverdiente Gnade, in deinem Schatten zu wandeln?"

,,Selim ist mein Diener", erklärte ich. — ,,Sein Diener, Freund und Beschützer", verbesserte mich der eitle Prahler. — ,,Welches Wunder!" rief Marba aus. ,,Du und dieser Selim, der wegen Feigheit aus dem Stamm gestoßen wurde!" — ,,Schweig, du Posaune der Lästerung!" gebot er ihr. ,,Nicht ausgestoßen wurde ich, sondern ich ging im Drang meiner Kühnheit, um Heldentaten zu verrichten, zu denen ich bei euch keine Gelegenheit fand. Nun kehre ich zurück, umstrahlt von hundert Sonnen der Ehre, und in den Dörfern der Fessarah wird man Denkmäler errichten, um meinen Ruhm der Nachwelt zu überliefern." Der lange Schlingel wandte sich um und trat mit einer so stolzen Haltung ab, als sei er wirklich ein zweiter Cid oder Bayard.

Also ausgestoßen war Selim! Es tat mir leid, daß ihm das so ins Gesicht gesagt worden war, aber er hatte sich die Schuld selber zuzuschreiben. Warum konnte er sein Mundwerk nicht im Zaum halten! Es galt nun zunächst, den Mokkadem und den Muza'bir zu verfolgen. Das konnte ich keinem andern überlassen. Als ich Ali Farid das sagte, machte er ein recht bedenkliches Gesicht.

,,Effendi, ich gestehe dir offen, daß es mir weit lieber wäre, wenn du bliebst. Die vielen Gefangenen zu befördern und dabei sechzig Frauenzimmer in Ordnung zu halten, das ist vielleicht mehr, als ich vermag." — ,,Die Gefangenen sind ja gefesselt, und die Frauen folgen dir gern. Was könntest du also für Not haben?" — ,,Das weiß man nicht. Wer kann ein Weib beherrschen, und hier sind ihrer ein ganzes Schock! Effendi, tu mir das Leid nicht an, sie mir allein aufzubürden. Ich weiß ja noch nicht, welchen Weg ich mit ihnen einschlagen soll."

,,Zum Bir Murat, wohin sich jedenfalls auch die Flüchtlinge gewendet haben. Sie wissen, daß Ibn Asl von dorther kommt, und sind ihm entgegengeeilt, da sie nur durch ihn vor dem Verschmachten in der Wüste bewahrt werden können. Um ganz sicher zu gehen, will ich nachforschen, ob die Spuren der Flüchtlinge zu finden sind."

Unser Lager, aus dem sie geflohen waren, lag am nördlichen Ufer des Wadi, dennoch stieg ich jetzt zum südlichen hinauf, weil in dieser Richtung der Bir Murat lag. Ich war überzeugt, daß die Flüchtlinge das Wadi überschritten hatten. Auf der Höhe schritt ich zunächst ein Stück in die Wüste hinein und wandte mich dann rechts, um, in gleicher Richtung mit dem Wadi gehend, den Sand abzusuchen. Ich brauchte nicht lange zu forschen, so fand ich die Spuren, die vom Wadi herkamen und in südlicher Richtung die Wüste hineinführten. Dann kehrte ich um. Als ich von der Höhe ins Tal hinabstieg, bemerkte ich im Lager eine Aufregung, deren Veranlassung ich nicht erkennen konnte. Die Frauen frohlockten in den üblichen Kehllauten, und dazwischen hinein wetterte die zornige Stimme des Leutnants. Was war geschehen? Ich beeilte mich, hinab zu kommen. Als ich die Sohle des Wadi erreicht und Ali Farid mich sah, kam er mir entgegengelaufen und rief mir schon von weitem zu:

„O Effendi, ich bin nicht schuld, ich kann nichts dafür!"

„Was ist denn vorgefallen?" — „Ich konnte es nicht verhindern, es geschah allzu schnell. Wärst du doch geblieben!" — „So rede doch, was hat es gegeben?"

Aber anstatt meine Frage zu beantworten, klagte er weiter.

„Und da soll ich mit diesen Weibern durch die Wüste ziehen! Das ist nur eine gewesen. Was soll ich aber beginnen, wenn die Wut sie alle faßt!" — „Ali, antworte doch! Ich will wissen, was sich zugetragen hat!" — „Ein Mord, ein Doppelmord! Komm und sieh!"

Ali Farid nahm mich beim Arm und zog mich fort, dahin, wo die Asaker und die Frauen um die gefangenen Sklavenjäger einen Kreis bildeten. Dieser öffnete sich, als ich kam, und innen sah ich Ben Kassâwe und den Häßlichen in ihrem Blut liegen. Sie waren tot, ins Herz gestochen. Niemand sprach, und aller Augen waren auf mich gerichtet, um zu erfahren, was ich tun und sagen würde. Ich wußte sofort, woran ich war. Mein Blick suchte Marba. Sie stand mir gegenüber und hielt das blutige Messer noch in der Hand. Sie blickte mich fast trotzig an und rief mir zu: „Bestrafe mich, Effendi! Ich konnte nicht anders handeln. Sie haben mich geschlagen. Die Striemen können nur mit Blut abgewaschen werden. Ihr wolltet sie meinem Stamm nicht ausliefern, da habe ich Gericht gehalten. Die andern schenke ich dir, diese beiden aber mußten unbedingt mir gehören. Ich wiederhole: Bestrafe mich!"

Marba kam auf mich zu und reichte mir das Messer.

„Wem gehört es?" fragte ich. — „Mir", erklärte Ben Nil. — „Sie hat es dir entrissen?" — „Nein, Effendi, Marba bat mich darum, und ich habe es ihr gegeben." — „Sagte sie, wozu sie es haben wollte?" — „Ja, und ich verweigerte es ihr nicht, da ich das Gesetz des Wüste achte. Die Missetäter haben hundertfach den Tod verdient. Der Richter wird Geld nehmen und sie laufen lassen. Vielleicht bekommen einige die Bastonade, wenn es hoch kommt, wird man diesen oder jenen für einige Zeit einsperren. Das ist alles. Wenn aber der, der die Ausübung der Gesetze überwachen soll, die Mörder laufen läßt, so ist es Pflicht des Geschädigten, die Bestrafung in seine eigne Hand zu nehmen. Wenn du Marba bestrafst, so bestrafe auch mich, der ich teilhabe am Blut dieser beiden Missetäter!"

Ben Nil stellte sich neben das Mädchen. Was konnte ich tun?" Wie die Sache lag, ging sie mich nichts an. Ich sagte mir vielmehr im stillen, daß das Schicksal der Getöteten wohl eine heilsame Lehre für die andern Gefangenen sein werde. Ich ging also zu Ben Nil hinüber und gab ihm sein Messer zurück.

,,Ich lege die Entscheidung, ob ihr schuldig seid oder nicht, in Allahs Hand. Er mag richten. Ich habe kein Recht dazu."

Da erhoben die Frauen jubelnd ihre Stimmen. Der Leutnant aber hatte jetzt noch weniger Mut als früher, die Begleitung der Frauen auf sich allein zu nehmen. Er fürchtete, daß die Beduininnen auch den Tod der andern Gefangenen fordern würden, und fühlte sich einer Empörung dieser ,Teufelinnen', wie er sie nannte, gegenüber zu schwach. Es gelang mir nur mit Mühe, ihn zu beruhigen.

Darauf gebot ich Ben Nil, unsere Kamele, die noch unten bei denen der Sklavenjäger lagen, zu satteln. Selim wollte mit uns reiten, doch schlug ich ihm diese Bitte ab. Ich hatte gestern mein Fernrohr oben im Lager zurückgelassen und stieg hinauf, um es mir zu holen. Als ich in die Einbuchtung bog, die unser Lager und unsre Tiere barg, erhob sich ein Mann vom Boden. Es war der Scheik der Monassir, an den ich zuletzt im Drang der Ereignisse gar nicht mehr gedacht hatte. Er sah mir mit finsterem, erwartungsvollem Gesicht entgegen. Meine Stimme klang nicht eben freundlich, als ich mich an ihn wandte. ,,Du hast die beiden Gefangenen befreit. Hältst du so den Schwur beim Bart des Propheten?"

Menelik hörte meinen Vorwurf mit unbewegter Miene an.

,,Ich habe meinen Schwur nicht gebrochen. Du verlangtest von mir nur, daß ich diesen Ort nicht ohne deine Erlaubnis verlasse. Und dieses Verlangen habe ich erfüllt." — ,,Aber es verstand sich doch von selber, daß du den Gefangenen nicht die Fesseln lösen durftest." — ,,Ich hielt mich genau an den Wortlaut meines Schwurs. Zu mehr war ich nicht verpflichtet."

Hm! Eigentlich mußte ich ihm recht geben; ich hätte vorsichtiger verfahren sollen. ,,Warum hast du diese Leute befreit? Sind sie dir gar so ans Herz gewachsen?" — ,,Das nicht. Ich weiß ja von dir, daß sie mir ans Leben wollten..." — ,,Nun also!" — ,,Effendi, ich will offen gegen dich sein. Ich achte dich, aber ich liebe deine Religion nicht, und ich teile auch deine strenge Ansicht über die Sklaverei nicht. Und darum habe ich die Gefangenen befreit." — ,,Aber um die Sklaverei allein handelt es sich bei den beiden ja gar nicht. Ich verfolge den Mokkadem und den Muza'bir wegen ganz andrer Dinge." — ,,Verzeih! Sie sagten zu mir, du würdest sie bloß deswegen hassen, weil sie Anhänger der Sklaverei seien." — ,,Unsinn! Doch es hat keinen Wert, darüber zu reden. Es ist geschehen und nun nicht mehr rückgängig zu machen."

Der Scheik warf einen forschenden Blick auf mich.

,,Was gedenkst du nun mit mir zu tun?" — ,,Mit dir? Nichts. Du bist von jetzt an frei und kannst gehn, wohin du willst."

,,Aber der Reïs Effendina? Wird er mich nicht wegen Beihilfe zur Flucht zur Verantwortung ziehen?" — ,,Nein; ich verspreche dir, daß du von seiner Seite nichts zu befürchten hast." — ,,Wird es ihm und dir nicht unangenehm sein, daß ich vom geheimen Brunnen hier Kenntnis erlangt habe?" — ,,Im Gegenteil. Es kann uns nichts erwünschter sein, als daß recht viele davon erfahren. Dadurch verlieren die Sklavenjäger einen wichtigen Stützpunkt, was ich ihnen von Herzen gönne."

Nun flog es doch wie ein freundlicher Schimmer über sein Gesicht.

,,Effendi, ich danke dir. Ich habe dir durch die Befreiung der Gefangenen Ungelegenheiten bereitet, was ich jetzt bedaure. Und ich weiß es zu schätzen, daß du mich das nicht entgelten läßt."

,,Danke Allah, daß ich ein Christ und nicht ein Anhänger des Propheten bin! Bei einem solchen wärst du wohl nicht so glimpflich weggekommen. Allah jihfasak — Gott erhalte dich!"

Damit ließ ich Menelik stehen. Es hätte keinen Wert gehabt, mit ihm noch weiter zu streiten. Daß er, der eingefleischte Mohammedaner, sich bei mir bedankt hatte, war ohnehin fast mehr, als ein Giaur erwarten konnte. Ich holte das Fernrohr aus der Satteltasche meines Kamels. Ohne daß ich eigentlich eine wirkliche Veranlassung dazu hatte, zog ich das Rohr aus, um in die Richtung zu sehen, in der Abd el Barak und Nubar fortgegangen waren. Drüben gegen Südwest glänzte etwas. Es war ein weißer Punkt, auf den die Sonne schien, vielleicht eine ausgetrocknete, natronsumpfige Stelle. Ich schenkte ihr weiter keine Beachtung und stieg wieder hinab.

Während des Abstiegs hatte ich das Wadi bis zu der Krümmung, hinter der ich gestern mit Ben Nil die Sklavenjäger angelockt hatte, vor mir liegen. Mein Blick fiel dort hinüber, und da sah ich zu meinem Erstaunen zwei Kamelreiter, die um die Ecke bogen, und als sie unser Lager erblickten, schnell wieder hinter den Felsen zurückwichen. Ich blieb stehen und richtete das Rohr auf die Stelle. Nach einigen Augenblicken erschien ein Mann zu Fuß, der sich eng an den Felsen drückte, um nicht gesehen zu werden, und aufmerksam zu uns herüberschaute. Ich hätte ihn schon an seinem reichen, goldgestickten Anzug erkannt, auch ohne sein Gesicht so deutlich vor mir im Glas zu haben. Welche Überraschung! Es war der Reïs Effendina! Achmed Abd el Insaf war an die tausend Schritt entfernt und hätte meinen Ruf nicht hören können. Darum eilte ich vollends hinab und auf ihn zu. Er sah mich kommen, erkannte mich und trat vor. ,,Effendi, das ist gut!" rief er mir zu. ,,Ich glaubte schon, die Sklavenjäger vor mir zu haben." — ,,Das ist auch der Fall", antwortete ich, indem ich ihm die Hand bot. ,,Wir haben sie gefangen." — ,,Und die Sklavinnen?" — ,,Sind dabei, sie sind frei."

,,Allah, Allah! Effendi, ich erstaune! Ich bin im höchsten Grad verwundert! Wie hast du das angefangen? Wo hat Ali Farid dich getroffen?" — ,,In Korosko." — ,,Ich dachte es. Ich schickte ihn dahin. So weit dort unten. Wie konntest du da den Weg der Räuber entdecken?" — ,,Das werde ich dir erzählen. Aber du bist jedenfalls nicht allein gekommen. Wo sind deine Leute?" — „Hier hinter dem Felsen. Ich ritt voran und sah das Lager. Da ich glaubte, die Menschenjäger vor mir zu haben, wich ich schnell zurück und stieg vom Kamel, um heimlich zu beobachten. Da kamst du gelaufen."

„Ich sah zwei Reiter um die Ecke biegen und wieder verschwinden. Ich schaute durch das Fernrohr und erkannte dich. Ich mußte dich in Berber vermuten und bin erstaunt, dich hier zu treffen."

„Du sollst nachher erfahren, warum ich Berber verlassen habe, laß uns jetzt vor allen Dingen zum Lager gehen!"

Auf Achmeds Ruf kamen seine Leute hinter der Felsenecke hervor. Es waren über vierzig wohlbewaffnete Reiter, alle auf schlanken Kamelen sitzend, Asaker, die er von Khartum nach Berber beordert hatte. Wir schritten ihnen voran, dem Lager zu. Dort hatte mein Gebaren Aufmerksamkeit erregt. Man hatte mich laufen gesehen, und nun kam ich mit so vielen Menschen. Als unsre Soldaten ihren Gebieter erkannten, kamen sie uns entgegen, ihn mit lautem Jubel zu empfangen. Nun gab es zu erzählen. Unsre Asaker machten sich an die seinigen, um ihnen ihre Erlebnisse zu berichten. Der Reïs Effendina kümmerte sich zunächst nicht um die gefangenen Sklavenjäger und die befreiten Frauen. Ich mußte mich mit Ali Farid und Mustafa zu ihm setzen, denn er wollte vor allen Dingen über den Stand der Sache unterrichtet sein. Ich überließ die Erzählung den beiden andern, und ich kann sagen, daß sie von meinem Lob so überflossen, daß ich oft dazwischenredete. Es verging fast eine Stunde, ehe sie alles erzählt hatten, denn sie taten das mit der Gründlichkeit des Morgenländers, für den die Zeit keinen Wert hat. Endlich hatte Achmed alles bis aufs kleinste und unbedeutendste erfahren. Er begann:

„Ich glaubte, dich zu kennen, kannte dich aber noch lange nicht, Effendi. Ich war überzeugt, meinen Leuten in dir einen guten Berater zu geben, aber daß du ein gar so schlauer und verschmitzter Mann seist, das wußte ich doch nicht. Ich muß sagen, daß das, was ich höre, über alle meine Erwartungen geht. Ich glaubte, mit den Räubern kämpfen zu müssen, und ich finde die Arbeit schon ohne Kampf getan." — „So wußtest du, daß du sie hier treffen würdest? Von wem?" — „Es gab unter meinen Leuten einen Verräter, einen Anhänger der Kadirine, der—" — „Du meinst Ben Meled?" — „Wie, du kennst ihn?" — „Ja, denn er ist der Mann, der dem Mokkadem deinen Plan mitteilte." — „Ben Meled hat seinen Lohn. Er plauderte gegen einen andern. Dieser andre war treu und sagte es mir. Ich erfuhr also, daß der Mokkadem mit dem Muza'bir zu diesem Wadi unterwegs sei, um da auf Ibn Asl zu treffen. Ich verschaffte mir schnell Kamele und brach auf, nachdem der Verräter die Bastonade in der Weise bekommen hat, daß er der Kadirine wohl nicht mehr viel Nutzen bringen wird. Wir sind über Nacht geritten und suchten vom Morgen an den Brunnen, wo wir nun dich gefunden haben."

„Allah sei Dank dafür!" seufzte der Leutnant. „Da du selber gekommen bist, ist mir die große Sorge um die Weiber abgenommen. Ich will lieber gegen hundert Feinde kämpfen, als sechzig solche Teufelinnen geleiten. Diese Marba sticht wie ein wilder Sudanese um sich! Sie ist eine der Jüngsten und Schönsten. Wie verwegen mögen da erst die andern sein! Ich konnte den Mord unmöglich verhindern." — „Ich selber hätte ihn nicht verhindert. Wehe dem, der wehe tut!" meinte der Reïs Effendina ernst, indem er sich seines bekannten Wahlspruchs bediente. „Jetzt bin ich unterrichtet und will mir das Lager und die Menschen ansehen."

Reïs Achmed ging mit uns zu den Zelten, vor denen die Frauen saßen. Sie hatten schon gehört, wer er war, und waren neugierig, wie er sich gegen sie verhalten würde. Die Ermordung Ben Kassâwes und des Häßlichen schien ihnen nun doch bedenklich zu sein. Sie erhoben sich vor ihm. Achmed musterte sie mit freundlich ernstem Blick. Ich mußte ihm Marba zeigen. Er trat zu ihr hin und fragte:

„Du hast zwei Männer erstochen?" — „Verzeih es, Emir! Der Effendi hat es auch verziehen." — „Ich habe nichts zu verzeihen, denn du hast recht gehandelt. Wehe dem, der wehe tut! Ihr werdet alles, was euch geraubt wurde, soweit es noch vorhanden ist, wiederbekommen. Ich gebe euch zwanzig Asaker mit, die euch in eure Heimat bringen werden, und da der Effendi euch befreit hat, so mag er der Anführer der Karawane sein."

Achmed wendete sich ab und ging zu den Gefangenen hinüber. Auch sie hatten gehört, daß er der Reïs Effendina sei. Sie wußten also, daß sich ihr Schicksal schon jetzt entscheiden mußte. Er blickte ihre Reihe streng und finster durch. Er befand sich im Besitz außerordentlicher Vollmachten, und ich kann sagen, daß ich auf seine Entscheidung gespannt war. Ich mußte ihm den Unterhändler zeigen, an den er sich in scharfem Ton wendete: „Du magst mir im Namen aller antworten! Ibn Asl ist euer Anführer!" — „Ja."

„Ihr habt die Töchter der Fessarah geraubt und entführt?"

„Ja." Diese beiden „Ja" klangen nicht so zuversichtlich, wie der Menschenjäger mit vorhin geantwortet hatte. Es lag in dem Ton und dem ganzen Wesen des Reïs Effendina etwas, was nicht sehr hoffnungserweckend war und eine lange Antwort oder gar Verteidigungsrede völlig ausschloß.

„Dabei habt ihr viele Menschen getötet?" lautete die dritte Frage.

„Ja — leider — ging es nicht anders", würgte der Mann hervor. — „Dann, als ihr euch diesem Kara Ben Nemsi ergeben solltet, habt ihr ihm gedroht: heute ihr, das nächste Mal er?"

„Ja." — „Nach welchem Gesetz wollt ihr gerichtet sein, nach dem der Wüste oder nach dem meinigen?" — „Nach dem deinigen."

„Ihr sollt mein Urteil hören, und es wird auch sofort vollstreckt. Wehe dem, der wehe tut!"

Der Reïs Effendina wendete sich ab, zog mich auf die Seite und fragte: „Effendi, wie würdest du sie bestrafen?" — „Durch das Gericht." —

„Das bin ich jetzt. Ich habe das Recht, ein Urteil zu fällen und auszuführen. Nun möchte ich deine Meinung hören. Haben diese Menschen den Tod verdient?" — „Ja, aber bedenke, daß Gott gnädig ist!" — „Allah ist gnädig, das ist wahr. Er mag ihnen also gnädig sein. Du bist ein Christ und richtest dein Auge gern hinauf zur ewigen Gnade. Ich aber soll vor allen Dingen gerecht handeln und —"

— „Halt, was ist das?" unterbrach ich ihn. „Da oben liegt ein Mensch."

Achmed hatte bei den Worten „hinauf zur ewigen Gnade" den Arm gegen den Himmel erhoben, und mein Blick war unwillkürlich dieser Richtung gefolgt. Da sah ich ein Gesicht, das sich über den Rand des Felsens neigte und soeben verschwand.

„Ein Mensch?" fragte er. „Wer könnte das sein? Etwa der Muza'bir oder der Mokkadem?" — „Nein. Diese beiden werden sich hüten, hier in der Nähe zu bleiben. Aber kurz bevor du kamst, sah ich draußen in der Wüste einen weißen Punkt, den ich für eine leuchtende Salzlache hielt. Vielleicht ist es ein Mann mit weißem Burnus gewesen." — „So eile hinauf, und sieh ihn dir an. Ben Nil mag mitgehen, denn er ist klug und mutig, und du kannst dich auf ihn verlassen."

Ich rief Ben Nil, nahm meine Gewehre und stieg schnell hinauf. Unterwegs überlegte ich mir, daß uns der betreffende Lauscher von oben sehen mußte. Es war zu erwarten, daß er fliehen würde. Darum schickte ich, um ihn verfolgen zu können, Ben Nil zurück, der unsre beiden Hedschihn holen sollte. Ich kam zur rechten Zeit oben an, um sehen zu können, daß ein Mann sein Kamel bestieg und davonritt. Er hatte einen weißen Burnus an, und sein Tier war auch von weißer Farbe. Gern hätte ich es niedergeschossen, um des Reiters habhaft zu werden, aber ich zögerte im letzten Augenblick. Das Kamel und die Formen und Bewegungen des Tiers waren schuld daran. Ja, das war ein Hedschihn! Zehn vom Wert des meinigen wogen es nicht auf! Ich stand mit angelegter Büchse da, und als ich meiner Bewunderung Herr geworden war, hatte es spielend schon eine solche Strecke zurückgelegt, daß meine Kugel es nicht mehr erreichen konnte. Der Reiter drehte sich um und schwang sein Gewehr höhnisch gegen mich. Ich glaubte, es sei fast eine Stunde verflossen, als Ben Nil mit den Kamelen bei mir ankam. Wir stiegen auf und jagten fort, dem Reiter nach.

Wir hatten vortreffliche Tiere und schlugen sie mit dem Metrek, dem dünnen Stab, mit dem man die Kamele leitet, so um die Ohren, daß sie gleich im Anfang ihre größte Schnelligkeit entwickelten, doch vergebens. Ich mußte schon nach zehn Minuten einsehen, daß es unmöglich sei, den weißen Reiter einzuholen. Sein Vorsprung wuchs von Schritt zu Schritt, seine Gestalt wurde kleiner und immer kleiner, und als er am äußersten Sehkreis nur noch wie ein scheinbar haselnußgroßer Punkt zu sehen war, hemmte ich den Lauf meines Kamels, um in das Wadi umzukehren. Ben Nil folgte mir mißmutig. Hätten wir gewußt, wer dieser Reiter war, so hätten wir uns schon jetzt über die Maßen geärgert.

In der Nähe des Wadi hörte ich ein dumpfes Getön, das daraus hervorklang. Es klang wie Donner, aber heller und nicht ganz so stark. Sollte das Gewehrfeuer sein? Wir mußten mit den Tieren einen Umweg machen, der in einer Rinne hinunterführte. Darum konnten wir nicht eher etwas sehen, als bis wir die Tiefe des Wadi erreicht hatten. Was ich da erblickte, ließ mir das Blut stocken. Sämtliche Sklavenjäger, nur einen einzigen ausgenommen, lagen am Felsen hin tot auf dem Boden, und diesen Leichen gegenüber stand noch jetzt die Reihe der Asaker, die das Urteil vollstreckt hatten. Der Reïs Effendina selber war mit dem Leutnant beschäftigt, die Hingerichteten zu untersuchen, ob vielleicht in einem von ihnen noch Leben sei. Die Salve der Asaker war es also gewesen, die wir gehört hatten. Als der ‚Diener der Gerechtigkeit' mich kommen sah, trat er auf mich zu und deutete auf die Leichen:

„Da liegen sie, die nicht nach dem Gesetz der Wüste, sondern nach dem meinigen gerichtet sein wollllten. Sie glaubten, sich dadurch retten zu können, doch ich bin gekommen, um Gerechtigkeit walten zu lassen, nicht aber, um diesen hundertfachen Mördern Gelegenheit zu geben, sich mit Gold und Silber loszukaufen." — „Warum aber alle?" fragte ich, der ich ein Grauen nicht abzuwehren vermochte. „Du konntest die Verführer strafen und gegen die Verführten Milde walten lassen!" — „So? Konnte ich das?" lachte Achmed grimmig. „Meinst du wirklich, daß es hier Verführer und Verführte gab? So kennst du die Verhältnisse nicht genau oder bist als Christ gewöhnt, auf alle Fälle einen Grund zu schwächlichen Barmherzigkeit ausfindig zu machen. Wehe dem, der wehe tut! Nach diesem Spruch muß ich handeln. Ich werde die Menschenjäger mit dem Schwert, dem Messer, der Kugel ausrotten. Allah wird mir nicht zürnen, wenn ich durch unbeugsame Gerechtigkeit das schnell zu erreichen suche, was durch Milde erst nach langen, langen Jahren, vielleicht auch niemals erreicht werden kann. Gibst du mir recht oder nicht?" — „Ja, ich gebe dir recht, denn das Christentum lehrt nicht nur die Liebe, sondern auch das Gericht. Auch bei uns wird der Verbrecher bestraft, nur geben wir ihm meist Gelegenheit, sich zu bessern." — „Ein Ibn Asl bessert sich nie. Aus Rücksicht auf dich habe ich dir vorher nichts gesagt und das Urteil in deiner Abwesenheit vollstrecken lassen. Nur den Jüngsten habe ich leben lassen, damit er Ibn Asl aufsuchen kann, um ihm zu erzählen, was geschehen ist. Dann wird die Kunde von meiner unbeugsamen Strenge überall, wo Sklavenjäger sind, erschallen, und die Furcht vor mir wird ebensoviel wirken wie mein Erscheinen." — „Warum diesen Mann Ibn Asl nachsenden, da wir ihn doch bald selber ergreifen werden!" — „Bist du wirklich so sicher, ihn zu erwischen?"

„Ich halte es für nicht allzu schwer, obgleich Ibn Asl von dem, was sich hier ereignet hat, bald benachrichtigt sein wird."

Ich erzählte Achmed vom weißen Reiter. Seine Aufmerksamkeit war auffallend groß, warum, das erfuhr ich sofort, denn als ich geendet hatte, fragte er gespannt: „Weißt du genau, daß sein Hedschihn weiß war? Hatte es nicht vielleicht nur eine hellgraue Farbe?"

„Nein. Es war so weiß, wie eine Schimmelstute vom Dschebel Tumtum el Mukkeny[1])." — „Und er trug einen weißen Burnus?"

„Einen hellen Haïk, dessen Kapuze über den Kopf gezogen war."

„So konntest du sein Gesicht nicht sehen?"

„Die Kapuze verhüllte nur die Stirn, dennoch konnte ich seine Züge nicht genau erkennen, da die Entfernung zu groß war."

„Hatte er einen Bart?" — „Einen dichten, schwarzen Vollbart."

„Und seine Gestalt?" — „Er war nicht hoch, aber breitschulterig."

„Himmel! Er war es!" — „Wer?"

„Ibn Asl selber! Deine Beschreibung stimmt genau. Und sein Kamel ist weit und breit berühmt. Es ist ein schneeweißes Dschebel-Gerfeh-Hedschihn, dem kein andres gleicht. Es ist schnell wie ein Pfeil und ausdauernd wie die Nässe in der Regenzeit. Kein andres Tier kann es einholen." — „O weh! So hätte ich den Mann vor mir gehabt, ohne ihn zu fassen!" — „Ja, so ist es! Ibn Asl war da. Er hat sich bis an das Wadi gewagt." — „Welche Kühnheit!"

„Wie ich dich kenne, würdest du das gleiche wagen. Übrigens führt er ja den Beinamen el Dschasûr, der Kühne. Er ist hier unterwegs gewesen und hat den Mokkadem und den Muza'bir, die euch entflohen sind, getroffen. Die haben ihm erzählt, daß ihr die Karawane überfallen habt. Er schickte sie mit seinen Begleitern weiter und kam selber zum Wadi, um zu sehen, wie die Sachen stehen. Er hat uns beobachtet und eingesehen, daß er uns die Sklavinnen nicht wieder abnehmen kann. Nun ist er fort, um auf neue Streiche zu sinnen." — „Die wir dem Menschenjäger wohl vereiteln können! Mag sein Kamel noch so schnell sein, er hat Leute bei sich, die nicht so rasch reiten können wie er. Es müssen sogar mehrere von ihnen zu zweien aufsitzen, da unsre Flüchtlinge zu Fuß waren. Darum kommt er nur langsam fort, und ich mache mich anheischig, ihn einzuholen." — „Ich traue es dir zu, aber es ist nicht notwendig. Du mußt die Mädchen der Fessarah in ihre Heimat bringen." — „So eile du ihm nach!" — „Fällt mir nicht ein! Ich muß nach Khartum und werde ihn dort oder wenigstens in der Nähe fassen." — „Wenn Ibn Asl sich fassen läßt! Heut hast du die beste Gelegenheit dazu, während er nun gewarnt ist und sich hüten wird, dir dort in die Hände zu laufen." — „Denke doch an den Türken Murad Nassyr! Er will dem Sklavenjäger seine Schwester zum Weib geben. Er geht nach Khartum und wird irgendwo mit Ibn Asl zusammenkommen. Wenn ich ihn nicht aus dem Auge lasse, kann mir die Hauptperson nicht entgehen." — „Diese Rechnung stimmt allerdings. Vorausgesetzt ist dabei freilich, daß Murad Nassyr deine Absicht nicht bemerkt." — „Glaube nur, daß auch ich pfiffig und vorsichtig sein kann! Reite getrost zu den Dörfern der Beni Fessarah, wo du den Lohn deiner Taten ernten wirst. Wenn du dann nach Khartum kommst, wirst du erfahren, daß ich keinen Fehler began-

[1]) Ein Gebirgszug im Süden der Oase Kufra

gen habe." — „Wo treffe ich dich da?" — „Auf meinem Schiff, und wenn es nicht dort liegt, so wirst du es vom Reïs el Mîna[1]) erfahren, wo ich mich befinde." — „Soll ich mich bei keinem höhern Beamten erkundigen?" — „Nein, denn ich werde bei keinem vorsprechen. Da ich ungewöhnliche Vollmachten besitze, bin ich diesen Leuten unangenehm. Ich verlasse mich auf mich selber, ganz wie du."

Da hatte er freilich recht. Zu dem, was man selber tun kann, soll man keine Unterstützung fordern. Es war also beschlossene Sache, daß ich die Töchter der Fessarah heimbringen sollte, und ich bekam zwanzig Asaker als Begleiter. Wie freuten sich die Frauen und Mädchen, als ich den Befehl zum Packen gab. Ben Nil blieb bei mir, ihn hätte ich nicht missen mögen. Selim aber konnte ich nicht brauchen. Er sollte mit dem Reïs Effendina reiten. Als ich ihn, allerdings nur zum Scherz, aufforderte, sein Kamel zu satteln, antwortete er:

„Effendi, laß mich mit nach Khartum gehen, wo ich auf dich warten werde! Die Beni Fessarah, zu denen du reitest, sind nicht wert, den tapfersten der Helden bei sich zu sehen. Mein Schutz wird dir zwar sehr fehlen, aber ich werde zum Propheten beten, daß er über dich wache und dich mir glücklich wiederbringe. Dann wird deine Wiedersehensfreude unbeschreiblich sein."

[1]) Hafenkapitän

Karl May wurde am 25. Februar 1842 in Hohenstein-Ernstthal geboren und ist in ärmlichsten Verhältnissen aufgewachsen. Nach trauriger Kindheit und Jugend wandte er sich ursprünglich dem Lehrerberuf zu. Als Redakteur verschiedener Zeitschriften begann er ungefähr ab 1875 die Schriftstellerlaufbahn, und zwar zunächst mit kleineren Humoresken und Kurzgeschichten. Bald jedoch kam sein einzigartiges Talent zur vollen Entfaltung, als er mit den „Reiseerzählungen" seinen späteren Weltruhm begründete und sich eine nach Millionen zählende Lesergemeinde schuf. Seit Ende des vorigen Jahrhunderts gilt er als der wohl bedeutendste deutsche Volksschriftsteller. Die spannungsreiche Form seiner Erzählkunst, ein hohes Maß an fachlichem Wissen und eine überzeugend vertretene Weltanschauung verbanden sich überaus glücklich in seinen Schriften. Auch heute begeistern die blühende Phantasie und der liebenswürdige Humor des Schriftstellers in unverändertem Maß seine jungen und alten Leser. Karl May starb am 30. März 1912 in Radebeul bei Dresden. Seine Werke wurden in mehr als fünfundzwanzig Kultursprachen übersetzt. Allein von der deutschen Originalausgabe sind bis 1983, also 70 Jahre nach Gründung des Karl-May-Verlags, über 65 Millionen Bände gedruckt worden.

KARL MAYS GESAMMELTE WERKE

Jeder Band in grünem Ganzleinen mit Goldprägung und farbigem Deckelbild

Bd. 1 Durch die Wüste
Bd. 2 Durchs wilde Kurdistan
Bd. 3 Von Bagdad nach Stambul
Bd. 4 In den Schluchten des Balkan
Bd. 5 Durch das Land der Skipetaren
Bd. 6 Der Schut

Bd. 7 Winnetou I
Bd. 8 Winnetou II
Bd. 9 Winnetou III

Bd. 10 Sand des Verderbens

Bd. 11 Am Stillen Ozean

Bd. 12 Am Rio de la Plata
Bd. 13 In den Kordilleren

Bd. 14 Old Surehand I
Bd. 15 Old Surehand II

Bd. 16 Menschenjäger
Bd. 17 Der Mahdi
Bd. 18 Im Sudan

Bd. 19 Kapitän Kaiman

Bd. 20 Die Felsenburg
Bd. 21 Krüger Bei
Bd. 22 Satan und Ischariot

Bd. 23 Auf fremden Pfaden

Bd. 24 Weihnacht

Bd. 25 Am Jenseits

Bd. 26 Der Löwe der Blutrache

Bd. 27 Bei den Trümmern von Babylon

Bd. 28 Im Reiche des silbernen Löwen
Bd. 29 Das versteinerte Gebet

Bd. 30 Und Friede auf Erden

Bd. 31 Ardistan
Bd. 32 Der Mir von Dschinnistan

Bd. 33 Winnetous Erben

Bd. 34 „ICH"

Bd. 35 Unter Geiern

Bd. 36 Der Schatz im Silbersee

Bd. 37 Der Ölprinz

Bd. 38 Halbblut

Bd. 39 Das Vermächtnis des Inka

Bd. 40 Der blaurote Methusalem

Bd. 41 Die Sklavenkarawane

Bd. 42 Der alte Dessauer

Bd. 43 Aus dunklem Tann

Bd. 44 Der Waldschwarze

Bd. 45 Zepter und Hammer
Bd. 46 Die Juweleninsel

Bd. 47 Professor Vitzliputzli

Bd. 48 Das Zauberwasser

Bd. 49 Lichte Höhen

Bd. 50 In Mekka

Bd. 51 Schloß Rodriganda
Bd. 52 Die Pyramide des Sonnengottes
Bd. 53 Benito Juarez
Bd. 54 Trapper Geierschnabel
Bd. 55 Der sterbende Kaiser

Bd. 56 Der Weg nach Waterloo
Bd. 57 Das Geheimnis des Marabut
Bd. 58 Der Spion von Ortry
Bd. 59 Die Herren von Greifenklau

Bd. 60 Allah il Allah!

Bd. 61 Der Derwisch
Bd. 62 Im Tal des Todes
Bd. 63 Zobeljäger und Kosak

Bd. 64 Das Buschgespenst

Bd. 65 Der Fremde aus Indien

Bd. 66 Der Peitschenmüller
Bd. 67 Der Silberbauer
Bd. 68 Der Wurzelsepp

Bd. 69 Ritter und Rebellen

Bd. 70 Der Waldläufer

Bd. 71 Old Firehand

Bd. 72 Schacht und Hütte

Bd. 73 Der Habicht

KARL-MAY-VERLAG · BAMBERG